小学館文庫

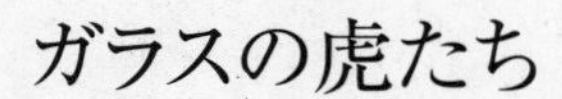

ガラスの虎たち

トニ・ヒル
村岡直子 訳

小学館

ガラスの虎たち

＊主な登場人物＊

ホアキン・バスケス……………………… 14歳で殺された少年。

ホアキン・バスケス（父）…………… 息子と同名の父。

サルード…………………………………… ホアキンの母。夫婦で文房具屋を営んでいた。

ミリアム…………………………………… ホアキンの妹、美容師。認知症の父親と同居。

イアーゴ…………………………………… ミリアムの息子。中等部3年の15歳。

ビクトル・ヤグエ………………………… ホアキンの元クラスメート。ホテルの支配人。

エミリオ・ヤグエ………………………… ビクトルの父。サンドカンと呼ばれた。

アナベル・リョベラ……………………… ビクトルの母。

メルセデス………………………………… ビクトルの妻。

ラファエル・カルバリョ………………… メルセデスの父。ホテル経営実業家。

フアン・ペドロ・サモラ………………… ホアキンの元クラスメート。通称フアンペ、モコ。

フアン・サモラ…………………………… フアンペの父。通称ロボ。

ロサリア・クエスタ……………………… フアンペの母。通称ロシ。

ライ………………………………………… フアンペの友人。

アレナ・キベルスキー…………………… イアーゴのクラスメート。ポーランド系移民。

ララ・カリオン…………………………… イアーゴの幼なじみでクラスメート。

サライ・ロサーノ………………………… イアーゴのクラスメート。

クリスティアン・ルイス………………… イアーゴのクラスメート。サライの彼。

セシリア・プエンテ……………………… イアーゴのクラスの担任。数学教諭。

アドルフォ・スアレス…………………… ホアキンの元担任。

ロベール…………………………………… ミリアムの愛人。

コンラッド・バニョス…………………… 元警察官の実業家。通称ミスター。

バレリア…………………………………… 娼婦。

イスマエル・ロペス・アルナル………… ホアキンの元クラスメート。

十四歳で見つけた地区（バリオ）に、そして思春期に知り合い、幸いにも
その後三十年以上にわたってぼくの近くにいてくれる友人たちに。
ぼくが生まれてからというもの、ずっと我慢して付き合ってくれた
きょうだい、ヌリアとロセルに。

彼女が生きていた最後の夜　それは
死ぬことを除けば　ありふれた夜だった。
死がその性質を
別のものに変えてしまった。

――エミリー・ディキンソン

ある意味、それがこの犯罪の最悪の部分と言える。隣人たちがお互いに疑問を抱きながら相手を見ずにはいられないとはなんと恐ろしいことか……。そう、そんな中で生きていくのは非常につらいことだ。

――『冷血』トルーマン・カポーティ

プロローグ

ベッドでじっとしていると、家の中の妙な静けさが気になった。居心地が悪い。今、何時だろうと思いながら、彼は何も履いていない足をまず床に下ろし、それからゆっくり体を動かしはじめた。深い午睡（シエスタ）から覚めたばかりで頭が重い。寄木張りの床は冷たくないが、室内履きを探した。少し時間をかけて背筋を伸ばしきってから、ようやく起き上がり、のろのろとドアへ向かう。廊下に出たが、見覚えのない空間にとまどって立ち止まる。廊下が長すぎる、家具がなさすぎる、ドアの配置もおかしい。真っ暗な穴をふさぐ白いドア。

そうだ、引っ越してきたんじゃないか、くそっ。彼はそうつぶやき、今度はすたすたと台所に向かう。喉が渇いていたので水を一杯飲むと、頭がすっきりした。それから照明のスイッチを押す。蛍光灯が抵抗するようにちかちかと点滅してから壁掛け時計を照らし出した。八時二十分。よくこんなに眠れたものだと、自分で自分に驚く。突然、周りの静けさがまた重く感じられてきた。良心の呵責（かしゃく）も感じる。サルードはもう店を出て、そろそろ家に着くころだ。怒っているだろうが、それも無理はない。十二月の文房具屋は書き入れ時で、彼女ひとりでは手が回らない。ましておもちゃまで売りはじめたのだから、なおさら忙しい。それなのに、彼は長い午後をぐっすりと、夢も見ずに眠りこけていた。こんなに寝てしまったら、夜はきっと眠れない。こういうことは初めてではなかった。昼下がり、眠気に負けて寝入ってしまうと、昼と夜が逆転する。このまま明け方まで、フクロウのように目をぱっちり開けていることになりそうだ。シエスタなんて、もうやめるんだぞ。自分を叱咤（しった）すると、怒りにつられたかのように、乾いた強い咳（せき）が出た。何をやってるんだ、おれは。喉をうるおそうと二杯目の水を飲みながら、ふと子どもたちのことを考えた。

娘はきっと、サルードと一緒に店にいる。あの子は天使だ。おとなしい赤ちゃんで、泣くのはおなかがすいたときくらい。だがホアキンは……、もう帰ってきてなきゃいけない。今はテレビを見るか宿題をする時間のはずだ。もっとも、あいつが宿題をする姿なんて、夢の世界でしか見たことがないが。いや、そんなのんきなことを考えている場合じゃない。今年度は、夜の七時には帰ってくるんだぞと、息子にちゃんと命じたはずだ。去年のように夕飯どきまで辺りをうろつくんじゃない。もう科目は落とすな、また落第なんてことになったらどうするんだと。それなのに、あいつは一体どうなってるんだ？　だがこんなこと、考えなくても答えはわかりきっている。母親だ。サルードは認めたくないかもしれないが、すべて彼女のせいなのだ。彼女はこれまでずっと息子を甘やかし、何をやっても許してきた。担任の先生たちも、父親である彼も、何度となく注意しては跳ね返されてきた。でもさすがのサルードも、もう気づいている。ひびが入った壺を修復するのは簡単ではない。いまさら気づいてももう遅い、これまでさんざん話し合ってきたじゃないかと責めたところで仕方がない。覆水盆に返らず。それに、これからは締め付けを厳しくしようという方針にやっと賛成してくれたんだから、そっとしておいたほうがいい。仕方がないし、逆効果だ。こうなったからには、できるだけのことをやるしかない。

ちょっともたつきながらジャケットを着て家を出た。息子がどこにいようと、引きずってでも連れ帰るつもりだ。多少荒っぽい手を使ってもいい。友だちと一緒にいてもかまわない。親父に引っ張られて帰るなんてと、恥ずかしい思いをするだろうが、それもやつのためだ。今年はおれのやり方でやらせてもらうと、新学年の始まりにきっぱり言っておいた。言った通りにするまでだ！

外に出た。十二月にしても寒すぎるほどの風がクリスマスのイルミネーションを揺らしている。本能的に両手をジャケットのポケットに突っ込み、鍵を忘れたのに気づいて、彼はサルードが聞いたら嫌がりそうな悪態をついた。慌てるからだよ、ちくしょう。うっかりしてるんじゃないぞ、ちくしょう。足を速めて広場に向かう。夕暮れになると少年少女がたむろする場所だ。ベンチにもたれ、煙草と煙草をくっつけて、火を移していく若者たちを文房具屋からの帰りに見たことがある。公園の暗い隅っこを求めて集う野バトの群れのようだった。ホアキンは十四歳になったばかりだ。煙草など吸っていたら、ただではおかない。マリア様に誓って、平手打ちで煙草を払い落としてやる。そしたらサルードがやってきて、くどくど言うんだろうな。そんなやり方はよくないわ。腕力では動物だってしつけられない。そんなことしたらこの子はあなたに反感を抱いて、きっと何も話さなくなるわ。

広場内を一周し、ベンチを注意して見たが、珍しく今日は誰もいない。黒人に近い肌の色の少女がひとりでぽつんとしているのが、奇異な感じがした。するとその少女が、ひとりで叫ぶように話し出したので、慌ててその場を離れる。くそっ。サルードなら、この地区(バリオ)はもうどうしようもないわと言うだろう。以前なら、いい意味でも悪い意味でも、みんな知り合いだった。今はもう……、歩いていても知り合いに会わないどころか、自分が一体どこにいるのかも急にわからなくなることがある。彼が来たのは向かって右の方角で、広場の外周を四分の三ほど歩いたが、今見ているのはあるはずのない風景だ。視線をめぐらせ、静かにため息をつく。左側にある緑の街区は以前住んでいた場所で、ホアキンは今もときどき、その辺りを友人とうろついている。急に足を速めたのは、強い風に押されたせいだけではない。何かにせかされるように通りを横切ったとき、突然、ブレーキ音とどなり声が響いた。「じいさん、どこ見て歩いてんだよ、この野郎!」だが彼は、気にすることなく歩きつづける。その車にも、彼を見てからそっと視線をそらす人々にも、注意を払わない。ほかの人たちとは対照的に、金髪の少女が近づいてきて何か訊(たず)ねたが、彼は耳を貸そうともしない。彼を突き動かしているのは、もう怒りでもなければ、聞き分けのない息子に説教しようという気持ちでもなかった。胃がきりきりと痛みはじめ、体を折り曲げる。はらわたがねじれでもしたかのように痛い。前方に、斜めにずれて向かい合った四棟の建物がある。その緑色をした街区に近づくにつれ、なぜか目がうるんできた。街区をくねくねと吹き抜ける風が、すべての力を運び去る。風のうなりが、彼の喉から出る音と混ざり合う。

膝の力が抜け、なすすべもなく転んでしまう。なぜだ、ホアキン、なぜだ？　なぜおれの言うことを聞いてくれなかった？　叫んでいるつもりだが、実際にはつぶやきながら、茫然として三番目の建物の窓のひとつをながめる。何かを後悔しているのだが、何を悔いているのかわからない。きっと、やったはずなのだが忘れてしまっていること、口から出てしまってもう取り消せない言葉。だがそれが何かは、よくわからない。確かなのはもう何もわからないということ、感じているということ、胃から胸へと込み上げてくる、息切れするほどの強い痛みをただ感じているということ。風は冷たいが、ジャケットを脱ぎたくなった。顔を上げ、口を開いて肺いっぱいに空気を吸い込み、喉に詰まっていた叫びを追い出す。硬くて黒い異物のような、苦痛の叫びを。

起きてください、起きてくださいと誰かの声がする。見ると、さっきすれ違った少女がジャケットを彼の肩にかけなおしている。まるで赤ん坊をくるむときのように、そうっと、優しく。少女の青い瞳に見つめられると、ジャケットを払いのける気が失せる。少女は彼の前に膝をつき、つぶやいた。イアーゴに知らせたから、心配しないでください。もうすぐ来ます。いや、違う、ホアキンだ。おれが探しているのはホアキンだ。おれの息子。家に帰ってこないんだ。わかるか？　きっとあんたはやつを知ってる、あいつと……大体同じ年ごろだからな。彼女はうつむき、ポケットから何か取り出す。極小のタイプライターか何かだろうか、彼女はその機械に素早く文字を打ち込んで、イアーゴはすぐに来ますと繰り返す。それはいい知らせなんだろうなと彼は思い、実際そんな気がするのだが、それがなぜなのかはよくわからない。

「おじいちゃん！」

バタバタッと足音がしたほうを見て、ほかにも人がいたのだと気づく。金髪の若い女以外に、高齢の女がふたり。そしてひとりの少年が駆けつけてきた。そう、その顔の持ち主を、彼は知りすぎるほどよく知っている。ホアキンだ！　消えそうな声でつぶやいてすぐ、息子ではないと気づく。瞳は栗色で、髪が長い。肩につくほどに……。それでも、彼と一緒に行ったほうがいいと感じている。そのイアーゴという若者に、手を取って起き上がらせてもらった。それからイアーゴが、金髪の少女に礼を、ふたりの女性には「なんでもありません」と言っているのを聞く。おとなしく彼のあとに従いながら、なんだかあべこべだなと思う。大人が子どもを探しに来て、叱りつけながら家に連れて帰るんじゃなくて、その反対だ。もっとも、彼が探している少年はイアーゴという名ではないし、小脇にスケートボードを抱えてもいないが。

「どこへ行こうとしてたの」少年が訊ねた。「この寒いのに、パジャマと室内履きで散歩？　母さんに知られたら、こっぴどく叱られるよ」

「母さんって誰だ」

「母さんだよ、ぼくの。おじいちゃんの娘のミリアムだ」

彼は一瞬立ち止まる。少年の言葉がコツンと響いた。岩にぶつかる波の映像が脳裏に浮かぶ。容赦ない強さで何度も押し寄せては、そのたび虚しく返す波。石の壁を壊せない波の映像。

「じゃあ、サルードは？　サルードはどこにいる？」

イアーゴという少年が、彼の肩に腕を回した。

「もう、また？　サルードおばあちゃんは死んだんだよ。もうずっと前だ。ぼくはほとんど覚えていない」

また波だ。またぶつかった。だけど石はびくともしない。それどころか波をはね返し、ひび一本入れさせまいと頑固にそびえ立っている。

「死んだ？」

「うん。今は思い出せないんだよね、わかってる。家に帰ったら、すぐ何もかもはっきりして怒りもおさまるよ。いつもそうだから」

若いくせに、少年の口調にはどこか説得力がある。だが、その子どもが誰なのかようやくわかったのは、エレベーターの鏡に自分たちふたりの姿が映ったときだった。正気を失(な)くした顔の老人は、彼だ。パジャマの前がはだけているのに気づいて、恥ずかしそうにしている、正気を失くした老人。しょぼしょぼとした白い胸毛が、否応(いやおう)もなく年齢を暴露している。その横にいるのはもちろん、彼の孫。そうでなければ、誰だというのだ？　悲しそうな目をしているが、もしかしたらそれはただ、考えごとをしているからかもしれない。いずれにせよ、イアーゴは子どものころから真面目(まじめ)だった。思春期を迎えた今も内向的で無口だが、優しい少年だ。

「おまえはいくつになった？」

「十五だよ、おじいちゃん。今のうちにバイクを頼んでおくよ。だから貯金しておいてね」

彼は微笑(ほほえ)む。思い出した。十六歳になったらすぐにバイクを買ってやると、孫に約束したのだった。どうかそのときになってもちゃんと覚えていて、約束を果たせますように。

エレベーターが止まり、イアーゴが家のドアを開ける。彼は戸口で立ち止まる。言いたいことがあるのだが決まりが悪くて、できれば孫が電気をつける前に言いたかった。

「おまえの母さんには言わないでくれ」彼は孫に頼んだ。「お願いだ」

イアーゴは答えない。おそらく彼も、いたずら小僧みたいに見逃してくれと頼む大人にとまどっているのだ。

「わかった」ようやく、ぽつりと言う。「だけどもう家を抜け出さないでよ、おじいちゃん。

ほんとに。もし出ていきたければ、母さんかぼくが帰ってくるまで待って。いい？」

ふたりは家に入った。もうわかる。数ヵ月前からここで、娘と孫と一緒に住んでいるのだ。もうひとり暮らしはさせられないとミリアムが言い張ったからだが、とはいえ彼女は一日じゅう美容院で働いているので、彼にとってはひとりの時間がほんの少し減っただけだ。

「わかった、わかった。もうこんなふうに、夜に出ていったりしないよ。約束する」

「どこへ行こうとしてたの？」イアーゴがスケートボードを壁に立てかけながら訊ねる。

ふたりはダイニングに向かう。彼は孫の二、三歩後ろからついていく。

「ああ……」息を吸い込み、言葉を続ける。「ちょっと、その辺をぐるっとな」嘘をついた。

考えた末についた嘘だ。相手を不快にさせるのはわかっているが、ほかにどうしようもない。もう、すべて思い出したから――自分が誰で、どこにいて、どうしてここにいるのかということを。さっきまでの行動は、自分とは何の関係もない、頭のおかしい老人がやったことだという気がしていた。おかしくなっていなければ、三十年以上も前に死んだ息子を探しに出ていったりしなかっただろう。おかしくなっていなければ、あの夜の行動を繰り返すことなどしなかっただろう。あの呪われた十二月十五日の夜、ホアキンを探してバリオじゅうをくまなく歩き回った。一度見た場所も二度、三度と探した。最初は怒っていた。自分から逃げようとする、手に負えない子どもに腹を立てていた。それからしばらくすると、気が気でなくなってきた。同じ年ごろの子どもたちも、どんなことにでも目を光らせている近所のおしゃべり女たちも、その日はホアキンを見ていないとわかったからだ。不安を紛らわせるため、ときどきわざと怒ってみた。絶望感に打ち負かされそうになる自分を怒りのエネルギーで奮い立たせていたのだ。そして本当のことをいえば、ヒステリックな妻のもとへ手ぶらで帰る勇気がなかった。だが結局は、何の収穫もなく帰ることになった。もちろんそのときの無念さといったら、今夜の比ではない。帰ったときに見たサルードの目の色は、すでに変わっていた。そのあと起こることを母親の本能で直感していたに違いない。そしてその夜を境に、彼女の目に恐怖以外の感情が宿ることはなくなった。何事にも関心を示さず、氷のように冷淡な表情を浮かべるようになった。すべてあの日からだ。あの日、ぐっすり眠るミリアムを膝にのせ、肘掛け椅子に座ってまんじりともせず夜を明かしたサルードは、早朝になって治安警備隊がドアを叩(たた)くまで、一言も発することはなかった。

　人生をまるごと破壊できる波がある。あのときを思い出し、彼はつぶやいた。たった一度の高波で、岩に亀裂が生じることもあるのだ。治安警備隊の男たちの、話すというより非難するような短い言葉、高圧的な口調。サルードの鋭く痛切な叫びで赤ん坊は目覚め、近所の人が階段に集まってきた。軍曹が命令する。家に戻りなさい、わかったか！　祭りじゃないんだぞ！　それから軍曹は、彼のほうを向いて言う。あんた、一緒に来なさい。現場までの道は磔刑(たっけい)に向かう十字架の道のように長かった。着いたところは、道路の向こう側のマンション。建築工事が中断し、むき出しの土台の周りに土が積み上げられていた。遠くに曙光(しょこう)が射していた。そしてホアキン、彼のホアキンは、眠っているかのように体を丸め、工事現場の穴の中に横たわっていた。肌は蠟のように白く、服は土埃をかぶっていた。

この子は殺されたんだ。年長のほうの治安警備隊員が、煙草に火をつけながら言った。いいか、よく聞け。これからこんなことが頻繁に起こるようになる。心の準備をしておいたほうがいい。この国には正義も秩序もない。くそったれの共産主義者が奪っていった。まったく、何が憲法だ！

こんな場合でなければ、彼は食ってかかっただろう。もう誰を恨むこともなく、自由を謳歌できる時代が来たんだと警備隊員に反論しただろう。だがその冬の朝、日付が変わって一九七八年十二月十六日の彼にできたことは、息子が横たわる即席の墓穴の前でただひざまずき、頭に浮かんだ祈禱の文句をとぎれとぎれに唱えることだけだった。もう二度と唱えないと、何度となく誓ったはずの主の祈りを。

第一部

風が草を揺らしはじめた

1

七〇年代、シウダード・サテリテ

なぜそこがシウダード・サテリテ（衛星都市）と呼ばれていたのか、ちゃんとわかっている人はいない。穀類とイナゴマメの畑だった土地が住宅用地に指定され、六〇年代ごろバルセロナに流入してきた人々のための建物が増えていった。そんな新興地区を表す言葉として、どこかの新聞記者が命名したのだと思う。フランコ時代真っただなかにソ連の影響を受けて建設された、そっくり同じ長方形で、窓の小さな集合住宅の連なり。街区の並びに秩序がなく、調和も取れていない雑然とした地域だが、開発が始まって十年もするころには、すでに四万人以上が暮らしていた。

衛星って、何の衛星だ？　そう思った住民は多いだろう。線路の向こうに中心部があるクルナリャーの街にバリオ全体がぶら下がっているようだということで、そう名づけられたのかもしれない。いずれにせよこの名は定着し、ほぼ全住民が省略形の〝ラ・サテリテ〟で呼ぶようになったが、意味をきちんと理解している者はやはり誰もいなかった。少なくとも、一九六二年にバダホス県のアスアガから移住してきたうちの両親が当時、街の名の由来など考えもしなかったことは確かだ。疑問があっても口にせず、質問したところで答えが返ってくることはめったにない時代だった。皆が従順さを身につけていたし、そうするように教えられてもいた。あと十年も経てば物事が変わりはじめるとは知る由もなかったが、それはそれとして、やけにこの名前にこだわる人たちもいた。エキゾチックで、未来志向さえ感じられるいい名前だというのだ。それは、やはりウィットに富んだある新聞記者がつけた、〝母のいない街〟という別名を隠したいからだった。必ず子どもが出てきて、「お母さんは今いないから、お金は払えません」と言うので、集金人は手ぶらで帰らなければならない――。このような、住民にとっては屈辱的な逸話が由来の〝母のいない街〟に比べたら、シウダード・サテリテのほうがずっとましだったというわけだ。

クルナリャーに古くからいる人たちも、この地域のことをラ・サテリテと呼んではいたが、誰も足を踏み入れなかった。自分たちだって何の魅力もない労働者の街に住んでいるくせに、線路の向こうに行く用事はないし、行ったってつまらない、それどころか危険だなどと彼らは言うのだ。本質的に貧しい人間は、同じ境遇の貧乏人には同情よりも恐怖を覚える。今でこそ移民やゲットーも珍しい存在ではなくなったが、当時のクルナリャー住民にとって、ラ・サテリテは想像のつかない世界だったかもしれない。現在はサンティルデフォンスの地名のほうがよく知られているが、みんながこの地域をシウダード・サテリテと呼んでいたころは、住民たちの出身県別に通りを分けることができた。なかには、アンダルシアから村ごとひとつの建物に引っ越してきたという例もあるほどだ。これじゃまるで、横に広がっていたのを都会に持ってきて縦にしただけだ。実際、みんながかなりわかりやすい行動原理に従っていた。彼らが来た、わたしたちも来た。昔ながらの知り合いの近くに住みたい、これまでの習慣も維持したい。だからフラメンコ愛好グループや闘牛サークル、信徒会など、出身地ごとに固有の団体がつくられた。夏になれば女たちが路上に椅子を持ち出して夕涼みをし、男たちは通りに面した近所のバルでワインを一杯ひっかけた。生粋（きっすい）のカタルーニャ人にとってみればそれは、逆植民地のようなものだっただろう。だからあまり近づいてこなかったのは理解できる。こっちとしては、安全で信頼できる環境をつくろうとしていただけだ。景色は確かに変わったが、習慣は変えたくなかった。

　多くの人が飢餓と窮乏にあえぎ、移住を余儀なくされてここへ来た。そこまで困窮していなくても、子どもたちのために故郷を離れた家族も多かった。村にそのままとどまることが何を意味するか、彼らは知っていた。男たちには、容赦ない日照りのもとで続く過酷な労働が待っている。女性たちは若くして結婚し、途切れなく子どもを産みつづける。彼らは、それがいやだった。幼いころそう話してくれた両親は、ぼくが大人になってもたびたびその話を繰り返した。うちの親がラ・サテリテに来たときはすでに三人の子どもがいた。兄とふたりの姉たちだ。子どもたちがいなければ、アスアガを離れることもなかっただろう。父は農場で擦り切れるまで働く代わりに、まずまずの日当を得ていた。でも夜になってベッドに入ると、子どもたちの将来のことが浮かんできて、何時間も眠れず過ごした。さほどの想像力は必要なかった。村にいる限り、子どもたちも現在の自分と大体同じ生活を送るだろうから。

そんなある日、両親は突然荷物をまとめ、毛布を頭にくくりつけて村を出た。ふたりは認めないが、そこには冒険したいという気持ちもあったかもしれない。先に移住した人たちが里帰りして、自分たちを受け入れてくれた土地のすばらしさを大げさに語るのを聞いているうち、羨望に近い疼きが心に芽生えたことはあっただろう。出ていった者たちの瞳は力強く満足げに輝き、残った者たちの目は臆病さと、一歩を踏み出さなかった後悔を映し出していた。

最初の移住者たちに勇気が必要だったのは確かだ。六〇年代ごろまで、移住者たちの生活は容易ではなかった。巨大街区が建設され、地域の風景が一変するまでは、住宅不足が切実な問題だった。当時は荒れ放題だったカン・マルカデ公園近くの粘土質の土を利用して、多くの家族が洞窟を掘って住みついた。住民を管理しにくくなるからと、フランコ体制が移住を歓迎しなかったのも、苦境に拍車をかけていた。かさばる荷物よりもっとふくらんだ夢と希望を抱えてやってきた人々は、フランサ駅で列車から降りた途端に制止され、モンジュイックの丘にできた急ごしらえの移民収容キャンプに送られて、そこから出身県に戻された。捕まる危険を察知し、バルセロナ市内に入る手前の駅で降りて、あとの道のりを徒歩で行く人も多かった。

ぼくの両親、アントニオ・ロペスとトリニダード・アルナルの場合、それほどの困難はなかった。彼らが一九六二年に故郷を離れた理由はただひとつ、子どもたち（その四年後に生まれるぼくを含む）を学校に行かせ、自分で稼げる人間にすることだった。貧乏人の習慣はどこに行こうが繰り返すものだということには気づかず、とにかくアスアガの生活を回す仮借なき歯車から抜け出たい一心だった。だがどういう感情のメカニズムが働くのか、逃げ出してきたはずの故郷の村はいつしか、夢にまで見た天国に格上げされた。休暇の初日には、待ちかねたように一家で帰省するのが習慣になった。都会で生まれたぼくは、果てしなく続く村での夏も、その前のうんざりする長旅も大嫌いだった。ルノー・ユイットに家族全員がぎゅうぎゅう詰めになって乗り込んで、時速八十キロでスペインを東から西へと横断する。道路は焼けつき、ときどき止まってラジエーターに水を補給しなければならない。車内のカセットデッキでは、アンダルシア出身の歌手マリフェ・デ・トリアナの曲がかけっぱなしになっていたが、暑さでだんだんテープが伸び、首を絞められているような声になる。でも子どものころのぼくは、帰省のドライブや村そのものについて愚痴をこぼすなど考えもしなかった。そんなことをすれば強烈な平手打ちを食らうのが目に見えていたからだ。両親が窒息しそうになって逃げ出した不毛の土地は、郷愁という魔法のせいでなつかしの楽園へと変わり、八月の長い三十日間、ぼくらはそこで呪いをかけられたように過ごした。

だけどぼくがこれから話そうとしているのは、村のことでも、夏の三十日間のことでもなくて、シウダード・サテリテで過ごした残りの三百三十五日のことだ。好きか嫌いかは別にして、あそこはぼくの故郷だ。バダホスの村を捨てた両親のように、ぼくもずっとあの土地を憎んで過ごし、やがてこんなところにいられるもんかと出ていった。だが、今ならわかる。あの街で育ち、教育を受けたから、現在のぼくがあるのだ。チンピラたちに出くわす危険を避けることも、もし出会ってもわずかな金品を渡すだけで被害を免れることも、あそこで覚えた。思い出すのは、チンピラ一味のカイオワ族に注意しろとよく言われていたことだ。バリオの子どもたちはずっとその一味の話を聞かされていたので、名前を聞くだけで恐怖を覚えたものだが、実際に出会った者はいなかった。成長するにつれ、あれは物語に出てくる人食い鬼みたいな、警告を与えるための都市伝説のようなものなのだと考えるようになった。その言い伝えの主な役割は、子どもに恐怖を吹き込んで夕飯までには家に帰ってこさせること。特に日暮れどきには、特定の地域から離れているようにさせること。バリオのはずれの小高くなった場所、ミランダの塔の近くや、週末には二本立てを上映しているピサ・シネマの向こうには邪悪な鬼が出るかもしれない。カイオワ族は存在しないかもしれないけど、そういうたぐいのものはきっと実在する。ぼくたちが子どものころは、ジプシーの一団を恐れていた。その後、道を踏み外し、ドラッグや犯罪に手を染める若者たちが出現した。若者たちの親にとっては青天の霹靂（へきれき）で、当然回避することもできなかった。親は子どものより良い未来を願ってここに来たのに、思い通りにはならなかった。親と同じように工場で働く自分自身が見えてしまえば、若者たちが心躍る未来図を描けるわけもなかった。まだ独裁体制が尾を引いていた七〇年代、思考停止に陥るほどの倦怠感が蔓延していたバリオは、若者たちにとって、親の世代が捨ててきた村と同じくらい息苦しい場所になっていた。だが彼らが抱える怒りは、親の世代とは種類が違っていた。少なくとも彼らは、そう思い込んでいた。なぜならぼくの兄の世代には、もう逃げ場がなかったからだ。だからマリファナ煙草やアルコール、当時人気のあったバンドの音楽につかの間の慰めを求めた。煙草や酒では飽き足らなくなると、ヘロインに移行した。抵抗するにはあまりに身近に、かりそめの逃げ場があった。

大都市バルセロナは、すぐそばにありながら遠く、近寄りがたい場所だった。最先端のおしゃれな街は、なんだか居心地が悪かった。学校の遠足でさえさほど行ったわけではないが、両親につれていってもらったのはもっと少なく、ほんの数回だったと思う。思い出せるのは動物園、遊覧船と防波堤、大聖堂とランブラス通りとか、せいぜいそのくらいだ。ぼくたちは大抵、ボカディージョ(フランスパンでつくるサンドイッチ)と飲み物を母の手提げ袋に入れて持参していた。バルセロナの物価が高かったからだ。ラ・サテリテの女たちは、バルセロナの高級住宅街パドラルバスやサリアの家庭で掃除人として働いていた。そこの奥様方は、魚介類や絶品の牡蠣をバリオの市場で買ってきてほしいと掃除人に頼んでいた。これはあくまで噂だったが、ぼくの知る限りでは真実だ。サンティルデフォンスの市場では、バルセロナ市内のこのふたつの地域では考えられないほど安く、考えられないほど良質の物が手に入ったからだ。それにラ・サテリテの女たちが奥様方のお使いを嬉々として引き受けるのにもからくりがあった。「ラ・ブカリーア市場だの、ニノットの市場だのと言うけれど」母の友人で、掃除人をしていた小母さんがよく言っていた。「新年の車エビは、ピリの店に限るわ。でもうちの奥様、買っていった車エビを一尾ずつチェックするのよ。ほんとにけちくさいったら」ピリというのはバリオの魚屋で、母たちの友だちでもあった。だから小母さんがその店で車エビを買うと、実際に払った代金より少し高い額を領収書に記載してくれる。小母さんはその差額で、自宅用の小エビや貝を買えるというわけだった。

これが当時のバリオ住民と、県都バルセロナの住民の大まかな関係だ。ぼくたちは不信と悪意、卑屈さが入り混じった感情をバルセロナに対して抱いていた。おそらくそれは評価基準が偏っていたせいだ。ぼくたちはいわゆる高級住宅地（サリア、サン・ジャルバシ、パドラルバス）に住み、ラ・サテリテの女たちをお手伝いさんに雇っている奥様方だけを見て、バルセロナにも別の顔があることを考えていなかった。ノウ・バリスやサンツの住民は、冬になってもスキーに行かず、夏になってもプール付きの別荘になど行かないと、少なくとも当時のぼくは知らなかった。今となってはばかみたいだが、数少ないバルセロナへのお出かけの際には、結婚式に行くような服を母に着せられていたことをはっきり覚えている。それがあのころの、ぼくにとってのバルセロナだ。身なりを整えて行かなければならない、風変わりで尊大な遠縁の饗宴。そこに行ってもどう振る舞えばいいのか、さっぱりわからない場所。

多くの女たちは地区を走るBI系統のバスに乗ってパドラルバスやディアゴナルの家々を掃除しに行き、大抵の男たちはクルナリャーやアルメダといった地元の工場で働いていた。シーメンス、エルサ、ラフォルサ、クラウソル、コルベロ……。これらの工場では頻繁にストライキが行われ、労働運動が盛んだったことから、バルセロナ都市圏は〝赤ベルト〟と呼ばれていた。なかでも有名なのが一九七五年から一九七六年にかけて起こったラフォルサのストだ。そのスローガン「全員か無か」は、フランコ体制の終わりを告げ、労働闘争の力を世に知らしめる鬨（とき）の声だった。あのストはよく覚えている。十歳になるかならないかの少年の記憶に刻み込まれるに十分なほど、長く続いたからだ。発端はある従業員に対する、ラフォルサからの一方的な解雇通告だった。その従業員は数ヵ月間離職を拒否しつづけた。これは、当時としては考えられないほどの離れ業（トゥール・ド・フォルス）だ。会社がさらに何人かの従業員にも解雇を告げると、ほかの従業員たちがストに突入した。解雇を告げられた社員全員が復職するまで仕事はしないと宣言して、実際にやり通した。ここから例のスローガン、「全員か無か」が生まれたわけだ。ストライキが上首尾に終わり、組合が勝利して会社が譲歩したことで、物事は変えられるんだと皆が確信した。ストライキ中、警察は労働者の粘り強さと団結の固さを持て余していた。対して労働者側にはいくらか余裕があった。警官隊が発射したゴム弾を使って、翌日には子どもたちが遊んでいたというのも、あながち冗談ではないほどだ。当時左翼に転向していた教会の庇護を受け、サンタ・マリア教区に籠城していた労働者たちは、家族のための寄付を募るだけで、何ヵ月も収入なしで過ごした。代わって家庭を支えたのが籠城者の妻たちだ。当時の女性の役割について語られることはほとんどないが、男たちが考えるよりずっとその働きは大きかった。昼間は他人の家や工場で掃除人として、夜になれば自分の家庭の切り盛りや子どもたちの世話で、へとへとになるまで働いた。週末など存在しなかった。もちろん、男たちにとっても人生は楽ではないが、それでも彼らにはワインの一杯、ビールの一、二杯を楽しむ時間はあったし、家事といえば電球を換えたり壁紙を張ったりするくらいで、それ以外のことは免除されていた。夕食も、工場へ持っていく弁当も、いつだって用意されていた。ぼくの父も、父と同世代の男たちも、家に入ってきたハエを殺そうとして投げつけるときくらいしか、雑巾をつかむことはなかった。男たちの名誉のために言っておくと、女たちがそうさせなかったのかもしれない。男に布巾を持たせるなんて沽券にかかわるというわけだ。母はよく「あたしの台所に入らないで」と言っていた。わざわざ「あたしの」と所有詞をつけて呼ぶのは、男の人は炊事なんてしなくていいと言っているのと同じことだ。

台所を支配するのが母親で、家のその他の部分を治めるのが父親だとしたら、ぼくたち子どもがごくごくわずかな権力をふるう場所は路上しかなかった。子どもの世界は、敵と味方の区別がはっきりしにくいものだ。そんな中で起こるいさかいに、遊び仲間や兄弟を守るため駆けつけてくるような子どもには、みんなが一目置いていた。特に、いとこを助けるような正義感の強い子どもは、大きな影響力を持っていた。あのころ、緑街区の辺りの路上をよくうろついていたのがファンペ、通称鼻水(モコ)だ。サモラの家のかわいそうな子、ファンペは、ひ弱で反射神経が少し鈍くて友だちもおらず、何かにつけて叩かれ、蹴られ、ひどい言葉を投げつけられていた。サッカーの試合をするときにも、いつもメンバーから外されていた。ボールが来たら怖がって、パスを止める代わりに自分のほうから離れていきそうだというのがその理由だった。だからビクトル・ヤグエが親友として選んだのがファンペとわかったときには、みんな驚いた。一九七八年の夏休み、ヤグエ家の帰省旅行にファンペを連れていったのもびっくりだったが、それにはおそらく、ファンペを家から離してあげようという意図があったに違いない。当時、紙のように薄い壁を通して、サモラ家のどなり声や喧嘩(けんか)の音が建物じゅうに鳴り響いていた。

緑街区というのは、色と高さがひときわ目立つ数棟の集合住宅が、ちょっと意匠の変わったファサードを向かい合わせている区画のことだ。確かこのバリオ出身のパンク・ロック歌手が言った冗談だと思うが、その数棟だけがこの界隈の〝唯一の緑地帯〟だった。建物の色は白か灰色でなければならなかった時代だ。多くの通りに木の名前がついているのは、おそらく自然の乏しさを相殺するためだったのではないかと言われている。

さっき言った通り、ビクトルとファンペがいつも一緒にいるようになったのには皆が驚いた。そしてぼくは密(ひそ)かに、ねじれた羨望を抱いていた。なぜなら当時、十一歳から十二歳にかけてのぼくがどうしてもかなえたかった願い、それはビクトル・ヤグエと友だちになることだったからだ。彼が友情という名の魔法の指で触れてくれたら、ぼくには特権が与えられ、騒々しいその他大勢のガキのひとりから脱却できると信じていた。これまでの人生を振り返ってみると、ビクトル・ヤグエへの想いがぼくの初恋だったのだと、今にしてわかる。ぼくの性的指向が予想された路線から外れていく、その最初のサインの表れだった。だけどあのころのぼくにはそんなことはわからなかった。ただひたすら、彼に近づきたい、友情を勝ち得たい、仲良くなりたいという切羽詰まった欲求を感じ……、そして悲しいことに、何も手に入れられなかった。本名よりあだ名のほうが通じる子どもたちの世界で、彼だけはニックネームがなく、ただビクトルかヤグエと呼ばれていた。たまに、サンドカンの息子と呼ぶ人たちもいた。彼の父エミリオ・ヤグエが、ネコ科動物のような顔をした緑色の目の俳優によく似ていたからだ。当時流行(はや)っていたテレビドラマでその俳優が演じた、勇敢なマレーシアの虎を率いる主人公の名がサンドカンだった。

その界隈で目立つ存在のひとりに、ホアキン・バスケスもいた。元々、陰でクロマニヨンと呼ばれていたが、彼自身は、あの事件のあった年には自分のことをマジンガーと呼べとみんなに強制していた。もちろん、皆が夢中になっていた連続テレビアニメのロボットに自分をなぞらえたのだ。だけどホアキンとマジンガーの共通点といえば、ゴリラみたいにがっしりした体格くらいだ。彼は、サディストという言葉が生易しいくらいの悪意の持ち主だった。ぼくがこの原稿を書いているのはただの気晴らしにすぎないから、中立的で平等な表現を心掛けるつもりはないし、真実を隠しても意味がない。だから言ってしまおう。死んで当たり前とまで言うつもりは絶対にないが、ホアキン・バスケスが並外れて残酷ないじめっ子だったことは確かだ。自分より弱い者、つまりぼくを含む、ほぼ全員をいたぶって楽しんでいた。年上の少年たちには、親が経営する店からくすねた金を渡し、仲良くして守ってもらっていた。いじめの対象になるのは、彼に提供できるものを何も持たない、同じ年ごろか年下の者たちだった。

彼がなぜあんなことをしていたのか、ぼくは知りたい。ぼくたちをいじめて何が楽しかったのか。クマのように大柄な彼が力ずくで皆を服従させ、奪ったおやつを地面に落として踏みにじり、文房具屋兼玩具屋の両親に頼めばいくらでもただでもらえるようなおもちゃをわざわざぼくたちから取り上げていたのは、いったいどんな心の働きだったのか。ぼくは知りたい。なぜならその言動が理由で、一九七八年十二月十五日、クリスマスの十日前に、彼は死んでしまったのだから。

その知らせは新聞の一面を飾ったわけでも、テレビのトップニュースになったわけでもないが、事件の翌朝には、砂埃のようにバリオ全体に広まっていた。住人たちは寄ると触ると、その話ばかりしていた。「バスケスのところの子が、工事現場で見つかったんだって。ほら、夜になると麻薬中毒者(ジャンキー)が集まる場所でだよ」「ああ、なんて恥さらしな。いったいどうなるんだろう！　かわいそうなサルード」「こんなことがあったら立ち直れないよ、ほんとに」住宅内でも空き地でも、最初のうちは手あかのついた同情の言葉がかまびすしくやり取りされていたが、すぐに風向きが変わり、今度は数人ずつ固まって、ひそひそと本音をささやき合うようになった。だってほら、あの小僧はワルの道に進んでたから。こうなるのは目に見えてたよ。自由すぎたんだよ。こんなふうに放任を非難する隣人たちこそ、ほんの少し前まで大規模デモに参加して「自由、恩赦、自治憲章」（カタルーニャの自治を求めるデモのスローガン）と訴えていた張本人ではあったのだが。彼らはさらに、こうも言い合った。普通の子どもなら、あんな時間に工事現場に行くはずないよ。あそこは夜が明ければ、使用済みの注射器が散らばってるような場所だよ。身近な例を挙げればカン・マルカデ公園周辺がそうだが、シウダード・サテリテにはこのような、まともな人なら夕暮れどきには絶対近づかない地域がいくつかあった。「自由と放埒(ほうらつ)とは違う」住民たちはきっぱり言い切ったが、どちらの概念も抽象的すぎて、正確に定義することは誰にもできなかった。

住民たちはあれこれ推論していたが、実際にはその日も続く週末も、まだ小学生だった地元の文房具屋のせがれの死は謎に包まれたままだった。近所の者たちは弔問に訪れたが、ブラインドは下ろされたままで、チャイムを鳴らしても返事はない。閉じられたままの店には貼り紙ひとつなく、噂だけが大きくなっていった。若者がふたり逮捕されたと話す者たちがいた。捕まったのは〝ドラッグをやっていたやつらのうちのふたり〟で、金を奪うためにかわいそうな少年を殺したのは間違いないという話だった。それからもっと秘密めかした口ぶりで、知っていることはあるが明らかにはできないといわんばかりに話し出す者たちもいた。彼らは空中に放たれた矢が勢いを失って落ちるかのように、いわくありげに途中で口をつぐむのだった。

月曜日、ホアキン・バスケスがいなくなったぼくたちのクラスでは、担任のスアレス先生がいつも通りに見せかけようと努力していたが、クリスマス休暇直前の教室がしんとしていることと自体、異常以外の何ものでもなかった。そしてみんなの視線はつい、最後列のホアキンの席に向かうのだが、クロマニヨンの不在を悲しんでいるのかそうでないのか、ぼくたち自身にもわからなかった。休み時間のあと、校長先生が共犯者めいた口調でぼくたちに話しかけたのが、何より不安を掻き立てた。ほかの場所でも、あまり大人が子どもに優しく協力をお願いしたりはしないと思うが、ラ・サテリテではなおさらだった。

だがその日、校長の温かくものわかりのよい言葉が自分にだけ向けられているように感じた者は、クラスの中に三人いたと思う。誰にも知られているはずはないのに、誰かが校長にあのことを密告したような気がした。あとのふたりがどう思っていたのかは知らないが、ぼくはその日の午後ずっと、あの校長の視線を忘れられなかった。その夜は校長やクロマニヨン、モコの出てくる夢を見た。目が覚めたら気分が悪く、インフルエンザにかかったように体が震えて、ほとんど起き上がれないほどだった。母がベッドに腰かけて、幼いときにそうしたように、優しくぼくの額をなでてくれた。そのとき突然、少なくともぼくには、真実を話す義務があるのだと思った。

そのあとどうなるかなんてわからなかった。皆の間で協定が結ばれるなど予見できなかった。ぼくは知っていること、見たことを告白しただけで、その内容が友情と哀れみの名のもとに操作されるとは想像もしていなかった。長い月日が経過した今、あの時代特有の精神がそうさせたのだと考えるようになったが、当時のぼくが思っていたのはただ、〝クロマニヨン〟ホアキン・バスケスに起きたことを話して良心の呵責を軽くしたい、そしてすべて忘れて、元の生活に戻りたいということだけだった。

2

二〇一五年十二月、クルナリャー・ダ・リュブラガート市

地下鉄の車内表示の赤く小さな光が点滅して、あと五駅で目的地に着くことがわかった。だがここで降りてホームを替えれば、元来たほうへ戻ることもできる。ここ数週間、ある番号から執拗にかかってくる電話をあらゆる方法でブロックしてきた。不在着信、無視。いら

いらしながら応対してさっさと切ったことも何度かある。こんなやり方をすれば誰でも、いやがられていると思ってかけてこなくなるはずだが、この相手はそうではない。そのうえその男は、どんなときでも不快そうな声を出したり、非難めいた言葉を投げつけてきたりしない。それが彼を一層落ち着かなくさせるのだ。彼の拒絶を驚くほど素直に受け止める代わりに、それならこの日に会えないかと提案するのも忘れない。まるで根気こそが成功のカギだとわかっているかのようだ。

そして、その目論見（もくろみ）は当たっていた。そうつぶやいている間にも、赤い光は容赦なく、予定された場所と時間に向かって進んでいく。計画変更の可能性がどんどん減っていく。あるいは少なくとも、話にならないほどちっぽけなものになっていく。突然、とことん無視しようという意思が弱まり、こんなことはさっさと終わりにしてしまおうという衝動が、用心や事なかれ主義を上回る。昨夜、ファンペから四度の不在着信があったことに気づいたとき、彼はそういう状態に陥った。問題をすぐに解決しなければ、うっかり開けてしまった扉を早く閉じなければという思いが、生来の慎重さを忘れさせた。彼、ビクトル・ヤグエの口調は本来、ぶっきらぼうでそっけない。うわべは礼儀正しいが、相手が当然従うものという前提で命令を発するのに慣れた、エグゼクティブ特有の話し方だ。「明日会おう。そうだ。きみの家で、八時か八時半ごろ。職場を出たらそっちへ行くよ」

住所を訊ねる必要がないのが不思議に思えた。三十七年経っているのに、ファンペはまだ知り合ったときと同じマンションに住んでいる。ずっとそこに住みつづけていたわけではないと、偶然の再会を果たしたあのいまいましい面接で言っていた。思えばあれがきっかけで、こんな面倒なことになったのだ。もっと正確にいえば経済危機と失業、腹立たしい経済危機と厄介な失業のせいで、彼は両親が住んでいたマンションに戻ってくる羽目になったのである。旧サテリテ地区の緑街区に。

ビクトルが最も心を動かされたのは、おそらくそのことだった。買ったときよりせり出した腹のせいでずいぶん窮屈そうなシャツ、つま先がすり減った靴、薄くなった髪、目の下のたるみ、わずかだが、ちゃんと嗅ぎ取れる汗のにおい——、目の前にいる男のそんな外見よりも、いい大人が実家に帰ることを余儀なくされたという現状のほうが、心に強く焼きつけられた。十二歳でそのバリオを離れ、グラナダで独身時代に住んでいたマンションの家賃をまだ払いつづけ、少し前まではマドリードにもアパートを持っていて、ついにラ・コルーニャ、シウダード・ハルディンの高級地区に居を構えるまでになったビクトル・ヤグエにとって、ファンペのようなUターンは哀れに思えた。ビクトルはわずか二ヵ月前にバルセロナにやってきたばかりで、初めのころはしゃれたワンルームマンションに慣れるのに苦労した。尊敬すべき上司であると同時に、さほど愛すべきでもない舅(しゅうと)が今回の出向のために借りてくれた部屋で、アラゴン通りにあり、ビクトルがこれから率いることになるホテルとさほど離れていなかった。快適でないわけではなかったが、居住スペースがせいぜい四十平米ほどしかない代わりにだだっ広いバルコニーがついたその〝ロフト〟は、彼が通り過ぎてきた時代に属する部屋だ。狭い空間に足を踏み入れると、人形の家にとらわれたガリバーになった気がした。だが今では、こざっぱりとしたその環境にいると、若返るような気がするのも確かだ。四十八年間生きてきたご褒美に、留学のための奨学金が与えられ、ここで再びやり直せる思いだった。この解放感が本宅から千キロ近く離れているせいでもあるということは、いくら良心が疼いても考えないようにしている。妻のメルセデスからも、娘のクロエからも、義父母や友人たちからも離れ、たまの浮気相手からも離れ、つまりこの十八年間の生活のすべてから遠く離れて、今彼はここにいる。

　鋭い警笛に我に返り、再び駅名表示に視線を向けた。赤い光はもう、カン・ブシェラス駅のところに灯（とも）っている。危険地帯だ。彼は突然、体の中から強い力に押されたように、立ち上がって降りようと決心する。あいつと会っても、いいことは何もない。むしろ行かないのが最後通告になる。実際に向こう側をのぞいてしまう前に、扉を閉めなければならなかった。列車がトンネルを抜けるのを立って待ちながら、ズボンのうしろのポケットに触れ、財布がちゃんと入っているのを確かめる。ちょっと田舎者なのがばれてしまう、どこか哀れを催すしぐさだ。座っている間に財布を盗まれることなど、まずないのだから。

　狭くても快適そのものの部屋に帰るため、カン・ブシェラス駅で降りようとしたそのとき、十歳か十一歳くらいの少年がふたり走って乗り込んできて、彼の行く手を遮った。ひとりがもうひとりの少年のリュックをつかみ、笑いながら背中を押している。押されて入ってきたほうは、中央のポールをつかみ、軌道を描くようにその周りを回転する。座っている老人が叱りつけるが、少年たちは笑いながら反対側の端へ行き、そこでじゃれあいを続ける。

気がつくとビクトルは、車内にとどまっていた。今の何気ない光景が逃走本能を麻痺させてしまったのだ。なつかしさにとらわれ、保身を忘れた。ふたりの少年、ただそれだけ。ただの、友だち同士の子どもふたり。マレーシアの虎、長く暑い夏。小さくて、神経質でひ弱で、駐車場の仕事の面接を受けにホテルに来たあの男とは似ても似つかなかったファンペ。どんなに頑張っても、今もなおそのふたりが同一人物とは信じられないでいる。もちろん、三十七年が過ぎたのだ。娘のクロエの年齢の、倍以上の年月が。きっと車両の曇ったガラスに映るこの顔にも、子どものころのビクトルの面影はさほど残っていないに違いない。自分自身には、いつだって同じ顔に見えていたとしても。

ドアの前でじっと立ち、開くのを待っている。ドアが開けば飛び降りて、会いに行かざるを得ないだろう。何事もなく帰れるはずはない。あのころのことすべてを再び考えるようになってから、頭の中でぐるぐる回っている呪文を繰り返す。ぼくたちは子どもだったんだ。ぼくのせいじゃない。

この言葉は、半分ほんとで半分嘘だとわかっている。ぼくたちは子どもだった。

そう、ただの子どもだったんだ。

3

六階の窓、第三街区の六の一の窓から見下ろすと、通行人は隠れ場所を探している錫の兵隊のようだ。白く強い光に照らされながら街灯の前を横切り、闇に溶け込んでいく。かつては光り輝くメッセージカードのようだったクリスマス・イルミネーションは、ご多分に漏れず経済危機のせいでメモ書き程度に規模が縮小された。そのささやかな、精彩を欠くというよりむしろ悲しげな光が照らすのは、街についてのプランを掲げた選挙ポスターの候補者の顔だけ。投票箱がびっしり並んだ天国の門へと信者の群れをせっせと案内する、似非天使のようだった。ただでさえあわただしい十二月に行われる異例の選挙のせいで、八月に雪が降ったかのように、あるいはサハラ砂漠の熱波がクリスマス・バーゲンの最中にやってきたかのように、風景がゆがんで見える。イスラム教徒特有のチャドルを着た女性がベビーカーを押していく。午後になって四杯目のビールを飲みほしながら、ファンペはあれが一番クリスマスらしい姿だなとつぶやく。上から見ていると、馬小屋に行くベツレヘムの羊飼いの女のようだった。

ひんやりしてきた。なんとなく窓辺から離れられず、目を凝らして待ち人の姿を探していたが、ようやく見張り番をやめ、ビールを手にソファで横になった。缶を傾けたときにビールが数滴ジャージの上にこぼれ落ち、ダークブルーの生地に染み込んだ別の染みと混ざって見分けがつかなくなる。服を替えよう、シャワーを浴びてせめてジーンズとセーターでも着ようと思っていたが、印象を良くしたいという気持ちより億劫さのほうが勝った。いや、もしかしたら内心、みすぼらしい姿のほうが客の同情を得るには有利に働くと直感しているのかもしれない。彼は電話が来て、ドタキャンされると予感していた。そしてそんなときにふさわしい言葉も用意していた。気にするなよ、すごく忙しいのはわかってる、それじゃまた、日を改めて……。午後八時半になってもビクトルが現れる気配はないが、今日は来られないという知らせもない。知らせもせずに来ないつもりかもしれないと思うと、かなりいらいらする。これまで、我慢強くものわかりのよい態度をとってきた。相手には当然ためらいもあるだろうし、それを乗り越えて約束を承諾するには、何のために会うのかを納得する時間が必要だと瞬時に悟ったのだ。

ファンペはおとなしい男だ。決してほめ言葉でない場合も含めてみんなにそう言われるが、いくら穏やかな人間でも、堪忍袋の緒が切れるときはある。

もう一口飲んだあとげっぷをこらえ、少し上体を起こす。吸いさしがぎっしり詰まった灰皿のそばに缶を置ける、ぎりぎりの角度だ。煙草の箱を出そうとサイドポケットに手を入れ、飲み物を取りに行ったとき台所に忘れてきたことを思い出す。ただただ億劫で、まだ吸えるのはないかと灰皿を掻き回すが、ライターも煙草と一緒に調理台の上に置いてきたことはすっかり忘れている。ようやくそのことに気づいて内心毒づき、気力を出すためぐびぐびとビールを飲んでから立ち上がると、ソファには彼の輪郭の通りにくぼみができていて、なかなか元に戻らない。大きなソファだ。ダイニングの広さに比して大きすぎるほどで、同じことはテレビにもいえる。今はスイッチが入っていないので、暗い画面が厚い埃の層で覆われているのがわかるが、映像が流れ出すと、居間じゅうがその光で満たされる。ソファもテレビも貰(もら)い物だ。誰だったか忘れたが、寸法も測らずおざなりに買ってくれた。だが、ぞんざいに扱うのが得策ではない相手というのは、いるものだ。だからありがたく受け取るしかなかった。

それは彼自身についてもいえる。ファンペは義理堅い男で、一度でも親切にしてもらった相手には、生涯かけて誠意を尽くす。

台所に続く廊下に出ると、いきなり冷蔵庫に足を踏み入れたような気がした。居間はヒーターで暖められているうえ、煙草の煙の厚い雲が熱を逃がさず保ってくれるが、温室効果はそこで終わり。バスルームが大股でせいぜい二歩のところにあるから助かっているものの、そうでなければ、夜中にトイレに行くのはシベリアの大草原を横切る覚悟がいる。煙草は置いたところにそのままあったが、ストックは一晩もちそうにない。ビクトルが来て、予想通りの会話になるならもたない。その話をやりおおせるには、ニコチンの大量補給が必要だ。

一番可能性が高いのは、やつが来ないということだけどな。台所の片隅で、からかうような小さな声がする。ここ数週間、先延ばしにしてきたんじゃなかったか？　おまえの電話を無視するか、気のなさそうなメッセージを返してきてたんだろ？　ファンペは何もない部屋の隅にぎらついたまなざしを向け、険しい表情で脅してから、無視してダイニングに戻ることにした。小僧、大草原でくたばっちまえ。

最初はお互い、純粋に驚いた。耳に慣れ親しんで、もはや心地よく感じられるほどになった軋み音を立ててソファに座りながら、ファンペは思い返す。あれは駐車場の警備員の採用面接でのことだった。これなら自分にもできそうだと思い、応募したのだ。目の前にいる面接官が子ども時代の親友、しかも彼にとって唯一の友人だった男だと突然気づいたときは、運命のいたずらのように感じた。なんてこった。いいスーツを着込み、髪はまだ黒くて、濃いグリーンの目で探るようにこちらを見つめるその男が自分の名を告げても、まだ半信半疑だった。何より運命を感じるのは、もし面接日を間違えなかったら、あの出会いはなかったということだ。ホテルではあらゆる職種のスタッフを募集しており、当然、すべての選考に支配人が関与するわけはない。だがファンペは、指定されていない日に指定の場所に行った。ときどき彼の頭脳は、持ち主にこんな仕打ちをする。その日、そこではフロント係の面接が行われていた。もちろん、お帰りくださいと言われても不思議はなかった。だが親切な女性職員がしばらく行ったり来たりしたあと、ともかく、ヤグエ氏が面接することになりましたとファンペに告げた。

ビクトルにとっては何でもないことだと、ファンペはつぶやく。彼はいつも優しくて、真面目で、思いやりのある少年だった。今日、その逆だということがわからなければ、ずっとそういう男のままだった。テーブルの向こう側に座った男を見て、その顔と今聞いたばかりの名字が結びついた。相手が自己紹介し、クリスチャンネームを告げるのを待ってファンペは言った。「おれのことを覚えていないか？　ファンペだよ。緑街区のファンペ。ファン・ペドロ・サモラ、きみの……学校友だちだった」

顔と名前を一致させるのに、ビクトルはしばらくかかった。父親に似ているがもっと柔和で、父親ほどには険しくない彫りの深い顔立ちが、困惑から別の表情に変わっていった。だが、さほど喜んでいるようには見えない。少なくとも、ファンペのように喜色満面というほどではなかった。それでもしばらく、友情を分かち合ったころのいい思い出を話すうち、ふたりを隔てる距離は消え去った。何年ぶりだ？　三十五年以上だよ、ああ、子どものころに戻りたいなあ、村で迷子になったときのこと、覚えてるか？　きみの父さんに叱られたっけ、そりゃあ真剣に怒られた。」ところで、彼はまだ元気？　ファンペの両親はすでに亡くなったが、ビクトルの両親はどちらも存命だった。その流れで、ファンペは緑街区のマンションに戻ってくるしかなかったという話をした。いまいましい大量解雇の波に、四十男の彼も飲み込まれてしまったのだ。路上で眠ることを思えばね……。難しい時代だよ、まったく。でも、きみはうまくいってるようだね。まあ、少なくともそう見えるよ。ついてたな。そう、きみはいつも運がよかった……、あのときでさえも。あのとき……まあいいや、わかるだろ。そこから思い出話は袋小路に入った。言葉のボールが見えない壁に跳ね返って散らばるが、ふたりとも拾おうとはしなかった。ふたりの間のテーブルが急速に広くなった。人生。そう、年月。今度、もっとゆっくり会わなくちゃな、もちろん、きみの都合のいいときに。今は面接を続けなくちゃならないんだ、でも、連絡させるよ。ありがとう。ああ、またな、今はひどく忙しいんだ、でも……。うん、もちろんだよ、がんばって、電話番号を教えてくれよ、おれのは履歴書に書いてある。（沈黙、ためらい）いやならいいよ。いや、そうじゃない、つまり、全然時間がとれなさそうなんだ、ちょっと仕事に余裕ができたら、こちらからかけるよ。（また沈黙。ふたりとも負けじとにらみ合ったが、結局、ビクトルのほうから視線をはずした）名刺を持っていってくれ、携帯番号が書いてある。ありがとう、本当に、おれには大きなことなんだ、おれには……、あまり、友だちがいなかった。そうか。それに、戻って来なくちゃならなかったのもつらいんだ、通りが思い出を連れてくる。すまない、本当に今はきみと話し合っている時間がないんだ。もちろん、もちろんだ、今度話そう。

司教の葬式を知らせる鐘のように厳（おごそ）かに、母の形見の古い時計が九時を告げた。この音にまだ慣れることができなくて、いつもびくっとしてしまう。せめて詫（わ）びのメッセージでも入っていないかと携帯電話を見るが、待ち人とは何の関係もないメールが一本入っているだけ。

言いつけ通りに数行の文章を読んで暗記し、すぐに消す。規則を守るのは大切だ。ファンペが従順な男でないという者は誰もいないだろう。明晰でも、鋭い反射神経の持ち主でもないが、信頼できる最高の番犬であることは確かだ。

そして記憶すべき四つのデータを一所懸命頭に叩き込もうとしていたそのとき、ドアベルが鳴った。インターフォンのある台所まで行って立ち止まり、隅に視線を向けた。今は何も見えない。彼は微笑んだ。おれに同意したくないから隠れてるんだな。そうだろ、小僧?

ビクトルは裏切らないとわかっていた。

今回は。

4

持ち前の陽気な性格を動員してもかなわないものがあるとしたら、それはこのいまいましい数字だ。美容院の帳簿を点検して、今度もまた、なんとか生き残れるか、それとも商売が完全に破たんするかの細い線上でぐらぐらしているのを確認するとき、数字だけは憎んでもいいんだとミリアムは思うことにしている。これまでは、経済危機になんとか巻き込まれずにやってきた。ニュースやテレビの予測では、すでに危機は峠を越えたと言っている。それなら、政治家や経済学者に知らせてあげてもいい。特別セール、若い人と高齢者への割引などなど、もう何年も一時しのぎの対策を打ち出してきたが、くだんの不景気は抗生物質を上手にかわす攻撃的なウィルスのように彼女の小宇宙で浸食を続け、ささやかな商売を脅かして、つぶれた店の墓場へと送り込もうとしている。同じブネスタ通りの二軒先に中国人の女性三人が経営する美容院が開店して、常時格安価格を打ち出してからは、ことは一層深刻になった。だけど、もうそのことで悩むのはやめよう。そして実際、大抵の場合は忘れていられるのがミリアムの性格だ。

ミリアムは帳簿を閉じ、できる限り会計のことは考えないでいようと決めた。数字の力は圧倒的だ。これ以上見ているとどんどん意気消沈して泣き出してしまいそうだったので、惨劇の証拠物件を引き出しにしまった。だがそれでも、キューバ人のアルバイト、エベリンも帰ってしまった閉店後の店の中では、いつ気力がなえてもおかしくない。ミリアムはくよくよするのが大嫌いで、愚痴を言うのは時間の無駄だと思っている。心配するのは体に悪い。すっかり忘れるために今必要なことは、家のソファに座ってイアーゴと、それからもし気が向くようなら、父さんも一緒に映画でも見ることだ。

店を出る前に鏡を見て微笑む。きっと多くの人が、特に多くの女性が、ミリアムは相当の変わり者だと思っているはずだ。独自のスタイルといえば聞こえはいいが、彼女は一九五〇年代を偏愛している。腰回りがぴったりしていて、スカートがふんわり広がるワンピース、モノクロと鮮やかな色遣い、レースのビスチェと大きく開いた襟ぐり。下まぶたにひどく目立つ黒のアイラインを描き、まつげをカールさせるのが大好きだ。それから、髪につけるリボンも好き。実際に今も、今日のコーディネートにひとつ加えるつもりでいる。白い星のプリント模様が入った、サファイアブルーのヴィンテージ物のかわいいワンピースはインターネットで買い、購入後にエベリンの友だちにアレンジしてもらった。エベリンは週に二度ミサに通う、挑発的な脚線美を持った女の子だ。編み込みヘアには芸術センスを発揮するので、様々な出自を持つ新しい住人たちは、みんな彼女にリクエストする。エベリンにはいつでも手を貸してくれるお助け隊がおり、その職能は裁縫から水道業までと多種多様だ。ミリアムはさほど敬虔(けいけん)ではないが、神か、神に似た誰かが、自分の商売を助けるためにエベリンとその友情部隊を人生に遣わしてくれたのだと確信している。蠱惑(こわく)的な見た目に反して、エベリンは聖週間(セマナ・サンタ)の彫像のように愛想がなく、アタックしてくるうるさいハエどもをひとにらみで凍りつかせることができる。あれほど美人であれほどの体の持ち主なら、他者からの視線を享受すればよさそうなものなのに、エベリンは鼻を鳴らして男たちを追い払い、仲間の中で唯一の(バリオじゅうで唯一と言ってもあながち間違いではないとミリアムは思う)二十歳の処女であることを誇りにしている。率直に言って青春時代は羽目を外しすぎたが、かといってそのことをあまり後悔もしていないミリアムにしてみれば、褐色の肌と熱い血を持つカリブの国の若い女が、どういうメンタルの仕組みで、男も女も相手にしない不愛想な尼僧のようになったのか理解するのは難しかった。男も女もと言ったのは、アタックしてきた女を、男に対するのと同じように冷淡にあしらうのをミリアムはこの目で見たからだ。

幅広の青いリボンを引き出しから取り、暗い色の巻き毛を束ねる。最高、このコーディネートにぴったりだわ。さあ、仕上げに口紅をひと塗りして、赤字の記憶を葬ってしまおう。そして完全に上機嫌で家に着くには、もうひとつ必要なものがある。ミリアムはそれをボウイの注入と呼んでいた。小さなCDプレーヤーで『ヒーローズ』をかけ、そろそろリフォームが必要になってきた店内でひとり、声を限りにボウイをうたう。歌詞はちゃんとついていけるし、さほど調子っぱずれになることもない。ザ・スミスも、スプリングスティーンも、マドンナだって大好きだ。若いときはマドンナのファッションからインスピレーションを得ていたほどだが、それでもボウイは別格だ。ジ・アーティストなのだ。彼の歌を聴くと、どんなに悲惨な日々でも、元気の出るいい匂いの香水を振りまいたような気分になれる。だからといって問題が消えるわけではない。とんでもない。ただ家に帰って、体も精神も損なわれていく父の、あらかじめ負けるとわかっている緩慢な戦いを見つめる気力をもらうだけだ。そしていつか、父は自分のこともわからなくなるか、理性からもっと逸れていきはじめるかして、魂がふたつに分かれてしまうだろう。幸い十五歳のイアーゴが、ミリアムの想像をはるかに超えて、よくやってくれている。そこまでしてくれなくてもと感じるほどだ。客の嘆き（子どもたちはあてにならない、勉強もお手伝いもしない怠け者よ、ミレニアル世代はほんとに気まぐれ）を聞くたびに、その点では、あたしは世界一恵まれた母親だとミリアムは密かに思う。もちろんそれは、息子が完璧だという意味ではない。そんな人は誰もいない。だがあの子はいい少年だし、きっといい男になっていってくれる。そういう子をひとりで育てたという功績を誇りたい気もするが、内心では、イアーゴがきちんとしているのは生まれつきだということはわかっている。いたずらもするにはしたが、それは経験不足から来たもので、悪意からではない。わざと人を傷つけたりはできない子なのだ。つまり母親より、そしてもちろん、誰ともわからない遺伝子提供者よりも、あの子は優秀だということだ。

ボウィを三回注入してイアーゴのことを考えれば、一日の最後のひと頑張りに向けて十分すぎるほどの勢いがついた。店を出て、ますます引っかかりやすくなってきたシャッターを下ろしていると、ヒュウヒュウという口笛の音が聞こえた。ミリアムは下品な冷やかしが大嫌いだ。ファッションが普通でないという理由だけで、そのルックスを云々(うんぬん)する権利があると思いこむばかには慣れている。だからいつもなら取り合いもせず無視するのだが、その口笛の主が誰なのか勘でわかって、思わず振り返ってしまった。

いまいましいことに、勘は外れていなかった。ロベールだ。若いときのボーイフレンドで、イアーゴを生みだした精液の持ち主候補のひとり。二十年近くにわたって、たまに関係を持つ相手でもある。発情期のヒョウのような彼の目に射すくめられるといつも、いつも、恋する不安定な少女だったころを肌で思い出す。あの思春期の自分を、彼女はまだ完全に乗り越えられていない。

図書館はもうずっと前に、修道院のように厳格なまでの静けさが支配する場所ではなくなった。だからといって騒々しいわけでは決してない。ただ、集中しなければいけないのにできない若者たちの、健全なささやき声が流れているだけだ。それでもイアーゴは、周囲のかすかなざわめきから離れ、ヘッドフォンでリンキン・パークの『ニュー・ディヴァイド』を聴くほうが好きだ。「きみの瞳に映る距離を洗い流してしまおう」のところにさしかかると、軽く体が揺れることに自分では気づいていない。家にひとりでいたら大声でうたってしまう箇所だ。母さんが同じように大声でうたうのを見るのはすごくいやなのに、自分もつい、そうしてしまう。今は閲覧室だから、荒々しい海や涙をたたえたアニメのような目をイメージしながら、小さな声でつぶやくようにうたうだけ。ここ数年、『ナム、イン・ジ・エンド』や今かかっている『キャッスル・オブ・グラス』と一緒に『ニュー・ディヴァイド』を何千回も聴いてきたけど、これほどくっきりと映像が浮かぶ曲はめったにない。

イアーゴは本に囲まれて過ごすこの時間が好きだが、最近では、特におじいちゃんが同居することになって母さんと契約を取り交わしてからは、前ほど図書館に通えなくなった。家に帰ってダイニングで宿題しながら、母さんが大体九時ごろ美容院から帰ってくるまで、おじいちゃんと一緒にいるという契約だ。

今日図書館に来たのは、クリスマス休暇明けに提出しなければならないレポートのために調べものをする必要があったからだ。教師が好きそうなテーマについての、お決まりの提出物のひとつだ。今、国語でホルヘ・マンリーケの『父の死に寄せる詩』という詩集を習っていて、それに関連した、とっても素敵なテーマを女性教師が思いついた。現代詩のなかで、服喪に言及されたものを探せというのだ。それでイアーゴはかなり長い間、関連する四行詩を次から次へと読んで過ごしたが、何の意味も見いだせなかった。うんざりして、棚から選んできた最後の本を閉じ、私物を片づけはじめる。もう八時を過ぎているが、母さんはいつもより少し遅くなるはずだ。さっき届いたメッセージでは、いつも通りの時間に帰れない言い訳を必死でしていて面白かった。もう子どもじゃないんだから、夕食一回分くらい何とでもなる。それも、レンジに入れて温めればいいだけなら……。なにも高度な料理技術が必要なわけじゃないんだからね、母さん。

ヘッドフォンを外すと、周囲のざわめきが聞こえてきた。彼と同じく、本を読むのにうんざりした学生たちのささやき声とくぐもった笑い声。隣の机には同じクラスの女の子たちがいる。そちらに目を向けなくても、誰がいるのかわかっていた。年上の学生にもう少し小さな声でしゃべってと言われて、サライ・ロサーノがいつものように鼻息をつくのが聞こえたからだ。イアーゴはこっそり彼女を見る。学校でもファンが多い彼女だが、今は正式にクリスティアンと付き合っているらしい。イアーゴは、彼女のうぬぼれた感じがするところや、冷淡で反抗的な態度がちょっと苦手だ。だが目立ちたがり屋の彼女に追従（ついしょう）笑いをする取り巻きの女の子たちは、どんどん数を増していくようだった。イアーゴはちらっと見ただけで、サライの隣にいるのがノエリアだとわかった。前学年度からサライの大親友に抜擢されたらしい。代わってウェンディは地位を失い、二番手の地位に甘んじている。

リュックを肩にかけ、スケートボードを脇に挟んで図書館の階段を下りているとき、誰かが急ぎ足で追いかけてくるのが聞こえ、立ち止まった。

「ねえ、逃げないでよ！」

声の主はすぐにわかった。アレナだ。先週、祖父が路上でうろうろしていると電話で知らせてくれたのは彼女だった。どうしてぼくの電話番号を知ったんだろうという数日前の疑問が、彼女のはにかんだ笑顔を見てまたよみがえった。アレナは立ち止まり、どう言えばいいのかわからないという表情をしている。

「逃げてないよ、家に帰らなくちゃならないんだ」イアーゴが言う。

「うん、わかってる」

「おじいちゃんのこと、ほんとにありがとう」

「お礼なんていいよ」とアレナ。「おじいちゃんは元気？　以前、あなたのお母さんと一緒のところを見たから、顔を覚えてたの」

イアーゴは微笑んだ。

「そうか、うちの母さんは目立つからね」

「かなりね」アレナは少し赤くなる。「やだ、変な意味じゃないのよ、その……」

「大丈夫、気にしないで。生まれたときからあの人と一緒にいるから、よくわかってる。それはそうと、どうしてぼくの番号を?」

「ララに教えてもらったの」

イアーゴはうなずく。

「オッケー。また電話してくれたらうれしいな。おじいちゃんのことだけでなく」

イアーゴとしては、ここまで言うのが精いっぱいだった。そしてアレナがもっと器用なら、瓶に詰まったイアーゴの思いをちゃんと受け止め、心の底で伝えたいと思っていることを代わりに詰めて投げ返すこともできただろう。そうすれば、心の距離はぐっと近づいたはずだ。だけどそんな器用な性質ではないから、失われたチャンスという名の深い海の底に、口に出せなかった言葉が沈んでいく。だが言葉はすれちがっても、アレナが階段を下りて物理的に近づいてきたので、イアーゴには彼女の手にしている本のタイトルが見えた。エミリー・ディキンソンの『詩集』だ。脳みそを振り絞って、この偶然の出会いの最後を締めくくるにふさわしい気の利いた言葉を付け加えようと思うのだが、結局浮かんだのは「また話そうよ、ね?」だけだった。これではなにも言っていないに等しい(「また」っていつ? 何を話すつもりだ?)。そしてとうとう、イアーゴは文字通り逃げるように走り出した。だけど玄関を出る前に、どうしても我慢できなくて、振り返って彼女を見つめた。

アレナの隣にいるのはララ・カリオン。新学期早々に仲良くなったらしい。アレナの腰をつかみ、定規のようにまっすぐな彼女の金髪からちりでも払うような動作をしている。ふたりは笑い合い、こちらを見た。間違いなくイアーゴを見ている。普段なら、そんなふうにじっと見られたら不快になっただろうが、今日は違う。〝また〟があると思えるからだ。あとでアレナにワッツアップを送ろうか。彼女がそのエミリー・ディキンソンとやらの詩を、どれか読み終えたころにでも。

きみの瞳に映る距離を洗い流してしまおう。

「だめ……、だめよ、そんなことしたらどうなると思ってるの、だめだってば！」

口では抗議するものの、ミリアムの体は逆に、ブラウスの中を滑るようになで回し、髪の青いリボンを外す熱い手が離れようとすると反発する。思いがけなくやってきたロベールは、世界一の男とはいえない（もちろん世界一模範的な男でもないし、あまり信用できる人間でもない）とわかっているのに、ビールを一杯ひっかけて、おれの部屋に来ないかと誘われると、なかなか拒絶できない自分がいる。軍の訓練で鍛えられた、大理石の彫刻のような腕の優しい動きを思い起こすと、抗(あらが)うのが難しいのだ。

ロベールがセーターを脱ぐと、ミリアムの最後の心の防壁は、音もなく燃え盛る炎に包まれ崩れ去る。熱気に喉が詰まって声が出ない。彼女がキスし、彼も彼女にキスをする。この瞬間に知る必要のあることは、すべてお互いの舌が語ってくれる。強い欲望が脳を満たし、抑制を薙ぎ払って、ためらいや非難、問いが積み上げられた、靄のかかった屋根裏部屋に押し込める。あくまで優しく、乱れたベッドへといざなわれ、これまでもこうだったし、今も、そしてこれからもずっとこうなのだろうと彼女は感じる。曖昧で説明のつかない混乱、求め合い、波打つシーツの間で絡み合うふたつの体。

時間をかけて頂点に達する。前戯が長引けば長引くほど、エクスタシーが大きくなるのをふたりは知っている。ロベールはじれったさを甘美な感覚に変えるエキスパートだ。青いリボンで体をなでられるのが少しくすぐったい。ミリアムは瞬間、瞬間を味わいながらも、これを記憶にとどめて、会えない間の長い夜に思い返すことになるんだろうと頭のどこかでわかっている。そのことは考えないでいよう。実際、何も考えまいと戦っている。感じるだけにしよう、現在に集中しよう。彼の息、かすかにミントの香りがするその喘ぎに。その右手に。リボンで彼女の目を覆ってから、左手が優しく、でもしっかりと手首を押さえている間にゆっくりと体を滑り下り、やがて腿の間で止まる、いたずらで危険な彼の右手に。

いやだ、考えたくない。非難の言葉は追いやって、彼は今、輝く瞳に笑みを浮かべているに違いないと思いながら、上手に与えてくれるこの喜びにただ、身をまかせる。いたずら好きなロベールは舌先を彼女の体に這わせはじめ、乳首で止める。彼女がうめき声を上げた瞬間に乳首から舌を離し、今度は脚の間に顔をうずめたかと思うと、まるで青年のような貪欲さて、うるおった性器をたっぷりと味わう。

もうすぐオーガズムがやってきそうだが、それは長い交わりのほんの始まりにすぎない。やがてふたりは疲れ果て、抱き合っているうちにシーツは少しずつ熱を失っていく。ベッドから降りようか、それとも、心地よい闇と彼の腕に包まれて、永遠にここにとどまっていようかと、ミリアムは考える。ロベールはいつも寡黙で、ミリアムは親密な共犯関係を味わえる、このほんのわずかな時間が好きだ。彼がもうすぐ腕をゆるめるのはわかっている。突然、ほとんど本能的な動きで彼は体を離すだろう。そのほんの数センチの距離は、現実がふたたび優位に立ったことを彼女の目の前にはっきりと突きつける。その現実の中で、彼女はお役御免だということも。

　これまで何度も、彼との関係について考えた。あれほど夢中になって、ときには獰猛（どうもう）に、ときには優しく彼女に接する情夫が、ベッドを離れればどうしてあれほどよそよそしくて冷淡な男になってしまうのかが、ミリアムにはどうしてもわからない。だからずいぶん前に、物事はありのままに受け止めようと決意した。ロベールは恋人にも、そして物理的な可能性は高いが（あくまで可能性だ。現実には、絶対に彼の子だとも言い切れない）、イアーゴの父にもふさわしくないし、まして人生の伴侶には絶対向かない。いつも軍の任務で行く先も告げず姿を消し、休暇になれば戻ってくる。長い中断だらけでいつ終わるとも知れないこの関係は、付き合いはじめの若いころから、もうずっとこんな感じで続いている。あのとき、仕事もないのに街を離れていたロベールが、彼女との間だけで得られる、ほとばしるような性の喜びに飢えて帰ってきた。今のイアーゴよりふたつばかり年上だったふたりが初めて関係を持ったときから、どういうわけか相性がよかったのだ。だがそのときのロベールの飢えた目を見て、彼にはほかに女がいる、そしてこれからもずっといるだろうとミリアムは直感した。完全に別れる選択肢もあったが、それを回避してからは、初めから期待せず、彼にふさわしい唯一の役割をあてがうことにした。つまり、その他大勢のひとり。たくさんいる愛人のひとり、それ以上の面倒のないセックス。九〇年代の終わり、ふたりともまだ洋々たる未来が待ち受けていると信じていたころ、ミリアムはそれで全然かまわないというポーズを決め込み、本当にそうなんだとほとんど信じ込んでいた。そのおかげで彼の自由は無事に保たれ、何をしても決してとがめない相手をとっかえひっかえ、変化に富む恋愛関係を楽しむことができた。問題は、あれから十五年以上経ち、ミリアムが戯れの恋の相手に不足するようになってきて、ロベールがほとんど唯一であり稀有な喜びの源泉、開けるも閉じるも彼次第の泉となったことだ。

だけど今日、まさに今日の彼は、少なくとも物理的にはそんなに離れたがってはいないようで、むしろミリアムのほうから、触れていたくないというより奇妙に感じて、少し体を遠ざけた。

「どうかした?」ささやき声でロベールが訊ねる。「どこへ行くんだ?」

ミリアムはどう答えたらいいのかわからなくて、もう一度彼の腕に身をゆだねると、ロベールはほとんど押さえつけるようにして、彼女の体を抱え込む。まるで一晩じゅう引き留めたがっているかのようだ。これはいつもの筋書きからずれていると、ミリアムは思った。

「いずれは帰らなくちゃならないのよ」

「待てよ」

そのままじっと抱き合う。もし彼女の困惑に気づいても、それについて何か言うような人ではない。今日は何か違うということは勘でわかるが、関係がここまで長くなると、筋書きが急に変わることが彼女にとって幸運に働くのかどうか、確信が持てないでいる。実際、何年にもわたってまったく同じ手順で続けてきた習慣が変わったところで、彼がその欠点さえあてにならない男だということを決定的に証明するだけのことで、そんなこと確かめなくてもわかっている。

ふたたび彼の腕の中に入ってからたったの十分で、ミリアムはもう我慢できなくなった。行かなくちゃ。でもそれは、イアーゴと父さんが家で待ってるからというだけじゃない。今ごろはもう、夕食を済ませているだろうし。それよりも、このほんのわずかな異変が前兆にすぎないという予感のほうが大きかった。そしてそれが何の前兆か、知る必要があった。

「どうかしたの？」ついに訊ねた。

ロベールは少し身じろぎした。そのすきにミリアムは彼から離れ、振り返った。かつて友人だったこともある、古くからの愛人同士として見つめ合う。

「おれは除隊する。もう決めた」

「疲れたの？」

「どうでもよくなった。もう戻るつもりはない」

彼女は内心でうなずいた。今の驚きは十五年前ほどではない。あのときロベールは、検査を受けて入隊したと告げただけで、理由も言わなければ、それ以上の説明もなかった。一方、彼女は彼女で秘密を抱えていた。すでにイアーゴを妊娠していたのだ。だがロベールに対して、あなたが生物学上の父親かもしれないとは、これっぽっちも言うつもりはなかった。

「ということは、これからずっとここにいるってこと……」ほとんど質問しているようなものだが、ミリアムはひとりごとのようにつぶやいた。どんな答えを返してほしいのか、自分でもよくわからない。

「とりあえずは、そうだ」

「そうね、もちろん」

彼は恋人というより友人にするようなキスをして、ベッドから身を起こすと、マリファナ煙草を巻きはじめる。ようやく水がいつもの通りに流れ出したとミリアムは思った。

「いるか？」ロベールが煙草を差し出す。

もう長いこと、彼女はマリファナを吸っていない。十五年前、妊娠がわかったときにいかなる種類のドラッグもやめた。それが唯一、母が課した条件で、彼女もすぐに受け入れた。きっと自分自身、内心では、どんちゃん騒ぎという形の反抗に飽きていたからかもしれない。漠然とした思い出に浸る長い夜、不快さと眠気の間で無益に過ごす昼。このまま、(夫にも、家庭にも、自分の娘にさえも)無関心な沈黙とでもいうべきものの中に閉じこもって一生を過ごすかと思われた母が、あのとき初めて母親らしい反応を示した。赤ん坊が生まれてくるという楽しみができて、母は自らを閉ざしていた心の囲いを開いて出てきた。そして孫を我が手に抱くやいなや、よそよそしい母から献身的な祖母にがらりと変わった。その瞬間、ミリアムは苦い現実を知った。突然息子を亡くした母の喪失感を、娘である自分では埋めることはできなかったが、二十二年経って、彼女が求めていた唯一のものをようやく与えてあげることができたのだ。男の赤ちゃん。世話すべき男の子。母が求めていたのは、それだけだった。

「いらない」マリファナを断って、ミリアムはベッドに座ったまま服を着はじめる。「もうやめたのよ、知ってるでしょ」

忘れられないにおいが部屋を流れていく。ロベールは裸のまま歩いてきて、ミリアムの足元に寝そべった。

「一服も?」

「しない。もう行くわ」

彼は床に寝たままだ。男を侍らせるような格好になったミリアムは、ロベールをじっと見る。邪魔をしそうにないことに安心して歩き出すと、ロベールが妨害してきた。ミリアムは裸足で彼の胸を軽く蹴る。

「そこ、どいてよ！」

「おれに、この街にいてほしい？」とロベール。「そうすればもっと頻繁に会えるよ」

「それがいいのか悪いのかわからないわ」ミリアムは言葉を濁す。実際、どう言えばいいのかよくわからなかった。

彼はミリアムの足をつかみ、唇を寄せた。甘いにおいの煙が足の甲をかすめる。ミリアムはもう片方の足で彼を押しやろうとした。

「初めてやったのはいつだっけ？　二十年前？」

「覚えてるなんて言わないでよ」ミリアムが皮肉る。

「大事なことなら、よく覚えてる」

ミリアムはやっと彼の手を放させ、姿勢を立て直してしっかりと両足で立った。かろうじて下着をつけただけの状態で、床に寝そべるほとんど全裸の情夫の体を見下ろしていると、ポルノ映画の中に入り込んだような居心地の悪さを感じる。

「ねえ、ロベール、そんなにマジな顔しないでよ。あんたらしくないわ。さあ、そこをどくか、あたしの服を取ってちょうだい。椅子の上にあるわ」

彼は笑い、スキンヘッドに手をやった。彼女はその頭をなでるのが大好きだ。

「行かなきゃならなかったんだ。きっとわかってもらえないと思う。おれはこういうことを説明するのに向いてない」

「説明してみて。やってみることが大事よ。さあ、服を取ってったら！」

ミリアムはわざと何でもないことのように言う。いつものやり方だが、別れたあとで後悔することもしばしばだ。

「入隊しなきゃ、ひどいことになってただろうな。それにたぶん、おまえを引きずりこんでた」

「もう、のぼせないでよ。あんたに引きずられるほど惚れちゃいなかったわよ、坊や」ミリアムは嘘をつく。ほかの嘘とは違って、これは全然信用されていないなとわかっていながら。

「どっちでもいいさ。おれひとりでだめになってた。変化が必要だったんだ。秩序が。それまでのすべてを断ち切ることが……。よくわからんが」

そのとき彼女は気づいた。おそらく彼はずっと真剣に生きてきたことに。奇妙に思えるかもしれないが、あのときの彼にとっての軍隊は、彼女にとっての赤ん坊と一緒だった。今にも遭難しそうになっているときに現れた、救命いかだだったのだと。だからミリアムは彼のそばにかがみこみ、手から煙草を取って浅く吸い、それからもう一服、今度は深々と吸い込んだ。

「あんたがここにいるとうれしいわ。でもロベール、あたしたちふたりとも、もう十七歳じゃないのよ」

「誰が十七歳に戻りたいって？」彼は言い返し、ほとんど吸い終わった煙草を取り上げた。

ミリアムは微笑み、服を取ろうと腕をのばした。

「近いうちに電話して。続きを話しましょ、いい？　もう行くわ。家に帰りたいの」

5

ふたりの少女はゆっくり歩き、わざと遠回りする。心の中は迷いだらけなのに、外に向けては自信ありげに振る舞う十五歳には、家に帰るのは自分から進んで檻（おり）に入るようなものだという固定観念がある。いずれにせよ家には帰らなければならないのだし、内心ではむしろ帰りたいのだが、今はこの自由時間を長引かせるのが楽しい。だから、図書館からわずか徒歩二分、モッセン・アンドレウ通りを渡るだけの緑街区に住んでいるというのに、アレナはララを送るのを口実にして回り道をしている。その日の出来事を話すのも、もう何度目かわからない。彼女だけではなく、ララもときどき、さよならするのをわざと遅らせるためにいつもの帰り道を迂回（うかい）する。さよならといっても、実際には物理的に離れるだけで、それぞれの家に帰るが早いか、携帯電話を通じた会話が再開する。やがてどちらか、大抵はアレナの母親が、早くやめなさい、今度鳴ったらそのがらくたをごみ箱に捨てるわよと脅すまで、延々とおしゃべりは続くのだ。

　実はアレナは、ララ自身のことについてはまだよく知らない。知っていることといえば、訊ねなくても入ってくる情報の断片ばかり。というのもアレナはあまり詮索好きではないし、他人とはかなり距離を置くほうだからだ。だが、ララの家庭があまり温かなものではないということは感じ取っている。知り合ってからまだ三ヵ月だが、母親は再婚していて、土曜日、母とその二番目の夫が映画や食事に行くときは妹の面倒を見なければならないと、苦々しい口調でこぼすのを聞いたことがある。ララの妹を見たことがあるが、まだ歩きはじめたばかりの、うっとりするほどかわいい赤ちゃんだった。こんな妹がいるなんて羨ましいと思いつつも、ララがあたしは召使いでもバイトのベビーシッターでもない、それに誰も、自称〝父親〟や声がかすれるまで泣き叫ぶはなたれと一緒に暮らす気はあるかと訊いてくれなかったと不満を訴えると、アレナは熱心にうなずいてしまう。不思議なのは、そういう話をしているとき以外のララは、少し生気に乏しいと思えるくらい落ち着いた少女だということだ。アレナはいつも、自分より大胆で、もっと大雑把な友だちがほしいと思っていたが、結局似たタイプと仲良くなる。それはおそらく学校では、対極にある者同士がひきつけ合うことがないからだ。サライのように派手で楽しそうな生活を送っている少女は、アレナのような人間にはほとんど注意を払わない。アレナはいつも、彼女たちを不信と称賛の入り混じった目で見ている。

もっときっぱりした性格になりたいとよく思う。母のリディアにさえこう言われたくらいだ。「アレナ、しっかりしなさい。ここは自分の場所だと主張するのよ、他人に踏み込ませちゃだめ。世間は飢えたオオカミの集まりなんだから、ちゃんと立ち向かわなきゃ餌食(えじき)にされる。隅っこで本を読んで、ことが起きるのを眺めるだけではいられないのよ」問題は、それまでのアレナを取り巻く世界が過酷なものではなかったということだ。ひとり娘を深く愛する両親がいて、優れた容姿と平均以上の知性に恵まれた彼女は、これまで穏やかな生活を送ってきた。大親友と呼べる存在がいたことはないが、いつだって離れられない仲の友だちはいた。実際、十五年間生きてきた中でいちばん困難な時期といえばまさに今年、アレナが新学年を迎えるのを機に閑静なプラミア・ダ・マールの村から緑街区の中古マンションに一家で越してきたときだった。だが両親も今は、内気であまりイニシアチブをとることのない我が子が試練をうまく切り抜けたと、胸をなでおろしているようだ。

試練を乗り切れたのは自分の才覚ではなく、ララ・カリオンのおかげだとアレナはわかっている。ララが優しく声をかけてくれて、友だちになろうねと言ってくれたから、最初の一歩を踏み出せたのだ。そのことでは、彼女に感謝してもしきれない。新学期が始まる前の夏休み中ずっと、知らない場所の知らない中学校に三年生で転入することに不安を覚えていた。クラスメートたちになじむのが難しいのはわかっていたし、何とかなるさと思う日もあったが、そんな日ですら、まさかこんなにわずかな期間で本当の友だちができるとは想像もしていなかった。彼女を待っていてくれて、話を聞いてくれて、彼女が言うことに興味を持ってくれる人。アレナは以前ララに「どうしてわたしなの？」と訊いたことがあるが、もちろん、はっきりした答えは返ってこなかった。だがその代わり、ララはこう言った。「友情ってそんなふうに生まれるものよ、でしょ？ あたしはあんたの名前が気に入ったの。そのあと、あんたが信用できるってことも確かめた」このときのララの口調は、母さんの新しいダンナはほんとにクソ野郎(カブロン)だとか、あの赤ん坊はうんちばっかり(カゴーナ)してるなどと悪口を言うときと同じく、きっぱりしていた。メールでは、義理の父はカブロン（Cabrón）だから大文字のC、妹はカゴーナ（cagona）だから小文字のcで表していた。万一、ララの母親が携帯をのぞいたときに備えての予防策だ。アレナもララも、娘の携帯を見るなんて、恥ずかしくて許しがたい行為だと思っている。信用していない証(あかし)だし、プライバシーの侵害だが、親たちにとってはそうではないのかもしれない。

「ねえ、ほんとにイアーゴと付き合ってもいいと思ってんの？ あたしはたぶん、あの子を小っちゃなころから知ってるからだろうけど、正直いって……、まだ子どもだよ」

アレナは微笑む。転校初日にイアーゴのことを気に入った。思い切ってララにそのことを話すと、それは好きになったってことじゃないのと彼女は言った。これまで、こういうことを誰かに告白したことはなかった。

「ほんとのこと言うと、わたしもそんなに経験があるわけじゃない。だから彼とわたしはうまくいくと思うんだ。でしょ?」

ほとんどの女の子たちが、これに関してはもっとずっと進んでいるのはわかっている。かなり遅れを取っているのをアレナは自覚していて、何とかして早く追いつきたいと焦っている。

「彼でだめだったら、ほかのを探すね」笑いながら言う。本心ではないのだ。アレナは恋のエキスパートではないかもしれないけど、頑固だから、あきらめるつもりは全然ない。

「だったら傷つかないね」ララが言う。「その髪とおっきな目があれば、誰とでも付き合えるよ。クリスティアンでもほかの誰でも、あんたに夢中になるわ、絶対」

アレナは少し赤くなる。サライと付き合っているという、タトゥーを入れた筋肉自慢が自分に夢中だなんて、考えたくもないほど不快だった。

「それに、もし穏やかな交際がよければ、マルクもいいかもよ!」

ララは笑い出し、アレナはララの腕をそっと叩いた。マルクは、二年ほど前に性転換の治療を始めるまでマルタだった。そのためもちろん、学校も変わらなければならなかった。新しい自分に完全になじんでいるとはいえないのだろうが、マルクという男の子になったことでかなり救われたようだ。おまけに教師陣全体の助けがあるから、教室では誰も彼に対して侮辱的なことを言わない。でも教室の外になると、話は別だ。

「意地悪なこと言わないの。わたしがずっと、この金髪を嫌いだったって知ってる？」アレナはわざと話題を変えた。「おばかな人形みたいに見えるって思ってたの」

「それなら、イアーゴのお母さんの店に行けばいいじゃない。どうにかしてくれるわよ。あの小母さん、ちょっと変でけばけばしいけど、うちの母さんはあそこでセットしてもらうのが大好きなの」

ララの家があるサルバドール・アジェンデ通りの交差点に着いた。ふたりはさよならする前に、ミランダの塔をバックに自撮りする。二週間ほど前からの習慣だが、本当のことをいうと、なぜこんなことをするのだろうと、アレナは少しいらいらする。でも断るのは気まずいから、変顔をして舌を出し、ヒップホップダンスをするときみたいに腕を曲げて写真を撮る。

「ばかなことしちゃだめよ」ララがアレナを叱る。「真面目にしてたらきれいなんだから。あんたみたいに真っ白な肌と大きな目をしてたら、あたしなら全部放り出してモデルの仕事を探すんだけどな。でなきゃ、ユーチューバーになるわ。あのつまんない、買い物するだけのユーチューブ見た？　あんたのほうが千倍きれいよ。それにその名前、すごい破壊力。アレナ・キベルスキーだもん。ファッション雑誌にでかでかと載るのが見える！」

「それじゃ、永久に部屋にこもってるモデルになるわ」アレナが笑いながら言い返す。

父のトマシュのことはララに話してある。若いが厳格なポーランド人で、自分が暮らしているスペインも、若者たちのだらしない習慣も、好意的には見ていない。アレナは父のことが大好きだが、ララの言うように、〝時代遅れの退屈な人〟だということは認めないわけにはいかない。母のリディアは夫と違い、エネルギッシュで自立した女性だ。何でもイニシアチブをとり、自分が言ったりしたりすることに一切の迷いがないように見える。そんな母の強さに、アレナはときどき、ちょっと圧倒されるような気がする。両親はふたりとも、ソナ・フランカ工業地域の工場で働いている。プラミア・ダ・マールから引っ越してきてよかったと思うことがあるとしたら、両親がほんの少し多く睡眠時間を確保できるようになったことだ。

「あと三年もしないうちにあたしたちは自由になる。そしたらあんたをどこかのカメラマンのところにひきずっていくわ。あんたのお父さんにシベリア送りにされちゃうかもしれないけど」

「あなただってきれいよ」

アレナはそう言ったが、心の底からそう思っているわけではない。ララは美人ではない。目と目の間がくっつきすぎているし、唇は薄すぎて、真剣な顔になったときは一本の線に見えるほどだ。極端にやせているのもプラスには働かないし、肌が青白いので病弱に見える。肉感的な女性が好まれず、はかなさが美の要素とされていた時代なら、魅力的と評されていたかもしれない。

「男にはきれいかどうかなんて関係ないよ。みんな、ここを見ているだけ」ララは、ほとんど盛り上がりのない自分の胸を指さす。「でなきゃ、サライとクリスティアンが付き合うわけない。あんな女のどこがいいの？　チビだし、お尻がでっかいし。だけどおっぱいはすごく大きい。クリスティアンはそこしか見てないのよ。男って、どうなってんの？　病気か何か？」質問の形はとっているが、答えを期待しているわけではない。ララはアレナをじっと見て付け加えた。「だけどあんたには全部そろってる。顔、髪、スタイルの良さ」

ララは愛情からこう言ってくれているのがわかるが、ほめられると、アレナはいつも、ちょっといらいらする。たとえそれが母さんからのほめ言葉だとしても。家のことを思い出して、もう帰らないとまずいことになると気づいた。

「もう帰らなきゃ。九時十五分、ちょうどごはんの時間なの。遅くなったら父さんの攻撃が始まる」

「うえっ。うちのクソ野郎も相当だけど、あんたのとこの小父さんも、ほんとにめんどくさいね」

「じゃあね！　ほんとに行くね」

微笑んで投げキスをしながら、アレナは足を速めた。父さんの几帳面(きちょうめん)さをちょっと大げさに言ってしまった。父は、彼女がこぼすほど頑固なわけではない。ララの打ち明け話や、絶え間ない家庭内のいざこざを聞かされると、こちらもそれに負けないように愚痴をこぼさなければいけないように感じて、ときどき話を盛るだけだ。実際、今日彼女から離れたのには別の理由がある。ララがほかのクラスメート、特にサライ・ロサーノとその仲間の悪口を言いはじめると抑制が効かなくなることがあり、それが不快なのだ。間違いなく、学校じゅうでいちばんイケてるグループの彼らが放つ輝きに、アレナは魅力と同時に怯えも感じていた。辛辣すぎるとはいえ、サライのことに関してはララの言う通りで間違いない。はっきり言って彼女はモテる。生意気で奔放で、色気があるからだ。確かに下品すれすれだが、同時に、その肉感的な唇の色にも似た、赤く燃える火のような強いオーラを放っていて、それは男なら否応なく感知する種類のものだった。そしてアレナには、ララに話していないことがある。彼女があれほどサライへの憎悪をむき出しにしなければ打ち明けていただろう。そしてあれほど忘れがたい出来事、記憶に刻み込まれた心掻き乱す瞬間でなければ。あのことを思い出すと恥ずかしくて仕方なくて、結局誰にも話せずにいる。

もうすぐ家に着くというところで携帯が震え、ワッツアップのメッセージが入ったことがわかった。だけどそれはララからではなく、イアーゴからのメッセージだった。

6

ビクトルが最初に違うと感じたのはエレベーターだった。シャフト自体は変わっていなくても、中が広くなったような気がしたのだ。きっと照明のせいだ。奇妙な記憶のからくりか、鏡を見ると、ごくたまにこのマンションを訪れていた十一歳か十二歳のころの自分自身が映っていた。あの乱雑な家に入ると、子どもながらに不快感を覚えていたことを思い出す。台所に積み重ねられた食器、小さなダイニングの真ん中に置かれた洗い桶からあふれる衣類、昼日中に母親が眠っているという支離滅裂さ。たまに起きていると、息子を見て大げさに喜び、キスの雨を降らせる。それから、日が暮れるにつれて家の中に高まってくる緊張感も覚えている。父さんが戻ってくる前に、早く家に帰りなよと彼を急かすファンペ、ドアの向こうで鍵の音がしたときの恐怖の目。

それらすべてが数秒のうちによみがえり、エレベーターホールに出る前に息を吸い込む。暗い玄関ホールをのぞき込んで、突き刺すような煙草のにおいがわいてきたとき、ずっと感じてきた不安が一気に強まった。思わず咳をして、躊躇しながら入り口に立っていると、灯りがついた。

「来ないかと思ってたよ」ファンペが短い廊下の向こうの端から言う。「会えて、すごくうれしい」

余分な肉がつき、締まりのない顔をしたこの男と、あのやせっぽちで神経質な子どもを結びつけるのに再び苦労しながら、そして理性的に考えてそんなはずはないと思いながらも、彼の歓迎の笑顔の中に、この長い年月の間ずっと保たれてきた混じりけのない愛情があるのを、ビクトルは感じ取った。こういう、理屈に合わないところが彼を落ち着かなくさせる所以(ゆえん)だ。もし彼の立場だったら、自分はそんな愛着を感じないだろうと、ほとんど確信を持って言える。それとも、感じるのだろうか。こんなに長い月日のあとでは、記憶の天秤(てんびん)が、ふたりで分かち合った素晴らしい時間へと傾くのかもしれない。笑い合ったこと、マレーシアの虎、そして村で共に過ごしたあの夏へと。彼もまたそれにしがみつき、そのあと起こったことの記憶を消し去ろうとしている。

ビールを受け取り、狭いダイニングへと入っていく。家具らしい家具といえば、部屋にそぐわない巨大な画面のテレビと、壁から壁まで届く長いソファだけ。ソファにくっつくように置いてあるナイトテーブルは、パンくずとコップの跡から判断して、食卓代わりにしているらしい。

ファンペはソファに腰を落とし、ビクトルにもそうしろと勧めた。幸い、かなり長いからふたりで距離を置いて座ることができる。ビクトルは手にビールの缶を持って座ろうとしたが、その前にネクタイの結び目をゆるめた。部屋の中が暑すぎるうえ、よどんだ煙草のにおいが喉に絡みつく。

「バルコニーのドアを少し開けていいかな？」形式的に訊ね、返事を待たずに開ける。本当に空気が必要だった。閉所恐怖症がどんなものか、初めてわかった気がした。

立ったまま、冷たい風に頬を打たれたおかげで元気が出てきた。ファンペは後ろで煙草に火をつけている。座りたくない。自分が状況を支配しなければならないと感じていたし、立っている間は少なくとも、そうできそうな気がする。こちらから会話を始めるのも、周囲より優位に立つコツで、彼はそのことをよく知っている。だから話を切り出した。

「知らずに来たら、ここが自分の住んでたバリオだとわからなかったかもな。ちょっと遅れたのは、うろうろしてしまったからなんだ。うちの家族が住んでた場所を通って……。ああ、ここの街区は変わらないけど、周りはもう完全に違う街だ！」

嘘ではない。少なくとも、全部嘘というわけではない。選挙ポスターとクリスマス・イルミネーションだらけのサンティルデフォンス大通りを下りながら、ここは初めて歩く通りだと思われてならなかった。三十年以上が経過する間、この場所のことをそれほど考えたこともなかったし、変わっているだろう、全然知らない場所に来たような感覚を覚えるかもしれないと覚悟していた。だが歩くにつれて気持ちは変化していった。大通りを離れて隣接する通りに入っていくと、記憶しているより照明が明るかった。光が照らすのは建物のよく手入れされている面、華やかな面で、労働者の街を思わせる場所は暗がりに置かれていたが、注意して見ると昔の建物がそっくりそのまま残っている。それを単に少しばかりの花壇で覆い隠して、まがい物の緑地帯を付け加えているだけだ。かつてのように路上サッカーをしている子どもたちも、窓から彼らを呼ぶ部屋着の女性たちもいなかった。唯一なじみのある風景といえば、ベンチに座り、寒さと退屈に歯向かっている何人かの老人たち。彼らは、ビクトルがバリオを離れたときからすでに同じ場所にいたのかもしれない。そう思って気づいた。彼が居合わせているのは、かつて見た映画のリメイク現場のようなものだ。新しい監督が別の色調を加え、キャスティングを国際的にして現代風にしようとしても、ストーリーの根幹部分となる背景は手つかずのまま残されている。主な住民はラテンアメリカ諸国やマグリブ地域からの移民になっても、街そのものは変わっていない。だが、自分が住んでいたマンションの位置を特定するのには少し時間がかかった。ようやく見つけて前に立ち、今はどんな人が住んでいるのだろうとつぶやく。通りからだと空室に見える。母が極小のバルコニー(というより、外についている窓台)で育てていたゼラニウムの鉢植えはもうなかった。母は鉢植えが自慢だった。彼女にはそこが小さくても素敵な庭に見えていたらしく、細心の注意を払って世話していたのを覚えている。母さんと会わなきゃ。バルセロナに来てからというもの、何度となく繰り返した言葉だ。だけど母と会うたび、言わなかった非難の言葉が口の中に嫌な後味を残し、胃にすっぱいものがこみ上げるのはわかっていた。

「ここにはずいぶん来ていなかったんだろ」ファンペが弱々しく微笑みながら言い返す。

「街よりも、おれたちのほうが変わったよ。きみはいいほうに。ほかの者はそうよくもない」

言外に非難が込められているのはわかったが、ビクトルは反論せずに受け止めた。この会合が、被害者意識とありきたりの言葉を並べ立てた愁嘆場、勝者と敗者がわかりやすい図式で出てくる午後四時のテレビ映画のワンシーンになってほしくない。たとえ運命が組んだキャスティング表の中でビクトル自身は、与えられた配役に満足しているとしてもだ。
「人生には多くのカーブがある。道の先がどうなっているのかは決してわからない」言って
すぐに後悔する。ありきたりの言葉、さっき見た通りの花壇のような偽りの意見を口にして
しまった。
「みんな最後は一緒さ」ファンペの笑みが広がる。「最後はもうわかってる、大事なのは途
中で起きることだ」
「ああ……」ビクトルは一口飲んで、安全地帯を探りながら続ける。「あまり深刻になるの
はよそう。遅くなってすまなかった。だけど、このところの仕事の量ときたら、きっときみ
には想像できないよ」
「そうだな。実際、想像できない」
「さて。電話をくれたのは、駐車場の仕事のことか？」ビクトルは快活で有能で、抑制の利
いた話し方を意識して続けた。「連絡がまだ来ていないようなら、もう少し待ってくれ。今、
採用で大忙しなんだ」
「わかってる、わかってる。そ……そのことについては心配するなよ。仕事を頼むために会
おうと思ったんじゃない」
「それじゃ、何の用だ？」声がつっけんどんになってしまうのを抑えられない。「きみにし
てあげられることはそんなにないよ」

ファンペは彼を見た。その瞳にあったなつかしさは掻き消え、代わりに形容しがたい光が宿っていた。人によってはそれを、こらえてきた痛みと受け取るかもしれない。話すには思考の整理が必要だといわんばかりに、ファンペは時間をかけて煙草をもみ消している。どんな言葉が飛び出すのかと待ち構えながらしぐさを見つめているうち、ビクトルは友人の身なりが気になってきた。染みだらけのジャージ、焦点を合わせ切れない目、汚れた爪……。そのとき初めて、手に奇妙な点があることに気づいた。両手の小指がなく、切れ残った部分がくるんと曲がっている。嫌悪を感じながらもひきつけられて、その両手から目をそらすことができない。一瞬、自分の指が切られたように切断時の痛みを想像した。いったいどんな奇妙な事故が起こったら左右の同じ指を失うことになるのかと考え、飲んだビールが胃の中でひっくり返ったような気持ちになる。

ファンペはぶつぶつと何かをつぶやき、その独り言でビクトルは不健全な夢想から覚める。通りのほうへ視線をそらす。若い金髪の女が、街灯が投げかける広いスポットライトの下で立ち止まっている。

「彼らもずっとバリオに住んでるって知ってるか?」

ファンペが不意に質問した。

「誰が?」

「バスケス一家だ。ほかに誰がいる? 以前やってた文房具屋は、今は美容院になっている。

娘がやってるんだよ。確か、ミリアムって名前だ」

ビクトルは唾を飲み込み、視線はまだ通りの少女に当てながら言葉を探す。少女はもう玄関に入った。

「本当に、そのことを今、話さなきゃいけないのか？」

「本当に、それ以外に話すことがあると思うのか？」

ない、もちろんないとビクトルは思った。そして突然、そのテーマに飛びかかり、意志の力で破壊して、永久に葬ってしまおうと決めた。

「よし。何が望みだ？　子どものときに起きたことを謝れと？」

ファンペは驚いたようだ。むくんだ顔に純粋な驚きの表情が浮かんでいて、ビクトルは不意を突かれた。

「謝る？　なぜ謝るんだ？　おれは……おれはビールを取りに行くよ。要るか？」

「まだ残ってる。ファンペ、たぶんもう飲まないほうがいいよ」

ファンペが鼻息をつくのが聞こえた。

「確かに、そうだな」こちらに背を向け、離れていきながらファンペが答える。「きみはきっと、もう一本飲むべきだ」

ファンペが台所に姿を消したのはほんの一瞬だったが、その短い間に、相手が座って話に取りかかるのを待たず、一気にこのテーマを終わらせてしまおうとビクトルは決意した。

「ぼくに謝ってほしいんじゃなければ、ファンペ、目的はいったい何なんだ？　ずっと前の出来事を蒸し返すのか？　非難と罪の意識をお互いにぶつけ合おうとでもいうのか？」

錯乱しているかもしれない人間が立てる苦々しい笑い声ほど、最悪なものはない。ファンペはごくかすかな音を立てて笑っているだけだが、腹の中で大笑いしているように見えるのはなぜだろう。

「罪？　ビクトル、頼むよ。きみはおれと話しているんだぜ。おれたちがやったことに罪悪感を抱いてきたなんて、お願いだから言わないでくれよ！」

その言葉があまりに冷酷で、ビクトルは戸惑った。ちょっと経ってから真意を理解した彼は、バルコニーのドアをつかんで閉め、この部屋を外の世界から隔絶させる。ついさっきまでは息苦しさを感じていたが、今はそんなことに構っていられない、ずるく立ち回ろうという気になってきた。なぜならファンペが言ったことは事実だからだ。言い当てられた真実は、この埃っぽく窒息しそうな部屋の中だけに用心深くとどめておきたい。

「そうだな。罪悪感はないと思う。あんなことすべきじゃなかったのはわかってる。理性は、悪いことだったとささやきかける。でも……」

「でも、罪の意識はない」ファンペはそこで言葉を切る。まだ立ったままでうなずき、暗く何もない部屋の隅をちらっと見る。「おれもだ。実際、やつのことを考えると今でも憎いと思う。あのクソ野郎に侮辱されたこと、殴られたこと、あいつとすれちがうたびに睾丸（こうがん）をつかまれるのがひどく怖かったこと、全部覚えている」

ビクトルも思い出した。目を閉じると、今もそこにいるかのように見えてくる。皮肉と激怒が混じったような表情を浮かべた、ホアキン・バスケスのあの顔が。クロマニヨン。がっしりした体格と残忍な性格を持ち、ファンペの人生を地獄に変えたあの少年が。

「ぼくは……ぼくはきみを助けようと、できるだけのことはした」ビクトルはつぶやく。

「あまり役に立たなかったが」

「最後には役に立ったよ」ファンペは微笑み、きっぱりと言い切る。「おれたちは、あいつがされて当然のことをしたまでだ。ほら、そんなに驚かないでくれよ。そういうことなんだって、ふたりともわかってるんだから」

「殺すつもりはまったくなかった」

「それはそうだ。だけど死んで気の毒だとも思わなかった。やっぱり、そういうことなんだよ」

「ぼくたちは子どもだった」弱々しく言い訳する。この言葉を何万回も言われて、やがてすべてを忘れた。子どもがやったこと。事故だったんだ。あの子がそうさせたんだ。さあ、新しい人生を始めるんだよ。

「ああ、だけどそれを言うなら、彼だって子どもだった。おれたちよりふたつ上なだけだったんだ」

「基本的にはあれは……あれは事故だった」

「違う！　つまらない作り話はもういいよ、ビクトル。ここにはおれたちふたりしかいない。あの日の午後、もう耐えられないから、あいつを懲らしめてやろうと計画したときと同じだ」

「殺したくなんてなかった」ビクトルは小さな声で繰り返す。言ってみて、いかに説得力が弱い言い訳かということに気づく。

ファンペが近づいてきて、指の欠けた手を肩に置く。

「ビクトル、おれたちの違いって何かわかるか？　着ているもの、きみの職業、家族、ガリシアでの生活のほかに？　きみは、自分のしたことを忘れることが許された。おれはもうずっと、毎日思い出させられていた。だからあのことを考える時間が十分あったんだ」

ビクトルは長い間、心からの悲しみを感じたことがなかった。これまでの人生で、大きな喪失を経験したことがない。両親はまだ生きていて、娘は健康そのもの、近親者で回復不能なほどの苦痛を味わった人はいない。だが今はファンペを思い、悲しみをこらえるのに苦労している。今のファンペに対して悲痛を感じるのではない。ふたりの罪をひとりで背負い、怯えていたあの子どもに対してだ。

「ぼくが……ぼくが言うべきだった」

「違うよ、ビクトル、違う」ファンペは首を振るが、肩をつかむ手にはさらに力がこもる。

「虎たちは密告しない。おれはきみのために口をつぐんだ。おれはふたり分の罪をひとりで白状した」

「なぜそうした？」

「もう忘れたのか？　きみはおれの友だちだった。これまでたったひとりの友だちだ。だからまた、きみに会えてうれしかったんだ。だから話したいと思ったんだ」ファンペは早口になった。「仕事がほしいんじゃない。そりゃ、あるに越したことはないけど。それに金が目的でもない。何もない。ただ、会って話したかっただけなんだ……」

「そのことについてはもう話したくない。きみとも、誰とも」

「わからないのか？」ファンペがどなる。「あそこにいたのはきみだけなんだ。ビクトル、おれはクソみたいな人生を歩んできた。周りを見てみろよ、おれの住んでいるところを。このいまいましい窓から飛び降りようとしては、あのクソ野郎と、あいつにおれたちがしたことを思って踏みとどまる、そんな日をずっと過ごしてきた」

「わからない」ビクトルはファンペから離れた。ついさっきまで巻き込まれていた親愛の情と哀れみの竜巻はもう消えて、急にしっかりとした地面に足をつけたような気がしている。「良心の呵責を感じなかったことは認めてもいい。だからぼくたちは全然、善良な人間なんかじゃない。こんなことを言うからって、ぼくが誇り高い人間だなんて言わないでくれよ。ぼくたちは人を殺したんだぞ、ファンペ！　唯一……、唯一の賢明なやり方は、忘れてしまうことだ」

「逆におれは、ただやつを覚えているためだけに生きている。でも、それももうできない」

「どういう意味だ？」

ファンペの表情は哀願するような、ほとんど絶望しているような色合いを帯びていた。手が震え、ビールが床にこぼれている。

「殴られたこと、一つひとつを覚えてる。放課後、あいつが地面にしょんべんして、おれがそれを舐めさせられたときのことも覚えてる。あのいまいましい学校を出るときに毎日、パニックに襲われていたのを覚えてる。あいつに待ち伏せされてるとわかってたからだ。きみがおれを守ろうとしてくれたときのことも覚えてる。あのとき、あいつがきみを殴った音が今も聞こえるよ。全部覚えている。細かいところまで、全部」

ビクトルはうなずく。憎悪は愛より深く記憶に刻まれることに今、気がついた。頭か心のどこかで小さくくすぶっていた炎が、旧友の言葉で勢いづいたのだ。屈辱、殴打、恐怖の記憶があふれる、このとげとげしい空気の中で、ビクトルは瞬時喜びに浸った。そう、ホアキン・バスケスが大嫌いだった。そして今も、もし目の前に彼がいたなら、一発殴っているだろう。

「わかったか？　きみも思い出したよな」ファンペがぜいぜいとあえぎ、ビクトルは一瞬、彼が心臓発作か何かを起こすのではないかと心配になる。「最後も覚えているはずだ」

「最後?」

「あいつを殺した日の最後だよ。おれの頭には、ばらばらの映像しか残っていない。盛り土。工事。逃げたこと」

そう言われて初めて、ビクトルは自分の記憶も同じようなものだと気づいた。三十七年間もあえて忘れようとしてきたのだから、もはやどんなに頑張っても、待っているときの緊張感を思い出せるだけだ。ファンペと一緒に、襲撃の準備をして待ち伏せしている自分。それから、地面に掘られた穴の中に倒れ、物言わぬ人形のようになったホアキン・バスケスと、高速道路のほうへ逃げ出していく自分も見える。脈絡のない騒音、あちこちから聞こえていたかすかなざわめきも思い出した。

「それがどうした? ぼくたちは殴り、あいつは死んだ。ほかに思い出すことなんてそんなにない」

「いや、ある。少なくともおれには。おれの人生で気分がよかったのはあのときだけだ」

「やめろ。そんなふうに考えるな。あれは間違いだったんだ。ちょっと待ってくれ……」どうすれば感情が伝わるのかと自分の意識を探り、言葉を探す。「説明させてくれ。あの少年がクソ野郎だったことは、ふたりとも知ってる。誰かがあいつをたしなめるべきで、ぼくたちがそれをやった。みんな、運が悪かったんだ、そしてやつは……やつは死んだ。そのことで、ぼくたちの人生も変わった。きみが払った代価はぼくよりずっと多かった。どれほど償いたいと思っているか……。でも、できない」

「それなら、できることはあるよ。頼みを聞いてくれよ！　ほかのことはどうでもいいんだ、わからないのか？　ただおれは、あの日起こった出来事を、よみがえらせたいだけなんだ。最初に殴ったのが誰で、どんなふうに倒れたか……。想像もつかないだろうな。自分のやったことを頑張って思い出そうとしてるのに、思い出せないのがどれほど恐ろしいか」

「きみは病気だよ、ファンペ。もうついていけない。もしそれが唯一、してほしいことだというのなら、ぼくはもう帰ったほうがいいだろうな」

　会話がぴたっとやんだ。完全に終止符を打つには、ビクトルの言葉はかなり効果的だったはずだ。ところが実際には、せいぜい休止符程度、それぞれが姿勢を変えるくらいの一瞬の沈黙が訪れただけだった。ビクトルはつい、訊いてしまったのだ。

「その手はどうしたんだ？」

「小指か？」ファンペは頭を揺らした。「長い話だ」

「なあ……」ビクトルは言葉をじっくり選びながら話しだした。こんなことを言い出せば、後悔することになるかもしれないという恐れもあった。「まず、そこから始めないか？　これまでお互いどうしていたか話そうよ」

「おれのは、聞いて楽しい人生ではないよ」

「誰だってそうさ。友だちなら、どんなことでも聞くさ。そう思わないか？」

ファンペはうなずいてから、急にソファのほうを振り向いた。まるで、そこでなにか音がしたかのようなしぐさだ。何か追い払うような身振りをして、その手で気持ちよさそうに首筋を掻く。残り少ない頭髪が、きれいにカットしてちゃんと洗ってくれよと叫んでいるように見える。

「その通りだ。だいぶ端折（はしょ）らなきゃいけないだろうけど。それに、きみがあまり聞きたくないような話もある」

「もう一本ビールを取ってきてもらえるかな？　今は飲みたい気分だ」

「もちろん」

ファンペは少しの間口をつぐむ。皮膚のたるみの中に埋もれた、光の消えた目に、哀願するような表情が浮かぶ。あんな目を見たのは何年も前、娘に子犬をプレゼントしようと、妻のメルセデスと一緒に野犬収容施設を訪れたとき以来だ。あのときは敷地内を歩き回って、懇願するような動物たちの顔に愕然（がくぜん）とし、落ち込んで家に帰った。一匹を選んでほかの犬を置いてくるというのはひどく不公平に思えた。それで結局、どの犬も幸せそうに見えるペットショップで買ったのだった。そんなことを思い返していると、ファンペが何か言い出そうとしているのに気づいた。

「…きみのような友だちは、ほかにいなかった。誰ひとり。これまでずっとだ、そして……」

「なあ」ビクトルはファンペの言葉を遮った。突然、この男は支えの言葉を必要としているんじゃないかと思ったのだ。たとえその言葉が、すべて真実とは言い切れなかったとしても。「正直にいうと、ぼくもそうだと思う。同僚、仲間、親密な友人はいたが、きみのように気持ちを分かち合えた人はいなかった」

ファンペは感謝の笑みを浮かべ、ビクトルはこの機を利用して自分の意志を通そうと決める。

「あの話はやめると約束してくれ」ほとんど命令口調で言う。ビクトルがこれまでの経験で覚えた方法だ。すなわち、命じると同時に懇願する。「少なくとも、今のところは」

「わかった、わかった、ほんとだよ。誓うよ。きみの好きなようにする。ただ……ただ……、最後にひとつだけ、質問していいか？　いや、あの日のことじゃない、それは約束する。別のことだ。いっときおれは必死に考え、そのあと、大したことじゃないなと思い直したことだ。それで今は……、うん、今はときどき頭に浮かぶ程度だ」

「ファンペ……」

「頼む、そのあとのことだ、すべてが終わってから」咳払いして一呼吸する。頭に浮かんだ言葉はあるのだが、思い切って口にできないという様子だ。「ここに、この家におれを探しに……。治安警備隊が来たんだ。想像できるか？　十二歳だぞ、くそっ……。そのとき、おれがやるのを見た人がいると言われた。きみの名前は……きみの名前は全然出てこなかった。

クリスマスが終わってきみは村に行き、そこでおじいさんと一緒に暮らしていたと知ったのはそのあとのことだ」

ビクトルは急に、相手が何を考えているのかわかった。ここに来てから初めて後ずさりし、ファンペの肩をしっかりつかむ。

「ぼくは口を開かなかった。父が部屋に入ってきて、ぼくたちがやったことを知っている、いちばんいいのは学校を替わることだと言った。きみのことを訊ねたら、なにも心配いらない、そのことはもう解決したと言われた。すべてがあっというまに進んで、気がついたらもうクリスマス休暇の最中だった。公現祭（キリスト教で東方三博士の参拝を記念する日。一月六日）にはモンテフリオにいたことを覚えている」

第二部

蜘蛛は銀の玉を持つ

7

七〇年代、シウダード・サテリテ

これはただの少年犯罪、悲劇で幕を下ろした子ども同士のいさかいの話というだけではない。ある幼年時代の、ある時代の記録であり、ひとつの出来事を正義より友情の問題として片づけた大人たちと、忠誠心、復讐(ふくしゅう)、恐怖といったとても基本的な感情に引きずられていった、ぼくを含む少年たちの物語だ。公正を期すためにいうと、あの件に関してはぼくも責任の一端を担っている。ぼくたちは年齢を言い訳にしていたが、率直に言って善悪の区別ができなかったはずはない。少なくとも、七〇年代半ばに始まったこの物語の目撃者であり語り手であるぼく、イスマエル・ロペス・アルナルはそう思う。今「始まった」と言ったのは、この物語の真の結末がどうなるのか、ぼく自身にもまだわからないからだ。

奇妙に思われるかもしれないが、ぼくのように物語を考え出して書くことに従事している人間にとって、実際の出来事を語るのは魅力的であると同時に恐ろしい仕事でもある。特に怖いのが、ぼくがそのレベルに達しているかどうかということだ。ぼく自身があの出来事に関与した当事者であり、たぶん当の主役たちより詳しくことの次第を知ってはいるが、それでも怖い。ぼくは自分が見たこと、語ったことを知っている。いつ嘘をつき、どうして嘘をついたかも知っている。そして決して日の目を見ることのないこの文章を、主人公たちにふさわしく、極めて正直にしたためたいと思っている。少なくともぼくはみんなに対して、つまり彼ら、その親たち、ぼくの両親、そしてバリオ全体に対して、そうする義務がある。四十年近くの中断を経て物語が再び始まった今こそ、過去のことや、ある犯罪の原因をきちんと説明することが何より重要だ。その犯罪の影響は、根の枯れた木から伸びた、ねじくれた枝のように今も広がっている。

どのような死にも周囲の人々の人生を変える力があるとしたら、十四歳の少年がクラスメートふたりに殺されたという事件は、かかわりのある者の家族すべてにとてつもない影響をもたらす。犠牲者と犯人が混同され、正義がゆがみ、皆の将来がどうしようもなく変わっていく。子どもを亡くしたバスケス家はもちろん、サモラ家、ヤグエ家の人々にとっては、何もかもが変わってしまった。何も起きなかったかのようにそれまで通りの生活を続けたのは、うちの家族だけだったと思う。何といってもぼくの役割は、ただの目撃者にすぎなかったからだ。最初は見たことを誰にも言わず、次によくある告げ口屋となった。目撃者にせよ密告者にせよ、どちらにしてもその存在は通常、表ざたにはならない。ぼくはあのことを知っていたし、ぼくの両親も、担任のスアレス先生も知っていた。そしてほかにも疑いを抱いた人がいるかもしれないと、ずっと考えてきた。あの告げ口をした罪悪感で、ぼくの人生が地獄に変わったというつもりはない。それは事実ではない。だけどあの十二月の夕暮れから三十七年が経った今でさえ、寝つけない夜などはあの場面と登場人物が記憶によみがえり、子どものころのぼくに基本的な善悪の物差しのひとつが欠けていたことに心が疼いて、ますます眠れなくなるのは確かだ。無慈悲な人間のための場所が地獄にあるとしたら、告げ口屋もそこに落ち、贖罪の炎に包まれ未来永劫にわたってじりじりと焼け焦げていくのがお似合いだ。大事なこと、何かの役に立つことを学べる路上で、ぼくらはそういうことを学んだ。そしておそらく物語はそのあたりから、ぼくの幼年時代の風景であった路上から始めるべきだろう。シウダード・サテリテの通りと、そこに住んでいた人々から。

それぞれの集落や集団、ぼくたちの場合でいうとそれぞれのバリオでは、必ず指導者が生まれる。すぐ近くにいて、さわろうと思えばさわれる生身の人間、同じ労働者でありながら、形容しがたい後光をまとい、その他大勢の凡人の中で際立つ存在が出てくるものなのだ。市井の人間なのに、まるで王族のようにあがめられる存在。美しさ、セクシュアリティ、自信、先取の気風、優雅さを兼ね備えた人間は少なくないが、その魅力がどのように組み合わされたら称賛の的となり、指導者になるのか、あるいはただ嫉妬の的となるか、説明するのは難しい。きっとその違いは、意図して輝こうとしているかどうかにあるのだと思う。望まれ愛されたい、模倣されたいという自分本位な願望のために際立った存在になろうとする人間と、見せかけの光を放とうとするのではなく、ひとりでに輝く人間の違いといってもいいかもしれない。

　いずれにせよ、もし七〇年代にシウダード・サテリテ界隈でヤグエ一家のことを訊ねたら、誰からでも情報を得られただろう。訊いた人が更なる情報を求めたら、彼らに対する賛辞が雪崩（なだれ）のように降ってきたに違いない。何かといえば批判し、陰口を利き、ありえないほど誇張して他人の欠点をあげつらうのが一般的なこの世の中では、想像以上に珍しいことだ。きっとエミリオ・ヤグエとアナベル・リョベラ夫婦、そしてその息子たち（ビクトル、ハビエル、エミリオ。娘のアナは、一家が輝きを失ったあとの一九七九年三月に生まれているから）の話も誇張されていたのだろうが、彼らの場合は意味が違っていた。その絶頂期にあったころは、どんな偏屈者でも、ヤグエのところは折り紙付きの模範的な家族だ、信頼に足る、いい人たちだとほめそやしていたのを覚えている。彼らは我々にとって、いわば市井の王族のようなものだった。民主主義の世の中において模範となる家族とは、決して警戒すべきレベルにはならない程度に程よく進歩的で、現代的な要素を兼ね備えていなければならなかった。そしてヤグエ家にはそれがあった。おそらく意図したものではないだろうし、彼らはあまり気がついてもいないようだったが、そのことが元から持っていた魅力を一層高めていたということはいっておかなければならない。

　少なくとも彼らのことを語るとき、身体的なことに触れないわけにはいかない。家族五人（いとこや伯父、伯母、父母や祖父母といった親族一同はいたが、彼らを圧倒するほどの者はいなかった）それぞれが、独自の魅力を持っていた。下の弟のことはほとんど覚えていないが、あとの四人についてなら、記憶や家族のアルバムから取り出した数枚の写真、ぼくの母の言葉を頼りに語ることができる。母は当時アナベル・リョベラの親友で、彼女が最大の逆境にあったとき、つまり完璧な母親からただの裏切り者の情婦になり下がったときでさえ、擁護していた。

だがおそらく、いちばんいいのは一家の長、サンドカンとも呼ばれていたエミリオ・ヤグエ・ベルナルから話しはじめることだろう。写真が色あせていても、当時のファッション（ベルボトムのジーンズ、ボタンをもうひとつ留めたほうがいいのではと思わせるぴったりした開襟シャツ、コルドバの山賊風の濃いもみあげ）でも、彼の魅力は十分伝わってくる。海賊の一党を率いているとデマが流れた、あの有名俳優カビール・ベディとそっくり同じ雰囲気があった。とりわけ顔のタイプ、緑がかった目と山猫を思わせる野性的な顔つきがよく似ていた。今ならさしずめ男の中の男とでも言うのだろう、全身の毛穴からにじみ出る男らしさもさることながら、周囲の人にはいつも和やかに接し、年寄りには優しく、子どもたちとよく遊ぶのが、彼の最大の魅力だった。グラナダ出身の誠実な男で、意地悪なところが少しもなく、農場の季節労働者のように浅黒くたくましかった。大人になると失くしてしまう、はじけるような笑顔の持ち主で、見ているとこちらまで楽しくなってしまうのだった。一九四三年にモンテフリオで生まれ、ウエスカ軍管区で兵役を終えると、もう暑い村には帰らなかった。サテリテに来た最初は、その数年前にアンダルシアから移住してきていた兄の家に住んだ。それからほどなくしてアナベル・リョベラと知り合い、条件が整うとすぐ、ミランダの塔の近くにマンションを借りて彼女と結婚した。

父親が子どもと遊ぶようなことはなかった時代（当時はそれが当たり前で、子どもたちは大人の邪魔にならないように街をうろうろしていた）、エミリオ・ヤグエはぼくたちと一緒にサッカーをしてくれた。不公平にならないよう、ハーフタイムでチームを代わり、誰かが得点するたびにほめたたえた。エミリオ・ヤグエの最大の長所は、ぼくたちと同じくらい楽しんでいながら、乱闘やフェアじゃないタックルがあると、苦もなく大人の役割に戻れたことだ。それもひとにらみして指を鳴らすだけで解決してしまうのだから、彼の統率力には疑いの余地がなかった。うちの父さんはぼくに手を上げたことがないと、いつもビクトルは言っていた。当時としてはかなり珍しいことだが、エミリオの言動を見ていれば、それもそのはずだと納得できた。単に殴る必要がないのだ。エミリオは天然の権威とでもいうべきものを持ち合わせていた。最小限の言葉で上手に命令できる人は、みんなこの資質を備えていて、多くの者はただ彼を不快にさせたくないというだけで、文句ひとつ言わずに従ってしまう。

なぜぼくたち子どもがエミリオ・ヤグエを崇拝したのか、彼を自分たちだけのサンドカンだと、普通なら聞き届けてもらえない子どもたちの主張の守護者だと思っていたのか、この例を挙げればきっとわかってもらえるだろう。あれは一九七八年の事件が起こる二年ほど前、ぼくたちがEGB（一般基礎教育課程。スペインでは一九九〇年まで使用されていた初等教育課程の呼称）五年のときのことだった。当時の担任は耳が遠くなった軍人気取りの年寄りで、定年間近の先生だった。今にして思えば彼はあのころ、絶望的な気分で引退までの日々を数えていたのではないだろうか。ぼくたちは彼を、エドゥアルド先生と呼んでいた。いかにもな旧制度の教師で、すでに教室に流れ込んできていた新鮮な変化の風にはほとんど影響されなかった。若くて現代的な思考をする新しい同僚たちとの付き合いもなく、膨大な量の練習問題を課して、ぼくたちがこそりとも音を立てずに問題を解いている間、先生はノートに何か書いたり（シリーズものの小説の執筆に没頭しているという噂があった。上の学年の生徒たちによれば、もう長いこと、せっせと作業しているところを見ると、四十六巻もあるガルドスの『国民挿話』の複製でも書き上げたんじゃないかということだった）、新聞を読んだりしていて、午後はとりわけ、座ったまま うとうととしていることが多かった。けだるく、永遠に続くのではないかと思うほど長い五月のある日、いつものように先生がシエスタしていると、誰だったか忘れたが、ひとりの生徒が大騒ぎを始めた。眠りを妨げられ、先生は不機嫌になった。エドゥアルド先生は、堂々たる体格の男というわけではなかった。背は一メートル七十センチそこそこで、むしろかなり貧弱な体型だった。ネクタイの結び目は首から十センチほど浮いているように見えたし、ズボンはベルトの金具を一番奥の穴に通し、絞り上げるようにして穿いていた。だがそれでも、彼が怒りを爆発させるところを見たことのある十歳か十一歳の子どもには、十分恐ろしい存在だった。

あの午後もそうだった。先生が怒ると、ジェットコースターの最初の急降下の前に襲ってくる緊張感にも似た、ぴんと張りつめた沈黙が教室に生まれる。定規で叩かれる危険が、教室内の誰かに迫っていると知っているからだ。標的は誰でもよかったようだが、そのくじがよく当たる男子生徒は何人かいた。今〝男子生徒〟と言ったのは、別に男子クラスだったわけではなく、女子生徒に下されるのは壁に向かって立たされる罰か、書き取りの罰と相場が決まっていたからだ。ぼくの覚えている限り、女の子たちが定規で手を叩かれることはなかった。その午後、いつもの犠牲者（例えばモコ。どこにいても指名を受ける不動の第一候補）につらく当たる代わりに、エドゥアルド先生が腹立ちと強い欲求不満の解消に選んだ相手は、問題を起こすことはまずない生徒、すなわちビクトル・ヤグエだった。おそらく先生がそうしたのは、たとえ優等生であっても、誰も罰を免れられないことを示すためか、それともビクトルの挑戦的な雰囲気をすでに感じ取っていて、先生の旧態依然とした考えでは、到底そんな態度を看過できなかったからではないかと思う。先生は、たった今目が覚めたばかりの鼻にかかった声でビクトルを教卓まで呼びつけ、皆の面前で誰かを懲らしめるときに使う木の重い定規を手に取った。すると驚いたことに、立ち上がったビクトルは、机の間を通って罰を受けに行く代わりに、そこにじっとしたまま大きく明瞭な声でこう訊ねた。「どうしてですか？」

それまで誰もエドゥアルド先生に反抗しなかったのは、先生がひどく残忍というわけでもなかったからかもしれない。手のひらを定規で数発叩いたら、席に戻らせる。今では考えられない罰だが、ぼくが小学校低学年のころはそう珍しいものではなかった。だからビクトルの「どうしてですか」は、ジェットコースターが急に方向転換するくらい予期せぬ言葉で、怯えているだけのぼくたち哀れなお人よしの耳には、あまりに無謀に響いた。一瞬ぼくは、彼の親友にでもなったつもりで、それは間違っているよ、今求められているのはそういうことじゃないよと言ってあげたい気分になった。

年老いた教師と勇敢な生徒は、土曜日の午後にやっている西部劇の決闘もののように、お互いを見つめ合ったまましばらく立ち尽くしていた。エドゥアルド先生は命令を繰り返し、ビクトルも同じ問いを繰り返した。こうして四回同じやり取りが続くうちに、先生の声はどんどん苛立ちを増し、ビクトルのほうは逆に、徐々に落ち着いていった。最終結果がどうなるかは別として、少なくともどんな生徒も挑もうとしなかったこの勝負には、勝利を収めつつあると直感しているように見えた。だが予想は外れた。異常なほど激高したエドゥアルド先生は、教卓を離れ、おもちゃの剣のように定規を振り回しながら、ふらふらとビクトルの席まで歩み寄っていったのだ。ビクトルはじっと立っていたが、顔は青ざめ、下唇が震え、何かぶつぶつ言っていて、実は恐怖を押し殺しているのだということ、深く息を吸い込んだことに、ぼくだけは気づいていた。だが彼はたじろいだ様子を見せなかった。ついにエドゥアルド先生は、ビクトルの右腕をつかんでぐいっと引き寄せ、定規で手のひらを力いっぱい叩いた。左腕と左手にも同じことをした。ところがビクトルは、その間もずっと「どうしてですか」と問いつづけていたのである。先生がようやく、これではいつまで経ってもきりがないかもしれないと気づき、何を言っているんだ、わたしは耳が遠いからなと逃げるまで、ビクトルが「どうしてですか」と言った回数はゆうに一ダースに達していた。最後にはもう、ほとんどつぶやくような声になっていた。

それだけで終わっていれば、ビクトルはその日の、その週の、それどころかその学年が終わった時点でも、ヒーローとしてぼくたちの記憶にとどまりつづけていたことだろう。だけど翌日、前代未聞の出来事が起きて、ビクトルのことはその前哨戦扱いになった。まだ午前中のことだったが、エミリオ・ヤグエがクラウソルのつなぎを着たまま教室に入ってきた。クラウソルというのは彼が（ぼくの父や、バリオの多くの子どもの親たちと一緒に）働いていた工場の名前だ。当時父親が教室に乱入してくるなんて、ルーク・スカイウォーカーがライトセーバーを持って窓から侵入してくるくらい奇異な感じがした。一九七六年というと、スペイン人があの銀河のヒーローを知るまでまだ一年あったし、エミリオはルークではなかったが、男らしさというフォースには事欠かなかった。教室に現れたエミリオはつかつかと教師に歩み寄った。誰が入ってきたのかわからずにぽかんとしている先生にエミリオは、「ア」や「オ」の音が強いグラナダなまりで穏やかに話しかけた。「昨日、うちの息子にお仕置きをされたそうですね。今日は息子が教えてもらえなかった答えを先生に訊きにきたんです。どうして息子は罰されなければいけなかったんですか？　差し支えなければ説明してもらえませんか？」

エドゥアルド先生はうまく答えられなくて、陸揚げされた魚みたいに口をパクパクさせた。きっと、初めから答えなどなかったのだ。先生にとってお仕置きはいつも当然のことで、言い訳も説明も必要ない。ビクトルを選んだのがたまたまだったということ、ましてお仕置きの理由が、誰からともなく起こった騒ぎでシエスタの邪魔をされたことだなどと、先生が自分で言うはずもなかった。だけど同時に、エミリオ・ヤグエの天然の権威に抵抗することはできず、この対決を終わらせる秘策もないと先生はすぐに悟ったのだと思う。

返答がないのを見てとると、エミリオは一歩前に進み、教卓の上にあった例の定規をつかんだ。そしてぼくたちのほうに向き直り、定規を膝に載せてバキッと割ったので、皆は思わず拍手した。指をパチッと鳴らし、興奮しているぼくたちを一瞬にしておとなしくさせたエミリオは、もう一度先生のほうを向いて言った。「もし息子が敬意を欠く振る舞いをしたり、悪さをしたりしたら、わたしに知らせてください。母に誓ってわたしが息子を罰します。だけどこれは……」いまやふたつの木片となった定規を持ち上げて言う。「これはもう、過去のものになりました。フランコ総統と同じようにね」

これを聞いたぼくたちは、もう興奮を抑えきれずに再び拍手を始めた。だけどビクトルを見ると、歓喜に沸く教室でひとり不満げな顔をしていた。皆が誇らしいと感じている自分の父の行動を、少し恥ずかしく思っているようだった。ドアのほうへ向かったエミリオは、出ていく前に、生徒たちに話しかけた。その言葉が、まるで今ここで言われているかのように、はっきりと耳によみがえってくる。「きみたちは、拍手するより勉強してください。大人たちの中には、きみたちにロバのようにのろまでいてほしいと思っている人がいる。ロバなら、棒で叩いて言うことを聞かせればいいから。この国では、もうひっぱたく時代は終わった。だけどロバのままなら、これまでのようにぶたれながら生きていかなければならないんだ」

ぼくは横目でビクトルを見た。みんなが彼の父に注目している中で、ひとり、ほかの人物を気にしている。視線をたどり、なるほどと思った。エドゥアルド先生が教卓の陰でうつむいている。顔のしわがこれまでになく深く、急に体がしぼんだようで、背広がぶかぶかに見えた。がっくり落ちた両肩からは、老いの悲哀と、なぜなんだ、さっぱりわからないという心の声が伝わってくるような気がした。急に「現在」が歯向かってきて、自分の居場所だった「過去」はもう死んで葬られたことを突き付けられたような表情だった。実際、エドゥアルド先生は次の日から休職し、代わって若い女の先生がやってきた。朗らかで、鮮やかな色合いのスカーフを手でもてあそびながら授業をする人で、その学年の終わりまでずっとぼくらを受け持った。それっきり、ぼくたちがエドゥアルド先生に会うことはなかったが、誰ひとりさみしがってなんかいなかったと思う。

エミリオ・ヤグエはぼくたちにとってのサンドカンで、勤めている工場の労働組合のリーダーのひとりだったが、その妻アナベルも夫に負けず劣らず抜きん出た存在だった。立ち居振る舞いの上品さや一般教養の面では、夫をはるかに上回っていただろう。なにせ高卒だったのだから。バリオに住む、ぼくの親世代の女性たちは、ろくな教育を受けていなかった。ほとんど字も読めなかったぼくの母を含む、バリオの女性たちと違い、アナベルはバルセロナの中流地区サンツで生まれた。四人姉妹の三番目だ。アナベルの父親はジプシーとのハーフのカタルーニャ人で、母親のほうはアルバセテの良家の生まれだった。神に身も心も捧げようと決意し、見習い修道女としてシウダード・コンダルの修道院に入っていた。そのままなら白く清らかな信仰の道を粛々と進んでいくはずだったが、陽気でちょっと図々しい褐色のバルセロナっ子、リョベラと出会ったことでアナベルの母は道を逸れた。神と対話する穏やかな生活が一変、リョベラとの日々は平穏どころか驚きの連続だった。何食わぬ顔で数えきれないほど浮気しては、おれが悪かったと戻ってくる。借金で差し押さえに遭ったこともあれば、盗品密売で懲役刑を食らったことさえある。だけど彼女は、修道院の静かな生活から離れたことを一度も後悔しなかった。神を捨てたと実家になじられ、絶縁状が送り付けられてきたときでさえ動じなかった。なぜぼくがこんなに詳しく知っているかというと、全部、アナベルの親友だった母が教えてくれたからだ。

生粋の非カタルーニャ人というと変に聞こえるが、母方の静謐な美しさと、父方のジプシーの血が持つ弾けるような陽気さという、およそカタルーニャらしくない遺伝子が組み合わさってできたのが、ビクトルの母アナベル・リョベラだ。真珠のような肌。うちの母が「詩的な目」と呼んでいた、きらきら光る漆黒の瞳。そしてほっそりしているのに肉感的な、小柄な体。両親のいちばんいいところだけを集めたようなアナベルは、良識的だが活発で、陽気だが羽目を外しすぎることはなく、抜け目ないという意味で賢い女性だった。信心深い母親からゆるぎない聖母信仰を受け継ぎ（めったにない夫婦喧嘩の原因といえば、たいてい教会に関することだった。夫は宗教的なことを忌み嫌っていたのだ）、素晴らしい裁縫の腕を持っていた。近所の人や顧客の注文を受けて仕立物をしていたが、アナベル・リョベラといえば何と言っても、バリオの子どもたちが初聖体拝領に着る服をつくる女性として有名だった。縫製がうまく、他人が着ている服を見ただけで巧みに型紙を起こせるほど器用だったので、彼女の稼ぎとエミリオの工場での仕事で、家計はかなりうるおっていたに違いない。そのうえ彼女は才能も時間も、他人のために惜しみなく使った。端切れを使って近所に住む女性の娘にワンピースをつくってやり、代金を差し出されても、おちびちゃんが喜ぶ顔を見たかっただけよと言って受け取らないような人だった。どうしてもと言われると、ジプシーの血が入った父方の家庭でよくやっていたように、お金の代わりに品物を報酬として受け取っていた。たとえば肉屋のおかみさんに結婚式用のスーツをつくってやったときは、しばらく上等の肉をただでもらっていた（といっても、子馬の肉だ。嘘みたいだが、子牛の肉は特別なときにしか食べられなかった）。ホアキン・バスケスの母、サルードの服をあつらえてやったときは、子どもたちが学校で使う文房具をただ同然の値段で売ってもらっていた。もっとも、いざ品物を渡す段になるとサルードがぶつぶつ言うので、さすがのアナベルも嫌気がさして、つっけんどんな態度を取るようになった。

何年経ってもくっきり記憶に刻みこまれているのは、七〇年代の半ばごろにあった大きな祭りでの出来事だ。祭り見物の群衆の前でアナベルが急に踊り出し、皆があっけにとられたことがあったのだ。彼女らしくない振る舞いの原因は、どうやらぼくの母の従妹(いとこ)にあったらしい。バリオにやってきて間もないその従妹は、さっそくエミリオ・ヤグエに、ちょっとやりすぎなほどちょっかいを出していたというのだ。その様子を見ながらアナベルは一言も発さず、いらいらを押し殺すように冷たい笑みを浮かべていた。やがてギターが掻き鳴らされ、フラメンコの歌手がうたおうとしたそのとき、アナベルがすっくと立った。肩にかけていたショールを椅子にパサッと落とし、靴を脱ぎ捨て、取りつかれたように踊りはじめる。子どもだったぼくの目にも、その力強い踊りはドキドキするほど官能的に映った。

今も彼女の素足と、白いマーガレットの花が刺繡(ししゅう)された黄色のワンピースからのぞく引き締まった太ももを覚えている。幅広のスカートのいっぽうを指でつまみ、ひらひらと揺らしながら舞うその姿に、さすがジプシーの血を引いているだけあると人々は感嘆し、見惚(みと)れていた。長く波打つ黒髪、ビゼーの『カルメン』を彷彿(ほうふつ)させる、黒ダイヤモンドみたいに尊大な魔性の目。ぼくがいつも思い出すのは、皆の前で踊りながらも、たったひとりの男のために踊っていた姿。皆が彼女に欲望を抱いたが、彼女を本当に愛した男はたったひとり。それ以外の男たちに、ひけらかすように自分の姿を見せつけながらも、決して触れさせはしなかったアナベルの姿だ。彼女が惚れきっているのも、そのたったひとりの男。だけどそのとき、彼女はその男と決して目を合わせようとしなかった。きっと、ちょっとしたお仕置きのつもりだったのだろう。公衆の面前での、彼女なりのその叱責を彼が受け入れたなら、きっと甘くておいしいご褒美が約束されていたのだろう。

カミさんと一緒に踊れと友人たちにけしかけられて、エミリオは抵抗できなかった。そばに行って動きを合わせようとしたが、アナベルは彼を無視しつづける。男を焼き尽くす赤い炎の色に塗られた唇にまぶしい笑みを浮かべ、くるっ、くるっと身をひるがえす。人々の手拍子とギターのリズムに合わせ、裸足のかかとを地面に打ち付けるその姿は、ジプシー女そのものだ。彼女が身をくねらすたび、スカートのマーガレット模様が風に舞い、称賛の花束が足元めがけて飛んできているような錯覚を起こさせた。動きについていけないエミリオは、じれったそうに彼女の腰をつかみ、自分のほうに引き寄せて、息ができなくなりそうなほど激しいキスをした。見物していた男たちの九十パーセントが、そのあとしばらく夢に見そうなキスだった。それから彼は妻の耳元で、妻にだけ聞こえるように何かささやいた。ぼくたちに聞きとれたのは、「かわいい」という一言だけだった。

このように人気を集めるヤグエ夫妻の対極にいる人たち、宇宙で一番遠い惑星のようにかけ離れた存在が、サモラ一家だった。〝エル・モコ〟ファンペとその両親、ファン・サモラとロサリア・クエスタだ。同情的な人々は、ファンペの母のロサリアのことを「かわいそうなロシ」と呼び、歯に衣着せぬ人たちは「イカれたロシ」と呼んでいた。だがいちばんよく聞いたあだ名が「飲んだくれ」だ。みんなは声をひそめ、酒を飲むジェスチャーをしながら、「飲んだくれ」ロシの噂をした。

哀れなロシ。これほど長い年月が経った今でさえ、あの一連の出来事の中の、最も気の毒な犠牲者のひとりとして思い出す。自分自身の問題と、周りの粗野な環境のせいで、運命に流されるままに生きた女性。よく飲んでいたことは確かだが(路上で飲み、ひとりでしゃべっていた姿をバリオの全員が目撃している)、当時のぼくたちには、彼女にとってアルコールが出口、救済、周りの声を消してくれる唯一のものだということが理解できなかった。今なら統合失調症か、少なくとも偏執的なせん妄と診断されるような状態だったから、薬を飲めばいくらか症状も軽減していただろう。だけど当時のぼくたちのバリオでは無理な相談だった。家に幽霊がいて、あたしに話しかけてくるんだよとすすり泣きながらつぶやく彼女がすがることができたのは、ますます自分を壊す薬、安物のワインだけだった。若い母親で、ひとり息子のファンペを産んだのはまだ十七歳のときだった。夫とは十五歳以上離れていた。

ぼくにはたぶん、ファン・サモラを客観的に評することはできない。だが彼にとっても、ロシのような女と一緒に暮らすのが簡単だったはずはない。それは理解できる。ラ・マンチャ地方のどこかの県で生まれたファン・サモラはほとんど文字が読めなくて、スペイン内戦後の最悪の時代に幼少期を過ごした。ぼくの父さんは羊飼いだったんだと、ファンペが言ったことがある。子どものころのファン・サモラは放牧のために山に入り、周りにいるのは動物だけという環境で何週間も過ごしていたそうだ。しゃべるよりうなっているほうが多かったからだ。皮肉屋の多いバリオ住民は、ファン・サモラをロボ（オオカミ）と呼んでいた。

実際には、彼を取り巻く環境がほかの大人たちとそれほど違っていたとは思えないが、何らかの理由で誰もが抱える苦い思いが彼の心に傷を残し、怒りっぽくてがさつで、ひどく孤独な男に変えていったようだった。今だからわかるが、最悪だったのは、その非社交的な性格にもかかわらず、どういうわけかバリオの大半の人が、暗黙の裡に共犯者意識を彼に抱いていたことだ。

なぜ皆がファンのほうに共感するかというと、ロシに一体何が起きているのか、誰もきちんとは理解していなかったからだ。最初のころは、ロシが家に入ろうともせずに階段の踊り場ですすり泣いていたよと、近所のおかみさんたちが困惑した様子で話し合っている程度だった。一家は当時から、かの有名な緑街区の第三棟に住んでいた。今と違ってロシが心の病を抱えていることをきちんと認識している人はいなかったが、それでも世間は、彼女に同情的だった。見る目ががらっと変わったのは、彼女が酒を飲みはじめたときだ。女たちのロシへの好意は一瞬にして消えた。彼女にとってはなすすべもなくすがりついた最後の手段だったのだが、バリオの人々によってそれが諸悪の根源だということにされてしまった。女が酒を飲んだりするから全部うまくいかないんだというわけだ。そして、汚い身なりで酔っ払い、家も散らかり放題にしていたら、うんざりした夫に一、二発殴られたって仕方ないという空気が出来上がってしまった。

乱暴に聞こえるかもしれないが、実際そうだったのだ。みんな、ふわふわの綿雲に包まれて暮らしているわけじゃない。世間はロシを情け容赦なく断罪し、夫の肩を持った。いつも仏頂面のつまらない人間には違いないが、悪習といえば煙草を吸うことくらいで（しかも当時の感覚では、さほど悪いことでもなかった）、誰とも争わず、骨身を削って働いているファンが気の毒じゃないかと。だがバリオの人々にとって、ファン・サモラを許せない点もひとつだけあった。働いている工場で、一九七八年の一年間にわたって続いていたストライキへの参加をためらっていたことだ。労働争議が盛んだったあの時代、スト破りは女房を虐待するよりずっと悪いことだった。スト不参加に比べれば、ある女との情事さえ、大目に見られたくらいだ。いかにも、男尊女卑の気風が染みついた我が国らしい話ではある。ファン・サモラの浮気相手は、あの悲劇が起こる一年半ほど前にバリオに越してきた女だが、皆が単に「未亡人」と呼んでいたので、本当の名前はわからない。

だが、その話を先に進めるのはやめよう。今から話そうとしているのは、あの一九七八年の十二月より二年前のことだ。ファン・サモラはすでに妻への敬意を完全に失っていたが、のちの愛人となる相手とはまだ知り合ってもいなかった。バリオには「家の中で起こることには口出ししない」という不文律もあったから、あのころ哀れなロシとすれちがい、顔に青あざがあるのに気づいても、みんな見て見ぬふりをしていた。喧嘩の音や泣き声でシエスタを邪魔されて、あの家にも困ったもんだと愚痴を言うときくらいしか、サモラ家が近所の話題にのぼることはなかった。だが、仲裁しようとする人もいるにはいて、教区の司祭もそのひとりだった。前に言ったと思うが、少なくともうちのバリオの教会は、労働者の心をつかむのに熱心で、その名誉も守ってやろうとしていた。だから司祭はその一環で、かわいそうなロシを哀れんだ。若い司祭は、新宗派のまだ経験が浅い革新主義者だった。彼女も夫もミサや行事にあまり来なかったから、通わせるためにということでもないだろうが、司祭は彼らの抱える問題に理解を示し、ファンペの聖体拝領やそれに先立つ信仰教育の時期が来たとき、助けの手を差し伸べた。

あの出来事を一言で言ってしまうと、神聖な意図をもってしたことが、少なくともあれほど短期間で、あんなにひどい影響をもたらした例はぼくの知っている限りほかにないということだ。基本的に家にいるのを怖がっていたロシは、寺院に通いはじめた。ミサではなく修道女の集まりだったのだが、彼女たちはひどくものわかりが悪くて旧時代的で、キリスト教の慈悲の心をもってしても、評判の悪いロシを許容できるような人たちではなかった。当時スペインの教会は多少左寄りに方向転換していたが、その修道女たちはそれ以前と変わらず、絶望的なまでに不寛容だった。だからファティマの聖母への献花用の募金箱から金が盗まれたとき、たちまちロシが犯人にされた。酒をやめられなかったロシが、ワインを買うため盗んだというのだ。噂は火がついたように広がり、ロシはファンからさんざん殴られる羽目になった。信心家ぶった偽善者たちは、サモラの家に駆けつけて盗んだ金を返せと訴え、そのついでに、酔っ払いロシを行儀良くさせなさいよと言い置いていった。その事件の少しあと、ファンペの聖体拝領の日に、ロシは化粧もせずに教会に現れた。そのため、ぼやけてはいるが殴打のあとがはっきり見えた。「盗んだことも酒を飲むことも恥ずかしくないのなら、その顔を見られたって恥ずかしくないはずだよな」と理屈をつけて、夫が化粧を許さなかったのだ。誰も、あの革新主義者の司祭さえ、彼女に声をかけられなかった。

あれから三十五年以上が過ぎた。バリオの大人たちの中には亡くなった人もおり、ぼくたち子どもは一人前の大人になった。成功した者もいれば、そう見えるだけの者もいるかもしれない。だけど自分で認める以上に、骨の髄まで苦しんだことが外見に現れているのはただひとり。それはぼくのせいかもしれない。皆のせいかもしれない。ファンペのような人間は、生まれつき神様に四枚のエースを抜いたトランプを渡されたんじゃないかと、ときどき思う。

8

二〇一五年十二月、クルナリャー・ダ・リュブラガート市サンティルデフォンス地区

　小僧がその辺にいるのをファンペは知っている。家のどこかの隅にかくれているはずだが、数日前にビクトルとやり合ったあとは、夜にしか声を聞かせなくなった。あれからファンペは、旧友への怒りと、自分自身を非難する気持ちの間で揺れ動いている。あのとき、意地を張らずにビクトルが差し出した手を握り、提案を受け入れるべきだった。そうしなかったのは、妄想に取りつかれたのと、ときどきささやきかけてくる悪魔、答えようのない質問をしては彼をさいなむ悪魔のせいだ。彼のためにも、もっと自制すべきだとわかっていたのに、妄想と悪魔のささやきから逃れられなかった。

　そう思えば、相手への怒りが弱まることもある。完全に怒りが解けるわけではなく、せいぜい、かなり寛大な気分のときに少し許せる程度だが。それに、彼に対して強い恨みを持ちつづけるのは難しかった。これまでもほとんど不可能だったが、それでも、ファンペはほとんどの時間、ビクトルを驚かせる必要があると繰り返し考えていた。彼をまた、ここにやってこさせるもの。過去が本当に戻ってきたこと、少なくともちょっと満足させてやらないと

立ち去ってくれないということを、彼にわからせる何かが必要だった。

外に出て煙草とビール、それから何か食べるものを買いに行くちょっとの間も、ファンペはそのことを考えていた。ファンペは小利口な人間ではない。脳みその中で考えが渋滞を起こすと、前に進むこともできなければ、ビリヤードの引き球みたいに後退することもできなくなる。子どものころからこうだ。学校で教師が長々と説明しているときなどに、意味はわからないが響きのいい言葉があると、意識がそこから離れないということがしょっちゅうあった。引っかかるのは〝論拠(アレガト)〟とか〝発育不全の(ルディメンタリオ)〟、〝関税(アランセレス)〟とか、そういう言葉だ。声に出さずに繰り返しつぶやき、音節ごとに区切って味わいながら、知っている言葉と結びつけて遊んでいた。意味と綴(つづ)りを頻繁に引いたので、古い『イテール』の辞書は文字通りぼろぼろになった。言葉遊びに没頭しているうちに、話の流れに完全についていけなくなり、いざ質問に答えたり練習問題を解いたりする段になると、どこから手をつけたらいいのかさえわからなかった。彼には具体的で簡潔明瞭な指示を与えなければいけない。アドリブで何かをする余地を極力少なくしておかなければならないということを、現在ファンペと付き合いのある人たちはわかっている。

ビクトルともう一度会わなければいけないと、彼はつぶやいた。二度ばかり電話した印象で言うと、彼と会うことに、ビクトルがこれっぽっちも関心を抱いていないのは明らかだ。返事をよこしさえしなかったのだから、ほんとに、これは警告ものだ。彼はただ、赦(ゆる)しを請いたいだけなのだから、メッセージを残す気にはなれず、幽霊みたいにすっと電話を切った。直接ホテルに会いに行くことも考えたが、あまり適切ではないという気がしたし、多少なりとも人目につく場で騒ぎだけは起こしたくなかった。だから会う場所はこの家か、少なくともふたりきりでいられるところでなくてはならない。マンションまで帰ってきてエレベーターの中に入り、乗り合わせた少女に奇妙な目つきで見られても、かまわずあれこれ考える。エレベーターホールに出て、自宅のドアを開けるときになってもまだ、考えごとに集中していた。ファンペは近所の人のことをほとんど知らない。大抵いつも放心状態で、考えごとに没入していて、近所の人と出会ってもせいぜいもごもごと挨拶するくらいだ。だが、向かいに住むフローラというおばあさんとは比較的仲良くしている。家庭内の困りごと（排水溝がつまったとか、何かを切らしたとか）があって助けを求められると、彼はおばあさんの家に行く。そして気位が高く敏捷（びんしょう）なつがいのシャム猫が、絶対的な不信の目で不機嫌そうに見つめる前で、まあまあ手際よく問題を解決してやるのだ。隣の部屋には若いエクアドル人夫婦が住んでいて、子どもふたりが絶えず喧嘩している。ときどきその夫婦の妻のほうが、隣に住んでる〝鬼〟を呼んでこようかと言って子どもたちを脅かしているのを聞いたことがある。鬼が自分を指すとわかったのは、何度かその警句を聞いたあとのことだった。

ビクトルはここ何日か、あの場面を忘れようと努めてきた。仕事に集中する利点はいくつかあるが、そのひとつは、余計な思考が入り込む隙がなくなることだ。そして実際、ホテルをリニューアルオープンするには決めなければならないことがあまりに多く、一日の大半はいやでも仕事のことばかり考えて過ごす羽目になる。まして、どんな小さな決定でも逐一上司に報告しなければならないのだから、なおさらだ。ビクトルの心の中には、常に上司の存在がある。非常に扱いにくい人物だが、ビクトルは義父を尊敬している。バルセロナのホテル計画実現に向けて、義父はまさに神業を発揮した。新規ホテルのオープンが難しいこの時代、ほかの大手が経済停滞の影響を受ける少し前に認可を受けたのだ。このホテルがうまくいく限り、義父ラファエル・カルバリョはずっとご満悦でいることだろう。なにせ長年、ライバル心をむき出しにしてきた同郷の企業家、ZARAのアマンシオ・オルテガを出し抜けるのだ。もちろん両者の資産は比べ物にならないが、同じラ・コルーニャの経済界に属する人間として、バルセロナのホテル業界への進出をもくろんでいるインディテックス・グループに先んじたのはカルバリョ老人にとって快挙だといえる。カルバリョは直接事業の指揮を執りたがったが、女婿に任せることを不本意ながら承知した。これは家庭とガリシアでの仕事から一旦離れたいと願っていたビクトルにとって、これまでの日常を変えるチャンスでもあった。だがそれも、ファン・ペドロ・サモラの出現によって台無しになる危険があった。

自分が利己主義で共感性に欠ける人間だとみなされると思うと気分がよくない。そんなふうに形容されたことも一度ならずあるが、自分ではそう思っていない。二十年近い結婚生活で、具体的には二回浮気したことがあるが、ときおり情事を持つ関係と、人生を変えるほどの大恋愛を混同したことなど一度もない。そのことは最初からはっきりさせておこうとしたし、浮気相手ふたりも、それでいいわと言っていた。だが最初の相手は二ヵ月もすると非難の言葉を口にするようになり、彼にとっては論外の、ありえない未来を描くようになった。二番目の相手エステラは既婚者で、「ただ楽しみたいだけよ」が口癖の女だったが、結局は最悪の愁嘆場を繰り広げた。すぐ手に入って簡単に忘れられるような楽しみを得るだけのつもりが、しつこく続く頭痛の種を抱え込む羽目になり、ビクトルはもう二度と誘惑に陥るものかと自分に誓った。うまくいかない日に元気をくれるお手軽な情事、良識があって模範的な人間にはふさわしくないいたずらに我を忘れた自分を責めた。だが彼の心の奥底には決して満たされない願望、危険への並外れた執着があった。これはきっと、あまりに満ち足りた生活を送っているせいに違いない。人生の何もかもがうまくいっていた。うまくいきすぎていた。まっすぐで空いた高速道路の上を走っている大型車のようなものだ。ドライバーが居眠りしないように警鐘を鳴らす、思いがけない何かがほしかった。だからファンペに会いに行った。そしてだからこそ、厄介ごとしかもたらさないような過去をあとにして、この先ずっと乗りつづける快適で安全な〝車〟に再び乗り込むために、あそこから逃げ出した。

煙草二カートンとビールを持ってアパートのドアを開けながら、ファンペは鬼のことを考えた。それから、今の考えを小僧に感づかれていないといいなと思った。どうせからかわれるなら、もっと別のことがいい。もし今考えたことを読まれたら、悪意に満ちた皮肉が飛んでくるのは目に見えている。鬼さん、何するんだ？　隣家に押し入って、野菜を食べなかったからってガキどもをベッドからさらってくるのか？　ときどきファンペは、あの小僧ですら及びもつかないほど、自分自身に対して残酷になれるんじゃないかと思うことがある。また別のときには、いつものよくある侮辱によって、閉じたと思っていた傷口がぱっくり開き、我ながら驚くこともある。女じゃ勃たないんだろ、役立たず。ああそうか、女に限らず、誰でもだめか、このばーか。あいつが自分の人生の中に現れたのは、母が死ぬまで住んでいたこのマンションに戻ってきてからなのに、どうしてそのことを、いつ知ったのかとファンペは不思議に思う。誰もロシに情けをかけなかったが、彼女は夫をはじめとする多くの人間より長生きした。きっと、だからだろう。ロシの晩年はちょっとましだった。

誰かの死と引き換えに、ほかの者たちが生き延びられることもある。

前へ進むために、悪いことをしなければならないときもある。

敵の家に入り込み、目を覚まさせてやるほうがいいこともある。そう思って、ファンペはずいぶん久しぶりに心から笑った。

9

アレナは、以前住んでいたアパートを恋しく思うときがよくある。家そのものというよりは、冬になったら海岸を散歩して、生まれたときから知っている近所の人たちと挨拶したり、見るたびに表情が違う海を眺めたりするのができなくなったのが寂しい。プラミア・ダ・マールに住んでいたときは当たり前すぎて、その良さに気づいていなかった。今の家では、果てしなく広がる水平線が見えないかと自分の部屋の窓からのぞいてみるたび、目の前に高くそびえるコンクリートの街区に閉じ込められているような気持ちになる。あふれそうな夢さえ、がっしりとした建物群にはじき返されそうだ。この醜い現実にぶつかって、鉢植えもないバルコニーの塗装が剝げた柵の中に、ばらばらになった夢のかけらが落ちてゆく。

引っ越してきてしばらくは、奇妙な悪夢ばかり見ていた。夢の中で、狭くて暗い空間にとらわれている。そこは迷路のような地下の穴倉で、アレナはかすかに漏れてくる光に導かれて脱出しようとしている。穴に落ちてしまう前は、一所懸命海を探していたのだが、その波のざわめきが遠くから聞こえてくる。そんなとりとめもない映像が浮かんでは消え、浮かんでは消えしているうちに、突然目が覚める。不安でいっぱいで、ベッドから起き上がらずにはいられないのだが、夜明けにはまだ遠く、落ち着きを取り戻すことができない。しばらくすれば、そんな夜を過ごすことはさすがになくなったが、越してきて五ヵ月経った今でもまだ、不安な悪夢の名残に不意に襲われることがある。特にひとりでいるときなどは、家にいるといたたまれず、外に歩きに出かけてしまう。はじめのうちはこれといったあてもなく、街の風景が物珍しくて歩き回ったことも何度かあった。だけどきれいな場所はどこにもない。海の青があれば、すべてが美しくなるのにと思った。最近ではカン・マルカデ公園に行き、ベンチに座ったり、池のそばでアヒルを見たり、あずまやで時間を過ごしたりすることにしていた。平日は人も少ない。ヘッドフォンをしてジョギングしている人、老夫婦、それに木製の海賊船の遊具で子どもを遊ばせている母親たちがぽつんぽつんといるくらいだ。箱型の集合住宅が並ぶ雑然とした景色を離れ、公園の小道に入るとき、アレナは夢があふれる別世界の入り口を通るような気がした。よく手入れされた静かな林が、思いを自由に飛ばせるオアシスのように思えた。そこにいると、アレナの心はなにものにも縛られることなく飛翔し、木の枝に絡みついたり、池でのんびり休んだりできる。開かれた空間にいると想像力が掻き立てられるようになったのは、何年も前に父の生まれ故郷ポーランドのグリフィノにある魔法の森に行ってからだ。旅行などめったにしたことのないアレナだが、あのときはルーツの国を見せてやろうと、父がつれていってくれた。四百本もの松の木が根元でぐにゃりと曲がっているあの独特の光景を、うまく説明できる人はいない。東欧の国特有の濃い霧が立ち込める中に、曲がりくねった木の幹がどこまでも並んでいた。邪悪な魔女が、土地と住民に呪いをかけましたというおとぎ話が浮かんできそうな風景だった。あの木立を見たとき、病気だけどたくましく成長してる、という印象を受けたことを覚えている。奇妙に幹がねじ曲がったのは、克服するのに努力が要る、生まれ持った困難みたいなものかもしれないけど、その困難に挑んでいるように見えた。

不思議なことに、ほとんど人がいなくて風が木々の葉を揺らす冬の午後にカン・マルカデ公園を歩いていても、アレナはちっとも怖くなかった。公園の中には宮殿博物館がある。以前はある家族が住んでいて、今は市の持ち物になっている建物だが、日暮れどきにその周りを歩くと、自分専用の庭を散策するお姫様になったような気がした。

あれは十一月のある木曜日、午後遅くのことだった。もう少しで閉園の時刻というとき、偶然、忘れられない光景に出くわした。最初に気づいたのは、池の向こうのどこかから聞こえてくるうめき声だった。公園の永遠の静寂を打ち破る何かが起きているのは確かだった。池のほとりを回って、声のするほうへ近づいた。冬の厳しい寒さの中でも、そのあたりは巨大なヤシの木が青々とした葉をつけていて、ほかよりなおうっそうとした印象のある場所だった。それがいつも通りのぶらぶら歩きの延長だったのか、それとも怖いもの見たさのような気持ちがあったのか、あとになってみると何とも言えないが、木の陰に隠れて見たのは、一組のカップルの姿だった。動物的本能を抑えきれないはぐれオオカミのように、ふたりは日もとっぷりと暮れた野外で愛し合っていた。

最初は誰だかわからなかった。暗すぎたし、雑木林が邪魔をして顔は見えなかった。慎みも恥じらいもなく、原始的な喜びに身をゆだねている、顔の見えないふたりの人間をアレナは夢中になって見つめていた。ここに来たときと同じように、音も立てずに立ち去ることはできただろう。いやむしろ、そのほんの数分後には、ここにいなければよかったと後悔する羽目になったのだ。上半身裸の少年が顔を上げたとき、それが誰だかアレナにはわかった。もうひとりの人物、黒髪で浅黒い顔の少女が、彼の前でひざまずいていた。

アレナのいるところからは下のほうがよく見えなかったが、少年の浮かべた喜びの表情を見れば、少女が何をしているか当てるのはさほど難しいことでもなかった。向こうからは見られることなく、少年の顔が引きつってゆがんでいくのを呆然(ぼうぜん)と見ていた数秒間は、かなり長く感じられた。クリスティアンの横顔、タトゥーの入った、がっしりした腕。開いた口から出るググッという音、弓なりに反った体。暗闇の中で、彼の両手がしっかりと少女の頭をつかんでいる。少女はサライだ、もう間違いない。

目の前で繰り広げられる性行為の力強さ、放埒さにアレナはひきつけられていた。暗闇の中、そこだけフットライトに照らされているかのように、ほとんど体毛のない若い体が光り輝いている。アレナが身を震わせたのは、きっと恥ずかしさからだろう。自分自身はそんな時間を過ごしたことがないからだろう。だけど自分と同い年のふたりの人間が今、あまりに親密で、あまりに情熱的で、アレナにとってはあまりにも放埒に見える行為に没頭している。

クリスティアンが今際(いまわ)の際(きわ)にあげるようなうめき声を放ち、相手の頭をそっと放した。そしてそのとき、震え、興奮しながら後ずさっていたアレナのほうに、クリスティアンが視線を向けた。どろんとした目に隠しようのない満足の色を浮かべ、唇をぺろぺろ舐めながら、からかうようにこちらを見るクリスティアンの顔からは、少年の面影が消えていた。どこにでもいる男の顔、獲物をむさぼったばかりの捕食者の顔だ。破壊的なほどの魅力に惹(ひ)かれ、か弱くてばかな女がおれのところに近づいてきたが、今は見逃してやろうとその表情が言っていた。

恥ずかしさと興奮とで、アレナは思わず駆け出した。脅迫しようと思えばできるようなことを目撃したのだと気づいていた。気持ちが昂(たかぶ)り、ひとつになったように見えるふたつの体の光景から逃げた。女の姿をした根っこ、そしてクリスティアンの腕と同じ、たくましくてごつごつした枝を持つ木。だけど逃げたからといって、忘れられるものではない。あれ以来、寝ようとして目を閉じると、ふたりの姿が浮かぶようになった。それも時間が経つにつれ、イメージが理想化されて美しくなっていく。霧に包まれ、赤々と月に照らされて、パーティを楽しむみだらな一対の石膏像(せっこうぞう)。そこでは、アレナは招かれざる客だった。

クリスティアンがこちらを見たことは確かなはずだが、幸いふたりとも、あの夜の目撃者がアレナと気づいているようなそぶりは見せなかった。アレナはあのことを誰にも、ララにさえ話さなかった。話したくなかった。だがそれは、悪くいえば、あの光景の一部になったようなものだ。思いがけず目撃しただけだというのに、忠実に秘密を守る参加者になったようなものだった。

そんなある日、同じ公園内の子どもの遊び場から遠くないところで、アレナはなじみのある顔を見かけた。はじめは誰だかわからなかったが、やがて同じ棟に住む男だと気づいた。おとなしく内気な男で、年は四十代から五十代の間にも見えたし、六十代かもしれなかった。不潔というほどでもないが、こぎれいでもない。男は彼女のことを知っている様子がなく、もちろん挨拶もしなかった。ある意味、それでほっとした。それから何度も公園のどこかで男とすれちがうようになったが、そのたびに彼女はなぜか一瞬、悲しみを覚えた。無気力さの見本のような男で、十五歳の彼女にとってはそれが、何よりもつらい罰を受けている姿に見えたのだ。無職か、少なくとも普通の人が働く時間には働いていないのは明らかで、きっと妻子もいないだろうということは容易に想像がついた。アレナはいつも、散歩しながらすれちがう人々の生活を想像して楽しんでいたが、〝悲しい隣人〟の生活は明らかに荒れていそうだった。彼の暮らしを想像すると黄色っぽい靄がかかり、アレナはなぜか、老人ホームや、職業安定所に並ぶ失業者の列を連想した。そんなことを思い出したのは、遊びに来たララがどうやら、エレベーターで彼と乗り合わせたらしいからだ。ララはアレナの家に来るなり、〝変なやつ〟と一緒になったと言った。きっと彼のことに違いない。

「あたしのことをちらっとも見ないの。門番か使用人みたいに、ずっと床を見てたのよ。湿っぽい、奇妙なにおいがしたわ」

もう絶対にあの男だと思って、アレナはうなずいた。

「あいつ、六階に行ったわ。ああもう、早く降りたくてしょうがなかった。ねえ、お水もらえる？　喉がカラカラなの」

ララが家に来たのは初めてだ。一瞬ここが別のところ、前の家だったらなあと思った。

「わたしの部屋に行こうよ」ダイニングの時代遅れの家具がちょっと恥ずかしくなって言った。ララの家の家具は雰囲気が違っていて、もっと新しい。母親が再婚したときにリフォームしたからだ。

ララはちょっと待ってと言い、部屋の中を歩き回った。まるでこの家がどれくらいするのか値踏みしているような目つきだ。やがてこげ茶色をした大きな木製サイドボードに近寄り、そこに置いてあった写真を見て訊ねた。

「小さいころの写真？」金髪で、顔が真ん丸の赤ん坊を指さす。

「やだ、しまっておくんだった！　これじゃボールだよね」アレナが自分の部屋に向かいながら答える。

ララは水を飲み干し、ちょっと遅れてついてきた。それまではすするようにゆっくり飲んでいたのだ。薄い唇はほとんど湿っていなかった。ぴったりしたデニムジャケットを着ているので、ますますやせっぽちに、ますます子どもっぽく見える。

「あたし、白い壁が好きなの」ララが通ぶった口調で言う。「なのにクソ野郎の思いつきで、うちの壁の半分はダサい黄色に塗られちゃったのよ」

「大げさだよ。そんなに悪くないじゃない！」

「ひどいよ。まあ、あたしの部屋はそのままにしておいてくれたけどね。怒り狂って抗議したら、やっと言うことを聞いてくれたよ」

「ほら、早くわたしの部屋に行こうよ」アレナは繰り返すが、ララが不服そうな顔をしているのを見て、付け加えた。「グーグルで検索したのよ。理科の宿題用に」

「ほんと！　今学期はあたしサイテーなの。全然わかんなかったよ」

それは嘘ではなかったが、彼女と知り合ってまだ日が浅いアレナには、ララの勉強嫌いが一時的なものかそうでないのかわからない。聞いたところによると、ララは二年ほど前まで優等生だったという。それを疑う理由はない。だが、今学期の彼女の中間試験の成績は確かに最悪だった。

「だから今日、来たんでしょ。ほら、あっちで座ろうよ」

ララは気乗りしない様子で従う。アレナの部屋に入り、ふたりは勉強机の前に座った。

「さあ、さっさと終わらせて外に行こうよ。ママにプレゼントを買いたいの。誕生日がクリスマスの二日前だから、いつもプレゼントがもらえないってこぼしてるのよ」ララにやる気を起こさせようとして、アレナは言った。

アレナは頑張った。少なくとも、できるだけのことはした。ララに基礎代謝率とその計算方法を説明し、「うん」とか「そう」としか答えが返ってこないことも気にしないようにした。ララはまるで、理科とは何の関係もないことしか頭に詰まっていない様子で、完全に上の空だ。

「もうやめようよ」しばらくしてララがつぶやいた。「ひどく頭が痛くなってきたの、ほんとに。怒らないでね。あんたのノートを持って帰って、家でおさらいするわ。いい？」

頑固なところのあるアレナは不快に感じたが、いやがっているものを無理強いするわけにもいかない。ララは席を立ち、洋服ダンスに近づいた。

「この中、すっごくきちんとしてるんだろうな」そう言うのとほとんど同時に、ララは扉を開けていた。「わあ、思ってた通りだ」

よその家に来て、そういうことしちゃいけないんじゃないかなとアレナは思ったが、かといってさほど気になるわけでもなかった。だから変だと思いながらも、椅子に座ったままでいた。ララはハンガーをひとつずつ見ていき、赤いドレスのところで手を止めた。穏やかな色合いの服が多い中で、その服だけが灯台のように目立っている。

「これは？」振り返らずにララが訊ねた。

「ほしい？　全然好みじゃないの。以前ここに住んでた人が、服の入った箱をタンスに置いていったのよ。ほとんど子ども服だったから寄付したんだけど、ママがそのドレスだけはとっておきなさいって言うから」

ララはハンガーごと取り出してじっくり眺めている。

「いらないわ、あたしには大きすぎるもの。ほら、着てみてよ」

「いやよ！　わたしにだって合わないわ」

「お願い、そんな冷たいこと言わないで。あたしの言う通りにしてよ。でなきゃ、こんなつまらない代謝率なんて、絶対勉強しない！」

アレナは笑って、言うなりになった。教師役には飽きていたから、ララが生徒役をやめてスタイリストごっこをするというのなら、そのほうが楽だった。

「ブラジャーはつけちゃだめだよ。なんだかみすぼらしく見える……。そう、素肌によ。すごい！　ほら、鏡で見てみてよ」

アレナは鏡に映った自分を見て微笑んだ。この真っ赤な服で外に出ようとは絶対思わないけど、別人になったような気がするのは確かだ。年上で、美人で、セクシーにすら見える。ちょっときつくて体の線がはっきり出ることも、襟ぐりが深いから露出度が高いことも、人前に出るわけじゃないから気にならない。ドレスの赤が白い肌と金髪を引き立てていることも、自分では特に意識していなかったが、一瞬大人になったように感じ、これまでよりもっと自信を持てそうな気がしてきた。カクテルグラスを手に、朝まで踊る自分を想像してみる。まだ見ぬ恋人に抱かれている自分。彼はアレナの腰をつかんで、体ごと引き寄せる――。

「待って、髪を何とかしなきゃ」ララが言い出した。「それに、このあどけないお人形さんみたいな顔に、ちょっと色を付けないとね」

モデルごっこは続く。若い花嫁になった気分で、ゆったり座っているアレナの髪を、ララがゆるく束ねていく。まとまりきらなかった髪が肩にかかり、裸の首をくすぐる。

「寒くて死にそう」本当はそうでもないが、そう言ってせかす。

「もうちょっとよ。コスメはどこ？　心配しないで、ほんのちょっとお化粧するだけだから。勉強しすぎでクマができてるじゃない、もう」

言葉通り、ララはすぐにメイクを終えた。

「この格好で学校に行ったら、ワールドカップ並みの騒ぎになるよ」ララがすました顔で言う。

アレナはもちろん、そんな格好では学校にもどこにも行くつもりはなかったが、ララが写真に残そうというので撮ってもらった。すぐに確認した携帯の画面には、別人が写っているような気がした。下唇を嚙みカメラに向かってウィンクできる、奔放で挑発的な女の子が自分だとは、とても思えない。ララはプロのカメラマンのように次々とシャッターを切りながら、アレナにポーズを要求する。ベッドに寝そべって、髪を口元に持っていって、目を閉じて、唇を舐めて。世界一のイケメンを想像してみて、彼は今足元にひざまずき、うっとりあんたを見つめているけど、決して手を触れようとしないのよ。次にララはパソコンでマルマの新曲を検索して流す。覚えやすいメロディーと官能的な歌詞のその曲をBGMにして、ララはさらに指示を出す。さあ、曲に身をゆだねて、自分を解放してみて。アレナは思わず、クリスティアンのことを考えた。彼が好きだからではない。あの夜公園で彼が見せた、ネコ科動物を思わせる貪欲そうな微笑を、自分も男たちに浮かべさせてみたいと思ったからだ。

ララが帰る時間になり、アレナは彼女をエレベーターホールまで送っていった。ふたりはまるで酒を飲んだように笑い合う。アレナのまとめ髪は、すっかりほどけていた。ぼさぼさ髪にいたずらっぽい微笑み、きらきら光る瞳という組み合わせは、デートを終えたばかりに見える。そのとき偶然、例の奇妙な隣人が下へ降りてきた。エレベーターのドアが開いて彼がいるのを見たふたりは、たまらず爆笑した。別に侮辱するつもりはなかったが、相手が侮辱されたと感じても仕方ないほどの、嘲(あざけ)るようなけたたましい笑いだった。

ララはエレベーターに乗ろうかどうしようかと迷い、男のほうも閉める動作をしないまま時間が過ぎた。ふたりの少女の人生では、何の意味もなさないほどのほんの束の間の出来事だ。もしかしたら眠りに落ちる直前、アレナの脳裏にふとよぎる心地良くない記憶として、あのときの彼の表情とそのとき覚えた感覚が残るかもしれないが、ただそれだけのことだ。

あのときは結局ララがその場にとどまり、男がひとりで降りていった。エレベーターが閉まる直前に見た彼は何かに、おそらくは痛みに取りつかれた顔をして、頭を一方に傾け、知らない人を見て吠えかかる小型犬を叱りつけるように、何やらぶつぶつ言っていた。

10

人生はときどき、ごく簡単になる。誰かの指示に従っていればいいだけのときは特にそうだ。メッセージに書かれていた時間ちょうどに指定の場所へ行くと、車がすでに駐めてあった。その車には何度も乗ったことがあり、鍵も持っている。だから発車させて、暗記している道を走るだけだ。A-二号線をリェイダ方向へ約八十キロ走り、五百十七番出口で降りてアルテサ・デ・セグレに向かい、パリャルス地域に入ってリアルプに着く。渋滞がなければ三時間ほどのドライブだ。

年に四、五回このルートを走るが、時期は一定していない。最後に目的の山荘に行ったのはいつだったか、ファンペは思い出そうとしていた。もう涼しくなっていたのは覚えている。指示書の初めに書かれていたのが暖房をつけることだったからで、そう考えると十月後半にはなっていたはずだ。その月のことを考えて、あれはイスパニアデー(十月十二日)に続く長い週末だったと思い当たる。今日が十二月十八日だから、二ヵ月と少し経ったわけだ。クリスマスも間近のこの時期に集まるのは、ひどく奇妙に思えた。いつもの山荘での集まりは、クリスマス時期にふさわしい行事とはとても言えないからだ。今年は雪が少なくて冬にしては暖かいから、年内最後の遠出をする気になったのかもしれない。次の春まで、しばしの別れというわけだ。

ファンペの運転は慎重だ。車の流れに最大限注意を払い、決して制限速度を超えない。上手な運転手が彼の運転を見たら、シートを前に出しすぎていて、ハンドルを強くにぎりすぎていると言うだろう。だがファンペに言わせれば、これまでどんな些細な事故も起こさなかったのは、それほど下手でもないからだということになる。ちょっと曲がったり徐行したりするたび、初心者のように手で合図を出し、十秒ごとにルームミラーを確認し、気が散るからと、運転中は絶対に煙草を吸わない。用心深い男だということは、その運転ぶりをちょっと見ただけでわかる。

高速道路への合流車線を一台のトラックが進んでくる。ファンペはその車が入ってきやすいように、自らは車線変更することにした。彼はほとんどいつも、自分より大きなものには道を譲ろうと心がけている。右車線に戻れるかどうか確かめようとミラーに目をやったとき、後部座席に人影を認めた。車内にはもちろん、ファンペのほかは誰もいない。少なくとも生身の人間は。だけどファンペはもう、受け入れることを学んだ。くっ、くっという笑い声が車内に響いたが、やっぱりなとしか思わない。小僧は今日、この車に乗っている。ということは、週末の間ずっとやつに我慢しなければならないのか。なんてこった。

ここのところ、普段よりもっとやつに悩まされ、うんざりさせられる日々が続いている。ビクトルと会って以来、あの甘やかされた子どもの声を聞かない夜はめったにない。始まるのはいつも、ビクトルが行ってしまった時刻と同じ明け方だ。まずありとあらゆる辛辣な言葉が聞こえてきて、嘲り、批判、非難の大合唱になる。わかるか、ばか。あれほど待ちこがれて、おまえたちは友だちだったというおとぎ話をあれほど信じて……。それがどうだ。あいつはずらかり、おまえは手にビールを持ったまま置いてきぼりだ。困っているおまえを見捨てて、これまでずっとそうしてきたように、あいつは消えたんだ。眠りの世界に逃げ込むしか、やつを静かにさせる方法はないが、もはや酒を飲んだくらいでは、眠気は訪れてきてくれない。だから友人のライに別の処方箋を頼むしかなかった。ライがくれる錠剤を飲めば、五、六時間はぐっすり眠れる。何よりいいのは、その後も長く、茫然とした状態が続くことだ。八時間も静かで穏やかに過ごせるのなら、他人の好意にすがる価値もある。特にファンペの場合、自分からは何も頼まず、他人から与えられるもので満足する性質（たち）だと、彼を知る者はみんな言っていた。

後ろを見てみろ。家の外でこの声を聞くのは妙な感じだ。いつもなら、運転しているときや外に出ているわずかな時間は、声に悩まされることはない。だから言われたままにバックミラーを見て、ふと黒い車が気になった。そう新しくもないゴルフだが、トラックの邪魔をしないために車線変更をする前も、その車が後ろを走っていたような気がした。再び道路に注意を戻し、二十五キロ先の五百十七番出口を通り過ぎないよう、念のため右車線に戻る。このとそのとき、黒いゴルフも同じ操作をしたのがわかって動揺した。にわかに緊張する。この旅に出る仕事を始めてから五年になるが、最初に受けた指示のひとつが「つけられないようにしろ」だった。こういう命令を受けると、ファンペは混乱する。不服も唱えず真面目に従うことはできるものの、内心ではいつも、あとをつけてくるのは他人なのだから、自分ではどうしようもないと思っていた。

だがそうは言っても、つけられているかもしれないと思うと息が荒くなってきた。再びバックミラーを見る。車はまだついてきていた。ファンペの車を見失うこともなく、過度の注意を引くこともない、適切な距離を取っている。きっと小僧がばかなことを言ってるだけだ。そう声に出して言ってみたが、もちろん返事はない。あの声にはうんざりさせられるだけで、助けてもらったことなどこれっぽっちもない。半ば忘れているのがいちばんだと、ファンペは思った。緊張せずに、でもあとをつけられないようにすることだ。特に、山荘に直接通じる最後の区間までには、絶対にまかなければならない。かなり不安を抱えつつも、まずは観察することにした。ゴルフは同じ出口から出て、サルベラ方面に向かうファンペの車のあとをついてくる。ファンペは迷った。速度を上げれば注意を引くかもしれないが、もしそれで向こうも速度を上げれば、もうつけられているのは間違いないということになる。そうなればライに報告しなければならない。ライはライで、ミスターにその報告を上げるだろう。そしてミスターが何らかの理由で怒ったときは、たとえやるべきことをやっただけだとしても、誰かが仕打ちを受けることになる。ましてファンペは速度超過を恐れていた。試しにほんの少しスピードを上げてみた。教習中の若者のように緊張して、ハンドルを引き抜きそうになるほど手に力がこもる。ゴルフとの距離がわずかに離れたが、さほどではない。つまり向こうの運転手もアクセルを踏んだということだ。こんなことしたって、何の解決にもならないとつぶやく。少なくとも問題を振り払えるくらい、スピードを上げる気にはなれないからだ。そのとき、自分よりもっと賢い人間ならどうするだろうと考えた。たとえばビクトルならどうするだろうと考えて、微笑んだ。解決法があるかもしれないと気づいたのだ。軽くブレーキを踏み、山荘に行くときいつも使う地方道路ではなく、サルベラの村に入っていった。まだ早い。コーヒーでも飲むとしよう。そうすれば煙草も吸える。実際、煙草のほうはもう我慢の限界を迎えていた。ニコチン切れのせいで少しいらいらして、思考能力が落ちている。やるべきことはまず車を駐め、カフェを探して煙草を吸い、これからどうなるか確かめることだ。携帯でライに電話して、アドバイスを求めることもできるが、できればそうしたくなかった。だがいずれにせよ、ゴルフにリアルプまでついてこられないためなら、どんなことでもしなければならない。

ゴルフが同じ距離を保って村の中へ入ってこようとしているのに気づき、不安に駆られる。だがファンペが駐車場に向かうと、ゴルフはそのまま中心部へと直進していった。見たか？ファンペは声に出して訊ねる。緊張して損したよと、後部座席に向かってぶつぶつ言った。いつもと違う行動をとったせいでかなり動揺し、右膝が少し震えている。そう、今必要なのは煙草だ。車内で吸うこともできたが、脚を伸ばしたかった。どっちみち、時間はある。十五分や二十分休憩してから車に戻ったところで、遅れることはないだろう。

この村には来た覚えがなかったので、なんとなく中心部に向かって歩いていくと、中世風の集落があって驚く。ファンぺはこれまで、単なる娯楽や観光のための旅をあまりしたことがなかった。だからチェーンスモーキングをしながら、時計も見ずにぶらぶら歩いた。幸い小僧は車内に残っている。屋外では決して姿を見せないのだ。行く先も決めずぶらぶらしているとカフェを見つけたが、ファンぺはそのそばにあった「魔女小路」という表示にふと興味を惹かれ、路地に入り込んだ。窓のふさがれたバルコニーに足音が反響して、閉所恐怖症を引き起こしそうな雰囲気が漂う。湿った石のにおいが強い。ファンぺは廊下やトンネル、橋が好きではないが、それを知っているのはたぶんライだけだ。たまたま、ふたりが知り合った場所についての内輪話をしていたときに、ライに打ち明けた。ミスターの気まぐれで、飲み物を買いに山荘からリアルプの村まで行かされたときのことだ。川の近くに車を駐め、吊り橋を歩いて渡った。歩くと揺れる不安定な橋の半ばまで来たところで、ライがふざけはじめた。ファンぺは渡りきろうとしたが、途中で動けなくなった。橋の揺れが膝まで伝わり、彼の心は過去へ、ボッシュ医師の部屋に続く少年院の長い廊下へと飛んでいった。ライもファンぺも、そして施設にいた少年たちの大半も、きっとあの廊下のことを覚えている。多くの少年にとってあの廊下はほぼ日常的に使う通路で、それ以上の意味はなかった。だが、三名か四名の少年にとっては別だ。年少の者たち（ファンペとライ、そしてモラレス。彼がその後どうなったかはわからない）は、廊下の突き当たりのドアが別の世界の入り口だと知っていた。ボッシュ医師に親切にしてもらうには、自分が持っている唯一のものを差し出さなければならないということもわかっていた。それでも、どれほど邪悪であろうとも、あの冷たい場所で少なくとも彼だけが、自分たちを愛しているふりをしてくれているという感覚から離れることはできなかった。もちろん、彼流の愛し方ではあったのだが。

路地の建物には奇妙な模様の装飾が施されている。おそらくここが建築された時代、ここに来ると危ないよという警告として訪問者向けに描かれたものだろうが、もしかしたら後世、怪しい雰囲気を醸し出すために付け加えられたものかもしれない。アーチ型の入り口の上部に黒猫が描かれている。奇妙な象徴が何を意味するのか、ファンペにはわからないが、テレビのオカルト番組で同じものを見た覚えがある。じっくり眺めているうちに、思いがけないほど時間が経っていた。魔女たちはその模様によって、自分たちはこういう悪さをしますよと公表しているようだが、それは悪いことではないと思った。みんな、悪いことをしましたと堂々と言えばいいのだ。受け止め方は人次第だ。それを利用する者だっているかもしれない。もちろん、代価は支払わなければならないが。

こんなふうに理解したのはもう何年も前のことだ。後悔したって仕方がない、すべての行為には結果が伴うのだから。このことをビクトルに言って聞かせたかった。たとえばミスターにも、ファンペは何ら悪意を抱いていない。確かにミスターの命令で小指を切断されたが、それは自分がへまをしたからだ。ファンペは直接裁きを下すという考え方に慣れていた。細かいことは考えず、その力がある者が直接罰を与えるのだ。その理屈をボッシュ医師の場合にも適用して、貸したままの借りを返してもらった。そして実行するのはずっと前にあきらめたものの、この世で復讐したい人物がひとりだけいる。密告者は罪を償わなければならない。とはいえ、ファンペは何があってもビクトルを信じたいと思っているし、小僧の悪意に満ちた言葉など聞くつもりはない。で、もし彼だったら？ もしおまえが友だちだと思っていたあいつが、裏切り者だったとしたら？ それはすぐにわかるだろうという気がしている。

この週末が過ぎれば、また彼から知らせがあると信じていた。

結局コーヒーは飲まずに車に戻った。これ以上遅れるわけにはいかない。もう黒いゴルフは影も形もない。少し急がなければ。翌朝までに、山荘を使えるようにしておかなければならない。今日はハードな一日になりそうだ。

11

普段の週でも、金曜日の最終限というだけで生徒にとってはひとつの試練なのに、クリスマスが間近に迫った今、クラスじゅうがそわそわするのは仕方ない。おまけに今日の英語の時間の単元は、未来形とその活用。ある行為が前もって計画されたものか、急に思い立ったものかによって時制が違ってくると言われても、頭に入るわけがない。中学三年の生徒たちは、自分の未来がきっと暗いとなんとなく気づいていて、あと四十分後に始まる週末、長いクリスマス休暇の序章のことしか考えられない。実際にはせいぜいあと三十分というところに来て、時計の針は頑固なロバのように進むことを拒絶し、先生を含むみんなを教室の中に引き留めて、未来について考えろと強いる。今、みんながいるこの現在は、現実の人生が始まる前の序章にすぎないのだからと。

この数日、何をしますか？　正しい時制を使って、英語で未来の計画を立ててください。*I am going to play games. He's going out with his friends. She's going to travel to Cambridge. People are going to vote on Sunday.* 週末の休日と、その後ほとんど間を置かずに始まるクリスマス休暇を連想するような例文が示されると、生徒たちはますますそわそわしてきた。教室はざわざわとした空気が支配している。少年少女たちはバーベキュー・レストランの入り口につながれて、炭火焼のうまそうな匂いを嗅いでいる犬のようだ。余り肉の大盤振る舞いにあずかれると知っているから、紐（ひも）が解かれるのを今か今かと待っている。

アレナはすぐに練習問題を終えた。語学科目が得意なのは、きっとすでにいくつか言語を習得しているおかげだろう。待つのは慣れているから、みんなが問題を解き終えるまで、ノートの余白に落書きをして遊ぶ。隣の席では、マルクが携帯でこっそりロックの動画を見ている。歌手の仕草を研究して、どうにかして男らしさを身につけたいのだろうとアレナは思った。それは裏を返せば、どれほど努力しても、持って生まれた遺伝子の影響が残っているということだ。短く髪をカットして、ホルモン注射を受け、ぶかっとしたトレーナーにジーンズを腰穿きしていても、望まない性別の名残は消えない。両親がよく思わないだろうと思うから、アレナは家でマルクの話はあまりしないが、彼のことは好きだった。マルクはいいクラスメートだ。内気だからか、これまでの経緯があるからか、あまり目立とうとしないが、アレナはそのほうが居心地よかった。クリスティアンやケビンやオリオルのように、男性ホルモンがあふれ出していて、男らしさを誇示するには動作ひとつにも気を配らなければいけないと信じ込んでいるようなマッチョより、マルクといるほうがずっと落ち着いた。

彼女はあまり意識していなかったが、教室内は自然に、三つのグループに分かれていた。見る人が見れば、左の列に座っているのがクラスの中心だと評価するはずだ。サライとノエリアが最前列にいて、後ろに彼女たちの取り巻きが座っている。そのほとんどが中南米系の女の子たちだ。左の後列は、クラスでもイケてる男の子たちの席。この三ヵ月の間、中心グループの女の子たちはほとんどアレナに関心を払わなかったし、アレナのほうでも、彼女たちとうまくいくはずがないと感じていた。彼女たちがアレナのことを、陰で「ロシア女」と呼んで噂していることは知っている。試験の成績が優秀なのも、敵意の壁が築かれる原因だった。特にサライは、体育の授業のときなどに一緒になることがあっても、アレナを無視しようとする。アレナは運動神経が抜群で、リズム感もバランス感覚もよかった。一方サライは運動が大の苦手で、どうやら体育の得意な生徒を敵視しているようにも見えた。だが、そういうのとはまた別の感情をサライが抱いていることに気づかないほど、アレナは鈍感ではない。アレナが存在しないかのような態度を女の子たちがとるのとおそらく同じ理由で、イケてる男の子たちは彼女に注目していた。特にクリスティアンは毎日、彼女に笑いかけたりウィンクしたりする。アレナにとっては何よりそれが不快だったが、彼は楽しんでいるらしい。それでガールフレンドのサライがすねるので、ますますいい気になっている。サライが怒ってぎゅっと唇を結び、ふくれっ面を見せるたび、アレナはばかみたいと思う。率直に言ってかなり下品なしぐさだが、それでもときどきサライの口から飛び出す「あたしのオトコ」とか「あたしのマッチョくん」という言葉よりはまだましかもしれない。初めて聞いたときは、猛烈な恥ずかしさに襲われた。アレナのその反応はサライにとって予想外だったらしく、それで彼女はさらに苛立っていた。

左側の列はこのように、ずっと変わらない。席を替えさせようとした教師もいるが、結局彼らはまた同じように集まってしまう。そしてクリスマス間近の今のようなときは別として、いつもはそれほど騒ぎも起こさない。前年度、アレナが転校してくる前は、それはもう騒がしかったらしい。一方、アレナとマルクの席がある中央の列は、左側に行きたいが、まだ完全には受け入れてもらえない生徒たちが占めていた。サライやクリスティアンに言わせれば、彼らは〝可能性〟があるそうだ。そして右側の列には、ララに言わせると〝無所属〟の女生徒たちがいる。たとえばララのすぐ後ろに座っている女子ふたりは、誰ともつるまない。そして右側の最後列で、つまらなさそうにボールペンを嚙んでいるのがイアーゴだ。彼の周りには、青春というにはまだ早い、どこか幼さを残した男の子たちが座っている。アレナはイアーゴに視線を送るが、彼はうつむいてまだ練習問題を解いているように見える。聞いた話では、前年度まで彼とクリスティアンは無二の親友だったらしい。だけど今のイアーゴはひとりでいることが多く、みんなから離れてよくスケートボードに乗っている。クラスには尼僧のようにおとなしいムスリムの少女ふたりと、ほかにも五、六人の生徒がいるが、サライとその取り巻きたちは彼らを完全に無視している。もっとも実際には、無関心なのはお互いさまで、自然の成り行きだとも言える。気質でも趣味の部分でも、中心グループと彼らの間には何の共通点もないからだ。そして彼らは、まるで不可侵条約でも結んでいるかのように、お互い不干渉を決め込んでいた。

アレナはイアーゴに共犯者意識のようなものを抱いていて、今も笑いかけようとしているのだが、彼はこっちを見てくれない。だから落書きを続けていると、「玄関で待っててよ」という声が聞こえてきて、物思いから覚めた。ささやいたつもりだろうが、よく通る声だ。顔を上げると、ララが振り向いてこちらを見ていた。アレナは声に出さず、力を込めてうなずいたが、すぐクリスティアンとケビンのほうに注意を取られた。退屈で我慢できなくなったのだろう、みんなの気を引こうと喧嘩の真似を始めた。数年前から彼らを教えている英語のジョルディ・グアルディア先生は、いつもならやんわり嫌味を言って制止する。彼らもそれでおとなしくなるのだが、今日の先生はそういう気分ではないらしい。言ったあとですぐ後悔しそうな、ほとんど侮辱的にも聞こえるつっけんどんな口調で彼らを叱りつけ、悪ふざけをやめさせた。まだ四十にならない教師で、率直に言えば彼も生徒たちと同じように、この授業を長くて退屈と感じていたのだ。

「あんたもいい加減にしろよ、ティーチャー！」ケビンが教師に歯向かった。

「そういうときはドント・パス・リミット、ティーチャーって言うんだよ。ばーか！」クリスティアンが友人をからかう。「そうだろ、せんせ？」

「ふたりとも、もうたくさんだ。答え合わせを始めよう、それで、いい週末を迎えようじゃないか」グアルディア先生はなだめるように言った。

「おれのこと、ばかって言うな」こぶしを握るふりをしながら、ケビンがまたクリスティアンをけしかける。

「やめなさい！　レッツ・スタート、オーケイ？　マルク、キャン・ユー・リード・ザ・ファースト・センテンス？　エクササイズ・セブン、エヴリワン」

マルクが少し大げさな抑揚をつけて一行目を読むと、後方から笑い声が聞こえた。

「ええと、わかりやすいようにスペイン語で言います」マルクに朗読をやめさせて、グアルディア先生が言う。「練習問題の答え合わせをしてから帰ってもいいし、答え合わせをしてからもう少し授業を続けてもいい」そして空とぼけた顔をして、心にもないことを付け加えた。「わたしはまったく急いでないから」

それでほとんどの生徒が黙った。授業の最後の二十分間は見せかけの穏やかさ、もろく不安定な静けさが教室を支配した。だがそれも終業のチャイムと同時にぱっと壊れ、生徒も先生も一斉に、待ち焦がれた長い週末へと飛び出していった。

イアーゴは、自分でも説明のつかない理由がいろいろあって、こっそりと抜け出すように学校を出た。もっとも、少なくともひとつは、ちゃんとした理由があった。金曜日は、昼に美容院を閉められない母のミリアムに代わり、祖父をデイサービスに迎えに行って、家で一緒に昼ごはんを食べることにしていたのだ。だけど誰にも挨拶せずに急いで帰ったのは、それが一番の理由じゃない。このごろイアーゴは、自分自身にかなり腹を立てていた。いや正確には、自分の中のある部分にというべきか。子どもでいることが少し居心地悪くなってきたのに、そこから抜け出すための一歩を踏み出せない自分、まだぼんやりしていてちょっと怖い、青春という高みへと一気に昇る勇気を持てない自分に。ワッツアップでアレナにメッセージを送るのは何でもなかった。昨夜だって遅くまで、次から次へといろんな話(学校のこと、先生たちのこと、飛び石休暇、クラスメートたちの噂話)をしていた。だけど生身のアレナと面と向かうと、イアーゴはどうも黙り込んでしまう癖がある。アレナが横目でちらっとこちらを見たり、笑いかけてきたりするのにも気づいているが、どう返せばいいのかまだわからないし、それで自信がつくわけでもない。自分の臆病さが情けない。思い切って一歩踏み出し、飛び込んでいって、派手に失敗してもちゃんとその結果と向き合うという、すごい機会をみすみす無駄にしているような気がする。結局、人生なんてスケボーのレーンとあまり違わない。バランスと速度のコントロールは大事だが、進歩を遂げたいのなら、大きくぶつかる覚悟が必要だ。

スケボーの技なら、みんなに見せられる。ボードと一緒にジャンプするオーリー（これは基本）だけでなく、オーリーと逆の動作をするノーリーの技だっていくつもバリエーションを知ってる。それだけじゃなく、ボードから足を離して三百六十度回転させる技も覚えた。だけどいくら子どものころからスケボーがうまくても、いつでも滑りはじめの恐怖は乗り越えなきゃいけない。傾斜のきついスロープならなおさらだ。いつも付きまとう不安も、まるっきり不快というわけではない。ジャンプに失敗したら深刻な傷を負う可能性があることも、常に意識している。以前はもちろん、いつもそばにクリスティアンがいた。イアーゴより大胆でチャレンジングで、怖いということを知らないから、技術は名人級だった。彼と一緒にいられなくなって、イアーゴは寂しい。大体いつも寂しいが、レーンにいるときはなおさらだ。彼にマスターした技を見せたかった。だけどクリスティアンはもう、スケボーにほとんど関心がないということもわかっている。それだけに、彼が後ろから走ってきて、イアーゴの名前を呼んだときは驚いた。急ブレーキをかけたので、サンティルデフォンス大通りの歩道にボードの傷がついてしまった。祖父が通っているディサービスセンターがあるエレクトリシダード大通りまで、あと少しというときだった。

「なんだよもう、さっきから呼んでたんだぜ」クリスティアンが息を切らして言う。

イアーゴはヘッドフォンを指さした。誰でもわかってくれる、完璧な言い訳だ。

クリスティアンは両ひざに手をついている。一年前、十四歳になったころ信じられないほど急に背が伸びて、今は百八十五センチくらいあるにちがいない。背が高くなったことで新しい視界が開けたらしく、毎日何時間もジムにこもるようになり、腕にはタトゥーを入れて、父親からこっぴどく叱られた。今のクリスティアンが十六歳にもなっていないとは誰も思わないから、ジムでできたのは年上の友人ばかりらしい。実際に十六になるのは一月六日の公現祭だ。これについては以前、ただでさえ公現祭のプレゼントと誕生日プレゼントが一緒くたにされるのに、大きくなるとそれすらもらえなくなるとこぼしていた。

「それで、何の用？」イアーゴが訊ねる。

クリスティアンがマッチョな友人と付き合いはじめ、プロテインのシェイクを飲んだりするようになって、イアーゴに話しかけてこなくなってから何ヵ月にもなる。この夏の終わり、休暇の終わりごろにクリスティアンがサライと関係を持ってからはなおさらだ。だけど、ぶっきらぼうな態度はとりたくなかった。

「ちょっと頼みがある」

「ぼくに？」

「ああ……くそっ、何て言えばいいんだ。わかってくれよ、ブラザー。女のこと考えると、おかしくなっちまう」

「わかんないよ、クリスティアン」

「つまり……あの、ポーランド人だよ」クリスティアンは視線をそらし、目の前にあるカイシャ・バンクの店舗に焦点を合わせる。ミロが描いたロゴを見つめれば、インスピレーションがもらえるとでも思っているのか。

「アレナのこと？」

「おまえら、よくメッセージをやり取りしてるんだってな」

「それが何？」

「なあ、おれたち仲間だよな？　サライのこととか、いろいろあっておまえとはあんまり会わなくなったけど、本物の仲間だよな」

「やめろよ、もう、学校でしか会わないじゃないか」

とっくに疎遠になったのに、急に友情を復活させようとしている。ちょっといらいらして、イアーゴは反駁（はんばく）した。

そのとき浅黒い肌の太った小男がふたり、それぞれスーパーマーケットのカートを押しながら歩いてきて、イアーゴたちのすぐ近くで立ち止まった。そこには分別収集用のごみのコンテナが置いてある。ふたりの男のカートには、それぞれ種類の違う廃棄物が入っていた。ひとりは紙ごみのコンテナからボール紙を取り出しはじめ、たたんでは積んでいく。もうひとりは、あらゆる金属部品を収集しているらしい。一見ふたりは友だちのように見えたが、すぐに大声で言い争いを始めた。ふたつのごみ箱の隙間にあった、服の入った袋を取り合っている。外国語だから何を言っているのかわからないが、おおかた、この隙間は誰のものでもない、だからこの服はおれがいただくとでもお互い主張しているのだろう。

イアーゴとクリスティアンは一瞬、言い合いがヒートアップしていくのに気を取られた。彼らだけではなく、いつの間にかちょっとした人だかりができていて、ことの推移を見守っている。ふたりして取り合うものだから、袋は破れかけていた。言い合いから、今にも殴り合いに発展しそうになっていたそのとき、ちょうど警察署に向かっていたパトカーが車道に停（と）まった。するとそれまで威嚇（いかく）し合っていたふたりが急に作り笑いを浮かべたので、ボール紙のカートを押していた、より攻撃的なほうの男の金歯がきらりと光った。警官は彼らに身分証明書を出させて、処罰のための手続きを取ることもできたのだろうが、ちょっとたしなめただけで解放してやった。歩道には、破れた袋から出た鮮やかな色の夏服が散らばっている。すると野次馬の中から女性が出てきて、少しためらいながらも花柄のシャツを拾って丁寧にたたみ、自分のショッピングカートにしまった。

「スペイン人優先（極右政党P×Cのリーダーが唱えた外国人排斥のスローガン）だからね」大声で誰にともなくそう言うと、戦利品と自分の主張に満足した様子で、彼女は颯爽と去っていった。

これで幕が下りたといわんばかりに、足を止めていた通行人たちがまた歩き出した。イアーゴも自分の用事を思い出した。急がないと、遅れてしまう。

「なあ」クリスティアンが話を戻した。「言いたかったのはな、あの女は、おまえに合わないってこと。おまえ向きじゃないよ、ブラザー。あいつに興味持ってる男たちはほかにもいるぜ」

イアーゴは、クリスティアンが四六時中口にするようになったそのスラングが大嫌いだ。一緒に延々とゲームをしたり、スケボーのレーンで張り合ったりしていたときだって、別にブラザー（兄弟）だったわけじゃない。

「男たちって、きみとか？」

クリスティアンはニヤッと笑う。

「おれはサライと付き合ってるよ。でも……。まあ、わかるよな、男ってのは女と違う。あの金髪のこと、気に入ってんだ。それにあいつだって、絶対おれのこと気に入ってる」

「アレナとぼくはただの友だちだよ。それに、きみのこと〝気に入ってる〟と思うのなら、そう言いに行けばいい。ぼくは関係ない」

「頼みを聞いてくれ。また公園を散歩するかどうか訊ねてほしい。それであいつはわかるよ。いいな？　その気があれば、今度はもうちょっと長くいればいいって伝えてくれ」

クリスティアンは背筋を伸ばし、口調を変えた。街のチンピラ気取りの、いわゆる威嚇的な口調と目つきだ。学校のキャンプの最初の夜に、母親が恋しいと、鼻水たらして泣いている彼の姿を見ていない人だったら怖いと思うだろう。彼はイアーゴに体を寄せ、脅すように声を低めてこう言った。

「あいつに訊ねるんだ。おれたちの友情にかけてな」

イアーゴは戸惑いながらも首を横に振った。クリスティアンのほうが少なくとも二十センチは背が高く、二頭筋の発達もすごいが、イアーゴはちっとも怖くない。毅然として彼の体を押し戻し、大きな声で言った。

「いいか。ぼくたちは友だちだったけど、今はもう違う。どうってことないさ、人生なんてそんなもんだよ。でも、もうぼくにかまわないでくれ。わかった？　それに、アレナにもね」

「何ばかなこと言ってんだよ、ブラ……」

イアーゴはまたスケートボードに乗り、相手の言葉を最後まで聞かずに走り出した。だがあまり進まないうちに振り返り、クリスティアンに言った。腹が立つより、悲しかった。

「ぼくのことブラザーなんて呼ぶな、いいな！　プロテインで頭がいかれたのか？」

ふたりの目が合い、一瞬、心も通じ合った。いや、通じ合っていた時代を思い出したと言うべきか。自分自身にさえ認めたくはないが、イアーゴが今いちばん必要としている人間は、ほかならぬクリスティアンだった。イアーゴは、父親がいないことをあまり寂しいとは思ったことがない。少なくとも寂しさを意識したことはなかったが、今は兄がほしかった。単に自分より経験のある人がいてくれるだけでもいい。性という未知のスロープをしっかり上っていけるよう、背中を押してくれる存在が。

黙ったまま時間が過ぎた。やがてクリスティアンは肩をすくめると、踵(きびす)を返して通りの向こうへ去っていった。イアーゴはゆっくり進む。芽生えたばかりの新しい感情を処理する時間が必要だった。もっと年が上の人なら、その感情のことをなつかしさと呼ぶかもしれない。失った友情への懐古。歩道には古着が置かれたままだった。かつて新品で、今はもう誰もほしがらない鮮やかな色の衣類の山が、崩れそうになって残っていた。

12

規模の大小はあれど、皆が何らかの秘密を抱えていると考えたって不思議でも何でもない。みだらな願望や恥ずかしい空想を分厚いベールで覆い隠し、意見は口に出さずにすます。良識に従ってというと聞こえはいいが、まず大抵は、単にそのほうが都合がいいからだ。この数日、ビクトルはずっとそのことを考えている。今も、皿に載った肉汁たっぷりのサーロインステーキをカットしているメルセデスを見ながら、彼女はこの十八年間、何を隠してきたのだろうと考える。ときの流れとともに忘れ去ったが、明らかにすべき秘密が過去にあったかもしれない。許しがたい過ちを犯したことがあるかもしれないし、逆に永遠に脳裏に刻まれるようなことをされたことがあるかもしれない。一見しただけでは、誰もそんなことを思わないだろう。彼をつぶさに観察しても、同じ結論に達するのはもちろんだ。娘を見てみればいい。思春期特有の無関心さで両親を透明人間のように見ている彼女は、彼らがどのように知り合い、どこで初めて交わったかなんて、考えたこともないだろう。そしてもちろん、父が十二歳のとき、ある少年を殴りつけて死に至らせたなどとは想像できるはずもない。母方の祖父が買った、海岸を望むこの豪華マンションで生まれた彼女にとって、両親はただのブルジョア夫婦にすぎない。礼儀正しく上品で、良識ある意見しか口にしないようプログラミングされた一対のロボットみたいに退屈な存在だ。きっと生まれたときからそのままの、穏やかで型にはまったふたりの大人。彼らの過去がどうだったかなんて、クロエは考えたこともないはずだ。

ビクトルは皿の上の肉に目をやり、一筋の血が糸を引いているのを見てなぜか不意に吐き気を覚えた。白の上の赤。記憶対無関心。嘘に対する真実。

「レアすぎた？」メルセデスが訊ねる。いつも彼を魅了してきた、少しハスキーなその声で、ビクトルは物思いから覚めた。

ビクトルは首を振り、もう一切れカットする。見るのがいやで皿から目をそらしても、血が歯の間に染み込んで舌を染め、肉そのものとは関係のない金属の味が口の中を満たしていく感覚は避けようがない。ワインを水のようにがぶりと飲んで、その強い風味でいやな後味を紛らそうとする。彼の不調をよそに食事を続けているメルセデスを見ることで、何とか落ち着いた。おまえは家にいるんだぞと自分に言い聞かせる。ここはおまえの家だ。優しくて、居心地が良くて、安定した家。メルセデス自身が何年もかけて家具を選んできたせいか、隅々にまで女主人の人格が染み込んでいる。骨董品マニアで、家具や価値の高い品物の修復家であるメルセデスが、由緒正しい品とがらくたに近いような安物を大胆に組み合わせたおかげで、見ていて飽きないインテリアに仕上がっていた。それはちょうど、非の打ちどころのない全体のスタイルと、木材や溶剤、様々な道具を使いつづけてきた強くたくましい手のコントラストのようだ。家具の修復をするとき、メルセデスはもちろん手袋を使うが、作業中の材料や試しに切った部品の断面を触って確かめるのが好きでたびたび外すので、白くたおやかな手を保つわけにはいかないのだ。妻の穏やかな態度を見ていて彼の心も落ち着き、この数ヵ月で初めて、彼女に近づき触れたいと思った。欲望というより、セックスによって庇護されることで、この不調を鎮めたいと思った。

「どうしてあたしは、ふたりがこのかわいそうな生き物をむさぼっている姿を見てなきゃならないわけ?」クロエが嘆いた。

ビクトルとメルセデスはテーブル越しに共犯者めいた視線をかわし合っただけで、娘の言葉に取り合わず食べつづけている。数ヵ月前から、具体的にはラスタファリズムにかぶれている若者と付き合いだしてからクロエは菜食主義者になり、彼氏ともども几帳面に肉食禁止を守っている。だから良質の子牛肉の代わりに娘が食べているのは、自分で用意したキヌアサラダだ。黄色っぽい穀物だけではさすがに寂しいからか、小さなさいころ型にカットした、ありとあらゆる種類の野菜で色味をつけてある。メルセデスは、それも悪くないと思っているようだ。クロエは十八歳になったばかりだが、体型的には母方の祖父の遺伝子を受け継いでいて、これまでの食生活のままなら体重超過は確実だった。菜食生活が続けばスタイルもほっそりするだろう。元々がっしりした体格で、ヒップが大きく腿も太いが、ビクトルが二週間ほど家を空けているうちに、実際クロエはやせていた。

「気分悪い」議論でもけしかけるつもりか、クロエはまだ肉のことにこだわっている。「ほんとに、胃がむかむかしてきちゃった」

クロエの毒舌を無視する技術を、夫婦はこの五年間で身につけた。それまで従順だった子どもにはありがちだが、クロエも思春期に入ってから、抑えてきた反抗心をむき出しにするようになった。

「はい、おしまい」メルセデスは言って、肉の最後の一切れを口に運んだ。「これであなたの胃も静かに休めるでしょ」

「ママ、皮肉はやめてよ。その毒を消化しているところまで想像しちゃうんだから。哀れな動物が粉々になって消化液にまみれ、腸を滑り落ちていき、そして……」

「やめなさい！」メルセデスがぴしゃりと言う。「お父さんもわたしも、消化のシステムくらい学校で習ったわ。今、そんな講義は要りません」

クロエは肩をすくめ、黙って、冷たくダマになったキヌアのサラダをさもおいしそうに食べる。これまでいろんなことに凝ってきた彼女だが、新しい食事法を始めてからは少しいらいらしているようだ。もっとも、本人はそんなこと、絶対に認めたくないだろうが。

「今夜は出かけるのか？」話題を変えようと、ビクトルはクロエに訊いた。いつも通りの会話に戻ると、気分も少しよくなる。

「もちろん。ショエルと約束してるから」

「彼は元気か？」

「元気よ。学校が楽しそうなの」

ショエルは美術を専攻する学生だが、とても楽しそうには見えない。ジェンダー差別など、世の中にはびこる不公平に絶えず不満を持っているように見える。クロエは想像すらしていないだろうが、ビクトルとメルセデスはふたりの関係を歓迎していた。理由はいくつかあるが、とりわけ、ショエルにはこの扱いづらい年ごろの愛娘（まなむすめ）に我慢して付き合ってくれるだけの辛抱強さがあると確信しているからだった。そして内心、夜遅くまで飲み歩くよりは、移民にスペイン語を教える道へと娘を進ませてくれればいいのにと思っていた。クロエと――そう呼べるとしたら――その恋人は、個人の喜びより公共の利益のほうに関心があるようで、ビクトルが見たところ、セックスにかなりの恐怖心を抱いている。ふたりがしていたとしても、ごくまれにする程度に間違いない。「セックスは過大評価されてるわ」というのが娘のお気に入りの言葉だが、それはおそらくショエルとのセックスが納得いくものではないからだ。もっとも夫妻は、そう思っていても口には出さない。ショエルはクロエより一歳上で、自分自身がラ・コルーニャでも有数の富裕な家庭の血を引く人間でありながら、ビクトルたちのことを金持ちで、ブルジョアで、搾取する側の人間だからと軽蔑している。そんな少年の態度を、ふたりは仕方ないとあきらめ、どこか愉快な気持ちで見守っていた。抽象画は退廃した資本主義の同義語だからと、ショエルはハイパーリアリズムの絵を描くが、その絵には理屈っぽい冷淡さが表れているように見える。そんな彼を批判したり、からかったりすることもあるが、娘が両親に逆らいながらも、明らかにましなほうに属する男と付き合いつづけているのを好意的にとらえていた。

ビクトルとメルセデスは早くふたりになりたかったので、ため息をつきそうになるのをこらえながら、娘の外出を待っていた。クロエはサラダを食べ終え、それまで着ていたのとまったく同じにしか見えない服に着替え（今シーズンのカラーは黒と決めているらしい）、ウィンドブレーカーと、乳搾り女が家畜小屋へ行くとき履いていたような編み上げブーツをつけて、モンテアルトのほうへ出ていった。化粧っ気はまったくない。あの年齢の少女に必要ないのは確かだが、彼女とショエルにとって化粧とは、ステーキや海岸沿いのホテル、政治家たちと同様の憎むべき存在だった。

玄関のドアが閉まる大きな音がした。自分が外出することをよほど印象付けたいのか、クロエはいつもひどく力を込めてバタンと閉める。その音を聞いて夫婦は共犯者の笑みを浮かべた。教師が出ていった途端ににんまり笑い、大騒ぎを始めるが、再び教室に大人の足音が近づいてくるとぴたっと黙り込む生徒たちのようなもので、今にも紙くずならぬパンくずの投げ合いを始めそうなほどうれしそうだ。

「相変わらずだね」ビクトルはそう言い、ボトル棚のほうへ行く。

それは小さなテーブルで、部屋の飾りではなく、実際に酒類を収納するために使っていた。喉につかえた肉を流し、不快な後味を消すために、今夜は強い酒が必要だ。

「そこに入っている瓶はもう何年も手付かずよ」メルセデスが言った。「台所に新しいのがあると思うわ。そろそろクリスマスプレゼントが届きはじめてるの」

毎年この時期になると、ヤグエ家は箱や籠、円筒形のケースなど、あらゆる形状のプレゼントで埋め尽くされる。その多くがメルセデスの実家からたらい回しにされてきたものだ。ふたり暮らしの義両親は、あまりの贈り物の多さにうんざりしている。義母は必ずカードを残しておき、裏面に贈り物の内容を書いて、次の年にそれ相応の返礼ができるようにしているが、それも大変らしい。

「何でもいいんだ」ビクトルはそう言って、ボトル棚からウィスキーの瓶を取り出した。においをかいでからショットグラスに注ぐ。「死にはしないよ。きみも要るか?」

「いいえ。でも、ワインをもう一杯いただくわ」

ビクトルがテーブルに背を向けている間にメルセデスは瓶に残っていたワインをグラスに注ぎ、薄めようと台所に氷を取りに行った。戻ってきて靴を脱ぎ、正座する形でソファに座ったメルセデスを見て、若いころなら思わず彼女にとびかかり、ブラウスのボタンを引きちぎって胸をまさぐっていただろうとビクトルは思った。その代わり今は彼女のすぐそばに座り、白いクッションの上に置いた手をなでている。

「あなた、すごく優しくなったわ」メルセデスが微笑む。「ホテルの仕事がすべてうまくいってるから?」

ビクトルはその話題から離れたかった。明日、朝一番で舅に会わなければならない。このクリスマスは、絶えずプロジェクトの進捗状況、遅延状況について問いただされることになるだろう。義父が訊きたいのはもちろん、何より進捗状況だ。なにせ、オープニングのパーティは五月初旬に予定されているのだから。

「何もかも完璧さ。でも、その話はやめておこう。これからしばらく、お義父さんの尋問にかけられることになるからね」

「わかってるでしょ。父はすごく心配してるの。母によると、最近は夜も眠れないくらいらしいわ。もちろん、母もね。明日の選挙と新しいホテルのことは気になるし、相変わらず医者から飛行機での移動を止められてるしで、もう我慢の限界みたい。ママはパパに、ろくにテレビも見させないのよ。ポデモス党の人が画面に映るたび、心拍数が急に上がるからって」

ビクトルは微笑んだ。現代社会に怒りを覚え、ヒステリー症状を起こしかけている舅を容易に想像できるからだ。だが何より、彼は自身の老いに対して怒っている。婿に重要な仕事を任せ、個人的に監督することもできないのは、ポデモスが提唱する「政治を特権階級から取り戻せ」だの「最低限所得保障」という言葉を聞くのと同じくらいストレスフルなことらしい。

「自分のためにも、お義父さんを安心させてみせるよ。でも、それは明日だ……。今はほかのことを話したいな」

メルセデスは乾杯するようにワイングラスを夫のショットグラスに近づける。誘いの意図が隠れているのは明らかだ。このあと得られるものを知り尽くしているふたりは、ゆっくりと口づけをかわした。それからビクトルは横向きに寝そべって、ソファの端に座る妻のスカートの上に頭を載せた。愛し合いたい気持ちはあるが、その前に話さなければならないことがある。だがどこまで打ち明けるつもりか、自分でもよくわかっていない。もう何日も考えつづけ、告白したいという欲求と、慎重になるべきだという理性の間を行ったり来たりしてきた。メルセデスがどう思うか、好奇心に駆られている。彼女は何と言うだろう？《そのいかれた男を振り払ったのはよかったわ》だろうか。それとも、持ち前の公平さで、ビクトルはその哀れな男に借りがあると考えるかもしれない。《彼はあなたの罪を背負ったのだから、今度はあなたが手を差し伸べる番よ》

「それできみは、どうしてた？」ビクトルは訊ねた。

「ええ、相変わらずよ。わかるでしょうけど、ひとりでクロエの相手をするのは大変。あの子をボストンかどこかの寄宿舎に送る誘惑に何日か駆られてたの。どこでもいいわ、少なくとも一度は、飛行機を乗り継がなくちゃ行けないようなところ」

「でも、いいじゃないか。ショエルとクロエはうまくいってるんだろ」

「ありがたいことにね。一日じゅう部屋にこもって世間に腹を立てているより、あの野暮ったい子と歩き回っていてくれるほうがいいわ」

ビクトルは少し体を起こし、間近で妻の顔を見た。ほとんど真ん丸の青い瞳は、小さな涙袋のせいで少しくたびれて見える。この涙袋は、手術でとってしまおうと考えたこともあるようだ。からかうように笑うと、もうあまりすべすべしているとはいえない顔にしわが広がる。しわ取りクリームの効果はさほどなさそうだ。メルセデスの顔は穏やかで知的だ。ちょっと皮肉っぽいが、教養と誠実さを感じさせ、その魅力は年を重ねても失われない。一般的には、美人とはいえないだろう。だが知り合ったころから、極上の教養を身につけていた彼女は自信に満ち、しっかりと人生を歩んでいて、当時法学の学士号を取得してマドリードに出てきたばかりだった若いグラナダっ子の目にはたまらなく魅力的に映った。当時のビクトルは、首都を我が手におさめてやろうという野望を抱えていた。メルセデスは、危機のときには彼の行動にブレーキをかけ、チャンスと見れば背中を押してビクトルを支えてきた。実をいえば、義父が自分の会社で働かないかと提案してきたときも、じっくり考えてとアドバイスしたのは彼女だった。「わたしのことは考えないで。このことを、家庭のもめごとの種にしたくないの」だが、景気が上向きだった二〇〇四年でさえ、義父ラファエル・カルバリョの申し出は無視しがたいものだった。経済援助に加えて、ラ・コルーニャのマンションも無償で提供してくれるというのだ。そして義父の年齢からして、その後継者となる日もそう遠くはないかもしれないと考えると、目の前に素晴らしい未来が開けた気がした。ホテル業に携わるというのも魅力的だった。転職してからの十一年間は平坦な道ではなかったが、ビクトルはそう簡単にへこたれるような人間ではない。怒りの発作に襲われていないかぎり、義父はビクトルのそういう人間性に敬意を払い、取り立ててきた。メルセデスは、義父と外見はあまり似ていないが、ただものではない性格の強さは受け継いでいた。妻は信頼できる人間だ。これまでずっとそうだった。だから今、彼は精神科の椅子に寝そべっている気分になり、あのことを話そうと決めた。

「バルセロナで、昔の知り合いに会ったんだ」この話を最後まで続けたいかどうかもわからないまま、ビクトルは切り出した。「子どものころの知り合いだ」

「お互い、知り合いだとわかったの？」メルセデスは、興味があるというより驚いたように訊ねる。

「いや、ただ顔を見ただけなら、彼もぼくもわからなかったと思う。でも、彼がホテルの採用面接に来て、お互いの名前を見て思い出したんだ。彼は……十一歳か十二歳ころ、ぼくの親友だった。村に引っ越す前の話だ」

ビクトルは話をどう続けようか思案した。不愉快な真実か嘘のどちらかで終わる、こんな話を続ける価値があるのかどうか考えた。無鉄砲なダイバーのように水に潜って、異臭のする死体か偽の宝石を浮かび上がらせるような真似をしても意味がないと自分に言い聞かせる。だが同時に、誰かに打ち明けたい、この偶然の行き着くところまで、人生の伴侶に一緒に来てほしいという気持ちもあった。

「あなた、その人の電話番号失くしたの？」妻が言った。

「何だって？」

ほとんど喧嘩腰に聞こえるくらい、ひどく驚いて訊き返したものだから、メルセデスは珍しそうに彼を見て、早口で説明した。

「忘れてたのよ。この間、家に電話してきた人がいるの。きっとその人よ。ほかにも再会した幼馴染がいるというなら別だけど……。どこかに伝言をメモしたわ。名前はファン・マヌエルとかファン・ホセじゃない？」

ビクトルはにわかに緊張し、視線をそらそうとした。隠しておきたい本音を、メルセデスはいつも彼の目から読み取る。そしてたまに、何も気づいていないように見せかけることもある。

「ファン・ペドロだ」ビクトルは答えた。「ファンペ・サモラ」

「そうだった。電話の横のメモ帳を見れば、書いてあるはずよ。会ったときに、あなたのほうからまた電話するって言ったそうね。きっと、電話番号を失くしたか何かだろうって言ってた。でも、考えてみると変な話よね。どうして直接あなたに電話しなかったのかしら」

「ああ……、彼は、かなり変わった男なんだ」

メルセデスは肩をすくめる。ビクトルは安堵を隠しきれず、ほっとため息を漏らした。メルセデスが大したことだと思っていないのは明らかだ。

「ほかに何か言ってた？」ビクトルは訊ねる。

「それだけだったと思う。電話のことと、あなたとは古い友だちで、仕事のことで電話してくれるのを待ってるんだって。実を言うと、あまり気に留めていなかったの。だから、あなたに伝えるのも忘れちゃってた。でも今週帰ってくるから、電話してくれればつかまるかもしれませんとは言っておいたわ」

ビクトルはまたソファに横になり、妻のほうへ近づいて目を細めた。今抱えている感情を、どう形容すればいいかわからないが、不安という言葉がいちばん近い。いずれ自分の世界が侵されるかもしれないと気づいた恐怖もある。ファンペと、そしてこんな状況にきっぱりとけりをつけておかなかった自分自身に対する怒りの感情も加わっている。すっかり逃げ切れないのはいつものことだ。子どものころ、あの命令に従ってしまった。だけど今、決めるのは自分自身だ。そのドアを閉め、鍵を海に放り込むんだ。そうしなければ、過去が悪臭のように壁をすり抜け忍び込んできて、決して逃れられなくなるぞ。

「もう、聞いてないの？」メルセデスがつぶやき、そっと彼の耳を引っ張る。

「ごめん」

「ずっと話そうと思ってたことがあるんだけど、聞いてくれる？　意見が聞きたいの」

それでビクトルは、考えごとは終わりにすべきだと気づいた。メルセデスがうれしそうに、どうやら何ヵ月も温めてきたらしい考えを披露しはじめたからだ。義父が所有する空き物件を使って、アンティークの店を始めたいという。メルセデスは積極果敢というより慎重なタイプだから、企画する前にじっくり研究したおかげで、理論的にはまだ調査段階とはいえ、実現可能な要素はそろっていた。すでにスペイン国内で開かれる展示会との接触も始めていて、売り物に画書も見せられた。

なりそうな家具の所有者のところも何軒か回ったという。出資金、共同経営者候補、若い世代に広がるヴィンテージ趣味……と、話の止まらないメルセデスを見て、自分の告白はまた今度にしようとビクトルは思った。そしてその機会は、この長い週末の間も、きっとやってこないだろう。メルセデスの興奮がビクトルに移り、精いっぱい支えてあげようと思いはじめていたからだ。生活に新風が吹き込むことで、ふたりとも若返るような気がしている。そのうえ、少し酔ったふたりはやがて企画書を床に放り出し、ソファからベッドへと移動して、話どころではなくなってしまった。不安は依然としてビクトルの心の中にあるが、落ち着かない気持ちは、却って性的欲望を高める効果を果たす。普段より高圧的で予測できない夫の行為を、メルセデスもゲーム感覚で楽しみ、満足していた。やはりこの男は最良の人生の伴走者だ、自分の選択眼は確かだったと思うと興奮が高まる。自分の知る限り最高の、頼りになる男がそばにいてくれる。これほど長く一緒にいて、何度か浮気もあったのに、わたしたちは相変わらず仲がよくて不慮の出来事にも耐えられるチームなんだと、彼女は信じて疑わなかった。

13

叫び声がした。どなり合いの激しい攻防が、マンションの薄い壁を伝って聞こえてくる。

ドアの隙間から忍び入る非難と侮辱の応酬を、ララはまるで予報通りの驟雨(しゅうう)、少し経てばやむ土砂降りのようにやり過ごす。やんだところで晴れはせず、非難の言葉をたっぷり含んだ沈黙の雲が垂れこめて、次に破れるときを待つだけだ。もっともそれは赤ちゃんが静かなときの話で、もし泣こうものなら議論は不承不承打ち切られ、張り詰めた停戦状態が続く。それはまたすぐ訪れる、激しい雷雨の前触れだ。

ララは自分の部屋でスカイプにつないだ画面を見ながら、どうしてあの赤んぼ、この騒動の中で眠っていられるんだろうと考えている。ときどき、ほんのちょっと音がしただけで目を覚まし、ひりつくような変な泣き方をするくせに。たぶんララと一緒で、あいつに慣れてしまったんだろう。たぶん雨の音のように、気にならなくなったのだろう。母のクラウディアと〝クソ野郎〟ダニエルはひっきりなしに喧嘩しているから、いちいち気にするほうが却って難しいくらいだ。運よく、今日は自分の部屋にいるときに始まった。少なくともあと数分は、ここから絶対出ないでおこう。この隠れ家から出るのは嵐に身をさらすのと同じ。悪天候の中でたたずんで、とばっちりで雷に当たったりしたらたまらない。だからララはドアを半開きにしておいて、彼らが仲直りするか、喧嘩に疲れるかすれば出ていこうと待っている。ふたりの声は重なり、途切れ、聞こえなくなったり、低くなってはまた大きくなり、ののしり合いが再開したりする。さっきは母のほうから突っかかっていたが、今はダニエルが反論の糸口を見つけたようだ。「おまえさあ、頭のおかしいばあさんじゃないんだから」ダニエルは「頭のおかしい」より「ばあさん」のほうにアクセントをつけて、もっともらしい口調で侮辱的なことを言っている。真っ赤な目に涙をたたえ、金髪をぼさぼさにして怒り狂っている母の顔を想像し、ララは爆笑しそうになるのをこらえた。父に対しても、母に対しても、もうずっと前から共感できなくなっている。もちろん、自分たちを捨てて逃げた父は憎い。この安っぽいメロドラマから救い出してほしいのに、家を出ておいで、自分と一緒に暮らそうなどとは、嘘でも言ってくれなかった。ときどきララは、父への復讐を想像して暗い喜びに浸る。見えてくるのは年をとって病気になり、車椅子かベッドの上から動けない父と、今と変わらず若い自分の姿だ。どうやっていじめてやろうか。「だめよパパ、まだごはんの時間じゃないわ。二日前に食べたばっかりでしょ」「もし動き回ろうとしたら、ベッドに縛り付けるわよ」「シーツを替えるだけで一生を終わりたくないの。あんたはブタなんだから、自分のクソの上で眠りなさいよ」こんなことを考えていると、ばかみたいに幸せだ。嵐の舞台が寝室に移り、堂々と廊下を通って出ていけるようになるのを待つ間、ララはいつもこうして時間をつぶしている。今日はアレナの家にノートを借りに行く予定があり、約束を破りたくなかった。

前もってダニエルに、母のクラウディアが嫉妬を爆発させると怖いよと知らせておくことだってできた。最悪の場合を疑って、それを裏付ける証拠がないかと執拗に探し回り、愛する人を試すためにわざと議論を吹っ掛ける癖があると、ダニエルに警告しておくことだってできた。そうしなかったのは、三年前はララも、全部うまくいくと信じ込んでいたからだ。あのころはふたりのラブストーリーが微笑ましくて、母の人生に贈られたリボン付きのプレゼントの包みのように思えた。もちろん母がどういう人かはよくわかっていたし、実の父も今と同じような段階を踏んで出ていったのに、まだ十二歳だったララには、今ほどはっきり物事が見えていなかった。ダニエルが母より七歳年下で、タクシー運転手をしていることも、家庭不和に拍車をかけている。タクシー運転手なんて、いくらでも女と出会えるうえに、男の本能を満たす場所にも困らない商売だと母は考えていた。母は大体週に一度ヒステリーを起こすが、理由があるときもあれば、ないときもある。実際、ダニエルが浮気をしているかどうかなんてララにはどうでもよかった。クラウディアはしょっちゅう、ダニエルの体にありもしない香水の名残をかぎつけ、病的に不安定になる。そのほとんどは母の被害妄想にすぎないにしても、ダニエルがたまに浮気しているのは間違いないとララは踏んでいた。男なんてそんなものだ。

実を言うと、母は以前、デートアプリ「ティンダー」に登録して出会いと別れを繰り返していた。ダニエルとの出会いは、うまくいかなかった婚活のあとにやっと巡ってきた幸運だった。ある月曜の朝、地下鉄が全面ストを決行したせいで、会社に遅刻したくなかった母はタクシーに乗った。それがまさか、エロティックな妄想を具現化したような展開になるとは、母自身も思っていなかっただろう。そのうえ、最初の結婚が破たんして以来、切望してきた再婚の夢までかなってしまうとは、想像もしていなかったに違いない。彼女にとっての最初の印象は、この運転手、悪くない、というだけだった。ところが驚くべきことに、彼のほうはその出会いをただの行きずりの関係とは考えなかった。四十歳だがまだ魅力的で、何より男を喜ばせるすべを心得た彼女に、恋をしてしまったのだ。彼女が幸運をゲットできたカギは、まさにこの点にある。恋人時代と新婚生活の最初の数ヵ月間、クラウディアはダニエルをまるでインドのマハラジャのように扱った。ダニエルもされるがままだった。そりゃそうだ、とララは思う。ハーレムの王様扱いを受けて気分の良くない男なんているはずないもの。

物思いにふけっていたララは、いつの間にか静かになっていたことに急に気がついた。出かけるチャンスが来たようだ。今日の喧嘩は、母がごめんなさいと泣きながら謝って決着がついたらしい。これで、気づかれずに出ていくことができる。慰めるのはクソ野郎に任せておけばいい、自分がいる必要はない。行ってきますと言おうか、何も言わずに出ていこうかと迷ったが、黙って消えることにした。デニムジャケットとバッグを手に取り、廊下に出てみる。母がダニエルにしがみつき、赤ん坊のようにわあわあ泣いているのをちらっと横目で窺う(うかが)と、一目散に玄関まで進む。薄い唇に満足げな笑みを浮かべてドアを開けたそのとき、クソ野郎の声に引き留められた。

「おい、どこへ行くんだ？」

答えないでいようと思ったが、その訊き方が気に障った。彼はいったい、自分を何様だと思ってるんだろう。あんたが同僚と出かけるとき、どこへ行くのかなんてあたしが訊くと思う？

「土曜日だから」首だけ振り向いて答える。「ちょっと出かけてくる」

「今日はだめだ」ダニエルはララのほうへ近づいてきて、ドアを押して閉めた。「きみのママもおれも、気分転換が必要だ。外で食べて、ちょっと飲んだりしてこようと思うんだ」

「で？」ララは肩をすくめる。「それがあたしと何の関係があるの？」

「こんな時間にベビーシッターを呼びたくないんだ」

「ねえ、それはあなたたちの問題でしょ」ララは体ごと振り返り、毅然として正面から彼を見る。「約束があるの。あなたたちが喧嘩するたびに、あたしの予定が台無しになるなんてありえない。ノートを取りに行かなきゃいけないのよ。月曜日の授業に要るから」

「今日だけよ、ララ。お願い」

母の声がした。悲しげな呪文のような、哀れっぽい口調がララは大嫌いだ。暗に脅しをかけられている気がする。「今日だけ」は、母がそうしてほしいときはいつでもという意味だし、「お願い」は哀れみを誘っているだけで、実際には何の意味もない。

「あたし、行くよ」判決文を読み上げるように、ララは一つひとつの言葉に力を込める。

「出かけたいんなら、子どもをつくるべきじゃなかったよ」

「何てことを言うんだ」クソ野郎が突然怒り出す。「みんなが自分のやりたいことだけやってたら、どうなると思うんだ?」

「は?」あまりに自分勝手な理屈に呆れて、ララが言い返す。「予定をひっくり返すべきなのは、あたしじゃないと思うんですけど」

クラウディアが夫と娘の間に入った。

「あんたの言う通りよ」娘の腕を取って言う。「でも、わかってほしいの。今日はさんざんな一日で……。ねえ、今回限りよ、ほんとに。あたしたちのお願い、聞いてくれる?」

「おまえはばかなのか? どうしちゃったんだ?」ダニエルが口を挟む。妻が目で注意を促しても気にしない。「おれたちは外出する、この子は留守番。それだけだ! ほら、着替えておいで」

クラウディアはダニエルに黙りなさいと手で制し、悲壮な目をしてララに訴えかける。ダニエルはふたりから離れ、捨て台詞を残して自分の部屋に入った。

「好きにすればいいよ、クラウディア。おれは出かける。一緒に来たければ来ればいいし、いやなら残ればいい。女のヒステリーにはもうこりごりだ」

ひどくゆっくり、まるでしたくてやってるんじゃないというように、母は娘の手からデニムジャケットを奪い、しばらく自分の両手で包んでから、ハンガーにかけた。ララはドアの前から動かない。出ていきたいという気持ちと、あからさまに親を挑発するのが怖いという気持ちがせめぎ合っていた。だけどやはり、十五の少女だ。従うしかないとあきらめた。クラウディアはララに素早くキスして、この埋め合わせはきっとするからとささやいた。ララが答えないのもおかまいなしにハグすると、さっと離れて着替えのため自室に入っていった。十五分もしないうちに出かけていくクラウディアとダニエルを、ララはソファにつっぷし見送った。シンデレラ役などまっぴらだし、最後にはきっと白馬に乗った王子様が現れるなんて信じちゃいない。だからふくれっ面でじっと動かず、体じゅうに恨みが満ちていくのを感じながら、ひどく残酷な場面を想像してうっとりしている。二度と帰ってこなければいいのに。大事故にでも巻き込まれればいいのに。道路を渡るとき、無謀運転の車に轢かれればいいのに。ブレーキの音が聞こえ、ふたりの体が宙に舞ってから折れた枝のように落ちてくる光景が見えるような気がする。それからもし、自分に何かあったら、母はどんな顔をするだろうと想像してみる。お風呂で手首を切ってみようか、窓から飛び降りてみようか。だけど、自分がそんな目に遭うなんて割に合わない。ほかに復讐の手段はあるのだから。

赤ん坊の泣き声で、病的な妄想から引き離される。赤ちゃんの名はダニエラ。こんな名前をつけることからも、クソ野郎の自己中心主義がわかろうというものだ。「おれたちは外出する、この子は留守番」ララはニヤリと笑い、のろのろと赤ちゃんの部屋に向かう。扉を開け、ベビーベッドを眺める。楽しそうなキリンの壁紙が張り巡らされた部屋の中で、木製の白いベッドがひときわ目立つ。誰かが近くに来たのを知って、うなるような泣き声はますます大きく、けたたましくなってきた。授乳の時間だ。最も純粋な本能、空腹のせいで、赤ん坊は今涙を流している。

ララは部屋に入らず、戸口に立ったまま、妹の延々と続く鋭い泣き声に自分の怒りを浸していく。あたしはもう泣かないと、彼女は思う。父が行ってしまったとき、彼女は泣いた。その後、リリアナとの別れのときにはもっと泣いた。リリアナの代わりになる友だちはいなかったし、これからもきっといない。何よりも、リリアナのいた場所を占めようとする人間を、ララ自身が許さない。じっと立ち尽くし、繰り返しつぶやく。あたしの人生は不公平の連続。あたしはダーツの的みたいなもの、皆の投げる矢が突き刺さる。きっと今が、投げ返すときだ。自分に刺さったダーツを抜き取り、やつらに向かって投げつけるんだ。クソ野郎に、クラウディアに、実の父に、子どもっぽい泣き声で姉の心を動かそうとしている、この小さな妹に。

そして、アレナに。ほかの誰よりもまず、アレナに。

あの転校生のことを考えて、ララはまたニヤリとした。今のところ計画はうまくいっている。たぶん出来すぎなくらい、うまくいっている。彼女の信頼を勝ち得て、秘密も打ち明けられるようになった。写真もいっぱい保存してある。さて、この材料をどう使うか、そろそろ考えはじめなければいけない。だけどあの金髪女への攻撃を開始するには、もう少し細かい材料が必要だ。あいつめ、リリアナのいた場所を、部屋、家、友人、人生を、奪えると思っていたら大間違いだ。姉妹のように仲が良かった友人の家に絶望が訪れた瞬間、ララもそこに居合わせていた。始めに立ち退き通知が来たが、まだ十三歳だったふたりには、冗談としか思えなかった。だけど警告はその後も続き、通知が来るたび、銀行の支店長が電話してきた。リリアナの父は失業給付を使い果たし、少しずつ、希望も失っていった。そして彼らは去っていった。追い出される前にとマンションも捨てていったのは、自尊心の表れだったのか、それとも絶望のなせるわざかはわからない。一家はボリビアに帰った。ララにとってその別れは、まるで自分自身が辱めを受けたような出来事だった。リリアナはたったひとりの、ララの友だちだ。だけど社会システムが、ララから彼女を奪い去った。さらに悪いことに、二年後の今、あのいまいましいポーランド人が格安価格で銀行からマンションを買い、娘は王女様のようにその中を歩き回っている。この間行ったとき、ララはあのマンションで、あの部屋でリリアナと遊んで過ごした時間のことをあいつに言ってやりたくてたまらなくなって、ずっと唇をかみしめていた。それに、あのドレス……。あれはリリアナのお姉さんの服だったのに。十五歳のお祝いのためにと、大事にとってあった服だったのに。あの愚かな侵略者のタンスなど、開けに行くんじゃなかった。きっとアレナは、そんな少女が存在していたことさえ知らないだろう。くそったれポーランド移民の父親は、あの女のためにお得な値段でマンションを買った。あいつはきっと、あそこにどんな人が住んでいたか、考えたことさえないに違いない。

それならあたしがふたりに教えてあげる。他人の不幸で恩恵を被るには、決して安くはない対価を払わなければいけないってことを。

ドアを閉め、ゆっくり台所に向かおうとしたが、その前に居間でテレビをつける。騒々しい政治討論番組のおかげで、今や吠えるように泣いている、ダニエラの金切り声がちょっと遠のく。あんなに声を張り上げて、よく疲れないなと思うが、彼女にとっては食べ物をねだる手段があれしかないのだから仕方ない。ミルクの入った哺乳瓶（ほにゅうびん）を調理台に置く。あとは温めるだけだが、そうする代わりにララは台所のドアを閉め、嗚咽（おえつ）混じりの大声をよそに哺乳瓶の乳首を外して、中身を慎重に流しの排水溝に空ける。泣いてろ。そう思ってニヤリとする。チビは泣く時間よ。クソ野郎も泣く時間。そして、アレナもね。

泣くんだよ、あんたたち。そう繰り返してから自分の部屋に閉じこもり、やけくそのようなダニエラの声が聞こえないようヘッドフォンをつけた。

泣け、泣け、くそったれども。

14

土曜日の朝、食事を済ませたグループが出発するのをファンペは見送った。以前は一緒に狩猟に出かけていたが、目をかけてもらえなくなってからは、山荘に残ってありとあらゆる雑用を引き受けている。必要不可欠な仕事だが、グループの男たちは誰もやろうとしない。

掃除の仕事など、選ばれし者たちのため隷属しているようなものだが、ファンペは黙々とこなす。彼が抗議するところなど見たことがないと、皆が言う。愚痴を言ったり質問したりするなど、考えたこともない。彼にとって幸いなのは、ここ数ヵ月間つきまとわれているあの声が、山荘に着いてからは聞こえなくなったことだ。落ちているパンツを拾おうとしてかがみこんでいるときや、ベッドメイキングをしているときにあの嘲笑が聞こえたりしたら耐えられない。だが声が聞こえなくても、思い出しただけで侮辱された気分になった。以前、雑用当番をするのは彼じゃなかった。ライのような側近にも腹心の部下にもなったことはないが、もっと威厳のある仕事を割り当てられていた。すべてがおかしくなったのは、ドジを踏んでヒエラルキーの一番下に突き落とされてからだ。もう出世の階段を上りなおす元気もない。ミスターは度量の広い人だと、ライはくどいほど言う。もしミスターじゃなかったら、指を二本切り落としてすべての地位を失うくらいじゃすまなかったぞと。だけどファンペにしてみれば、今の自分の状態よりひどい罰があるのかと思う。ほとんど誰にも評価されずに組織にしがみつき、生き延びるため施しにあずからなければならないのが、今のファンペだ。

ミスターとライ、料理人を務める男が三人の招待客とともに到着したのは昨日の夜遅くだ。料理人とファンペは初対面だった。バルセロナからの長旅に疲れた彼らは、暖められた家の中に入るとすぐ自室に引き取った。翌朝は早起きして、狩りに出かけることが決まっていたからだ。ライだけが起きていた。ファンペより三つ上の五十二歳。ぼさぼさの巻き毛をして、いつもと変わらぬ上機嫌。鉄格子の中で死ぬか、ヘロイン中毒になるか、いずれにしても長生きしそうにないと思われていたライだが、今では犯罪とも麻薬とも縁を切っている。このままでは永久に道を外すという瀬戸際にいたとき、仕事をくれたミスターに、ついていこうと決めたおかげだった。だからといって、ミスターが彼を実の息子のように扱ったというわけではない。それは彼の流儀ではない。だが出会った最初から、ミスターはライに理屈では表しきれない愛情を感じていたのは事実のようだ。

ふたりのこれまでのいきさつがあまりに面白く、折に触れて思い返すので、もうファンペの脳裏にはしっかり刻まれている。七〇年代の終わりごろ、ライことライムンド・オルテガは素人闘牛で頭角を現しかけている若者だった。そしてミスター、本名コンラッド・バニョスは、堅固な思想を持った腕っぷしの強い警察官だった。何度かまともにパンチを浴びたので、その腕っぷしの強さはライも知っていた。それからとうとう首根っこをつかまれ、少年院へと送り込まれた。ファンペと知り合った少年院だ。それで当然、ライとバニョス刑事の縁はいったん切れたのだが、何年も経ってから再び両者の道は交わった。そのときはもうライは少年ではなかったし、バニョスは警官でもなかった。GAL（反テロリスト解放グループ）に警察幹部が参加していたというスキャンダルがメディアを賑わせ、責任者とされる警官と政治家への裁判が行われていたころのことだ。バニョスは問題が明るみになる直前に、くだらないことに巻き込まれて制服と誇りを汚したくないからと職を辞し、警備と警護を行う民間警備会社を設立していた。ライは少年院に入ったときよりもっと危ない道に入っていた。バニョスに言わせれば、最悪の犯罪予備軍だった。つまり更生するには不安定すぎ、罪を犯すには臆病すぎる。ふたりが再会したのは、当然と言うべきか、ライがへまをしでかしたときだった。盗んだ車載カセットデッキが、バニョスのガールフレンドのひとりのものだったのだ。バニョスはこの事件を個人的に引き受け、機械の行方と、盗まれた夜にそれを売ろうとしていた人間の名前を突き止めた。用心棒に命じてデッキを取り戻しに行かせてもよかったのだが、バニョス自身に言わせれば、その日は腕が鳴ったので、自分が直接取りに行った。どちらが先に相手に気づいたのか、ファンペにはわからない。いずれにせよ、ファンペが覚えていないからではなくて、ライの言うことがころころ変わるからだ。いずれにせよ、いくら旧知の仲だからといって、ライを殴るのにバニョスが躊躇(ちゅうちょ)することはなく、ライのほうでも、ドジを踏むのは慢性病みたいなものだとあきらめ、殴られるままになっていた。まさかその後、仕事をしないかと誘われるとは思ってもいなかった。いざ始めてみると、けちな車上荒らしだったとは思えないほど、みるみるうちにきちんと仕事をこなせるようになったライを、当時すでにミスターと呼ばれていたバニョスは正当に評価した。当時、ミスターの会社は産業スパイ、多くの女を取りそろえた売春ネットワークの運営、その他建設関連の合法的事業を手掛けるようになっていた。それぞれの事業分野がお互いを補完し合って成功をおさめ、小さな帝国の様相を呈していた。出資者を募るにあたっては、自ら進んで協力を願い出る政治家も多かったが、ミスターのほうから説得に当たらなければならない者たちもいた。そういう場合は、娼婦(しょうふ)や隠しマイクとカメラがものを言う。ライは猛然と自分の役目を果たしていた。そしてドラッグも、ミスターにとがめられて何度か滅多打ちにされてからは、割に合わないときっぱりやめた。

「で、どうだ？　最近うまくいってるか、パジョ？」ライはよく、〝ジプシーでない者〟という意味の「パジョ」という言葉を使う。山荘に着いた夜も、就寝前にウィスキーを一杯〝ひっかけ〟ながらファンペにそう呼びかけた。

ファンペは答えない。沈黙が最良の答えだからだ。彼の生活が、もうずいぶん前から停滞していることはライも知っているはずだった。唯一の収入源はこの散発的な仕事と、呼ばればいつでも動くことを条件に、ミスターから終生もらえることになっているわずかな手当てだ。

「たぶん、仕事を始める」しばらくして、ファンペは短く答えた。あまり詳しいことは言いたくない。

「いいじゃないか。でも、ミスターには必ず話しておくんだぞ。あの人は不意打ちが嫌いだからな」

「もちろんだ」ファンペは右手を見せた。実際、どちらの手を見せても答えにはなるのだが。

「意地が悪いぞ、パジョ。もう済んだことじゃないか、なあ。さて、もう一杯、ウィスキーをやっつけるとするか。気分の悪さも吹っ飛ぶぞ」

ふたりの脳裏には同じ映像が浮かんでいた。あまりの痛さにうなる声、切断された指、死んだ小さな指先。たった一度のミスの代価。それが最初の通告で、それ以上の警告は必要ない。なぜならそれ以来、失敗して困るような大事な仕事は与えられていないのだから。

「金が要るんだ」ファンペは続けた。「ここでもらう金だけでは足りない」

「確かにそうだ。でも、まずはおれから彼に話させてくれ。いいな？　おれなら、彼が上機嫌のときにつかまえられる」

ファンペは黙ってうなずいた。収入も、切られた指も、元をただせばライと出会ったのが原因だとつぶやく。ミスターと再会したことで、ライの人生は変わった。そしてライとファンペの場合は、ファンペの人生だけが変化した。きっと力というのは、他者の運命に影響を及ぼすというのはそういうことだ。その影響力が多くの人に及べば及ぶほど、ひとりの人間の力がますます大きくなる。自分が誰の未来を変えられるか、誰の運命を動かせるかとファンペは考えてみたが、ひとりも顔が浮かばなかった。自分は他人に相手にされない、見えない存在。良くも悪くも、誰にも影響を与えない人間なんだとファンペは思った。

「もう寝るよ」ファンペは言った。「疲れた」

「最後に一服しないか。来いよ、外に出よう」

ミスターは煙草のにおいを毛嫌いしている。招待客にさえ、山荘の中で煙草を吸わせないほどだ。だから玄関まで出た。脳みそまで凍りつきそうな寒い夜だ。

煙が呼気と混ざって昇っていく。ライの乾いた咳に、犬の遠吠えが入り混じる。暗い空にまばらな星が瞬き、夜が震える。周りでは、穏やかで何の音ともつかない冬の野原のBGMが、一定の調子で聞こえつづけている。そのあとふたりはもう何も言わず、それぞれベッドに入り、自分だけの闇に包まれた。家の中では招待客たちが眠っている。ときおり聞こえるいびきの音が、別の現実があることをファンぺにはっきりと教えてくれる。人はよく、ぐっすり眠れたと言うが、そんなのはただの決まり文句だ。本当にぐっすり眠れるのは権力者だけ。罪の意識と無縁だからではなく、彼らには恐怖心がないからだ。招待客たちはよく眠っている。それは安心しているから、存在の根幹にかかわる部分で、自分に害を与える者などいないと思っているからだった。

夜が明けて、彼らの部屋のベッドメイキングをしているとき、クラクションが聞こえて窓から顔を出す。参加するかどうかはっきりしていない、四人目の招待客がいるとミスターから聞いたことを思い出した。山荘へ続く小道に停めた、こんな道を走るにはスマートすぎる車から、サファリ・ルックに身を固めた人が降り立った。ずんぐりした禿頭(とくとう)の男で、車のドアを閉めた勢いから判断すると、どうやら機嫌が悪そうだ。

「なんてGPSだ、クソが！」ファンぺのほうに向かって、バレンシア語混じりでどなる。

「この辺の道を、一時間も行ったり来たりしたんだ。やつらはもう、狩猟場か？」

ファンペはうなずくが、最後の客が着いたらどうしろと言われていたのだったかよく思い出せない。

「そうか、まだ追いつけるだろうな？　おい、何してるんだ？　下りてきて、おれを案内しろ！」

ファンペはどなって命令されるのが大嫌いだ。これまではずっと怯えていたが、今はただ嫌悪感を覚える。ゆっくり体をずらして、慎重に窓を閉めた。一緒に行かないこともないが、まずは仕事をすませてからだ。ファンペがばかどもに使える力は、きっとこれだけ。待たせておくことくらいだ。

15

今日は一日、考えてばかりいる。一日じゅう、務めは果たしているが、予定通りの成果は得られていない。ふと気がつくと、思いを巡らし、考えている。思い出している。特に思い出している。この仕事に就いてから今日まで続く現在に、義父との会話に、義父からの質問と、彼をなだめるために用意した答えに、どれほど集中しようと思ってもできない。はい、すべて予算通りです。改装工事は実質終了しています。はい、当然不具合は生じますから、注意は必要です。いいえ、採用はまだ終わっていません。だけどホテル開業までまだ四ヵ月以上ありますし、選考担当の幹部が効率的に作業を進めています。二時間半の長きにわたった面談の間、ビクトルの心はカルバリョ氏の古い書斎から遠く離れ、数字とデータで空気が重く感じられる板張りの部屋から強力な磁石で引きはがされて、空間を漂っていた。

道。通り。だめだと思うのに、ビクトルの心は通りをさまよう。目の前には黒いトンネル、その奥でこだまする駆けっこの足音、叫び声、笑い声、怖がる声。擦りむいた膝を舐めたときの血の味、煮込み料理のだし汁と、コルドバ風チキンの丸焼きのにおいがする通り。木曜日の朝には、がらくた市が開かれていたっけ。

噛んでいるうちにのびていき、やがて味のない硬い塊になるガムのような長い長い午後、埃まみれの手、柵の向こうに飛んでいくボール、ちくちくするフランネルのズボンと引っ張って型崩れのしたタートルネックセーター。色とりどりのビー玉、輪ゴムでとめたブロマイドの束、ボールを打って赤くなった手、食パンにのせたやわらかい鳥のレバー（フォアグラ）、袋に入れて凍らせたコカ・コーラのアイスキャンディは、棒もついていなければ、あぶくも立たなかった。たまに読めるマンガ雑誌。おもちゃはあまり買ってもらえなくて、いつも誰かと共有していた。土曜の午後の西部劇を見られるのは、四人の選ばれし子どもだけだった。建物の中で、テレビを持っている家はほとんどなかったからだ。ごく小さなころから、ビクトルは土曜日になると玄関の外に出て、階段を伝ってくるテレビの音を聞いていた。顔のない会話、銃声、幽霊みたいに足音だけの馬。自分が持っている、全部そっくり同じ顔をした緑色の人形たちを小さな小さなアメリカ先住民に見立て、壊れた要塞を守る黄色いカウボーイと対立させながら、テレビの会話を再現して遊んでいたのを覚えている。

通りと学校、家。よく喧嘩した弟のハビエルは、今はメキシコに住んでいる。父のつなぎのごわごわした手ざわり。母のミシンが絶え間なくガタガタと音を立て、子どもたちに優しく注意する声がそこに混じる。トランジスタラジオから途切れなく聞こえる言葉の羅列が、果てしない輪となって母にまとわりつき、うごめいている気がした。お皿を洗いながら張りのある声でうたう民謡。ビクトルたち三人の子どもが、ポテトフライを取り合ってわめく声。

あのアパートを離れ、まる一日かけて旅をして祖父の家に着いたとき、すべての喧噪が消え、静寂の中に溶け込んでいった。祖父と同じ、古びた石のような静寂。スプーンのカチャカチャ、老人がずずっとスープをすする音。弟たちがいない、プラスチック製の先住民もない、椅子を床に引きずったときの「ギギッ」と、扉を開ける「バーン」以上の大きな音がしない家。祖父を非難することはできない、それは不当だ。祖父は善良な人間だった。だが孤独に慣れすぎていた彼は、それまでの習慣を忠実に守るあまり、自分の家にもうひとりの生き物がいることをしばしば忘れてしまっていた。新しい同居人が、このまま他者と接触しなければ早々と老人化してしまいそうな十二歳の少年だということを忘れていた。

ビクトルは努力して現在に意識を戻そうとする。義父との会合は終わり、家族の食事会に移った。義理の両親との早めのクリスマスのお祝いだが、体だけが出席し、心はここにない。

クロエと義父が政治問題で議論を始めたときでさえ、放心したように黙っていたが、そんな彼の様子には誰も気づかない。いつものようにメルセデスが、祖父と孫の言い合いを仲裁している。ふたりともメルセデスを信頼しているので、彼女に取りなされればいやいやながらでも言うことを聞く。彼女のバランス感覚は、単なるポーズや年齢からくるものというより、純粋な意味で良識があるからだ。人によっては嫌味になるかもしれないが、彼女の場合は他者を安心させる材料になっていた。決して声を張り上げず、怒らない。控えめで安定した声のトーンが人を落ち着かせるのに役立つ。ビクトルは再び、すべてを彼女に打ち明けたいという欲求に駆られた。中身の見えない箱に手を突っ込んで掻き回し、予期せぬ何かに噛まれる危険を冒しても、話してしまおうと思った。だが義父母が帰り、クロエが自室に閉じこもるとすぐ、急に頭が痛くなったからちょっと休むわとメルセデスが言い出したとき、ビクトルはなぜか少しほっとした。一日じゅう、電話に気を取られていた。いつ何どきファンペが電話してきて、居間にさっと冷たい風が吹き込むかわからないと恐れていた。だが電話は鳴らず、今、ダイニングルームにひとりでいると、再び心がビクトルを裏切り、記憶という深い穴へ突き落とす。気がつくと、実家で過ごした最後の午後の光景が目の前に広がっている。「頭が痛いの」昼下がりにアナベル（何年か前からビクトルは、母のことを考えるときファーストネームで呼ぶようになっていた）は、そう言って横になった。これまでそんなことはしたことがなかった。きっと嘘だ、ぼくの顔を見たくないから寝てしまったんだと直感した。

彼とモコがクロマニヨンを待ち伏せして懲らしめたことを認めた夜から、二日ほど経っていた。マレーシアの虎たちは、海賊のように完全武装して不公正と戦った。その日以来、アナベルは目の下にクマをつくり、こわばった顔つきのまま過ごすようになった。祖母が病気にかかり、毎日看病のために通っていたころよりもっと悲しそうだった。「大丈夫だよ」彼は母に言った。「ハビエルたちがうるさくしないように、ぼくが注意するから。安心して眠って」アナベルは答えなかった。いつものように、彼の髪をくしゃくしゃにもしなかった。視線すら向けずにビクトルから離れ、ベッドカバーの下に逃げ込んだ。

ビクトルは自分の言葉通り、弟たちを静かにさせようとしたが、彼らも家の中の息詰まるような雰囲気に気づいているのか、その日はいつになく反抗的で、大人の代理を務める兄に注意されても聞く耳を持たなかった。叱られても動じずにふざけあっている。その声がどんどん大きくなるので、ビクトルは激怒したが《母さんは具合が悪いんだ、寝たいんだよ。静かにしようと思わないのか？》、騒ぎを大きくしたくないので歯を食いしばり、どなるのは心の中だけにした。ほかのときなら、母に言っておとなしくさせてもらっただろうが、今それをするのはうしろめたいし、自分がいる意味がないと思った。ハビエルとエミリオは子どもらしい傲岸さを見せて、命令を無視していた。言うことを聞かなくてもどうということはないとわかっていたのだ。それに今、大人になって振り返ってみれば、命令されることで余計に興奮していたのかもしれない。とうとう、子犬のように追いかけっこを始め、家じゅうを走り回った。ビクトルはもう我慢できなくなり、怒りで顔を真っ赤にしてハビエルのセーターの首のところをつかみ、強くゆすった。ハビエルが逃れようとしてビクトルを押したので、ふたりとも転んだ。ビクトルのほうが二歳ほど年上で力が強く、背も高かった。そしてひどく怒っていた。難なく弟をねじ伏せると、脚の上に座って両手で体を押さえつけた。「ハビエルに何してるの？」ダイニングのほうからアナベルの声が聞こえ、ビクトルは動きを止めた。もう少しで本気の喧嘩が始まるところだった。いきなり始まった暴力に怯え、エミリオがわあわあ泣いていたが、アナベルは大きいほうの子どもふたりのところに走り寄った。ビクトルはハビエルに馬乗りのままだったが、カチンコの音を待つ俳優のようにふたりともじっとしていた。アナベルに両肩をつかまれた。指がかぎづめのようにぐっと肩に食い込んだ。「この子に何してるの？　何してるの？　弟たちをそっとしておいて！」ビクトルは答えようとした。自分だけ叱られるなんて不公平だと言おうとしたが、涙で目が曇り、言葉がつかえて出てこなかった。アナベルは彼をつかんだまま、何してるの、何してるのと繰り返している。その声はだんだん小さくなり、やがてすっかり黙り込んだ。

四十年近く経った今、彼女の目つきを思い出し、初めてその意味を理解した。アナベルの瞳がたたえていた感情、それは怒りではなく恐怖だった。理屈に合わない原始的な恐れ、大のお気に入りだった息子が突然見知らぬ人になった怖さ。

その夜荷造りをして、翌朝早くに彼と父は車で故郷の村へと向かった。ビクトルはひとり、後部座席に乗った。いつもと違って、そうしようと思えば横になることもできる。だが、ビクトルはそうしなかった。その日いなかった弟たちが、そのあともビクトルと同乗することのなかった弟たちが、一緒に乗っているかのように、シートの隅でじっと座っていた。

その同じ日、家から判事の前へと連行されたファンペは、どう感じていたのだろう？　その後、ごろつきしかいないあの施設に入所したときは？　ファンペのことを考えれば、ただ家族と離され村に連れていかれたというだけのビクトルに、不平を言う権利などあるのだろうか？　結局、今ビクトルが手にしているもの、家族も家も仕事もすべて、あの日が起点になっているのだ。最初は確かにつらかったが、あのとき村へ行かなければ、今の自分はなかった。周りにある物を眺め、それらすべてと自分は無関係だという感覚に初めて襲われた。自分の存在は、ファンペとともに残虐な行為を犯したときに始まった、単なる偶然の産物なのだ。自分たちの人生は、まったく違ったものになっていたかもしれない。彼はグラナダで学校に行くことも、そのあとマドリードに行くことも、妻と知り合うこともなかったかもしれない。そして今、この家に住んでいなかったかもしれないのだ。

彼はソファから立ち上がり、テラスに出た。昼間なら、目の前に素晴らしい光景が広がっているはずだ。荒々しい海は今、奇妙なほど静かで、水平線がどこかもわからないほど闇に溶け込んでいる。ビクトルはポケットから携帯電話を取り出し、数日前にしておくべきだったことをした。ファンペにメールを送ったのだ。短くてそっけないメッセージだった。話をしなければならない。きみの家で来週、きみの都合のいい時間に会おう。

16

ひっきりなしにしゃべっている新客を連れ、ファンペはさほど遅れることなくミスターやほかのメンバーと合流した。太陽の片鱗すら窺えない寒い朝で、いつ降り出してもおかしくないほど雲が垂れ込めていた。

狩猟客に同行し、包囲と死の儀式に立ち会うと、いつもくすぐったいような、妙な感覚を覚える。待ち受ける運命を知らずのんびり生きている獲物を倒そうと、銃を手に警戒しながら進んでいく人間たち。ファンペはいつもこの悲劇的瞬間、処刑の寸前の数秒間が好きだった。以前、ミスターの不興を買う前は狩りに参加して、一頭か二頭くらいはイノシシを仕留めたこともあった。今はミスターか招待客が、すっくと立った力強い動物に狙いをつけ、引き金を引くところを見るだけで我慢するのがせいぜいだ。命中すれば、致命傷を負った動物がどうっと倒れ、血を、力を、命を失っていくところを、食い入るように見つめる。

ファンペはこの命のはかなさ、我々を待ち受ける無情な運命の中に何か素晴らしいものがあると感じている。人は皆、自分の命がいつどこで失われるか、決して知ることはできない。動物たちにもわからない。是が非でも殺してやろうと銃を握ることは、不当であると同時に避けがたい刑を宣告するようなものだ。これまでには忘れがたい死があった。その戦利品は剝製となって、頭部が山荘の居間にかけてある。その力強い顔つきは、命を失ってなお攻撃的だ。ところが今朝は、招待客の中にあまり腕の立つハンターはいないらしい。軽薄そうに笑いながら緩慢に動く彼らが、ファンペには不快だった。ミスターのお気に入りの趣味に付き合って、珍しい体験をしているだけのように見える。ファンペは彼らを観察した。命がかかった場合でもなければ、発射する勇気がある者などいないだろう。だがミスターは違う。彼は獲物に敬意を払っている。狩猟を真面目に受け止めている。ファンペはかつて、見る者をたじろがせるほどの熱意がその目に宿っているのに気づいたことがあった。

午前中はのろのろと時間が過ぎ、客たちは苛立ちはじめた。寒すぎて、狩りを続ける意欲も著しく低下していた。とうとうグループはふたつに分かれ、ファンペは頑強にやめると言い張るゲストたちを山荘に連れ帰ることになった。ミスターはわざといやな役目を命じたのだとファンペは直感した。殺害と死の場面を見る喜びを、彼から奪おうとしている。だけどいつも通り従順に命令を受け入れた。その態度にはどこか絶望に似たものがあると気づくのは、彼をよく知っている者だけだ。

数時間後、前夜は静かないびきが聞こえるだけだった山荘に傲岸不遜な笑い声が響いた。夜の九時半ごろ女たちがやってきたのだ。呼ばれる女たちがどんどん若くなっていくような気がするが、それはファンペが他人より早く老け込んでいくせいだろう。彼女たちは決まって夕食後に現れる。一日の狩猟と、コカインやアルコールで興趣を添えた宴会のあとの魅惑的なデザートというわけだ。招待客は驚いたふりをしたが、実は心待ちにしていて、顔に笑顔の化粧を施した若い女たちを歓迎した。

ミスターは決してゲームに加わらない。せいぜい、ひとりの手を取ってソファに連れていくくらいだ。選んだ女の髪を優しくなでながら、ソファに座ってほかの者たちの行動を観察している。娼婦の扱い方を見れば男たちの人となりがわかるからだ。いいプレゼントが来たとばかりにデレデレしている男とは、慎重に距離を置く。向こうから言ってくることは拒まないが、こちらからは積極的に働きかけない程度の付き合いにとどめておかなければならない。彼らの快楽主義は、もっと大きくて抵抗しがたい誘惑があれば簡単にモラルが崩壊することを示唆しており、注意しておいたほうがいい。受け身で自分に甘い、いちばん堕落しやすい男たちだ。〝何も悪いことはしていないんだから〟を大義名分にして、ただで抱ける女であれ、高額の賄賂であれ、自分には本質的に、人生が与えてくれるいいものを受け取る価値があると思い込んでいる。一方、女が来ればすぐにどこか奥まったところか個室に連れていこうとする者たちもいる。誰にも見られないところで首尾よくことを終えようというわけだ。こういう男は、欲望には抗えないが罪悪感も抱いており、道徳的にためらう気持ちに素早いセックスでけりをつけ、良心も本能も満足させようとしている。経験上、ミスターは彼らを、いいときには忠実な仲間だが、風向きが悪くなると真っ先に裏切るタイプと分類している。そして最後に、たがの外れた男たちがいる。彼らは能力が劣っていると自覚していて、埋め合わせに大量のアルコールを摂取したり叫んだり、攻撃性を見せつけたりすることで自分を大きく見せようとする。彼らは二度と、山荘にもミスターの執務室にも呼ばれない。自分の雄々しさを実感するために娼婦を侮辱したりするような男は信頼に値しないと、長年の経験でわかっているからだ。

ミスターはよく、こういうことをひとりでぶつぶつ言っている。そばにいるファンペは、完全に理解できるわけではないが、頼んでもいないのに賢い人が教えてくれる人生訓のようなものだと受け止めて聞いていた。もう心の中で招待客の陰口を利くのもとっくにやめて、今は少しでも早くパーティが終わってくれるのを待っている。女たちは帰り、男たちは寝室に引き上げてほしい。性交の音を聞いているといらいらしてくるのだ。おまけにミスターは、明日の昼前にここを出発すると言っている。投票に行きたがっている招待客がいるらしい。実際、選挙があろうがなかろうが、いつもこのばか騒ぎがそんなに長く続くことはなかった。ファンペはパーティの終わりを待ちながら携帯の画面を確かめ、笑みを浮かべた。ずっと待っていたメッセージが届いていたのだ。電話してよかった。ビクトルの自宅の電話番号を特定するのはたいして難しいことではなかった。リンクトインとやらのページにプロフィールが出ていたのだ。図書館でそういうサイトがあることを教えてもらった。おまけに親切な図書館員は、一緒にパソコンの前に座って検索方法まで教えてくれた。ファンペは新しい技術のことなどほとんどわからないが、ときどき、覚えなければいけないなと思う。時間なら、あるんだから。用件のみのぶっきらぼうなメッセージが出た画面を満足げに眺め、このうんざりする夜もこれで乗り切れそうだとつぶやいたとき、突然階下で騒ぎが起こり、女の金切り声が聞こえた。この夜が退屈なだけでは終わりそうにないと告げる、不吉なのろしが見えたような気がした。

突然聞こえたヒステリックで甲高い叫び声が、サイレンの反響のようにまだ空中を漂っている。ファンペは全速力で階段を下りた。数歩先にライがいる。階下に着いたとき、状況を理解するのに少しかかった。全裸の女が、別の女に抱かれてすすり泣いている。ダイニングルームの男たちは、パントマイムをしているのかと思うほど動かない。ただミスターだけが、狩猟をしているときのようにきびきびと、寝室のひとつに向かった。そこに騒動の原因があった。今朝やってきた客が、全裸の姿で、背後からハンマーで殴られでもしたかのようにベッドに突っ伏していた。

「くそっ！」悪態をつきながらミスターは男のほうへ走っていき、体を裏返そうとした。男が息をしていないのはすぐにわかった。心筋梗塞(こうそく)を起こした、死んでしまったという娼婦の言葉通りのようだった。

これまで、山荘でこんなことが起こったためしはない。コカインがナイトテーブルに置いたクレジットカードの上に残っている。ミスターは機械的に粉を払いのけ、指の関節を噛みながらライのほうを振り返った。

「くそっ」さっきと同じ言葉を繰り返す。

招待客のうち、いちばん若くていちばん背の高い男がさっと部屋に入ってきた。病気や死亡と無縁ではない職業についていそうな雰囲気だ。若い男はものの数秒で検分を終えると、厳かに首を振った。

「できることは何もありません」

思いもかけない出来事に、ミスターは珍しく混乱しているように見えた。

「ドアを閉めろ」とファンペに命令したかと思うと、すぐに言いなおした。「いや、待て、待て。外のやつらを何とかしてくる」

ミスターが出ていき、ファンペとライが死者とともに残された。長身の若者は注意深く死体を観察している。彼の職業が医者なのはもう間違いない。ライは十字を切ってから肩をすくめた。いや、もしかしたら肩をすくめてから十字を切ったのかもしれない。いずれにせよ、死者が怖いライはドアのほうへ視線をそらし、ボスが戻ってきて指示を出してくれるのを待っている。逆にファンペは、死体から目を離すことができない。どういうわけか、死んだ男はサンタクロースの帽子をかぶっていた。体毛が背中から脇腹にかけて、おかしな形で生えている。まるで黒い羽をつけているみたいだ。邪悪なサンタクロースのようだと考えたのが妙にツボにはまり、思わずニヤッとしてしまった。

「パジョ、なんで笑ってんだよ」

ファンペは首を横に振る。突然、これまでに見た死体が脳裏に浮かび、笑みは消えた。ちょうどそのときミスターが入ってきたので、見とがめられずに済んだ。

「女たちは帰る。ライ、この男と一緒にいた女に念を押してこい。誰にもしゃべるんじゃないぞってな」

「ボス、男の客たちは？」ライが訊ねる。

「今、着替えてる。ファンペ、ダイニングを掃除しろ。乱交パーティじゃなくて、ただ食事をしていましたって見えるようにな。それからカルロス」ミスターは医者に呼びかけた。「ここで、少し内密に話したいんだが、いいかな？」

皆、ミスターの言う通りにした。ミスターと医者の若者は部屋に残り、何事かを話し合ったが、情死した男はもはや聞くこともできないので、その内容を知る人はいない。ファンペはテーブルの皿を台所に運んだ。ライと女が話しているのが聞こえる。最初のショックが過ぎ去り、すべて忘れてしまうのがいちばんだということを理解できるほどには彼女も落ち着いていた。名前をバレリアといった。あるいはそう名乗っているだけかもしれないが、いかにもバレリアという顔をしている。頬骨が高く、強欲そうな目をしていて、唇はサクランボのようだ。ほかの女たちほどは若くない。太っちょが心筋梗塞に襲われるより、もっとひどいことを見てきたに違いない。ライと女の会話は短かった。話が終わったときも、ファンペはまだ台所にいた。

「ひでえな、おい」ライがそう言って入ってきた。「大変なことになった」

「ミスターが全部、方を付けてくれるさ」

「そうだ。神のようにな」ライが微笑む。「だけど悪魔が出てきて、神の業さえ台無しにすることだってあるんだ。あいつが誰だか知ってるか？　あの、死んだ男が」

「全然知らない」

「それがさ、判事なんだ。ミスターの仲間が現行犯逮捕されたとき、裁いてた判事のひとりだ」

緑色の布巾で手をふきながら、ファンペはうなずく。

「まずいことになってきたぞ。あいつの家族が訴えたら、ひでえスキャンダルになって何もかも台無しだ。台無しだよ、永久にな」

「ミスターが全部解決してくれるさ」ファンペはまた言った。「いつだってそうだった」

そして実際、その通りになった。二十分後、パーティの形跡はすっかり消えた。女たちは、バレリアを除いてみんな帰った。バレリアは服を着て、山荘の玄関ドアのそばで気取ったしぐさで煙草を吸っている。ライは招待客をワゴン車でホテルまで送ることになっていた。そこで朝まで過ごしてから、それぞれの家に帰れるようミスターが手配したのだ。死体のそばで一晩過ごすのをいやがっていた男たちは、ひと安心といった様子だ。こちらとしても、山荘の中の人数が少なければ少ないほど都合がいい。医者のカルロスとかいう男は、ミスターや料理人とともに山荘に残る。夕食が口に合わなかったというような、青白い顔をしていた。

「どこに住んでるんだ？」ミスターがバレリアに訊いている。

「リェイダ」

ライのワゴン車にはバレリアが乗るスペースが十分にあったが、さっきまで彼女やその仲間との性交を楽しんでいた当の男たちが、今や同乗するのをいやがっている。死のウィルスが彼女を通して伝染するとでもいわんばかりの態度だ。それでミスターはファンペに、彼女を車で送るよう命じた。

「送ったら、ここに戻ってくる必要はない。明日は料理人が掃除してくれるよ」

命令には逆らえない。一時間半も女と一緒にドライブするのは気詰まりだなと思いながら、ファンペは車に乗り込んだ。ファンペの気持ちには気づかない様子で、バレリアは助手席に座る。チェーンスモーキングをするので、窓は開けっぱなしだ。彼女はむしろすすんで冷たい夜気を入れているように見えた。

こんなに女と近づいたのは久しぶりだとファンペは思った。ギアチェンジのときに無意識に指が触れ、安物のきつい香水がニコチンのにおいと混ざり合うのを感じる。少なくとも三十分間、女はファンペにこれっぽっちの注意も払わなかった。だが、考えごとにも飽きたようで、彼のほうを振り向いた。

「あんたたちは、絶対ヤらせてもらえないの？　あんたとあのジプシーのことだけど」

ファンペは答えなかった。今のは単なる質問で、誘いなんかじゃないぞと自分に言い聞かせた。

「話をするのもいけないの？」

「おれは今、運転してるんだ。夜だし」

「はいはい、おデブさん。話したくないのならそれでいい。あたし、黙るわ」

彼はうなずく。視線は道路に固定したままだ。この週末のことを考えた。うまくいかなかった狩猟、ベッドに横たわった死体、そして、横に座っている女のことを。興奮するはずなのに、しない。性的なことに関して、生涯残る傷を自分に負わせた男への恨みがわいてくる。そこには、ほかの男ならためらいもなく飛びつきそうなあからさまな誘い方をして、彼にそのことを思い出させたこのメスへの憤りも混じっていた。

彼女の髪をつかみ、叫び出すほど強く引っ張ってみたい。それから口を覆い、歯をむき出しにして虚しく抵抗しているのを感じながら、猿ぐつわを噛ませてやる。この細い首を絞めつけて息ができなくしてやればどれほど楽しいだろう。証人ではなく行為者に、ただの下男ではなく狩人に戻れればどれほど素晴らしいだろう。ふと気づくと、痛いほどに強く勃起していた。バレリアとかいう女が、もう口を開かないでいてくれることを祈る。我慢しなければならない。ほとんどいつも我慢できるのだが、今はこの女の放つ香水、悲しいセックス、すさんだメスのにおいがそれを妨げる。

そのとき後部座席から、声がファンペにささやきかけた。ヤっちまえよ。一生に一度くらい、いい思いをすればいいじゃないか。

「ほっといてくれ」声に出して答える。女が当惑した顔で彼を見た。

「もう、驚かさないでよ、おデブさん」

だがその言葉は、挑発的というより緊張しているように聞こえた。恐怖の香りが車内を満たしはじめる。ファンペは二キロ先にサービスエリアがあることを示す標識を見て、一度くらいはいい思いをするか、それとも素通りするか、決めるのは今だと考えている。

17

得票率、世論、選挙後の提携の可能性。同じ話の繰り返しに飽き飽きして、ミリアムはテレビを消し、リモコンを握ったまま考える。日曜日ももう終わる。あと十分だけ、こうしていよう。リモコンを携帯に持ち替えるが、今日はメールも電話もなかったのはわかっている。それが喜ぶべきことかどうかわからない。ロベールから連絡があるほうがいいのか、ないほうがいいのか、訊かれてもきっと答えられない。

イアーゴは自室にいるし、父が寝てからずいぶん経つ。まるでその日と、その中で起きた出来事すべてに終止符を打ちたいかのように、父の就寝時間はどんどん早まっている。ニュース、日常の出来事、ありふれた会話、そんな周囲を取り巻くものすべてに興味を失いつつあるのだが、突然、ほとんど以前通りの父に戻り、二時間ばかりその状態が続くこともある。そんなときは、これまでより多少不愛想ではあっても、家族の中に溶け込んで生活できる。その変化は何より瞳に現れることに、ミリアムは気づいている。弱々しい、夢遊病者のような目ではなくなり、いつもの輝きが戻ってくるからだ。

父代わりだった祖父の精神が徐々に後退していく様子を目の当たりにしているイアーゴには、申し訳ないと思っているが、ミリアムにはどうすることもできない。父には、可能な限り家にいて、身内のそばで暮らしてほしいと思っている。サルードの死後、ひとり暮らしをしていた前のマンションから連れ出すときはひと苦労だった。元々強情な人だが、数ヵ月前、ミリアムが一緒に暮らそうと決めたときにはすでに病気が始まっていて、一層頑固になっていた。だが、ミリアムだって負けてはいない。言い争いもしたし、へつらったり脅したり命令したりして、とうとう説得した。何せこちらは、意志の強さという遺伝子を二重に受け継いでいるのだから。「もし父さんをひとりにしたら、母さんはあたしを赦さないわ」これが殺し文句だった。「母さんは生きてるときにさんざん苦しんだんだから、永遠の眠りについてまでつらい思いをさせたくない」イアーゴと一緒に父のところへ引っ越すこともできたが、彼女にとってはそのほうが負担だった。今のマンションは賃貸だが、彼女が支配する王国だ。

それを思うと、経済的なことはあまり重要じゃなかった。結局、父のマンションを賃貸に出すことにしたので、固定収入が入ってくるようになった。大した額ではないが、必要なお金だ。

日曜夜の最後の時間。明日から始まる多忙なクリスマス週間に備え、ミリアムはもう少し怠惰を決め込むことにした。そうしながらも、頭の中ではびっしり詰まった予約リストをついおさらいしてしまう。毎週これだけ忙しければ、暮らしもずっと楽になるのにと思いながら、ソファから立ち上がり台所に行く。寝る前に一杯の冷たいミルクを飲むのは、どうしてもやめられない習慣だ。

「もう寝るの？」ドアのところにイアーゴが立っていた。

去年のクリスマスにミリアムが贈ったパジャマを着ている。声がずいぶん低くなったけど、ミリアムから見ればまだほんの子どもだ。

「あと五分もすれば寝るわ」そう答えても、イアーゴが動かないのを見て訊ねる。「ん……？何か言いたいの？」

イアーゴは「いや、あとでいい」とか何とかもごもご言いながら、依然として動かない。戸口でぐずぐずしているのを見て、ミリアムは食洗器からきれいなグラスを出し、ミルクを注いでイアーゴに渡した。優しいが無口な十五歳の息子がパジャマ姿で夜の十一時四十五分に何か話そうとして部屋から出てきたのだから、「明日にして」なんて絶対言えない。

「ほら、言ってよ。何がほしいの?」

押しつけがましく聞こえないように言ったつもりだが、あまりうまくいかなかった。

イアーゴは一気にミルクを飲みほし、言った。

「この間の金曜日、デイサービスセンターにおじいちゃんを迎えに行ったとき、ぼくのことがわからなかったんだ」

「ああ……」ミリアムはほっと息をつく。それについては、もう何度も話し合った。「ねえ、そんなの初めてじゃないでしょ。それに最後でもない。これからもっと悪くなっていくのよ、イアーゴ」

「うん、そうだよ、わかってるよ。その……言いたかったのは、それじゃないんだ。ぼくのこと、わからないのはしょっちゅうだよ。でも金曜日、おじいちゃんはぼくをほかの人だと思い込んでた。ホアキンって呼ばれたよ」

アレナとワッツアップで何時間もチャットしたことは言わなかった。それによると、街でおじいちゃんを見つけた日、アレナにもそのホアキンのことを訊ねたそうだ。そのことは、ミリアムには言いたくない。家を抜け出したことは秘密にすると、おじいちゃんと約束したのだ。約束を破りたくなかった。

「ぼく、おじいちゃんに叱られたよ。まあ、ぼくじゃなくて、そのホアキンって人を叱ってたんだけど。父親みたいな話し方だった」

ミリアムは調理台に寄りかかった。その話をするには時間が遅すぎる。家族の悲劇を話しはじめる時間じゃない。母がもっと長く生きていたら、ある時点で、イアーゴもその話を知らされていただろう。ところが父は、普段から口数が少ないうえに、過去は記憶から消し、新しいことに目を向けようとする傾向がある。特につらいことならなおさらだ。そして彼女は……、彼女は死んだ兄のことを、現実に生きていた人間と認識できていない。母のナイトテーブルの中の写真で知っているだけだ。「また今度」と言おうかと思った。愉快なところのまったくない話だから、別の機会にしたかった。でもイアーゴに目で訴えかけられ、正直に話さなければという気持ちになった。彼にはこれまで、いろんなことを隠してきている。

「それに、ナイトテーブルに写真があるよね。引き出しの中に。初聖体のときの晴れ着を着た子どもの」

写真。ミリアムは以前、母が亡くなったあとで、自分の初聖体はどんなだったのだろうと思ったことがある。

「ホアキンはあたしの兄だったの」ついにミリアムは、話を始めた。

イアーゴの戸惑った表情を見て、心が少し痛む。そして急に、なぜもっと早く、もっと自然にこのことを彼に話さなかったのだろうと思った。「かわいそうなホアキン、わたしの子ども」と、いつもつぶやいていたサルードの姿が浮かんできた。母が引きずる永遠の悲しみという影に覆われた家庭で生活してきたミリアムと父は、サルードの死後、人生のその恐ろしい部分とのつながりを断ち切ることを選んだ。今になってみると忘却は、罪なき犠牲者への裏切り、不当な扱いだという気がしてきた。死者が本当にいなくなるのは、その人を誰も思い出さなくなったときだという。父さんはたまに墓参りをしているのだろうかと、ミリアムは思った。彼女が母親の墓参りさえしていないことを、父はちゃんと知っている。あの年代の女性で、しかも信仰を持った人には珍しく、サルードは火葬にしてくれと言い置いて亡くなり、その意思は尊重された。そのせいで墓参りする習慣をなくしたのだとミリアムはつぶやいたが、これは言い訳にもならない、ただの屁理屈だということは自分でもわかっていた。

「座りなさい」イアーゴに言って、自分は台所の小さなテーブルに寄りかかった。「おばあちゃんがもっと長く生きていたらきっと、あんたにも直接話していたと思う。あたしは……自分でもなぜかわからないけど、彼の、ホアキンのことをあんたに言ったことがなかった。たぶん、兄が死んだときあたしはまだ一歳にもなっていなくて、彼のことをまったく覚えていないからだと思う」

イアーゴが母を見る。秘密という魅惑的な包み紙にくるまれた物語を聞きたくてうずうずしている顔だ。

「ホアキンは殺されたの。おじいちゃんたちが古いマンションにいたとき、同じ建物に住んでた男の子に……。いえ、あんたが知ってるおじいちゃんの家じゃなくて、以前、緑街区にいたときのマンションのことよ。あたしはそこで生まれた。そのころのことはあんまり覚えていないけどね」

「男の子に殺されたって？ 喧嘩で？」

「おばあちゃんは、喧嘩ではないって言ってた。一種の待ち伏せというか、わなにかけて、残忍な襲い方をしたんだって。おばあちゃんは……、おばあちゃんは結局、完全に立ち直ることはできなかった」

「でも、そのときお兄さんはいくつだったの？」

「十四歳よ。ＥＧＢの七年生か八年生だったと思う。犯人の少年はもっと小さかったみたいよ。同じ学校の生徒だったの。あんたが今、行ってるのと同じ学校よ」

話しながら、実質、兄についてほとんど知らないこと、もし父がすっかり記憶を失ったら、もう何が起こったか覚えている家族がいなくなることに気づいた。それがまるで失ってはならない遺産でもあるかのように、ミリアムはすぐにあの出来事について父に訊ねて、イアーゴに伝えなければならないと感じた。母が悲しそうにしていたから、詮索できなかったのだと考えてつらくなる。常に苦しみを抱えていた母は、あらゆるものに対して冷淡で無関心で、ミリアムは何か訊く気にもなれなかった。不当だとつぶやく彼女を、イアーゴが見つめている。きっと訊きたいことが山ほどあるのだろうが、ミリアムには答えられそうにない。

18

こっちに来い……。

彼は命令するのが好きだ。彼女に対しては、それがひどく危険な行為であると知っていても。彼のベッドを通り過ぎていった多くの女たちを思い、それから一瞬、なぜこの女は特別なのかと自問する。そう若いわけでも、美しいわけでもない。たぶん、五十歳を過ぎて恋愛にも免疫がついたと思い、気をゆるめたら強いウィルスにやられたようなものだろう。それとも、怠惰と情熱が混ざり合った、彼女のような扱いにくい女はめったにいないからかもしれない。ときに彼を見下し、ときに優しく愛撫(あいぶ)する。翻弄されているうちに、やがて彼女の腰のリズムでこちらの心臓が拍動するようになる。母親に紹介したいような女ではないが、それについては、基本的に何の問題もない。彼は母の顔さえ覚えていないからだ。

彼女が裸で近づいてくる。黒ずんで甘い、チョコレートボンボンのような乳首、煙草をくわえた真っ赤な唇。かじりつくようなキスをしたら中毒して、幸せに死ねそうだ。彼女のことが好きなのは、気を遣わずに済むし、嫉妬も覚えないからだ。そう思っているくせに、ときどき彼女の髪を強くつかみ、ほかのやつでこんなに感じたら承知しないぞとすごむことがある。「あたしの仕事を知ってるでしょ」彼女は言う。「仕事のときは自動操縦モードにして、相手の好きなようにさせるのよ」それは本当だと彼は知っている。同時に彼女が、仕事机ともいうべきこのベッドから飛び出して上へ行くための踏み台を、新しい人生へのパスポートを求めていることも知っている。なんとか月末まで生き長らえるために、毎日違う男と寝なくてはならない生活。だがこれでもましなほうだ、もう客引きをしなくてもいいのだから。少なくともマジョルカ島のパルマの路上で立ちんぼしている貧しい女たちのようなことはない。夜になればブナイレ通りのナイトクラブに出かけていき、女から誘われているのか、取引を結んでいるのかもよくわからないお人よしと性交渉を持つ。こういう駆け引きにかけて、バレリアは名手だ。あまりに嘘がうまいので、仕事で使っている言葉を彼の前で言ったときなど(なぜ仕事で使っているのがわかるかというと、やけを起こした夜にときどき、彼女のあとをこっそりつけ、ほかの男としゃべっているのを遠くから聞いて歯ぎしりしているからだ。鼻の下をのばしている野郎どもを誰でもいいから殴ってバーカウンターに叩きつけてやりたいという思いをこらえたことが何度もある)、激しいキスの最中に舌を引っこ抜こうかと思う。そんな言葉を、もう二度と聞かなくてすむように。

「王様、何がお望み?」彼女がささやく。

「またトイレでやってきたのか?」

彼女がクスリに頼りすぎるのを、よくは思っていない。だが同時に、どんなプレゼントより、約束より、言葉よりも強力にふたりを結びつけるのが麻薬であることもわかっている。

ライは今も、市場に出回る中で最上のコカインを入手している。もっとも、ミスターの殴打の千倍も禁断症状がつらいから、今では日常的に使用することはなく、女と寝るときに軽くキメる程度だ。彼は真実に目をつぶり、自分を狂わせるのはこの白い粉だと思うことにしているが、惑溺している唯一のクスリは、この熱くて心地いい尻だということが心の底ではわかっている。なぜこんなにアナルセックスで感じるのか、バレリアに説明したことはない。プロのいいところは、決して質問しないことだ。

「おまえがおれのいないところで打つのは好きじゃない」

「まだ残ってるわ、けちけちしないでよ、やせっぽち。分かち合うことで幸福になるのよ」

バレリアは彼の横に寝そべり、煙草をナイトテーブルの上の灰皿に置いた。彼女はナイトテーブルのことをランプテーブルと呼ぶ。「ジャ」は「シャ」と発音し、タベルナ（居酒屋）とかタンゴのように、スペイン人なら意味はわかっても使わない単語を、彼女はよく口にする。この方言も、ライを夢中にさせる要素のひとつだった。バレリアはウルグアイのモンテビデオ生まれだが、夢は故郷に帰ることではなくて、以前恋人と一緒に住んでいたマイアミで暮らすことだ。あまりに何度も聞かされたので、ライは自分がそのジョンソンとやらになり、ダーク・ジャケットに白いTシャツを着て巨大なコンバーチブルのハンドルを握っている夢を見るようになった。バルセロナのバリオ、ラ・ミーナ出身のジプシーにしては悪くない終点だ。ましてや、バレリアのような娘がそばにいるのなら。

「あれをどうするか、もう考えた？」彼女が訊ねる。

「いつも通りだろ？」

「とぼけないで、ライ。『いつも通りに』できるわけないでしょ。あのデブ、死んじゃったのよ」

「それはおまえが脚の間に毒を持ってるからだろ、色黒（モレーナ）」

「嫌な人ね！　同じじゃないって、わかってるくせに……」

そう、これはいつもと違う。それに厄介なのは、ミスターの存在だ。数ヵ月前、ライとバレリアは副業を始めた。週に一度、バレリアはリェイダを離れ、バルセロナやサバデイといった規模の大きな都市に行く。そこでやはり男を誘うのだが、いかにも人がよさそうで、浮気願望はあるが実現したことはなさそうな相手を選ぶ。それからふたりを隠し撮りして、ライが男から金を引き出す。法は犯さず、同じ相手から繰り返し金をゆすりとることもない。そうすれば大半の男は、その運の悪かった日について言い訳するか、ライの怒りにさらされるかするよりは、千か二千ユーロ（請求額は相手の資力による）を出すほうを選ぶ。中には抵抗を示す者もいて、そういうときはプランBに移行する。ライは恐怖の与え方を知っている。これもミスターの教育のたまものだ。そして彼らが選ぶターゲットは、カスタードクリームみたいにふにゃふにゃしたやつらばかりだった。儲（もう）けはマイアミ移住資金に充てる。とはいえ、コカインのための費用は差し引かねばならず、これがばかにならない。それにバレリアは息子のための貯金もしていて、ライはそれを尊重している。娼婦に恋をすることはありかもしれないが、自分の子どもを大事にしないような女とは、なしだと思う。ライは面識がないが、バレリアの息子はエセキエルという名だそうだ。モンテビデオでバレリアの姉か妹と一緒に住んでいて、もう一年近く会っていないという。

「答えてもらってないわ」

「質問は何だったっけ？」

「もう、ライ……。あの写真をどうしようかって言ってるの。サンタ帽をかぶって、あそこを帆柱みたいにおっ立てた死人の写真よ。家族は金で買い取ると思う？」

「もちろん。カタルーニャ高等裁判所の判事をしてる父親が、おっ死ぬ直前までクリスマスのマスかきしてたなんて知ったらどうする？」

彼女は笑った。

「〝マスかき〟って意味深ね……」

「あのパジョが欲情してなかったとは言わせないぞ。あんまり欲情したから、あの世へ行っちまった」

「あんなふうに死にたい？」

「ヤりながらか？　それとも、サンタの帽子をかぶってか？」

「どうかしてんじゃないの！」

「今すぐにでも、おまえの中で果ててやるぜ」

「あんたが答えるまでヤらせない」

「マジか？　それじゃ死んじゃうよ」

「分け前が増えるからいいわ。ねえ、真面目に答えて。続けるの？　あんたのミスター、おかしくなっちゃうんじゃない？」

「見ろよ」ライはシーツをはぎ取り、いかに自分が興奮しているか見せつける。「ミスターなんてクソ食らえだ！　知るわけないさ。いつも通りやろう。だけど、もっと儲かるぜ。あいつらは腐った金持ちさ。ほら、ケツを見せてくれよ。まさに芸術品だ。見せてくれなきゃ、死んでやる。おまえもあの世へ連れていって、永遠にヤりまくるんだ。天国だろうが地獄だろうが同じことだ」

19

けりをつける。先週末からずっと、ビクトルはこの言葉を呪文のように繰り返している。そして脳にも刻みつけて、約束の場所へと向かった。金も持ってきている。かなりの金額だが、過剰にはならない程度に。そして何より、毅然とした表情を顔に張りつけて。なつかしさに駆られるのは危険なときがある。かかりやすくて処方箋が忘却しかない病気だから、予防するには冷淡さというワクチンをたっぷり打たなければならない。つまり、そういうことだとビクトルは、六階まで歩いて昇りながら繰り返す。もううんざりだと表情で示せば、早く終わらせたいということが伝わるだろう。チップを払って赦しを得るのは、友情を終わらせる一種の清算方法だが、今となってはもう、あれが友情だったとは思えない。

部屋に入るなり、ビクトルは前置きなしに非難の言葉を投げつけた。「なんで家に電話してきたんだ」それから、ここ数日間で頭にメモしておいた項目をすべてぶつける。かなり説得力があって厳しい言葉だが、侮辱するまでには至らないという自信がある。もちろん対立など望んでいない。ただ、ずっと前に終わったはずの物語の不快なエピローグに終止符を打ちたいだけだ。ふたりはそれぞれ違う道を選び、逆方向を歩いてきたのだから、いまさら交差する意味などない。これはただの事故だ。ちょっとぶつかっただけなのだから、重大な結果をもたらすはずがない。

「きみが不運続きなのは知っている」コートの内ポケットに手を入れて、ついに封筒を取り出しながら言う。「できる限りの手助けをしたいんだ」

「そんなことしないでくれ」

ビクトルが着いてから初めて、ファンペがようやく絞り出したのがその短い言葉だった。

「そんなことしないでくれ」落ち着きなく動かしていた目を半ば閉じて、ファンペが繰り返す。その口調に、あるいはその目の中に何かを感じ、ビクトルはぴたっと動きを止めた。

「ファンペ、ばかなことを言うなよ。ぼくにできる援助といったらこれだけなんだ。受け取って、前へ進んでいってほしい。じょ……状況がクリアになれば、きっとうまくいくよ」

「おれの状況は一目瞭然だよ、そう思わないか？　厄介なことになっているのはむしろ、きみのほうじゃないのか」

その言葉に深い意味などないのか、それとも脅されているのか、ビクトルには判断がつかなかった。喧嘩を始めるつもりはない。そんなこと、自分に許すわけにはいかない。だからダイニングの真ん中でじっとしていた。巨大なテレビ画面には、音声なしの映像が流れている。視線をそらすと一枚の絵が目に留まった。銀行が景品として配るたぐいの田園を描いた風景画で、陽射しのもと、刈り取り人たちが働いている。

「ほら、座れよ」ファンペが言う。「座れったら！」

言葉はきついが、その口調には怒りというより疲れがにじみ出ていた。言う通りにしたら一歩譲ることになるとわかっていても、ビクトルは彼の言葉に従った。ファンペは煙草に火をつけ、ダイニングテーブルの向こう側の、彼と相対する位置に座る。テーブルクロスの上にパンくずが散らばっている。ファンペは大きなナイフを使ってパンくずを端まで寄せた。ビクトルが自分の意図を説明し、決めたことは決めたこと、反論は受け付けないとはっきり言おうと口を開けたそのとき、ファンペが先に話し出した。

「なあ、知ってるか？　何年も前、もうずっと前、おれに金を差し出し、許してくれと言ったやつがいたよ。そのときもおれは、受け取らなかった」

「そういうことじゃないんだ、ファンペ。ぼくに援助させてくれるというのなら、これを受け取ってほしい。もし必要ないとか、いらないということなら、申し訳ないが、もう話し合うことは何もない」

「ないと思ってるのか？　周りを見ろよ。覚えていないかもしれんが……。おれたちはここで計画したんだよ。母さんが眠ってる間に、この同じテーブルに座って。うちで話すことにしたのは、きみんちだと静かに話せないからだ。この家の唯一のいいところは、誰もおれたちに注意を払わないことだった。だからあのあと、きみは埃だらけのセーターをおれに渡して、うちの母さんに洗ってもらってほしいって言ったよな。かわいそうな母さん、何も知らずに……」

「やめろ」

ファンペは彼を見る。手にはナイフを持ったままで、話しながらそれを振り回す。テーブルの上にしゅっ、しゅっと影を描いていくぎざぎざの刃を見ていると、催眠状態に陥りそうだった。

「この話題に触れたくないんだろ、わかってたよ。心配するな。きみの気持ちはわかるよ、信じてくれ。おれにだって話したくないことがあるんだ、ほんとだよ。この間、きみはそれぞれの人生、あれからどんなことが起こったかについて話そうって言い出したよな。じゃあ、今から説明するよ、端折るつもりだけど。そうすれば短くて済むし、きみもすぐに帰れる」

どういうわけか、ビクトルはナイフから視線を外すことができない。ファンペがナイフを揺らすと、天井の光を反射して光る。すると突然ファンペが咳き込み、話を始められなくなった。けいれんのような動きのせいで、ナイフがテーブルの上、灰皿のすぐ近くに落ちる。

ファンペは咳がおさまるとすぐ、吸いさしをその灰皿に押し付けて消した。

「こんなクソみたいなこと、やめなきゃならない。だけどできないだろうな、わかってるんだ」

「すべては意志次第さ」

「ビクトル、それは違う。この世のすべてが意志の問題ってことはない。なあ、おれたちの年を考えてみろよ。努力だけで人生がうまくいくはずないんだ。きみがおれよりついてたからって、自分を基準に物事を考えちゃいけないよ」

「その通りだ。すまない。きみに説教したりアドバイスするつもりで来たんじゃないんだ」

「ああ、お別れに来たんだろ。つきまとうなって言いに来た、のほうが正しいかな。おれに抗議させないための見返りをもってな。オッケー、それはとっときな。その代わり、おれの言うことを聞くんだ。簡潔に済ますつもりだし、そうできると思ってるよ」

ファンペは話しはじめた。

「判事はおれを少年保護施設に送った。今、どんなふうに呼ばれているのかは知らない。きっと、もっと聞こえのいい名前がついてるんだろうな。あのころはそのものずばり、少年院と呼ばれてた。あるいは矯正施設。おれは最年少の入所者のひとりで、もちろんごくわずかしかいない、人殺しで入所したやつらのひとりでもあった。こそ泥やジプシー、どこかの組織か何かの末端にいる、ごろつきみたいなやつはたくさんいた。だけどおれみたいに、十二歳の殺人容疑者なんてほとんどいなかった。おれのほうからそのことを話したんじゃないよ。ああいう場所では、あっという間にニュースが広がるんだ」

ビクトルは何と言えばいいのかわからない。皆の笑い者だったモコが、突然犯罪者の世界に放り込まれたときの姿を想像せずにはいられなかった。学校でさえつらい思いをしていたのに、どうしてそんな悪の巣窟のようなところで耐えられただろう？

「それで却って助かったんだよ、わかるか？」ファンペは微笑み、手が再びナイフの柄をかすめた。「特に最初の、死ぬほどびびってたころはな。ほんとに怖かったんだ。とても生き延びられないと思った。あっちからもこっちからも殴られるだろうと……。だけどそうじゃなかった。悪事で箔がつく場所っていうのがあるんだ。あのとき施設内で、新入りをいじめないほうがいいという噂がぱっと広がった。あいつはちっぽけな腰抜けに見えるが、すごいことをやった。頭のねじが緩んでいて、自分よりふたつ年上の少年を叩きのめしたって噂がね。おれひとりで貧乏くじを引いたわけだが、ちょっとした見返りはあった。あの集団、あの不良少年たちのグループは、敬意をもっておれを迎えてくれた。看守や教師に管理されている中でおれがやったのは、それまでもずっとしていたように、お行儀よくすることだけだった」

「きみはいい子だったよ。ぼくたちふたりとも、いい子どもだった」

ここへ来る途中で自分に課したルールを忘れ、自然に口をついて出た言葉だった。なつかしさが、一対ゼロで決意に勝った。

「だからって、楽な時代だったと思わないでくれ。夜になると、ひどい夢ばかり見ていた。日中に自分をごまかしてるから、夜になって眠るとすぐに、悪魔に襲われるような夢を見ていたんだと思う。そんなときどうしてたか、教えてやろうか。すごく苦しいことがあるときや、何をすればいいかわからないときは、きみのことを考えてたんだ。ビクトルがここにいたら、いったいどうするだろうって つぶやく。効果があったよ。いつもではないし、悩みの種が誰かによって効き目がないときもあったけど、でも役に立った。それに、仲間もできた。同世代で、ライっていうやつだ。年上のやつらからいじめられないよう、お互いをかばい合ってた。まあ、ほんとのところ、ほかのやつらは大体いつもほっといてくれてたんだけど」

「少なくとも、それほどひどかったわけじゃないんだ」

「だから、そんなふうに思うなって。いいことを話しただけだ。昔のことだから、かなり忘れてる部分があるよ。でも、忘れていないこともある。さっき話したやつ、覚えてるか？　山ほど金を差し出したやつのことだ。医者だった。あそこで働いてたよ」

ビクトルは青ざめた。医者のことに話が及んだ途端、ファンペが暗い目つきになったのだ。まるで脳内のスイッチが切れ、瞳が輝くのをやめたかのようだった。

「あの下種野郎がしたことを、全部話すつもりはない。だけど、想像つくだろ？　ライやおれやほかの少年たち、まだあそこに毛も生えていないような子どもに、あいつがしたことを」

それについては、何も言うことがなかった。意見も反論も、何もない。ビクトルは友のことを考える。覚えている限りたった一度だけ、モコがシュートを決めたときのことを。飛び上がって喜んだときに浮かべた笑顔が見える。勝利の叫びが聞こえる。そして皆が、とりわけ自分が彼を粉々に砕いていったのだという気がしている。

「おれは彼の金を受け取らなかったし、きみからも受け取るつもりはない。理由は違うと言っておこう。あのブタ野郎のボッシュ医師は、あれっぽっちの金額で赦しを請おうとしやがった。そしてきみは……、おい、ビクトル、こっちを見ろよ。この間言ったよな、きみはおれに謝る必要はないって。口を滑らしたのはきみじゃないって誓うのなら、おれは信じる。それに、ああちくしょう、よくわからんが……もしうちの両親があんなじゃなかったら、判事だってあれほど厳しくなかっただろうな。おれはバスケスを殺したかった。きみよりずっとおれのほうが、あいつを殺す動機があった。きみがあれを乗り越えたかどうかなんて、正直どうでもいい。だがな、内心では、きみならおれほど持ちこたえられなかっただろうなと思ってる。きみは楽で快適な人生を送ってきた。おれは違う。そういうことだ。あの……あの医者のことは話したくないが、これだけは言っておくよ。おれがいちばんいらいらすることは何か知ってるか？　何が最悪かっていうと、ときどきあそこに、あいつの〝診察室〟にいるとき、こいつはおれを愛してるんじゃないかって感じがしたことだ。たとえばうちの乱暴者の親父より、こいつのほうがおれを愛してくれていると。そう感じたのはおれだけじゃなかった。あの施設にいると、誰かに触れてもらうだけで高くつく。優しく話しかけられるのはなおさらだ。もちろんそんなの、愛じゃない。あの下種のブタ野郎。幸い、もう死んだが」

ビクトルはうなずいた。テーブルに前かがみになり、両手を組んで顎を載せている。

「侮辱するつもりで金を払おうとしたんじゃない。だけどきみはできない……すべきじゃないとわかってほしい……」

「自宅に電話をかけることをか？　奥さんにすべてを話すことを？　ばか言うなよ、ビクトル。きみを脅迫するのが目的なら、とっくにしてるさ。とっくに金を受け取って、数ヵ月後には、もっと要求してただろうよ。そんなこともわからないくらいお人よしなのか？」

「それじゃ、何が目的なんだ？」

「この間言ったはずだ。たまに会うだけでいいから、友だちがほしい。それに、口を滑らせたのは誰だったのかも知りたい。今となっては、もう何の役にも立たないけど」

「友情は押し付けるものじゃないよ、ファンペ。ぼくたちはずっと前、友だちだった。でも別の人生を歩んで、ふたりとも変わってしまった。もう共通点は何もない」

「あるさ。わかってるだろ。時間を超えて消えずに残る行為がある。永遠の絆(きずな)を生み出す行為があるんだ。そうじゃなければ、この間おれに会いに来ることだってなかったんじゃないのか？　今日、ここに来ることも？」

ビクトルは黙っている。内心では、少なくとも部分的には、相手の言う通りだとわかっているからだ。

「話を続けさせてくれ。もう少しで終わる。少年院から出たあと、厄介ごとに巻き込まれた。厄介極まることにな。ああ、きみが知る必要はない。おれは結局刑務所に行き、ある人にそこから救い出してもらった。その人はおれに仕事をくれた。大した仕事じゃないが、どうにかやっていくには十分だった……。だが、もう終わった」

「これまで、誰もいなかったのか？　奥さんとか、パートナーとか……？」

ファンペはまたナイフを取り上げた。首を横に振ると同時に、ビニールのテーブル掛けを傷つけないように慎重に、ゆっくりとナイフを動かす。

「ボッシュ医師の影響は、きみには考えられないほど長く続いた。ひどい苦しみなんだ、わかるか？　永遠に苦しめられるんだよ」

ファンペがナイフでビニールをひっかく。聞こえるのはその音だけだ。その規則的な乾いた音を聞いていると、ビクトルは別のことを訊けとけしかけられているような気がする。だけどビクトルは何も訊かない。そのとき、自分も同じ運命をたどっていたかもしれないと悟ったからだ。少年院への収容、そこで出会った仲間、性的虐待、インポテンツ。

「ときどき……ときどき、思うんだ。もっと前に、すべてを終わりにすべきだったと」

ファンペは右手でナイフを握り、左の手首に近づける。ビクトルは見るのがいやで、テレビのほうに視線を向けた。画面では相変わらず、無音で映画が続いている。屋根裏部屋で子どもたちが遊んでいる場面だ。金髪で健康的で、子役になるために生まれてきたような少年たちが映っていた。ひとりは鮮やかな赤のタートルネックセーターを着ている。もうひとりは眼鏡をかけて、いかにもがり勉そのものといった滑稽な雰囲気を醸し出している。

「おい、おれを見ろよ！」ファンペが促す。

ビクトルは、これも一種の脅迫だとわかっている。それもより悪質で陰険で、間接的な脅迫。この機会に立ち去ろうかと思ったが、足に根が生えたようで、ほとんど動かすこともできない。何も感じない冷酷な人間のふりをしようと、深呼吸して一瞬目を閉じる。目を開けたとき、映画が変わっていた。

ナイフでやるか？

乱暴なこと言うなよ。それにぼくは、人の刺し方もわからないよ。

それじゃどうやって？　ああ、猟銃があればなあ。

それに、使い方を知ってたらなあ、だろ？　村祭りでは、一発も当たらなかったじゃないか。

何がいちばんいいか知ってるか？　誰かを使うことだよ。ロボットを。

そう。ぼくたちが指示を下して、彼がクロマニヨンをやるんだ。

マジンガーみたいな？

指示を出すのはぼくだよ。ぼくがコージだってこと、忘れたの？

いいよ、じゃあ出せばいい。ぼくは見てるだけでいいよ。

プシュー
バリバリッ
二発殴れば、クロマニヨンは宙を飛んでいくよ。

そう。ヒューーーッ。パーーーン。よし！

（……）

だけど、ぼくらはマジンガーを持ってない。せめて村にいた犬でもいれば、あいつに噛みつかせるのに。

ああ、それが問題だ。

鼻をすするなよ！

ごめん……。それで、どうする？　どうやってやる？

「どうした？」

ビクトルは友を見つめた。テーブルを。ナイフを。息苦しくなってシャツのボタンを外そうとしたがもたつく。話そうとするのだが、言葉が出てこない。

「水を持ってこようか？　大丈夫か？　すぐ戻るからな、待ってろ、おい」

水はありがたかった。砂漠を抜けてきたばかりのように一気に飲み、身振りでもう一杯ほしいと頼んだ。

「なんだよもう、驚いたな！　ほんとに死ぬつもりなんてないよ。少なくとも、今のところは」

「いや……そうじゃないんだ」ビクトルは微笑もうとした。目に涙をためていたが、感情的なものではない。一瞬、窒息するかと思った。一瞬、意識がそこから離れていた。

「そうか、ありがとう。ショックを受けたせいかと思った」

「死ぬなよ。今も、これからも。ちょっと窓を開けてくれるか？」

テレビ画面は相変わらず午後の映画を流していて、演じている子どもたちも先ほどと同じだ。もう自分たちの姿は映っていない。話しているのも自分たちではない。少なくとも、その声は聞こえない。ビクトルは自分の子ども時代を思った。それが最後になるとは気づかず、通りに遊びに出た日のことを。のろのろと金の入った封筒に手をのばし、つかんだ。

「取引しよう」ビクトルは言う。「ぼくはこれをしまうから、きみはナイフを離してくれ。永久にな」

「約束できるかどうかわからない」

「聞いてくれ、ぼくにはほかにも、約束できることがある」

ビクトルはためらいながらもそう言った。もう、なつかしさが大量得点で優勢に立ったとわかっていた。まさかと思うが、体じゅうが、この男に手を貸したいと願っている。腹の底から、そう思っている。自分たちがあれをやった、共同であれをしたから。彼には手を貸すだけの価値があるから。心の底では、立場が逆になっていたかもしれないと思っているから。そして人と団結せよ、寛大であれと父に教えられたからだ。

「ぼくはもう、ここにあまり長くいられない。五月までだ。もしよければ、それまでにまた会おう。どこかで食事をして、ビールでも飲もう」

ファンペは微笑む。

「それはありがたいね」

意図していたより、ずいぶん譲歩してしまった。会話は出発点に戻り、今度はファンペが我を通した。だが結局、モコも再びゴールを決め、試合に勝ってもいいころだということとなのだろう。そして彼は、たとえ多少の危険があっても、もう一度人生というゲームをやり直す方法を教えるつもりでいる。

「それから、もうひとつの件は？　きみの両親は生きてるんだろ、訊いてみてくれ。おれの母さんは何も覚えちゃいなかった……。少年院から出たとき訊ねたが、何も知らなかったよ」

「何が起きたのか調べてみるよ。きみ自身も、ほかの誰も、危ない目に遭わせないと約束してくれたらの話だが」

ファンペはうなずく。

「それも請け合えると思う」

大人らしく握手をしたが、昔ほど固い約束を交わしたとは、ふたりとも思っていないかもしれない。本当の友だちだったときほどには。


ひとりにしないよね？

何言ってるんだ？　ぼくはきみと一緒にいるよ。ぼくだってきみと同じくらい、あいつに当然の報いを受けさせてやりたいんだ。

ひとりではきっとできない。

そのためにぼくがいるんだ。そのためにぼくたち、ふたりなんだ。今に見てろよ、クロマニヨン！

そうだ。徹底的に思い知らせてやる。
高くつくぞ！　歩く屍（しかばね）にしてやる！
マレーシアの虎、突撃！

第三部

おはよう、真夜中

20

一九七七－一九七八年　シウダード・サテリテ

子どものときでもそのあとでも、友情がいかに確立されていくかを考えるのは面白い。ときどきぼくは思うのだが、大人にせよ子どもにせよ、ふたりの人間の間につながりができるのは、言い寄ったり恋に落ちたりすることとどこか似ている。それもあながち根拠のないことではなくて、ぼくの場合長く続いた恋人との関係は、最初はプラトニックな友情から始まることが多かったからだ。もちろん、性別や性的指向に関係なく、どんな友だちとも恋に落ちるなんて言ってるわけじゃない。ただ最初のうちは、度合いは違っても、称賛とか共感とか、あるいは魅力とか、そういう要素をお互いに感じるものだと思う。小さいころは、住んでいるバリオや通っている学校が一緒だったり、親戚関係だったり、あるいは親同士に付き合いがあるといった共通点が子ども同士を結びつけるのだが、それでも、友だちを選んだり選ばれたりするのには、何か魔法的なというか、化学反応のような力が働く。恋愛における引力と同じ、説明しがたい要素が絡んでくるのだ。

ビクトルとファンペの接点といえば、住んでいるバリオと、学校でとある決定が行われたことくらいだったが、ふたりは大親友になった。学校の決定についてはあとで話すが、お互いの親も、ほとんど付き合いはなかった。エミリオ・ヤグエがロボに対してほんの少しでも好感を持っていたかどうか疑わしいし、アナベルも、ロシに対して哀れみのような感情を抱いていていただけだったと思う。だけど当時のビクトルとファンペの結びつきは強く、ふたりの間の絆は、時間が経っても失われることはなさそうに見えた。友だちが最も憎むべき敵に変わることはありえる（これも、情熱的な恋が強烈な憎悪になりえるのと同じだ）が、忘れがたい共通の出来事があればお互いわかり合えるきっかけになるし、時間が経てばそれはなつかしい思い出になる。

もちろん、当時のバリオは住民の間の格差が激しかったうえ、ぼくたちは皆、親から教え込まれた一種の階級意識を持っていた。労働者は誇り高かった。もっとものちに、思春期を迎えたぼくたちがシウダード・サテリテの向こうに視野を広げたとき、誇りなんぞクソ食らえという者も出てきたのは確かだ。いずれにせよ、何かに所属しているという感覚をぼくたちより上の世代が持っていることは明らかだった。経営者とそちら側に与（くみ）するすべての者、あるいはさらにその上にいる人たちを共通の敵とみなして固く結束する集団への帰属意識と言い換えてもいい。沈黙の年月を積み重ね、苦いヒマシ油を飲まされるように不公正を飲み込んできた彼らは、フランコが死んで民主主義への移行が始まったとき、喜び、怒り、要求を爆発させた。バリオの者は皆、社会主義者か共産主義者で、旧体制を窮地に追い込むことができるなら、どんな闘争にも共鳴した。だからこそ、元からのカタルーニャ住民が自分たちの言語、文化、法規の復権を求めて声を上げたとき、我々移住者もその主張を我がこととして受け止めたのだと思う。長い長い間、上流階級のお坊ちゃま方と司祭、治安警備隊の手にあった〝スペイン〟は、我々をいじめ、元々住んでいた土地から追放した。一方〝カタルーニャ〟は我々を迎え入れてくれた。おそらく（控えめに言って）それほど熱心ではなかったにしても、我々に敬意を払い、一ヵ月の有給休暇付きの仕事と、分割払いか賃貸のマンションを与えてくれた。そして何より、ここカタルーニャを舞台に我々の父の世代は、実質労働が四十時間でまずまずの給料を得られる仕事という非常に基本的な要求を実現させるために戦っていた。彼らの運動がカタルーニャ人の自治権回復運動と結びつくのは容易だった。国家という、古い慣習にとらわれつづける共通の敵があったからだ。最も身近で敵を体現する存在が、工場経営者、警棒とゴム弾でデモを解散させる警察、そして我々の母たちが仕えている〝上流気取り〟の奥様方だった。ちなみにこの言葉は、当時としては最大級の侮辱だ。「そのセーター、上流気取りだ」とか「その髪型、まるで上流気取りね」とか言われるのは、ざっくばらんさを誇りにしていた人々にとって看過しがたい屈辱だった。こういう気質の持ち主には、同じ地域でも、当時のように社会が危機的状況にあっても、もうお目にかかれなくなった。そして今になって思うのは、あれは単に誇りにしていたというより、もう少し何か別のものがあったのではないかということだ。それは、自分たちには共通の利害がある、一緒に行動することでのみ満足を得られるという確信だったかもしれない。我々は皆、子どもたちでさえ不平等で不公正な世界に生きていた。唯一の解決策は抗議して、抗議して、抗議することだった。大人たちは工場でストをした。それに比べて、ごくわずかな手段しか持たないぼくたち子どもは、声を上げるのにもっと時間がかかった。路上で自由と権利を強く訴えている父たち自身が、家に帰れば子どもを厳しく管理していたからだ。

バッシ・リュブラガート郡全体を揺るがしたストライキのことは前に述べたが、中でも住民全体が協力した誇りに満ちた戦い、労働者デモのことは記憶にとどめておくべきだと思う。すなわち、経営者側と産業別労働組合の戦いだ。最初こそ生粋のカタルーニャ人は我々移民を疑いの目で見ていたが、時間が経つにつれ、共通の敵と戦う同士とみなすようになった。

連続して行われたストの期間、作業つなぎを着た労働者たちが一体となり、人々に主要な要求事項を説明している風景は子ども心にもインパクトのあるものだった。経験を積んだ彼らは、車道を封鎖しているときに治安部隊に妨害されても、何の支障もなく歩道を通りながら自分たちのイデオロギーを伝えつづけられることも学んでいた。もはや出身地がカタルーニャであろうが、アンダルシア、エストレマドゥーラ、ラ・マンチャであろうが関係ない。一緒に戦えば相手にかける圧力も強くなり、長い目で見れば無敵の勢力になれると、労働者たちは気づいていた。理想を分かち合うには、言葉の違いなどさしたる問題ではなかった。

ある工場の工員が、ストが原因で解雇されたというニュースがきっかけとなり、ほかのあらゆる工場で部分的操業停止が行われた。当時は郡内のどこの工場でも、企業主側が従業員と向き合うことを避けるためにこういう方法がとられていた。警察はしばしば、抗議運動の首謀者を逮捕して治安警備隊の詰め所に連行していた。そこに連れていかれれば、何が起こっても不思議ではないとわかっているから、ひとたび警察の介入が知れれば、労働者階級の仲間たちのデモが街を埋め尽くした。警官との追いかけっこは、さながら当時の一番流行りのスポーツだった。すでに息も絶え絶えだった体制は、絶え間ない暴動に対してなんとか命脈を保とうとしていた。

有名なものにエルサやクラウソルのストがある。ぼくの父とエミリオ・ヤグエはクラウソルの工場で働いていた。以前のヤグエがリーダーもどきのような存在にすぎなかったとしたら、そのストの期間中に彼は、完全に労働者デモの立役者のひとりとなった。クラウソルのスト中、オーナーたちが機械を別の場所へ持ち出してスト破りをした者たちを働かせるのを防ぐためにエミリオは夜警のシフトを組み、自らもたびたび工場に泊まり込んだ。夕暮れどき、多くの者の理想のために自己を犠牲にする英雄のもとへ夕食を届けに向かうアナベルの姿は誇らしげだった。アナベルがエミリオに惚れ込んでいたのは、威厳に満ちた演説によるところも大きかった。社会問題とは無縁の環境で生まれ育った彼女にとって、それは未知の世界だった。アナベルの父親は、法律すれすれのところで危ういバランスを保ちつつ自分なりの正義に従って生きていて、それゆえ、たびたび収監される憂き目に遭うような人だった。

母は修道院という、規則に従うのがすっかり習慣づいている閉じた世界で暮らしていた。だからアナベルは、学歴という点では自分より劣る夫から次々と知らない言葉を聞かされ、当時まだみずみずしかった感性を震わせるような毎日を送っていた。なぜ貧乏人は金持ちから搾取されつづけなければならないのか？　なぜ貧乏人にとって真の正義は存在しないのか？　あらゆる人間が平等であると言ったのは、彼女が信じていた神ではなかったか？　アナベルは自分だけの海賊（サンドカン）を盲目的に信頼しており、彼の導きによって社会闘争に目覚めていった。だが彼女が二番目の夫となる男と出会ったのも、ストライキが行われていたその数ヵ月間、徒歩で工場と家を往復していた間の出来事だったはずだ。その男は経営者側の親族で、立場もストライキに臨む姿勢も、逆の側に属する人間だった。つまり社会闘争における敵軍にもかかわらず、毎日、夕暮れどきになると夫におやすみを言いに工場へと通ってくる、黒い髪と力強い目をした美しく機敏な女性に一目惚れをしたのだった。

奇妙で素性がよくわからない女がバリオに住み着いたのもちょうどそのころだった。先に少し触れた「未亡人」だ。ミステリアスな人物で、おとぎ話の邪悪な妖精のように、現れたかと思うとすぐ消える。〝邪悪な〟と言ったのは、いつも黒い服を着ているイメージがあったからだ。服とは対照的なプラチナブロンドに染めた髪と厚化粧が、雑誌の表紙のようなエキセントリックな雰囲気を醸し出していた。年は三十を少し出たくらいだっただろう。ブリ通りのマンションでひとり暮らしをしていた。常に喪に服しているような格好なのに、家に男たちを引き入れているという噂が、越してきてすぐ駆け巡った。つまり皆は、暗に娼婦だと言っていたわけだ。シウダード・サテリテにひとり暮らしの女はほとんどいなかった。そのうえ、彼女が一見何の仕事もしていなかったことが、火に油を注ぐ結果となった。物事はそういうものだ。退屈極まりない家事の合間に、何か面白いことがないかと絶えず目を光らせている近所のおかみさんたちが、結論を引き出すのに時間はかからなかった。午後遅く、彼女のマンションを男たちが訪ね、しばらく滞在してから、誰か食卓を整えて待っている人がいるといわんばかりに急いで帰っていくという噂は、事実として独り歩きするようになった。一方、男の住人たちは、そういった情報を集めては近所に広めていた。おそらくいずれ、慎重にその噂を利用して、何かことを起こすつもりだったのだろう。だが未亡人のもとを訪れるのは、このバリオの住民以外の男たちと相場が決まっていた(近所の女たちの怒りを買わないためにも、これは賢明なルールだと言える)。知られている限り、ただひとりの例外がファン・サモラだった。哀れなロシは脅威になりえないと判断されてしまったのだろう。そのあと起こったことを見れば、逆境を生き抜くのに必要な希望の光を、ロボは未亡人の中に見出したのだろうと推論できる。というのも、あの一連の出来事の決着がつき、ホアキン・バスケスを殺した罪でファンペが少年院に入ったとき、サモラと未亡人は出奔したからだ。

不平等な戦いに常にさらされ、本当なら頼りにしたい大人たちも生きていくのに精いっぱいという環境にあった当時の子どもたちには、今、我々が次の世代に示そうとしている快適で幸福な世界を思い描けるような時間のゆとりはあまりなかった。さらにぼくたちの生まれ育った場所では、大人たちにだってそんな余裕はなかっただろう。優雅で調和がとれていて、ぼくたちのバリオの生活ほど過酷じゃない外の世界との違いが、いやでも目に入ってきていたのだから。つまりぼくたちは、出発点からすでに、誰が見ても公平とは言えない場所に立たされていたのだ。

親たちは診療所、公園、保育園、学校といった、あって当たり前のものを要求していたが、ほとんどの場合、バリオの住民の意見になど行政は関心を持たなかった。その後、六〇年代の終わりごろに書かれた記事を読んだ覚えがある。記事の書き手はその中で、〝ラ・サテリテの哀れな子どもたち〟はいつ犯罪を起こしたり麻薬中毒にかかったりしてもおかしくないと述べ、彼らを待ち受ける不幸な未来について懸念を表明していた。あながち見当はずれな記事ではなかった。バリオには確かに、ヘロインで身を持ち崩したり、ストリートギャングの仲間に入ったりする若者が多く、注射を打ちすぎて死んでしまう者や、長期刑を言い渡される者も珍しくはなかった。さらに、このバリオがアウトサイダーな地区だとか、危険地域だといった風評が立つようになったのは、何人かの有名な不良を輩出したせいでもあるが、彼らとてぼくらにとっては、相変わらず魚屋の息子だったり、アパートの二階の住人だったり、自分自身の兄だったりするのだ。自分が何を言ってるのかよくわかっている。そして兄のニコラスが生きていたら、ぼくの証言を裏付けてくれるだろう。

八歳か九歳にもなれば、シウダード・サテリテの子どもは皆、この世界が楽しみと幸福のいっぱい詰まったおとぎ話のような場所ではないと悟っていた。それを実感しようと思えばうちのバリオの、安っぽい煮込み料理のにおいがするような通りをぶらついて、いじめっ子でアンタッチャブルなホアキン・バスケスやエドゥアルド先生と出くわすだけで十分だ。かつては、エドゥアルド先生のような教師は例外ではなく（まさに）〝標準〟だった。親たちはこういうことではあてにならなかった。学校での出来事はそこだけのこと、もし親たちが知ったら、家で文字通り鞭を食らう羽目になるのはぼくたちだった。路地でのやんちゃも、一部の例外はあるにしても、やはり家に持ち込まれることはなかった。そんな話をわざわざ聞こうとする大人はいなかったからだ。それでもモコのことだけは、気に留めていた人もいたに違いない。

ファンペはやせっぽちで怖がりで、お風呂に入れたり服を洗ったりするのを母親のロシが何週間も忘れるものだから、清潔とは言いがたい子どもだった。あだ名の由来は、小さなころから、いつも風邪をひいているみたいに一日じゅう鼻をすすっていたことだ。その音を聞いていると、どんなに優しいクラスメートでも、多少は苛立った表情を見せるのだった。だから最初に背中を叩かれたのも、その絶え間なく鼻をすする音が原因だったと思う。かつての同級生の言葉だが、防御しきれずに最初の平手打ちを食らったら、もうそいつの負けだ。

ファンペは最初の攻撃を甘んじて受け、それからずいぶん叩かれたが、慣れっこだとでもいうように、あまり気にかけている様子はなかった。抗議することも先生に告げ口することもなかった。実際クラスメートの、つまりぼくたちのパンチは、確かに屈辱的ではあったと思うけど、親愛の情に近いものもあった。だからファンペが本気で恐れていたのは、ホアキン・バスケスだけだった。犠牲者を選ぶことにかけて抜け目のないあいつは、少なくとも丸二年は、ファンペをいじっていた。ホアキンはみんなの前でファンペをいじめ、それを見ているぼくたちは、ほっと安堵のため息をついた。犠牲者が決まっているうちは、ほかの生徒が平和裏に過ごせるとわかっているからだ。黙って見ていること、それはぼくたち、ファンペ以外の生徒が共同で犯した罪だった。

ホアキンがサド的欲求を満たす対象にファンペを選んだのには、大きな理由がいくつもあった。たとえば飲んだくれのだらしない母親がいるという、はっきりした動機もあれば、ラ・サテリテに住んでいる者でなければわからないような理由もあった。ファンペには、いじめられたときに助けてくれる兄や姉がいなかった。母親は息子のシャツが破れていることや筆箱がなくなったことに気づく人間ではなかった。父親なら、ファンペを守ることができたかもしれない。だがファンペにとってもロシにとっても、父は恐怖の対象でしかなかった。それにさっきも言ったように、たいていの大人たちは家の外でぼくたちがしていることにほとんど関心がなかった。さらにもうひとつのいじめの理由として、ふたりとも通学路が同じだったことが挙げられる。学校が終われば、ホアキンもファンペもサンティルデフォンス大通りを下って路地に入り込み、同じ緑街区へ帰っていくからだった。

一九七五年から一九七六年にかけて（ビクトル・ヤグエが舞台に登場するまで）、ファンペは毎日、つらい儀式に耐えなければならなかった。始まりはいつも休み時間。と言っても、特別なことをするわけではない。ホアキンがファンペをちらっと見たり、ちょっとしたしぐさをするだけでも、「あとでな」というメッセージを伝えるには十分だった。視線であろうがしぐさであろうが、メッセージを受け止めたファンペはほとんど恐慌状態になり、そのあと授業で何をやっても、ことごとく失敗した。初めのころは、まるで何かに取りつかれたように、授業が終われば真っ先に教室を走り出ようとするファンペの姿をみんなが見ていた。だがやがて、たまたまホアキンから逃げおおせる日があったとしても、その翌日には攻撃が二倍になるだけということをファンペは悟った。だからホアキンに関してはあきらめ、そのうえぼくらのからかいにも耐えた。そう、ぼくらはそこまで残酷で、そこまでくそったれな人間だった。怯えるファンペ、平手打ちされる音、埃だらけになって床で倒れている姿を、ぼくたちは面白がっていた。言っておくが、ホアキンもほんとに傷を負わせるほどばかではなかったから、たいていはファンペを（そしてその母を）侮辱したり、臭くて汚い服のことでからかったりするだけで、叩くとしてもせいぜい一、二発食らわす程度が関の山だった。だがときどき、機嫌が悪かったり、観衆がいたりするときは、骨折はさせないように気をつけつつ、本気で殴った。だんだん、いじめ方は巧妙になっていった。何分間か、何も言わずにすぐ後ろをつけていき、ファンペが無事に家の玄関までたどり着けそうだと思った瞬間にシャツの襟をつかんで建物の裏までひっぱっていくか、エレベーターの中で思いっきり平手打ちを食わせるかした。そのうえぼくは、ホアキンがファンペにおしっこをかけていたのまで見たことがある。ときどき純粋なサディズムから、帰る間じゅうずっと、ひどい目に遭わせてやるぞと脅し続け、最後にやっと「許してやってもいいぞ」と言い出すこともあった。だが、それにはもちろん交換条件がある。通常はお金で、それならファンペは問題なく母親からくすねることができた。ロシは支出の管理ができなかったからだ。問題は、値段が吊り上がったときだった。自分がホアキンの殴打から逃れるということは、ロシがまた別の魔手、ファン・サモラの手にかかることを意味する。金がなくなっていることに気づくと、ロボの怒りはいつも妻に向かい、またぞろ酔っ払って、おれが工場でラバみたいに働いて稼いだ金を無駄遣いしやがってと責めるのだ。モコはロシが大好きなので、そのときばかりは脅しに屈せず、お金をくすねるのもやめて、勇気を出して結果と向き合うのだった。

そんなことになるまでに、やめさせようとする大人か子どもがいなかったのかとこれを読んでいる人は思うだろうし、実際、そのことはぼくも、今でも不思議に思っている。ただ、ホアキンがファンペをからかっているところを見つけても、叱りつける大人がいなかったということではない。あいつはかなりずる賢いから、自分に不利な証言をする者のいないところで計算ずくのいじめを行ったり、ただ「遊んで」いるだけだと空とぼけてみせたりしていた。もし大人に見つかっても、「おまえも楽しんでるんだよな」と訊かれると、ファンペはうなずかざるを得ないのだった。

そのうえ、そういう場面はもはやバリオの一風景と化している感があった。ジャンキーがたむろしていそうな道は避けて通るのと同じことで、ホアキンのいじめにも慣れてしまって、誰もことさら騒ぎ立てたりしなかった。窓から顔を出して「晩ごはんだよ」とぼくらを呼ぶ母の声、集合住宅のバルコニーに干した衣類のように、ホアキンのいじめも背景に溶け込んでいたのだ。それにホアキン・バスケスは悪いやつで、いつか問題を起こすだろうとバリオじゅうが思っていたが、シウダード・サテリテで一番大きい、というか唯一の文房具屋兼本屋を夫とともに経営している彼の母、サルードにわざわざそのことを話す者はほとんどいなかった。

バスケス一家が金持ちだとはとても言えなかったが、バリオのほかの住民よりは数段格上と思われていた。なんといっても自営業だし、実入りもよかった。そのころバリオで非常に高い出生率を記録した年が続いて、そうなるとその後の就学率も上がったからだ。サルードは掃除人にならずにすんだし、夫で息子と同名のホアキンは工場の上役の指示に従う必要もなかった（カミさんに四六時中がみがみ言われるくらいなら、口うるさい上司に命令されるほうがずっとましだとホアキンが一度ならず考えたのは間違いないとは思うけど）。

　あれは奇妙な夫婦だった。サルードは不愛想な女で、病的なまでに用心深かった。うちの母が言うには、家の中を誰にも見られないように、夏の盛りでもブラインドを下ろしておくんだと話していたらしい。礼儀上、近所の人に挨拶はしたが、井戸端会議の輪には決して加わらなかった。この界隈にいるのはほんの一時的なことで、いずれこの建物を、いやこのバリオをさえ離れるつもりだということを態度で示しているようだった。夫のホアキン・バスケスはいつも心もとなさそうに数歩下がって彼女に従っていた。その様子がいかにも、連合いへの中傷をしばしば耳にしても耐えている忍従の人という風情を醸し出していた。ふたりがどうやって知り合い、なぜ商売を起こしたのかぼくは知らない。物心ついて以来、ぼくにとってのバスケス文房具店はただ、学用品や教科書、マンガ雑誌を買う場所だったというだけだ（ほかの物も売っていたが、思い出せそうにないし、もうあの店は存在しない）。

　息子のほうのホアキンが問題児になった原因のひとつが、自分たちはほかの住民よりちょっと上流だというあの感覚だったのだと思う。そのことと、もうひとつは母親の溺愛だ。サルードは自分が持つありったけの優しさを彼に注ぎ込んでいるように見え、息子に対する批判は一切受け付けなかった。おまけに長い間ひとりっ子だったものだから、誰も自分に逆らわないのが当然と思い込んで育ったホアキンは、家の中だけでなく校庭でも我が物顔に振舞うようになった。そうして自分より小さい子どもたちの恐怖の的となり、モコにとっての悪夢となった――ある日突然、ビクトル・ヤグエが舞台に登場するまでは。

父親の風貌と気性を受け継いだビクトル・ヤグエは、ぼくたちにとっては身近にいる義侠心に富んだ海賊船の船長のような存在だった。だけど彼がいつも一緒に過ごすお気に入りの虎、ペットのように忠実な相棒として選んだ相手は、ぼくではなくファンペだった。EGB六年のとき、担任の先生がクラスの席をアルファベット順に並べようと思いつかなかったら、ビクトルとファンペの人生は違う軌道を回りつづけて、交わることもなかったはずだとぼくは今でも思っている。スアレス先生はそのころまだかなり若く、考え方は、たとえばエドゥアルド先生なんかよりはずっと現代的だったが、真面目一方の教師であるには違いなかった。先生は今、同じ学校で校長を務めているが、間もなく定年だ。当時の首相と同名で、当然のことながらあだ名は「総理」だったアドルフォ・スアレス先生は、一九七七年に赴任したとき、生徒の名前を覚えやすくするため席をアルファベット順に並べた。ぼくの席は教室の真ん中あたりで、インマクラーダ・ゴンサレスという女子と隣同士だった。ヤグエ(Yagüe)とサモラ(Zamora)は教室の一番後ろで、九ヵ月の間隣り合って座っていた。席順など、はじめのうちは取るに足りない決めごと、なんでもない出来事のように思えた。それがふたり(と、その家族)の人生を永遠に変えることになるとは、誰も予想していなかった。

そのときまで、ビクトルがファンペを特に気にしていたかというと、そんなことはなかったと思う。少なくともぼくは覚えていない。むしろ、いつも校庭サッカーのキャプテンを務めていたビクトルにとって、モコは何年もの間、ほかに誰もいなければチームに加えるが、人数が足りていれば無視するような存在だったはずだ。だから席替えからわずか数日後、ふたりがただの隣同士ではなくほとんど離れがたいほどの親友になったのは、みんなにとって、そしてとりわけぼくにとっては、驚き以外の何ものでもなかった。

どうしてそうなったのか、説明は容易ではない。ビクトルは常識的で落ち着いていて、かなり利口な少年だった。まれに反抗的になることもあるが、通常は優等生的な振る舞いをしていた。父親と同じく他人から尊敬を集める人柄で、権力を振りかざす人間や独善的な教師たちを恐れることはなかった。不正な行為に対しては、子どもらしくないほど熱くなって怒った。ファンペのような子どもに愛情を抱いたのは、おそらくその本質的な優しさゆえだったのだろう。同い年ではあるが、ビクトルはファンペの兄の役目を果たしていた。本当の弟相手にもできないような愛情のかけ方だった。サッカーのやり方を教え、ファンペが校庭でまずまずの動きができるようにしてやった。少なくとも、ボールから逃げる代わりに向かっていけるほどには上達した。宿題を手伝い、わからないところを説明した。するとあるとき、ファンペは前代未聞の快挙を成し遂げた。数学の試験で七をとって、スアレス先生からほめられたのだ（モコの成績が上がったのは自分の指導のたまものだと考え、先生は誇らしげだった）。一方、頑張ってもできなかったのが、ファンペをいじめっ子から守ることだった。そのころまでにぼくたちが、これは子ども時代の通過儀礼のようなものだとあきらめて、クロマニヨンの言う通りにすることにも慣れてしまっていたからだろう。ビクトルでさえ例外ではなく、ほかの大多数の生徒と同様、教師に訴えたりすることはなかった。そんなことをするのは屈辱だという、ばかばかしいが強力な感情が働いていたためだ。

つまり、脅されたからといってパパやママに助けを求めに行くようなやつは、弱虫だとみなされるということだ。それはぼくたちにとっての不名誉だった。それに、そうしたところで誰かが二十四時間自分を守ってくれるわけではないし、ホアキンのような乱暴者に対して一番やっちゃいけないのは、やつの復讐心を呼び覚ますような真似をすることだ。普通にしていても何をするかわからないやつなのに、攻撃の動機を与えてしまったら、闇の底に真っ逆さまに突き落とされる覚悟をしなければならない。なるべくなら、誰もそんなことになりたくなかった。

こうして、その年は何も変わらないまま日々が過ぎていった。とはいえそれは表面だけのことで、砂粒が少しずつ集まって山を作りはじめるような、ほんのかすかな変化の兆しはあったのだが……。フアンペにとって、ビクトルとの友情は成長の始まりだった。放課後、フアンペは宿題を一緒にするためビクトルの家に行くのが習慣になり、九月の新学年開始からクリスマスまでのわずかな間に、ビクトルの母アナベルはまるでもうひとり息子ができたように、おやつのボカディージョをフアンペのために用意するようになっていた。それは取るに足りない習慣の変化だったかもしれないが、フアンペはそれまでの生活にピリオドを打ち、一気に向上を始めたように見えた。まず、自宅とは逆方向に帰ることによって、ホアキンのいじめを避けることができた。第二に、ごく普通の家庭で数時間過ごすことで、自分が両親と暮らす家庭がいかに嘆かわしい状況なのかを実感できるようになった。

もちろんホアキンは、お気に入りの獲物をみすみすあきらめたわけではなかった。最初は困惑したに違いないと思う。だけどすぐに、ファンペをいじめられる時間帯が別にあることに気づいたようだった。

ぼくがそれを初めて見たのは、日曜の午後遅くだった。たぶんモコは、ビクトルの家からの帰りだったのだと思う（その数ヵ月前から、ファンペは自由な時間のほとんどすべてをヤグエ家で過ごすようになっていた）。それからホアキンは、退屈していたんだとも思う。やつはいつも年上の少年たちと仲良くしようとしていたけど、彼らがホアキンに注意を向けるのは気が向いたときだけなので、その日は遊んでもらえなかったのかもしれない。ぼくはごみを捨てに、外に出たところだった。末っ子のぼくにいつも回ってくるその役目が、特に冬場は大っ嫌いだった。その日、いつものように木の根元にごみ袋を置いたとき、モコの声が聞こえた。正確にいうと、彼のうめき声が聞こえた。気になって、声のしたほうにそろそろと近づき、のぞき魔のように物陰からこっそり様子を窺う。通りはほぼ無人だった。午後じゅう降っていた雨のせいで、そこかしこに濁った水たまりがあった。話の内容までは聞き取れなかったが、そのあと起こったことを考えると、ホアキンがファンペに合羽（カッパ）をよこせと言っていたのだと思う。雨の日に着させられていたその不格好な合羽は、やむと小さくたたんで腰につける仕組みになっていた。ファンペは、あまり口答えもせずに合羽を渡した。拒否しても何にもならないとわかっていたからだ。ホアキンは合羽をつかむと、大きな水たまりに放り投げ、言った。「このばか！　ほら、拾えよ」モコはこの後どうなるか直感して、命令に従うことも逆らうこともできずにいる。蛇を前にしたネズミのように、何の意味もない、ばかげた嫌がらせに怯えて固まっていた。「拾えったら、おい！」クロマニヨンがしつこく命令する。目的は、ぼくが大体見当をつけていた通りだった。ファンペが合羽を拾おうとしゃがみ込むやいなや、押して、ぬかるんだ水たまりに頭から突っ込ませたのだ。ファンペはすぐに起き上がろうとしたが、ホアキンの蹴りを食らった。さほど力は入っていないようだったが、今度は後ろ向きに、水たまりに倒れ込んだ。「汚れたじゃないか、こいつめ」クロマニヨンは自分のズボンのすそを指して言った。そこからはすべてがあっという間だった。二番目の蹴りは胃のあたりを直撃し、ファンペは痛みで身をすくめた。合羽を手に、ずぶぬれでうずくまったファンペは次の攻撃を予感して身を固くしていたが、ホアキンは戦術を変えることにした。ごみ袋をひとつ手に取ると、破って中身をそっくりファンペの凍えた体の上にぶちまけたのだ。そして何度も蹴りを入れながら、ののしり、高笑いを放った。「このブタ野郎。おまえもおまえの母親も、クソまみれの汚いブタだ。鼻水垂らした、汚らしいブタめ」ファンペは体を起こそうとしたが、ホアキンがそれを許さなかった。きっとそのとき、向かい側の歩道を誰かが通りかかったのだと思う。近づいてくる足音が聞こえなかったから、声がしたときは、ぼくだけではなくあとのふたりもびっくりした。クロマニヨンはすぐに走って逃げた。あとには汚物で覆われ、水たまりの中に座り込んだファンペがひとり残された。そこにいたのは近所に住む二十五歳くらいの男の人だったが、しばらくして立ち上がったファンペをじろじろ眺め回してこう言った。「そんな格好で帰ったら、お母さんは大騒ぎだろうな」そうして、何事もなかったように歩き去った。

ぼくはずぶぬれで立っているファンペを見た。クロマニヨンが頭の上からかけていった汚物をふりはらおうとしているが、濡れたごみが服に張り付いている。それから彼は、とぼとぼと歩きはじめた。一足ごとに罪の意識と恥ずかしさを引きずっているように見える。握りしめている合羽から、ぽたぽたしずくが垂れていた。去っていく彼を目で追い、ぼくも罪の意識を感じていた。ああなるのを避けるためにぼくができたことなど、実際ほとんどなかったとはいえ、助けようともしなかったのだから、せめてこれ以上恥ずかしい思いをさせないために、見ていたことは絶対言うまいと決心した。

あの顛末（てんまつ）を影のように最後まで見届けたぼくが、これほど長い年月が経ってから再び目撃者になるとは、あのころ考えてもいなかった。終わったと思っていた物語の予期せぬ続編を今、相変わらず少し離れたところから、ぼくは夢中になって見つめている。

21

二〇一六年一月、クルナリャーダ・リュブラガート市サンティルデフォンス地区

最後に会ってから三週間、ビクトルはクリスマス前に定めた目標を達成していた。頻繁にファンペに電話をかけ、三度、待ち合わせてランチか夕食に行った。そして一番大事なことは、ファンペに言わずに進めていた。せいぜい人並みの給料がもらえるだけの駐車場の仕事ではなく、メンテナンスの部署でファンペが働けるように手続きしていたのだ。まだすっかり結論が出たわけではなく、間違いないとわかってから知らせるつもりではいたが、契約できるだろうとほぼ確信していた。そのあと職場で辛抱できるかどうかは彼次第だ。そう決めてからは気分がよくなった。そして別に恩を着せるつもりはないが、旧友もまた、人生における、この些細だが意味ある変化を気に入ってくれるだろうと確信していた。

ビクトルは、ファンペにきつく頼んでいたことがあった。かつての出来事を忘れること、そしてビクトルがそうしているように、ホアキン・バスケスをもう一度、記憶の片隅に追いやって埃をかぶせてしまうこと。それはときには労力を伴う作業だが、ふたりとも努力してその取り決めを守っているように見える。だからといってすっかり彼のことを忘れきったわ

けではなく、それはきっとファンペも同じだ。だから単にその話題に触れないようにして、もしあのころの記憶に会話が及びそうになったら、きっぱりと遮ることにしている。そしてファンペも、まさにあのころ、子ども時代にそうしていたように、ビクトルの意思に従う。

一方、ホテルの改築工事は大きなアクシデントもなく進捗していた。遠く離れて暮らすメルセデスは、相変わらず自分の仕事に熱中している。つまり彼にとっての二〇一六年は幸先よくスタートし、個人的にあらゆる面で安定を取り戻したといえる。心が落ち着いたおかげでちょっとした予期せぬトラブルも効率よく対処でき、それで一層自信があふれてくるという好循環が生まれていた。一月末のひんやりした気候も、ガリシアの寒さに比べれば何ほどでもなく、むしろ心身が引き締まってちょうどよかった。もうすぐ五十歳になるビクトルだが、体調は万全で、とりわけ意識を平静に保つよう努力していた。

わしたもうひとつの約束、密告者について調べる件は常に頭にあるが、一九七八年のあのころのことを父と話す時間はまだ見つけられずにいた。父とはクリスマス休暇について電話で話したが、そんなときにあのころのことを話題にするのがふさわしいとは思えなかった。母のアナベルとは、正直にいうとできれば話したくなかった。結婚当初、メルセデスは母に電話するようしつこく言っていて、実際に今もイブの日は自分から電話している。それだけでなく、（「クロエに示しがつかないわ」と言って）彼にも電話に出るよう半ば強制するのだが、会話が続いたためしがないものだから、母とそれ以上長いおしゃべりをするなど不可能という気がする。実はビクトルも、その約束を果たしたい気持ちはあった（恨みからでも復讐心からでもなく、どうして共犯者ふたりの運命がこれほどかけ離れたものになったのか、その理由を知りたかったからだ）が、たとえ知っても、それをファンペに伝えるべきかどうかについてはかなり迷っていた。彼だけが今も持ち続けているその強迫観念には、どこか狂気じみたものが感じられる。真実を暴くことが、ほんとにそれほどいいことなのか。それで事態が必要以上に複雑化しないかどうか見極めたかった。

それにしても、と思う。あのままなら幸福な生活が根底から揺さぶられる危険もあったが、よく状況を立て直し、自分で手綱を取って事態を安定させられたものだ。この綱渡りのような危険な感覚が、ときどきなつかしくなる。愛人、たとえばエステラといたときに覚えた感覚と同じだ。秘密を明るみに出してしまいたい誘惑に駆られると同時に、そうはすまいと必死で戦う。自分の中には大人と子どもが同居しているのではないかとたびたび考える。間違いもするが、その誤りを正せる能力と責任感を併せ持つ大人と、捕虫網だけを頼りに冒険に飛び出していく衝動的で野性的な少年。これまで裏切られたことはなかったから、きっとどちらの自分も、お互いを信頼しすぎていたのだ。きっといつか、大人の自分が武器をもがれて、無意識の混乱のうちにすべてが壊される日が来るのだろう。だけど興奮の絶頂と呼べる瞬間のない人生なんて、何の意味があるのか？　それが恐怖の絶頂だとしても、ないよりはあったほうがいい。交通が規制され、規則正しく信号が明滅する広くて走りやすい大通りは、あらかじめ知っている終点に進むほかない一方通行だ。現実に目をつぶり、精神的にだけでも、我々皆を待ち受ける避けようのないゴールから遠ざかりたいのなら、ときどき道を逸れてみるしかない。愛人、秘密、たまに暗くて曲がりくねった路地に入ってみるような日常と並行した生活があるからこそ、また意欲がわいて表通りに戻り、快適さを実感して平穏さを享受し、前へ進むことができるのだ。そしてまた元気が出てくれば、新たな秘密、愛人、並行生活へと向かっていくだろうこともわかっている。

だが今日のところは、ファンペと夕食の約束をしている。そしていつものように、路地裏の生活が表通りににじみ出てくることがないように、ビクトルのほうからサンティルデフォンスに行く。十二月のあのとき以来、彼のマンションには入っていない。子どものころのようにインターフォンを押すと、ファンペはすぐに下りてくる。あまり寒くない日は、ファンペのほうが先に下りていて、角のところで彼を待っていることもある。それからぶらぶら歩いて、バリオのどこかのバルで食事をする。ビクトルが普段足を踏み入れるような場所ではないが、ファンペはそういう店のほうが落ち着くようだ。実際、味付けが濃すぎるとはいえ、かなりおいしい店もある。

その日ビクトルは約束の時間より早く着きすぎたので、時間をつぶすために少しあたりを歩くことにした。一変したバリオの風景にも慣れ、あそこには以前何が建っていたっけ、などと思い出しながら歩くのは楽しかった。たとえばロス・ルセロスというバルを現在経営しているのは中国人の夫婦だが、外観はそのままで、先代のポテトオムレツの味をさほど苦労した様子もなく受け継いでいる。ほかの商店ももちろんいろいろと変化したが、とりわけ目を引くのは、大量の店が新規オープンしたことだ。バリオに何度も通ううち、最初の日は気づかなかった細かなところに目が行くようになった。来るのはいつも同じ時間帯だ。店の看板の灯りが消えはじめ、人々が家路を急ぐ。図書館の入り口で固まっている若者たちや、通りに漂う静けさにビクトルは驚く。子どものころ、狂犬病の犬の群れよりまだ怖いと思っていたストリートギャングたちは絶滅したか、少なくとも、ビクトルの視界に入るようなところにはいないように見える。カン・マルカデ公園には近づきたくなかったが、遠目に見てみると、ミランダの塔から続く階段は煌々と街灯に照らされている。かつてのまがまがしさはぐんと薄れ、見知らぬ場所のように見えた。

　約束の時間には少し早く、ファンペが外で待っているということもなかったので、ビクトルは街区三号棟の六階一号室のベルを押した。応答がない。数歩下がって窓を見上げるが、彼の部屋は暗かった。もう一度一連の動き（ベルを鳴らす、待つ、数歩下がって見上げる）を繰り返し、ポケットから携帯電話を取り出した。着信はない。奇妙な感じがしたが、区画を一回りしながら待つことにした。いつも正確すぎるほど時間に正確なのが自慢のファンペが、たまに遅れたとしても文句を言うつもりはない。だが、時間をおいても何も変わらず、電話をしても出ない。今は七時四十五分で、約束の時間は八時だ。少なくとも十五分、時間をつぶして、ぴったりに戻ってこよう。その時間をどこで過ごすべきかの、完璧な答えが突然浮かんだ。

それから数分後、ビクトルはカタルーニャ広場を横切り、ブネスタ通りの左側の歩道を歩いていた。そして、その場所に着いた。今は美容院になっているとファンペから聞かされていなければ、どこが目当ての店なのかわからなかっただろう。おもちゃや教材が軍隊のようにきっちり整列していたショーウィンドーは姿を消し、奇抜なカットスタイルの宣伝ポスターが戦略的に貼りめぐらされた大きな窓ガラスに取って代わられた。小さなころ教科書や筆箱、コンパス、三角定規を買うため列に並んでいたバスケスの文房具屋とは縁もゆかりもなさそうな、明るくきらびやかな空間がガラスの向こうに見えていた。かつての暗い店内を思い出す。陳列棚や引き出し付きの棚が所狭しと並んでいたが、女店主はどこに何があるのかすべてわかっているようだった。そして彼女は、いつも万引きに目を光らせていた。万引きするなど考えもせずに店に入ってきた子どもに対して、却ってけしかけるように向けられたあの厳しい視線。《やってみな、ひどい目に遭わせてやるから》あの目はそう言っていた。それを見るとどんな子どもも、挑戦を受けて立つぞというように血が騒ぎ、《今度後ろを向いたらやってやるからな》と思わず心の中で答えるのだった。

来るんじゃなかった。ビクトルはそうつぶやいたが、もう遅い。やってしまったことは帳消しにできない。どうか早まらず、じっくり考えてから物事を決められるようになりますように。そんなことを考えながら戸口で突っ立っていたのが、どうやら店内の注意を引いてしまったようだ。彫像のように整った顔立ちの少女が近づいてきて、「お待ちしていました」といわんばかりにドアを開いた。

「セールスの人ですか、それともお客さん？　うちの店長は、男性のヘアカットもとても上手ですよ」

首を横に振り、適当に言いつくろって立ち去ろうと思ったが、とっさに言い訳が出てこない。若い女は戸惑った表情で彼を見つめる。そのとき、店の中から声がした。「いいわよ、エベリン。あたしが応対する」

ホアキン・バスケスの妹がどんな顔をしているかなど、考えてみたこともなかった。実際、ファンペに聞くまで、バスケスに妹がいたことさえ知らなかったのだから。だが今は、好奇心が急に頭をもたげてきた。

「どうぞお入りください」少女が言う。「ご遠慮なく。かっこいいスタイルにしてあげますよ」

誘われるまま入店し、このあとどうなるのかわからないまま、サロンの奥へと数歩進んだ。明るい照明のもと、赤い椅子が白い壁と掃除したての格子柄の床に映えている。なぜ掃いたばかりとわかるのかというと、箒が隅に立てかけられていて、そばに髪の詰まった塵取りも見えるからだ。これは言い訳に使えるとビクトルは思った。

「こんな時間だから、きっと閉店間際だね。また今度来るよ」

「いいえ、かまいませんよ」少女が椅子を示す。「わたしはもう帰るけど、店長があっという間に素晴らしいカットをしてくれますから。ミリアム、出てこれる？　今日最後のお客さんを席に案内しておくわ。生贄になる準備はできてるみたいよ、いい？」

ビクトルは抗えなかった。長い爪、彫像のように伸びやかな脚を持ったキューバの少女は、ビクトルを椅子に座らせると、一種の巨大で滑稽なよだれ掛けをかけた。お待ちください、すぐに店長のミリアムが来ますから。

「もう来てますよ」

奥から出てきた彼女を鏡越しに見る。ほっそりした巻き毛の女性だが、後ろ向きなので顔ははっきりわからない。もう店を閉めるところだったのは明らかで、その証拠に今、大急ぎでユニフォームの黒いチュニックを私服の上に羽織ろうとしている。よく見えないが、私服はかなり個性的なアンサンブルのようだ。黒地に白の水玉模様の、ずいぶんレトロなプリント柄がちらっと見えた。

「さて、どのようにしますか？」彼女が訊ねる。

「どうだろう。お任せするよ」

「わかりました」

ミリアムは慣れた手つきでビクトルの髪を指で梳く。細い指の感触がくすぐったい。清潔で快い香りもする。香料の入っていない石鹸のにおいだ。それから彼女はビクトルの顔を見て、分け目を右にしたり左にしたりしている。胸像を値踏みするような目だ。

少女は家に帰り、店内にはふたりだけが残っていた。ミリアムはケースから取り出した安全剃刀をしっかり握って微笑む。

「では、あたしを信用してくれますか？」

「ほかにどうしようもないと思うが」

「まだ大丈夫」剃刀をうなじに当てて動かす前に言う。「始まったら、もう無理よ」

「そう。きみの部下が言ったとおり、ぼくはここにいて、生贄になる覚悟はできている」

「それじゃ、行くわよ！　お客さん、このバリオの人じゃないわね」

ビクトルはうなずこうとしたが、彼女が頭を押さえている。剃刀がすぐ、右のこめかみに触れた。「ああ。友だちと約束していたんだが、早く着きすぎたんだ」

「なるほど。時間は有効活用しなきゃね」

ミリアムはそれから黙々と仕事を続けた。左右のこめかみの長さをそろえるのに集中している。女性に髪を切ってもらうのは久しぶりだと、ビクトルは突然気づく。まして店内にふたりきりだなんて、めったにないことだ。曲名はわからないが、BGMが流れている。ポップで軽い、イージーリスニングの曲だ。ここへやってきた目的とは裏腹に、ビクトルはリラックスしていた。この店がどういう場所で、そばにいる女性が誰なのか、すっかり忘れている。彼女は休まず手を動かし、剃刀をはさみに持ち替えた。

「トップのほうはあまり切らないわ」ミリアムが言う。「ほんのちょっとだけにする」

「任せるよ。今のところ、いい感じだ」

　確かに、こめかみのボリュームを減らしたことで白髪も見えにくくなり、顔がほっそりした。ものの数分で若返ったように見える。

「いい髪ね」とミリアムが請け合う。「コシがあって、量が豊富。ちょっと額の後退が始まりかけてるようでもあるけど……、でも、全然大したことないわ」

「髪は親譲りっていうね。うちの父は七十歳を超えてるが、ふさふさしてるよ」

「そうね」ミリアムはカットの前に頭頂部を湿らせる。「遺伝子で決まるわ」

　数分後、シャンプー台に移った。音楽が止まった。ビクトルは目を閉じ、水音と、シャンプーを泡立てて頭皮をマッサージするプロの指の感覚に意識を集中させた。フレッシュミントの香りがする。頭を空っぽにしながら、何時間でもこうしていられそうだと思う。気持ちよさそうな顔をしていたのだろう、ミリアムはそのあともしばらく、耳の後ろで円を描くようにして、うなじを特に入念にマッサージした。それからまた蛇口を開き、ぬるいというよりちょっと冷たすぎる水で髪をゆすいだ。

「ハーブのオイルを使うわ。ちょっとしたビタミン補給は、遺伝子にも悪くないはずよ」

　ビクトルは少し身じろぎをして姿勢を整え、もう一度マッサージを受ける。だがだんだん、先ほどまでとは逆の効果が生じてきた。今度はリラックスできないのだ。どんな視覚的刺激を受けてもこうはならないほどの、性質の悪い興奮状態が起こりはじめている。若馬のように元気な自分を、ちょっと恥じた。だがそんな気持ちを斟酌してもらえるはずもなく、愛撫するかのようなマッサージが執拗に続く。ハッカのにおいが広がる。もうこうなったらこの甘やかな拷問を受け入れ、いっそしばらく享受するしかない。ミリアムの指が触れているうなじから、欲望が電流のように全身を貫いてつま先に達する。足の指が靴の中で苦悶に折れ曲がる。そんな心の内をミリアムに気取られるのが怖くて、ほとんど目を開けることすらできない。頭の中にパッパッと性愛シーンが矢継ぎ早にひらめき、もはやコントロールできない。そうしているうち、マッサージが突然終わって再び水でゆすがれた。文字通り冷水を浴びせられたわけだが、これがなければ妄想は消えなかったので、助かった。ビクトルはため息をつきながら起き上がる。

「冷たかった？　ごめんなさい。でも、必要な手順なの。血行を促進するのよ」

気にしないで、大丈夫だと言おうとしたが、気持ちが声に表れたらどうしようと思い、ビクトルはうなずくだけにとどめた。ドライヤーも役に立った。ちょっと前まで彼の頭に巣食っていた妄想が熱い空気で溶けて消え、避けようのない散文的な現実だけが残った。

「さ、どうかしら？」

「完璧だ」

「待って、いつも後頭部を見てもらうのを忘れちゃうのよ」

ミリアムは鏡を取り出し、彼のうなじの後ろに構えた。

「ああ、すごくいいね」

「では、十六ユーロいただきます。今回は、マッサージオイルの分はサービスしておくわ」

それは何かの誘いかと、ビクトルは一瞬思った。ミリアムの目の輝きが、そうだと言っているような気がした。彼は純真とは程遠い。ずっと前から情事の味を覚え、楽しんできた。もっとも、ここ数ヵ月はご無沙汰だが。

「サービスしてもらったら、お返ししなくちゃね」

ミリアムが微笑む。

「そうね。ただの親切でサービスはしないわ。またいらしてね」

「でも、ぼくはこの辺の人間じゃない」

ビクトルは財布を出し、二十ユーロ札を取り出した。

「そうだった。友だちに会いに来たんだものね。その人、あなたを待ってるんじゃないの」

ファンペ。忘れていた。もう八時半だが、携帯に着信は入っていない。

「どうやらすっぽかされたようだ」

「あらあら」ミリアムがカウンターにお釣りを置く。

ふたりは見つめ合った。ミリアムが予想しているのは、お茶とか、ちょっとビールを一杯とか、そんな害のない誘いに違いないと、ビクトルは思う。それとも、違うのだろうか？

「あの……」チップとして置いていこうと思っていた小銭を思わずつかみながら、ビクトルが言う。「どうやら友だちは来ないようだし、サービスしてもらった分のお礼をすべきだと思う。よかったら、ちょっと飲みにいかないか？　もちろん、差し支えなければだけど」

22

「心配するなよ、パジョ。ミスターはもうすぐ着くさ」

おそらく安心させようと思ってかけたであろうその言葉が、脅し文句のように今も部屋にこだましている。そんなふうに感じるのは、なぜ突然ミスターと会うことになったのかがわからないせいでもあった。ライも、山荘で料理人として働いていたもうひとりの男も、まったくヒントを与えてくれない。この世界で突然の出来事がいいほうに転がるためしはないことくらい、ファンペも知っている。昼下がりにマンションにやってきた彼らは、そう遠くないところにある倉庫にファンペを連れていった。暗くてがらんとした倉庫の中にいると、外の音はほとんど聞こえない。

かれこれ一時間以上も待っている。正確には七十五分だ。辛抱強いことで定評のあるファンペも、さすがにいらいらしはじめた。訊いても返事が来ないのはわかっているが、何か奇妙なことが起こっているのは確かだ。この状況は、指を二本失うことになったあの仕事の再現のように思える。もっともあのときは、なぜそこにいるのかくらいはわかっていた。今は電話に出ることさえ許してもらえない。人と約束しているから、連絡しなければならないと付け加えてさえもだ。痛みに対する恐怖は、ずいぶん前からあまり感じなくなっている。少なくとも、若いころほどには怖くない。つらいのはこの心もとなさ、緊張して待つ以外、何もすることのないこの時間だ。

天井や壁には水がにじんだ跡があり、奇妙な形を描いている。長いこと見つめていたら、何かの形に見えはじめた。巨大な牙をむく動物、険しい岩山、果ては、邪悪な表情を浮かべた顔にも。唯一の灯りである黄色い電球が、絶えずジーッという音を立てている。その音を聞いていると気力がなえていくようだったが、やがて壁の染み、奥の薄暗いところに積み上げられてここからではほとんど見えない荷物運搬用のパレット、テーブル、椅子と同様に、この風景に溶け込んで気にならなくなった。

ファンペは二脚ある椅子のひとつに座っている。もうひとつはミスターの到着を待つかのように、空っぽのままだ。ライともうひとりの男は立ったまま。もっともライは、ときどきテーブルにもたれかかったり、煙草を吸いに出たりする。ファンペも煙草がほしくてたまらない。あるいはビールか。あるいはその両方か。

「ちょっと一服しに出ていいか？」と訊ねると、料理人の男にだめだと言う隙も与えず、ライがうなずいた。

ドアまで行くと、ライが道を遮るようにファンペの前に立った。その場でファンペは深々と煙草を吸い、すっかり緊張がほぐれたことに気づく。煙草は寿命を縮めるというが、この遅効性の毒ほど心地よくさせてくれるものはほかにないと思う。

「ライ、どうなってるんだ？　これはどういうことだ？」

ライは首を振り、視線をそらした。よくない兆候だ。煙草を吸った甲斐もなく、ファンペは初めて、全身を恐怖が満たしはじめたのを感じる。もちろん誰もそんなことには気づかないだろう。ファンペは冷淡なまでにものに動じない男だと皆に思われている。

「まったくわからないよ。実際、おれだっておまえと同じくらい驚いてるんだよ。ああそうだ、頼まれてた興奮剤、持ってきてやったぞ。医師が処方したものだ」

ファンペは薬を受け取ってポケットに入れる。それから二本目の煙草に火をつけようとしたが、ライに腕を押さえられた。

「彼が来る前にしまっとけ。どうなるにせよ、はじめが肝心だ」

ファンペは椅子に戻る。料理人にこの椅子を投げつけ、ライを殴って逃げ出そうかと一瞬思う。強く殴る必要はない。ライが動きを止めている間に、出口にたどり着ければそれでいい。しばらくの間、そんな実現性の乏しいことを考えて楽しんでいると、ドアが開いてミスターが現れた。いつもながらの軍人のような足取りで部屋の中を進んでくる。地味なコートを着て白いマフラーを巻いていたが、テーブルに着くや否や、首がちくちくするとでもいうように外した。椅子に座ったままのファンペは、うなじに風を感じた。数歩後ろに立つ料理人の息がかかっているのかと思ったが、そうではなく、ドアから空気が流れ込んできているのだ。だがどちらであろうと居心地が悪いのには変わりなく、ファンペは椅子の上で身じろぎした。

「ライに聞いたが、うちの仕事を辞めたいそうだな」

ファンペは安堵に近いものを感じてため息をついた。想定しておくべきだった。遅かれ早かれ、ミスターとその話はしなければならなかったのだ。避けるわけにはいかなかった。

「仕事が決まりそうなんです」ファンペは答える。「それに金も要る。おまけに、おれはこういうことができる年じゃなくなってきたんで」

ミスターはうなずく。

「人はみんな年を取る。いやな話だが、それが現実だ」

「ときどきなら山荘の仕事を手伝えるかもしれません。シフトが入ってなければ。ここ数ヵ月、仕事がずいぶん増えたわけでもありませんし」

「ああ。知っての通り、これは普通の仕事じゃないからな。解雇通知も退職金もないし、転職先への紹介状もない。実際、おれの許可なしに辞めていったやつはいない」

「わかってます」

「それにいつもは、許可なんて出さないんだぞ、ファンペ。それがなぜなのかは、おまえもよく知ってるよな」

彼はうつむいた。ミスターは座らずに、テーブルとファンペが座っている椅子の間に身を置いた。料理人が一歩前へ進み、両手を背もたれに置いた。ファンペは目でライを探したが、見当たらない。最初の一発はどこから来るのだろう。ミスターの平手打ちか、うなじを殴られるか。目を細め、衝撃に備えた。

だが、何も起こらない。

「実を言うと、おまえは特例だ。年をとっておれも丸くなってきてるよ。たぶん、丸くなりすぎてるな」

ミスターは咳き込んだ。あるいは笑ったのかもしれない。あるいは、その両方か。

「ここじゃ、楽に生きてきたやつなんかいない。おれだってそうだ。もうずいぶん昔のことだから、思い出さないこともあるくらいだが。でも忘れるわけじゃない。それとこれとは別物だ。ひどい目に遭った記憶は残り、心をむしばむんだよ、ファンペ。癒えたと思ったら、傷口がまた開く。その繰り返しだ。だからあのホテルの駐車場の警備員の職に、おまえが自発的に応募したのには感心している」

ファンペは驚いて彼を見た。そんなふうに身辺調査されるほど、自分が重要な人物であるとは思っていなかった。

「そうだよ。もしかして、おまえの将来をおれが心配していないとでも思っていたのか？　おまえたちのことをこれっぽっちも気にかけていないと思っているかもしれんが、そうじゃない。おれは長年、おまえやライを信頼してきた……。食い違いがなかったとは言わないよ。人生に失望はつきものだ……。ファンペ、おまえはおれをがっかりさせた。よくわかってるよな」

「これで支払いましたよ」ファンペは右手を挙げる。

「そうだ。それを悔いていないとは思わないでくれ。その指のことは……やりすぎた」

「もう……もう気にしてません」

「おれは気にするよ。確かに以前はもっと厳しかった。やりすぎていた。だが年とともに、人は穏やかになる。だからおまえには、おれのところだろうが別の場所だろうが、もう一度やり直すチャンスが与えられるべきだと思うんだ。しかし、ひとつ条件がある。忠誠心を試す最後のテストだ」

ファンペは何を言い出されても受け入れるつもりでいた。体じゅうが安堵感に満たされて、風船のように膨らんできた気がする。天井まで浮かんで、染みと戯れることだってできそうだ。

「忠誠というのがどういうものかわかってるよな、ファンペ。〝名誉〟や〝男らしさ〟と同じく、もう廃れた言葉だ。忠誠。信条、人、祖国との精神的な結びつき。すべて忘れ去られた。この国はオカマだらけになっちまったが、ケツでやるやつのことをどうこう言う気はない。好みは人それぞれだからな。おれが言ってるのは、名誉も真の男らしさも持たないやつら、ペントハウスを賄賂にもらって買収されたり、メギツネに丸め込まれてペニスの代わりに魔法の杖を持ってると勘違いするような軟弱者のことだ。節操のない間抜け、この世で大事なものは金とセックスだけと思っていて、自分の気まぐれだけに忠実な、甘ったれたのろま。このクソみたいな国はそんなやつらであふれていて、中でも最悪のやつらは、罰せられるどころか、最高権力を得られる地位までのし上がれるんだ。刷新派と言われる政治家志願に買収される政治家。ふん！ ここには何かを刷新できるやつなどひとりもいやしない。なにせ汚職ほどはびこりやすい害悪はないからな。がむしゃらに自分自身を守ろうとする、脂ぎってて利己的な巨大ネットワーク。そこに飛び込まなければ死ぬしかない。従わなければ押しつぶされる。自分を曲げなければ、誰にも買ってもらえないんだよ」

ファンペは話についていこうとした。ミスターがあげつらっていることが、自分や自分の新しい仕事、さっきまでの会話、相変わらず周囲に感じる威嚇的な雰囲気と何の関係があるのか、理解しようとしていた。

「忠誠だよ、ファンペ。忠誠。今どきはなかなかお目に掛かれない忠誠ってやつを、我々は求めつづけている。おまえはライと同じで、ずっと忠実だったし、恩義を忘れずやってきた。あのクソ医者を殺して放り込まれてた刑務所から救い出してやったことを、決して忘れたことはないよな。おれたちはおまえを助けてやり、おまえは自分にできる範囲でその行為に報いてきた。おれの期待に背いたのは恐怖からで、裏切ろうとしたわけじゃない。それをおれは、高く評価してるんだ。とりわけ今……信頼できる人間がほとんどいなくなった今ではな。おまえのことは、信じていいか？」

ファンペは無言でうなずく。ミスターは首が痛むとでもいうようになでさすってから、彼のほうへゆっくり近づいてきた。

「この間の、山荘での週末を覚えてるか？　あの死んだ男と、そのときのこと全部を？　おまえも、ほかの誰も知らないことがある。あの男は死ぬべきだった。そして、とうとう逮捕できなかった殺人者たちから、おれが学んだ法則がある。多くの証人の目の前で、誰にも気づかれずに成し遂げられる犯罪ほど、よくできた犯罪はないということだ」

「あれは犯罪だったと？」

「詳しくは言えない。彼は誰にも疑われずに死ぬべきだったし、実際死んだ。そして偶然居合わせた医者が死亡証明書にサインした。哀れなジュゼップ・マリアは心筋梗塞で死去したんだ。死んだときの状況を公にして、彼の名声を汚辱にまみれさせる必要がどこにある？　それにそんなことをすれば、オプス・デイ所属の評判のいい医者まで、汚辱にまみれることになるんだぞ。そんなのはだめだ。明らかに、すべてがうまくいったんだ。五十を過ぎた男が心臓麻痺を起こすことに何の不思議もない。誰も疑ってなかったんだ、それまでは……。

恩知らずに裏切られるまではな。あの娼婦、名は何といった？　ベロニカか？」

「バレリア」部屋の奥からライの声がした。

「ライ、どこにいるんだ？　こっちに来いよ」ミスターはライが近くに来るのを待ってから、話を再開した。「そうだ、バレリアだ。遺族から追加のお手当てが受け取れると思うなんて、とんだ恥知らずだ。あさましい話だよ、ほんとに。あの女がひとりでやったことではないにしてもな、そうだろ、ライ？」

言うが早いか、ミスターはライの股間に膝を強く打ち付ける。あまりの衝撃に、ライは体を二つ折りにして床に倒れた。

「おれはな、手下に裏切られたとわかったときほどつらいときはないんだよ。しかもそんじょそこらのやつじゃない、まるで甥っ子みたいにかわいがってきたやつにな。ろくでもねえ、この、忌々しい、ジプシー、め」

ミスターは単語をひとこと発するたびに一発、合計五発の蹴りをライのみぞおちに入れた。正確には腹部に四発、最後の一発は口を目がけて。

蹴り終えるとミスターは深呼吸した。ファンペが気づいたときには、料理人の腕が首に巻き付いていた。椅子が後ろに傾き、黄色い電球をまともに見たので目がくらむ。

「おまえを呼んだのはな、まったく関係ないと思いたいからなんだ。そうだろ、ファンペ？　あの晩、あの女を送っていったとき、あいつは何も言わなかったよな」

ファンペは答えようとしたが、頭しか動かせない。

「放してやれ。本音をいえば、おれはそう信じている。ファンペはおれが生涯に出会った中でも数少ない、信頼できる男だ。もちろん、女の濡れたあそこにのぼせ上がるようなやつじゃない」

ミスターは倒れたままのライに手を差し伸べた。ライも腕を伸ばしたが、力が入らなかった。

「おれが気づかないとでも思ったのか？　死んだ男の話をプレスに持ち込むと脅して、遺族に金をたかるかもしれないってことを？　実際にあそこで何が起きたのか、おまえらが知らないってことはもうわかってるが、それは弁解にならない。いいな？　これまで静かに悲しみと向き合っていた家族が、南米から来たおまえのガールフレンドが撮った写真を見て自問しはじめた。問いかけは疑いを生む。そして疑いが生じるってことは、厄介な事態を意味するんだ」

ライがもごもごと口を動かした。ミスターはライの髪をつかんで床に頭を叩きつけた。ファンペは当惑して唾を飲み込み、目をそむけた。ライが苦しむ姿を見たくない、痛めつけられるのを見たくない。

「おまえのことは信頼してたよ、ライ」ミスターは裏切られた老人にふさわしい、哀れっぽい声を出した。「ファンペ、おまえもそのことは知ってるよな。さあ、教えてくれ。おれは誰を信じたらいいんだ？　おれは他人を信じていいのか？　おれにそれだけの価値はあるのか？　それに値するのか？」

倒れたままのライは半ば意識を失いながらも、どうにか数センチ、這うようにして動いた。口の周り全体が赤く染まり、ニッと笑ったピエロの唇のように見える。

「最悪なのは、ライ、おまえを生かしておけないことだ。あまりに危険だ。おまえも、あの娼婦もな」

ミスターが指で合図すると、料理人がとどめをさした。消音ピストルが発射され、ライは永久に動きを止めた。それはほとんど哀れみの行為、恩寵の銃弾であるかに思えた。だがもちろん、そんなことはない。文字通りの処刑であり、ファンペはじっと見つめながら、憎むため、あるいは生き残るために、あらん限りの力を集めようとしていた。ミスターは十五秒もの間目を閉じていた。おそらくその間、今殺したばかりの男に感じていた愛情をすべて飲み込み、自分の中で消化していたのだろう。そして消化しきれなかったものを、長いため息にして吐き出した。だが話し出すには、それからもうしばらくかかった。ようやく口を開いたときには、声はいつもの調子に戻っていた。

「さてファンペ、おまえの話に戻ろうか。仕事、忠誠心のテスト、将来のことについて……」

「おれは何をするんですか？」ゆっくりと声を絞り出す。怯えた声が出た。

ミスターはファンペの肩を抱き、死体から離して、倉庫の隅へ連れて行った。

「まず、おまえには選択肢があるとわかっておいてほしい。おれの頼んだ仕事を終えれば、ホテルの仕事についてもいいし、おれのところに残ってもいい。その場合、これまでと立場は変わる。近くにいてくれる人間が必要なんだ、おれのために心を砕いてくれるやつがな。ライを当てにできると思っていたんだが、見ての通り……。どちらを選ぶにせよ、決めるのはおまえだ」

「おれは何をするんですか？」ファンペは繰り返す。

ミスターは深く息を吸い込んだ。

「ライとあのメギツネは、ゆすりをやってうまくいった。遺族は怯え、反論どころか何も言わずにすぐ支払った。問題は、写真を取り返した途端、死んだ男の息子がおれのところにやってきたことだ。金は重要じゃない、ただ父が死んだときの詳しい状況を知りたいんだと言ってきた。まさにおれが避けたかった話題だ。幸い、このままそっとしておいたほうがいいと話すと納得してくれた。だがそのあとで、留守番電話の録音を聞かされた。ライの声が残ってたんだ。もう乗り越えたとはいうものの、あのときは心底がっかりしたよ。あとは、バレリアを見つけ出さなければ……。あいつはどうやら、金を手にするとすぐにウルグアイ行きの飛行機に乗り込んで、息子に会いに行っちまったらしい。チケットは往復で、四月下旬に帰ってくる」

ミスターが再び指をパチッと鳴らすと、料理人が影のように現れた。手にしている携帯電話は血で汚れている。

「ライが女に送った最後のメッセージだ」

坊やによろしく。落ち着いてくれ。死んだ男の息子がミスターに会いに来たからしばらく帰らないほうがいい、念のため、おれに電話したり連絡してきたりするな、数週間でうまくいけばメルするから予定通り帰てこい、キスを、おまえのライより

「彼女を探しに行けと？」

「そう考えてたが、それには及ばない。警戒させないほうがいい。逃げるかもしれないし、あの写真はこれまで受け取った額よりもっと価値があると思いはじめるかもしれない。そう……。あの女にとってはもう終わった仕事で、うまくいった。だからあらかじめ立てた計画に従うのが一番いい。二ヵ月もすればライがメールして、女は帰ってくる。おまえはそれまで待つ。今度は期待を裏切るなよ、ファンペ。そのときが来れば女を殺せ、そうすればおまえは自由の身だ」

ファンペはふたりが出ていくのを見た。ミスターと料理人を。料理人は終始口を開かず、

ライの死体を車に積んで去った。小僧の笑い声が聞こえる。雨漏りの染みに溶け込んだかのように、天井からいつものからかうような笑みを浮かべてこちらを見ている。嘆くなよ。おまえはあの日、あの女を殺したかったんだろ。だけどそうしなかった。ようやくいい口実ができたってわけだ。

23

それもいいと思った。そう、その客と一杯飲みに行くか、少なくとも、もう少し一緒に過ごすのもいいと思って承諾した。そうすれば、新年に立てた目標のひとつを達成できるかもしれない。目標のひとつというより、目標はひとつ、たったひとつというべきか。永久にロベールを忘れること。正直な気持ちをいえば、ミリアムはこの間、彼との記憶に激しい夜がもうひとつ加わってからというもの、これからもあまり変わらず続いていくんだろうなと思っていた。とはいえ、クリスマスや大晦日(おおみそか)にもおめでとうのメールすら来ないことに、心が痛まなかったといえば嘘になる。たとえサンタクロース帽やフラメンコダンサーのイラストが満載されたDMの転送でもいいから、ほしかった。だが同時に、矛盾しているようだが、彼女自身が元日になってもかたくなに、ロベールに連絡せずにいた。ずいぶん前からミリアムは、新年に関することすべてが嫌いだ。新年といっても、終わったばかりの年と奇妙なほどそっくりじゃないか。そんなことを思い、肘掛け椅子でこっくりこっくりしている父親を見ながら孤独と退屈をかみしめていた元日の午後、急にためらいを乗り越えようという気持ちがわいてきた。つまるところ、彼とは友だちなのだ。友だちに新年の挨拶をするだけ、そうでしょ？ そう言い訳してメッセージを送った。感情を抑えたありきたりの文面のなかに、SOSを隠して。すると驚いたことに、返事はすぐに返ってきた。「よお、新年おめでとう。ちょっとうちに来てエッチしないか？」

最悪なことに、彼女自身もそれを望んでいた。同時に、そんなこと望みたくないと望んでもいた。彼女の中で、これまで積み重ねてきたプライドと誰かそばにいてほしいという純粋な欲求が、絶妙のバランスでセットになっている。小さくいびきをかく父、前の晩にすでに飽きてしまった新年パーティの模様を何度も放送するテレビ、金色のプラスチック製の皿に載った残り物のトゥロン（スペインで食べるクリスマス用の菓子）、見ているだけで気がめいりそうな、ぽつんと置かれたカヴァのグラス。いいじゃない。悲しみの毛布をはぎ取り、つかの間のセックスに飛び込んでみればいいじゃない。

そう思うそばから、同じくらい強く、やめておこうという気持ちがわいてくる。あの汚い部屋の乱れたベッドで、二日酔いのロベールと交わる自分を想像してみる。きっとろくなことにならないだろう。いやそれどころじゃない、すごくあさましい年明けになりそうな予感さえする。なんてこと、今年はこれまでと違う年にしなければいけないのに。あんたはもう三十八なのよ、ミリアム。もうクラスの女の子といちゃつく年になった息子と、あんたが誰なのか忘れそうになってる父親。あんたには、もっといいものがふさわしい。

回想から覚めたミリアムは、改めて今、目の前にいる男を見た。

彼はたぶん〝もっといいもの〟ではないのだろう。どういうわけか突然おずおずとした態度になり、黙り込む姿からは、この先の楽しい展開は期待できない。だけど間違いなく魅力的だ。ふたりが座っているのは美容院の真向かいにある店。ミリアムが、仕事中にほっと息をつくためにいつもカフェ・コン・レチェ（スペイン風カフェオレ）を注文するバルだ。だがこの店に来てからは、髪を切っている間に急激に芽生えた心のつながりが消え失せ、ビールが減っていくに従い会話がしぼんでいった。ろくでなしの酔っ払いが延々と愚痴をこぼすかのような、サビーナのしゃがれた歌声が店内に響いている。

「すまない」彼が言う。「この時間は疲れてるんじゃないか」

「正直に言えば、今日はそれほどでも。うちみたいな店は、一月は売り上げが悪いのよ」

「例の、クリスマス後の金欠のせいで？」

「永久に続く金欠と言っておくわ」

エレベーターの中で交わすような意味のない会話には、ミリアムはまったく興味がない。だからそっと時計を見て、ビールをグイッと飲んだ。この男、ビクトルはかなりハンサムだ。それは否定できない。だけど恐ろしいほどつまらない。つまらないのか、それとも気にかかることでもあるのか……。もしかしたら自分自身と世間への警告のように指にはまっている、結婚指輪を気にかけているのかもしれない。

「ねえ、もう行かなきゃ」ミリアムが言った。「あたしの務めはまだ終わっていないのよ」

「家族のこと？」

「息子と父親が家で待ってるの。あたしの父よ」と言い添える。「息子の父親じゃなくて」

「ぼくにも娘がいる。クロエといって、手に負えない十八歳だ」

「うちはイアーゴ。十五にしてはかなりちゃんとしてる」

「それはいいね！　でも、油断は禁物だ。思春期ってやつは急に始まって、子どもはすっかりばかになる」

「でも、そうじゃなかった人間なんている？　あたしたち大人は、昔の自分を忘れて彼らを判断しがちだと思う」

「ぼくは模範的な子どもだったよ」ビクトルは微笑みながら言った。「正直いって、うちの娘は昔のぼくよりずっとヒステリックだ」

「あたしの場合は逆ね。うちの親、どれだけあたしに我慢してくれたんだろう！　だけど女は、常に何かに反抗しているからね」

「へえ？　きみは何に反抗したの？」

帰ろうと思っていたミリアムだが、緑の瞳に引き留められた。ビクトルの瞳は、がぜん興味がわいてきたというように輝きを取り戻し、会話は再び個人的な方向に進みはじめた。

「長い話だけど、要するに、あたしは悲しみに反抗してきたんだと思う」

「ああ。悲しみの持つ静けさに……」

「息が詰まるようだった。長い間水に潜ってて、水面に飛び出すように」

「空気を求めて」

「空気、パーティ、それから……すべて。すべてを求めてた」

「楽しかった？」

「思ってたほどは。でも、今やってる気晴らしよりは楽しかった。あなたは？」

ビクトルはビールを飲んでから答える。

「ずいぶん前から、本当の意味で楽しんだことはないように思う」

「まさか、退屈してる既婚者の哀れっぽい話を聞かせるつもりじゃないでしょうね？」

「そんなことしないよ。約束する」

「信用するには、ビールのお替りが必要だわ」

「帰るんじゃなかったのかい？」

「あと十五分ならいいわ」

「じゃあ、頑張ってもっと延ばさなきゃ」

「『千夜一夜物語』のシェヘラザード王妃のようにね」

「それじゃ男女が逆だろ?」

ミリアムは微笑む。

「物語は年とともに変わるのよ。さあ、ビールを注文して、あなたの人生について話してちょうだい」

「仰せの通りに、王妃様。でも、ビールの代わりに夕食に行かないか」

「現代は奴隷もずいぶん変わったものね。調子に乗りすぎよ」

「話題を方向転換させたのはきみだよ」

「夕食だけ?」

「奴隷に二言はない」

「王妃はちょっと家に寄らなきゃいけないの。国家の問題よ」

「いいと思う。ぼくは自分の役目を果たすよ。お待ちします」

ミリアムは立ち上がり、ジャケットを着た。

「家はこの近くなの。すぐ戻るわ」

「ごゆっくり」

バルに入ってからはそれまで指一本触れなかったのに、ミリアムは出ていくときに思わず、ビクトルの肩にそっと手を置いた。BGMのサビーナは、孤独を分かち合った五百回の夜をすすり泣くようにうたい上げている。なじみのボーイがミリアムに目くばせした。戸口に立って振り返ると、ビクトルがビールのお替りを頼むのが見えた。思いがけないことの成り行きに、心地よい恐れ、目がくらむような不安感を覚える。不意にサビーナの別の歌を思い出した。『誰がおれから四月を奪った』という曲だった。もしビクトルのような人が一月の残りの日々を奪いに来たら、あまり抵抗せずに差し出すわと、ミリアムはつぶやいた。

24

生まれてからずっと、イアーゴは家族の秘密のことをそれほど気にしたことはなかった。家族が少ないことも昔から自然に受け止めていたし、自分の出生に関する重大問題でさえ、それほど深刻に考えたことはない。何年か前、まだ小さかったころは、どうしてパパがいないのと訊ねてみることもあったが、返ってくる答えが曖昧だったり期待外れだったりしたものだから、だんだん質問しなくなっていった。実際、イアーゴは父親がどんな人かと空想にふけることもなければ、父がまるでスーパーヒーローになったかのような物語を作り上げることもなかった。七つか八つのとき、自分の人生に父というピースは永遠に欠けたままなのだということを受け入れてからは、寂しいと思うこともなくなった。時代が違えば父の不在はもっと目立ったのだろうが、二十一世紀の今、母と祖父だけの家族を自然に受け止めるのにさほど苦労はいらない。それに以前は祖母もいた。あまりに早く亡くなったため、はっきりとは覚えていないが、ドーナツのにおい、子守唄をうたう声など、思い出のかけらがふっと頭をよぎることがときどきある。

だけど年末からのここ数週間、イアーゴは家族の過去について好奇心を抱くようになってきた。いや、好奇心を抱くというよりはむしろ、これまで知らされていなかったたくさんのことを、自分には知る権利があると思うようになった。たとえば母の兄のホアキンは、同じ学校の生徒に殺されたという。近ごろはときどき、写真で見たあの少年のことを考えていた。どちらかというと太っていて、真面目くさった顔つきのあの子どもが、学校の出口で待ち伏せされて、力任せに殴られる様子を想像した。きっと何ヵ月もの間、耐えがたい生活を送っていたのだろう。かわいそうに、今でいういじめの被害者だったんじゃないだろうか。この話を十五になるまで知らなかったのが不思議だった。もっと深く知りたい、詳しく調べたいと思うが、祖父にこの話題を持ち出す勇気はなかったし、母はあまり知らないとはっきり言っていた。答えを得る手段がない。インターネットで検索したところで役にも立たないことがわかっただけだし、つまるところ、この件については誰にも頼れそうになかった。

いろんな疑問を抱えたままでは落ち着かない。だから今日は、普段ならとても思いつかないことをやってみようと決めた。疑問を一度に解決できるわけではないだろう。だけど答えを見つけ出そうとすることならできる。母がさっき帰ってきて、今日は昔の友だちと夕食に行くと告げ、また出ていった。祖父は午後のニュースを見ているうちに、肘掛け椅子で眠ってしまった。普段なら祖父を起こしてベッドで眠りなよと言うところだが、今夜はもう少しそこで寝ていてもらうことにする。

祖父の寝室になっているのは、元々イアーゴがゲームをするのに使っていた部屋だ。ゲーム部屋でなくなったあとは、広げっぱなしのアイロン台が我が物顔で鎮座していた。今も家具はあまり多くない。ベッドのほかには小さな洋服ダンスとチェスト、ナイトテーブルがあるだけだ。越してきた当初、祖父があまりに不平を言うので、部屋を交換してあげてと母に頼まれるほどだった。イアーゴの部屋のほうが広かったからだ。だが数週間すると祖父は抗議しなくなり、誰もこの話題を蒸し返さなくなった。その部屋で、イアーゴはホアキンの写真を見つけた。冬になると祖父がずっと着ている、起毛肌着の下に隠されていた。そして今、祖父がダイニングのテレビの前でうとうとしたり、ニュースを見ているふりをしたりしている間に、そして母がまだ美容院にいる間に、また入ることにした。あの写真があったのだから、ほかの写真もあるかもしれない。その中に何を見つけようとしているのか自分でもよくわかっていないが、何かもう少し詳しいことがわかるはずだ。それがどれほどちっぽけなことでも、今の何もない状態よりはましに違いない。

老人の服は洋服ダンスにきちんと整理されて入っていた。下の段の箱の中には靴が収まっている。スウェットシャツがもつれて絡まっていて、触るのもはばかられるようなイアーゴのタンスとは大違いだ。次にチェストを見たが、ここはほとんど空だった。人生の終わりに、人は本当に大事なものだけを携える。祖父の場合はそれが実用的な物に絞られるのかとなんとなく思った。ほとんど空の引き出しが、却って彼の愛着の対象を示しているような気がする。暇な時間にやっていたワードゲームのノートブックがほんの数冊、入っていた。昔のものは最後までパズルを解き終えているのに対して、最近のものは手も付けられていない。あるページでは、《utensilios de cocina》（台所用具）という言葉を探そうとしたようだが、十八文字の中で四文字しか見つかっていなかった。

部屋の中を探していると悲しくなってきた。それに、こんなことをする権利はないんじゃないかという気がずっとしている。もしこれが逆の立場で、誰か大人が自分のものを掻き回しているのを見つけたら、腹が立つに決まっている。ふたつの感情がせめぎ合い、もうやめようとノートを引き出しに戻した時、それまで見たことのなかった何かに手が触れた。写真の入った封筒だ。イアーゴはベッドに座って中身を見たが、写真より、写真に貼られた黄色い付箋に強い印象を受けた。

《妻サルード。死去。わたしは彼女を愛していた》そう書かれた付箋が、若い女性の顔の一部にかかっている。女性はにこりともせずカメラを見つめていた。別の付箋には《サルードとわたし、我々の結婚式で》とある。《娘ミリアム。今は彼女と同居している。とても愛している》、《長男ホアキン。死去》。イアーゴの写真も、小さなときから最近のものまであった。《孫イアーゴ。素晴らしい少年だ》、《孫イアーゴ、ミリアムの息子》。自分の記憶力が抗いようのない敵に変化してしまったことを自覚した祖父が、頭がはっきりしているときを利用して、思い出をとどめておこう、忘れたくない人々を確認できるようにしておこうとして書いたものだろう。画像よりメモのほうを注目しながら次々写真をめくっていくと、やがて付箋を貼っていないものが数葉出てきた。イアーゴは注意深く写真を見る。赤ん坊のころの母を写したものがある。クリスマスのイベントで東方の三博士の膝に乗った写真もあれば、休日用の晴れ着姿の若い祖父母と一緒に写っているものもある。そばには大きな手をした太った少年がいる。そして最後の一枚は、ほかの写真より大きくて分厚かった。外枠に説明がじかに書きこまれている。《一九七八ー一九七九年度。A・スアレス先生とEGB七年の生徒たち》

A・スアレス、とイアーゴは考え、突然、その名前が真実への窓を開いてくれることに気づいた。写真には不機嫌そうに顔をこわばらせたホアキンが写っている。ほかの生徒より二十センチほども背が高く、彼らより年上なのは明らかだ。ほかの子どもの顔を眺めて、この中にホアキンを殺した少年がいるに違いないとつぶやく。半ズボンとチェックのジャンパースカートの幼年時代に永久に閉じ込められた少年少女たちは皆、潔白そうに見えるが、伯父を殺した若き犯罪者はこんな顔のはずがない。そして、どうしてなのかはわからないが、誰が犯人なのか自分には知る権利がある、それを調べる手段も持っているという気がしている。とにかく今は、スアレス校長が退職する前に話をしなければならない。そして、三十八年前に何があったのか調べるんだ。

25

ショーウィンドーには、赤く目立つ文字で大安売りを告げる大きなポスターが貼られている。人々はぐったりした子どももとぱんぱんに膨らんだ袋を抱えて歩く。正確には、買い物は楽しみというより、もっと下位の欲望を満たす作業といったほうがいい。いったん満足すると、魅力的ではなくなってしまう。だから大人たちは、素晴らしい掘り出し物を見つけてこの疲労困憊に意味を見出すという使命を帯びてでもいるかのごとく、群れを成してショッピングモール「スプラウ」に押し寄せ、エスカレーターに整然と乗り込み行軍していくのだ。もちろん、スプラウには若い買い物客も多い。中でもスポーツシューズのメガショップ「フット・ロッカー」はまるで学園祭さながらだ。店員たちは深呼吸し、持久走のようなクリスマスシーズンを終えたあとの、バーゲン期間の最後の週末を乗り切ろうとしている。永遠に続くシフト、日曜出勤、疲弊した心、ズンズン鳴り響く音楽に負けじと、ほとんど叫ぶように声を張り上げなければならない接客。

特売、安売り、さらに安売り。黒いマーカーで取り消し線を入れた価格。体が悲鳴を上げない限り、永遠に尽きそうにもない在庫品がなくなるまで、売って売って売りまくる。

顧客たちはレジの前に長い列をつくる。映画のチケットさえインターネットで買える現在、このような行列はすでに過去のものだ。だが、ここではそんなことは関係ない。買い物衝動に突き動かされてやってきて、へとへとになりながらも超然とした顔つきで並びつづける人々がそこにいる。買い物を終えた客たちは、また同じくらい並んで「ラ・スレニャ」のテラス席に座り、バーゲンで浮いたお金でミニサイズのボカディージョを食べる。こうしてクルナリャー・ダ・リュブラガートの人々は、欲求不満から解放してくれる世俗の典礼に一日を費やすのだ。

その日、アレナとララも人の群れにつらなりスプラウに飲み込まれていった。クリスマスプレゼントに使ったお小遣いの残りを注ぎ込むつもりだ。「ベルシュカ」や「ストラディバリウス」を見て回り、「デシグアル」ものぞいて、バーゲン価格で買えそうなものがないか探そうと言い合っていた。だけどワゴンセールの中から気に入ったものを選ぶのは一苦労だし、試着室にたどり着くだけでも大変な忍耐力を要するので、ふたりの計画は最初に入った店でつまずいてしまった。おまけにアレナがその店で選んだ服は最新コレクションで、値引きになっていない。ララは何枚か試着してみたが、どれも気に入らない。店内の喧噪にうんざりして、レジ前の長い列をぞっとした様子で見つめているアレナをしり目に、ララは入り口まで引き上げた。アレナは選んだブルゾンを片手に持ち、じっくり見直したが、やがてため息をつき、不要な服の置き場に向かった。カウンターの右側に、売り場から持ち出したものの買わないと決めた商品をみんなが置いていく場所があり、服の山が今にも崩れそうになっている。アレナがカウンターの前に立ったそのとき、店員が少女たちを掻き分けて進んできて、二番目のレジを開けた。途端に列がふたつに分かれ、アレナの後ろに少女たちが並ぶ。みんな、待ち時間が大幅に減ってうれしそうだ。自分が列の先頭になる形になって、どうしようと、アレナはララのほうを振り返った。ララは入り口から、早く、と促すようにアレナを見る。

「お姫様だね！　ポーランドの人は行列の並び方も知らないの？」

サライ・ロサーノだ。もうひとつの列の先頭で、お金を支払うところだった。アレナは彼女が同じ店にいたことさえ気づいていなかったが、声を聞いたとたんに服を置き、行列から抜けて店を出ようとした。

「あんたに話してるのよ、金髪女」

アレナは答えない。相手にしないでおこうとしたがうまくいかず、顔を赤くしながら、とにかく買い物を済ませようと思い直した。後ろに並んでいる子たちが何も言わないのだから、サライにとがめられる理由などない。

「なんてずうずうしいんだろ」財布からお金を出しつつ、サライが続ける。「学校と一緒。あとからやってきたくせに、顔がかわいいもんだから、前へ行けると思い込んでる」

女店員はいささかいには取り合わず、アレナに向かって指を鳴らす。アレナは店員にブルゾ

ンを渡し、ジーンズのポケットからしわくちゃになったお札を数枚取り出す。気が昂ってい
てお札が落ち、拾おうとして身をかがめた。後ろに並んでいる客がさすがに、いらいらしは
じめた。
「おまけに、どんくさい。きっとさすがの恥知らずも、動揺してるのね」サライは大声で、
誰にともなく話しつづけている。ひとりで買い物に来ているからだ。アレナはもう、それ以
上相手にしないでいることができず、サライを直接見ながら言った。
「サライ、よく飽きないわね、そんなに……」
「そんなに、何？」
「そんなに下品なことばかり言って」
アレナはあくまで冷ややかに、嫌悪に近い感情を込めて答える。その声が、中身以上に侮
蔑的な響きを言葉に与えた。ふたりの女店員はカウンターの向こうから成り行きを見つめな
がらも、機械的に手を動かしている。防犯タグを外して金を受け取り、レジに入金しつつ、
アレナたちの様子に注意を払っている。列の後ろから声がした。「ねえ、あんたたち、喧嘩
は外でやんなよ、わかった？」誰も聴かないBGMが流れつづけている。
サライはバッグをつかみ、かんかんに怒って店を出ていく。途中でララの横を通ったが、
まるで見えていないようだ。アレナはサライが視界から消えるまで少し待ってから、店を出
た。

「気にしちゃだめだよ」ララが言う。「ばかなんだから」

アレナは返事をしない。サライのところに行って釈明したいという衝動に駆られている。割り込むつもりなどなかったし、侮辱したくもなかった。喧嘩はやめて、仲良くしようと言いたかった。だが振り返ると、そこにサライがいた。ノエリアともうひとり、知らない女の子を連れているのを見て、その気持ちも消えた。

「金髪女、さっきあたしのこと何て言った?」

「サライ、お願いだから」

「あたしのいとこに何て言ったの?」見知らぬ少女が口をはさむ。

「わたしたちふたりだけで、どこかで話せない? ここじゃもう、騒ぎを起こしてるも同然だわ。そうでしょ?」

アレナはララにバッグを渡し、通路の反対側を指さした。そこにはトイレがある。

「あんたは人前であたしを侮辱したのよ。いまさら、何をばかなこと言ってんの」

サライの声は震えている。ほかの、どんなにひどくて聞くに堪えないののしり言葉を使ったとしても、サライはこれほどの反応を示さなかっただろう。下品さはサライのアキレス腱。自分自身いやでたまらないのに、どうしてもさらけ出してしまう欠点だった。アレナは一呼吸おいて答えた。

「ごめん。ほんとにごめん。わたしはあなたを侮辱すべきじゃなかった。でも、あなたもわたしをからかうべきじゃなかった。これで終わりにしない？」

　その大人びた、落ち着いた口調が、余計にサライをいらいらさせた。アレナの言葉など聞いていなかった。ただ、相手に物わかりの良い話し方をされると、自分がより子どもっぽく、より下品に思えてしまうのだ。

「あんた、誰をおちょくってるのかわかってないのね。全然わかってない」

「サライ、もういいよ」ララが割って入った。「アレナは謝ったでしょ」

「だまれ」

　サライが近寄ってきたので、アレナは恐怖を感じた。理屈ではない、物理的な怖さだ。敵はそれを感じ取って勢いづく。店で出会ってから、初めてサライは笑みを浮かべた。

「ふたりで話したいって言ったよね？　じゃ、行こ！」

「もう何も言うことは……」

「行こうって言ったの」

　ふたりは通路の端の、全面ガラス張りの窓のほうへ歩いて行った。そこから通りが見える。アレナは目でララを探し、高揚した表情を浮かべていることに気づいた。何かが起きると直感する。話し合おうという提案も、もはや何の意味も持たないとわかった。後ろから押されて、金属の手すりに押し付けられる。

「お姫様は、びんたを食らったことなんてないよね。その金髪をつかまれたことも……」

殴られた。サライはアレナの髪に手を伸ばす。アレナはかわしたが、再度の攻撃は避けられず、肩を
ちょうど通りがかったふたりの女性が、騒ぎに巻き込まれまいとして足を速めた。

「お嬢ちゃんたち、どうしたんだ？」

警備員がやってきて声をかける。それを聞いてアレナは冷静になった。味方になってくれる大人がいる。このばかげた騒ぎを止められる人がいる。

「おじさんには関係ないわ」サライが言う。「そうでしょ、金髪女？」

「それなら、喧嘩は外でやってくれ。こんなところで大声張り上げて言い争うなんて、恥ずかしくないのか？」

保安要員というより優しいおじいちゃんというイメージの、その年配の男は言った。

「さあ、早く行きなさい」

「ほんとのところ、もう喧嘩は終わってたの。少なくとも今日のところは」サライはそう言ってアレナを見た。「また今度にしましょ、お姫様。そのときは、これじゃすまないわよ」

サライは満足そうに微笑む。学校で生き残りたいなら、今日のところは勝敗つかずということにしなければいけないと気づいているが、心の弱さがそれを妨げる。サライはひとつ言い当てた。アレナはこれまで身体的な攻撃を受けたことはない。故意に与えられる体の痛みを、アレナは知らない。だからほかの何よりずっと怖い。サライは警備員と一緒に行ってし

まった。背筋をぴんと伸ばし、颯爽と歩いていく。その瞬間のサライは、子どもが描く太陽のような、目に痛いほどまっ黄色の光に包まれたように見えた。

ララはおずおずとアレナに近寄った。アレナはもうこらえきれず、わっと泣き出す。今起きたこともそうだが、何より、これから起こるであろう出来事を予感して泣きじゃくった。

だけどその日、自尊心以外にも失ったものがある。携帯電話だ。そのことに気づいたのは、新しいブルゾンとねじれた不快感を抱えて家に帰り着いてからだった。探しても、どこからも出てこない。言いようのない漠然とした危険が迫っている予感が、敵対者の影のようにアレナの心にべったりと張りついた。

26

いれたてのコーヒーの香りがキッチンを満たす。日曜日はコーヒーがおいしい。ミリアムはなぜかいつも、そうつぶやいてしまう。平日の朝のコーヒーは頭と体を始動させるためになくてはならない煎じ薬のようなものだが、だらだらと時間をかけて朝食をとりながら飲むと、静けさと自由の味がする。トースト、バター、はちみつ。平穏で優しい静寂の中、パジャマ姿でのんびりと味わう甘い芳香。少なくとも十一時まで、イアーゴが起きてくる心配はない。父はそそくさとコーヒーを飲んだ後、二度寝してしまった。いつもミリアムより早起きだが、ときどきこういうことがある。

おいしいものをたくさん広げたキッチンテーブルの前に腰掛け、足りないものは何もないことを確認して、ミリアムは微笑む。ひとりきりの平和を楽しむには完璧な時間だ。朝の孤独は、午後のそれと似ても似つかぬ感じがするのはなぜだろう。廊下のガラスドアから遠慮がちに入ってくる光を受けながら、そんなことをふと思う。午後にひとりでいると気だるくて、気持ちが落ち込んで暗くなり、いろんなことを突き詰めて考えてしまう。でもきっと、今日は違う。そう思うそばから、もうそのことにあまりこだわっていたくないなと考える。

先日、夕食を共にしたあと、ビクトルはミリアムを家まで送ってきた。そして別れ際、日曜日に会えないかとほのめかした。ワインを飲みながら心地よい会話を交わしたあとなら誰でも言いそうな言葉で、ちゃんと約束を交わしたわけではない。ふたりは十分大人なのだから、次に会う約束が何を意味するのかわかりすぎるほどわかっていた。物語がどう転がるかはそこで決まると、ミリアムは思う。この間のような思いがけない偶然の出会いではなく、きちんと考えたうえでその相手ともう一度会ったときに運命は決まるのだ。それに、結婚している男たち、それもまっとうな結婚生活を送っている男たちは、この二度目のデートにある程度の警戒感を抱いている。長年の恋愛ゲームで、ミリアムはそのことを学んだ。ほとんどすべての男たちは、イニシアチブを女がとってくれると喜ぶくせに、同じ手がすぐ次のときも繰り返されると不機嫌になる。だがいずれにしてもビクトルはこれまでの男たちとは違っていて、彼のことを考えるのは楽しかった。たまにはああいうタイプも面白い。違っていて、面白くて、そして既婚者。カリカリに焼いたパンの上に、分厚くならないよう注意してバターを塗りながら、自分をたしなめる。そう、彼は既婚者だ。

十五分後、日曜だけは自分に許している煙草を吸おうかどうしようか迷っているとき、父の部屋のドアが開く音がした。まるで外出するかのようにきちんと服装を整えたホアキンが入ってくる。表情は、ここ数ヵ月の中で一番いい。「おはよう」の声も、ちょっと元気が良すぎるほどだった。

「父さん、おはよう。トースト食べる？」

「立ち上がらなくていい。自分でやるよ。今日は一日、休んでなさい」

父が笑いかける。普通に戻っていることがありがたくて、ミリアムはほうっと息をついた。一時的なものだとはわかっているけど、いいことというのは、きっとそういうものだ。

「冷蔵庫にヨークハムがあるわ、よかったら食べて」

いつになくてきぱきと動く父を見て、ミリアムは一瞬、何かの間違いか奇跡でも起きて、病気が治ったのではないかというありえない希望を抱いた。だがもちろん、そんなことはないとわかっている。きっと夕暮れになればまた混乱しはじめ、精神が曇って反射神経も鈍くなり、覇気なく肘掛け椅子に沈み込んでうとうとするのだろう。それならまだいいほうで、状態が悪い日は、自分が理解できないこの世界に対して怒りをぶつける。今、この一瞬を大事にしよう。ミリアムはそうつぶやいて、二杯目のカフェ・コン・レチェを入れた。

「イアーゴはまだ寝ているのか？　あの子はもっと早く起きなきゃいかん」

「放っておいてあげて。あたしもあの年ごろはそうだったわ」

「確かにな。夜更かしすぎるからだ。おまえの帰りを待って、おれも母さんも夜更けまで起きていたのは一度や二度じゃなかったぞ。玄関で鍵の開く音がするまで、母さんはどうやっても眠れなかった」

ホアキンが母の話をするのは、まして比較的近い過去に触れるのはめったにないことだった。沈黙の中に浸り込んでいるか、そうでなければ自分の子ども時代やバルセロナにやってきたころなど、はるか遠い昔の出来事を思い出すのが常だからだ。

「父さん、話したいことがあるの。でも父さんにいやな思いをさせたり、悲しませたりはしたくない」

ミリアムはためらっている。風船を針で突こうとでもするかのように、なかなか踏ん切りをつけられずにいるが、これを逃せばもうあまり話す機会はないだろうということもわかっている。父はトーストとスライスしたヨークハムをテーブルに置いて座り、以前そうしていたように、穏やかで優しく、辛抱強い表情を浮かべて彼女を見ている。ミリアムはかつてないほどに良心の咎（とが）めを感じた。

「話してごらん。いやだと思ったらそう言うから」

もう後戻りはできない。きっとそのほうがいいのだ。

「どこから話しはじめたらいいのかな……。数日前から、母さんのことをよく考えるようになったの。母さんと……ホアキン兄さんのことを。兄さんに起こったことを。なぜかは訊かないで、ただ、考えてしまうだけだから。たぶんあたしは母さんを、それから……母さんの心の痛みを、ちゃんと理解していなかった。あたし、怒ってたの……。でも、いいわ、忘れて」

「どんな激しい痛みでも、やがては過ぎ去る。毎日毎日、そればかりにこだわりつづけていることなどできない。釘を打ち込まれたキリストのように、長々と苦しみつづけるわけにはいかな」

ミリアムはうなずいた。そのことについて、彼女と父はいつも同意見だった。

「おまえの母さんはいい女性だった。自分のことは誰にも意見されたくないという頑固なところがあったが、でもいい人だった。彼女のいいところをわかってやれるやつはいなかったがね。そう、母さんは口数が少なくて、風変わりで、不愛想でさえあった。人の輪に入って噂話をしたりするのが嫌いだった。自分は自分という人だったんだ。人に会えば礼儀正しく挨拶するが、足を止めることなく歩き続けた。一日じゅうぺちゃくちゃしゃべっているような女どもにはうんざりしていたからな。誰それさんがどうした、こうしたとピーチクパーチク……。そんな陰口に付き合っている暇はなかった。家、商売、家族、母さんにとって大事なのはそれだけだった。おまえが生まれたとき母さんがどれだけ幸せだったか、誰にも想像つかないだろうね。苦しみも喜びも、すべて自分の中にしまい込む人だったから。そのことを知っていたのは、ほんとの母さんを見ていたおれだけだった。子守唄をうたっておまえを寝かしつける姿、バルセロナのばか高い店で買ったベビー服を、とっかえひっかえおまえに着せている姿――。あの服は、生まれてくるのが男の子か女の子かまだわからないうちに買っておいたものだった。そしておまえが、長年待ちかねた女の子が生まれたんだ。おまえはおとなしくて、よく眠ってよく食べる、かわいらしい赤ん坊だったよ。おなかがすいたときでさえ、おまえは泣かなかった。ちょっとうなるが、それだけだ。『子猫みたいね』とサルードはよく言ってたよ。ほんとにその通りだ。まるでおれたちに迷惑かけたくないと思ってるみたいだった」

「そのあと、さんざん面倒をかけたわ」

父は何でもないというように手を振ってから、すぐミリアムに顔を近づけた。深く刻まれたしわの壁で、その奥にある陰鬱な思考があふれ出るのを抑えようとしている。

「そのあと、すべてが変わった。そしておまえの母さんは……ああ、もう。おれは慰めの言葉もなかったよ。いつもそこに座って、心の痛みを赤子のようにあやしながら、涙を飲み込んでいた。月が替わり、一年が過ぎてまた別の年になっても同じだった。ろうそくが燃え尽きるように憔悴していったよ。そのことはおまえも覚えているだろう？　母さんの悲しみはおれの悲しみより、ほかの誰のより大きかった。何も言わなくても一目瞭然だった。耐えるすべがなかったんだ。十年経っても、十五年経っても。ある日おれは爆発した。あの子の写真をすべて集めて、中二階の部屋にしまった。おれは母さんを、痛みをあやしていたゆりかごのそばから立ち上がらせて揺さぶった。そんなふうに彼女に触れたことはなかったよ。実際、何年も、おれたちは一切体を触れ合わせたことはなかった。ベッドでもおれを避け、端っこのほとんど落ちそうなところに寝て、いつも冷たい氷の壁のような背中をおれに向けていた。その日、おれはもう耐えられなくなったんだ……。誓って言うが、おれはただ、彼女をそれまでの生活に戻したかっただけだ。おれは彼女にキスをした……。だけどそれは、墓石にキスをするようなものだった」

ミリアムは聞いてしまったことを悔いた。特に、クリスマス以来ほとんどなかった父の幸せな朝を台無しにしてしまったことを悔いた。ところが、ホアキンは心乱されているどころか、その逆に見える。脆い鎖の輪のように結びつき、長年彼を縛り付けてきた言葉を吐き出せたことで、どこかほっとした様子だ。今は彼自身が思い出したがっていた。

「終わったあと、サルードはおれを見ずに服を着た。そして中二階に行き、写真を全部元あったところに戻した。きっちり、同じところにね。それからロッキングチェアに座った。一言もしゃべらなかった。おれは自分がここらで一番年をとったブタのように感じたよ。確かあのときから、おれたちはお互いしゃべらなくなったんだ。おれには何も言うことがなかったし、彼女は聞く耳を持たなかった」

「父さん……」母の話を続けたくはなかったし、聞きたくもなかった。過去の罪の告解に赦しを与えているような気分がしてきた。「正確には、兄さんに何があったの？」

「知ってるだろう」

「知らない。わかってるのは、同級生に殴られて死んだってことだけ。理由も、その後どうなったかも全然知らない。母さんもそのことについては何も話してくれなかったの」

ホアキンは目をそらした。今や廊下を伝って燦々と射し込んでいる日光に、彼の体は半分照らされている。もう半分が陰になった父を見つめ、ミリアムはテーブル越しに彼の手を取った。

「父さん、何があったの？　どうしてその子はそんなことをしたの？　兄さんもその子も、まだほんの子どもだったのに」

「今から言うことを、あの世でサルードが聞いていないといいんだが。聞いてたら、絶対に赦してもらえないだろうな。まあ実際には、あいつが死んだことで、母さんは絶対おれを赦してくれなかった。だからこれ以上腹を立てることもないだろう。おまえの兄さんはな、いい子じゃなかった」

「どういう意味？」

父の手に自分の手を重ねたまま、ミリアムは訊ねる。長い年月を経てきた彼の指はざらざらして固く、枯れ枝のように歪(ゆが)んでいた。

「言葉通りの意味だ。おまえには想像もつかないほど、母さんはあいつを甘やかした。おれは母さんに言ったよ。何度も何度もな。サルード、この子はやりたい放題だ。サルード、この子は親を親とも思っていない。だがサルードは、聞く耳を持たなかった」

「それと何の関係が？　つまり、似た者同士でつるんでたってこと？　そのうちのひとりに殺されたの？」

「半分当たりで、半分違う。バリオのワルとつるんでいたのは本当だ。あいつは……あいつはマザコンで、思いあがっていて、聞き分けのない子どもだった。だけどあいつを殺したのは仲間のひとりじゃない。別のやつだよ。ファン・サモラの息子だ。母親は飲んだくれ、父親は馬車馬みたいにただ働くだけの男で、ひどい境遇で育った子どもだった。がりがりにやせた臆病なガキで、まさかあんなことをするなんて考えもしなかった」

「それで、理由は何だったの？」

「理由なんぞ、どうだっていいさ。そうだろ？　子どもってのは喧嘩したり、嫌い合ったりするもんだ。あいつらはホアキンをひどい目に遭わせた、そして……」

そのあとの言葉を続けることはできなかった。ただ、苦虫を嚙み潰したような表情をしただけだ。

「あいつら？」

「ミリアム、もうやめよう。あのときのことを蒸し返したくはない。エル・ペドロのあたりの工事現場であの子は見つかった。建築中のマンションだ。おれは真夜中に、治安警備隊員と一緒にあそこへ行った。あの子は……」

「もういいわ、父さん、忘れて。それ以上話さないで、お願い」

ホアキンは濁った目をミリアムに向けた。そこに表された感情は悲しみだけではなかった。

「そう、そうなんだ。あいつらがやった。あのガキひとりじゃなかったんだよ。罪は全部、ひとりで背負ったが。もうひとりいたのに、そいつは罰を免れた」

「もうひとり？」

「エミリオの息子だ。サンドカンと呼ばれていたよ。親父のエミリオのほうだ、息子じゃないぞ。あの男は、みんなから愛されていた。工場で、学校で、バリオ全体で。だけどそんなこと、どうだっていい。誰もホアキンをおれたちに返そうとはしてくれなかったんだからな。そう思わないか。それに結局、三人ともただのはなたれ小僧だったんだ。なんにもいいことのない街で暮らす、ただの子どもだった」

27

アレナにはうろ覚えの成句がある。困りごとは枕に相談しろとかいう言葉だ。ほかにも、ぐっすり眠れば物事が違って見えるという表現がある。たぶん、このふたつの表現のだめなところは、心配事があるときはゆっくり休んでなどいられないというのを忘れていることだ。サライとの喧嘩のあとは、何度も何度も思い返して心の中で彼女に毒づいたり、なんであんな子の相手になったんだろうと自分を責めたりして、何時間も眠れず過ごした。少しうとうとしただけで、明け方になるころには、アレナは心を決めていた。サライと話さなきゃ。友だちにはならないにしても、嫌い合う理由なんてないはずだということをはっきりさせるんだ。

だから一月下旬のその月曜日、授業が始まる前にサライとふたりで話すため、アレナは急ぎ足で学校へ向かった。始業三十分前に着いたが、校門はまだ閉まっている。学校の周りを囲む街区の向こうから、太陽がおずおずと顔をのぞかせる。買ったばかりのブルゾンを着ていても、アレナは寒さに震え、空っぽの胃がむかつくのを感じた。朝食をとる時間も惜しんで登校したのだ。おまけに昨日の夕食も、ほとんど食べていない。だからだろう、突然めまいにも似た感覚を覚えた。

門のそばに座り込む。そこだけ、太陽の弱い光が射し込んでいたからだ。さらに、ブルゾンのファスナーを首元まで上げた。目を半ば閉じてしゃがみ込む彼女の前を、月曜の朝特有の憂鬱を抱えた通行人がちらほらと、急ぎ足で過ぎる。彼らからすれば、自分なんて浮浪者に見えるかもしれないなとアレナは考える。するとアレナの前に誰かが立ち、太陽の光を遮った。

「その隅っこ、ぼくのだよ」マルクが言う。

「隙間が空いてるよ。ふたり座れるわ」

「こんなに早く、何してんの？　この時間はいつも、ぼくひとりなんだけど」

マルクは座らず、アレナと話せるように隣に立って鉄格子に寄り掛かった。いつも通り、全身真っ黒だ。革ジャンも、ジーンズもブーツも。

「授業の前に片づけたいことがあるの。ねえ、訊いていい？　前の学校に行ってたとき……」

「何を知りたいの？　きみが考えてるように悲惨だったかどうか？」

アレナはうなずく。たった今まで、そんなことを訊くなんて考えたこともなかった。噂によると、マルクは同級生からいじめられたために学校を替わったのだという。

「そうだよ。それにほんとのこと言えば、ここでもあるよ。前ほどじゃないけど。少なくとも、もうぼくはぼくで、自分を偽る必要はない。どんなふうにでもぼくを呼べばいいし、もちろんみんな、そうしてる。ぼくはずっと、そうやって生きていくようにできてるんだ」

マルクのこの言葉はまるで、心理学者のご託宣や、昼のトーク番組のインタビューを暗記したように思える。きみがどんな人間かはわかっている。本当の自分を引き出し、夢をかなえるんだ……。アレナにはよくわからない。そういう話を真剣に受け取ったことはなかった。

なんだか、不幸な人を慰めるために唱える、幸福の呪文のような気がする。夢って何？　本当の自分って誰？　そして本当のサライって？　あのきつくて冷たい表の顔の後ろに、何が隠されているの？

「何があったか知らないけど」マルクはアレナに言う。「もしクラスの誰かに関係あるんなら、自分をしっかり持たなきゃだめだよ。専門家のぼくが言ってるんだ。厄介なことってのは大きくなるだけだから」

「今のわたしが、まさにそう。最悪なのは……最悪なのは、どうして事態がこうもねじくれちゃったのかわからないことよ。人って、どういうきっかけで誰かを憎みはじめるんだろ」

「それを知って何になるの？　きみが知りたいのなら言うけど、ぼくの場合は、理由ならよくわかってたよ。ぼくは……かなり変わった女の子だったからね」

マルクはそう言って微笑む。彼が自分のことを女の子と言ったのは、アレナの覚えている限り初めてだった。確かにわかりにくいところはあるが、今目の前に立っているのは、紛れもなくひとりの少年だ。風変わりではあるけれど、だけど間違いなく、ひとりの男だ。

「いくら変わった子だからって、人生を台無しにされていいわけじゃない。そうだろ？　そして、ぼくはついてた。両親はぼくのことを理解してくれたし、ずっと支えになってくれた。ほら、ぼくを見てよ。だんだんいい男になってきてると思わない？　実はこの週末、女の子とデートしたんだ」

「で、どうだった？ 自分のこと、全部話したの？」

マルクはちょっと赤くなり、手を胸のところに持っていった。

「カウンセラーに、まずそうするのがルールよって言われてた」

「それで？」

「逃げて帰ったよ」マルクは笑い出した。「まあ、逃げるは大げさかな。でも、ほとんどそんな感じ。わかるよね、どうってことない。また別の子が見つかるさ」

アレナは黙っていた。これからの人生で彼を待ち受けるものに比べれば、サライとの喧嘩など、急にちっぽけなことに思えてきた。

「でも、さっききみが言ってたことに戻ると、大事なのはどうしていさかいが始まったかじゃなくて、生きてるのがつらくなる前に、その問題にけりをつけることだよ」

校務員が「おはよう」と挨拶しながら鉄の門扉を開ける。月曜日だろうと何だろうと、今日も素晴らしい一日になるはずだと思い込んでいるかのような、元気いっぱいの声だ。校務員を通すためにマルクが位置をずらし、あたりを見回してから、アレナの隣にしゃがみこんだ。

「ひとつ、覚えておくといいよ。事態が進めば進むほど、きみはひとりになる。誰も助けに来てくれない」

「あなたでさえ？」アレナは冗談めかして訊いた。

「ぼくはなおさらだよ。自分のことだけでもかなり大変なんだから、きみのために自分の身を危険にさらすつもりなんてない。ここはジャングルなんだ。ライオンに対抗して、小動物が手を組んだって何にもならないよ。ライオンを見れば避けるしかない。そして誰かが食べられている隙に、ほかの者は逃げるんだ」

ジャングルでさえルールは存在する。捕食者は必要があるから獲物を捕らえているのだ。楽しみのためじゃない。そして弱者がひとつになれば、大きな成果を得ることだってできる。アレナにそう反駁する間も与えず、マルクは行ってしまった。だがそんなことを言ったところで、マルクがさっき、本当のアイデンティティと夢の実現について使った言葉と同じくらい、嘘っぽく聞こえそうな気がする。

あたりを見回す。人々が通り過ぎていく傍らで、地面に座ったままでいる自分を、初めて取るに足りない存在だと感じた。もはや簡単に捕食される獲物ですらなく、太陽に向かって背伸びするが、誰からも見向きもされない雑木のようなものだ。だがたったひとりだけ、彼女のそばで立ち止まった人がいた。クリスティアンだ。一言も発さずに、アレナの全身をじろじろ見る。いつもの尊大さは影を潜め、珍しく当惑気味だ。それからようやく、口を開いた。

「頭がどうかしたのか？」

なぜそんなことを言われるのかわからず、アレナは彼を見る。ショッピングモールでのサライとのばかげた言い争いのことを言ってるのだろうか。立ち上がり、お尻のあたりをパンパンと払う。

「何よ、クリスティアン。大したことじゃないわ、サライを待ってるだけよ。仲直りできるかなと思って」

「なら、座って待ってればいいさ」

クリスティアンは首を振りながら門扉を通り抜け、校舎に入る前に立ち止まる。それから彼女のほうを振り向くと、笑いながらこぶしを口に持っていき、おどけた表情で舌を出して舐め回した。アレナは戸惑い、肩をすくめて訊く。

「何をしたいわけ？」

「おれ？ おれが言いたいのは、おまえは間違いなくイカれてるってことさ。マジでイカれてる」

そう言うと、アレナを校門に残したまま、登校してきた仲間と挨拶している。何かあったのは明らかだ。その証拠に、クリスティアンも今やってきたジュエルもケビンも、話しながらアレナのほうをちらちら見ている。

もう九時近いのに、サライはやってこない。仕方なく、アレナは彼らの前を通って校舎に入ろうとした。ナンパするときに男がよく吹く口笛が最初に聞こえたのはそのときだ。アレナは一瞬、体が動かなかった。ときが止まったように思えた。それから慌てて教室に逃げ込み、すでに席に着いていたマルクの隣に座った。マルクはいつものように、イヤフォンで音楽を聴いている。アレナもそうしたかったが、携帯を持っていない。クリスティアンとその友だちが入ってくるのを見て、本能的に目をそらし、リュックをのぞいて何か探すふりをした。だがそんなことをしても、何の役にも立たなかった。三人はアレナの前で立ち止まり、真面目腐った顔をして、さっきと同じ動作をした。教室の真ん中で、フェラチオしろと誘っているかのように見えた。

「あなたたち、どこか足りないんじゃないの？」

彼らは押し合いながら教室の最後尾まで走っていき、そこでもひそひそ話を続けている。幸い、ほかの生徒たちが登校してきた。ララは遠くからこちらに手を振っているし、いつもぎりぎりになって駆け込んでくるイアーゴも、数学の教師がドアを閉める前にどうにか間に合った。そうだ、イアーゴは昨夜、メールをくれたに違いない。だけどそのころには携帯を失くしていた。そのことを言うために、アレナは後ろを振り向いた。

「ねえ、ごめんね。土曜の午後から携帯がないの……」

なんでアレナが謝っているのかわからないというように、イアーゴは肩をすくめる。そのとき、教師の声がした。

「ねえみんな、月曜日の一時間目だということはわかってるわ。毎週こうだもの。わたしだってまだ眠っていたいけど、もう授業を始める時間よ。いい？」

感じは悪くないが真面目なこの女性教師は、ただでさえからかいの対象にはなりにくい。おまけに月曜日とあっては、生徒のほうもからかう元気など持ち合わせていなかった。すぐに教室は静まり返り、教師が先週金曜日の抜き打ちテストを皆に返して回る。

「サライはお休み？」

「体調が悪いんだと思います」ノエリアが答える。

「そう。月曜日の一時間目だけかかる、奇妙な病気ね。じゃあ答案を彼女に渡して、それから、早く良くなってほしいと伝えてね……、体調も、数学も。次は、アレナ。よくできてたわ。クラスで十点満点はあなただけよ」

「なんでも十点満点だものな！」後ろの席の男子生徒が声を上げた。

アレナは答案を受け取ったが、まったくうれしくない。何か起こったに違いない。何か、クリスティアンとサライに関することが。その答えがわかったのは休み時間が終わり、青い顔をして席に着いたマルクがこう訊いてきたときだった。

「ほんとにきみがこれを送ったの？　あの間抜けなクリスティアン・ルイスに？」

「何も送ってないわ。携帯を失くし……」

アレナはそこで言葉を切った。マルクの携帯の画面に、化粧をして赤いドレスを着た自分が映し出されていたからだ。ララが家に来たときに撮ったものだが、よりによって、一番きわどい写真だった。口を半開きにして髪をくしゃくしゃにし、色っぽく見えそうな目つきをしている。だが最悪なのは写真ではない。その下に添えられた文だった。

あたしたち金髪女は、おしゃぶり上手なの。

そのあと、教室移動のために廊下を歩いていると、自分に向けて初めて「ヤリマン」という言葉が投げつけられるのを聞いた。どこからともなく、見えない矢が背中に向かって飛んできたような気がした。一瞬立ち止まって振り返ったが、声の主はわからない。毒を持ったうるさい蜂のように、ののしり言葉がブンブンと耳の中でこだましている。気を取り直し、何もなかったふりをして歩きはじめた途端、第二の矢がアレナに襲い掛かった。「ロシアのヤリマン」今度は別の方向からだ。アレナは足を速め、小走りになってやみくもに、どこへともなく逃げ出した。どの教室も、もう安全な場所とは思えなかった。

28

一度その目的に使ってしまえば、愛を交わした場所はもう、前と同じ空間とは思えなくなる。ホテルのプロヴァンス風スイートルーム。白い人造石のアーチで部屋のほかの部分と区切られた巨大なベッド、頭部の鉄製フレームの優美な曲線、クルミ材のナイトテーブルを眺めながら、ビクトルはくすぐったい気持ちで昨日のことを思い返している。今は静謐(せいひつ)に戻ったこの寝台を、ふたつの体が何時間にもわたって掻き乱したことを。

日曜の午後、ラ・コルーニャから戻るや否や、すぐにミリアムに電話したのが欲望のせいでなかったといえば嘘になるだろう。そしてあんなことをしたのは自分の結婚生活が遠因であるといっても、これまた嘘になる。少なくとも彼女にまた会いたいという、欲望と好奇心の混じった漠然とした願いを正当化する役には立たない。電話をかける前にためらったのは確かだ。そして心のどこかで、ほかに予定があるとか、自分のことを忘れてしまっているとか、単に気が乗らないとか言って断ってくれればいいのにと願っていた。ところが彼女の声を聞くとすぐにそんな願いは影を潜め、数分後には会う約束がまとまっていた。

自分たちはどこへ向かっているのか、曖昧な言葉を使って取り付けたこのデートの結果がどうなるのか、ふたりは当然知っていた。でもかなりの時間、そんなこと考えてもいないというふりをしていた。夕食を共にしたあの夜、ビクトルはミリアムに改装中のホテルの話をしていた。そしてごく自然に、一度見に来ないか、まだ一般には公開していない廊下やスペースを案内してあげるよと提案していたのだ。ふたりはホテルの玄関で待ち合わせ、ビクトルはすでに工事が終了しているエリアをミリアムに見せた。誰もいない廊下にふたりの声がこだまし、夕食のときと同じように弾んでいた会話が、スイートルームに入ると突然ピタッとやんだ。

そこはこのホテルの中で唯一、装飾がきちんと終わった部屋だった。予約用のウェブページの告知に使うためにしつらえられた部屋で、新しく、そして禁じられた香りが漂っていた。最初の一歩を踏み出したのがどちらだったか、少なくともビクトルはあまり覚えていないし、ミリアムもそうかもしれない。だが、そんなことはどうでもいい。はっきりといえるのはその瞬間、初めておずおずと触れ合ったそのときから夜になるまで、ふたりの体がまっさらなベッドの上に軌跡を描きつづけたことだ。何日間もずっとミリアムのことを想いつづけていた。もう何年も、女性に対してこれほど強い欲望を抱いたことはなかった。あの美容院での夕刻、理性に反して目覚めた興奮は、あれからずっと持続していた。そのことを思い出すと、ほかのことが考えられなくなっていたほどだ。そもそも不倫というだけで非難されるべきなのに、よりによってミリアム・バスケスを相手に選ぶとは、我ながら不謹慎極まりないと思う。だが、その障壁が彼女をより一層魅力的に見せていたことも事実だ。そして現実は期待を裏切らなかった。彼女の服をゆっくり脱がせ、肩をなで回しながら体を見つめ、胸に顔をうずめてベッドに押し倒した。

ひざまずき、はじめは手で、次に舌を使って、夢中で彼女を喜ばせようとできる限りの技を使った。彼女は微笑み、最初は驚き、おどけていたが、やがて体がなじんでくるにつれ、彼の口に唇を寄せて長くディープなキスをした。しびれるようなその口づけに、ビクトルは爆発しそうになるのを必死にこらえた。

そのあとすぐに絶頂が訪れた。本当はもう少し長く持ちこたえていたかったので、少し休んだ後、回復させせようとした。二度目の勃起がすぐに起こり、持続したことなどもう何年もなかった。もう何年も、触れただけで産毛が逆立つような女に出会ったことはなかった。昨日のことは間違いだったと、後悔するのが当たり前なのはわかっている。もう一度と望むのは、底の知れない濁った堀に飛び込むようなものだ。自分が既婚者だからというだけではなく、相手はミリアムなのだから。だけど空っぽのベッドを見つめていると、いやでも昨日と同じ反応が起こる。そしてここにもう一度横たわる彼女の姿を想像せずにはいられない。この部屋でも、自分が借りているアパートでもどこでもいい。もう一度ふたりきりになりたかった。

ミリアムは今日いちにちを、ほかの何でもない日と同じように過ごそうと努力しているが、ふとした拍子に頬の筋肉が裏切って、無意識に笑みがこぼれてしまう。目ざといエベリンには呆(ほう)けたように映るのだろう、彼女はすでに二回も、大丈夫かと訊いてきた。

月曜日は客が少ないので、ヘアケア製品の業者に店まで来てもらうことにしている。セールスマンたちはおおむね愛想がよく、いつも必要以上の品物を売りつけようとする。だが今日は業者と会う気分じゃないなとミリアムは思った。というより、この気分を彼らに台無しにされたくない。だから業者にとってはミリアムよりずっと手ごわいエベリンにその仕事を任せ、自分は奥の小部屋に避難した。ここにいると、心の中がどれだけ幸福でも、ハードでつらい現実を少し取り戻せるような気がしたのだが、その願いはかなわなかった。頰は緩みっぱなしだ。常識をどこかに置き忘れ、どんなことも体を通してしか考えられずに何時間も過ごしているような気がする。障壁があることも、不都合もわかっている。《もう二度と繰り返さない》《彼は結婚してるのよ》《もういい年なんだから、変な期待はしないこと》と自分に言い聞かせようとするのに、胸、腿、秘めた部分が反逆を起こし、《うれしい》というメッセージを送りつけてきて、脳を侵略しようとする。

もうたくさん。ミリアムはつぶやく。これまではいつも、煩わしい不倫関係からは逃げ出してきた。結婚生活がうまくいってないんだ、妻が冷淡でねと嘘をつく男たちとはかかわらないようにしてきた。だけどビクトルは、そんなことを何もしなかった。週末どんなふうに過ごしたかとか、妻や娘の話題については触れもしなかった。きっと不倫のエキスパートで、情事など全然大したことじゃないと思っているのだろう。あるいは、妻のせいにして自分を正当化しようとする男たちがどんな悲惨な末路を迎えるか、よく知っているのかもしれない。女たちにいったん連帯感が芽生えれば、それは男が考えるよりずっと強固なものとなるのだ。

だめだ。分別をわきまえた大人同士、暗黙の協定をビクトルと結んでからまだ二十四時間も経っていない。心情的にも物理的にもほかとは隔絶された、離れ小島のようなあの場所。きれいで、そしてなぜか子どものころにテレビで見ていたエノ・デ・プラビア石鹼の広告を思い出させるちょっと気取ったあのスイートルームで、ふたりはセックスし、心を通わせ、お互いを探り合い、さらけ出し合った。真っ白で花にあふれた、田園地帯に住む乙女に似合いそうな品の良い家具。あの部屋に入ったとき、オレンジのスカートに黒いビスチェを着たミリアムは、おとぎ話に出てくる意地悪な異母姉になったような気がした。だけど彼はそんなこと、気にもしていないようだった。それどころか部屋にいる間じゅう、感じ入ったというように片ときも視線をそらさず彼女を見つめつづけ、微笑んでいた。そして今、あのときの自分のそわそわした気持ちや、彼の途方もない、抗いようのない魅力を思い出し、ミリアムも微笑んでいる。エロティックな気持ちをまったく起こさせない、葉っぱと野の花模様のベッドカバーがかかった農村風のベッドを見て、ミリアムは「あたし、何を期待してるんだろう」と思った。冷水を浴びせられたように性欲がすうっと消え、キイチゴのハーブティでも飲みたい気分になりかかっていた。すると突然、ビクトルの手が首筋に触れていることに気づいたのだ。どうして気づいたのかもほとんどわからないほどかすかな感触だった。ところが、それからのビクトルの動きは速かった。すぐに唇が触れ、続いて手が動いて、口づけをしながら同時に服を脱がせた。清潔な香りがする、花の模様があふれたベッドに押し倒されたミリアムは、やがてもう、何も気にならなくなった。部屋の装飾も、シーツの冷たい感触も、想像していたよりずっと快感を覚えている自分に気づいて突然襲ってきた恐怖も、やがて忘れた。それまで彼のことを、ハンサムだがごくノーマルな男だと思っていた。裸になった彼を見て、そのテクニックを享受してからも、いい男という感想は変わらなかった。だけど、ノーマルだなんてとんでもない。いつの間にかはぎとられていた衣服と一緒に、ミリアムは先入観も脱ぎ捨てていた。

夢見てちゃだめよ、奥の小部屋でミリアムはつぶやく。一応、目は丹念に請求書の文字を追ってはいるが、整理する気にはまったくなれない。夢見てちゃだめよ。その言葉をさらに何度も繰り返すことになったのはその日の夜、もうすぐ八時半という時刻に、美容院の入り口に立っているビクトルを見たときだった。自分が歓迎されるかどうか確信が持てず、まるで何かを詫びているようなその姿を見て、ミリアムはその場で飛びついてキスをしそうになるのをこらえなければならなかった。夢見てちゃだめよ。夕食に誘われ、そのあと彼のワンルームマンションまで連れていかれて、もう待ちきれないというように玄関でキスをされたとき、ミリアムはまた心の中でつぶやいた。

「夢見てちゃだめよ」共に果て、満ち足りた気分で手を絡ませて横たわり、暗闇を見つめながらミリアムはささやいた。

彼女の言う通りだということは、ビクトルもわかっている。ふたりが知り合わないまま過ぎていく人生、すべてが普段通りのテンポを保つパラレルワールドがあるはずだ。このままではいられない。やがてふたりは消耗しつくし、この二十四時間、取りつかれたようになっていたこの熱狂からも覚めるだろう。だが同時に、自分にとって大事なのは今のこの現実、昨日から片ときも忘れたことのない、この女性とのベッドでの会話なのだとビクトルは感じている。

「夢を見るのは子どもたちだけだ」彼がつぶやく。だがベッドの上で交わされるほとんどすべての会話と同じく、それも嘘にすぎないとふたりともわかっている。

「だから子どもたちは幸せなのかな。それとも、そういわれてるだけかも。子どもが大人より幸せだなんて、なんだか安っぽい決まり文句だと、あたしは昔から思ってた」

ビクトルは握る手に力を込めた。子ども時代がすごく楽しかったわけではないと、彼女がほのめかすのはこれで二回目だ。その責任の一端は自分にもあることを、彼はこれまでになく、そして誰よりも激しく、心の中で嘆いた。

「ぼくの子ども時代も、素晴らしいというわけにはいかなかった。ごく小さなうちは楽しかったけど。でも、あるときぼくは祖父の家で暮らすことになり、すべてが変わった」

「あなたは少なくとも、最初のころはよかったのね……。あたしの場合、小さなころを振り返っても、思い出すのは暗い家と黙り込む母、そして母に向き合うことのできない父の姿だけだもの」

そのとき初めてビクトルは、これまで決して見ようとしなかった角度から物事を見た。ホアキン・バスケスの家族、両親、妹、その暮らし。本当の感情を悟られまいと、ビクトルは暗闇の中で目を閉じた。

「寂しい子ども時代を過ごした人は、完全な幸福を得られることはないって、何かで読んだわ」ミリアムがつぶやく。「例外になろうって、頑張ってはいるんだけど」

「大事なのはその気持ちだよ、そうだろ？　幸せになるには、素質が大いに関係するんだ」ミリアムは微笑み、ビクトルは少し体を近寄せた。頭がぶつかりそうになるほど、ぴったり寄り添った。

「何があったの？」ビクトルは訊ねる。自分はせめてその答えを聞くという罰だけでも受けるべきだとわかっていたからだ。「きみの家で……」

「家族の問題よ。つまり、人の親なら到底乗り越えられない悲劇があったってところかな」

それきりミリアムは黙り込む。ビクトルは先を促し、真実という名の鞭で自分を打とうと思った。だけどその言葉は自分の心の中でだけ響き、彼女の耳に届くことはなかった。もし続きを促せば、ミリアムはささやくような声で言っただろう。兄が死んだの、と。クラスメートに殺されて、両親は決して忘れることはできなかったの、と。

まとめるのが大変そうなほど癖の強い髪をなでながら、なぜ彼女からこんなにももろく、寄る辺ない印象を受けるのだろうとビクトルは考えていた。説明しがたい感情と罪悪感がわいてきて、彼は黙り込む。かつての自分の行為、今していること、そして自分は知っているのに彼女は知らないことに対しての罪の意識。幸いなことに、ミリアムは眠ってしまった。ビクトルも目をつぶり、彼女が誰なのか、自分たちふたりが誰なのか忘れて、偽りの穏やかさを、幸せの真似事をしばし享受しようとする。何も新しいことなどない。眠りに落ちる前、ビクトルはそうつぶやいた。楽しい夢を見られるのが子どものころだとしたら、大人になってできるのは、夢を慈悲深い嘘に、自己欺瞞に置き換えて、自分がそう願えば事態は変わるのだと信じ込むことだけ。だけどそれはほんのつかの間、起きたことを忘れようとして、自責の念に駆られることなく眠れるくらいの時間しか続かない。

29

クリスティアンがアレナの写真を受け取ってから一週間経ち、画像はクラスの大半の生徒の携帯電話に転送されていた。その間、また別の出来事があって、アレナは当惑し、不信感に襲われた。

ショッピングモールで携帯が盗まれた二日後、月曜の午後にそれは起こった。アレナはサライと話すため早く登校していたが、サライはその日、なぜか欠席した。一日じゅうサライを待ったが、彼女は現れず、午後遅くなってララと下校しているとき、イアーゴがあとからやってきた。しばらく三人で歩き、角でララと別れた。いつもならもう少しララと一緒にいるはずだったが、イアーゴとふたりになりたかったのだ。そしてイアーゴもそう思っているように感じた。

サンティルデフォンス大通りをゆっくり歩く。午後の一番静かな時間帯だった。いやなことはもう終わった、携帯を盗んだ人（きっとサライかその取り巻きだと考えている）が送った写真、あの趣味の悪い冗談のことは、みんなすぐに忘れていくだろうとアレナは信じたかった。

「スプラウで携帯が盗まれたこと、何て言って説明すればいいんだろう。わたしはあんな写真、送ってないのに」イアーゴなら理解してくれると思ってアレナは話したが、彼は口を開かなかった。

アレナはイアーゴにショッピングモールでの出来事を話した。自分の置かれた位置をきちんと説明しようと思ったのだが、根が真面目なので、いい印象を与えようとすることも忘れて、気がついたらありのままを話していた。

「怖かったのよ、わかる？　殴られるか何かするんじゃないかと、ほんとに思った。あなたは、あの子のことをずっと前から知ってるんでしょ……」

「小学校に入ったときからね。ちょっとおかしなところがあるというか、すぐにかっとして、他人を怖がらせるような子だった。ただわからないのは、どうしてクリスティアンにきみの写真を送ったかってこと。サライは意地悪には違いないけど、いつだって正面から向き合う。こんな騒ぎを起こすより、きみをぶん殴りそうだけど」

「たぶん、サライじゃなくてノエリアがやったのよ。じゃなかったら、あのとき一緒にいたサライのいとこが。あの子たちにしてみれば、面白い冗談くらいのつもりだったんだわ」

イアーゴは肩をすくめて立ち止まった。考え込んでいる。何か言おうとして、やっぱりやめようかと迷っているように見えた。

「ちょっとうちに寄る？ おじいちゃんがいるけど、邪魔にはならないよ」

それも悪くないかなとアレナは思った。家に帰っても、パソコンでララとメッセージをやり取りするくらいしかやることがなく、ひとりでくよくよ考えてしまうだろう。おまけに両親を説得して、新しい携帯を買ってもらわなければならない。クリスマスシーズンが終わったばかりで、そんな余裕があるだろうか。だけどイアーゴのマンションの中に閉じこもるのも、それほど気は進まなかった。

「それでもいいけど、散歩するのはどう？」アレナは提案した。「ねえ、スケートボードの乗り方、教えてよ」

「覚えたいの？ それなら、膝当てやグローブとかが要るよ」

「そんなのいいから、イアーゴ、教えて。わたしが転ばなくなるくらいに、ね？」

そこで、ふたりは練習を始めた。かなり時間はかかったものの、どうにか転ばなくなるところまでこぎつけた。練習場所は別のバリオまで遠征して見つけた。市役所のほうへ歩いていき、教会のそばにひと気のない小さな広場があったので、即席のリンクとして独占させてもらうことにしたのだ。そこは以前から「恋人たちの広場」と呼ばれている場所だった。ふたりともそう呼ばれていることは知らなかったが、半分闇に沈んだしゃれた形の石のベンチが何のためのものかは、しばらくいただけで見当がついた。だけどその日、真っ暗になった広場から聞こえたのは恋人たちのささやきではない。緊張で上ずったアレナの笑い声、「怖い！」という叫び声、そして辛抱強く教え込むイアーゴの声だった。まずイアーゴは、アレナを助けてボードの上に立たせた。そのためには当然、体が触れ合うことになる。それまでのふたりにとっては抵抗感のある行為だ。だがいったん障壁が破れると、腰に回された彼の両手も見知らぬ侵入者ではなく、むしろ歓迎すべき訪問者のようにアレナには思えてきた。力強いのに優しくて、どこか安心できる。

ボードの上に乗ると、たとえ動かなくても多少はめまいがする。アイススケートならたまにするので、まったくの素人というわけではないが、路上はやはり感覚が違って、イアーゴの手につかまった。彼はもう一方の手でアレナの腰を支え、姿勢を保たせようとする。広場はスケート向きの場所とはいいがたく、ベンチにぶつからずに進める空間はほとんどない。だがこの即席の教室はただの口実、本当にしたいと思っていることの予行演習のようなものだと、内心ではお互いわかっていた。それでも、無人の広場でかなり長い間熱心に練習を続けたあと、疲れたふたりはエスカレタス（小階段）通りの街灯の下に座り込んだ。名前が示すように、そこは長い石段でできた街路だった。

一月のこんな寒い夜は人通りも少なく、ちょっと前まで密着していたふたりが、練習をやめた途端に離れて座る意味はもうなかった。未知のものへの恐れはいつの間にか消え失せ、やがてふたりはキスをした。素早い、友だち同士のようなキスだった。そのあとイアーゴは壁にもたれ、アレナは彼の胸に顔を寄せる。今、一歩前へ進んだのはわかっていた。だけどその先にあるものには、まだふたりとも少し怯えを感じている。アレナには時間が必要だ。共犯者めいた気持ちを抱きながら、何も言わずに過ごす数分間が。イアーゴの手が髪をなでてくれる、この感触が必要だった。イアーゴの指からためらいが消えていくにつれ、まだ足を踏み入れたことのない、きらきら輝く道のほうへと、ふたりで歩を進めていくような気がした。だけど頭のどこかには、常にあの不快な出来事がある。あの写真。「ヤリマン」というささやき声。クリスティアンのあのしぐさ。どれだけ忘れようと努めても、心の中の騒音がこの大事な瞬間に水を差し、ふたりを包む柔らかくて暖かな光を陰らせる。

「言わなくちゃいけないことがあるんだ。昨夜、きみの携帯からぼくのワッツアップに返信があった」

イアーゴは今日、ずっとそのことを考えていた。昨夜はもう少しでそのメッセージに返信するところだったが、思いとどまった。

「何て書いてあったの？」

アレナは上体を起こした。まだイアーゴに体を密着させてはいたが、自分も石段に寄り掛かる。彼はアレナに携帯電話を見せた。短いメッセージが八時ごろに送信されている。そのころには、アレナの携帯は盗まれていた。書かれていたのはごく短いメッセージで、「明日話そうよ。あたし、すごく疲れた」で唐突に終わっている。

「携帯を解約してないの？」

「カードにはほんの少ししか残高がないもの。考えもしなかった。土曜日は疲れ切ってすぐ寝ちゃって、日曜日はあっという間に過ぎていった。ほんとよ」

自分が書いたはずはないのに、自分のものとされているメッセージを見るのは奇妙な感覚だ。

「サライが面白がって書いたに違いないわ。それからクリスティアンに写真を送って……」

イアーゴはまた首を振った。

「サライは確かに乱暴だ。怒ったときは特にね。でも言っとくけど、こういうことするタイプじゃない」

「それなら、誰なの？　ああもう、ほかにも何か送ったのかもしれない！　ほかの人にも！」

そのときまで、そんなことは考えていなかった。不安でいてもたってもいられなくなって、急に体を動かしたら、リュックが階段を転がり落ちていった。リュックは半分開いていたため、中身の一部が外に出て地面に散らばった。イアーゴも手伝って拾い集めたが、やがてふたりの動きがピタッと止まる。それからゆっくりと視線を上げ、ふたりの目が合った。

アレナの携帯が落ちている。電源は消えていたが、アレナの主張を裏切るように、前からリュックに入ってましたよとでもいいたげな様子で、そこにあった。

その月曜日から、もう一週間が経った。アレナがクリスティアンやほかの者たちの嘲笑に耐えながら過ごした、長い長い七日間だった。

「すぐに忘れるよ」ララは言った。「あんなやつら、気にしなければいい」イアーゴも言った。だが彼は、本当に彼女を信じているというよりは、そうしたいと思っているんだろうなとアレナは感じる。イアーゴもララも、携帯電話がまた出てきたことにうまい説明がつけられなかった。彼らはノエリアを疑っている。土曜日にショッピングモールにいて、月曜日に登校していたのは彼女だけだ。もちろん、休み時間にアレナのリュックに携帯を入れることができた。だけどノエリアはそんなことをしたようなそぶりを見せないし、彼女がやったにしても、それは欠席していたサライの代わりに実行しただけだと、みんなが思っていた。

一週間経ったけど、まだこの先何かが起こるかもしれない。サライ・ロサーノはあれからずっと欠席だったが、ずる休みじゃなかった。少なくとも、学校ではそう言われていた。ウィルス性胃腸炎にかかり、丸一週間、家に閉じこもっていたというのだ。

今日までは。

サライは遅刻したが、数学教師でありクラス担任でもあるセシリア先生は、珍しく、一時間目に遅れても教室に入る許可を出した。化粧をしていないサライを見るのは奇妙な感じだ。

具合が悪そうで、目の下にクマができている。病気で休んでいる七日間の間に、持ち前の強い輝きを失ったように顔色がくすんでいた。アレナは彼女を見まいとするが、うまくいかない。黒板の左側を見ようとするたび、サライとノエリアが視界に入ってきてしまうのだ。

先生の話も頭に入ってこなくなって、気がつくと、隣のマルクのノートを書き写していた。説明が終わり、練習問題を解く時間になると、ほっとため息をつく。残りの時間を考えると、答え合わせのためにまた黒板を見る必要もないだろう。二時間目もまだ集中できない状態が続いていたが、アレナの英語のレベルはクラスメートよりはるかに上なので、授業についていくのは問題ない。実際に考えているのは、午前中の休み時間のことだけだった。ノエリアの横やりが入らなければ、そのとき一気にサライと話してしまおう。これで問題が解決できるかもしれないという希望がわいてくる半面、ここのところの出来事すべてに対する強い怒りがさっとわき起こる瞬間もあり、アレナの気分は揺れ動いていた。とにかく、びくびくしてはいけない。プライドのため、そして純粋に、ここで生き延びるため、泣かずに頑張るんだ。

だから二時間目の終わりのチャイムが鳴るとさっと立ち上がり、ほとんど走るようにして最前列まで行った。

「話があるの」サライのそばに行き、唐突に切り出した。ノエリアが軽蔑するように見ている。

きっとサライはまだすっかり良くなったわけではないから、気が弱くなっているのだろう。そう思えるほど、彼女はすんなり承諾した。何も言わずにうなずき、椅子から立ち上がってバッグを手に取る。ノエリアがサライの手を取った。思いやりを示そうとしているのだろうが、何とも大げさだ。

「ふたりで話したいの」アレナは強い口調で言う。「お願い」

サライはアレナと一緒に教室を出て、少しの間空き教室を探してうろうろした。外は寒いので、多くの生徒が勉強するふりをしながら教室にとどまっている。最後にのぞいたのが視聴覚ホールだ。小講堂のような場所で、最後に使った人がきっとうっかりしたのだろう、ドアが開いたままだった。全校生徒が入れるほど広くはないが、何クラスかが使うには十分なそのスペースは、冷え切っていた。

「あんたから話しなさいよ」腕組みしてサライが言った。

言うことがたくさんありすぎて、アレナは急に、どこから始めていいのかわからなくなった。その瞬間、わっと泣き出しそうになったが、それだけはしないでおこうと心に決めていたのでこらえた。

「わたしから？　まさか、この数日間に起こったことを知らないっていうんじゃないでしょうね」そう言い返す声が震えている。「写真とか、侮辱とかを？」

「何の話をしてんのか、全然わかんない」

「何それ！　この携帯に見覚えあるでしょ？　それにこの写真も！　ベルシュカの喧嘩で、まだ気が済まなかったの？」

アレナは電源を切った携帯を振り回し、サライはその様子を冷ややかに見ている。

「あたし、一週間学校に来なかったもの」

「だから何も知らなかったと言うつもり？　お願いよ、わたしはばかじゃないのよ。あんたとあんたの友だちはそう思ってるかもしれないけど。あんたは先々週の土曜日にわたしの携帯を盗んで、その中の写真を彼氏に送ったんでしょ。なぜそんなことをしたのか、ぜんぜんわからないけど。そのあと、月曜日に返したのよね。たぶん、クリスティアンがわたしといやらしいことしたがってるから、いらいらしたんでしょ。でもそんなの、わたしのせいじゃない。そうよね？　自分たちのせいだって認めて、もうわたしを放っておいて！」

「興奮しないでよ。あたしは生まれてから一度も物を盗んだことなんてない。だから当然、返そうにも返せない」

「ああ、そう。それじゃ、どう思うの？　写真を送ったのはわたしだとでも？」

「あたしに何を言いたいの？　あれはあんたの写真でしょ。ヤリマンみたいな服を着て。そして送ったのはあんたの携帯。今、あんたが持ってる、それよ。かっかしないといけないのはあたしで、あんたじゃないと思うけど。まあでも、あたしはスルーするわ。イカれた金髪女はスルーする。自分のことだけでも結構大変なんだから。クリスティアンにヤってほしいの？　じゃあ頑張って、あんたひとりでやってみなさいよ。あたしを悩ませないで。今度泥棒呼ばわりしたら承知しないよ」

最後の言葉を言うとき、サライの声は震えていた。だが咳き込むふりをしてごまかし、挑むような目でアレナを見る。

「あたしの考えてること、わかる？」サライは続ける。「あんた、イカれてると思う。マジで。医者に行きな。精神科医か、そういうとこ。公園であたしたちを見てたでしょ。あたしは気づいてなかったと思ってるんだろうけどね。あんたはあそこで、幽霊みたいに立ち尽くしてた。あんたもああいうことやりたいんでしょ？　クリスティアンと」

「あんなの見たくなかった。たまたまあなたたちを見かけたの」

「そう、でも、あそこにずっといたよね。木みたいに突っ立って。あのあと何をしたの？　家に帰って、盛りがついた蛇みたいにくねくねしながら自分のあそこを触ったんじゃないの？」

アレナは真っ赤になった。サライが初めて、まったく見当外れでもないことを言ったからだ。その埋め合わせに、声を強めた。いたずらを見つかった子どもみたいに口ごもりたくはなかった。

「誰でも見られる野外でエッチしてたのはわたしじゃないから！」

「ふん、あたしたちは〝普通のこと〟をしてただけよ。わかる、お姫様？　あたしみたいな女には、普通のこと。あんたはバラの香りの真っ白なシーツを敷いたベッドの上でしたいと思ってるんでしょ。それで、朝になったら間抜け面の男がジュースとクロワッサンを運んできてくれるのよね。さあお嬢さん、ウェルカム・トゥ・リアリティ。現実はおとぎ話なんかじゃないのよ」

「あなたの現実とわたしのは違う。草の上で彼氏と転がったりしないわ。まるで……まるで二匹の犬みたいに。自分が恥ずかしいんでしょ、だったらわたしに八つ当たりしないで。それとも、うらやましいの？　あなたが、自分でも覚えていないくらい昔に、どこの馬の骨かもわからないようなやつを相手に失ってしまったものを、わたしはまだ差し出せるんだから」

サライはコブラのように頭をもたげた。そのまましばらく、何も言い返さずに黙っている。アレナが自分の言葉一つひとつを後悔しはじめるには十分な時間だった。

「違う。あたしたちの現実は交わることがないのよ。そういう意味では、あんたの言う通り。だけどあんたは、あたしのことを何も知らない。あたしが土の上で《転がってる》間、あんたは雲の上にいた。そして今、あんたは落ちはじめた。もうすぐ地面は硬くて痛いって気づくはずよ。ひとつ教えてあげる。土曜日、スプラウから家に帰ったら、おばあちゃんが床に倒れてたの。あたしがおばあちゃんと住んでること、知ってた？　両親が夜逃げしたとき、あたしの世話をしてくれたのがおばあちゃんだってことを？　この最悪の一週間、あたしはずっと病院にいて、あんたみたいな〝トラウマ〟を抱えた女のことを考える時間なんてなかったのよ」

アレナは黙り、それから「ごめん」というように聞こえる言葉をつぶやいたが、サライの耳には届きさえしなかったようで、容赦なく畳みかける。

「あたしはほかの女の子みたいに、自分の苦労を言って回ったりしない。でもあんたには言っておく。あたしはこの学校で、あの同級生たちと一緒に何年もやってきた。あんたは転してきたばかり。あたしは友だちに好かれてるけど、あんたは変な子とか、ずる賢いって思われてる。これからあんたは、底辺にいるってことがどれだけつらいか、実際に知ることになるのよ」

脅しはいつしかヒステリックな叫びに変わり、サライは両手を握りしめた。固めたこぶしが、最初の対立の日よりもっと震えている。アレナは再び、殴られるのではないかと怯えた。思わず身をすくめる。自分がほとんど見えないくらいちっぽけで、みんなから踏みつけられても仕方ない存在のように思えた。視聴覚ホールの壁が真っ赤に燃えているかのように息苦しく、危険を感じたアレナは廊下に逃げた。休憩から戻ってきた生徒たちで廊下が込み合いはじめていた。アレナと入れ替わりにノエリアとウェンディが、まだ怒りを鎮められずにいるサライをなだめにホールに入った。

アレナが戻ったとき、教室はまだ無人だった。自分の机の上に何かが置かれているのを見て、何だろうと思い、近づく。ゴムでできた、奇妙な形の物体。よく見るとそれは、勃起したペニスをかたどった安っぽいおもちゃで、ぶら下がった札にこう書いてあった。「これで練習してね」

触る気になれないが、このままにしておいて誰かに見られたらと思うとぞっとする。そう考え、しばらく躊躇していたのが決定的な失敗だった。ようやくそれを手に取ったときには、ほかの生徒がもう入ってきていたからだ。最初に戻ってきたのはいつも通り〝無所属派〟の女の子たちだったが、教室の真ん中で、手にそんなものを持って立っているアレナを見て、驚きを隠せなかった。

「ねえあれ、おちんちんじゃない？　いやだ！」ひとりがカタロニア語で叫ぶ。「もうやめてよ、いやらしい！」

説明しようとしても無駄だ。アレナは誰かを説得して真実をわかってもらうどころか、そうしようとする元気さえ出てこなかった。逃げ出したい。だけど足が動かない。泣きたい、だけど、泣くまいと自分に誓った。生徒たちが騒々しく教室に入ってくる音を聞いて、体がしびれたように動かなくなった。多くの生徒が気づく前に、悪意に満ちた贈り物をどうにかリュックの中に隠せたものの、どっちにしても同じことだと思った。どうせみんな、たとえ今日欠席している者でさえ、口をそろえて見たと言うに違いない。

案の定、クリスティアンが通りすがりにウィンクしてアレナにささやきかけた。

「なんだよ、学校にいるときでさえ我慢できないの？　悪い癖だねえ」

30

次の国語の授業の間じゅう、ララは自分の席から、仕事の成果を眺めて悦に入っていた。休み時間にアレナとサライの間で何があったか正確には知らないが、頭から湯気を立てているサライと、義憤を感じるふりをして彼女にこびへつらっているばかな取り巻きどもを見ていれば、何が起きたかは容易に推測できる。アレナのほうも見たかったけど、目の輝きで自分のしたことがばれるのが怖くてできなかった。ほかの者より賢く立ち回り、陰で糸を操っておいてから、ゆっくり座って結果を眺めるのって、なんだかすごくいい気分だ。それもこの場合、予想よりずっとうまくいった。唯一の欠点は、とぼけつづけなくちゃいけないこと。アレナの愚痴を聞き、同情するふりをしながら、蹴っ飛ばすときを待つ。今のところの現実的な策はそばにいつづけることだろう。自分のほかに誰も味方がいなくなるまで……。ただ、問題はイアーゴだ。絶対、彼を遠ざけなくちゃいけない。そうしてアレナを独りぼっちでみじめな状態にするんだ。あの女にはそれがふさわしい。

携帯電話を盗るのは難しくなかった。あの間抜け女は、ショッピングバッグの横に無造作に置いていた。まるでくれたようなものだ。写真を選んで、あのうぬぼれ屋のクリスティアン・ルイスに送るのはもっと簡単だった。そうなれば、あとは折を見て携帯をリュックに戻し、成り行きを見守るだけ。クリスティアンは期待を裏切らず、すぐに画像を拡散してくれた。その間ララは忠実な友人、誠実な相談相手の役目を続けた。ララは見事にその役割を果たし、満足感を味わった。落ち込み、何が起こっているんだろうと怯えているアレナを見て、完全な幸福に満たされたのだ。そしてこれまで経験したことのない、ほとんど凶暴なほどの力がわき起こるのを感じた。

全部話したら、リリアナはきっと満足するだろう。がめついポーランド人の娘、すべてを奪ったあの女は今、父親の犯した過ちの代償を十分すぎるほど払っている。だが正直にいえば、もうずいぶん前からララは、リリアナがいない寂しさを埋めるためというより、自分の楽しみのために策略を巡らすようになってきている。これはもはや、彼女をずっと苦しめてきたこの世界に対する一種の復讐だ。大好きだった人たちを奪い、代わりに大嫌いなやつらと巡り会わせた世界。最初に彼女の元からいなくなったのは父だ。振り返りもせず、彼女のことを顧みることもなく去っていった。それからリリアナ。銀行から立ち退きを迫られ、家族でボリビアに帰らなければならなかった。この醜悪な人生が代わりに与えたものはクソ野郎ダニエルであり、アレナだった。クソ野郎に対しては、そうしたくてもあまり逆らうことができないから、赤ん坊をいじめることで我慢している。冷たすぎる水か熱すぎるお湯で入浴させるとか、素早く殴りつけて転んだように見せかけるとかするけど、あまりひどいことはしない。そうでないと、面倒なことになるからだ。

だけどアレナには遠慮しない。アレナに対しては、直感で見抜いた弱点を掘り下げ、じわじわ傷口を広げていって、じっくり楽しむ。今のように。ララはやっとアレナの席を見て、がんばってと笑顔を向けた。苦しませるための材料を数えながら、ときどき鏡の前で練習している表情だ。

近くの席から〝無所属派〟のひそひそ話が聞こえる。この間抜け女たちも、アレナとの仲が日増しに悪くなっていく。目障りなのはイアーゴの存在だ。あいつさえいなければ、アレナは完全に自分の手に落ちるのに。ふたりが時々会っているのは知っている。それほど敏感じゃなくても、あのばかが金髪女に恋していることくらい察しがつく。彼女もまんざらじゃないようだ。ララはイアーゴの席を見て驚いた。休み時間のあと、教室に戻ってきていないようだった。このまま、永遠に戻ってこなければいいのに。ばかげた願いだ。自分の力は限られている。もっとも最近では、思い描いたことが次々かなっていくことに、日々驚かされていた。

教室移動のとき、ララはアレナに言った。

「英語の任意レポート、貸してくれる? ちょっと参考にしたいんだ」

アレナは自分の世界に入り込んでいて、ララの想像していた通り、何も言わずにうなずいた。このところの一連の出来事で、ララは非常に役立つ教訓を得た。憔悴している人間をさらに叩き潰すのは、ものすごく簡単だ。

31

今どきの校長室は、昔のような威圧的な空間ではない。ただし、規律を破って校長室に呼ばれ、がみがみ叱られた子どもが、しょんぼりと恥ずかしそうに出てくるのは今も昔も変わりない。現在の校長、スアレス先生は皆から尊敬される人物で、その分叱責がこたえるということもあるかもしれない。おそらくその年齢と力強い話し方のせいだろう、生徒たちにしてみれば、ほかの教師たちほどは親近感を持てないのも確かだ。実をいうとイアーゴは、校長室に呼ばれたことがない。呼び出しを食らうほどの悪さをしたことがないからだが、そんな自分が、まさか進んで約束を取りつけて、スアレス先生に会いに来ることになるとは考えたこともなかった。だから今日は緊張している。きっと叱られに行くときのほうが、まだ気は楽かもしれない。廊下の端、事務室の隣にある校長室の近くで約束の時間の十五分も前からうろうろしながら、イアーゴはどんなふうに話を切り出そうかと迷っている。勇気を出そうと、ポケットの中から写真を取り出した。

スアレス校長は時間に正確だ。きっかり十一時十五分にドアを開け、会いたいと言ってきた少年を探してきょろきょろした。背が高く、昔風にきっちり分けた明るい色の髪をして、金属のフレームの眼鏡をかけている。

「バスケスか？」そう訊かれて、イアーゴはびくっとした。診察室に入って予防注射を打たれるときのような気分になり、早く全部終えたい、いやいっそ始めたくないとさえ思った。

校長は、明らかにイアーゴの顔に見覚えがあるようだが、ファーストネームまでは知らないかもしれない。大体イアーゴのような生徒は目に留まりにくいのだ。成績も中庸で問題も起こさない。一番葛藤を抱えやすい年代で、注意を払うべき生徒がほかにたくさんいる学校にとっては、理想的な生徒と言える。スアレス校長は現在、高等部の授業をいくつか担当しているだけなので、個人的に知っているのは別の学年の生徒、それも問題を起こしやすい生徒に限られるだろうとイアーゴは思っていた。だから部屋に入ってすぐ、学年とクラスを言い当てられたのには驚いた。

「こっちへ来なさい。三年B組のイアーゴ・バスケスだね？　セシリアのクラスだ。彼女の数学の授業は厳しいだろう？」校長は咳払いし、自分の席に着くと、イアーゴにも机の向かい側の椅子に座るよう勧めた。「さて、話は何だね？」

イアーゴは急に、どこから話していいのかわからなくなった。もともと無口な彼にとって、校長と相対するだけでも大ごとなのだ。まして質問に答えてほしいと頼むなど、考えただけでも居心地が悪くなる。

「クラスで何か問題があるのかな？　セシリア先生に話せないことでも？」

「いいえ、そういうのじゃありません。ぼくは……ええと、校長先生と話したかったんです」

「ほう、興味深いね。さあ、緊張しないで、何をしてほしいのか言いなさい。わたしはそのためにここにいるんだから」

スアレス校長が微笑みながら話しかけてくれたので、空気が少しほぐれた。イアーゴは両手をこすり合わせた。口の中がからからで、言葉がうまく出てこない。

「先生……、先生はこの学校に長いんですよね」

「三十九年だね、正確にいうと。教師になってからほぼずっと、ここにいる。着任したのは七七年の九月だった」

「ぼく……、ぼくの伯父もここの生徒でした。先生の教え子です。写真で見て知りました」

「当時の写真を持ってるか？　見せてもらえるかな」

「はい、持ってきました。先生に見せるために」

イアーゴはジャンパーのポケットから写真を出した。思わず頬が紅潮し、写真を机の上に置いたときには、校長の顔をまともに見られなかった。校長は煩わしそうに眼鏡をはずし（「これをかけてると、近くがほとんど見えないんだよ」）、両手で写真を取り上げた。

「この写真を見せるためだけに来てくれたのかい？　感謝するよ。あのころは写真があまり好きじゃなかったから、ほとんど持っていないんだ。いやあ、わたしがほんとに若かったころだなあ。髪がずいぶん多い！」

だが写真を見ているうちに校長の表情が変わり、校長室には永遠に続きそうな静寂が訪れた。

「それで、きみの伯父さんがこの中にいるんだったね？」

イアーゴは唾を飲み込む。だが不安は急に消し飛んでいた。なんといっても自分はただ、答えが欲しいだけなのだし、そのための質問をする権利はある。

「これです。ホアキン・バスケス。亡くなりました……。いえ、ぼくが聞いたところでは、殺されました……。きっと先生は、覚えてますよね」

スアレス校長は何も言わず、そっとうなずいた。背もたれに体を預け、写真を机の上に置いて、ゆっくりと息を吐き出す。今度は彼のほうが、イアーゴの顔をまともに見られなくなっていた。少なくとも、さっきまでのようにじっと見つめる勇気はないようだった。イアーゴはしばらく何も言わず、相手が話し出すのを待っていたが、校長は沈黙を続けた。

「ぼくは……あの、先生に迷惑をかけたくはないですが、でも……、何が起きたか、知るべきだと思うんです。そう思いませんか？　祖父はもう覚えていません、アルツハイマーですから。母はまだ赤ちゃんでした。ぼくには……あのとき何があったか、知る権利があると思います。彼らのうち誰が伯父を殺したのか、それはなぜなのか、教えてもらう権利が」

校長はなおもしばらく平静を保っていたが、そのあと目を泳がせた。眼鏡を手に取り、かけなおしながら、写真を裏返しにした。子どもたちの顔が見えなくなる。写真の上に載せた彼の手は、少し震えていた。

「すべてずっと昔に起きたことだ。だけど実際、きみの言う通りだ。知ったからといって、誰も傷ついたわけじゃない。想像がつくと思うが、楽しい話じゃないよ」

「どうして彼は殺されたのですか？　伯父が落第していたのは知っています。写真を見ればわかります。ほかの生徒より少し背が高くて、がっしりしている。それでいじめられてたんですか？」

「楽しい話じゃないと言っただろう。ほんとに、聞く覚悟はあるのか？　気に入らない点があるかもしれない。それに実際は、このことをきみに話すべき人間はわたしじゃない。それも理解してくれると思うが」

校長はほぼ、いつもの口調に戻っている。損得を天秤にかけたり、この会話がどんな結果をもたらすかを推し量ったりすることのできる、責任ある大人の口調だ。

「ぼくが頼れるのは先生だけなんです」イアーゴは食い下がる。

「じゃあ、本当のことを話そう。わたしがこの責務を負わなければならないとは思わないが、もうすぐ定年だし、悲しいことに、きみたちをすべてから守れるわけではない。きみが校長室に来て質問しているのだから、大人として答えるのが義務だ。ただ、ひとつ約束してほしい。あれから四十年近く経った。当時のこの地域の状況は、きみには想像もできないだろう。

だから何かを、誰かを裁く以前に、真実はおそらくきみにとって好ましくないものだということをちゃんとわかっておいてほしい。それから、時代も慣習もこの数十年の間に劇的に変化したことを……それも、いいほうにね」

「ぼくは何も裁くつもりはありません。ただ何が起きたか、伯父がどういう人間だったか知りたいだけです。どうして死ななければならなかったのか」

スアレス校長は再び、ゆっくりと息を吐き出した。もう一度写真をひっくり返し、眼鏡を離して眺め、目的の少年を見つけた。やせこけた子どもで、写真の中ではほとんどぼやけて見える。

「モコと呼ばれていた。かわいそうな子どもだよ、かわいそうな……」

「彼ですか?」

「わたしたち皆だ。いいかい、話を聞きたければ、途中で口を挟まないでくれ。最後まで話をさせてくれ、わかったね?」

生まれて初めて、イアーゴは大人扱いされたと感じた。聞きたい、真実を知りたい。そのためなら、好奇心を抑えてみせる。この机を前に座っていると、その好奇心自体、どこか子どもっぽい気まぐれのように思えてきた。

「この学校に着任したとき、わたしは二十五歳だった。その前はクルナリャーの学校にいたが、ほんの短い期間だ。実を言うと、バルセロナに戻って教えたいと思っていた。だが、きっとこのバリオとそこに住む人々にとらわれてしまったんだね。学力は高くない、問題は多い。違う環境で教育を受け、違う階層の家庭で育ってきたわたしのような人間には、腹の立つことばかりだったよ。最初の数ヵ月間は学校や地域、生徒たちの悪口ばかり言っていた。だがその後……、何て言うのか、ここで教えていると、自分が本当に有用な人間だと思えてきたんだ。まるでわたしが、仕事を通して影響力を行使しているとでもいうような。ほかの、もっと恵まれた環境の学校なら気づかれずに素通りされるような影響力をね。あのころはドラッグが街に蔓延していて、犯罪は共通通貨のようなもの、親たちは見知らぬものに立ち向かう覚悟ができていなかった。彼らは飢餓から逃れてこの街へやってきた人たちで、一所懸命働き、権利を求めて戦っていた。優しい人たちではなかったよ。生活のためには、冷酷にならざるを得なかったんだ。だけど自分の子どもについては心配していた。今とあまりに違いすぎて、きみには理解してもらえないかもしれないね。

モコはEGB六年のとき、わたしのクラスにいた。あの子のことは、その年の成果のひとつに挙げられるだろうな。教師の間の噂では、彼の家庭環境はひどいということだった。母親は飲んだくれで、父親はベルトでぶてばそれで問題は解決したと思い込むような男だった。そういう家庭は当時、珍しくもなかった。もちろんすべてではないが。だが、あの子どもはほかの子よりもっと、寄る辺ない感じがしたんだ。母親がアルコール依存症だったというのが本当かどうか知らないが、確かなのは、あのモコと呼ばれていた彼がいつも、だらしがなくて薄汚れた格好で学校に来ていたことだ……。そしてほかの生徒たちは、始終彼をからかっていた」

イアーゴは話を遮りたくなる誘惑に耐え、椅子の上でもぞもぞと体を動かした。一連の出来事の中で伯父がどういう役割を果たしていたのか、早く知りたくてたまらない。

「どうにかこうにか、モコを進級させることができた。優等生の隣に座らせ、わたしも頑張って彼を助けて、ようやく及第点を取らせたんだ。わたしよりもっと熱心な教師だったら何か変わっていたのかもしれないが、そうは思いたくない。子どもたちは彼のことをばかにしていたと言ったね。今の言葉でいう弱いものいじめだが、当時はかなりよくあることだった。ありがたいことに、これも変わったことのひとつだね。クラスでからかわれているだけでなく、ほかにも彼を苦しめている者がいたことを、わたしは知らなかった。その場面を見たことがなかったんだ。きみの伯父さんのバスケスがモコをいじめているのを見たことがなかったが、どうやら同じクラスの生徒はみんな知っていたようだ。忠告したように、これはあまり楽しい話ではない。続けさせてくれないか、お願いだ」イアーゴが口を挟もうとするのを見て、校長は懇願するように言った。「わたしがこの学校に来たとき、ホアキン・バスケスはすでに一年落第していて、七年生のクラスにいた。当時の担任によると、物覚えが悪かったそうだ。能力が低く、おまけに何の努力もしなかった。その年また落第して、九月には、わたしが六年生から担当していたクラスに入ってきた。〝持ち上がり〟だったんだ。当時の考え方では、担任はEGBの卒業まで毎年同じ生徒たちを受け持つのが通常のこととされていた。そしてそのとき、わたしは気づくべきだった。何が起きているかを悟るべきだった。あのあと何度も何度も自分を責めたよ。だけどいつでも、嘆いたときにはもう遅いんだ。教師として、わたしは落第した生徒たちに興味を持った。バスケスともうひとり、名前は忘れたが、女の子だった。彼は……、何て言えばいいのか、今なら特別支援学級に入るのだろうが、知能指数が通常との境目にいる子どものひとりだった。当時は愚鈍と呼ばれていただけだった」

「え？」

「実のところ、あのころは我々教師側にも、彼らのような子どもたちを扱う用意がなかったんだ。きみの伯父さんは、厳密には知的障害とまではいえず、ただ通常かそうでないかを分ける細い境界線上にいたというだけだ。わたしは親御さん、正確にいえばきみのおばあさんと話をしたが、彼女は非常に不快そうだったね。彼女を侮辱するつもりなどなく、ただ、一番いいのは息子さんに勉強を続けさせるより、学校をやめて仕事を覚えさせることだ、文房具屋で働かせてはどうかといったことをそれとなく言っただけだったが……。クラスにいても何もいいことはなかった。いいかね。彼は十四歳で、周りの子どもたちは十二歳。それでいい気分のはずがないだろう。あの子はひどく怒っていた。挫折した者特有の恨みを抱いていた。この写真を見ると思い出すよ。ああ、あのとき、きみのおばあさんを説得できていればなあ。だけど親なら誰だって、自分の子どもが勉強をうまくできないとは考えたがらないからね。今も昔もだ。こんな話をするのは、それできみの伯父さんの行動の説明がつくと思うからだ。彼が世界に対して怒りつづけていたこと、自分より小さくて弱い者たち、モコのような子どもに暴力をふるっていたことの、これが究極の理由だ」

「でも……それでどうなったんですか？　つまり……今の話とは逆の結果になりましたよね。死んだのはモコじゃなかった」

「ああ。予想通りにいかないことがあるものだ。正直にいうと、詳細はよく覚えていないんだ。あまりに恐ろしい知らせだったから、すぐに記憶から消してしまった。いえるのは十二月のある午後、バスケスの暴言と暴力に我慢できなくなったモコが、工事現場で彼を待ち伏せしていたこと。どこからそんな勇気を引き出したのかわからないが、やけっぱちになっていたんだと思う。そして彼はその場所で、棒を構えてバスケスを待ち、死ぬまで殴りつけた」

「ひとりで？　そんな！　伯父は彼より頭ふたつ分も背が高かったんですよ！」

「いいかい、人は怒ると、尋常でない力が出るんだよ。針金みたいな腕をした華奢(きゃしゃ)な人間が、怒ると雄牛のようになるのをわたしは何度も見てきた」

「それから？　その後何が起きたんですか？　モコはどうなりましたか？」

「少年院に送られた。両親が彼の面倒を見られないのは明らかだったし、判事はためらいなく彼の処遇を決めた。少年法は近年の産物で、あのころは判事が決めていたんだ。そしてひとりの少年を死に追いやった者が、罰を受けずにいるべきではないとされた。彼の、モコの中の何がそうさせたのかはわからないが、わたしは当時、きみの伯父さんと同じくらい、彼のことをかわいそうに思った。あの子たちはふたりとも、この街の、環境の、まだいくつかの教育的課題に立ち向かう用意のできていなかった、この世界の犠牲者だった。基本的には、皆の失敗だったんだ。家族の、学校の。きみの伯父さんだけでなくファンペも、クリスマス休暇が終わったあとには学校から姿を消していた……。その学年が終わるまで、ふたつの空席を見つづけていると、教師を辞めたくなったよ。予見しなければならなかった。あんなことにならないように、何かしなければならなかったと……。結局辞めなかったのは、もう二度とここであんなことが起きないよう、見守っていかなければと考えたからだと思う」

「ファンペって名前だったんですか？　モコが？」

「ファン・ペドロ・サモラ。だが、わたしでさえつい、《モコ》と呼んでしまうことがあった」

イアーゴは写真を眺めつづけている。今見つめているのはやせこけたその少年と、そしてその横で彼の肩を抱いている少年だ。

「この子は誰ですか？」

「どれ。ああ、確かファンペの友だちだよ。ファンペの隣の席で、前の年は相当彼を助けてやっていた生徒だ」

「モコを守っているような感じがします」

スアレス校長は何も言わずに視線をそらした。その態度を見れば、話を終わらせたいのは明らかだ。そのことを感じ取ったイアーゴは、校長先生はなぜ急に居心地が悪そうになったのだろうと思った。急にいらいらしはじめたようにさえ見える。

「名前を覚えていますか？　この、モコの友だちの」

「もうクラスに戻る時間じゃないのか。それに、ずっと前に過ぎたことをあれこれ突っつき回して時間を無駄にするわけにはいかない。そう思わないか？」

こう言われてはうなずかざるを得ないが、まだ訊きたいことはたくさんあった。

「そうですね。でも、もうひとりの男の子の名前を覚えているかどうか、まだ答えてもらっていません」

スアレス校長は椅子にもたれかかり、イアーゴをじっと見た。

「いまさら、それがどうだというのだ？」イアーゴに向けた言葉は、まるで自分自身への問いかけのように聞こえた。「家族でアンダルシアに引き上げたと思う。皆がここの生活に適応するわけじゃないからな。わかるか？」

「はい」

イアーゴは立ち上がったものの、動かずに答えを待った。何気なく放った質問が、急に重要性を帯びてきたような気がしたのだ。何も言わないが、そのかたくなな態度から、先生は答えを催促されていると感じたのだろう。

「すまないが、名前は覚えていない」校長はやっと答えた。「さあ、教室に戻りなさい。お母さんによろしく伝えてくれ」

32

もう良心がとがめてるのか？　なあ、あの車の中で、おまえはもう少しであの女を殺すところだったよな。首を絞めたくてたまらなかったけど、勇気がなかった。そのときが来ても、また同じことになるよ。臆病者。意気地なし。

ファンペは檻に入れられた動物のようにマンションじゅうをうろうろ歩き回った。部屋には煙の厚い雲がかかり、煙草のにおいが家具、ドア、服にも染みついている。何日も部屋に閉じこもり、ニコチンがにじみ出た分厚い霧と、相反する思いの中に浸っている。ライの夢は何度も見た。黙って両手を差し伸べ、声にならない願いごとをしているようだった。その後ろにはミスターがいて、彼のうなじに向けて撃つ。その発砲音で、ファンペは目覚めるのだった。「どうやるか、わかったか？」ミスターは彼に言う。「そんなに難しくない」

なぜこんな夢を見るのか、なぜためらうのか、その理由はわかっている。殺すのは喜びかもしれないし、単なる仕事かもしれないが、いずれにせよその行為を犯すには衝動を感じる必要がある。そして今現在、緊張と不安で完全に衝動が消えていた。最悪なのは延々と待っていなければならないこと。その一方で、バレリアが本当に、いつまでも行方をくらましていてくれればいいのにという気持ちもどこかにある。
ばか、自分に嘘をつくんじゃないぞ。本音は、そうなってほしいんだろ。そうすれば、任務を果たさないための完璧な言い訳になるものな。おまえの手であいつの体を包むときを、恐怖にゆがんだ目を想像してみろ。少しずつ、あの愚かな女の心臓が止まっていくときどれほどの喜びを感じるか、考えてみろ。あの最低男のボッシュ医師にはそうしたんだろ。なぜ彼女にできない？

小僧は決して黙らない。そしてすべてを知っているように見える。あの倉庫で話しはじめたときから夜も昼も、命令や指示、嘲笑の文句を投げかけてくる。鏡の中から話しかけてくるときもあれば、ベッドで隣に寝ているときもある。またときには、毒蛇のようにソファの下を這い回り、頭をにゅっとのぞかせることもある。眠らずにいるときも、わずかな眠りの時間も、彼に話しかけてくる。最近で言えば昨夜は、テレビ画面から話しかけてきた。音量を最小に絞り、再度の選挙を回避するための協定の必要性について、もう何度目になるかわからない議論を続けている政治家たちの顔をうつらうつらしながら眺めて、ファンペはひとときの静けさを享受していた。すると突然、政治家たちの顔の後ろに隠れて、あの子どもの辛辣な声がはっきりと耳に届いた。

腰抜け。おまえにはできないよ。そのときが来たら、おまえはしくじるよ。臆病者だからな。この間みたいに。

かっとして、テレビを消した。そんなことをしても何もならないとわかってはいた。そして案の定、あてこするような高笑いが聞こえた。小僧にはスピーカーなどいらない。いつでもそこにいる。ファンペが実家のマンションに戻ってきたときから、いつもそこで共生し、気が向いたら彼のあとをついてきて、いなくなってもすぐ、より強い嫌悪感を催させる存在となって戻ってくる。

自分には信頼できる存在などないと、ファンペはわかっている。それでも、ビクトルを当てにできればうれしいだろうなと思う。ファンペは謝罪のメールを送り、ビクトルからは励ますような返信が来た。

近いうちに会おう。ぼくはまた必死でホテルのごたごたを片付けるよ。

ホテル、新しい仕事、開いた扉。だけど今、もし決まらなければ、永久に閉じてしまうかもしれない。

いやだ、そんなのは耐えられない。それからミスターのことを考える。ミスターには背けない。もし命令に従わなければ、その結果がどうなるか、考えたくもない。彼の申し出についても、ずっと考えつづけていた。すべてが終わったあと、ミスターのそばにとどまるという選択肢だ。口約束を無条件に信じるべきではないとはわかっている。だがミスターは真剣に言っていたのだと、何かがファンペに告げていた。ミスターはもう年だし、家族もない。誰かそばにいる人間、ライの代わりになる人間が必要だ。そのポストにふさわしいのはおれだ。おれなら、彼を裏切らない。

もしおまえがあのメギツネを殺せたらな、臆病者！

「黙れ！」

ファンペは浴室に走り、服を脱いでシャワーを浴びた。小僧から逃れられる数少ない場所のひとつがここだが、狭い室内が湯気で満たされ、鏡が曇ると、恐怖を覚えはじめた。声ならどうにかこらえられるし、すでに慣れてしまった。どうしてもいやなのは彼の顔、永遠に思春期のままのいじめっ子の顔を見てしまうことだ。長い年月が経ち、ファンペは子どもでも何でもなくなったが、ホアキン・バスケスの冷酷で人をばかにしたような顔を再び見てしまうと、耐えられないほどの不安に襲われる。だから急いでシャワーから離れ、湿った霧が晴れる前に服を着て出かけることにした。

まだドアも閉めないうちに、向かいの部屋の戸が急に開き、フローラおばあさんが顔をのぞかせた。奥で猫たちの鳴き声が聞こえる。ファンペは無理に笑顔をつくった。

「何か？」

おばあさんも笑顔を返した。こちらは心からの笑みのようだ。

「関節が痛くて死にそうなのよ。パックの牛乳をひとつと、うちの子たちのごはんを買ってきてくれないかしら？　切れかけてるのよ」

「いいですよ」

「あなたに神のお恵みがありますように」

神はおれたちのことなんてこれっぽっちも気にかけちゃいないとファンペは思ったが、口には出さない。

「大丈夫ですよ、何でもないことです」

「いい子ね、ファン・ペドロ。他人がどう言おうが、あなたはいい人間だわ」

ファンペは踵（きびす）を返した。きっとそうだったのだろう。たぶん生まれたときはまずまずの人間だったのだろう。だけど今は違う。ここから出たいのなら、この狭いマンションに戻ってきたとき始まった小僧の声をもう聞きたくないのなら、いい人でいるわけにはいかない。つまり、生き残りたいのなら。

その午後、不意にビクトルが現れた。いつもながらこざっぱりした身だしなみの彼と、自分の乱雑な部屋は好対照だ。湿ったタオルはまだ床に放り出したままで、汚れた服がソファに山積みになっている。

「何日も音沙汰なしだったな」ビクトルが言う。「元気か？」

いや。元気じゃない。だがそんなこと、彼には言えない。それどころか答えるのさえ、生身の人間に向かって言葉を発するのさえ億劫だった。

「なあ、きみのことに口出ししたくないが……。医者に行こうとは思わないのか？」

数時間前にいた浴室のほうから小僧の高笑いが聞こえてこなければ、ファンペが笑い出していただろう。ビクトルが閉じた浴室のドアのほうを見ないのは不思議ではない。あれを感知できるのはただ、彼だけだからだ。そのファンペも、もちろんそれを現実のものと認識しているわけではない。

「元気だよ」ようやく、声が出た。「ほんとに。ただ、ちょっと具合を悪くしていただけさ。風邪でね」

信憑性を持たせようと咳をする。奥の笑い声はより辛辣になり、攻撃性を帯びた。

「ずっと考えてるんだが、医者に行くのも悪くないぞ。うちの従業員は全員共済組合に入っているから、きみも働き出せばすぐに利用できる。社会保障の証明書をもらうために、長い列に並ばなくて済むよ！　実は、きみのポストを用意したって言いにきたんだ。駐車場じゃなくて、ホテルのメンテナンス部門で働いてもらうことになる。拘束時間が長くなる分、給料も増える。いいチャンスなんだから、つぶしてほしくない。自分のために頑張れ。それから多少、ぼくのためにも」

思いもしない知らせだったので、さすがの小僧の笑いもやんだ。ファンペは一瞬、このマンションの内外で自分を取り囲んでいる醜い現実をすべて忘れて立ち上がった。何を言えばいいかわからない。ただの「ありがとう」では不十分に思えた。ファンペが手を差し伸べ、ビクトルは軽く驚いた顔をしてその手を握った。

「契約成立？」ビクトルが言い、ファンペはうなずく。

ファンペはそのとき、好むと好まざるとにかかわらず、勇気を掻き集めて任務を果たさなければならないのだと理解した。もう後戻りはできない。過去や、ミスターや、失敗だらけの人生に、最後のチャンスをつぶされるわけにはいかないのだ。夜空に尾をなびかせる彗星をしっかりと握り、雲を眺めながら走って逃げる。だけど足は、地につけて。ビクトルは知らないが、彼の訪問によって天秤が傾いた。実はミスターの指示に背こうと考えたこともあるが、ビクトルが常識的な仕事を約束してくれたことで、申し出た本人さえ知らないうちに、その可能性は掻き消された。ファンペは奇妙なほどの落ち着きを感じた。数時間前なら、こんな心境に達することはないだろうと思っていた。結局、決まった運命を変えることなどできはしないのだ。あの女の死は犠牲者自身より、実行犯より、ずっと力を持った人間によって命じられたもの。だからミスターの手のひらの中で、脚本に従い、役になりきって駒を演じるしかない。割り振られた務めを果たせば、苦労に見合う未来をつかめる。もう、どの仕事を請けるべきかについては、迷う余地などないのだから。

笑い声は消え、静寂が戻ってきて、澄み切った山の夜明けのように頭がすっきりとクリアになったことに気づく。光を勝ち得るには、暗闇を抱かなければならないことをもときにはあるのだ。

「ビールはどうだ？」と訊ねる口調は、近ごろファンペが努めて優しくなろうとして話すときの言い方だ。

「ああ、いいね」

ビールを手にしてキッチンから戻ってくると、ビクトルはダイニングの古い椅子に腰かけていた。特に他人の気持ちを読み取る達人というわけではないファンペでさえ、友人がいつもと違い、物思いにふけっていることに気づいた。ビールを一気に飲む様子を見ると、ひどく喉が渇いているか、少しいらいらしているかのどちらかだ。

「ホテルのほうは順調か？」訊ねたが、物思いの種はそのことではなさそうだった。

「ホテル？　ああ、ああ。すべてうまくいってるよ。きみは？」

ファンペは微笑む。

「風邪だよ。でもよくなった。今日はずっといい」

ビクトルは煙草のにおいにも煙にも文句は言わなかった。実際、ただ体がそこにあるだけのように見えた。

「なあ、ファンペ……。ぼくたちはもうずいぶん会っていなくて、つい最近再会したばかりなんだよな。だけど今、この街で友だちと呼べる存在はきみだけだ」

「そうだな」そのとき初めて、ビクトルは自分を多少は必要としているのかもしれないという考えが浮かび、ファンペは元気づいた。「おれに何かできることがあれば……」

ビクトルはゆっくりと首を振る。

「ありがとう。誰でもときどき、自分は間違いを犯しているんだろうかと自問自答することがあるだろ。ただそれだけだよ。きみもきっと、そういうことがあったと思う」

ファンペは欠けた両手の小指を思い、刑務所のこと、電話が鳴るとすぐに執行しなければならない死刑宣告のことを思う。自分の人生は間違いだらけだったが、そのツケは十二分に払ってきた。でも、ビクトルが言っているのはまた別のことだと、ファンペは直感する。ビクトルはファンペに答える隙も与えず、彼を見もせずに言葉を続ける。まるで自分自身に話しかけているかのようだ。

「ばかげた説がいろいろあるよね、そう思わないか？　今この瞬間を楽しめ、人生は一度きり、通り過ぎた電車は戻らない……。こんな言葉、実際には何の意味もない。いざというときにはあえて危険を冒すのか、急ブレーキをかけて現状にとどまるのか、自分で決意しなければならないんだ」

一瞬ファンペは、自分のことを言われているのかと思った。何らかの方法で、自分が抱えているジレンマを見透かされてしまったような気がした。

「基本的には」ファンペはゆっくり話し出す。「人はいつでも、何をすべきか知ってるんだと思う。それがやりたいことかどうかは別にして」

「それで？　いつもしかるべき行動をとるのに何か価値があるのか？　ぼくたちは何になるんだ？　従順になるようプログラムされたロボットにでも？」

「おれたちはすべきことをしなかった」

過去のあのことを言われたのに、ビクトルが反論も、その話題を退けもせずにうなずいたのはこれが初めてだ。それどころか、そのことにほとんど気づきさえしなかった様子で彼は話を続けた。

「ぼくたちはここで計画を立てた。覚えてるか？」

「もちろん」

「近ごろぼくはまた、あのことをよく考えるようになった。あの日のこと、その前の日々とあとの日々。そしてそうとは知らず、ぼくたちが引き起こした影響。彼の家族、両親、妹……。実は、ぼくはその美容院へ行ったんだ。なぜかはわからないが。何日か前、きみと約束してたけど、会えなかった日だよ」

ビクトルの行動を、ファンペはさほど奇妙とも思わなかった。彼もまた、かつての文房具屋まで歩いていったことがあったからだ。黒と白の光沢のある看板の名前を見れば、そこがあの店であることを疑う余地はなかった。そこにはミリアム・バスケスと書かれていた。

「あの家族は大変だったに違いない」ビクトルが続ける。「あの家の息子がどんなやつだったかぼくたちは知っていたが、彼らにとっては大事な存在だったはずだ。きみには……きみには子どもがいないから、失うのがどれほどつらいか想像できないだろうね」

ファンペはビクトルの言葉の意味を理解しようとして、自分の心の中に罪悪感のかけらでも残っていないかと探したが、見つからない。きっともう罪を償ったから、きっとその心には、見知らぬ人々に感情移入する余地などないから、きっとこれまでの人生で、誰かのために苦しんだことも誰かのために泣いたこともなく、そういう誰かを失うつらさを想像できないから。持たざる者の唯一の利点は、なくなると寂しいものなどほとんどないことだ。ファンペはそこで我に返る。何を考えてるんだ、おれは。ビクトルが話しつづけているじゃないか。

「あれからずいぶん経った。ぼくが知っているところでは、母親は死に、父親は記憶を失くしているという。きっと恩寵だよ、わからないけど。彼女、ミリアムは、クロマニヨンとは全然似ていない」

「近くで見たのか？」

「ぼくが行ったとき、ちょうど美容院から出てきた」

そう言うと、ビクトルは黙り込んだ。ビールをごくんと飲み、口に合わないというように顔をしかめる。

「今日はただ、仕事のことを言うためだけにここに来たんだ。電話することもできたけど、顔を見ていい知らせを伝えたくてね」

「それにしちゃ、あまりうれしそうじゃないな。きみも風邪気味なんじゃないか」

ビクトルは首を横に振る。

「そうは思わない。ただ……、いや何でもない、つまらないことだ。もう行ったほうがよさそうだな」

ファンペは何かもっと付け加えたほうがいいような気がした。ほんとに感謝しているんだということを伝えるべきだと思ったが、ずいぶん仰々しく聞こえる言葉しか浮かんでこない。ビクトルは子どものころから、大げさな感情表現を好まなかった。少なくとも、ファンペが覚えている限りはそうだ。だがこのまま帰らせる気にもなれなかった。腕を強くつかみ、そうすることで愛着、謝意、誇りまでをも伝えようとした。結末がどうだったにせよ、ビクトルと友だちだったときが、ファンペのこれまでの人生で最良の時代だった。そしてこれからどうなろうとも、現在とはかけ離れた、幸せが待っているかもしれない未来が見えたこの瞬間の喜びが消えることはないだろう。ビクトルがドアを閉めたときファンペは、こんな現在にはもうあまり長く耐えていけそうにないと気づいた。

33

他人にした親切は自分にも返ってくる。それが真実かどうかはわからないが、少なくともビクトルは、エレベーターを降りながら、そしてそのあと地下鉄の駅に向かって通りを歩きながら、そう思っていた。善行を施した人らしく、足取りは軽やかだ。小さなころ、母がいつも、日ごろの寛大な行いの大切さについて話していたのを思い出す。寝る前に思い出して、誇らしい気持ちになれるような行いのことだ。とはいえ、残念ながら、母自身は必ずしもその教えを実行していたわけではない。

そう思って立ち止まったのが、ちょうど大通りの信号の前だった。そのときまでは速足で歩いていた。一足ごとに、ファンペのいるマンションだけではなく、数本先の通りの誘惑からも離れていくことになったが、足取りに迷いはなかった。ベッドを共にしたあの夜以来、ミリアムとは話していないし、そうでなければならなかった。このまま関係を続けるなんて、あまりにも異常だ。ベッドでもそれ以外でも楽しく過ごしたことは否定できない。自分自身にさえうまく説明できないのだが、さほど数多くないこれまでの情事で、一番興奮するのは未知の女であることだった。新奇さ、そして彼女たちが運んでくる新鮮な風に惹きつけられていた。だが、ミリアムとは何かが違う。彼女と寝るのは、新しい発見よりなつかしさに浸ることを意味する。ミリアムの人生で起きた、彼女自身が知らない出来事を知っている。その事実が、彼をひどく優しい気持ちにさせていた。だからといって彼女の人格が陰気というわけではなく、むしろその反対だ。服の好みと同様、性行為の最中も彼女はいたずらっぽく自由奔放で、無遠慮と言っていいほどの一面を見せる。だがどんなカラーチャートにも青みがかった色調が、ひどく物寂しい色合いが混じっている。それを気に留めることはまずない。虹に見入っていると黒雲に覆われた空の存在を忘れてしまうのと同じだ。そのことをビクトルは知っていた。あるいは、知っていると思っていた。彼女のそばで目覚めたあのとき、ビクトルは気づいた。前夜の性急な欲望が、もうひとつの信じがたい感情と隣り合わせにあったことに。それはほんの数えるほどしか経験したことがない真の愛情であること、そして彼女とともに過去に戻りたがっていることにも、さらにその過去をこれまでずっと、少し恋しがっていたことにも、もう気づいていた。

　そして彼女にもう電話しない、デートの約束もしないと決意したのは、何よりその感情に気づいたせいだった。たった一度道が交差しただけ、これ以上は進展させまい。双方にとって最善の、その選択をできるのは彼しかいない。そうはいっても、正直なところ愛情と欲望の両方の感情がまだ頭の中に渦を巻いていて、彼女のことを考えただけで腑抜(ふぬ)けのような笑みが顔に広がる始末だ。他愛のないことを言ってふざけているうちに始まる、王妃様と奴隷ごっこ。心地よい命令と甘い罰、反抗してみせたところで、彼女の口づけには身をゆだねるしかない。あのシェヘラザードに惑わされるには、千と一夜もかからない。

ぼうっと突っ立っているうちに信号が二回も変わったことに気づき、その間、皆が自分のことを見ていたのではないかと思って、無性に恥ずかしくなる。何も考えずに一歩踏み出したそのとき、バイクがスピードを上げて走ってきた。信号が黄色のうちに交差点を通過しようとしたのだろう。まさに間一髪のところで誰かに腕をつかまれ、強く後ろに引っ張られたおかげで難を逃れた。バイクはふらついたが、転倒することはなく走り去った。何も言わなくても、心の中でののしっているのが雰囲気でわかった。この間抜け、何を考えてたんだ？

「もう、いったい何を考えてたの？」

ありえない。ビクトルはつぶやいたが、彼くらいの年になれば、人はありえないこととありそうにないことを混同しがちだということをわかっている。この場合につぶやくのは、《ありそうにないことが起こった》だ。なぜならそこに、彼女がいたから。抱えていた大きなレジ袋は地面に投げ出されている。

「五分前から、あなたを見てたのよ。あなたは気づかなかったけど。完全に、心ここにあらずだったよね。それで、もう行こうかなと思ったとき、あなたが前を見もせずに道路に飛び込もうとしたから……」

「きみがいるのは知らなかったよ、ほんとに」

「わかってる。バイクが来るのも知らずに、気がついたら目の前に来てたんだよね」

ミリアムは微笑み、地面から袋を取り上げようとした。

「さて、あたしはもう、安心して行っていいのかな？　それとも、イアーゴにそうしてたみたいに、道を渡り切るまで見ててあげようか？」

「行っちゃうの？」

なぜこんなことを訊いたのか、ビクトルは自分でもわからなかった。というより、わかっていていてした質問だったが、訊いてすぐに後悔した。さらに正直にいえば、理由はわかって、即座に後悔もしたが、返事がなければ、それでもまた同じ質問をしただろう。

「そりゃ、行くわよ」彼女は袋を指さす。「あたし今、家事の真っ最中なのよ。美容師は夜の八時半を過ぎてから冷蔵庫に入れる物を買いに走らなきゃならないの。あなたは友だちに会いに来たの？」

ビクトルはうなずく。会わないと決めた固い決意、その決意に至るまで考え抜いた合理的な論拠のすべてが、あっという間に雲散霧消していく。

「そう。じゃ、またね」

「待って。あの……、説明しなきゃいけないことが……」

「ねえ、ここで会ったのは偶然だったのよ。あなたの自殺行為がなかったら、何も言わずに行くところだったわ」

ミリアムは微笑みながら言う。その笑顔を見て、さっき思ったことをまた感じる。その理由には、彼女は気づかないだろう。いつも気楽で陽気な表情をしているが、彼女は本当に不真面目なわけではなく、その仮面の下にただ、もっと別の感情を隠しているのだ。

「電話しようと思っていたんだ」ビクトルは言った。

「もう、ビクトルったら、お願いよ……。あたしは三十八歳。メッセージや花束を期待している女の子じゃないの。あなたは素敵だったし、あの日は楽しかった。それでいいじゃない。今さら考えてどうなるの。メロドラマなんて、今どき流行らないわ。そう思わない？」

答えの代わりに彼はポケットから携帯電話を出した。彼女を見つめつづけながらアドレス帳をスクロールする。やがて着信音に設定している『ヒーローズ』が聞こえてくると、ミリアムはいぶかしげな表情で肩をすくめながらも、ゲームに付き合って電話を取った。

「ミリアム、ビクトルだ」

「ええ」

「元気？」

「元気、と言っておくわ。スーパーの帰りに、あなたにつかまったの」

幸い、このシュールな光景に気がついた人は周りにいないようだ。通りの真ん中でふたりの人物が向き合いながら、電話を通して話し合っている。

「都合が悪いの？　かけ直そうか？」

「いいえ、どうぞ。何の用？」

ビクトルは彼女の声の調子が、そして目つきも変わったのに気づいた。何か用なの？　さっさと話して、ばかみたいに恋愛コメディの主役を気取るのはやめなさいよ。

「また会いたいんだ。ごはんを食べに行きたい。できれば、今日にでも」

「今夜はだめ。家に帰らなきゃ。知ってるでしょ、父と、息子と、夕食の用意も……」

「それじゃ、明日は？」

「たぶん」

「たぶん、何？」

ミリアムは携帯を耳から離して、声を張り上げ直接言った。

「いいわ、明日。時間があるから、じっくり考えて素敵なところへ連れていってちょうだい。こんな茶番に付き合ったんだから、それなりの夕食を期待してるわ」

ビクトルは電話を切り、投げキスをした。

「約束する。バルセロナで一番のレストランを探すよ」

「知ってる？　あたしの母がいつも、いい行いをすればご褒美がもらえるって言ってたの。信じたことはなかったけど、今は信じる。あなたの命を助けて、ディナーをゲットしたわ」

ミリアムはウィンクして、袋を取り上げ、踵を返した。去っていく彼女を見ながら、ビクトルは心地よくも刺激的な感覚に包まれていた。彼女といると家に帰ったように感じることの危険さに、彼は以前から気づいていた。

第四部

心の岸辺は狭い

34

一九七八年、シウダード・サテリテ

　こうして少しずつ、物語の前半が終わりに近づいてきた。だけど今まで話してきた段階ならまだ、結果がまったく違っていた可能性だってあった。ぼくはときどき自問する。誰か、あの結末を回避するすべを持っていた人がいたかもしれないと思うときもあれば、いや、あれは起こるべくして起こったこと、ギリシャ悲劇のように、被創造物に対する哀れみというものを完全に欠いた神に導かれて迎えた結末だったのだという気がするときもあり、一向に答えは出ない。あれから四十年近く経った今、また同じ問いかけをしているのは、大人になったあの出来事の主役たちが今なお、警戒心より友情とか恩義だとか、守ってやりたいといった衝動に身を任せているように見えるからだ。過去とは執拗に戻ってきたがるものだというが、戻りやすくしているのはぼくたちだといってもいいかもしれない。ぼくたち自ら、進んで過去に会いに行き、過去にどっぷりつかり、過ぎ去った出来事を理解しようとして、そして同時に、埋め合わせをしたがるのだ。何が誤りで何が正解だったのかを受け入れるのではなく、過去をそっとしておくのでもなく。きっとそれは不可避で、我々は本質的に、忘却を受け入れられないものなのだろう。ときが経つにつれて葬り去られるものもあれば、そうでないものもある。きっと時間こそが、真に公正な裁定者なのだ。

一九七〇年代には、世間でも忘却ということが話題になっていた。そのころ様々なことが起こっていて、前へ進むには思い切った措置をとるしかないと盛んに議論されていたのだ。わかりやすい例が一九七七年一月に承認された恩赦法だ。被害を受けた人々の決して鎮まりきることのない感情を犠牲にして施行され、少なくとも短中期的には機能した。だが、いくらその時点で有用だったとしても、法律が人に他者を赦すよう強いることなどできはしない。人は往々にして、自分自身をさえ赦せなくなる生き物なのだから。

だがここでもう一度、まだすべてが好転する望みのあった最後の時期、事件の前のあの夏に戻ってみよう。ぼくたちはもう、そのわずか四ヵ月後にビクトルとファンペがクロマニヨンを殺すと知っているわけだけど、そのアドバンテージは一旦放棄し、そのあと何が起こるか知らない状態になってあのときを振り返ってみたい。なぜならあのころはまだ、彼ら自身でさえ、人を殺すなどと考えたことさえなかったはずだから。八月、シウダード・サテリテの路上から人の姿が消え、猫が我が物顔で闊歩していたあの夏に立ち返ろう。バリオ全体がひとつの同族企業であるかのように、一斉に扉を閉ざす三十日間。市場は閉まり、商店も閉まり、住人たちもドアに二重に鍵をかけて故郷の村へと帰っていく。八月の中旬ともなれば、いつも騒がしかった街が様変わりし、打ち捨てられて静まりかえったゴーストタウンの様相を呈す。ブラインドは下ろされ、大通りは閑散として、車の駐まっていないパーキングがひっそりと太陽に熱されていた。

断言できるが、ぼく以外の誰もその知らせをそれほど気に留めなかったし、もちろん驚きもしなかった。つまり、ヤグエ一家が息子の親友を連れて帰省したところで、何の不思議もなかったのだ。ましてその哀れな子どもの家庭環境を考えあわせればなおさらだ。だけどその学年の間じゅう、ビクトルと仲良くなって友情を勝ち得ようと努力しても全然うまくいかなかったぼくは、なんだかがっかりした。永遠のからかいの対象、モコがヤグエ一家と一緒に村に行くのは、ぼくにとって明らかな敗北を意味した。それはぼくだって、バリオからも自分の家からも離れ、ホアキン・バスケスの手の届かないところでひと月過ごすのはモコにとっていいことだと思わないではなかった。それに、実際、ぼくが行きたくても両親が行かせてくれなかっただろうということも内心ではわかっていた。兄のニコは渋滞につかまるからと夏の遠出を嫌がって、一度ならず両親とぶつかり、結局、同行しないことになった。姉たちはそんなこと考えもしなかっただろうが、下の息子までが実は行きたくないと思っているなんて、うちの両親は想像もしていなかったに違いない。だからぼくは運命に抗わず、家族と一緒にバリオを離れて南に向かい、アスアガでペルニーリャ（小型の菓子パン）を腹いっぱい詰め込まれた。だけどその夏、それまでの年と同じように過ごしながらも、ひと月だけファンペになれたらどれほど楽しいだろうと、ぼくはそんなことばかり考えていた。

こんなふうにいうと奇妙に聞こえるだろうが、あのころぼくが抱いていたビクトル・ヤグエへの気持ちは、ある程度特別な意識はあったにしても、純粋に精神的なあこがれだった。バリオの男の子なら誰でも抱く気持ちと変わりはなかった。それだけに、こちらに注意を向けてくれなかったり、家に来ないかという誘いを断られたりするとすごく傷ついた。そのころうちには、カラーテレビ第一号があった。今となってはばかみたいだけど、カラーテレビを買うなんて、バリオの家庭にとってはちょっとした事件だった。父が家族の、特に母のプレッシャーに負けたのだ。本当は低俗バラエティショーの『ウン、ドス、トレス』が一番好きだったくせに、当時全盛期を迎えていた博物学者フェリクス・ロドリゲス・デ・ラ・フエンテのドキュメンタリーを見たいからと言い張って、母は父を口説き落とした。かくいうぼくももちろん、カラーテレビを楽しみにしていた。きれいな画面を見られるだけでなく、これでビクトル・ヤグエの友情を勝ち取れるかもしれないと思ったからだ。あのころはまだ、友だちとは何かと交換でつくれるものだと思っていた。だけど結果は、ぼくの負けだった。ヤグエ家も間もなくカラーテレビを買い、ビクトルはまだその夢の画面を持っていない友だちを家に呼ぶようになったからだ。その中にはファンペも含まれていた。ぼくはといえばもちろん、呼んでもらえなかった。だってぼくは、よそのうちにカラーテレビを見に行く必要がなかったから。

ぼくの知らない、グラナダ県のモンテフリオという小村でふたりが過ごした夏については、それを語る人の感情が入り混じって様々に捻じ曲げられて伝わったので、実態はわからない。ただ八月の終わりにバリオに帰ってきたふたりは、体が一回り大きくなっただけではなく人間的にも成長していた。特にファンペは、人が変わったようになっていた。そのころになるとロシを気の毒がる住人も出てきていたし、ファン・サモラに対しては、虐待者、不実な夫、悪い父親というイメージがついて皆が嫌悪感を抱くようになっていた。だがいずれにせよ、あの母親と乱暴者の父親にしてはいい子が生まれたものだ、もっと恵まれた家庭に生まれていれば違った子になっていたはずだという点では、皆の意見が一致していた。

あの長い八月、アナベルはもうひとり息子ができたかのようにファンペ・サモラの世話をした。自分の子と同じお風呂に入れ、同じように躾けをして、ビクトルが着るには小さくなった服をファンペに着せた。普段なら、ビクトルのおさがりはすぐ下の弟のハビエルに行くはずだった。ファンペに栄養をつけさせようと心を砕く様子は、実の母親といわれても誰も疑わないほど自然なものだった。一方、エミリオ・ヤグエも彼らしくファンペに接した。つまり、これまで父と呼ぶにふさわしい人間がいなかったファンペにとって、男親に最も近い役割を果たしたのだ。その結果、わずか三十日でモコは背が伸び、こざっぱりとして、ありていに言えば、人間らしくなった。そのあとまた、どん底まで落ちた家に戻るのが彼にとってどういうことだったのか、ぼくには想像もつかない。

あの八月、バリオがほとんど無人なのをいいことに、ファン・サモラはほとんどの夜を未亡人のマンションで過ごしていた。おまけに、毎年二週間しか夏休みを取らないゼロ街区のバル、「エル・サント」の店主らによれば、ふたりはシウダード・サテリテの街を連れ立って歩いていたという。日暮れどき、バルに入ってきて一杯のキューバ・リブレを分け合って飲んだことも二度あった。逆に言えば、二度しかなかった。それはどうやら、その二度目の晩にロシがバルの戸口に現れ、ひと悶着(もんちゃく)起こしたからのようだ。かわいがるのにベルトを使う傾向のある亭主が不在だからといって彼女が苦しんだかどうかは疑わしいが、ファンペが村へ行き、暴力亭主も出ていった家でひとり残された彼女は、自分の中で聞こえる声に命じられるがまま動いたのだろう。

事ここに及んで、ロシは完全に正気を失っていたという。バルに入ろうともせず戸口にたたずみ、灯りに群がる夏の虫のようにガラスに張り付いていた。バルの中にいた少数の客は、黒衣の金髪女をのぞけば全員男だったが、やがてロシの存在に気づいて笑いはじめた。ファン・サモラは動じず、平然と飲みつづけている。やがて男たちのからかいの言葉にも、ガラス戸の向こうで途方に暮れている孤独な女を見ていることにもうんざりした店主は、サモラに言った。「おい、ロボ。おまえのカミさんのせいで、客が寄り付かなくなっちまうじゃないか」それを聞いたサモラがゆっくり立ち上がり、煙草を消してポロシャツをズボンの中に入れ直してから通りに出ていくのを見て、店主が後悔したかしなかったかはわからない。だが羊飼いが牧羊犬を呼ぶときのように指を鳴らし、大声で言い放つロボを、そこにいる皆が見た。「おまえは家に帰れ。覚悟しとけよ、おれもすぐ行くから」

それまで嘲笑していた男たちの中に少なくともひとりは、店から出て、ロシをそっとしておけとサモラを説得しようとするだけの分別を持っている者がいたと思いたいが、いずれにせよ、そんな善意があったとしても行動に移さなかったのは確かだ。ロシは子犬のように怯えて逃げ出し、ファン・サモラはもう一本煙草を吸ってから、彼女のあとを追い家のほうへと去っていった。バルに残された者たちはもう誰も笑わず、お決まりのジョーク（ほら、彼女は熱い夜を過ごすことになるぜ）にも、酔っ払いが乾いた笑い声で返しただけだった。

十五分もすると、ロボが真っ赤な顔をして、汗を流しながら戻ってきた。もう一杯キューバ・リブレを頼み、ほんの二口で飲み干す。そしてげっぷをこらえながらバルの店主に向かって言った。「すまなかったな、もうここに来て厄介ごとを起こしたりしないように、おれがちゃんとしておいたから。で、もしここにいるうちの誰かが何か言ったりしたら、あいつとおんなじことになるからな。いいな？」

その間、未亡人はまるで金髪のスフィンクスのように、無表情に足を組んで腰かけたきりだった。公の場で屈辱を受け、家に帰って殴られたあの女になにがしかの同情を覚えていたのかもしれないが、気づく者はいなかった。だが、それまで沈黙と怒りに覆われたこの場面の背景に溶け込んでいた店主が前掛けを外し、カウンターの中から手をたたいて「さあ、みんな帰った、帰った。夏なんだから、うちの店だってすぐ閉めるぞ！　そら、早く帰れ、うちはきちんとしたバルなんだ。娼婦と歩きたいなら、別のところを探せ、いいな？」と怒鳴ったとき、未亡人はまるで自分のことを言われているように感じたに違いない。圧倒的な男性優位の時代だったが、サモラもほかの客たちも、まぜっかえしたり軽口をたたいたりはしなかった。その場にいた唯一の女性である未亡人も、もちろん口を開こうとはしなかった。

一ヵ月間ごく当たり前の暮らしを送ったあとに、ファンペが帰っていったのがそんな家だ。エミリオ、アナベル、その家族と一緒に暮らしたあとで自分の家に帰るのは、保釈されてしばしの自由を味わった犯罪者が牢屋に戻るようなものだったに違いない。そのくらいは、別に天才でなくても容易に想像できる。もう少しで陽の当たるところに出られそうだったのに、再び穴の底に沈むようなものだ。だが今度はたくさんの思い出があるから、そのことを考えている間は寒さを感じずにいられる。夏休み明けのファンペは、ビクトルやその弟たち、いとこたちとともに経験した村での冒険のことばかり話すようになった。かと言って、急に性格が変わっておしゃべりになったわけではない。それまでの彼の人生では、他人に語りたくなるような楽しい話題がなかっただけだ。ぼくたちクラスの者はみんな彼の冒険譚を聞かされた。石をも溶かしそうな日中の息詰まる暑さ。何時に起きなければならないということがないから、夜はいつまでも起きていたこと。夜のかくれんぼ。最初はおっかなびっくりだったが、煙草の味を覚えて夢中になったこと。入り口から見ると一切れのケーキのような三角形をしているというあの村のことを、ファンペは聞き手がうんざりするまで話した。恋人たちが愛の言葉を交わし合う長い遊歩道、年かさの少年たちがよそ者に興味を抱いて石を投げてきたこと。特に最大の冒険については、ほとんど息も継がずに夢中で話した。始まりはある夜、かくれんぼをして遊んでいたビクトルとファンぺが、隠れ家にうってつけの洞窟を探すため、山の上の雑木林に行こうと思い立ったことだった。

エニッド・ブライトンの小説に出てくる探検家たちのように、ふたりでひとつの懐中電灯を持って山に分け入り、それ以前の年に遠出したときのビクトルの記憶を頼りに洞窟をいくつか見つけた。そのうちひとつに入ってみたが、隠れ家向きの洞窟かどうか確信が持てず、出ることにした。だがファンぺの場合、暗闇が怖くてそろそろと進むものだから、出るまでに時間がかかった。それを見たのはそのときだ。地平線が煌々(こうこう)と照らし出されたかと思うと、その光が彼らのほうへゆっくり近づいてきたというのだ。この話に関しては、ファンぺとビクトルの話が細部まで一致しているものだから、ぼくたちは皆すっかり信じ込んだ。そのころテレビで話題になっていたUFOのたぐいに違いないと思い、宇宙船から怪物が出てきて遠く離れた惑星へと連れ去られると考えた彼らは、走って逃げた。だが持ち前の粗忽(そこつ)さをいかんなく発揮したファンぺは、つまずいて地面に倒れ、くるぶしをひねって歩けなくなった。懐中電灯もなくしてしまった。

真夏だから、荒天の中で夜を過ごすことになっても必ずしも不快とはいえない。だが謎の宇宙人との合宿はまっぴらごめんだ。そこで真夜中、ビクトルはファンぺをおぶって用心しながら山を下りた。そのころ村は常にない緊張に包まれていた。

ビクトルが最初に見たのは、彼らを何時間も探し回っていた父のエミリオの姿だった。山に登り、倒れて、ゆっくり下ってくる間にずいぶん時間が経っていたのだ。エミリオは多くの村人が聞いているのもお構いなしに、聖母の名前を半ダース挙げて悪態をついた。それまでふたりを平手打ちにすべきかと葛藤していたが、力ずくで物事を解決するのに慣れていない彼は、結局ののしって終わりにすることにしたのだ。それに、友人をおぶった息子の姿を見ているうち、ふたりが戦闘を潜り抜けて塹壕にたどり着いた兵士のように思えてきて、いつしか不愉快な気持ちは消え、安堵感が込み上げてきた。ファンペを抱きとり、厳しさというより愛情をこめて息子の髪をくしゃくしゃにしながら言い放った。

「マリア様なんぞクソ食らえだ。ほら、家に戻れ。おすがりする聖人の名が尽きる前に、母さんに顔を見せてやれ」

「ぼくたち、UFOを見たんだ！」ファンペが叫んでいる。「あの上で。ほんとだよ！　ぼくたちの目の前で着陸したんだ……」

「ユーホー？」急に興味がわいたように、エミリオが訊ねた。

「そうだよ、父さん。あそこにいたんだ、あの山の向こう側に。それを見たから、走って逃げたんだよ」

そのころぼくたちはまだ、地球以外の惑星に人が住んでいて、お椀の形の宇宙船が飛び、神秘的な宇宙にはきっと、もっと進化した文明世界が隠れているのだと信じていた。

三人は、スパンコールがちりばめられた真っ黒なシーツのような空を見上げた。エミリオは負傷兵を担いでよく帰ってきたと息子をたたえ、ほめられたビクトルは疲れ切って地面に倒れこんだ。興奮と疲れで膝が震えていた。

「まずこの子を家に連れて行かせてくれ。すぐ戻ってきて、おまえを連れて帰ってやる」エミリオが息子に言った。

「だめだよ、ぼくが一緒に帰らなければ、母さんがびっくりするよ」

それで父と子は連れ立って歩きはじめた。ときどき、空飛ぶ円盤が明滅しながら再び現れるのではないかと期待して、神秘をたたえた星空に目をやりながらゆっくり帰った。だが家に帰って話そうとすると、やめて、そんな話聞きたくないと、アナベルに拒絶されてしまった。空にいるのは神様と天使たちだけで、いずれも宇宙船を操ったりしないというのだ。アナベルの言い分をよそに、その後、子どもたちとエミリオは毎晩、夜の散歩に出かけるのが習慣になった。たまに弟のハビエルがついていくこともあったが、ほとんどの場合エミリオ、ビクトル、ファンペの三人で行った。エミリオは子どもたちに労働闘争、社会主義、平等、女性や性別について話して聞かせた。UFOを再び見るという幸運に恵まれることはなく、やがてあきらめたが、その後も夜の外出は続けた。少年たちは、大人が対等の人間に向かうときの口調で、自分たちの住むこの世界の不思議について話してくれるのが好きだったからだ。彼らの年齢でもすでに、この世界が宇宙と同じく計り知れないものだということは理解できていた。ファンペが友人の父親に心を開き、実生活での困りごとを打ち明けるようになっていたのかどうか、ぼくは知らない。もっとも、おそらくそんな必要はなかったと思う。エミリオもアナベルもファンペの話は知っていたし、田舎の日々の中でファンペが心配ごとを忘れられるように心を砕いていたはずだ。だけどそんなファンペにとって、自分の家に戻らなければならないのがどれほどつらいことか、彼らが想像できていたかどうかはわからない。

どれほどつらくても、それは避けられないことだった。どんな夏にも終わりは来る。そして夏の終わりは、皆が家に帰ることを意味するのだ。ビクトルとファンペは同じ場所、同じ問題のただなかへと帰っていった。もっとも問題自体は、おそらく少し変わったものになっていただろう。三十日の間にふたりの友情はそれまでになく強固なものになり、新しい学年が始まったときには、もうふたりを隣同士に座らせる必要もなくなっていた。ふたりのことを考えるとき、決まってぼくの頭に浮かぶのは、なぜか大人になってから知った物語や映画だ。それらはぼくたちの子ども時代のイメージをゆがめてしまう。それはきっと、そういった映画が本質的な部分で嘘をついているからだ。学校のさえないやつ同士というのは助け合ったりしないし、お互いにこれっぽっちも親近感など抱いていない。それどころか、ひたすら軽蔑し合う。なぜなら彼らが普通の域に達するには、自分よりもっと底辺の子どもたちが存在することを世間にアピールするしかないからだ。ファンペはついていた。そして彼は、ビクトルの友情によって孤独な境遇から引き上げられ、クラスの仲間に入れてもらえたことを自覚していたと思う。のちに彼らの世界がねじれてしまったとき、彼が恩返しをしたのは、きっとそれが理由だったのではないだろうか。

誰だって、できるものなら『スタンド・バイ・ミー』の世界で生きたかった。友だちと一緒に自転車で走り回り、森の中に分け入って心躍る冒険に遭遇する。だけどシウダード・サテリテはオレゴン州ではないし、森もない。それに大多数は自転車も持っていない。あるのはビー玉、マンガ雑誌、ボール……、そしてテレビ。白黒か、目もくらむようなカラーかは家によるが、とにかくテレビ。だけどぼくの子ども時代を通して、あの勇敢な子どもたちの物語を彷彿させるものがあるとしたら、それはビクトルとファンペの夏の冒険にほかならない。固唾(かたず)をのんで聞き入り、矢継ぎ早に質問を繰り出すぼくら聴衆の前で、モコは微に入り細を穿(うが)ってあのUFOを描写していた。

なぜテレビの話を持ち出したかというと、今の子どもにゲームやコンソール、タブレットが欠かせない存在であるのと同じように、誰が何といおうと、ぼくたちはテレビに魅了されていたからだ。そのころすでに親たちは、そんな「ばかの箱」に張りついていないで外で遊んできなさいと言っていたが、ぼくらはかまわず調教された蛇のように首をもたげて、うっとり画面を見つめていた。

居ながらにしてほかの場所へと、それどころかほとんど別の次元へと運んでくれるあの素晴らしい時間を、どうやったらなしですませることができるというのか？　それに口では偉そうなことを言っていても、大人だって同じだった。フランクフルトに連れていかれたかわいそうなハイジが、ありえないほど濃い緑をたたえた、広々とした草原を恋しがっている場面で号泣していたじゃないか。うちの父でさえ、「おい、母さん。なんだって土曜の昼は、この女の子の苦労話を見ながら飯を食わなきゃならないんだ」とつぶやきつつ、隠そうとして隠し切れない感動を声ににじませていた。そして誰かがテレビを消そうものなら（チャンネルを替えるという選択肢は当時ほとんどなかった）、電光石火で怒り出すのは目に見えていた。

見ていたのはもちろん、不幸なハイジの物語だけではない。映画も音楽番組も、別の連続アニメもあった。そしてあの前年、特に皆を惹きつけた番組が『サンドカンとマレーシアの虎たち』だ。皆がサンドカンのようになりたいと願い、それが無理でも、その手下の強靭で戦闘的な海賊たちのようでありたいとあこがれた。だけど流行はすぐに移り変わる。あの年、一九七八年にはすでに、カビール・ベディが演じたサンドカンに成り代わり、新しいヒーローが誕生していた。実写ではなく、強くて正義感に満ちたロボットが活躍するアニメ、その名も『マジンガーZ』だ。

バリオでも国全体でも、子どもたちの間でこのアニメがどれほど人気を博したか、今日では説明してもほとんど理解されないだろう。たぶん、かわいそうなハイジのようなお涙頂戴もののヒットが何年か続いたあとで、ようやく我々男の子が照れ臭い思いをせずに見られるアニメが出てきたのが大きかったのだと思う。コージ・カブト、そのおじいちゃんでマジンガーの発明者、女性型ロボット・アフロダイAを操縦する気まぐれな女の子サヤカ、ドクター・ヘル、そしてもちろん、マジンガー。コージが巧みに操る、全能の存在だった。ぼくたちはただならぬ熱心さでこの連続アニメを見つづけ、各話のあらすじを再現して遊んでは、びっくりするほど詳細に覚えていることを自慢し合った。マジンガーのおかげで空手とロボットがブームになり、関連グッズが次々発売されて近所の店に置かれた。ほしくてたまらなかったグッズのひとつに、パンリコ社の製品についていたブロマイドがある。

今の人にはばかみたいに思えるだろうが、一九七八年の終わりごろにもなると、ぼくたちは取りつかれたようにカードをコレクションしていた。それまでにも似たようなシリーズのコレクションをしたことはあったが、ぼくが覚えている限り、マジンガーのブロマイドほど熱心に集めたものはない。みんなが夢中になっていた。それはクロマニヨンも例外ではなく、おれをマジンガーと呼べと命令していたが、うまく定着しなかった。今考えると、ホアキン・バスケスがその年でまだそういうことに関心があったのは奇妙に思えるが、あのころは何も変だと思わなかった。明らかに年齢は高いものの、あのいじめっ子はまだ小学生だったのだから。実際、夏を過ごしたグラナダ県から帰ってきたファンペが一番がっかりしたのは、ホアキンがまた落第してEGB七年生をやり直すことになり、ぼくたちと同じクラスになったことだった。

教室の奥に座っているホアキンを見たときのモコの顔をぼくは想像できる。彼の席は、相変わらずサモラとヤグエが隣同士で座っている席から遠くなかった。スアレス先生はもう、名字のアルファベット順で座らせることにそれほどこだわっていなかったけど、七年生になっても担任が同じとわかったらすぐ、一部の例外を除いてほとんどみんなが前年度と同じ席に着いた。一見何も変わっていないような印象があったが、実際にはヤグエとサモラのすぐそばに、ホアキン・バスケスがもうひとりの落第した生徒と一緒に座っていたのだ。ずっといじめつづけてきた、自分よりふたつ下のやせっぽちの少年と同じクラスになったので、さすがのホアキンもばつが悪そうだった。

クロマニヨンがすぐ近くにいることで、ファンペは絶えず身のすくむような恐怖を感じていなければならなかった。ずっと彼の顔色を窺いながら過ごす羽目になり、あざけるような顔つきやののしり言葉を無視することも、背中をバンと叩かれたり、そのほかにも様々な侮辱を受けたりするのを意に介さずにいることも、ファンペにとってかつてないほど難しくなった。もちろんホアキンは、教室内でそんなことはしない。少なくともそういう意味では、それほどばかではないのだ。いじめは人目につくところでは行われず、休み時間やターゲットがひとりでいるときに突発的に起こる。だが何より、彼がそこにいることそのものが、いじめだったと言えるかもしれない。自分がただ存在しているだけでパニックになる相手を見て、彼は楽しんでいたのだ。実際、たぶんこれが一番理解しにくい、あるいは説明しにくい点だが、彼はあらかじめ勝負に勝っていたようなものだ。何度もいじめを繰り返すことで、恐怖という強い感情がモコの脳裏には刻み込まれていた。もはや虐待行為を毎日しつこく繰り返す必要さえないことにホアキンは気づいていた。緊張を維持させるには、たまの機会を利用するだけで十分だった。そしてもちろん、言葉でも肉体的にも痛みを与える技術を彼は深く極めていった。もう平手打ちやお決まりのからかい言葉では役に立たなくなっていたからだ。クロマニヨンのやり方は洗練されていき、回数自体は減っていても、いじめの効果は何日も続いた。

年度初めからの三ヵ月半、つまり九月から悲劇の起きた十二月十五日までの間に、ファンペは今で言う小児期鬱のような状態に陥った。理由はたくさんある。家庭環境は悪化の一途をたどり、乱暴者のファン・サモラはもはや未亡人との「そぞろ歩き」を隠そうともしていなかった。ロシは目に見えてやつれていった。近所の女たちの話では、ほとんどベッドから起き上がらず、たまに起きて外に出るのはワインをまとめ買いするためだった。素晴らしい夏を過ごしたあとで迎えた秋の残酷さにファンペは激しく落ち込み、もはやビクトルでさえ励ますすべを持たないほどだった。

悲惨な毎日の中でたった一度、どんな運命のいたずらか、モコが少し報われたような気になるうれしい出来事が起きた。これを読んでいる人たちは、ブロマイドを全種類そろえようとしたことがあるだろうか。もしあれば、絶対出てこないカード、誰も手に入れられない呪われたナンバーが存在したことを覚えているだろう。たぶん商品の流通の問題なのだと思うが、もしかしたら一種の都市伝説なのかもしれない。だがいずれにせよあの一九七八年の終わりごろ、たった一枚が手に入らないがために、ぼくたちほとんど全員がマジンガーのコレクションをコンプリートしたくてもできなかったのには、何か現実的な理由があったとしか思えない。足りないのは何てことのない一枚で、特に魅力的な絵柄というわけでもなかったが、それがなければ、ブロマイド帳を完成させたと自慢することができない。入手不能に思えたそのブロマイドを手にしたのは、バリオじゅうで最もついていない子ども、モコことファン・ペドロ・サモラだった。手にしているのが例の一枚だとわかったとき、まるでクリスマスの宝くじが当たったかのように、モコは生まれて初めて自分が特別の存在になった気がしたに違いない。

めったにあることではないが、思いがけない幸運に見えたものは結局、猛毒を含んだ人生からの贈り物だった。のちに起こったことすべて、皆の人生を変えた出来事は、ファンペが夢をその手にしっかりつかんだ瞬間に端を発したからで、その報いを受けるにふさわしい者がいるとしたら、それはまさに彼だったというのは皮肉というほかない。同様に、彼の将来を真っぷたつに破壊したあの運命の日につながる数年間を物語るにふさわしい者、それができる者がいるとしたら、ぼくをおいてほかにない。もっとも、何がぼくをこの作業に駆り立てているのか自分でもよくわからない。わかっているのは、おそらくこれを書くのがぼくにとっての贖罪になるということだけだ。

あの悲劇におけるぼくの現実の役割はまさにそのとき、彼がブロマイドを引き当てた魔法の瞬間から恐ろしい惨劇の夜に至るまでの、あの週に始まったのだと今気づいた。それまでぼくはただの傍観者、他者の人生に多少なりとも関係している証人のひとりにすぎなかったが、あのときを境に影の登場人物、突然傑出して重要な役割を与えられた二番手役者に変わった。自分が何を言っているのか、よくわかっている。これまで何作かの小説を書いてきて、いずれも可もなく不可もないものだったとはいえ、キャラクターや筋の組み立てについては多少学んだつもりだ。もっとも、いつか自分に直接影響を与えたことについて書く日が来るとは、想像したこともなかったが。

最も簡単であるべきことが、最終的には最も複雑になる。ぼく、イスマエル・アルナル(父方の姓ロペスを省略したのは、単に最初の小説を出版するときそうしたから)は、決して日の目を見ることのないこの物語の中の出来事をすべて、おそらく当の主役たちよりよく知っている。だけど、だんだんそれを語るべきときが近づいてきたというのに、まだ書く決心がつかない。たぶんそれは、どんな作家もそうだと思うが、基本的には常に読者のことを考えているからだろう。作家の創作活動を完成させるのは読者。その努力の成果を判断し、理解し、批評し、または評価する誰かなのだ。ぼくに必要なものはきっとそれだ。ここに書くことすべてに意味を与えてくれる読者の存在があって初めて、ぼくの贖罪は完遂するのだと思う。

35

二〇一六年三月、クルナリャー・ダ・リュブラガート市サンティルデフォンス地区

ふたりは地下鉄のガバーラ駅で待ち合わせた。平日はいつも決まったところでしか会えないから、たまにはよく知った通りから離れ、バリオの外の、もっと開放的できれいな環境に身を置きたいと思ったのだ。好天に誘われ、急ぎ足でやってきた春に背中を押されて、ふたりは息が詰まるような街から脱出した。もしかしたらアレナがそう思っていただけかもしれないが、もっとのびのび呼吸できる場所に行きたかった。

ボガティ海岸は、厳密には天国とはいえないかもしれない。だが十五歳のふたりが三月の暖かな土曜日を過ごすには十分だった。空と海、そして誰にも見とがめられずにくつろいでいられる場所があれば、ほかに必要なものなどあまりない。とはいうものの、イアーゴは一

応スケートボードを持ってきていた。いつもここのレーンで練習するからというのが、この海岸に誘うときに使った口実だったのだ。そして、着いたらすぐにアレナが用意してきた大型タオルを敷いて砂浜に寝そべってもよかったのに、生真面目なイアーゴはその前に実際、彼女が見守る前で練習した。最初は人目をひきそうで恥ずかしかったが、徐々に羞恥心も消え、やがてただアレナに拍手してほしいがために何度もジャンプしてみた。女の子にかっこいいところを見せるのはいつだって楽しい。アレナのようにきれいな子の前ならなおさらだ。

天気はいいのに、浜辺に人は少なかった。ふたりきりになれそうな場所ということに重点を置いて選んだから、それも当然かもしれない。びくびくせずにキスするには、思い込みでもいいから、ふたりっきりだという感覚がまだ必要だった。浜辺に寝そべり、ふたりはキスに没頭した。ほとんど下着に近い姿で、可能な限り体を密着させている。お互いのこと以外は何も考えられない。こんなに異性と体を近づけたことなどなかったふたりは、飽くことなく唇を求め合い、お互いの体を愛撫する。初めのうちイアーゴは、スケートのときとはまた別の気恥ずかしさを感じていたが、それもやがてどこかへ行ってしまった。

夏はまだだということを思い出させるように、日が陰ってきた。体を密着させているというのに、アレナは寒さを覚えた。Tシャツの上からセーターを着こむアレナを見ながら、イアーゴはあらぬところが立ってくるのをなんとしてでも隠そうと戦っていた。

「ずっとここにいられればいいのにね」再び彼のそばに寝そべりながら、アレナが言う。

「寒くて死んじゃうよ」

「ばかね。たとえで言っただけじゃない」

アレナはイアーゴのほうを見ないまま、彼の股間にすっと手をやる。興奮しているのを感じて誇らしい気持ちになった。自分は、一緒にいる男子にそういう影響を与えることができるんだ。そう実感したときが、浜辺で過ごした時間の中で一番満足した瞬間だったかもしれない。イアーゴは何も言わず、ただジーンズの上からそっと触れられているのを感じていた。そしてどうかこのまま続けてくれ、いや、やっぱりやめてくれと、同時に正反対のことを祈っていた。だが最悪の事態になりそうな予感がしたので、とうとうアレナの指をつかみ、何も言わずにそっと自分から離した。弱い波音だけが聞こえている。その波が見える高さまで、イアーゴは上体を起こした。

「もう行かなきゃ」そう言いながらも、体は一ミリも動かさない。

「戻りたくない。ほんとに、いやなの」

思わずそんな言葉が口をついて出て、これじゃまるで駄々っ子だと、アレナは自己嫌悪を覚えた。

「家に戻りたくないの？　それとも学校？」

アレナは深く息を吸い込み、ゆっくりと吐き出した。

「学校。でも親も、ものすごくうっとうしい……。全然わかってもらえないの」

イアーゴは何も言わない。アレナはクラスでのことを両親に話していないと、前もって聞いているからだ。写真のことは説明すべきだと、イアーゴはやんわり言ってみたのだが、アレナはきっぱり拒絶した。

「少なくとも、セシリア先生には話しなよ」やがてイアーゴが口を開いた。「数学の授業のときは怖いけど、担任としては悪くないし、きっと助けてくれるよ」

「でも、何て言うの？　サライとその取り巻きが口をきいてくれません、なぜならわたしはメギツネだと思われているからですとでも？　ついでに写真を先生に見せて、携帯を盗られました、写真が送られたあとで戻ってきましたって話をしようか」

「すればいいよ」

「やだ。頭がおかしいって思われる……。それとも、あたしが嘘をついてるか。そしたら先生はうちに電話するでしょ。写真を見たら、父さんは怒り狂うわ」

「お母さんは？」

アレナも上体を起こした。砂をつかんで、ゆっくり指の間から落とす。

「母さんは、しっかりしなさいってあたしに言うでしょうね。もう小っちゃな子どもみたいなことをするのはやめなさいって。いつも、おまえは気が弱すぎる、敏感すぎるってこぼしてるの」

イアーゴは首を横に振った。アレナの弁解は、不快な状況に向き合わないための単なる言い訳にすぎないような気がしたのだ。こんなことを考えているとばれたらいやがるだろうなとは思いつつ、彼女が言っていることはすべて真実なのだろうかと自問した。彼女を信じたい。アレナのリュックの中に携帯が入っていたのを見つけて以来、彼女が言っているのは事実のはずだと、何度も何度も自分に言い聞かせてきた。だけど事実じゃないかもしれないと、心の中で小さな声がささやくのを抑え込むことができずにいる。クリスティアンとの会話が写真とともにフラッシュバックする。サライに対する怒りのあまり、アレナ自身が写真を送ったのかもしれない。イアーゴは、クラスの男子生徒やサライのグループの女子たちがアレナのことをどんなふうに噂しているか知っていた。「転校してきたときからお姫様みたいに気取っててさ、態度でかいよね」「あいつはパスだな。あの女、イカれてるよ」何日か前、イアーゴはクリスティアンに話しかけ、彼女をそっとしておけと言ってみた。友人、正確にいえば元友人のクリスティアンは、ただ笑い出しただけだった。「ブラザー、あのロシア女に惚れたのか？　あいつはおまえに向いてないって注意したはずだよな」イアーゴは騎士道精神を発揮して、彼を突き飛ばし、殴ってやりたいという誘惑にかられた。そうできれば、男の中の男だったよなとつぶやく。だけどクリスティアンと喧嘩したら、ひどく惨めな結果に終わりそうだったので、ぐっとこらえて怒りを飲み込んだ。義憤に駆られ立ち向かっていったところで、確実に勝って終わるためには、あと十センチ背を伸ばして、筋肉をつけなければならなかった。

「この話もうやめようよ、ね？」アレナが言う。「今日一日が台無しになっちゃう。もっと楽しいことを話そうよ。そうすれば少なくとも、しばらくの間忘れていられる。もうこの話には、マジでうんざりなの。ねえ、何か話してよ」

サライはクリスティアンをドンと突き放した。その動作にはほとんど愛情が感じられない。ふたりはクリスティアンの部屋で、ベッドにもたれかかるようにして座っている。そこはもっとずっと楽しい目的に使われてきた場所だが、今日は冷戦地帯に変わってしまった。サライの周りには目に見えない境界線が張り巡らされていて、うっかり近づくとビリビリ感電しそうだ。ひそめた眉、ぷっくりとした唇をきつく結んだその表情を見ていると、厳しさという鎧をなまなかな手段では脱がせられないのがわかる。クリスティアンはそもそも我慢強いほうではないのに、今度のことについてはもう何度も謝ってみせた。内心では、これに関して自分はちっとも悪くないと思っているのにだ。アレナはいい女で、自分は男。彼女を気に入らない男がいるとしたら、相当変わったやつだと思う。だがそれはそれとして、写真をただ受信しただけで、どうして自分の罪になるのか。そこのところをサライは理解しようとしない。クリスティアンは彼女の気持ちをわかろうと努力したがあまりうまくいかず、口論や、自分では到底解決できそうにない問題の数々に、もはや疲れはじめていた。女の子と付き合うのはひたすら楽しいはずなのに、こいつときたら病気のばあさんとか、嫉妬とかヒステリーとか、いやなことばかり持ち込んでくる。

「このままずっと腹を立ててるつもりなら、もう帰ったほうがいい。そうだろ？」

サライは怒りに燃える目で彼をにらみつけた。だが二時間もにらみつづけてきたので、もう効果を発揮しない。それに彼女自身も、こうやってふくれっ面をしているのに飽き飽きしてきた。それでも有り余るプライドが邪魔をして、負けを認める気にはなれない。

「いいよ。帰る」

腕を伸ばして上着を取り、立ちあがる。網タイツがはち切れそうな、見事な臀部（でんぶ）を見せつけるためにわざと彼に背を向けた。これが功を奏しなかったことはない。クリスティアンの本能は、計算しつくしたうえで見せつける尻に抗えないはずなのだが、今日は見向きもせず、スマホの画面の上に指を滑らせている。サライにはまったく注意を払わない。

「あたし、行くよ」

「待てよ。これ、きっと気に入るぜ」

急に思いついたことがあったのだ。作業にはほんの数分しかかからなかった。スナップチャットには信じられないような機能があって、彼は今、思いつきを形にするための画像を探すのに没頭している。作業を終え、完成した画面を見せると、さすがのサライも笑いださずにはいられなかった。カット・アンド・ペースト機能のおかげで、アレナが唇に巨大なペニスをこすりつけている写真が出来上がっていた。

「これ、アップしてブラザーたちに見せるよ」

五分後、ふたりは仲良くベッドに寝そべって、ケビンとオリオル、ウェンディとノエリア、それにクリスティアンのジム友だちから来たコメントを読んでいた。アップした写真は、十分後には跡形もなく消えてしまうとわかっているから、アレナの額に「わたしはメギツネ」とタトゥーを入れたりして遊んでいる。それからたとえば、動くペニスの代わりに毛むくじゃらの大きな尻をペーストしてみる。サライはそのあとにアレナの携帯番号を入れることを思いついた。元の写真に戻り、「ただでおしゃぶりしてあげる」というメッセージに大きな数字で携帯番号を添え、ネットに上げる。

「見ろよ！」クリスティアンが大げさに笑いながら叫ぶ。「ケビンのやつ、すげえコラージュをつくったよ」

その通りだった。口の中にペニスが描き込まれたアレナの画像は、もはや静止画ではなく動画になって、学校の仲良しグループやクリスティアンのジムの仲間に閲覧されていた。

おい、この子紹介しろよ
ちくしょう、すごすぎるじゃん、誰だ、これ？
おまえら、ちょっとやりすぎじゃないか？
この番号、保存するよ。興奮したときにかけるすげえええ！！！
ムムム……。今晩電話しよう
ロシアノメギツネヤリマン
清楚なふりしやがって、このヤ……
今すぐヤりたい

イアーゴはこの一週間、ずっとアレナに言おうと思っていることがあったのだが、海岸に来てからは、すっかり忘れてしまっていた。会ったこともない伯父のこと、自分で調べて知ったこと、ずっと前にバリオで起こった犯罪のことをアレナに話したいと思っていた。それを思い出したイアーゴは、アレナに古い写真を見せた。新鮮な目で見て、意見をもらいたいと思ったのだ。イアーゴはもう、話をほとんど暗記している。アレナは驚きながらも、注意深く話を聞いた。ぞっとするような話だった。話題を変えてと頼んだとき、まさかいじめと死の話を聞かされるとは、アレナは思っていなかった。

「いやなのは、家で何にも言ってくれないことなんだ」イアーゴが言う。「少なくとも、もう何が起きたかぼくは知ってるのに」

「そう？　ずっと前に起きたことを、確実に知ることなんて誰にもできないよ」

「そんなこと言ってたら、歴史の授業落第しちゃうよ」

「そういうことじゃないの。それとこれとは違う。アメリカ発見がいつだったかはみんな知ってるけど、船乗りたちが何を考えてたかなんてわからない。たぶんコロンブスを憎んで、殺したいと思ってた人だっていたわ。それとも、彼に恋してた人だっていたかもしれない」

イアーゴは考え込む。アレナは彼が眉を寄せて考える顔が好きだ。授業で理解しにくいことがあったとき、数学の難問に集中しているとき、彼はそんな顔をする。まるで怒っているように目を細めたその表情が、彼女は大好きだ。本気で怒ったらどんな感じなんだろうと思い、確かめるために彼のTシャツの上に一掴み(ひとつか)の砂をわざと落とした。それはあるいは、話題をそらすためだったかもしれない。それでふざけ合いが始まって、アレナが笑いながら逃げ、イアーゴがあとを追った。ジグザグに走り、つかまっても彼女はまたすぐ逃げる。やがて疲れて砂まみれになったふたりは、「ちょっと休憩」と立ち止まった。するとたちまち、会話を始める前の状態が戻ってくる。感情と若い性欲が爆発し、ふたりはもうお互い以外に何も見えなくなった。都会の片隅の浜辺にいながら、孤立したふたりきりの遭難者のように見つめ合う。今このとき、ネットの海には友だち、いや、かつて友だちだった者たちが流す中傷メッセージがあふれていることなど、ふたりは知る由もなかった。

「そうだ、きみにあげようと思って買ったものがあるんだ」イアーゴが本を取り出しながら言う。「図書館でこれを読んでるのを見たから……」

ディキンソンの詩集を見てアレナは少し顔を赤らめた。だが、見上げたイアーゴの顔の赤さはその比ではなかった。きっと誰かにプレゼントをあげるのはこれが初めてで、どんな顔をしていいのかわからないのだろう。

「ありがとう！」

思わず感謝のキスをする。幸せだった。それから本を手に取り、無作為に開いたページを声に出して読んだ。

幸せの一瞬は
痛みで支払う
幸福感に見合う
大きくて身も震えるほどの割合で

「ぜんぶ楽しい詩なの？」イアーゴが訊ねる。

アレナは笑った。ディキンソンの詩を読んだときの気持ちを説明できればなと思う。悲しいものではないが、奇妙なくすぐったさがあって、二世紀以上も前に亡くなったこの女性詩人の感覚が、言葉を通してアレナに伝わってくるのだ。特に好きな詩のページを探す。イアーゴはきっと、陰気な詩だと思うだろう。読み上げる必要はない。とても短くて、暗記しているからだ。《わたしたちはただ沈黙だけが怖い／声にはいつも、わたしたちの救いとなる

何かがある／だけど沈黙は果てしない／沈黙には顔がない》

「今日は楽しい」彼女は言う。

足元の砂は冷たく、塩を含んだ微風が顔に吹きつける。今なら、わたしも何か書けるかもしれないと思う。イアーゴの当惑した目つきとその手についての詩。その手は、自分で思うよりずっとたくさんのことを知っている。そして海についての詩。海が盛んにささやきかける警告を、彼女は無視していたかった。

「ねえ、鳥肌立ってるよ。行こうよ!」

アレナは行きたくなかったが、イアーゴに抱きしめられ、身を任せた。きっとこれがいい終わり方なんだと思う。波のメッセージを聞かず、街へと、コンクリートと沈黙の中へと戻されていく少女。帰り道はずっと黙り込んでいた。つらくも不快でもない、ただ深く考え込んでいるゆえの沈黙。アレナはまだ書いていない詩について考え、イアーゴはそれよりずっと散文的なことを考えていた。というのも、帰り道でイアーゴは、急に母が言ったことを思い出したのだ。一家の住居は昔、アレナが今住んでいるのと同じ建物にあった。ホアキンを殺した少年も、同じ建物の住人だった。彼の両親は今もそのマンションにいるかもしれないし……、もう住んでいないかもしれない。

そんなことを考えていたから、アレナがエレベーターに乗り込むまで見送ったあと、その場にとどまって郵便受けを確かめた。六階一号室の表示板に、フアン・サモラとロサリア・

クエスタの名はまだ残っている。もう老人なんだろうな、うちのおじいちゃんみたいに。どんなふうになっているんだろう、どんな姿をしているのかと、イアーゴはつぶやく。息子のことは、何か知っているのだろうか。ファンペ、エル・モコ、殺人者となった写真の少年。スアレス先生は何より、あの犯罪者のために心を痛めているように見えた。突然その両親に会ってみたくてたまらなくなり、深く考えずにエレベーターに乗った。何を言うかさえ考えていない。間違えました、アレナを訪ねてきたんです、お騒がせしてすみません。そんなところだろうか。ただ、物語に登場していた人たちの顔を確かめるだけでよかった。それがたとえ、ほんの脇役にすぎなくても。躊躇したらできなくなると心のどこかでわかっていたから、それ以上考えずにノックした。

ドアを開けたのは年齢不詳の男だった。ジャージ姿で、煙草を手にしている。イアーゴは思わず一歩後ろに下がり、本来ならすみません、間違えましたと言い訳するところが、それさえうまく言えなかった。年ごろから見て、その男は郵便受けに名前の書いてあったファン・サモラではありえない。イアーゴはあてずっぽうで訊いてみた。

「ファン・ペドロ・サモラ？」

その男はうなずいた。独特の疑わしそうな表情は、ほとんど来客のないせいかもしれないし、いらいらしやすいせいかもしれない。それでもう、イアーゴには言うことがなくなった。立ち去ったほうがいい。こちらを不審げに見ている感じの悪い男は相手にせず、階段を駆け下りるんだ。そう思うのに、両脚は石柱になったように床に張りついて離れない。

「何の用だ？」

何も。声には出せず、雄々しいまでの努力をして男の顔から視線をそらす。イアーゴの中で、その顔は完全にあの写真の少年に置き換わっていた。ようやく体が動き出す。蝶番に手を添え、まだ何か言いたげな相手をそこに残したまま走り出した。膝が笑い、息が切れても走りつづける。どうにか足を踏み外さずにエントランスの扉までたどり着き、外に出るとさらにスピードを上げて、後ろも見ずに走り去った。

36

ふたりの人間が同じ考えを抱くこと、それぞれの思考がいつも同じ結論にたどり着くことはあるかもしれない。だが必ずしも、最終的に同じところに重きを置くとは限らない。ミリアムはもう、「夢見てちゃだめよ」と自分に言い聞かせるのをやめた。ここまでくるとさすがに、気がついたことがふたつあるからだ。まず、警戒心を抱くのが遅かったということ。もうひとつは、夢にも賞味期限があるということ。ふたりとも、もうこれ以上は期限を延長できないとわかっている。きっと、だからこそ彼女もビクトルも思っていることを決して口にはしないのだろう。暗黙の了解で、とんとん拍子に進んでいく物語に身を任せ、その結末にはあえて目をつぶっている。それとも、もしかしたら結末を常に意識しているからこそ、些細な口論を避けられるだけでなく、決定的な言葉も口にしないで済んでいるのかもしれない。それについて、何も言わずともふたりの意見は一致していた。

それがふたりの間のしっかりした共通認識となったのは、街で偶然会った次の日のディナーでのことだった。こうやって会えるのはあと二ヵ月ちょっと。ホテルが開業するその日に、物語は幕を閉じる。もちろん、どうしてもそれで終わりにしなければならないということはないのだが、そういうものだと、お互いが納得していた。それで却って落ち着いたといえる。頻繁に会う口実にも、良識という概念をわきにのけるきっかけにもなった。あれこれ考えたところで、会う機会があればそれを優先した。楽しいときを過ごしたい。その思いが、分別に勝った。

そこにごまかしはない。実際に楽しく過ごしている。あまりに楽しいので、前世で知り合っていたんじゃないかというロマンチックな妄想をしばしば抱くほどだった。かつて彼らはそんな考え方を批判し、ばかにしていたし、今でも誰かに訊かれればそういう態度をとるだろうが、ときどき、お互いに驚くほどのつながりを感じることがある。たとえば性的な情熱の強さ。最初は感情を抑えていたが、そのうちわずかに残った抑制も、「今この瞬間を楽しめ」という恋人同士にとって大変都合のいい考え方のせいで、粉々に打ち壊されてしまった。だけどセックスだけじゃないと、ビクトルは思う。たとえばデートのとき、熱情を忘れてしまうということは決してないにせよ、それを上回る何かがあるのだが、その感情をどう呼べばいいのかはわからない。いつも別れ際には、ずるさとか家庭問題になるのを恐れてという理由ではなく、最初のころにミリアムから遠ざかろうとしたときと同じ思慮分別が働いて、今度こそ会わずにおこうと自分に誓う。それでもいざとなると約束をキャンセルできないのは、そのいわく言いがたい気持ちがあるせいだった。会うのをやめられない。ひとりの夜が嫌になるような早春のただなかで、日々は過ぎていった。

やがてルーチンができた。継続的に会うようになってから三週間が経った三月の半ばごろには、かなり規則的になっていた。平日に二度ばかり電話して、水曜日と金曜日は夕食を共にする。いくつか理由があって、ビクトルがバルセロナにいるときでも土日に会うのは避けていた。これはミリアムにとって唯一の予防線といえるかもしれない。土曜の夜を、六週間後にいなくなる人のための時間にしたくない。そんなことをすれば、土曜になるたびひどく恋しくなって、代わりのものではなかなか満たされないだろうと思うからだ。その分、平日のデートはどこか秘密のにおいがして、厄介なことになりにくいような気がする。いつもそそくさと家に帰るか、夕飯を作り置きしてから出かけるかしなければならないし、明日も早くから仕事と思うと、それほどたくさんのことはできない。それに週末に家にいれば、息子の疑いを招かなくて済む。それでなくても最近では、どうして夕食がこんな時間になるのかと、訊ねるようになっているのだ。ミリアムはイアーゴにビクトルのことを話したくない。

そんなことをしても意味がないと思う。だが、自分はイアーゴの状態を把握しておきたい。最近、息子は母よりもさらに、心ここにあらずの状態に見える。

その日、三月十七日木曜日、ビクトルが不意に美容院を訪ねてきた。会う約束はしていなかったし、こちらの習慣に頓着せず、ちょうど店を閉めようかというころあいにやってきた愛人に対して、ミリアムは少し反感を覚えた。

「迷惑だったかな？」

ミリアムは少し躊躇した。いいえと答えたが、あまり心がこもっていないのがわかったかもしれない。その日はいい日ではなかった。通りすがりに中国人の店が客でいっぱいになっているのを見て、気分が良くなるわけもなかった。

「今日は疲れてるの、それだけ。それにひどい格好だし」不機嫌な顔を見せたことの埋め合わせに、微笑みながら付け加えた。

「すごくきれいだよ」

「嘘つき！　ここに閉じこもって八時間働いたあとで、きれいでいられる人なんていないわ。それにこの髪、最悪でしょ。何て言われてるか知ってるわ、医者の不養生……」

ビクトルは彼女に近づき、手をとった。

「きみには誰か、ちょっと気にかけてくれる人が必要だと思うよ」そして、提案した。「ぼくにきみの髪を洗わせてくれないかな」

ミリアムは映画でこれとよく似た場面を見た覚えがある。メリル・ストリープとロバート・レッドフォードの映画だった。だけどここは美容院で、背後にアフリカの風景も広がっていないし、壁に囲まれて一日じゅう過ごしたあと、引き続き閉じこもっているのもあまり気が進まなかった。それでもビクトルに見つめられ、思わずうなずいてしまった。洗髪台に連れていかれ、頭を落ち着けると同時に目を閉じた。温かなお湯と彼の指を感じる。目を閉じていても、その指がうなじを滑っていく様を思い浮かべることができる。濡れた手が耳の後ろを滑っていくと、肩のあたりにくすぐったい感覚を覚えた。彼がシャンプーをつけて洗いはじめると、カールが取れていくのがわかる。ミリアムも髪と同じく抵抗をあきらめ、彼の気まぐれを楽しむことにした。泡、優しく髪をなでる大きくてしっかりした手、首筋から背中のほうへ、するりとこぼれていくしずく。お気に入りの歌を今かけるとしたら、選ぶのはパルプの『コモン・ピープル』だ。そんなわけはないのだが、突然自分が特別な人間に、曲のテーマである普通の人々(コモン・ピープル)とは違う誰かになったような気がして、ミリアムは歌詞を口ずさむ。

ビクトルは時間をかけて洗っている。呼吸が切迫してきたのにミリアムは気づく。興奮したとき、彼の呼吸が速くなるのをミリアムはもう知っている。そして彼がこうなると、ミリアムにもうつるのだ。羞恥心を押しのけて頽廃(たいはい)的なイメージが脳裏に浮かび、ひとつのストーリーを形づくっていく。ホテルの部屋、突然襲ってきた気後れ、終わらないキス、通りでの再会、ディナー、ベッドでのゲーム。彼の両手（今まさに、ミリアムの思考を掻き乱しているもの）が、手首を締め付ける手錠に変わる。ビクトルが水を出してシャンプーを流しはじめたとき、これまで感じたことのない歓喜の波が脳の隅々からわき起こって凝集し、一気に押し寄せてきたので、ミリアムは思わず椅子の肘掛けをつかんだ。ビクトルは大切な授かりものであるかのように彼女の髪をなで、タオルでくるんでそっと拭く。これまであたしをこんなふうに扱ってくれる人はいなかったと、ミリアムは心ならずもつぶやく。これに慣れちゃいけない、コモン・ピープルにとって、こんなのはよくない。どうしようもなく、反発心が頭をもたげてきた。

「これは何のため？」ドライヤーを取りに行く彼に訊ねる。

「気に入らなかった？」

がっかりしたようだ。ミリアムはどう言っていいのかよくわからず、肩をすくめた。興奮していると同時に少し腹を立ててもいて、それを言葉にするのは難しかった。濡れた髪で瞳を輝かせている自分と、そんな自分を微笑みながら見つめるビクトルが映る鏡の中に、突然イアーゴの姿が入り込んできたときは、なおさら言葉を失った。

「おじいちゃんが家にいないんだ。どこに行ったのか見当もつかないよ。母さん、今日は早く帰るって言ってたよね？」

息子の言葉には、どこか非難の響きがあった。まるで今のこの状況も、祖父がどこかへ行ったのも、結局この世の中の問題が、すべて自分のせいだととがめられているような気がした。今は、ビクトルの前では口論したくない。コートを羽織り、張り詰めた声で言った。

「行きましょ。長いこと歩き回っていられるはずはない。そう遠くへは行っていないわ」

だが、一時間経っても父は見つからない。ビクトルはどうしていいのかわからなかった。家に帰ってくるかもしれないから、イアーゴは家で待つことにして、ビクトルとミリアムは黙って近所を探し回った。知り合いとすれ違うたびにミリアムは父を見なかったかと訊ねる。誰も見た者はおらず、何も知らず、芳しい反応は得られない。ビクトルは、内心では自分の生活とあまり関係のないこんな探索をしたくはなかった。同時に、問題が解決するまでは彼女を見捨てる気にもなれない。

「警察に知らせたほうがいいよ、そう思わないか？　もしかしたら……もしかしたら、事故に遭ってるかもしれない」

ミリアムはゆっくりうなずき、そばにあった家の玄関に寄り掛かる。

「ビクトル、帰って。これはあなたには関係ない」

「ばかなこと言うなよ」

「本気で言ってるの」

「さあ、電話して……。警察に知らせたらすぐ、ぼくは帰るよ」

なぜだかよくわからないが、この表情が今後、自分の中の彼女のイメージとして定着するのだろうとビクトルは思った。何年か経ち、体のほかの部分は忘れてしまっても、青白い顔、洗いっぱなしの髪、瞳に心からの感謝を浮かべたこの姿は覚えているだろう。だがそんな目をしていたのは一瞬で、そのあとすぐ安堵の表情を浮かべることになった。

ひとりの男が、ガウン姿の老人を連れて近づいてきたからだ。

「ロベール！」ミリアムが叫んだ。「父さん、いったいどこに潜り込んでたのよ」

「うちの玄関の前に座り込んでたんだ。最初は誰だかわからなかったよ……。ずいぶん長い間、座ってたみたいだ」

ビクトルは今やってきた男を見た。まだ四十歳にはなっていないだろう。スキンヘッドで一本調子にしゃべる、タフガイ気取りの男だ。

「ありがとう」ミリアムは言った。

たった一言だったが、その声の調子と共犯者めいた表情から、ふたりは長い間の友人か、あるいはたぶん、それ以上の関係だとビクトルは察知した。自分が場違いな存在だと感じる。ロベールとやらは、こちらを見ようともしない。ところがミリアムの父は、突然ビクトルのほうを向いて言った。

「エミリオ！　うちの息子を見なかったか？　おれのホアキンを？」

「父さん、やめて……。ごめんなさい、ビクトル。あなたを誰かほかの人と間違えてるの」

ビクトルは本能的に、一歩後ろに下がった。老人の問いに動揺し、赤面する。この男は確かに認知症を患っているかもしれない。だが彼は、忘れていない。被害者は忘れないのだと、ビクトルは思う。痛みは和らぐが消えはせず、記憶でできた轍を残す。

「大丈夫だよ」

「父を家に連れて帰るわ。ふたりともありがとう……ほんとに」

ミリアムが腕をとると、老人はおとなしく帰っていった。男ふたりは閉まった玄関ドアをしばらく見つめて、それからひどくそっけない挨拶をさっとかわして左右に分かれた。この短い間に、ばかげてはいるが明白な男同士の敵対心が生まれたかのようだった。

ビクトルは地下鉄の駅に向かう。もう夜は更けたが、居心地悪い気分をぬぐえず、足取りが重い。ファンペは彼なりに、筋の通ったことを言っていたのだと突然わかった。もう、すべてずっと昔の出来事だと自分をごまかすことはできない。それまで彼は、思い出にも自責の念にも縛られずにいた。ファンペは罪を償ったが、彼は償っていない。そして今、償いを始めなければならないと感じている。そのためには問いかけ、確かめ、思い出さなければならない。あの過去の日々に浸り込んでからでなければ、再び浮上して前へ進むことはできないのだ。バリオから離れていた何十年もの間、唱え続けてきたあの呪文も、もう役に立たない。目を閉じていれば、世間も自分のほうを見ないと信じて、わざと忘れたふりをしていても、もう意味はないのだ。

おまえは少年を殺したと、声に出して言ってみる。何もなかったふりをしてずっと生きてきた。だけどいつか、償いをしなければならない日が来るだろう。

37

この数日間、アレナは浜辺でイアーゴに聞いた話を頻繁に思い出していた。少年たちの、いじめの、犯罪の話を。自分にそういう特別な、具体的に指摘できるようなことが起こったからというわけではない。むしろその逆だ。蜘蛛の巣のように絡みつくさげすんだ目つき、仲間内のくすくす笑いと急な沈黙、クラスの男子生徒の卑猥なしぐさや、サライとその取り巻きたちが彼女に向ける尊大な態度。そういうものと戦えると思うときもある。ひそひそとひどい噂話をしているやつらに立ち向かっていくだけの強さが自分の中にはあると感じる一方で、そんなことをしても何にもならないことに気づいてもいる。きっとアレナが息巻いた途端にみんなは黙って席に着き、入ってきた先生にヒステリー症状を起こしていると思われるのが落ちだろう。それからもちろん、メッセージのこともある。

知らない番号から、セックスしたいというテキストメッセージが入ってきていた。それに学校を出て、街を歩いているとき、みんなに見られているような気もする。そんなはずはないとわかっていても、その感覚が付きまとって離れない。自分の電話番号が出回っているのをつい最近まで知らなかったが、二日前にとうとう、マルクにメモを見せられた。「これを見せたこと、誰にも言わないで」とマルクは言った。アレナにはその理由がわかっている。それに、今さらそれが何だというのだろう。もう傷ついてしまっているのに、とアレナは思う。世間は、彼女にとっての世間は、彼女が誰とでもやるだとか、五ユーロと引き換えにアレをくわえるとか、イカれてると思い込んでいる。

「訴えるべきだよ」とイアーゴは主張する。たぶんその通りなのだろうが、それが何になる？　クラスメートがさげすみの目で見るのをやめてくれるとでもいうのか？　ときおり受け取る卑猥なメッセージがやむとでも？　そして最悪なのは、学校に訴えれば両親の耳に入るだろうということ。近ごろは、家庭もうまくいっているとはいいがたい。父は勤務時間を減らされたことでいらいらし、不安になり、怒りっぽくなっていた。それに母は……。母とはもっと円滑な関係を保ちたいと思うのだが、率直にいって、そうではない。たぶん自分が無気力だから、すべてが悪いほうへ向かってしまうのだろう。アレナと母はもう何週間も喧嘩している。というより、母が小言を言い、アレナが投げやりにうなずくというだけの関係だ。アレナだってできることなら、母が望むような娘になりたい。もっときっぱりしていて、くよくよすることもなく、気力や意欲を見せられるような娘に……。「まったくもう、雲の上にでも住んでるのかしらね」言いつかった家の用事を三度目に忘れたとき、母に嫌味を言われた。その雲は分厚くて黒く、涙をたたえてるの。部屋に閉じこもったときだけ涙の雨が降るのと言ってやればよかった。だが安全な避難所であるべき自室にいてさえ、ときおり届くメッセージからは逃れられなかった。全裸の男、誰のものともわからないペニス、顔を隠した体だけの写真などが届きつづけている。もちろん無視することはできたが、そうはしなかった。見なければならない、卑猥な言葉の羅列を読んで、自分は傷つく必要があると思っていた。

聖週間まであとほんの少し。まる十日間も学校から遠ざかっていられることだけを心待ちにしていた。さらに本音をいえば、もう二度と学校には戻りたくないが、それは不可能だとわかっていた。アレナが今、気力を奮い起こしているのは、ゴールが見えているからだ。そのゴールとは、どうにか年度末までこぎつけたら今の学校を退学したい、別の学校を探したいと両親に頼むこと。バリオからも、クリスティアンとサライ、ウェンディ、ノエリア、〝無所属派〟からも離れた学校を……。ただ、ララとイアーゴに会えなくなることだけがさみしい。マルクでさえ、前に言っていた通り、クラスにほかの友だちを見つけていた。アレナの隣は空席で、誰にも気づかれないように教室の隅でひっそり座っている。それが間違いだったのかもしれない。昼下がり、担任のセシリア先生に呼び出されたときは、きっとそれが原因なのだろうと思った。先生の部屋に向かう途中、アレナはクリスティアン、オリオルとすれ違った。想像の産物かもしれないが、クリスティアンの目には脅すような光が宿っていた。アレナはクリスティアンが怖い。自分を憎み、同時に欲している彼が、日々邪悪な感情を募らせているような気がする。セシリア先生の執務室をノックしながら、最後に彼らのほうを振り返る。クリスティアンはシーッというように唇に指を当て、凶暴なオオカミのように笑った。その笑みにのぼせ上がる女の子もいるが、アレナは純粋に怖かった。

セシリア先生が個人指導に使っている小部屋に入る。十月の新学年の面談以来、そこに入るのは初めてだ。あのときは何もかもうまくいっていた。

「アレナ、入って。ちょっとこの椅子を片づけるから待ってて。ごめんなさい、場所を空けておかなきゃならないのに、いつも物であふれかえっちゃうのよ！」

セシリアは軽い口調で話す。五十歳になる彼女は、教師経験が豊富なだけに、無駄にいらしたりはしない。小柄できびきびしているが、人とは目を合わせない。腹を割って話すこともなければ、同僚の教師たちとさえ友だちになろうとはしない。だが有能で説明は明瞭、問題には根本的に解決しようという姿勢で臨む。たぶん、とアレナは思う。たぶん背負っているものから解放されるときが来たんだ。

「さあいいわ。座って。数日前からあなたと話したかったの」

「はい？」

「ええと、実をいうと、どう言うべきか迷っているの。あまり愉快な話ではないから……。できればあなたたち同士で解決してほしいし、もうこれ以上掻き回さないほうがいいと思う。あなたのご両親やほかの人たちを巻き込まないためにも」

アレナは困惑して肩をすくめた。膝の上で手を組み合わせ、視線を落とす。なぜかよくわからないが、罪の意識を感じている。きっと、母が言うように気が弱すぎるからだ。その言葉が実際に聞こえてくるような気さえする。《しっかりしなさい、アレナ。世間に食われちゃうよ》

「どこから始めればいいかわからないわ。だからきっと、すぱっと本題に入るのが一番ね。この英作文をジョルディ・グアルディアに提出した？」

アレナはざっとその紙を見た。いくら担任とはいえ、数学教師のセシリアが英語の宿題を手にしていることに驚いていた。

「はい、何日か前に……」

「ねえ、アレナ。わたしにもあなたの年のころがあったわ。誰だって、身近な教師にのぼせ上がったことはある。ああ、そんな顔をしてわたしを見ないで……」

「だって、何を言われてるのかわからないんです。本当に」

「声に出して読まなきゃならない？　ほら、自分で読んでごらんなさい」

アレナは用紙を手に取った。見直しさえしなかったことを今思い出した。ララに貸し、そのあと彼女がふたり分提出してくれたのだ。

「全部読むふりをしなくていいわ。後ろのほうだけで十分。最後の段落よ。スペイン語で書いてある部分」

信じられない。確かに英語でない文章が数行あったが、作文を書いた時点ではそんなものなかった。自分がそんなことをするなんて、絶対、絶対ありえない。

「わたしが何の話をしているのか、もうわかったでしょ？」

頭を動かしたが、目はその文章から離せなかった。《あなたのことが頭から離れないの。寝ても覚めてもあなたのことを考えている。あなたとヤりたい、あなたが死んじゃうほどしゃぶりつくしたい。あたしのこと好き？　そうだと言って、この番号に電話して。いつでもかけてきてね、待ってるわ》最後に書いてあるのは自分の電話番号だ。アレナは血の気が失せていくのを感じた。あまりに恥ずかしすぎて、思わず乾いた笑い声を立ててしまった。

「笑いごとじゃないわよ、アレナ。実際、深刻な問題だわ。幸い、ジョルディ先生はわたしのところに言いに来てくれたから、これは趣味の悪い冗談だということにしようと決めたの。だってそうなんだもの、でしょ？」

「わたしはこんなもの書いていません。思いつきもしないわ……。クリスティアンか……それとも、サライがやったことに違いないわ」

「どうやって？　作文を彼らに貸したとでも言うの？」

「いいえ。わたしが貸したのは……」そこで黙り込む。言葉が喉につかえて出てこない。びっしょりと汗をかいた手が冷たくなっているのに気づく。

「アレナ、わたしたちはこのことで処分を下すこともできるのよ、わかってるわね？　これは敬意を欠く、無礼な行為よ。あなたには、きっと古臭い言葉に聞こえるでしょうけど、わたしには違う。差し当たって一番いいのは、冗談で片づけることよ。でなければ、ご両親にお知らせしなきゃいけない。実際、ご両親に言おうと思ってたんだけど、最後のチャンスをあげたいの。お願い。その通りです、冗談でしたって言って。そうすればもう、わたしたちはこのことを忘れる」

どう答えればいいのかわからなかった。冗談ということにすれば、このいやらしい文を書いたのが自分だと認めることになってしまう。もはや何を信じればいいのかもわからない、こんな状況にがんじがらめになっているような気がした。セシリアが早く答えなさいと目で促す。決着をつけたがっているのだ。アレナは説明したかった。すべてを説明したかった……。だけど同時に、もう自分の話に耳を傾けてくれる人などいないのだということがわかっていた。こんな思いをしたのは初めてだ。

「わたしはそんなもの書いていません」と繰り返す。「これをやった人はわたしをからかいたかったんだと思います。だから心配しないでください、もうこんなことは起きません」

毅然とした態度で話したいと思うのだが、恥ずかしさを抑えることができなくて、どんどん雰囲気が悪くなる。

「間違いを認めるのは、それほど大変なことじゃないはずよ、アレナ」

「やってません！」

「大きな声を出さないで、お願い」

「すみません」アレナは深呼吸して落ち着こうとした。「こんなことはもう二度と起きないと約束できます。それではだめですか？」

セシリアはアレナを観察した。この少女がどこまで真剣なのか経験で推し量ろうとしたのだが、よくわからない。何か隠しているのは明らかだ。これまでの教師生活で何度となく、生徒をもっとよく知るためなら何でもしようと考えてきた。そのためには、親とも、もっとかかわらなければならない。幸い、そう頻繁にあることではないが、こういうケースに直面したときは親とも接触したほうが多くの判断材料を持てるからだ。

「一旦、この話はやめましょう。だけどこれはわたしが持っておく。ジョルディは忘れるつもりでいるから、彼には何も言う必要はないわ。わたしも忘れるつもり……今のところは。だけど、これは厳重に保管しておいて、もしこういう問題がまた起きたら、あなたのご両親に話すわ。わかった？」

「はい」

ただ、その場から立ち去りたかった。学校から出たかった。街からも出たかった。まだ子どもで、夜のお化けが怖かったときのように、ベッドに潜り込み、シーツの下に身を隠したかった。今はもう、本物のお化けは陽の光の下、現実の世界に住んでいると知っている。何ら恐ろしい外見をしていないから、すぐ近くにいても身を守ることもできない。目の前にいる人がお化けとも知らず、親しく付き合っていることだってあるかもしれないのだ。

38

グラナダは相変わらず美しい街だ。ビクトルがここを離れたのは二十五歳のとき。いい仕事が見つかったのと、その年代特有の野心に駆り立てられたのとで、マドリードへと向かった。彼にとっては巨大な一歩、未来を手にするためには避けて通れない跳躍だった。それからもことあるごとに帰省している。初めのころはもちろんひとりで、友人に会うために帰ってきていた。それからメルセデスを連れて、父に会いに帰るようになった。父のエミリオは祖父が亡くなったときに村の家を売り、現在はグラナダ中心部の小さなマンションに住んでいる。ビクトルはいつも、父がなぜ再婚しないのか不思議に思っている。もっともこれまでも、現在も、まったくの独り者というわけではないのは確かだ。《面倒なことはごめんだ》というのがお決まりの台詞だが、実際のところどの女性も、ずっと前に彼を捨てた女と比較されるのに我慢できなかったのではないかとビクトルはにらんでいた。ビクトルがアナベルに対して一種の恨みを抱きつづけているのは、おそらくそれが一番の理由だ。彼女は裕福な男との輝かしい未来を選び、夫と息子ひとりを捨てて、ほかの子どもたちは連れていった。不公平で身勝手な母の振る舞いに、置いていかれたビクトルは納得がいかず、つらい思いをした。

　父は毎日夕方になると、一杯やりにビブランブラ広場に行く。昼のフライトでバルセロナから着いたばかりのビクトルは、五時ごろに広場へ行って、父をびっくりさせてやろうと思いついた。大抵の会社が休暇に入るのは聖木曜日。その二日前にふらりと思い立って来た小旅行だから、父には知らせていなかった。休暇自体はラ・コルーニャで過ごす予定だ。実際には、たったひとつの目的を果たすための二日間だった。

　シエスタするには神経が昂りすぎている。それにグラナダで借りつづけているマンションはあるが、そこでくつろぐためには可及的速やかに、徹底的な掃除をしなければならない。だからシエスタの時間は街の散歩に充てた。歩行者にとってはまだ慈悲深いというべき暑さの中、ぶらぶらと歩く。なじみ深いのに、訪れるたび初めてのような感慨を持つ街だ。当たり前のことだがアルハンブラ宮殿は今も変わらずそこにあり、来訪者を惹きつけている。いつもなら人工的な光が伝説的な趣を添える夜にそこを訪れるのが好きなビクトルも、思わず宮殿の眺めに見入ってしまった。それから、誰にも知らせず仲間だけの秘密にしていた見晴らし台に向かう。ごく若い時分は、アルバイシンの見事な眺望が楽しめるその展望台に、ナンパした観光客を連れていくのが好きだった。態度はよそよそしいが開放的な服装をした金髪の女の子たちを夕暮れどきにそこへ連れていき、白い家々が黄昏色に染まる光景にうっとりさせることができれば、少なくともキスは確実で、多くの場合、もっと上の段階にまで持っていけた。だけどこの時間帯は太陽が燦々と降り注ぎ、酷暑にあえぐ街の風景を照らし出す。抜けるような青空は美しかったが、ビクトルは長くとどまっていることができなかった。アルバイシンへの坂を上るのも億劫で、時間つぶしにのろのろとぶらつきながら、中心街へ戻ることにする。そうしているうちに時間が迫ってきて、それとともに迷いがまた生じた。

五時十分前になって、一瞬、父は習慣を変えたかもしれないと心配になった。だが、そんなことがあるはずはないとすぐに思いなおす。予想は外れていなかった。水を吐き出す奇妙な像に支えられた噴水の前のベンチに座っていると、エミリオが来るのが見えた。七十三歳という年齢の割には軽快で、どちらかというとずかずかとした感じの、以前と変わらない足取りで歩いている。だが驚いたのは、夏に出会ったときより、背丈だけではなくかさも縮んだような気がすることだ。立ち上がってそばに行こうとして、急に自責の念に駆られた。こんな気持ちになるのはこれが初めてではない。遠いから、仕事があるから、客観的に見ても父はそれなりに元気だからというのを言い訳に、ないがしろにしてきた。去年メキシコに行くまで、弟のハビエルができる限り父に会いに来ていたのをビクトルは知っている。下の弟のエミリオは、かわいそうに、小児白血病の後遺症のため自由に動き回れない。そして妹のアナにとって、父とは母の二番目の夫のことだ。だから会いに来る余裕のあるたったひとりの子ども、ビクトルが、少なくともときどきは父の様子を見に来る役目を果たすべきだった。

ようやくビクトルはベンチから立ち上がった。父はまだ彼がいることに気づいていない。目も前より悪くなったのだろう。父のほうに歩いていくと、いつものように、陰になったテラス席に座るのが見えた。なじみのウェイターがカラヒージョ（コニャック入りのコーヒー）を運んでいく。医者に注意されているにもかかわらず、父はそれを毎日飲んでいるのだ。やがて息子の存在に気づき、驚いてぽっかり開けた口から、くわえていたつまようじが落ちた。

「何だよ！　いやはや……。ここで何やってんだ？　おい、サトゥール、カラヒージョをもう一杯頼む。今日はお客さんだ！」

ビクトルは父を抱きしめた。いつの間に、こんなに華奢になったんだろう？　この六ヵ月で急にこうなったはずはないが、夏に会ったときには感じなかった。だが、一緒に座ると、ビクトルは少しほっとした。目じりには深いしわが刻まれているが、父の緑色の瞳は昔と変わらぬ輝きを保っている。昔と同じ活力を。

「まったく！　実に驚いた。どうして知らせてくれなかったんだ？　心臓発作で殺すつもりか？」

「急な旅なんだ、父さん。ほんの数日前に決めたんだよ」

「わかった、言い訳はいい。で、孫はどうしてる？　メルセデスは？」

「元気、元気。ラ・コルーニャにいるよ。今週末に会いに行くんだ」

「ほんとは逆だぞ。彼女たちがここに来るべきだ。ガリシアの聖週間の行列なぞ、ここは比べ物にならん……」

「今は行列を見に行くようになったの？」

「ああ、民衆の祭りとしてな。おまえも知ってるように、司祭とか教会なんてもの、おれにはどうでもいい。だけど行列は美しいよ、これは間違いない」

「わかった。それで、父さんは元気？」

「おれもよく……、よく退屈してる。めいっぱい、いい言い方をすればな」

カラヒージョは喉を焼くが、父はほとんど一息に飲む。

「おれの薬だ。これが飲めんようだと……もうだめだ。うちの父は八十四歳までこれを飲んでた。だからおれにもあと何年かある。ちくしょう、あと十一年だ。おれたちは長生きになったよな、そう思わんか？」

「父さんはもっと長く生きるよ。ところで……、今日は、ただ父さんに会いに来ただけじゃない。話があって来たんだよ」

「目を見てればわかるよ。何かあったと考えてた。何かよくないことだろうなと」

「悪くもないから、心配しないで。数ヵ月前、去年の終わりごろ、モコと出くわしたんだ」

わざとあだ名で呼んだのは、そうしたほうが父は思い出しやすいとわかっていたからだ。

「チビ、鼻を上にするのはやめろ！」とよく言っていた。するとふたり、ビクトルとモコは声をそろえて言い返すのだ。「どうすれば鼻を下にすれるの？」そんなささやかなエピソードを思い返しながら、父の顔を見つめた。若いころ、そうやって目を細めるのは嵐の前触れだったが、年とともに表情の意味するものが変わるとは思えない。張り詰めた沈黙もだ。

もともと父は、口数の多いほうではない。少なくとも、会話の切れ目をくだらないおしゃべりで埋めたりはしない。だから自分が話しつづけなければいけないと、ビクトルは感じた。

「就職の面接を受けに、ホテルに来たんだ。偶然、応対したのがぼくで、それ以来何度も会った」

「ああ」

「あのとき起きたことについて、父さんと話したことはなかったね。だけどそうすべきときが来たんだと思う。ぼくらの人生はあのときを境に変わった。ぼくは村に来ておじいちゃんと暮らした。そしてモコ……ファンペは、少年院に行った」

「その通りだ。で、何の話をしたいのか、教えてくれるかな？」

「彼にもぼくにも、わからないことがたくさんある。なぜぼくたちがやったとわかった？」

ビクトルは最初の問いを投げかけたが、答えが得られるとはあまり期待していなかった。

数秒間、噴水の音があたりを満たした。火曜日のこの時間、広場には人影がない。

「父さん、知りたいんだ。そのためにここまで来たんだよ」

「おれに会いに来たと思っていたが」

「それもある。それに、もっと頻繁に会いに来るべきなのもわかっている。だけど今、答えが必要なんだ。ぼくには知る権利がある」

「権利だと？　何の権利だ？　おまえはあそこにいるより、こっちに来たほうがずっとよかった、そうだろ」

「その通りだ。あのままなら、ぼくもモコと同じように、何年も閉じ込められることになっただろう」

「だからそういうことじゃないか！　おれはまともな父親なら誰でもやることをやっただけだ」

「わかってる」ビクトルはテーブルに両肘をつき、先ほどより濁った目で自分を見つめている父のほうへ体を寄せた。「父さんを責めに来たつもりはないんだよ、全然。これは本当だ。それに、ぼくの人生が今あるのは父さんのおかげだよ。母さんのおかげじゃない」

その言葉を発音するのはずいぶん久しぶりだったが、父に向かって母をアナベルと呼ぶことはできなかった。それは許されないだろうと直感していた。

「おまえの母親は、このことには関係ない」

「それなら、それでいいよ。質問に答える気になった？」

父は後ろへ体をそらし、なんとしても息子の視線を避けようとしている。

「不意打ちは悪魔の仕業と、じいさんがよく言ってた。それに子どもというものは、大人になったら心配をかけるだけだともな。なんてじいさんだ、その通りじゃないか！」

「どうしてそんなに、その話をするのがつらいんだい？　あれから二度とこの話題に触れなかったよね」

「必要がなかったんだよ、くそっ、何だってんだ！」

「実は、ぼくもそう思っていた。ファンペと出くわすまでは」

「モコ……。哀れな子どもだ」

「そう、哀れな子ども。そして知りたければ言うけど、哀れなやつになったよ」

父はこぶしをテーブルにドンと打ちつけた。ソーサーが震え、ティースプーンが地面に落ちる。

「誰が知りたいと言った！」

父が怒るのを見たのはずいぶん久しぶりだが、今でもやはり、怖かった。それは親や祖父母の怒りに対して誰もが常に抱いている畏怖の念ゆえかもしれないし、暴力的な面のないエミリオが、まさか荒っぽくて感情的な苛立ちを見せるとは予想もしていなかったからかもしれない。

「そんなに怒らなくていいよ」

ウェイターがバルの入り口まで出てきた。すらりとのっぽのその男は、ビクトルよりいくつか年上のようだ。

「エミリオさん、まあ落ち着いて。コニャックを一杯どうだね？　いらいらしたときにはこれが効くでね」

エミリオは小声で「要らん」と断り、罰当たりな言葉をぶつぶつと並べ立てたが、幸い誰にも、天上の聖人たちにさえも聞こえなかったようだ。

「そう言わずに、落ち着きますって。そちらのお客さんは、ほかに何かお持ちするかね？」

ウェイターのとがめるような視線に少し恥ずかしさを覚えながら、ビクトルは首を横に振った。ウェイターが立ち去り、父がコニャックを一口飲むのを待つ。それから突然、ふたりは同時に口を開いた。ひとりは謝り、もうひとりは自分の不機嫌さに悪態をついている。

「過去を蒸し返すとは、おまえらも物好きだな！」父はビクトルにも矛先を向けたが、今度はずっと落ち着いた口調だった。「死者。墓穴。おまえにとって、みんなにとって、済んじまったことのいったい何がそんなに大事なんだ？」

「以前はそんなふうに考えなかったね」

「以前はあまりものを考えなかった」

「そうじゃない。あなたは賢い人だった。これまでずっと。ぼくたちに正義の価値について、真実について話してくれた……。たぶん父さんは覚えていないだろうけど、ぼくは覚えている。モコも必ず、覚えているはずだ」

「またその話か！」

「モコがぼくたちと一緒に村で過ごした夏のことを覚えている？　彼にとっては今も、子ども時代の最高の思い出のひとつなんだ。それに、考えてみればぼくにとってもそうだ」

「例の円盤を見たからか？」エミリオの顔には心ならずもという感じで笑みが浮かんでいる。

「父さんも覚えてるんだね」

「おまえは母親似だな。そっくりだ。他人が話題を変えようとしてもお構いなし。あいつはおまえを丸め込み、挙句に我が道を行きやがった。おまえはモコの話をしたいのか？　なら、いいだろう。あのいかれ小僧、どうせろくなことはせんかっただろうよ。飲んだくれの母親に人でなしの父親……。あのファン・サモラってやつは薄情だったよ。ほんとのくそったれだった」

「知ってる。ファンぺはついてなかった。本当に」

「だが、おれたちに何の責任がある？　あいつを家に呼んでやり、アナベルがおやつを食べさせて、ここにも連れてきてやった……。それからおまえたちは、あんな面倒を起こしやがって……なんてやつだ！　ビクトル！」

「父さんはバスケスを知らないからだよ。彼をどんな目に遭わせていたか……」

「それなのに、いったいどうしておまえらは何も言わなかったんだ？　哀れなモコには父と呼ぶにふさわしい人間がいなかったが、おまえにはいたじゃないか、この野郎」

今度はビクトルが、返事に窮する番だった。

「あのころは、何もかも今と違ってたんだよ。たぶん、思いつかなかったんだと思う。わからないけど」

「違う！　思いつかなかったのは、おまえはその乱暴者に殴られていなかったからだ。おまえが殴られたら、おれに話していたはずだ。あるいは、おまえの母親ならわかったはず。おれの言う通りだろ、違うか？」

「そう、アナベ……母さんは、必ず気づいただろうね」

「だけどその後、おまえはあいつを助けて、復讐に巻き込まれた。ばか野郎。ビクトル、あのことを知ったときにおれが味わった絶望を、せめて想像するくらいはできるのか？　おまえたちは、あのガキを殺った。あいつがどうしようもないやつだったのは確かだが、それでも……いくつだった？　十四歳？　そんなガキを、おまえたちふたりは」

「どうして知ったの？」

「今さら、どうでもいいだろ」エミリオはコニャックを飲み干し、鈍い音を立ててグラスをテーブルに置いた。「おまえたちを、学校の別の生徒が見ていたんだよ。おれの当時の親友の息子がな。クラウソルの同僚で、一緒に部品を作ってた。息子はおまえたちと同じクラスで、どうやら、よりによっておまえたちのあとをつけてたらしい。あいつもちょっと変わった子どもだったよ……。そう、イスマエルって名前だった。〝のっぽ〟のアントニオ・ロペスの息子だ。アントニオは身長が一メートル五十センチにも満たなかったから、皮肉でそんなあだ名をつけられたんだよ、かわいそうにな」

「イスマエル・ロペス？　聞き覚えがないな」

「そうか……。何度かうちに来たこともあるぞ。おまえの母親が、あの子の母親と仲が良かったからな。何て名前だったっけ。ひどくやせてて、夫と同じで、小さい女だった。アントニオに、えーと……、えーと……。すまん、近ごろどうも名前が出てこない。いい人たちだったよ、エストレマドゥーラ出身でな、近所に住んでた」

「全然わからない。実をいうと、あのころのことはほとんど覚えてないんだ。あのあとここに来て、環境を変えて、名前も顔も忘れていったんだ。全部……」

「そうだな。要はそういうことだよ、ビクトル、そういうことだ。忘れることが大事なんだ。ずっとそのことが頭にあったら、生きつづけることなんてできんぞ。あの死んだ子どもに、意識をさいなまれてな」

「それじゃ、モコはどうなる?」

「おれには、厄介なことに巻き込まれた息子がいた。彼には自分の父親がいた。サモラが悪人だったとしても、おれには責任がない。いざというときには、それぞれが自分のことに専念しなきゃならんのだ。おれはそうしたし、これっぽっちも後悔していないよ。もし、モコが何かでおまえを責めるようなことがあったら、突っぱねてやればいい。おまえはあいつを助けた、ただそれだけだ。おれたちはもう十分償った。あのはぐれ者に困らされる筋合いはないはずだ」

「いや、あいつはぼくに迷惑をかけたわけじゃない。それどころか、ぼくに会えてうれしそうにさえ見えたよ」

エミリオは深呼吸して、噴水のほうに視線をそらす。まるで初めてその音が耳に入ってきたかのような動作だ。

「ビクトル、おまえがもう、多くを知ってるのはわかってる。だがな、この年寄りの忠告を聞くんだ。あいつから離れろ。もしあのころ、あいつがどんなやつだか知ってたら、ケツを蹴り飛ばして家に帰してたのに」

「父さん、彼は絶対、悪い子なんかじゃなかったよ」

「たぶんそうだろう。だけど悪運がついていた。それはな、ビクトル、時間とともに拭い去れるもんじゃない。おまえの母親はおれより賢かったから、すぐに見抜いた。『あの子といるとなぜか腹が立つことがあるの』と言っていた。おれは相手にしなかったが」

「ああ。そうだね、母さんは、何というかすごく……現実的だった」

「母さんの邪魔をするなって、おれは何度も言ったよな。彼女は行ってしまうことを選んだ。非難されるいわれはない」

「そしてもう二度と、ぼくに会わないことを選んだ！　だったらぼくには、母さんを責める権利はある」

エミリオは肩をすくめて深々とため息をついた。広場が少しにぎやかになってきた。彼は時計を見て言う。

「もう行かなきゃな」

「ああ。あとで夕飯を一緒にできる？」

「おれの晩飯は早いぞ。八時ごろだ」

「大丈夫だよ。父さん、まだ話してもらっていないことが……」

「まだ質問があるのか？　何を知りたい？　訊くなら今だけだぞ。今夜はもう、その話題を出したくない。いいか？」

「その男の子、イスマエルのことだよ。ぼくたちを見たのはわかった。それからどうなったんだ？」

「それから？　それからは父さんが、おまえが無事でいられるように頑張ったんだよ」

「ファンペを犠牲にして？」

「何だって犠牲にしたさ！　そのための親じゃないか」

そう言って、エミリオは遠ざかっていった。二羽の鳩が驚いて彼の足元から飛び立ち、噴水の上にとまる。暑い。温度はまださほどではないとはいえ、空気は夏特有のねっとりとした熱さをまといはじめている。一羽の鳩が舞い降りてきたが、もう一羽は依然として高みから地上を見張っている。きっと生きていく中で、人間とは信じるに足る存在ではないことを学んだのだろう。

39

イアーゴにはどうしようもなかった。学校の写真を見るたび、ファン・ペドロ・サモラの現在の顔が浮かんできて、いくつもの問いが頭に響く。ヘッドフォンで外界の音を遮断しているのに、頭の中の声のせいで音楽が聴こえにくくなるほどだ。特に、今のように何もすることがなく、時間だけは有り余るほどある休みの期間は、なおさらいろんなことが頭に浮かぶ。ベッドに横になり、校長との会話を反芻しながら、彼は何を隠したかったのかと考えつづけていた。説明は理屈が通っていたし、誠実に対応してくれていた。ただ、最後に態度が変わった。モコの友だちの名前を教えるのを拒否したときだ。そう、先生は覚えていなかったのではなく、拒否したのだ。きっと、大したことではないのだろう。だけど奇妙な感じがして、あのことについても調べなければならないと、イアーゴは思うようになった。まずは祖父に訊いてみようとしたが、先日のひとり歩き以来、彼は日ごとに無気力になっていくように見える。一日の大半を眠って過ごし、起きているわずかな時間も、苦しそうに沈黙に浸り込んでいるかと思えば、突然怒って長々と熱弁をふるい出し、世の中に文句をつける。

母も役に立たない。それにイアーゴは、これ以上問題を増やして母を苦しめることだけはしたくない。少なくともこのことについて話せそうなのはアレナだけだが、彼女からはここ数日、音沙汰がない。今週はずっと、両親と一緒にどこかへ旅行に出かけているのは知っているが、だからといって、それはメッセージに返事をよこさないことの理由にはならない。アララにまでアレナがどうしているのか訊いたが、彼女も何も知らないということだった。アレナは返信もよこさず、電話にも出ない。少なくとも、今日まではそうだ。イアーゴはもう一度連絡しようと思い、猛烈な勢いで入力し、送信したものの、ワッツアップのメッセージは最終目的地まで届かず、宙に浮いたままのような気がする。

だがそれは、考えすぎだった。ついに、返信が来た。《会えるかな？　話したいことがあるの》

ダイニングのソファに横になり、ララは家を独り占めしている気分を楽しんでいた。自分の部屋で何時間も過ごすのは平気なララだが、同じ家の中にクソ野郎や赤ん坊がいるといないのとでは気分が違う。今日はララ以外の三人は外出していて、夜まで戻らない予定になっていた。彼女は親を説得して残ることにしたのだが、思っていたより簡単に許可が出た。これまでの母なら、来なさいとしつこく言い張っていただろう。家族は一体でなければならないというばかげた趣味の悪い考え方に取りつかれているのだ。だが最近は打って変わって、あっさり折れるようになった。そうなったらなったで、本当のところ、少し心が痛むようになってきている。だけど今日は違う。聖週間の休暇が始まる前日の金曜日、とうとうアレナと対決してからというもの、何があってもララの上機嫌が損なわれることはなかった。ここ数日、ララはあの栄光の瞬間を思い出しては楽しんでいる。自称〝友だち〟が打ち負かされ、怒り、不安で悲しむのを見ていたあの十五分。いずれああいう場面が訪れるはずだと思っていたし、それに向けての準備もできていた。すべて否定すること、そして何より、かっとなったアレナを非難すること。シミュレーションは完璧だった。

「あんた、どうかしてるわ」英語の作文のことで長々と責め立てられたあと、ララはアレナに言った。「どうしてあたしがそんなことするの？」

核心をつく質問だ。アレナにだって、その答えはわからない。彼女の中で論理と激しい願望が戦っているのがわかった。論理的にいえば、明らかにララが犯人だ。だけどそうであってほしくない、ほかの説明ができるのではないかと、アレナは願っていた。

「あの作文を持ってたのはあなたしかいない。それに携帯を失くしたときも、あなたが一緒だった……」

「ねえ、いろんなことがあって、あんた頭がおかしくなりかけてるんだと思う。だってあたしは、この学校で唯一の、あんたの友だちだよ」

「わたしもそう思ってた」

すべてを認め、アレナをもっと落ち込ませたらすごく楽しいだろうなとララは思った。だけど疑いを持たせたままにしておくのが一番いいと、ララの中の何かが告げていた。今は腹を立てたふりをして、立ち去るんだ。いずれ告白するにふさわしいときが来るだろう。

「どこに行くの？」ララが背を向けるとすぐにアレナが訊ねた。

「落ち着くまで、あんたのことはパス」

「だめよ」アレナはララの腕を強くつかんだ。「あなたがやったに決まってる。ほかの人のはずがない。理由を説明してよ！」

「放して！ ひとつ言っていい？ あんた、ほんとにおかしくなっちゃったような気がしてきた。自分のしたことを覚えていないか、やっていないと思い込んで自分をごまかしてるのよ」

「わたしは作文にあんなこと書いてない。クリスティアンに写真を送ってもいない。あなたよ、ララ。わかってるんでしょ」

「いいえ、知らない。それにもう、あんたの妄想を我慢するつもりもない。あんたがひどい目に遭ってるのはわかるけど、その反動で友だちを責めるのはよくないよ。そう思わない？」

「あなたは友だちなんかじゃない」

「そりゃいいわね。じゃ、ここで終わりにしましょ。休みの間、よく考えて……。あたしまで頼れなくなったら、どうなると思う？ 休みが終わったあと、ここでどんなことが待ち構えてるんだろうね」

《あたしまで頼れなくなったら、どうなると思う？　休みが終わったあと、ここでどんなことが待ち構えてるんだろうね》わかっている。もちろん、そのことについては考えている。ララと話した翌日、土曜日にアレナは、両親とともに母の妹が住むタラゴナ県のモントブランクにやってきた。それ以来ずっとあのことを考えながら過ごしている。いつもなら、叔母夫婦のアパートを訪ねるのは大好きだ。愉快な双子の小さないとこたちと遊ぶのはとても楽しい。だけど今回は、とにかくひとりでいたかった。子どもの世界に飛び込んで、いとこたちと一緒にふざけ回るには、いろんなことを抱えすぎている。中でも最悪なのは、母がいらいらしはじめたことだ。母という人をよく知っているアレナはそのことに気づいているが、自分の状況をうまく説明できる気も、不安と苛立ちを同時に伝えてくる視線に耐えられる気もしなかった。「何があったの？」昨夜とうとう、母に訊かれた。泣き出したくなったが、そしたらそれを糸口にして尋問が始まるのは目に見えていたから、こらえた。根掘り葉掘り訊かれたら、耐えられる自信はなかった。

わたしに何があったんだろう？　自問したが、やはり答えは出てこない。本当にわからないのだ。ララが潔白のはずはないと直感している。彼女はとぼけているが、潔白なんてありえない。ほかの説明がつかないのだから。だが友だちと思っていた彼女に裏切られたら、自分は独りぼっちになってしまうことにも気づいている。もちろん、イアーゴはいる。携帯に途切れなく入るメッセージは、彼がまだアレナの味方でいてくれることを示している……、あるいは、少なくともそう思える。だけどララのことだって、頼れると思っていた。今はもう、どれほど自分をごまかしたくても、そうじゃないんだとわかっている。なぜ彼女があんなことをしたのかは、想像すらできないけど。突然イアーゴと話したくなった。彼の声を聞きたい。拷問の場と化してしまったあの学校に戻ったとき、彼だけは頼っていいのだと確かめておきたい。彼ならわたしのことわかってくれる。アレナは何度も、そうつぶやいた。金曜日、ララとの話が終わったあと、イアーゴに会いに行くべきだった。だけどそんな元気はなかった。あまりに混乱しすぎていて、あまりに途方に暮れていた。あのとき出なかった気力を奮い起こしてメッセージに返信し、次いで電話をかけた。

「わっ！　びっくりした。ずっと話したかったんだ」イアーゴは突然の電話に、驚いた声を出した。

「わかってる……。よそに来てるの。ここは……通信状況が悪いから」

「そうなんだ。何かあったの？」

張り詰めていたものが壊れた。アレナは声が震えないようにと努力した。

「何もかも。いろんなことがあったの。会えなくて寂しいわ」

「ぼくもだよ」

「あのね……、街に戻ったら、話さなきゃいけないことがあるの。イアーゴ、もう耐えられない」

「おいおい、どうしたの、落ち着いて。いつ戻ってくる？」

「月曜の午後。うちの両親は、休暇を満喫するつもりよ」

「着いたら教えてよ。それとも、火曜日に学校で話そうか」

「学校には行きたくないの。もう耐えられない」

「わかった、それじゃ月曜日に話そう。遅くなってもいいよ。き……きみに会えなくて寂しい」

「ねえ、何してるの？　わたしは叔父さんたち、両親、いとこたちと家に閉じこもってる。あなたは何か計画してるとか……」

「何にも。今からちょっと散歩してくる。ララと待ち合わせしてるんだ」

　アレナは黙り込んだ。

「つながってる？」

「うん」

「どうしたの？」

「ララはいい子じゃないわ、イアーゴ。ああやだ、あなたと話さなきゃ……」

「ララはきみの友だちだよ！」

「いいえ、違う。違うんだと思う。あの写真を送ったのはあの子だったと思うの。それに……」

「待って、落ち着いて。大丈夫？」

「だめよ、落ち着いてなんていられない！」

「なあ、月曜日に話そう。絶対だよ」

「あの子に会いに行かないで！」

「アレナ、まいったな、もう。アレナ？　アレナ……」


「で、電話を切られたんだ」

「イアーゴ、マジで面白いよ。あの子どうかしてるわ、絶対よ。ほんとのこと言うと、完全におかしいんじゃないかなって思いはじめてきた。実際にはあたしたち、あの子のことほとんど知らないんだし。でしょ？」

「でも、きみと何があったの？」

ララは鼻を鳴らし、髪をかき上げた。彼女の母がよくやるしぐさで、話に説得力を持たせると同時に、ちょっと魅力的でもある。

「何かに取りつかれたみたいになっちゃった。相手してると、マジでくたくたになった。どうやら英語の宿題で何かあったみたいなんだけど、説明してくれなかったんだ。正直いって、何もわからない。全部、あたしのせいだって言うのよ！　あの子に言わせれば、自分の不幸は全部あたしのせいなんだって。もう、あたしはパス。どんなに仲がよくっても、いらいらしたときに言いたい放題言われるなんて我慢できない」

ふたりはララの家から遠くないところにある、公園に面したボードウォークの手すりに寄り掛かって話している。

「どうにかして、彼女を落ち着かせなきゃ」イアーゴが言う。

「知らない……、あたしはパスって言ったでしょ。何か用事があるなら、あの子のほうから来るはずでしょ。あたしはあの子のためを思ってやってあげたのに、急に激怒して。イアーゴ、なんだかばかばかしくなっちゃった」

「ぴりぴりしてるんだよ。コラージュ画像のこととか、写真とか……」

「わかってるけど……」

「けど、何？」

「ちょっと話したいことがあるんだけど、秘密にしてもらえるかな？　誰にも言わないって誓える？」

その話を聞きたいのかどうか、聞いたところで誓いを果たせるのかどうか、イアーゴにはわからない。だから何もしなかった。つまり否定も肯定もしなかったわけだが、沈黙は遠回しの同意ということは、もちろん知っていた。

「盗まれた携帯の話だけど……、あれ嘘なのよ、イアーゴ。アレナが自分でクリスティアンにあの写真を送ったの。だってサライに対してかんかんに怒ってたもの。それにクリスティアンのばか、アレナのお気に入りだもんね。いや、お気に入りだったというべきか」ララはすぐに言い直した。そうすれば、その前に言ったことがより本当らしく聞こえるのを知ってのことだ。「送ってから、携帯の盗難っていうあのたわごとをでっち上げたのよ。だからって、あいつらがその後やったようなことをされて当然だなんて言わないよ。あいつらはブタ野郎だよ。だけどアレナも虚言癖があると思う。きっとあの子は、自分のついた嘘をほんとだと信じ込んでるはず。おまけに今度は、全然意味不明の嘘までついて！　自分は悪くない、みんなして自分を追い詰める、悪いのは全部、あたしたちだって思い込んでる……。ほんとに、頭がどうかしてるんだよね……。あたし、これ以上あの子に我慢して付き合う気力があるかどうかわかんない」

イアーゴはララから目をそらし、ボードウォークから見える公園の樹冠に視線をさまよわせた。このまま会話を続ける気になれず、一刻も早く立ち去りたかった。坂の上にスケートボードを置いて、顔に風を感じながらフルスピードで滑り降りたい。自分の中でどう収まりをつければいいのかわからない、こんな話が聞こえないところに行きたかった。

「ねえ」ララはまだ話を続けている。「あの子がいなければ、あたしの生活はもっとシンプルになるわ。でしょ？　そして、あんたももっと楽になると思う」

40

　どこかに所属していると感じると、人は元気になる。それまで孤独な人生に甘んじていた者ならなおさらだ。ときどきファンペは、わずかな例外を除けば、これまでの人生で自分の仲間は自分だけだったと感じることがある。だから小僧の声を初めて聞いたときも、さほど動揺しなかったのだろう。ほかの人が同じことを経験したら錯乱状態に陥ったかもしれない。少なくとも小僧は存在するし動きもする。もっとも、それは彼にとってだけだということはわかっている。そしてだからこそ、山荘でミスターやふたりのゲストと過ごした数日間が、日常におけるうれしい変化に思えたのだろう。少なくとも今のところ、グループ内における彼の地位は明らかに変わった。もちろんアシスタントであることには変わりがないが、今回はベッドメイキングをすることもなければ、ほかの者に給仕をすることもなかった。無口でがっしりした大男の料理人がアシスタントを連れてきていたから、その数日間のファンペの仕事といえば、もっぱらミスターの用事を言いつかることだった。ライがやっていたのと同じだ。山荘で彼の話が出ることはなかったが、気配は空中に漂っていた。挙句にミスターは、自分で死刑を命じた亡霊に向けて命令を出すことさえあった。もちろんそんなことはごくまれだ。ミスターはまだ耄碌（もうろく）していない。だがあるときファンペは、ミスターがわざと間違えている可能性に思いが至った。裏切り者は消える運命にあるということを思い出させようとしているのではないか。その名はもはや、警告の役割を果たすためにだけ使われていた。

今回はありがたいことに、乱交パーティは催されなかった。聖週間の真っただなかに訪れたゲストたちはどうやら、七つの大罪のうち色欲の罪に走るよりは貪食の罪のほうがましだと考える人たちらしい。周知の通り、後者のほうが不測の事態を生みにくい。彼らは狩猟に出かけ、ファンペもお供した。ミスターはファンペに猟銃を差し出した。これもまた、カテゴリーが上がった証だ。そして彼らは、狩りに狩った。ファンペ自身もイノシシを仕留めた。遠くに一頭いるのを見つけ、少しずつ近づいて、けものの命を手中にしているその瞬間を楽しんでから、引き金を引く。射撃は正確で、皆が彼を称賛した。そう、周囲に評価されていると感じるのは、文句なくいいものだ。それが一時的なかりそめのほめ言葉であるにせよ、身につけた能力は時間が経っても失われていなかったことに、もう彼は気づいている。「よくやった」ミスターがファンペの背中をポンとたたいた。「動揺せずにいるおまえを見るのが好きだ」ファンペが理解できるように要点を強調しながら、ミスターはゆっくりと言った。もちろん彼は、動揺などしなかった。できるわけがない。動揺してとどめをさせなかったことが、指二本と仲間の敬意を失った理由なのだから。

標的は自分自身と同じく、何の変哲もない男だったが、いまだにあの顔を覚えている。禿げた男で、汗かきだった。殺すぞという言葉が単なる脅しではなくなる瀬戸際にいて、怯えきっていた。だが最後の瞬間、ファンペは予定を変えて男のうなじを殴りつけた。意識を失わせるほど強い殴打ではあったが、もちろん、それでは死ななかった。依頼を受けて指定の場所へ赴いたとき、ファンペは何も訊かずに任務を果たすつもりでいた。そうするよう、ライに忠告されていた。ミスターに仕えるようになってから数年経っており、それまでにファンペもライも何人か滅多打ちにしていた。ライがファンペを刑務所から出してやろうとして、ミスターに逸話を売り込んだときから、おそらくそういう役割が期待されていたのだろう。《最初に殺ったのは十二歳のときなんですよ、ボス。次の、医者のほうは兵役を終えたときだから、せいぜい二十三歳だったはずです》だが誰も、少なくともちゃんとはミスターに話していないことがある。どちらの罪を犯したときも、ファンペには、被害者に対する果てしない怒りという十分な動機があった。医者が金を差し出したとき、ファンペは目をつぶり、診察室のテーブルにあったもので頭を殴った。終えてから見ると、それは子どものころどの家にもあった、みっしりと重いガラス製のスノードームだった。ファンペがよく覚えている球体の中の景色、クリスマスツリーと人形でできた小さな世界は、ほとんど見えなくなっていた。血が表面を覆い、作り物の雪を赤く染めている。医者の頭部、というよりその残骸も、同じ色をしていた。その日、ファンペは診察室から逃げ出そうともしなかった。スノードームを手にしたままそこにとどまり、彼と同じく、白くもピュアでもなくなった球体の中を見つめていた。もし理由を話していたら、いわゆる〝犯罪動機〟を説明していたら、もっと軽い判決が下りていただろう。だけど彼はそうしなかった。告白するのが恥ずかしかったのだ。それに刑務所はそれほど悪い場所とも思えなかった。外にいても何かを約束されているわけではないのだから、塀の中にいたところでそれよりさほど悪くなることもなかった。

ミスターから殺しを依頼された日も、あのときのような怒りをかき集めようとした。憎しみを再現しようと努めたが、役に立たなかった。男を殺そうと思っても苦痛を覚えるだけで、嫌悪感さえ催す始末だった。そして結果は間抜けな失敗に終わった。今度そんなことがあれば、ミスターはもう二度と彼を赦さないだろう。それに疑いの余地はない。だが今回は少なくとも、十分な動機がある。憎しみという確かな動機が。それにたぶん、ただ希望のために殺すことだってできるだろう。

ファンペが目覚めてキッチンへ向かったとき、ゲストたちはまだ眠っていた。ミスターに早起きの習慣はないから、この家で起きているのは自分だけだと思っていた。だからコーヒーを片手に、煙草を吸うためポーチに出たとき、ミスターがそこにいるのを見て驚いた。

「煙草はやめなきゃいかんだろう」ほとんど存在に気づくか気づかないかのうちに、右側から声が聞こえた。

「そうですね。そのうちに」

朝はいつも、話す気が起こらない。実際、まったくその気が起きないのだが、コーヒーを二杯飲み、煙草を二本も吸ううち、ほんの少し、しゃべるのが億劫でなくなる。今はただ、言葉に邪魔されることなく山の景色を、そこに漂う平和な雰囲気を楽しんでいたかった。

「やめるんだ。ほんとにだぞ、ファンペ。そうすればもっと長く、そしてもっとよく生きられる。人はどうしてわざわざ好んで緩やかな自殺を選ぶのか、昔からずっと謎なんだ。それでなくてもおれたちは、人生にひどい扱いを受けてるんだから、そのうえそんなものに金を注ぎ込むことはない」

「たぶんおれみたいに、死ぬのがそれほど大したことじゃないってやつらもいるんですよ」

「違う。自分をごまかすな」ミスターは両腕を上げて伸びをした。すでに服を着替えていて、一日を始める準備が整っている。「どんなに巡り合わせが悪くても、人は生きたいと願う。ホームレスも、囚人も……。なぜかわからなくても、生きていたって気持ちをそそられるものや惹きつけられるものなど何も見えないときでも、それでもみんな必死で生にしがみついている。内側から生まれる本能だ。おれたちは無意識に死と戦っている。そうでなければ多くの者は耐えられん。断言できるよ」

おそらくその通りだろうとファンペは考えた。だがそれでは、自殺者の行動を説明することはできない。そう言おうとしたが、ミスターが先に話の続きを始めた。

「だからおれの忠告に従ったほうがいいぞ、ファンペ。おれの言うことを聞けば、もっと長く、もっといい人生を送れる」

「まだ煙草の話ですか？」

「もちろん」ミスターはペットも騙せそうにない笑顔を浮かべた。「ほかに何の話をするっていうんだ？　深呼吸しろ、ファンペ。肺をきれいな空気で満たすんだ。おまえが住んでるあのバリオでも、働くつもりのあのホテルでも吸えない空気だぞ。ときにあそこは、きれいだな。この間見たよ」

ファンペは煙草を地面に放り投げたが、すぐに拾おうとしゃがみ込んだ。この会話に嫌気がさしていた。気楽なおしゃべりの煙幕の向こうに、脅しが見え隠れする。

「ええ、きれいな場所です。全面改装したんですよ」

「そしてまだまだ続く。あそこの支配人はおまえの友だちなんだろ？　子ども時代の。運のいいやつだ！　おまえはいつも、友だちを見る目がある。ライといい、そのヤグエとやらといい……。おまえを評価し、手を差し伸べるのをいとわない者たちだ。感謝すべきだぞ、そう思わないか？　とりわけ、今のように自己中心的な世の中ではな。政治家なんぞ、そのために給料を受け取ってるはずなのに、政府を成立させられなかった。悪魔に魂を売り渡したような嘘つきもいれば、後退をよしとしない野心家もいて、合意に至らなかったからだ。そして結局、また選挙さ。大失敗だよ、ファンペ。完全なる失敗だ。だが、そんなことを話してたんじゃないな、友だちのことだった。友だちは貴重だぞ、ファンペ。大切にしないと。哀れなライにはもう何もしてやれんが、もうひとりのためにな。噂によると、感じのいいやつのようだな」

「いったい何を言いたいんですか?」

「そう怒るなよ。単なる忠告のつもりだったんだ。おれたち年寄りは、どうもおせっかいでいけない。まともに受け取るんじゃないよ」

ミスターは立ち上がってそばに来たが、ファンペには視線を向けず、すすけたような緑の小道をじっと見つめている。道は終わりが見えないほど、ずっと遠くまで続いていた。

「注意と命令をごっちゃにするんじゃない。ただの注意なら聞かずに済ますこともできる。命令は、そうじゃない」

「わかってます」

「なら、あの娼婦が戻ってきておまえの前に立ったとき、今言ったことを思い出せ。あいつはただのイノシシ、けものだ。おまえが越えなければならない障害物だと思え。あの女を殺せ……。これは単なる忠告じゃないぞ」

41

何年もの間、ロベールを忘れるためにほかの男たちと寝ていたというのに、今度は別の男を忘れるために彼を利用するというのは何とも皮肉な話だ。皮肉というか、むしろ我ながら子どもじみているとミリアムは思う。どちらにせよ、前からわかっていたことを、また改めて確認した。この処方箋は前も効かなかったし、今も相変わらず効能はない。うまくいかなかったからではなく(ロベールとのセックスでがっかりしたことはない)、完全に彼女のせいだ。セックスは確かに快楽だが、ビクトルといるときに感じる何かも、それに匹敵するはずだと思ってしまうのだ。まだ名前を付ける気にはなれない、あのプラスアルファの感覚。たとえて言えば、栄養たっぷりのごちそうのあとの、ちょっとしたおいしいデザートのようなもの。今、ロベールとの時間を楽しんだはずなのに、軽く虚しさを感じている。自分をごまかしているという感覚と、本当に大事な男に今すぐ会いたい、声を聞きたい、もうそれだけでもいいという切迫感が混ざり合う。心の中のルールブックには、街にいないときの彼には干渉しないと、大きな文字で書いてあるというのに。彼は今家にいる。妻と、娘と一緒にいる。彼本来の生活の中にいる。

ロベールが彼女の背中をなでている。今このとき、たとえ体が触れ合っていても、ふたりの心は隔たっていることに彼も気づいている。ミリアムはそう直感した。このまま続けるべきか、それとも取り繕ったり痛みを和らげたりしようとせず、心に空いた穴にきちんと向き合うべきか。どうすればいいのか、ミリアムにはわからない。

「どこにいるの?」ロベールが耳元でささやくが、ミリアムは答えられない。彼とともにここにいながら、遠く離れた別のベッドで違う男といるのだから。そして同時に、独りぼっちでもある。それは一ヵ月とちょっとでやってくる、避けられない運命なのだ。

聖金曜日にサン・ニコラス教会の鐘が鳴り、悲しみの聖母像の行列の出発を告げる。ラ・コルーニャではいつも、雨で中止にならないかと心配されている行列だ。ひとりで広い居間兼食堂にいるビクトルは、少し読書をしようとしたが、自分自身の物語から気を逸らせることのできそうな作り話など見当たらなかった。だから子どもや老人のほうが本を読むのかもしれないなと思う。心躍らせることも少なく、実人生に気をとられて読書が妨げられることもないからだ。三日前の父との会話がまだ頭の中でこだましている。少なくとも今は、ある人物の名前がわかっているわけだが、彼にとってはそれもどうでもいいことだった。だが、父の赦しの言葉を聞けたのは幸運だった。「おまえはあいつを助けただけだ」父はそう言った。ビクトルもそう考えたかった。自分が手を貸したのはほんの付け足しのようなもので、動機だって自分にはなかった。だけど何かが邪魔して、完全にそう思い込むことができずにいる。クロマニヨンの名を聞いたときに感じた嫌悪、あのあとも長く心で燃やし続けた激しい怒りを思い出すと、そんなふうに気持ちを落ち着けることはできない。そう、あのとき感じていたのは、懲らしめてやりたい、恨みを晴らしたい、それまで受けた侮辱、屈辱、殴打に対する復讐をしたいという、子どもっぽい願望だったと内心ではわかっている。

そう考えると心は少し落ち着くものの、だからといってあの結末が赦されるわけではないと、大人になったビクトルは考える。あのころの暮らしは厳しかった。とはいえもちろん、親たちが村で送っていた暮らしとは比べ物にならないことはわかっている。ビクトルは大人たちが話していたような、飢えも極端な貧しさも経験したことはない。もちろん、彼が生きていた世界ではあからさまな不公平があり、お仕置きは最終手段だなどとは冗談でも言う大人はおらず、体罰も当たり前だった。スペインはそのころとほとんど変わっていないという議論を聞いたり、現在、政治問題に熱中しているクロエが同じことを主張していたりすると、ビクトルは笑い出しそうになる。クロエの現在と、自分と同世代の者の青春時代を比べるなんて、ほとんど不可能に近い。まあいずれにせよ、彼女がそう考えるのは別にいい。変化を求め、自分たちですでにその変化をつくり出しつつある人たちには強さがある。人々が変化を生み出せば、政治もそれに続くはずだ。そういう議論を聞いていると、当時は今と違い、共通の敵に対して一致団結して戦っていた、あるいはそう思っていたのだとわかる。なつかしさは真実を願望の色で染めると思い、動けば懐旧の念を追い払えるとでもいわんばかりに、ソファから起き上がった。

彼が不安を抱えているのは過去のせいではない。少なくとも、今この瞬間のほうがずっと居心地が悪い。メルセデスとクロエが家にいれば、その存在や声が、自分はここにいるべき人間ではない、かつてのビクトル・ヤグエがいるべき場所を奪った侵入者だという感覚を追い払ってくれる。ビクトルはいつの間にか、自分が本来あるべき姿に戻ってしまったような気がしていた。ラ・サテリテの若い女の子と結婚して、窓を開けてもそっくり同じ建物が見えるだけの五十平米のマンションに住む運命だった、ヤグエ家の息子に。あのままあそこで暮らしていたら、いつかミリアムと一緒になっていたかもしれないなんて考えるのはばかげている。彼女とは十歳以上も離れているのだ。いずれにせよあの写真の男児は、将来裕福なホテル経営者の女婿としてラ・コルーニャに住むことになるとは想像もしていなかった。今ここで、家族が悲しみの聖母の行列見物から戻ってくるのを待っている自分の姿など、夢想だにしなかった。メルセデスは特別信心深いわけではないが、両親が高齢なので、行列見物についていったほうがいいと判断したのだ。「お手伝いの女の子に父と母のお世話を任せて、お祭りを我慢させるのはかわいそうでしょ」メルセデスは微笑みながらそう言って出かけた。

実際、メルセデスがこういう女性でなければ、何もかもがもっと簡単だっただろう。もっと口うるさいか、単に人格が劣る女なら。だけどそうではない。もし帰ってきた妻にあの話をかいつまんで聞かせたら、ねじれた復讐心を抱いて罪を犯した子どもたちの話をしたら、彼女も良識に従って、あれ以来ビクトルがずっと聞かされてきたのと同じことを言うだろう。《不運だったのよ、ビクトル。痛ましい事故だわ。今悩んだところで何の意味もない。だってあなたたちはただの子どもにすぎなかったのよ》そう、彼女はそう考えるだろうし、自分に直接的な影響がないのなら、大人としてはもっともな論理だ。だがあの件を別の側面から見てしまった今となっては、自分たちの行動がひとりの少年の死以上の結果を招いたことを否定できずにいる。一九七八年十二月十五日に終わりを迎えたのはただホアキン・バスケスの命だけで、ほかの者たちは皆、あの悲劇の影響をまだ引きずっている。ほとんど彼のことを知らなかったミリアムでさえ。

かといって、そんな理屈が彼をミリアムのもとへ引き寄せたわけではなく、むしろその逆だ。美容院で最後に会ったとき以来、彼女の姿が脳裏を離れない。何をやっても、何を考えても、何を言っても、すべて彼女に結びつく。ここにはいないのに、明らかに彼女はここにいる。それはもう否定できない。彼とともに、彼の中に、彼のそばに……。頭の中はいつも彼女のことでいっぱいで、彼女が横で寝ていると思って無意識に手を伸ばし、ベッドが空だと気づいてはっと目覚めたこともある。今も彼女の姿がそこに見える。風変わりな服、こちらまでつられて笑ってしまう気さくな笑い。目を閉じて感じる。うなじを滑る彼女の指、シャンプーのにおい、柔らかな肌と力強い瞳。どうせセックスがいいからだろ。ときどきそうつぶやいてみるが、だとしたら、セックスがこれほど重要だったことはかつてなかった。

「大丈夫？」

メルセデスの声が聞こえてぎょっとする。気がつくと、ダイニングの真ん中に妻が立っていた。抽象的で説明しがたい思索に没頭している哲学者のように、何も飾られていない壁を見つめている。

「考えごとをしてたんだ」

「そう、それは悪くないわね。だけど、今日のことだけを言ってるんじゃないわ。ビクトル、あなた、変よ」

メルセデスは手に鍵を持ったままコートを脱いでいる。脱ぎ終えると、ショートコートとキーホルダーをそっとソファの上に落とした。

「昨夜帰ってきたばかりだよ」ビクトルは軽い口調で言う。「変になる時間もないじゃないか」

「あなた、娘にそっくりね。ふたりとも、どうしてわたしに隠しごとができるなんて思うのかしら」

ビクトルは答える代わりに、たっぷりの愛情をこめて妻を見つめた。彼女に対して強い愛情を感じているのは事実だ。

「昨夜帰ってきてから、あなたはずっと上の空よ。今月になってから、こんなことは初めてじゃないわ。ホテルで工事か何かの問題があったんだと思いたいけど、そうじゃないんでしょ？」

メルセデスの瞳は、射貫くような鋭い光とともに、母親が抱くそれに近いかすかな恐れをたたえている。嘘をつくのは彼女を侮辱するのと同じだ。そして今気づいたが、必要のないことでもある。もうそれほど長くは真実を隠しつづけることはできないとはっきりわかった。

「ああ」深呼吸する。「そうじゃない」

何を認めようとしているのか、その瞬間は自分でもわからなかった。だが妻は説明を受ける権利があるし、突然、これが救済に至る道の第一歩だと確信した。その反面、正直にいえば、それでも嘘をつきつづけるほうがいいという気持ちも半分あった。

「話したいことがあるんだ。ずっと昔、ぼくがまだ子どもだったころに起きたことだ」

42

校庭を横切ろうと思った。まるで地面がぬかるみか湿地帯になっていて動きを妨げられているかのように、そろそろと進む。玄関までわずか数メートルだというのに、永遠に続く道のりに思える。数週間前からうなされるようになった悪夢の一場面とそっくりの光景だ。だけど最悪なのはそこへ行くまでではなく、中に入ってから待ち構えているもの。一週間そのか環境から離れていたからといって、問題が解決されたわけではない。それどころか、これからのほうがきつくなるのは間違いない。〝友だち〟だったララがノエリアやサライとにぎやかにしゃべっているのを見て、その思いを強くした。そういうことだったのか？　すべてが自分に不利になるよう共謀して仕組まれたいたずらだったのだろうか？　彼女たちには我慢できないと言っていたララが今はあちら側にいて、こんなにいい天気なのに、こんなに太陽が照っているのに学校に来なくちゃならないなんてとぼやいている。その陽光に一瞬目がくらみ、その場から離れた先に立っていたのは今一番会いたくない人物、英語教師のジョルディ・グアルディアだった。アレナに気づかないそぶりをしているが、意識しているのはわかる。ララたちのつぶやき声をバックコーラスに、奇妙な緊張感が高まる。彼女たちはアレナを見ていた。妄想なんかではない。ひそひそ話の主導権をララが握り、ほかの少女たちは信じられないというように首を振っている。「あの子、頭おかしいよね」ノエリアが言う。ウェンディはその輪を離れ、一歩脇に出て、隠すそぶりもなくアレナを頭からつま先までじろじろと見つめる。その表情を、アレナはどう読み解いたらいいのかわからない。同情？　軽蔑？　その両方？　サライが「だから言ったでしょ」と言いながら、リュックを肩に担いだ。それでおしゃべりは終了ということだ。わざとらしくアレナを無視して、皆がそばを通り過ぎていく。ノエリアも、まるでアレナが通行を邪魔する荷物を置いてでもいるように、さもいやそうに彼女から視線をそらす。皆が教室に向かい、アレナもそのあとに続かなければいけないとわかっている。道はふたつに分かれているのではなく、残念ながら彼女たちと目的地は同じなのだ。

「金髪ちゃん、どうしたの？」背後でケビンの声がした。アレナは振り返らなかったが、その質問に背中を押されてぬかるみから足を引き出し、前へ進むことができた。玄関に入ってから振り返る。クリスティアンが校庭の真ん中に立ち、アレナにウィンクした。筋肉のついたサルみたいだ。キャップのつばを後ろに回し、ぴっちりしたジャージのズボンの裾をスポーツシューズに押し込んで、股間のふくらみを目立たせている。だるそうにふんぞり返って彼が歩くと、百獣の王が進んでくるかのように皆が道を空ける。ばかみたい、アレナは思う。ばか、か、みたい。たぶん声に出して言ってしまったのだろう。クリスティアンはそばまで来ると立ち止まり、低い声で言った。「調子に乗るなよ、金髪女。おれに対して、ちょっとでも調子に乗ったら承知しないぞ」

アレナは教室の扉まで這うように歩いていった。火曜日の一時間目が英語なのは、まさにバッド・ニュースだ。ジョルディはすでに教室に入っていて、遅れてきた彼女と三人の男子生徒に入りなさいと合図した。イアーゴはいつも通り、ドアが閉まるぎりぎりになって現れた。教室内のざわめきは、アレナが奥の席に着くまで付きまとう。マルクだけが手を挙げて挨拶してくれた。アレナは座り、教科書を取り出す。ジョルディは任意提出のレポートを生徒に返している。あのレポートだ。提出したのは四人だったので、アレナが出したはずのレポートを返してもらえないこともさほど目立たなかった。アレナの席から、ララとイアーゴが共犯者のように目を見かわすのが見えた。少なくとも、そう感じた。そしてすぐに、勘違いだと自分に言い聞かせる。母のリディアの予想は外れることになりそうだ。事態は想像よりずっと悪くなっていく。

昨夜アレナは、母と話そうとした。その前のタラゴナから帰る車中で口論になったからだ。母の言い分はこうだった。「そんなお酢に浸したパンみたいな顔を毎日見せられて、もう、うんざり」父は何も言わなかったが、母の側についているのは明らかだった。前の座席から、彼女のほうを見ずに、母はありとあらゆる繰り言を並べ立てた（お手伝いもしないで、上の空で、みんなにいやな顔を向けていたわね、わたしにうんざりしてるんでしょ、ねえ、うんざりしてるのね。やめて、話を聞きたくないからって、ヘッドフォンをつけるなんて。外さないと、そんながらくた、窓から放り投げるわよ。わかった？）。下手をすると、一時間半のドライブの間ずっとこの調子で続きそうだったので、叱責から逃れるために、アレナはついに打ち明けた。学校で居心地が悪いの。転校したい。もうあの学校に戻りたくない。それは必ずしも、本当に言いたいことではなかったし、それで母がすぐに声を和らげたわけではなかった。だがその後、家に帰ってから、母は部屋に入ってきた。口調にはかすかな後悔がにじんでいたが、さんざん怒られたあとでは、それも腹立たしいだけだった。だがその声からは、娘を案ずる深い愛情も伝わってきた。アレナはすべてを打ち明けそうになったが、ララと喧嘩したこと、「もう友だちじゃない」と言ったことなど、表面的な話にとどめた。母はこれを、学校をやめたいがための単なる口実と思いたかったようだ。「ばかなこと言わないの。そういうのはいずれ過ぎ去るわよ。学校に行ったら、それほど怖いことなんて何もなかったってわかるはず。神は締め付けるが窒息はさせないって言うでしょ」

違うわ、ママ。わたしは窒息しかけている。

休憩までの二時間、教室で耐えた。休み時間を告げるチャイムが鳴ると荷物をまとめ、うつむいて教室から逃げ出した。どこへ行く当てもなく、ただ逃げる。頭にあるのは、この学校から逃げ出したいという思いだけだった。もう二度と戻らない。そのつもりで通りに出て、目的を果たせそうだと思ったところで、息を整え行き先を決めようといったん立ち止まった。

そのとき、後ろから声がした。

「ねえ、どこへ行くの？」イアーゴだ。

「どこだっていいでしょ。わたしがいなくなったって、誰も寂しがらないわ」

追いかけてそばに来てくれたのはうれしかったが、だからといってそれで何かが変わるわけでもない。

「ぼくは寂しいよ。昨夜電話したんだ。約束してただろ」

その通りだ。電話に出るべきだったし、彼をもっと信頼すべきなのだろう。少なくとも胸の内を打ち明けるべきだと思いながら、逆の言葉が口をついて出た。

「イアーゴ、もうほんとに放っといて。教室に戻って」

「ねえ、ぼくがララと会ったから怒ってるの？」

「その名前を出さないで。どうしてあの子がわたしを苦しめようとするのか、全然わからない。わかるのは、彼女がその目的を遂げつつあることだけ」

イアーゴは少しアレナに近づいた。

「逃げたって何の解決にもならないよ。それもわかってるんだろ」

「逃げられればいいのに！　もう……もうだめなの。ひとりになりたい。本気で言ってるの。

イアーゴ、もしほんとにわたしを助けたいなら、セシリア先生やほかの先生たちに言ってほしい。気分が悪くなったとか、おばあちゃんの世話をしに行かなければいけなくなった、父さんが事故に遭った……何でもいい、言っておいて。それで、少なくとも今日のところは、ひとりにしておいて」

イアーゴの目つきが少し変わったのに気づいた。今頼んだことが、彼をがっかりさせたように思えた。

「もういい、いやなことはしなくていいわ。だけど今後は、わたしの友だちだなんて言わないでね」

「わかったよ。誰かに訊かれたらかばっておくよ。でも今日だけだよ、いいね？」

アレナはもう答えない。素早くさよならのキスをすると、後も見ずに走り出した。時刻は午前十一時、太陽はまぶしく輝き、教室に戻るより、放課後まで公園で過ごしたくなるような天気だった。

43

その年は春の訪れが予想より早く、バリオは時季外れの暑さに包まれている。熱気をはらんだ風が吹き、公園のバナナの木が花開いて、目には見えない厄介な花粉が広がっていた。

おそらく田舎では、これらすべてが活気づく季節の証なのだろうが、都会ではただ怠惰を催すだけ。特に午後の早い時間は、仕事に精を出そうとしてもけだるい眠気が襲ってきて、ともすれば夏のシエスタに引き込まれそうになるのだった。

だがファンペにとってはこれが好都合だ。四月の初めにしては場違いなほどの気温の高さに小僧も睡魔にとらわれるのか、このごろは日暮れどきになってようやく気配を感じる程度だ。場合によってはまったく現れないことさえある。それに山荘での週末以降、状況が少し変わったというのもある。ゆっくりと、だがしっかりとした意図を持って、ほかの人のようなごく普通の生活を送れるまでに自分を高めていこうとしていたのだ。そのために時間割を作り、設定した日課を、ほとんど宗教的ともいえる熱心さでこなしていた。日課はまず、哀れなライがくれた錠剤を服用することから始まる。実際、それを飲めばかなり頭がクリアになった。

起床は八時、最初の一服は朝食を終えるまで我慢する。それからシャワーを浴びて家を掃除し、買い物に出かけるか、カン・マルカデ公園を散歩して、帰ってきたら昼食を準備する。シエスタの誘惑に抵抗しながら過ごす午後はひどく退屈で、ときには図書館に行き、自分と同じように独りぼっちの隠居老人に囲まれながら、静かに新聞を読んだ。本を手に取りたかったが、長時間集中したり物語の筋を追ったりするのが苦手なのだ。テレビで映画を見ているときもそうで、彼にとってはいつものことだった。

夜は遅くとも十一時半には必ず床に就くようにしているが、いつもの癖で、ベッドに入ってもなかなか眠れない。そんなとき小僧がやってきて、たまった恨みをぶちまけはじめるのだが、何日かすれば免疫がついた。まだかかってこないミスターからの電話のことをよく考えるのはそういうときだ。早くこの話にけりをつけたい、さっさと終わりにしてしまいたいと投げやりに考える日もあれば、予告された処刑の計画をせっせと練っている日もある。もうあの女を気の毒とは思わない。彼の頭の中では、彼女はすでに死んでいた。ミスターが、自分に逆らった女の処刑を宣告したときに死んだのだ。だから今は借り物の命で生きているということを、彼女自身は知らない。そう考えようと努力したおかげで、彼の中でバレリアはもう現実の人間ではなく想像上の獲物に変化していた。もっと上位の存在によって運命が決定されているとも知らずに動き回っている、余命わずかなノロジカか何か。ファンペは単にその運命を終わらせる道具、従順さを示すという役割以外に何の責任も持たない使者にすぎない。

そのゆるぎない思いを前に、小僧の毒舌も効力を失っていった。臆病さをあてこすられても、侮辱されても、ファンペは何も感じなくなってきたのだ。だからだろう、これまでで初めて、ファンペは希望に似た何かを胸に、将来を思い描けるようになった。もちろんまだ果たすべき義務は残っている。だけどその最後の通行料を支払えば、新しい道が開けるのだ。それは正規雇用と月末の給料へと続く道、そして何より、ミスターから高速で遠ざかることのできる手段だった。ミスターはライの死によって空いたポストに興味を持たせようとしているが、ボスから離れたいというファンペの明確な意思はずっと変わらない。ミスターは自分で言っている通り、基本的には言葉を出し惜しみする性質の男だが、そのときが来たら、約束を守ってくれると信じたい。

そして過去を忘れ、遮るもののない、輝かしい道へと乗り入れる準備をしているうちに、ファンペは現在の自分を取り巻く環境までもが変わってきたことに気づいた。以前よりこざっぱりとして顔つきもよくなってきた彼を見て、隣人たちの態度が変化したのだ。今では踊り場ですれ違ったり、バリオにある商店で行き合ったりしたときに、挨拶やちょっとした世間話をするようになっている。ファンペは相変わらず口数が少なく、かろうじて返事をするくらいだが、それも愛想よくするようになった。エレベーターが故障した日には、エクアドル出身の隣の主婦が買い物袋と子どもたちを抱えて困っているところを見かけて手を貸してやった。わたしはきみたちの親が言うような鬼なんかじゃありませんよということを示すつもりで、子どもたちに微笑みかけさえしたほどだ。

だからといってすべてががらりと変わったわけではないし、ファンペは相変わらず、他人にさほど興味はない。ただ、世間がそれほど敵対的ではない場所になり、前より居心地よく、温かく感じられるようになったというだけのことだ。それにひとり、興味をそそられる人物ができた。きっとその存在がどこか謎めいているからだろう。少なくとも、ほとんど誰もいない午前中の公園で何時間も本を読んでいる彼女の姿を見ると、ファンペはそう思う。初めて彼女を見かけたのは聖週間の直後、三月の最後の火曜日のことで、そのときはさほど注意を払わなかった。ただそのときすでに、彼女が謎めいた悲しげな影に包まれているような印象を覚えた。以前、彼女とマンションの階段ですれ違ったことも思い出した。それからは、週末をのぞいて連日、彼女をそこで見かけるようになった。

彼女はひとり、ひっそりと歩く。通学用のリュックを背負った若い金髪の娘。その姿は、お城から逃げてきたおとぎ話のお姫様のようだ。ベンチに座り、たまにノートに何か書きつけたりもするが、たいていは腰を据えて本を読むか、彼のようにあてもなくただ歩き回っていた。あの年ごろの少女が、どうしてあんなふうにぶらぶらしているんだろうとファンペは思う。だがもちろん、直接本人に訊こうとは思わないし、話しかける気もなかった。だから昨日、あずまやへと続く小道ですれ違ったとき、向こうから話しかけてきたのには驚いた。

「こんにちは。わたしたちふたりとも、この場所が好きみたいですね」

すべてがどうでもよくなると、嘘をつくのがこんなに簡単になるなんてと、アレナは不思議に思う。三月の最終週はずっと病気のふりをしていた。ときには、ふりじゃなくて自分でも本当に病気になったような気がしていた。最初の数日は解放感を味わい、制限付きの冒険をしている気分だった。制限付きというのは、病気という言い訳がいつまでも通用するわけがないとわかっていたからだ。何もすることのない長い朝、アレナはエミリー・ディキンソンの詩を読んで過ごした。すっかり理解できたわけではないが、その詩句からは覚悟のうえで楽しむ孤独とでもいうべきものが伝わってきて、心を慰められていた。詩人について知りたくなり、調べてもみた。一番の特徴が慎み深さだったというその女性は、独特で示唆に富んだ人生を送ったことがわかった。アレナは自分の部屋に閉じこもっているときや公園を散歩しているとき、彼女がどうしてあんな詩を書いたのだろうとたまに考えてみる。そうして出した結論は、いつも白い服を着て、あらゆるものと距離を置き、内気で感受性が強かったというその詩人が、自分を取り巻く醜くて散文的な世界でどうにか生きていくには、精神的に逃避するしか選択肢がなかったのだろうということだ。

何度も読み返すのは、死をテーマにしたものだ。その異常な側面に惹かれたのではなく、ずっと昔の女性が死という テーマに優雅に自然に向き合ったことに魅了されている。お気に入りは、「わたしは美のために死んだ」というタイトルのついた詩だ。特に愛してやまないのが最後の節で、埋葬されたふたりの死者が《苔がわたしたちの唇にまで達し、そしてお互いの名前を覆うまで》語り合ったという部分だ。

現代社会において、死はかつてほど頻繁に起きる出来事ではないといわれている。だから多くの人が死に計り知れない恐怖を抱く。何世紀か前は、子どもや若者たちが病気や戦争や、あるいはただ貧乏だというだけで命を落とした。それは不幸なことには違いないが、世界にはその分、もっと健康で美しく、強い人々があふれていた。先週アレナはしばしば、バリオから離れてクルナリャーやバルセロナの街に迷い込み、健康ではなく、美しくも強くもない多くの人々と出会った。少なくとも彼女の目にはそう映った。数世紀前なら間違いなく、結核かその他の死病で命を落としていたであろう人たち。そう、エミリーが書いた通りだ。長く何の面白みもない老年時代を過ごすより、早く死んだほうが、美しく調和のとれた最期を迎えることだってある。四月初旬のその日、あずまやへと続く道でファンペと出会ったのは、そんなことを考えているときだった。数ヵ月前は社会ののけ者に見えたその人が、今はずっと魅力的な雰囲気を身にまとっている。彼に話しかけようと思ったのは、きっとそのせいだったのだろう。

44

すべてを語るべき相手はミリアムなのだ。メルセデスだけではなく。過去の話を聞いた妻は、夫の気分がすぐれない理由がわかって、むしろ落ち着いたようだった。もっとひどい反応を恐れていたビクトルも、内心ではその懸念から遠ざかってほっとしていた。だが彼にはすべてを語る勇気はなかった。子どものころの出来事と、もうひとりの犠牲者であった友人との再会だけに話をとどめた。ミリアムに口づけしながら、薄紫色のブラウスのボタンをはずそうとしている今だって同じだ。本当の自分は何者で、何をした人間か、最初に彼女に会いに行ったのは何のためだったのかを語る勇気が欠けているのはよくわかっている。おまえは臆病者だ、ビクトル・ヤグエ。このような振る舞いを学んだのはきっと子どものころだ。本来ふたりに与えられるべき罰を自分だけが免除されたとき、大人たちから無言で教えられた。それともこの勇気の欠如は、持って生まれた欠点なのかもしれない。彼女のすべすべした服を脱がせて肩から滑り落とすと、うっとりするほど魅力的な持ち重りのする乳房が現れる。首筋の、ちょうど髪の生え際のところにキスを浴びせる。そうすれば彼女が喜ぶと知っているからだ。そうする間も指はスカートの下をまさぐり、濡れているのを確認するともはや理性は消し飛ぶ。刺激的なその味わいに、彼はたちまち精力的で遊び好きの、朗らかな愛人へと変貌する。彼女をベッドに押し倒し、足の指を優しくマッサージしてから、徐々に上のほうへ移動する。やがてふたつの体は、元からひとつになるよう設計されていたのではないかと思うくらいにぴったりと合わさる。そうしている間もずっと、これなら臆病者のほうが幾分ましだと自覚している。おまえのやっていることは軽率な悪党、欲しいものは何もあきらめたくない甘ったれの行動じゃないか。楽しみのためなら品位などかなぐり捨てる大きな子ども。誇りなき愚か者にまだ救いがあるとしたら、いつかこのツケを支払わなければならないと知っていること。この瞬間とこの女性をなつかしみ、自身の悪辣な振る舞いを呪って、相応の罰、永遠に続く過酷な仕置きを甘んじて受けなければならないのはわかっている。

なぜなら、忘れてみせるとうそぶいてみたところで、五月一日が来ても、八月十五日でも、十二月三十日になってもミリアムを忘れることは決してないと、自分が一番よく知っているからだ。それと同じくらい確かなのが、自分はずっと臆病なままだということ、自分にとって彼女は夢に見つづけるほどの存在、なつかしさの対象になったということ、つまり自分は、いつまでも彼女を思って苦しみつづける運命にあるということだ。

きみに真実を話すよ。そばで自分に体を預け、心地よさそうにしている彼女に向かって、声に出さずに話しかける。すべて知ったら全部話す。そうすればきみはぼくを捨てるだろう。ぼくをののしり、追い払うだろう。一生軽蔑すると言い放つ。メルセデスはもちろん、そんなことはしなかった。逆に新鮮な興味を持ってビクトルの話に耳を傾け、抱いていたであろう具体的な恐怖が過去の罪という霧の中に溶けて消えていくとわかって気持ちが軽くなったようだった。彼女は事実もその結果も軽視したりはしない。持ち前の沈着冷静さで、それはビクトルが受け止め乗り越えるべきことだと判断した。たったひとつだけ与えてくれた忠告も、反論の余地はないものだった。「過去を変えようとしたって、何もできないわ、ビクトル。今と、そして未来に集中して。その人があなたの配下になって、前を向こうとするなら助けてあげて。わたしはあなたと知り合って二十年以上経つのよ。あなたが悪い人間じゃないのはわかってる。そのことを考えて、ビクトル。わたしたちがあなたを愛し、尊敬しているることを考えて。ずっと前の出来事のせいで今もあなたが苦しんでるなんて聞くと、わたしもあの子もがっかりしちゃうわ。そうでしょ?」

今日。明日。そんなものは意味がない。ミリアムが夜中に帰っていったあと、ビクトルはつぶやいた。ひとりになって光の見えない陰鬱な気分でいるより、今を生き、未来の予定を立てることに集中しなければならないのだろうとはわかっている。だが実際には、そんなことはできない。ビクトルにとって、過去はあまりにも重かった。

すべてが公衆の目にさらされる今世紀において、イスマエル・ロペス・アルナルを見つけ出すなど大した手間はかからない。彼のフェイスブックのページに入ると、プロ仕様のページにリダイレクトされる仕組みになっていて、そちら側の名前はロペスが抜け、イスマエル・L・アルナルと表記されていた。ページには写真が数枚と、何冊かの本の購入サイトへのリンクが貼られている。アクティビティは多くはないし、あまりフォロワーもいないようだ。本のタイトルからは、安っぽい小説特有の雰囲気が伝わってきた。写真は著書にサインをしているショットが使われている。顎ひげを短く刈り込んだその男は、同級生のはずだが自分より若く見えた。困ったことに、最初に入ったページにも次に飛んだページにも、個人データがあまり載せられていない。仕方なくビクトルは、両方のページに同じメッセージを送ることにした。うまくすれば返信があるだろう。メッセージの内容は、同窓会に関する曖昧なものにした。ところが驚いたことに、返信はわずか二日後に届いた。その文面もかなりくだけた、ほとんど親しげともとれるものだった。経歴欄の住所はバルセロナーマドリード と曖昧な書き方がされているが、イスマエル・L・アルナルによれば、実際に住んでいるのはふたつの都市のうち最初のほうだという。そして来週にでも会おう、一杯飲みに行くか、それともランチでもと提案してきたので、ビクトルはためらうことなく承諾した。

予約するときに予想した通り、午後三時半のレストランにはほとんど客がいなかった。イスマエル・アルナルが今にも着くかと思うと、カウンターでビールを飲んでいる間も入り口から目が離せない。インターネットの写真を見ていたから、顔を見ればわかるだろうと思っていたら、果たしてその通りだった。男が店に入ってきたのはきっかり三時半、英国人並みの時間厳守だ。身長は一メートル七十五センチかそこら、スキンヘッドで、短く刈り込んだひげは入念に手入れされていることがわかる。

自分の過去において決定的な役割を果たしたはずなのに、全然思い出せない相手とテーブルをはさんで向き合うのは奇妙な感じだ。しかもその相手は、ビクトルが忘れようと決めたことを彼以上に知っている。奇妙で居心地悪く感じているのは、きっと相手もだろう。その証拠にイスマエルは、ずっとそわそわしている。水の入ったコップは倒しそうになるし、視線を泳がせたり外してみたり、かと思えば目に力を込めてこちらを見たりと、実に落ち着きがない。「いやあ、びっくりしたよ」だの「おいおい、いったい何世紀ぶりの再会だ？」だのといったお決まりのやり取りが済むとようやく、ビクトルが待ち構えると同時に恐れてもいた質問が飛んできた。

「で、あのメッセージは何のため？　つまり、こんなに時間が経ってから……。フェイスブックで偶然ぼくを見つけたということ？」

嘘をつくのはあまり意味がないとビクトルは考えた。自分よりきっと多くのことを知っている相手に対しては、特に。だけど質問に答える準備もできていない。頭の中で考えてはいるが、非難や強要めいた口調になるのを恐れているのだ。相手を見つめているとどうしても、この男が目撃者ではなかったら、あるいは口をつぐんでいてくれたら、すべてが変わっていただろうという気持ちがわいてくる。密告者ほど最悪のものはない。責めるような目をしないように気をつけながらそう思った。

「最近、ふと昔のことを考えるようになってね。たぶんこの街に戻ってきたからだと思う。よくわからないが」

ウェイターが注文を取りにやってきて、話が中断した。ふたりともほとんどメニューを見ていなかったので、よく考えもせずに、くどくどと材料が書いてあるサラダと舌平目のグリルを二皿ずつ急いで頼んだ。

「そうだろうね。ぼくもできるだけ早くと、バリオを逃げ出したくちだ。といっても、きみよりは遅かったけど。十五か十六になると、近所の人がぼくを奇妙な目で見るようになったからね、わかるだろ」

イスマエルは微笑んだ。真っ白で完璧に整った歯並びは作り物に見える。どこといって女性的なところなどないのに、勘の鈍い人でも、そのグレーのトレーナーとダメージジーンズ、スポーツシューズを見ただけで、ゲイだとわかるだろう。遠くからだと、少なくとも十歳は下に見える服装だ。

「それに両親は、ぼくにすっかり愛想をつかしていた。それでなくてもニコとドラッグのことでひどい目に遭ってた。最初の男の子はヤク中で、次が自分たちにとって……まあ、変わった子だったんだからね。だからぼくは一年間、馬車馬のように働いてけちけち金をため、マドリードに出たが、すぐに大学には入らなかった。学業に戻ったのは何年も経ってからだ。マドリードでの生活があまりに楽しすぎて、自分を見失ってしまうほどだったんだ。ぼくらのバリオのようなところから行った人間には特にね。世界にオカマはぼくひとりじゃないとわかって、ほとんど泣きそうだったよ。まあ、そんなことはどうでもいい。ぼくはいつも脱線してしまうんだ。ものを書いてるときもね。小説を書いてるんだよ、知ってた？」

「ああ。きみのページで見たよ」

「もちろん、両親に会いにときどきバリオに帰った。時間が経つにつれ、両親はぼくの嫁も、孫の顔も見られないという考えに慣れていき、訊ねようともしなくなった。父さんは亡くなり、母さんはぼくの姉に引き取られたから、マンションを売ることにしたんだ。きみの家の近くだよ……ああ、きみのご両親のね。でも信じられないかもしれないけど、売却が具体化したというのに、ぼくにはできなかった。ぼくはマドリードでパートナーと別れ、バルセロナに越してきていた。だから購入希望者に部屋を案内するのはぼくの役割だった。最初はしぶしぶだったけど、何度もそこで過ごすうちに、心地よくなってきているのに気づいたんだ……。マンション、バリオ、ぼくが振り払い、長年否定しつづけてきたすべてのものがね。ごめん、長々とつまらない話を押し付けちゃってるね」

すでにサラダが来ていた。緑黄色野菜の山の上にザクロの実が散らしてあって、まるで小さなクリスマスツリーのようだ。だがふたりとも、まだ手を付けていない。

「いや、全然つまらなくなんてないよ。今、ぼくにも同じようなことが起こってるんだ」

「ほんとに？　ぼくは、自分がどうなっちゃったのかわからない。なにせ、結局姉たちの所有権を買い取って、あそこに引っ越したんだから。もちろん家具は替えたよ。そのために部屋を空にしなければならなかった。そしたら、これを見つけたんだ」

イスマエルは色が褪せて白っぽくなった写真を取り出す。一九七八年九月に撮られたものだ。

「ここにぼくら全員が写ってる。きみはここに、前列にいるよね」

ビクトルは写真を眺め、ほどなく自分の姿を見つけた。そう、彼はそこにいた。永遠の友、フアンペの肩に手を回して。

「うわっ」

「そう。ぼくも同じことを言ったよ。ぼくはここだ。今見たら、誰もぼくを見分けられないだろうね。ぼくも、ほかのみんなも」

ビクトルは子ども時代のイスマエルの顔をしげしげと眺めた。記憶の中で何かが舞っている。そう、その顔がまったく知らない人のものだとは言えないが、間違いなく覚えているというわけでもない。

「ぼくのこと、覚えていないね」それは質問ではなく確認だ。だからビクトルは答える代わりに、あきらめと不快感の混じった表情を浮かべた。

「あのころのことはほとんど記憶から消えてしまったんだ。まるで何も起きなかったみたいに。ぼくはここであの学年を終えさえしなかったんだよ。まったく違う環境でいちから始めるのは、新しく生きなおすようなものだった」

イスマエルはうなずき、ふたりは黙々と食べた。ルッコラとノヂシャでできたピラミッドを突き崩すと、皿の上に牧草地が広がったように見え、運ばれてきたときほど食欲をそそるものではなくなった。

「ぼくはきみを覚えてるよ」イスマエルが言う。「まあ、この数ヵ月でかなり思い出したと言ったほうがいいかな。何年も離れていたあと、再びここに住みはじめたせいだと思う」

写真はテーブルの端に寄せられていた。何気なく見直していたビクトルは、もうひとりの人物を見落としていたことに気づいた。ほかの生徒より少なくとも頭ひとつ分高いため後列に並び、太陽に目がくらんだというように眉をひそめている。一九七八年九月のその日、ホアキン・バスケスは強がった表情でカメラを見つめていた。自分の命があとわずか数ヵ月で終わりを告げるとも知らずに。ほんの子どもだったんだとビクトルは思い、突然、もう食事を続けられないと悟った。子ども時代の一場面を大人の目で見つめるのは、どれほど非難されるよりつらかった。最初にファンペと話したときに募ったバスケスへの憎しみはもう感じることができない。この少年の写真から呼び起こされる感情があるとすれば、それは単に哀れみだった。

気を取り直して会話を続けようとしたが、すぐにそれは不要だと気づいた。イスマエルの瞳には共感とともに詮索するような光が宿っていた。それが聞いて気持ちのいいことか悪いことかはわからないが、とにかく何かを期待しているという、隠しきれない好奇心がそこに見て取れた。

「すまない」皿を遠ざけながらビクトルが言う。「簡単なことじゃなかった……」

「ああ。わかるよ」イスマエルは水を一口飲んでコップを置き、ゆっくりと呼吸してから、再び口を開いた。「なあ、ぼくはどうしてきみが連絡してきたのかわからない。それに実のところ、ここで食事をしながらぼくたちは何をやっているのかも。写真を見せてきみを不快にさせるつもりはなかったんだ、それに……。ごめん。たぶん……。わからないけど、話題を変えるほうがいいんじゃないかな。どう思う?」

ビクトルは右手を挙げた。

「いや、気にしないで。実際、今日はそのことを話したくて来たんだ。きみがいやじゃなければだけど。こんなに時間が経ってから、どうしてって思っているのはわかってるよ。だけど最近、いろんなことがあってね。頭から離れないんだよ、あの感覚……」ぴったりの表現を探そうとしたがうまくいかず、宙ぶらりんのまま話題を変えた。「うん、お互いにすべてさらけ出したほうがいいんだろうな。実は数ヵ月前、ファンペと会ったんだ。で、どういうわけか付き合いが復活した。それで何を覚えていて……何を忘れていたかが、はっきりしたんだよ。何が起きたかはわかっていても、ほとんど自覚がないことがたくさんある。確かめたいと思って、この間うちの父と話して、それで知ったんだ……きみが、ぼくたちを見たって」

《そしてチクった》と付け加えそうになったが、ぎりぎりでこらえた。チクるという言葉は侮辱的で、俗悪なまでの響きを持つ言葉だが、喉元まで出かかっている。会話のトーンががらりと変わってしまうのも気にせず、そんな下品で子どもっぽくて恨みのみなぎる言葉を口にできたらどんなにいいだろう。だけどああ、あんなことをしておいて罪の意識を持たない人間が、それよりずっと共感しやすい行為をした同い年の少年を、どうして責められるというのか？　でも同時に、仲間を売るなという街の掟（おきて）は石板に刻み込まれた規範のように強固なものだという考えも頭にちらつく。それになにより、たとえいかに不条理でも、現にこの胸にある恨みを声に出したくてたまらない。

「とっくに知ってると思ってた」イスマエルは事実を冷静に評価しようとしているのか、ゆっくりと考えながら話す。「そうだね。きっと、なかったことにするほうがいいとご両親は考えたんだろうね」

「そうだ。これまではそうだった。あまりにうまくやられたから、もしファンペと再会しなかったら、ぼくはきっと……」

「お下げしてよろしいですか？」

ビクトルはあやうく苛立ちを態度に出すところだったが、ぎりぎりのところでこらえてうなずき、ウェイターが皿を下げる間黙っていた。

「もし彼と再会しなかったら、もう二度とあのことについて考えなかっただろうね。ぼくたちがやったことについて。ぼくがやったことについて」

これだけのことを話すのに、かなり時間がかかった。これでも、自分の気持ちをぴったり表す言葉を一般的な言葉に置き換えるのに苦労したのだ。本当はこう言いたかった。《もう二度とあのことについて考えなかっただろうね。クロマニヨン殺しについて、ぼくの関与について》だけどうまく言語化できない。メルセデスと話したときもこうだった。少なくとも、あまりはっきりとは言葉にできなかった。婉曲（えんきょく）話法は心強い味方だと、ビクトルは思う。臆病者の軍隊が使用する装塡済みの武器だ。

「クロマニヨンはひどいやつだった。正直に言えば、学校じゅうのみんなが、彼がいなくなってもそれほど寂しがってなかったよ」

「近ごろ、そのことを何百回も繰り返し考えてるけど、役に立たない。少なくとも、すっかり慰められるわけじゃない。ほら、この写真を見ろよ。まだほんの子どもだったじゃないか！」

「それはぼくらもだよ！　みんな、あいつを懲らしめてやるのを夢見てた。そうされて当然だった」

舌平目がやってきた。ウェイターが素早くサーブする。唯一客がいるこのテーブルの緊張を感じ取り、一刻も早く逃げ出したいといわんばかりの態度だ。メインディッシュはさほどの独創性もなく、付け合わせはまた緑のピラミッド。今度はふたりとも、野菜には手も付けなかった。

「どっちだって同じことさ」ビクトルが言う。「それはぼくが解決すべき問題だ。ただ知りたいのは、何が起きたかだけなんだ。あの日……、そしてそのあとのこと」

「知らないのか？　よりによってきみが、知らないというのか？」

「信じられないだろうね。ぼくらはあいつが大嫌いだった、それは覚えてる。計画を立てたのも覚えているが、記憶にあるのは思い付きや細かい部分や、ぼくが言ったのかファンぺが言ったのかすらわからないフレーズだけだ」

「かわいそうなファンペ。ぼくもバリオで彼を見かけたよ。見かけはあまりよくなかった……」

その言葉を聞いてビクトルは驚いた。

「彼を見たって？　彼と話したのか？」矢継ぎ早に訊かれてイスマエルは赤面し、首を振る。

「向こうはぼくだと気づいていなかったし、こちらからは話しかけていない。すまない、もう食べたくないよ」

「ぼくもだ」

水のボトルも空になった。何も入っていないコップと対照的に、ふたりの頭の中では秘密と疑問が渦を巻いていた。

「外でコーヒーを飲まないか？」イスマエルが提案する。「ちょっと気分を変えたい」

テラス席はほとんど無人で、ふたりはレストランの入り口から遠いテーブルを選んだ。イスマエルは写真を持ってきていて、再び目に見えるところ、プラスチック製の赤いナプキンリングの横に置き、金属製の冷たい椅子に座るなり話しはじめた。

「話さなきゃいけないことがある。待ってくれ、まずぼくに話をさせてくれ。そうすればすっきりする。ぼくは作家だと言ったが、まあ少なくとも、愛好家ではある。ほんとのところ、自分の人生も他人の人生も変える力はなさそうな小説を三冊、ＤＴＰで編集して出版しただけだ。やめようかと思っていたよ……この写真を見つけるまでは。これを見て、書かなければいけない、あのころのことを語らなければいけないとわかった。だけど、公に向けてじゃないよ。ひどく個人的で、ひどく内輪のことなんだ。嘘だと思うかもしれないけど、あのことで今も、ぼくは苦しみつづけている」

「ぼくたちの話を書いたのか？　名前も出して？」

「落ち着いて。出版しようなんて考えもしないし、出版したがる人がいるとも思えない。だけど基本的には、すべてを話すべきだと感じたんだ。実際にはぼくのためじゃなくて、きみたちのためだ。きみとモコのため。認めるのは本当につらいが、きみたちの人生を、ぼくが変えてしまった」

「人生を台無しにしたのはぼくたち自身だ」

「余計なことをしゃべったのはぼくだ」

ビクトルはほうっとため息をついた。バルセロナのまだ弱くて暖かな陽射しが心地いい。他者の口から語られる真実も、また真実だ。一度聞いてしまうと、言葉を詰まらせるほどの怒りは跡形もなく消えていた。

「あんなことをしなければよかったなあ。バリオに戻って、あれがどういうことだったかわかった。自分がやったのがどういうことだったのか。この界隈では、告げ口屋は最低なんだ」

「ありふれたいたずらならそうかもしれないが、これは違うから」

「今はそう言ってくれるんだね。でもあのとき、このことを知ったら、きみの反応は違っていたと思うよ。まあ、きみはぼくの存在になんかほとんど気づいてもくれなかったけどね」

「きみはぼくを覚えているのか？」

イスマエルは笑い出した。

「何言ってんだ、ぼくは五年も、きみの友だちになろうとしてたんだよ。もちろんきみは気づかなかった。きみの母さんがぼくたちを仲良くさせようといろいろ骨を折ってくれたけど、何にもならなかった。きみはただ、ぼくといるのが退屈だったんだ。それも不思議はない、ぼくはかなり面白みのない子どもだったから。我慢してぼくと付き合ってくれたのは、うちの母さんがつくるドーナッツが目当てだったからだよね。トリニのドーナッツはバリオいちだったよ」

この話が、ビクトルの脳のスイッチを入れた。「トリニが、きみにあげてって言うからドーナッツを持ってきたよ」という言葉、きついオーデコロンのにおいを振りまいていた背の低い女性の姿がよみがえってくる。そしてもちろん、ある子どもの姿も。サッカーにも車にも興味のなかった同い年の子ども。ビクトルは写真をつかみ、彼を見つけた。中央の列の真ん中で、おそろいのスモックを着た三十数人の少年少女たちの中に埋没している。

「思い出してくれた？」

「ああ。それにきみの兄弟のことも。お兄さんだったよね？」

「ニコラスだ。そう。何年も前にエイズで死んだよ。ヤク中にはよくあることだ……」

「なんてこった。きみの母さんはよくうちに来て、ぼくの母さんと一緒に裁縫してた。きみもお母さんについてきてたね。ときどき一緒におやつを食べた」

「ドーナツをね。ぼくはあれが嫌いだったんだ。きみにあげるためだけに、つくってって頼んでた」

うっかり真相を漏らして、イスマエルはまた赤面したが、もう後の祭りだ。

「あまりにもきみを敬愛してたんだと思う。でもそれはぼくだけじゃなかった。きみはサンドカンの息子だったからね、そうだろ？　ぼくらはみんな、きみの友だちになりたかった。だけど選ばれたのはモコだった。理由はさっぱりわからない」

「記憶にないな、自分がそんなに、その……ポピュラーだったなんて。今はそんなふうに言うんだろ？」

「一番よかったところがそれだよ。きみは気づいていなかった。だから人気があったんだ。そして、だからぼくは、ときどき街であとをつけたんだ……。きみみたいになりたかった。少なくとも、どうしたらきみのようになれるのかを知りたかったんだと思う」

「あとをつけた？　それであの晩も……？」

「まあ、大体そうだ。それからもうひとつ、せっかく会えたんだから、告白しなくちゃいけないことがある。あのころのことを書きはじめると同時に、ぼくはバリオを歩き回りはじめた。かつての文房具屋、学校、緑街区……。すっかり様変わりしたように見えて、よく見ればほとんど変わってなかった。修復画のようなものだ。きみたちが住んでいたマンションに、今どんな人が住んでるんだろうと思って見に行ったら、ファンペが実家に帰ってきているのを知った。本当のところ、それがなければ、絶対彼だとわからなかっただろうな。ファンペも、街で少なくとも何度かすれ違ったが、ぼくとわからなかった。さっき言った通り、彼はなんだか……あまりうまくいってなさそうだ」

「つらい人生を送ったからね」

「こんな話をしても、理解してもらえるかどうかわからないが。過去を思い出しながら書いているとき、突然、ファンペと出くわしたんだ。こんなに時間が経ってからだよ。まるで自分が創作中の人物が、命を得て目の前に現れたような気がした。今のきみのようにね」

「きみがつくったんじゃないぜ、イスマエル。ぼくたちは前から存在している」

「それはそうだけど。説明しにくいって言っただろ。ぼくはあの後、きみたちがどうなったのか知りたくてたまらなくなった。きみが今やっているように、きみを探した。そしてある日、緑街区の近くできみを見たんだ。信じられなかったよ。突然、あそこに再びきみたちふたりがいるのを見たんだから」

「ぼくたちをつけたのか？」

「ぼくはそういう呼び方はしない。小説の資料収集のためだ。厳密にいうと逆だけど。夢見心地だったね。もう書き終えようとしているときに、何が起きたか知ることができるなんて、めったにあることじゃない」

ビクトルは首を振り、声を抑えようと努力しながら話しはじめた。

「イスマエル、これはきみだけの物語じゃない。ぼくの、ファンペの、クロマニョンの話だ。ぼくたちは小説の登場人物じゃなくて、生身の人間なんだ」

「もちろん。そういう反応が返ってくるだろうとは思ってたよ……。ぼくはどうかしてるって思うだろうね。きみを侮辱するつもりも、どんな形であれきみたちを傷つけるつもりもないが、ぼくのような仕事をしていない人には理解してもらえないんだ。つまり言いたいのは、ファンペが何に巻き込まれてるか知らないけど、少し変なのは間違いないってことだ。ぼくがきみなら、用心するね。あいつを信頼できるとは思えない」

ビクトルは自分の言葉が辛辣に響かないよう努力したが、あまりうまくいかなかった。さっきは飲み込んだ非難の言葉が、抑えきれずに噴き出した。

「つまりこれほど長い年月が過ぎても、あのときの子どもたちは相変わらず、同じことをしているわけだ。ファンペはついていなくて、ぼくはそんな彼を助けようとしている。そしてきみは……きみは、他人の生活を嗅ぎまわって、余計なことをしゃべっている」

「ある意味、その通りだ。周りは変わっていくのに、ぼくたちはそのままだ」

「ぼくたちは過ちから学んだ。そして、もう繰り返すまいとしている」

緊張感は傍目(はため)にも明らからしく、ウェイターは何も言わず伝票をテーブルに置いていった。

「謝らなければいけないんだろうね。全部読んで、わかってくれるのを期待してる。書き終えたらすぐに電子メールで送るよ。ああ、ここはぼくが。もう行ったほうがよさそうだね」

イスマエルがレストランの中に入っていくのを、ビクトルはひきとめもせずに見ていた。まだ怒っている、というより苛立っていたが、それが自分自身に対してか、それとも支払いのために店内に入ったあの男に対してなのか、よくわからなかった。


クリスマスプレゼントにもらった電車のおもちゃをイスマエルに見せてあげなさい。

でも母さん、あいつは退屈なんだ。電車が好きじゃないんだよ。車も。好きなものが何もないんだよ。

見せてあげなさいって言ったでしょ！　気に入るに決まってるじゃない。

あいつ、自分の兄さんの電車のほうがいいって言ったんだよ。もっとかっこいいって。

じゃ、今度あの子の家に行ってそれで遊びなさいよ。

絶対やだ！　退屈だもん。

ビクトル、黙って言うことを聞くのよ、わかった？　もう何も聞きたくないわ。

だって、母さんがそんなこと言うから。

そうよ。あたしが言うからよ、だってあたしはあなたの母親なんだから。

母さんが何て言っても、退屈なものは退屈だよ。それに、ぼくのこと変な目で見るんだ。学校でみんな言ってるよ、あいつはオカ……。

ビクトル！　今度口を開いたら、お尻をひっぱたくからね。痛くて眠れなくなるわよ。あらイスマ、ビクトルは今行くからね。ねえトリニ、何とかして。うちの子といると頭がおかしくなりそうだわ！

わかったよ。だけどあいつの家には行かないからね。絶対だよ。

オフィスに戻って二時間ばかり、彼のことや様々なことを考えつづけた。ミリアムに電話しようかどうかと迷い、窓の外には暖かくて優しい夕景が広がっていることを思い、今の気分とあまりに矛盾するためブラインドを下ろそうかとまで考えた。レストランでの会話を何度も思い返し、聞けると思っていた話、真実、どうやら他者の手の内にあるらしい自分に関する真実について考えつづけた。考えごとに没頭しすぎて、机の前に人影が差すまで、訪問者がいることに気づかなかったほどだ。来客は濃いグレーのコートに目立つ白のマフラーを巻いた高齢の紳士で、彼をじっと見つめていた。

「お邪魔してすみません。まだ帰宅していないと伺ったものですから、もしかしたら、ちょっとお時間いただけるんじゃないかと思いまして。わたしはバニョスというものです。コンラッド・バニョスです」

第五部

わたしは美のために死んだ

45

一九七八年十二月、シウダード・サテリテ

この新しい状況に身を置いて最終章を書くのは奇妙なものだ。主役のひとりが全編を読んでくれるだろうと思うと、身がすくむと同時に励まされもする。できる限り率直に、主観性はわきにのけて、あの出来事をありのままに語りたいと思っているが、それは現実離れした望みというものだ。ぼくはあそこにいて、あの出来事をこの身で経験し、記憶の中で無意識のうちにストーリーを形づくっていった。だからいくら理想が高くても、どこかで折り合いをつけなきゃならない。ほかのどんなことでもそうだが、これはただ、ぼくにとっての真実なんだということを受け入れる。それ以外の何ものでもないのだと。

今となっては嘘みたいだけど、一九七八年当時の大人たちは、十二月六日に国会で可決された憲法に興奮していた。スアレス(そのころもうぼくたちは、名前に先生(ドン)をつけて呼ぶのをやめていた)は、宗教科目にとってかわった道徳の時間に長々と憲法について説明し、そんな単元はないにもかかわらず、社会科でも話を続けた。親たちは群れをなして国民投票に行き、ある日曜日、ぼくたちの学校は生徒の机に腰掛けた大人たちでいっぱいになった。あ

のころの大人たちは希望を抱いて暮らしていた。一方、兄のニコラスのような若者たちはといえば、シウダード・サテリテのジョン・トラボルタになりきってバリオをうろつき、ビージーズの裏声ばかり聴いていた。姉はうちにあったレコードプレーヤーで何度も何度も『哀愁のトラジディ』のシングルをかけ、英語などひとこともわからないのについてうたおうとするものだから、ぼくたちは頭がおかしくなりそうだった。今思えば、あのときぼくたち自身の悲劇（トラジディ）の幕は、切って落とされる寸前だった。

ブロマイド。その話を、みんなが持っていなかったマジンガーZのブロマイドをファンペが手にしたあの輝かしい瞬間の続きを、話さなければならないと思う。憲法がどれほど重要か知らないが、ぼくたちにとってはブロマイドのニュースのほうがずっと面白かった。たぶんぼくは間違っているのだろう。記憶がいつもあてになるとは限らないし、時間の浸食を受けて、自分たちの都合のいいように脚色してしまっているかもしれない。だけど基本的にはぼくたちのほとんど皆が、ファンペのことで喜んでいたのは誓ってもいい。その年ごろになるともう、モコだってそろそろ幸運の分け前にありついてもいいということは皆が理解していた。だがファンペのような子どもには、そんな幸運は長く続かないだろうと予言する者もいた。

その通りだった。ホアキン・バスケスが三時にクラスに入ってきてそのニュースを知ったとき、まるで自分にブロマイドが当たったように思ったのは想像に難くない。授業が終わると、いつも通りビクトルと一緒にヤグエの家に向かおうとしていたモコに近づき、残忍そうな笑顔を見せた。モコのためのとっておきの表情だ。ぼくは彼らより遅れ、ほかの何人かの友だちと帰っていたから、その騒ぎの始まりには立ち会っていない。ぼくが見たのは、最後の場面だけだった。

クロマニヨンはそれまでずっと、ファンペをしょっちゅう殴り、多くのものを彼から奪ってきたし、新学年になっても相変わらずだった。だけどファンペはもうそれまでの彼ではなかった。それはモンテフリオで過ごした夏、強固になったビクトルとの絆のせいかもしれないし、単に成長したからかもしれないが、その日は戦わずして負けるつもりはないようだった。その結果が、ぼくの人生でも見たことがなかったほどの残虐な殴打につながるわけだ。とりなそうとして間に入ったビクトルも殴られた。ホアキンにとって我慢ならないのは、誰かが自分に逆らうことだった。最初は背中を叩いていただけのホアキンが、堪忍袋の緒が切れびんたしはじめても、モコは断固としてブロマイドを渡すのを拒否していた。だが立て続けにパンチを浴び、とうとう傷だらけになって倒れてしまう。そのときには当然、貴重なブロマイドは相手の手に渡っていた。優勝トロフィーを見せびらかすように、ホアキンは戦利品を高々と掲げた。しわになり、破れかけていたが、自分のものになったのだ。

もう二度とこんな目に遭わないように、あいつをとことん懲らしめてやろう。ファンペとビクトル・ヤグエがそう心に決めたのはその日だったと思う。あの日の屈辱感をバネに思いついた計画が、悲劇につながったのだと思う。ビクトルは倒れたファンペを助け起こし、ほとんど引きずるようにして家に連れて帰った。ぼくたちは黙ってじっとしていた。いつものように、もう何の面白みもなくなった出来事の単なる傍観者としてそこにいた。

たとえばビクトルがそのことを家族に話していれば、事態はかなり変わっていたかもしれない。だがエミリオ・ヤグエは、主にパンチを浴びた犠牲者が自分の家族でなくても乗り出していくような人だ。そんな父に小心者とみなされるのが怖くて、ビクトルは口をつぐんだのだと思う。母親のアナベルが気づかなかったのは不思議だが、たぶん彼らは嘘と本当を織り交ぜて話を作り上げ、街のごろつきにでも殴られたことにしたのではないだろうか。ファンペをかわいがっていたアナベルは、喧嘩の傷に赤チンを塗り、抱きしめてから、彼の大好きなスポンジケーキを大きく切って、食べさせてやったことだろう。

その後、いろんな噂が駆け巡った。そのころ彼女はすでに工場の労使交渉担当者、ペドロ・テラデスとの色恋沙汰を始めていたというものだ。そんなことは断じてありえないという、うちの母の言葉をぼくは支持する。母は友人として、テラデスがアナベルに恋い焦がれているというのは知っていたが、彼女は気にも留めていなかった。生涯を通して、灯りに群がるハエのように男どもを引き寄せていた彼女は、彼らの感情を害することも、自分の評判を落とすこともなくあしらうすべを心得ていた。おまけに、そのころはクラウソルのストも停戦状態で、労働者たちは要求の大部分を手にしていたから、彼女が工場へ行く用事もなかった。ごく親しい仲間には、テラデスが街をうろつき、偶然会ったように見せかけて話しかけてきたことを認めていたのは事実だ。あるときは、これ以上付きまとうなら夫に言わなければなりませんと警告する寸前までいったという。自分の夫より経済力が上の者からも言い寄られたことに満足げな様子を隠そうともせず、アナベルは笑いながら語った。当時は第四子を妊娠中で、その後女の子が生まれるのだが、父親はペドロ・テラデスだと陰口を叩く者たちがいた。「あの子はエミリオに瓜二つよ」反駁は許さないという剣幕で、母は断言したものだった。

うちでモコに関することを話したのは、あの日が初めてだったと思う。人があれほど残忍に滅多打ちにされるのを見たことがなかったぼくは、思わず兄のニコに話したのだ。ぼくより七つ上だから、ニコは当時十九歳だった。普段、ニコはぼくの言うことなどあまり耳を貸さなかったし、特段優しい兄というわけでもなかった。それに、彼をクラウソルに入社させたがっている父と、いつも喧嘩していた。ほかにやりたいことがあるわけでもないのだが、兄はそれだけはきっぱりと拒絶していた。当時、父と兄はほとんど口も利かないほどになっていて、そのため、とりわけ長男をかわいがっている母はがっかりしていた。あとで知ったことだが、当時すでにニコはドラッグに手を出していた可能性がある。ヘロインまでやっていたかどうかは知らないが、マリファナ煙草を吸っていたのは確かだ。これはぼくが自分の目で見たのだから間違いない。街の片隅で友だちと集まって、黙って煙草を回し吸いしていのように見えた。
た。仲間や立ち上る煙と同じくらい沈黙が重要な意味を持つ、秘密の儀式に参加しているかのように見えた。

その日学校から帰ってくると、普段はよほどでない限り出かけている兄が、珍しく家にいた。両親は彼にとって立ちはだかる壁であると同時に、過大な期待を寄せてくる、うっとうしい相手でもある。そのことで息苦しさを覚え、兄はいつも街に出て自由を味わっていたのだろう。その日、兄を見て思わず今見たばかりの出来事が口をついて出たのか、それともぼくの怯えた表情を見て、ニコが訊ねてきたのかは覚えていない。いずれにせよぼくは黙っていられなかった。するとニコはいつになく兄らしい振る舞いをした。バスケスか誰かにいじめられたらすぐに自分を頼れと言い、彼には似つかわしくない厳粛さで、ぼくにそうすることを約束させたのだ。そのあともニコは出かけなかった。おやつをつくってくれて、ぼくに付き合ってテレビを見ながらずっとダイニングにいた。ときどき学校やクロマニヨンのこと、モコのことを訊ね、おまえは、その乱暴者に同じようなことをされていないよなと念を押してきた。あまりに優しいので、ニコやその友だちがあの愚かなホアキン・バスケスを懲らしめているところを見てみたくなって、思わずぼくもいじめられてると嘘をつきそうになったほどだ。

もちろん断言はできないが、ぼくが兄といたあの時間、あるいはその後も何日か、ビクトルとファンペは放課後を使って計画を練っていたのではないか。本物の海賊か盗賊のように綿密な作戦会議を開いたふたりは、目的を果たすためには襲撃できる場所までターゲットをおびき寄せなければならないと考えた。それにはホアキンが大事にしているもの、奪われたら何としても取り返したくなるようなものをかたに取る必要があるが、そういうものを手に入れるのが一番難しかった。担保として完璧なのはマジンガーのブロマイドを集めたアルバムだ。ホアキンは完成させたコレクションをみんなに見せびらかしていた。だがそれは、完璧であると同時に奪うのが不可能な担保でもあった。ホアキンはアルバムを片ときも離さず、後生大事に持っていたからだ。

だから十二月十五日の午後のビクトルとファンペは、ついていたことになる。その後起きたすべてのことのきっかけを、ついていたと称することができるならの話だが。ホアキンは、教室ではあまり問題を起こすことがなかった。せいぜいその無気力、無関心ぶりが周りを苛立たせていたくらいだ。だがその日は、いつもよりいらいらしていたというか、落ち着きがなかった。国語の時間で、その日来ていた臨時の女教師は、『わがシッドの歌』を生徒に朗読させるのにやっきになっていた。ほかの教師なら手を挙げた者に読ませるのが普通で、そしていつも必ず自ら志願する女生徒が何人かいたものだが、その新米教師は皆が朗読テストに合格することにこだわっていて、名簿の終わりから順番に当てていた。まずファンペが読み、次にビクトルが読んだ。そのあと、ホアキンの順番が来た。

さっきも言ったように、ホアキン・バスケスはいつも行儀が悪いというわけではなかった。

だからいったいなぜあの日、騒ぎを起こしてまっすぐ校長室送りになったのかわからない。荷物をまとめて立ち上がったとき、ホアキンは満足げにさえ見えた。だが先生が、全部そこに置いて今すぐ教室から出なさいと言ったときには、顔から笑みが掻き消えた。

六時のチャイムが鳴ったとき、ホアキンはまだ戻ってきていなかった。その瞬間、それまで不可能と思われていた任務が、ファンペとビクトルにとってこの世で最も易しい仕事になった。ホアキンの机からファンペがアルバムを取り出し、その代わりに紙を一枚置いたところをぼくは見た。のちにホアキンの遺体から見つかることになるそのメモには、《取り戻したければ今日の夕方、道路の向こうの見捨てられたマンションに来い》と書かれていた。

どちらにしても、ぼくにはそのメモを見る必要はなかった。自分で言うのも何だが、ぼくほどの観察力があれば、ファンペとビクトルが何か企んでいるのは明らかだったから、彼らのあとをつけていくだけでよかった。でも教室に戻ったホアキン・バスケスがしたように、もしぼくもその紙を見ていたら、あとをつけなくてもどこに行けばいいのかわかったということになる。そこは建築途中で放り出された巨大な工事現場だった。かろうじて基礎ができていたのは、建設会社が夜逃げして、左官工がわけのわからないまま取り残されていたからだ。夏には、そのあたりで午後の時間をつぶすか、何かほかのことをして遊ぶのが流行していた。だが道路を渡っていかなければならないうえに、瓦礫や鉄片、廃材や未完成の工事の残骸がそこらじゅうに散らばっているので、親たちはいい顔をしなかった。今思い出したが、一九七八年のあの夏の終わりの一番面白かった瞬間といえば、父のほうのホアキン・バスケスが息子を探しに空き地までやってきて、自分と同じくらい大きくなった息子を始終殴りつけながら家に連れ帰ったことだった。それを見たぼくたちは、モコもいればよかったのになあと言い合った。彼はその光景を見るべきだった。夜になると工事現場はヤク中の巣窟となった。というか、そう言われていた。八時を過ぎると、ぼくは絶対そこへ近づかなかった。薄暗くて陰気で、不快な感じがしたからだ。基礎だけできた集合住宅は、幻の遊園地か、高低差の激しい敷地に建つ真っ暗な恐怖の館という様相を呈していた。

その夕方、ぼくはふたりがそこへ向かっていくのを見ていたが、工事現場に入ってしまうと見失った。それ以上追うと見つかる危険が高いから進めなかったのだ。十二月で、あたりは暗かった。通りの灯りは工事現場を半分照らしていた。ぼくは、かつてチェーンや南京錠で施錠されていたと思われる古い扉の外で待つことにした。あたりには誰もいなかった。地面には草も生えていず、使用済みの小型注射器が毒キノコのように散らばっているだけだった。

どのくらいかはわからないが、かなり時間が経ったころ、クロマニヨンがこちらへ向かって通りを進んでくるのが見えた。そのころまでには、ビクトルとモコが何かすごいことを準備していると確信していて、どんな犠牲を払ってもそれを見逃すまいと心に決めていた。見つからないようにぼくはその場から少し離れ、クロマニヨンが鉄柵の中に入っていくのを見てすぐに戻った。ホアキンはそれまでより歩調を緩め、工事計画が書かれた看板の前に立った。

彼に向かって走っていったのはビクトルだったと思う。ホアキンの背中から襲い掛かり、力を込めて殴った。普通の状態ならそううまくはいかなかっただろうが、不意打ちを食らったホアキンは地面に倒れ込んだ。そこにすかさずファンペが、工事現場のそばにたくさん転がっている鉄の棒のようなもので第一撃を食らわした。どこを殴ったのかは見えなかったのでわからないが、それからふたりによる攻撃が続いた。ビクトルも木の棒のようなものを手にしていた。クロマニヨンは抵抗を試みたのだと思うが、実際には、最初の一撃で半ば茫然自失の状態に陥ったように見えた。ほとんど動かなかった。ファンペは何年もの間たまりにたまった怒りを吐き出しながら何度も何度も叩きつづけた。ぼくは魅入られたようになってこの暴力場面を眺めていたが、こうなったときに感じるだろうと思っていた満足感は得られないままだった。地面に倒れたホアキン・バスケスからは、いじめっ子特有の威圧感が消え去っていた。ひどい目に遭っている彼を見て喜びを感じたり、ぼくも復讐に加わりたいと思ったりすることもなかった。だからといって同情したわけではない。ただ自分とは関係のないところで繰り広げられる残忍な行為に、恐怖に似た感情を味わっていた。

存在に気づかれる前にと鉄柵のそばを離れ、ぼくは走り出した。家に帰り着いたときには、怯えた暴れ馬のように胸がドキドキしていた。

その後に起こった出来事についてはすでに話した。バリオを不安に陥れた知らせ、近所の人の話や校長によって裏付けられた噂、ぼくは不調に陥り、そして次の月曜日に告白した。それから、週末の間に治安警備隊が地域内のふたりのごろつきをつかまえて尋問したということもすでに説明した通りだ。だがそのごろつきのうちのひとりがニコの親友で、マリファナ仲間だったということはまだ書いていなかった。どうして彼がつかまったのか、偶然だったのか、運悪く、その近くで誰かに姿を見られたのかはわからない。いずれにしてもニコはフランコ主義者の治安警備隊員を非難し、スペインのくそったれと怒鳴りながら、怒り狂って帰ってきた。父はニコを力いっぱい平手打ちした。そのことを覚えているのは、うちでは普段めったにそんなことがなかったうえに、二十歳にもなろうという者を殴るなんて皆無だったからだ。

ニコは自分の部屋に閉じこもったが、しばらくするとぼくのところに来た。頬には父の手の跡が赤く残っていた。「殺された男の子は、この間おまえが言ってたいじめっ子だよな」ぼくは黙って頷いた。ニコは何かに気づいたに違いない。ベッドに座っているぼくのそばに来て、こう付け加えたからだ。「こういうときに大事なのは、真実を話すことだってわかってるよな。無実の人間に罪をかぶせるわけにはいかないって、な」ぼくにはわかっていた。もちろんわかっていた。だけどこれは、ぼくの友だちに関わることだ。向こうは友だちと思っていなくても、ぼくにとっては友だちだった。ニコは返事を待ったが、ぼくが黙っているのを見て部屋を出ていった。ひとり残されたぼくは、悪夢にうなされた。

次の月曜日、ぼくはすべてを母に打ち明けた。細かいところを省いたりせず、すべてを。

そしてそこから、もうすべてが変わってしまった。


「彼らは子どもを殺したんだ」「あの子たちはほんの子どもよ、アナベル」「ちくしょう、これで人生はめちゃくちゃだ！」自分の部屋にいても、そんな言葉が聞こえてきた。きっとあれは自分に向けての言葉だと思い込んでいたが、もちろん、そんなはずはなかった。母に打ち明け、母が一家の長である父に話したその瞬間から、事態はぼくの手を離れ、ためらいと嘆きと呪詛（じゅそ）に満ちた仮借なき運命の流れに従うほかなくなった。父はエミリオ・ヤグエと仲が良く、母もアナベルと友だちだった。その午後、四人はぼくの家に集まった。クリスマスが近く、ベレン（キリスト降誕場面を表す模型）も飾られていたが、うちのダイニングにはお祭りムードなどかけらもなかった。大人たちの話が終われば、誰かが呼びに来るのはわかっていたから、ぼくはそれまで自室でじっとしていた。ニコの声が聞こえた。友人を一分でも早く釈放させてあげたいと言っている。父がニコに黙りなさいと言い、母がなだめているのも聞こえた。そんな中でエミリオとアナベルは、ほとんど事情がわからないまま、うちの家族の言い合いに巻き込まれていた。

しばらくして、父とエミリオ・ヤグエが真剣な顔をしてぼくの部屋に入ってきた。ニコも少し遅れてやってきた。アナベルは帰ってしまったか、ぼくの母と一緒に部屋の外にいたのだと思う。ぼくはベッドに腰掛け、彼らが話すべきことを話すのを聞いてから、質問にできる限りきちんと答えた。そしてもちろん、ビクトルのことを悪くは言わなかった。彼は素晴らしい少年で、あんなことをしたのは絶対に、友だちを助けるためだったのだと擁護した。だって、バスケスのガキを痛めつけてやりたかったのはもうひとりのほうなんだから、そうだろ？　飲んだくれの母親と、ロバのように愚かな父親を持つかわいそうな子ども。ビクトルとは違う。ビクトルにはエミリオとアナベルがいて、兄弟もいる。行いもよく、世の中の役に立つ大人になるだろう。男たちの論調は行ったり来たりした。やがて疲れた父が、ぼくに言った。「いいか、よく聞け。エミリオはいい友だちで、模範的な同僚だ。おれにとっては兄弟みたいな存在だ。だからおれの言うことを聞いて、その通りにするんだぞ、わかってるな？」

わかっていた。実際、かなり簡単なことだった。というのも、内心ではぼくも同じことを望んでいたからだ。ビクトルを守るため、彼の名を伏せる。その時突然、ニコが口をはさんだのを覚えている。「で、もうひとりの子は？　その子が口を割らないなんて、どうして確信できるんだ？」「それはおれが引き受ける」そう言ったのはエミリオ・ヤグエだ。だけどどうするのかは、ぼくにはわからなかった。

ぼくは着替えて父と一緒に派出所に行き、母にしたのとほぼ同じ話を繰り返した。違っていたのは、ファンペ以外の名前を出さなかったことだ。すべて本当のことだったから、難しくはなかった。最初に押して第一撃を加えるのはひとりの人間がやったことにできる。ホアキン・バスケスへの復讐という真の動機を持つファン・ペドロ・サモラ、エル・モコというひとりの人間がやったことに。

ファンペがビクトルのことを明かさなかったのがなぜだかわからない。話したけど無視されたのかもしれないと思うこともあれば、ぼくよりずっとビクトルに忠実なファンペのことだから、墓場に行くまで友情を保とうとしたのかなと考えることもある。その後、ぼくはまた同じ話を繰り返さなければならなくなった。今度は判事の前で、非公開での証言だった。しばらくしてファンペが少年院に行ったと知った。驚いたのはクリスマス休暇のあと、ビクトルまでもが教室からいなくなっていたことだ。村に住むおじいさんに同居人が必要で、彼が一定の期間送られることになったという話だった。仲の良い友だち同士が同時期に忽然と姿を消したのは偶然の一致にしても出来すぎているという噂が駆け巡ったが、バリオじゅうのみんながヤグエ一家に好意を抱いていたから、誰もそれ以上詮索しようとはしなかった。結局、物事というのはいつもそんなものだ。ときと状況は変わっても、習慣は変化に抗う。少なくとも、シウダード・サテリテではそうだった。

初めの数日、彼らがいない教室は変な感じだった。それからだんだん、ぼくらは空っぽの最後列に慣れていった。バスケス一家は一月六日の公現祭のあと店を再開したが、サルードが再びそこで働くことはなかった。ほとんど家から出ず、一日じゅう自室に閉じこもり、光が煩わしいからとブラインドを下ろしたままにしているというのがバリオの噂だった。ほどなくして、一家は家具と家財道具と悲しみごと、新しいマンションに越していった。

一九七九年が始まって数ヵ月経ったころのある明け方、ファン・サモラが未亡人とともに突然行方をくらました。息子の面倒を見なくてよくなり、彼にとっては都合がよかったというのだ。彼は判事の前で息子と縁を切ると言い渡し、ファンペの犯した過ちを飲んだくれで頭のおかしい母親のせいにした。そして悲劇を利用して、惚れ込んだ女とずらかった。その話が本当かどうかわからないが、数年後にひとりでバリオに舞い戻った彼が、明らかに老け込んでいたのは確かだ。未亡人が彼に飽き、一文無しで放り出したと話す口さがない人々もいれば、サモラがベルトを取り出して振り回す趣味は相変わらずだったが、未亡人はロシと違い、彼をさっさと放り出して二度と顧みなかったのだとする人もいた。

ファンペの事件の間も、ロシはいつも通り酩酊状態にあった。息子を思って泣いたが、その泣き声は幽霊の嘆きのようだった。絶望し、酒に溺れた。夫に捨てられ、依存していた、あるいは恐怖を和らげてくれていた息子がいなくなり、独りぼっちになったとき、どん底を見たのだと思う。奇跡が起きたのはそんなときだった。宗教的な意味では、それを奇跡と呼ぶのは外れているだろうが、慈悲深い助けであったには違いない。その経緯はこうだ。かつて彼女に興味を抱いていた人がいた。そのときはうまくいかなかったのだが、再びその人が現れたとき、ロシと同様、彼の状況も変わっていた。その人とは、ぼくたちの初聖体を執り行った、あの司祭だ。何年も前に彼女を助けようとしたことがあったその人が、ある夜、路上にいるロシを見つけた。思いがけない再会だったが、すぐにロシとわかったのは、きっと彼女の哀れな物語を忘れることができなかったからだろう。今度は教区の主任司祭としてではなく、ひとりの人間として、再び彼女を助けようと決意した。数年前に還俗(げんぞく)していたからだが、善行を施そうという意欲は元のまま持ち合わせていた。早速彼女を医者に連れて行き、禁断症状を乗り越えるのを助け、治療を受けさせた。すると『みにくいアヒルの子』のように、ロシは少しずつ変わっていった。もちろん白鳥になるような劇的な変貌を遂げたわけではなく、臆病で怖がりで、だが中毒とは無縁の人になったのである。彼女と元司祭との間にどんな物語が繰り広げられたのか、誰にもよくわからなかった。だが時代は変わり、酔っ払いと非難していた住人たちが、優しくて善良な人と人生をやり直す権利は彼女にもあると主張するようになった。こうして彼女は、神の祝福は受けられなかったものの、バリオの祝福を受けた。そして実は、これこそが重要だった。それだけに、ファン・サモラの帰還は最悪のニュースだったといえる。元司祭の彼が見つけてきてくれた工場の仕事で生計を立てながら、ロシがなおも住みつづけていたマンションに、サモラは当然のように腰を落ち着けた。今の常識からすると考えられないが、もう二度と手を上げないときつく約束させたうえで、ロシは結局、サモラを受け入れた。「聖女だよ」隣人たちは彼女のことをこう評した。「あの人はほんとに聖女だ。もっといい男と一緒に人生をやり直すべきだよ……」だからだろう、帰ってきてから数ヵ月後にサモラが突然死んだときは、悲劇というより喜ぶべき出来事と受け止められた。ある日、上のほうの階の住人がエレベーターの手動のドアをきちんと閉じていなかったため、サモラは六階まで歩いてのぼる羽目になった。そして階段の途中で心臓発作を起こしたのである。思いがけない、だが歓迎されたサモラの死のあとはもう、ロシと元司祭が結婚し、マンションに住みつづけるのに何の支障もなかった。とうとう彼女は、過去の亡霊からも脅威からも晴れて解放されたのだ。ぼくが知っている限り、ふたりは幸せに暮らした。もう子どもはつくらず、穏やかで優しさに満ちた熟年期を共に過ごして、二〇一三年に交通事故で同時に亡くなった。このことが、一風変わった愛の物語にロマンチックでありながら不気味な色合いを付け加えている。

かつてヒーローだった人たちの後日談に対しては、バリオはそれほど優しくも同情的でもなかった。ホアキン・バスケスの死の翌年、アナベル・リョベラがとった行動を表現するのに使われた中で、最も穏やかな言葉が《姦通者》だ。もっと容赦ない言葉で彼女を呼ぶ人もいれば、口には出さないが同じように考えている人たちもいた。確かなのは、長男をグラナダにやってから、ヤグエ一家が変わってしまったということだ。バリオの大半の人が、うまく説明できないまでも、まるで呪いにかけられたかのように不幸が彼らに次々と襲い掛かったと感じていた。最初の災難が難産だった。低体重で生まれた女の赤ちゃんは生と死の間でもがいたが、神のご加護か、うまく生き延びた。次にビクトルの下の弟のエミリオが病気にかかった。それも血液に関連する重大な病気だった。そして最後に、一家の長を極めつけの不幸が襲った。アナベルがある日突然、工場の労組担当者と出奔したのだ。金がある男で、噂されるほど年寄りではなかった。

どうして彼女が家族を捨てたのか、誰にも説明がつかなかった。多くの人が、単に金のある男がよかったんだろうと勝手に納得していたが、そういう人たちは、もともとヤグエ一家は金など重視しないことに気づいていなかった。うちの母も彼女の決意を快く思っていなかったはずだが、公に批判することは控えていた。一度、家で父が大胆にもアナベルの話を持ち出したことがあった。そのとき母はぴしゃりと言って、父を黙らせた。「アナベルは亭主の男らしさと思想を愛してたのよ。その思想が失われたとき、男らしければいいってもんじゃないと気づいたんだ」この言葉は、当時のぼくにとっては説明というより謎の提示に近かった。

あの一連の出来事をすべて理解している人はいなかったが、いずれにせよ、ときが経つにつれて彼らのことは忘れ去られた。彼ら、その子どもたち、哀れなロシと乱暴者のファン・サモラ。同様に、バリオに関する多くのことも忘れられていった。忘れられたもののひとつにその名前がある。いったい何を意味しているのか、住民たちにもさっぱりわからなかったからだろう、シウダード・サテリテの名はあれから数年後に使われなくなり、やがて人々の記憶から失われた。

46

二〇一六年四月、バルセロナ

「何もかも、うまくいっているようですな。非常に上品ですよ。このホテルには来たことがあったんですよ、ご存じですか？　一度泊まったこともある。もうずいぶん前のことです。今見てきたところは、昔とは別物ですね。といっても、それほど多く見たわけではありませんが」

コンラッド・バニョスは七十歳近くに見える高齢で、背は高くもなく低くもない。どちらかというと品がよく、落ち着き払った話し方や動作から、一目置かれることに慣れていることが窺える。とうとうと話しつづける彼に、この執務室までどうやって来たのか、来訪の目的は何かと訊ねるチャンスを、ビクトルはもう少しで逃すところだった。

「気に入っていただけてうれしいです……。実は、もう家に帰ろうとしていたところだったんですよ。ですから、もしホテルのことで何かご要望がおありなら、面会の予定を秘書と取り決めていただけませんでしょうか」

「申し訳ありません。年をとってくるとマナーがおろそかになる一方でね、まったく。実は内々にあなたと話したかったんです。ホテルに関してではなくて……まあ、直接には関係していないことで。少し前に電話したんですが、秘書の方から、あなたはお忙しいとお聞きしまして。わたしが住んでいるところは遠くもないものですから、ちょっと行ってみようと思いついた次第です。入るとき、守衛の方を騙してしまったことになるんじゃないかと心配なんですが、どうか叱らないであげてください。あなたと約束していると言いましたら、ここに通してくれたというわけなんです。高齢者になるとあまりいいことはありませんが、数少ない利点がこれです。人々が優しくしてくれること」

この男には何かがある。深い声と厳しい顔つきから判断して、ただのおしゃべりで気のいい好々爺(こうこうや)には見えない。気さくと言ってもいいほどの愛想よい笑顔を見せているこの男に、ビクトルは迷惑というより興味を感じた。

「ところで、今日はどのようなご用件で?」

バニョスは頭(かぶり)を振り、首の左側を軽く掻いた。

「実は、かなりデリケートな問題でしてな。率直にいうと、ここに来てよかったのかどうかわかりません……」

「でも、もうおいでになったんですから」

「それもそうです。いやあ、年はとりたくないものですな、ヤグエさん。ほんの数年前は、もっとはきはきしていたんです。老化というのは、絶えず迷いを抱えている状態ということですな」

どれだけ言い張っても、この男に不安定さなどみじんも感じられない。声高に主張する自分の役割と、その後ろに感じられる真の姿が混ざり合って、いやがうえにもビクトルの興味を掻き立てた。

「そんなに考えすぎないで。どうしてお越しになったんですか？」

「そうだ、バニョス、上品ぶるんじゃない……」自分を鼓舞するように言う。「ええと、あなたは彼をよくご存じだろうと思います。あなたとわたしの共通の友人について、少し心配しているんです」

「すみません、誰のことをおっしゃってるのかわからない」

「ファンペです。ほかに誰かいるとでも？　サモラはいいやつです……。いいやつだけど、ひどく運が悪かった。どれだけ詳しくご存じかわかりませんが」

最近は、生活のすべてがファンペと関係している気がするなとビクトルは思った。イスマエルとの昼食。そのあとずっとファンペのことを考えていて、そしてこの予期せぬ訪問者。

「彼の人生が容易でなかったのは知っています」できるだけ無難な言い方をした。

「そうですか？　彼は話したのですか？」バニョスは興味がわいたようにビクトルを見て、

言葉を続けた。「ファンペ、あいつは正直な男です。ときどき、正直すぎるくらいに。わたしはこの何年かあいつと付き合いがあるので、自分が何を言ってるかもわかっていますよ」

この男はきっと刑務所でファンペと知り合ったのだと、ビクトルはふと思った。ファンペはあのころのことをこの男にはあまり語らなかったのだろう。それはきっとファン・ペドロ・サモラの人生という名のパズルの一部を作り直すときだったのだ。

「それで、彼とはどういう関係でしたか？」

「基本的に仕事です。あなたには全部率直にお話ししますよ。我らが友と知り合ったのは、わたしが警察官のときでした。彼は刑務所にいて……」

「わかります」

バニョスはうなずいたが、軽く驚いている様子だ。

「知り合った環境が環境だったのに、彼に好感を覚えたことは否定できません。何年間か、彼はかなりわたしのために働いてくれた。特に重要性のない、ちょっとした用事程度ですがね……。だがときの流れとともに、わたしの用事も終わってしまった。おわかりのように、わたしは引退したんです」

「ええ」十二月、面接に来たときに、ファンペが散発的に入る仕事について似たようなことを言っていたのを思い出した。「いずれにしても、今度は正規の仕事に就けます」

「あいつもそう言ってましたよ！　とはいうものの、どうも不思議な気がして……。彼のような前歴があり、経験の少ない者が。ほら、あなたにしてみればわたしは耄碌じいさんでしょうが、責任を感じて、調べてみようと思ったんです。刑事の勘とでも、習慣、あるいは単なる退屈しのぎとでも、何とでも呼んでください。それに、また別の理由もありましてね。今は何もかも違ってきましたが、わたしのころは、本気で従業員のことを気にかけていたもんです。とりわけ、あれほど……身寄りのない、ファンペのような者のことは」

「では、今回の雇用が本気かどうか知るためにいらしたんですか？」

「ばかなことをと思われますか？　ねえ、ファンペはいいやつです。それは絶対です。だけどやつはお人よしで、どこかの恥知らずに引っかかって、騒ぎに巻き込まれる可能性がある。過去に実際、そういうことがあり、わたしにすがってきたことがあったんです」

「どういうたぐいの騒ぎで？」

「あなたに全部話さなかったのもわかります……。正確には、どのくらい知っていますか？」

「わたしが知っているのは、最初少年院に入り、次に刑務所に行ったことです。まあ、ファンペが模範的な人生を送っているとは言えないのは確かですが、何も訊かずに助けるべきだと、真剣に考えています。あなたが言うように、知っておかなくてはならないことがない限りは、ですが。わたしにとって、ファンペの職業生活は三週間後に始まります。つまり、ここでの仕事が始まるときという意味です。彼のこれまでの経験はわたしには関係がないし、ここでの仕事に関して絶対に必要なこと以外は知りたいとも思いません」

バニョスは微笑んだ。ここに来てから初めて、意図せず出てきた笑いのようだ。

「まったくですな。ファンペが彼の幸福を願ってくれるいい友だちに出会えていたと知ってうれしいです。それじゃ、わたしは安心して帰るとしますか……。実際、あなたが知るべきことはもう何もありません。あなたの考えを支持しますよ。ああいうかわいそうなやつにこそ、本当のチャンスが巡ってこなきゃならん。ボッシュ医師とのあの忌まわしい出来事は別にして、わたしたちの間では、ほかに心配すべきことはほとんどないですしな。ごく小さな過ち、取るに足りない犯罪。安定した職に就けば、修正できないものなどありません。これからずっとそうしていけばいいのです」

バニョスは座ったときより決然とした様子で立ち上がった。まるで、実際に重荷を下ろして、足も軽快に動き出したかに見えた。

「これ以上足止めは食わせませんよ。そうだ、もしいつか噂を耳にしたり、ファンペ自身が妙なことをあなたに言ったりしたら……、ほかの誰にも話さず、まずわたしに連絡をください。名刺をお渡しします。実際、わたしたちふたりとも、彼が最善の道を進んでくれるのを望んでるんですから、それについてはご安心ください。それからもし、雇用に関して最終的に考えを変えようと思われたら、どうぞご遠慮なく。わたしが自分のできる範囲内で、ファンペの面倒を見ます。これまでもそうしてきたように……」

ビクトルはちらっと名刺を見た。そこにはただ、名前と電話番号だけが書いてあった。

「わかりました、バニョスさん」

「ああそうだ、最後のお願いが」バニョスは白いマフラーをコートの中に入れながら言った。「今日ここに来たことは秘密にしましょう。わたしに会ったと、彼に言わないでください。彼にとっては面白くない話だし、居心地悪く感じるでしょう……。あいつは人生を変えたがっています。それはわたしと距離を置くことを意味するのだと理解しています。だけど、あなたと話せてよかった。でなければ、すっかり安心することはできませんでしたよ。どうかわかってください、年寄りの妄想です……。今日のことは秘密にしてもらってもいいですかな？」

バニョスが差し出した手を、ビクトルは握った。非言語行動の手引きに書いてあるように、握手の仕方がその人の状態を表すサインだとしたら、今向き合っているこの男からは何のためらいも老化の兆候も感じられない。バニョスは再びビクトルをじっと見ている。その目つきからは厳しささえ感じ取れた。

「契約成立ですね」あまり納得はできないながら、ビクトルはそう言った。

47

最初に公園で話したあとも、何度かすれ違った。階段で、通りで、そして再び池の周りで。

朝、彼女が出かけていくところを、ファンペはマンションのバルコニーから見ることもある。彼女は何も言わないが、ときどき学校をすっぽかしているのは、はっきりわかる。あの日は本当に驚いた。少女のほうからファンペに話しかけてくることなどまずないからだ。しかも会話するために声をかけてくることなど皆無で、それ自体を残念に思うことすらもうなくなっていた。ほとんど自分の意思でそうしているのだが、ファンペの女性との経験はごく限られている。だがアレナは、見下したふうでも媚（こび）を売るふうでもなく話しかけてきたので、ファンペは心地よいとは言わないまでも、少なくとも、警戒心なく応じることができた。

こうしてたまたまの出会いをきっかけに、ふたりの間で一種の緩やかなルーチンが出来上がっていった。特に約束を交わすわけではない。ファンペからは決して持ち掛けなかったし、彼女のほうではそんなことは考えてもいないようだ。だから単に、出くわすだけ。そしてたまたま、彼女が本を読み疲れて彼に話しかけたりしたときに、しばらくおしゃべりする。個人的な話題に踏み込むことはなく、ファンペはバリオの歴史や子どものころの思い出を少女に語り聞かせた。そのころこの公園は荒れるにまかせた森だったこと、最初の移民が寝泊まりするのに使っていた洞窟のこと。ここは子どものころのファンペにとってはパニックを起こすほど怖い場所で、七〇年代は麻薬中毒者のたまり場になっていたこと。ヘロインについて、当時の通りについて、もうなくなってしまった場所について話すうち、ファンペは自分自身も忘れていたことを次々に思い出していった。アレナは退屈した様子も見せず、じっと耳を傾けている。質問するが答えを急がせることもなく、ファンペが脱線しようがしまいが、自分のリズムで話させてくれる。また彼女は彼女で、ときどき、マレズマで過ごした子ども時代や青い海のなつかしい景色のことを話す。詩を朗読するときもある。ファンペはあまり理解できないが、少女の声は耳に快く、特に美しい響きを持つフレーズに心がとらえられることもあった。アレナに話す気がなさそうなときは、以前のようにファンペはただ公園のベンチに腰掛けるだけで、彼女のほうを見ようともしなかった。

一方、アレナのほうではこの男、ファン・ペドロに興味を抱き、最初のころに感じていた恐怖心も捨て去っていた。人畜無害の男で、バリオのことをよく知っており、大人にありがちな言い訳めいた話をして不快な思いをさせることもほとんどない。アレナは仮病で休んだ週以降、学校に行こうと決めていた。イアーゴが言うように、欠席が長引けば問題が増えるしだけというのはわかっていた。自分は透明人間になったと思い、どんな当てこすりや非難の言葉も無視すればいいのだということをすでに学んだ。教室の隅にぽつんと座り、できる限り目立たないようにして過ごす。ほぼ全員に反感を持たれているのはもう仕方がないことて、当てこすりや辛辣な言葉、たびたび向けられる軽蔑の視線に心を動かされないように、少しずつ、授業ごとに、アレナは自分の周りに架空の壁、氷のバリアを築いていった。学年末まであと何日と数え、たまには授業をさぼるというぜいたくを自分に許した。といっても過度に注意を引きたくないから、あまり頻繁には休まない。それと同時に、これまでにないほど一所懸命勉強した。ときには、計画通りだ、すべてを耐えるにはこれしかないと自分に言い聞かせる日もある。自ら築いた壁の後ろに避難して、ばかなやつらを大きく引き離し、二ヵ月半後には最優秀の成績を持ち帰る。そして、学校を替わりたいと頼んだ。だけどそう思えない日のほうがずっと多くて、そんなときは無気力が全身を浸し、どうしようもなく泣きたい気持ちに襲われる。どうしてこんなことになったのか、理由を突き止める気持ちはすでに失せていた。この一連の出来事には、自分の手でつかみきれない何かがある。ララはサライやその取り巻きたちと仲良くやっているようだ。そのための通行許可証が自分だった、グループに近づくためのパスワードだったのだとアレナは確信している。もうそんなこと、どうでもいいと思うのに、ララとサライたちが一緒にいるのを見ると、彼女たちの軽蔑の視線がせっかく築いた壁を打ち壊し、荒天の下に放り出されるような気がしていた。

そんなとき、彼女はすべてを置き去りにして学校から姿を消し、公園に逃げ込む。そんなとき、あの男と出会う。突然生活の中に現れた、見知らぬ遠い存在。憔悴しきっているとき、しばらく一緒に過ごしてくれて、しゃべる気分でなければ放っておいてくれる男。こうして四月は、この新しい友人とともに、起伏に富んだ道路を走るように進んでいった。しばらく平坦で走りやすい道が続いたかと思うと、急勾配の坂が出てきて、最後までたどり着けないんじゃないかという気持ちになる。

「ずっとここに住んでるの？」耐え切れなくて午前の授業を全部休んだある日、アレナはフアンペに訊ねた。

この日は、公園に足を踏み入れた途端彼がいるのに気づいた。誰かが自分を歓迎してくれている、それどころか待ってくれてさえいるという、めったにない感覚を味わいながら近づいていったのだった。

「まさか……。あちこち、いろんな所へ行ったさ。ここに戻る羽目になったのは数ヵ月前だ。

経済危機からは逃れられない。でも見通しは明るいよ、もうすぐ仕事を始めるんだ。数週間もすれば、ご隠居さんのようにこのあたりをうろつきまわることもなくなるよ」

ファンアンペは中途半端な笑みを浮かべた。この人の満面の笑みを見たことがないなと、アレナはときどき思う。

「でも、小さなころはずっと住んでたんでしょ？　話してくれたじゃない、バリオのこと、住人たちのこと……」

「このバリオに来たのは七歳のとき、一九七三年だ。洪水のあとで……」

「洪水？」

「学校で教わらないのか？　ここよりもっと低いところにある村で、七一年か七二年か……、よく覚えてないが、川が氾濫したんだ。うちの家族はあのころそこに住んでいた。すべてが水に流された。家具も、車も。ルビオ・イ・オルス通りでいかだに乗っている人々を見たのを覚えている」

「ほんと？　それで、犠牲者はいなかったの？」

「いなかった。少なくとも、おれが知っている限りは。おれはあのとき、ほんの子どもだったからな。家具や衣類がなくなったのは覚えている。悪魔のような水が、どこに行ってもあふれてた。泥のにおいがした。壁に染みがついてた。引っ越すまで数ヵ月は、あそこに住んでいなきゃならなかったんだが、壁を塗り替えても、徹底的に掃除しても、泥の名残が出てくる状態が何ヵ月も続いたな。不快だった。だから、もう次の氾濫に遭わないように、川から遠いここに住むことにしたんだ」

ファンペは立ち止まり、あのころの母を思い出した。ロシはまだ、酒を飲んでいなかった。少なくともあんなに自暴自棄になって飲むことはなかった。彼が今住んでいるマンションに越してきてから、幽霊の妄想が始まったのだ。ファンペは小僧のことを考える。そして母もそういうものに出会っていたんだろうなと思う。もちろん同じものではないが、あそこに住み着いている同種の何かだ。あの洪水が起こらなければ、以前の学校に通いつづけていただろう。そしてクロマニヨンとも、ビクトルとも道が交わることはなかった。それに、話の続きを待って、今彼を見つめているこの少女とも出会うことはなかったはずだ。

「そうだ、あの洪水で、思い出したことがもうひとつある。まったくの大惨事で、住民たちは市役所の門前に押し掛け、支援不足を無言で訴えかけた。住民と……、それに完全に操業停止していた工場労働者たちも、手を貸すために集まっていた。当時デモはしょっちゅうだったが、危険でもあった」

「危険？」

「そう、治安警備隊は殴って解散させるんだ。だがあのときは殴らなかった。少なくともおれは覚えていない。さっきも言ったように、五歳か六歳の、ほんの子どもだったからね」フアンペはそこで言葉を切り、公園の上方にそびえる塔のほうを見た。「あの一連の出来事の根底には、どこかきれいなものが流れていた。もちろん警棒で殴ることじゃなくて、みんなで一致して抗議したという事実……。以前住んでた町でも、地元の人たちはおれたちのような移民組をよく思っていなかった。逆境は多くの人間を結びつける」

「団結ね」

「そう、それ。おれは、ぴったりの言葉を探すのに苦労することがときどきあるんだ」

「大丈夫よ。そうね、少なくともここまでは、川はあふれてこない……」

「ああ。ほかのことはやってくるが。ほかの悪いことはやってくる。だけど水は、こんなに高いところまではやってこない」

あふれればいいのに。アレナは思う。大雨が降って、この街をきれいにしてくれればいいのに。エゴイストだらけの土地に逆境が訪れて、どうかわたしたちを団結させてくれますように。どうか何かが起きますように。

「見える？　麻薬をやってるって言ったでしょ。ここで年上の男と一緒に、ラリ……」

「話してるだけだろ！」

「だって、絶対……。あんなヤク中と一緒なのよ。あの煙草、非合法に決まってる」

イアーゴはあずまやからアレナを見ている。そんなことをしている自分が大嫌いだったが、ララがどうしてもと言い張るから、しぶしぶここに来たのだ。

「あたしたち、何かすべきだと思わない？」ララが訊ねる。「あの子の親か、少なくともセシリア先生に言ってみようか。今は教室にいなきゃいけないんだから」

「ぼくたちだってそうだろ」

「それとこれとは違うわ。誰だってときどき学校をさぼるけど、こんな……こんなことのためじゃないわ」

イアーゴたちがいるところからは、アレナの姿がよく見えた。何かを朗読しているようだ。そばにいる男の顔は見えないが、アレナの朗読をじっと聞いている。この光景に驚いたことは事実だが、ララがほのめかすような行為をしているとは信じられなかった。

「今日は、やめてるのよ」ララが言う。「この間は、ただ本を読んでるだけじゃなかったわ、絶対よ」

「黙れ」

「何よもう、あたしに怒んないでよ」

そのとき、アレナとその見知らぬ男の顔が近づいた。彼女は笑っている。最近、あの笑顔はあんまり見なかったなとイアーゴは思う。彼と一緒にいるときはいつも不機嫌そうだ。

「行こう」イアーゴは言った。「ぼくたちには関係ないことだ」

「あっ、そう？　あんたのカノジョじゃなかったの？　なにそれ、あんたの女とあのじじいが公園で会ってても、これっぽっちも気にならないってわけ？」

そうさ、もちろん、ちっとも気にならない。イアーゴは声を抑えようとした。急激にわいてきた怒りを追い払い、自分をなだめる。下りていって騒ぎを起こしそうになる自分を……。そんなことをする権利などないとつぶやく。彼女のあとをつけ、見張り、あの中に割って入って騒ぎ立てる権利などないのだ。そのときベンチの男が、ちょっと足を伸ばさなくちゃというように立ち上がり、こちらに顔を向けた。

「あっ！」

「どうしたの？　どこへ行くのよ？」

男の顔を見たイアーゴは、全速力で道を走り下りたものだから途中で転び、最後の数メートルを這うようにして進んだ。ララは彼がつぶやいた言葉を聞きとれなかったが、心の中の何かが彼女をそこへ引き留めた。そしてその情景を見ながら、写真を撮った。アレナが驚いて立ち上がる。イアーゴがその男に詰め寄る。男は彼を押しのける。アレナが両手を広げ、やめて、落ち着いてと懇願している。カシャッ。

ゲームは終わりよ、金髪ちゃん。写真をワッツアップのグループに拡散しながら、ララは思う。この間、アレナとあの男が一緒にいるのを最初に見つけたときに撮った写真も併せて送った。

金髪ちゃんが公園でしゃぶってる。イアーゴはそれが気に入らないみたい;-)

48

「何があったの？　どれ、見せてごらん……」

イアーゴは後ずさりした。瞳はらんらんと輝き、服は埃だらけだ。いつにない大きな音を立てて家に入ってくると、スケートボードを玄関の壁に投げつけ、ひどく乱暴に戸を閉めたので、ミリアムはキッチンから飛び出してきたのだった。

「ねえ！　こっちに来て見せなさいよ。唇に血がついてるじゃない……！」

十五にもなった、自分より背の高い息子にこんなことを言うのはなんだか変だと感じながらも、言葉が自然に口をついて出た。こんなときにかける言葉が、ほかに見当たらなかった。

「何でもないよ」イアーゴがもごもごとつぶやく。

「何でもないかもしれないけど、でも何があったか話して。今すぐ」

イアーゴは左手を唇に持っていく。何でもないと言ったのは、嘘ではない。殴られたわけではないからだ。あの男に押しのけられたとき、自分で転んで唇を嚙んだだけ。転んだのは痛くなかったが、プライドは傷ついた。そしてアレナの叫び声。ララがみんなに送った写真……。何でララはあんなもの送ったんだ？ こうなったらクラスじゅうがあの話を蒸し返すだろう。クリスティアンやほかのやつらが言いそうなことを想像した。そして、これが教師たちやアレナの両親の耳に入ったら……。くそっ、なんでアレナは、こうも騒ぎに巻き込まれるんだ？ 倒れるように、イアーゴはソファに沈み込む。顔を上げると母が心配そうにこちらを見ていた。筋の通った説明もせず立ち去るのは、母に対してずいぶん意地悪な仕打ちだという気がした。母にいやな思いをさせたくない。だが、どこから切り出せばいいのかよくわからないのも、また事実なのだった。

「喧嘩したんだ……」イアーゴは母を見ずに言った。「ある女の子のことで。公園で……」

その電子メールは朝の早い時間に届いた。文面は簡単なものだった。これがきみの問いへの答えになっているといいのだが。差し支えなければ連絡を取り合おう。イスマエル

ビクトルはじりじりして午前中の仕事を片付けていたが、昼食どきにとうとう我慢できなくなって、プリントアウトした五十枚の紙を持って自分のワンルームマンションに帰った。だが、いざとなると読みはじめることができない。紙を手にしてソファに横になったまま、

あの退職警官との会話や、ファンペ、ミリアムのことを考えている。ファンペにはもう何日も電話さえしていない。だがミリアムとは、明日の夜に会う約束をしていた。

たとえばわずか六ヵ月前に、自分の今の姿を誰かに予言されたとしたら、その人はどうかしているんじゃないかと思っただろう。妻とは別の女に恋して、今の生活と直接関係のない話に巻き込まれている。その原因が、おそらくここに、この原稿の中に書いてあるのだろう。読みたい気持ちはあるが、同時に、読むのが怖い。読むのを遅らせたところで意味はない。いずれにせよ原稿はここにあり、彼に読まれるのを待っているのだ。

七〇年代、シウダード・サテリテ

なぜそこがシウダード・サテリテと呼ばれていたのか、ちゃんとわかっている人はいない。穀類とイナゴマメの畑だった土地が住宅用地に指定され、六〇年代ごろバルセロナに流入してきた人々のための建物が増えていった。そんな新興地区を表す言葉として、どこかの新聞記者が命名したのだと思う。フランコ時代真っただなかにソ連の影響を受けて建設された、そっくり同じ長方形で、窓の小さな集合住宅の連なり。街区の並びに秩序がなく、調和も取れていない雑然とした地域だが、開発が始まって十年もするころには、すでに四万人以上が暮らしていた。

ミリアムはイアーゴの話に引き込まれ、遮ることなく聞き入っていた。忘れ去られたままぐつぐつ煮込まれた鶏肉は、今や火の神にささげられた不気味で真っ黒な供物と化している。イアーゴはつっかえつっかえしながら、その少女、アレナのことを語った。長く複雑で、あまりまとまってはいない話だったが、彼女の携帯から送られた写真がきっかけで、不愉快な出来事が山ほど起こったということはわかった。それを聞きながら、ミリアムは息子が口に出さなかった内容にも見当をつけていて(写真の件について抱いている疑い、アレナとの恋、ファーストキス)、今、口ごもりながら話しているこの少年はもう子どもではないんだと気づき、切なさに胸が締め付けられた。切なさと、そして母としての確かな誇り。そう、それは彼女が勝ち取った、ひとりでつくり上げたプライドだった。アレナのあとをためらいながらつけていって、公園でその男と最終的に喧嘩になった話を聞いても、その気持ちは揺るがなかった。だがそこで、イアーゴは急に話をやめた。まるで続きを話すと、母を不快にさせるのではないかと恐れているかのようだった。彼は赤面し、母親を自室に連れていって、勉強机の上にある一枚の写真を見せた。「この男だよ、ファンペ。モコって呼ばれてた。彼が殺したんだ、その……母さんの、お兄さんを」それからまた話の続きを始めた。校長との会話、ふと思いついて緑街区のアパートを訪ねたこと。両方の物語の中心人物と思われる、その男との喧嘩を再び語っていたとき、何かが焦げるにおいがしてふたりはキッチンへと走り、大惨事になるのを何とか食い止めた。

黒焦げになった鶏のニンニクソース煮込み(アビージョ)の代わりに、自分たちふたりと父のためのボカディージョをつくりながらも、ミリアムはイアーゴの話の後半について思いを巡らせている。だめよ、大事なことに集中しなくちゃ。今、大事なのは何といっても息子のこと。それにその女の子のことも重要だ。いい子なのか悪い子か、単なるいじめの被害者か、それとも彼女にも責任があるのかわからないが、息子にとっては特別な人。だからもうひとつのこと、兄について考えるのは後回しにしようと思った。

「彼女と話しなさい」間違っていたらどうしよう、間違っていませんように。自信のなさを隠して息子に言った。「決めつけるんじゃなくて、注意するだけにとどめなさい。彼女は今、これまでにないほどあなたを必要としているわ。公園の男のことは忘れなさい。あなたが心配すべき人はアレナよ。あなたに話したいことがあるはず。よく聞いてあげなさい」

「彼女は午後の授業も来ないと思うけど……」

「そうでしょうね。だけどあなたは行くのよ」

イアーゴはその口調に驚いて母を見た。どうして昼食が黒焦げなのか、半ばしか理解できていない様子の祖父も、皿から顔を上げた。

「その子には学校で守ってくれる誰かが必要よ。だから、あなたが行くの。いえ、みんなとぶつかれなんて言ってるんじゃないのよ。ただ、集団に逆らう意見を逃げ隠れせずに主張できる人になってほしいの。集団とは臆病なものよ、イアーゴ。あなたが自分自身を信じていると態度で示せば、みんな黙るわ。彼女を信じて、彼女に悪意を持つ人間とは距離を置くのよ」

「もしぼくが間違ったら?」

「正しいことをすれば、間違うはずはないわ」

「なんだよそれ、母さん……」

「ばかげてると思うだろうけど、そうじゃない。あなたは自分のすべきことを知ってるはずよ、イアーゴ。彼女を信じようと信じまいと自由だけど、ただ楽しいからって彼女をいじめてるようなやつらとつるんじゃだめ。そういうやつらが何を言おうと、正しいはずはないんだから」

イアーゴは、子どものころのような愛情こもったキスを母にしてから学校へ行った。そんなキスをイアーゴからされたのは本当に久しぶりだ。これは今日だけ、これからまた当分ないだろうなとミリアムは思った。息子の部屋に入り、勉強机の上の古い写真を見る。父は何と言っていたか。考えるまでもなく、よく覚えている。《あのガキひとりじゃなかったんだよ。罪は全部、ひとりで背負ったが。もうひとりいたのに、そいつは罰を免れた。エミリオの息子だ。サンドカンと呼ばれていたよ。親父のエミリオのほうだ、息子じゃないぞ》

ミリアムは写真を手に取り、目を近づけてふたりの子どもを注意深く観察した。その顔の何かが、彼女を落ち着かない気持ちにさせる。イアーゴが指さしたのとは違うほうの少年に注意を引かれてしまうのだ。褐色の髪に明るい色の瞳をしたこの少年が、父の言うエミリオの息子かもしれない。そして断言できるが、それはまさしく、先日探していた父を見つけたときに、彼が言った名前だった。《エミリオ！　うちの息子を見なかったか？　おれのホアキンを？》

一瞬まぶたが震えたが、脈は安定しているし、声もかすれていない。それを確かめてから、ミリアムはまっすぐ父のもとへ向かった。どうか古い過去の記憶が今も残っていますようにと祈るような気持ちで、前置きもせずだしぬけに質問した。

「父さん、エミリオのことを覚えてるよね？　バリオに住んでて、サンドカンと呼ばれてた人」

父は肩をすくめた。

「名字を覚えてる？」

「いや。なぜだ？　何があった？」

「この子はその息子でしょ？　この子よ、褐色の髪で、別の子どもと肩を組んでる」

父は眼鏡をかけて写真を見た。

「おお、これはホアキンだ！」

ミリアムは身をかがめ、父の隣に座った。老人は息をあえがせている。涙があふれて視界が曇り、拭こうとするが、眼鏡をはずせない。

「そうよ、父さん。泣かないで、お願い。これはホアキンと、最後の学年のクラスメートたち。そしてこれがファン・ペドロ・サモラで、その横にいるのがエミリオの息子、かもしれない」

「そうだ。彼と同じ名前の息子がいて、確か病気になったとか言ってた。だがこれは長男のビクトルだ」

「ビクトル、何？　名字は？　お願い、思い出して……」

「そりゃ、父親と同じだよ。ヤグエだ。ビクトル・ヤグエ」

　ワンルームマンションのソファに横になって、時間の経つのも忘れて最後まで読んだ原稿をナイトテーブルの上に置き、ビクトルは相反する感情の波を必死で押さえつけようとしている。足を床に下ろすと、一種のめまいを感じた。ぐっすり寝入ってしまった長いシエスタのあと、自分がどこにいるのかわからなくなる、あの感覚と似ている。

　不信を抱きながら読みはじめ、やがて物語に没頭していくにつれて、次々となつかしい映像が頭に浮かんできて、あふれかえらんばかりになった。若いときの父、アナベル、エドゥアルド先生……。ああ、自分自身でさえ忘れていたことを、どうしてあのイスマエルは覚えていたんだろう？　いかめしい顔をした不格好な老教師が、目の前に立っているのが見える。

定規で殴られた手のひらのひりひりする痛みさえ感じるような気がする。だけど今考えたいのはそんなことではなくて、自分とモコのこと。ふたりの少年が主人公の映画を見るかのように、脳裏にはっきりと浮かんでくるあのころのことだ。ビクトルの心に、あのやせっぽちでのろまで、だけど心根の優しい少年への自然な愛情がよみがえった。イスマエルは知らない。ファンペはときどきへまをやって、腹を抱えるほど笑わせてくれることを。善良で、無邪気で、しばらく彼と一緒にいたら、どやしつけていいのか抱きしめていいのかわからないような気持ちになることを。夏を、あの夏を思い出す。彼にとって、友だちを連れての帰省ということ以外はいつもとほとんど変わりのない夏だった一方で、ファンペはどんな些細なことにもいちいちびっくりしていた。あのファンペの顔がよみがえる。

あまりにも多くの記憶が、あまりにも多くの映像が浮かんできて受け止めきれない。ビクトルは思わず立ち上がった。ベランダに出て、アラゴン通りを行きかう車両の圧倒的な音に包まれれば、日常生活へ、現在へと引き戻されると思ったのだ。だけど戻れなかった。外の空気を吸っても、頭は過去を再訪し、心が相反する感情で満たされていく。そして初めて、長年にわたって蓄積した恨みをすべて手放し、母アナベルのことを考えた。非難できる材料ならいくらでもある。アナベルがグラナダを訪れることはなかった。最初は母が恋しかったが、のちに、いないことにしようと決めた。母が父を捨て、ほかの男と暮らすために出奔したと知ったからだ。ビクトルが妹と初めて会ったのは彼女が五歳かそこら、自分が十八歳のときだった。それはあまりに奇妙な感覚で、ビクトルはもう二度とあの家には戻るまいと決めた。弟たちに対しても、もう兄弟ではなくなったような気がしたし、六年会わなかった母に対する感情も、以前抱いていたものとは違っていた。だけど今は、あの一連の出来事が起こる前のアナベルを思い出している。お気に入りの女性歌手の曲を口ずさむ声が、ラジオニュースでその歌姫の交通事故死を知ったときの嘆きの声までが聞こえるような気がしている。あのころの母と、その後何年も経ってから会った女、父に連れられて村へ発つ朝、素早く別れのキスをした女は別人だった。そしてだんだん、その理由がわかってきた。ふたりの少年が一緒に遊ぶ姿をいつも見ていたアナベルには、どんなことでも指示を下すのは自分の息子のビクトルだということがわかっていた。誰が何と言おうと、その確信は揺るがなかった。だから哀れで不運なモコがすべての罪をかぶるのは不公平だと思い、父と言い争いになったのだ。アナベルだって、自分の息子を司直の手に渡したくはなかった。だけど常に労働者階級を、その誇りを、不公平を語ってきた夫が、自分の影響下にある人間を使って我が子を守ったのが信じられなかったのだろう。それは有史以来、上流階級や金持ちたちが子息のために使ってきたやり口ではないか、と。《アナベルは亭主の男らしさと思想を愛してたのよ。その思想が失われたとき、男らしければいいってもんじゃないと気づいたんだ》

しょうがないさ、心配すんなよ。ブロマイドなんてどうでもいいよ。

どうでもいいわけないだろ！　あいつは最低だぜ。だけどぼくたちが悪いんだ。殴られっぱなしだったんだから。

あいつはずっと人を殴って生きていくのさ。

きみをね！

きみにはしないよ、もちろんぼくにだ……！　痛むか？

いいや！　だけど、誰にもあんなふうに殴られたことはなかった。誰にも。

そうだ。それはきみの父さんがきみたちを殴らないからだよ。

このままじゃだめだ。やる気が起きない。

何をしたいんだ？　もう終わったことだよ、ビクトル。忘れろって。

なんでだよ！　ぼくはきみと違う。殴られたままじゃいやだ。わからないのか？　あいつが飽きるまで、殴らせておくつもりか？

それで、ぼくに何をさせたいんだ？　あいつを殴れっていうのか？　ぼくひとりじゃ無理だよ。

そうだな。それはほんとだ。ひとりじゃできない。

それじゃ？　そんな顔するなよ、ビクトル。怖いよ。

どんな顔もしていないよ、ばかだな。わかってないんだな。きみはもうひとりじゃないんだよ。ぼくたちふたりだ。もうぼくもいるんだよ。

ビクトルは現実に、ベランダに、アラゴン通りに、二〇一六年に戻った。気がつくとすっかり暗くなっていた。街の一部が、昼間とは違ってどぎつくけばけばしい光を放っている。今夜はとことん飲むのがいいかもしれない。あの灯りが消えるまで、傍若無人な夜明けの光に突然頬を打たれるまで、胃がもう一滴たりともアルコールを受け付けなくなるまで。そう思うものの、もう何年もそんなお祭り騒ぎにおぼれたこともなければ、夜を飲み込むか夜に飲み込まれるかしたあとの早朝、ボロボロになった体を投げ出すまで付き合ってくれる仲間もいない。室内に戻り、数時間ぶりに携帯電話を取り上げた。着信が五件あった。ひとつはファンペ、もうひとつがメルセデス、ミリアムからは二回かかってきていて、五件目は非通知だ。これがぼくにとっての世界だと思う。ひとりの友人、ふたりの女、山ほどの秘密。自分にとって一番大事な人にかけようとした途端、ドアチャイムが鳴った。

もうミリアムに電話する必要はなくなった。今、建物の下にいて、これから上ってくるという。ビクトルは何か嫌な予感がした。

49

「あなた、いったいあたしに何をしてたの?」

ドアを開け、苦い夜の風とともに入ってくるなり、ミリアムは問いかけた。

「何のことだ?」

「あたしに説明しろっていうの、ビクトル・ヤグエさん? 答えたくないのなら、そうね、あなたの学校友だち、フアン・ペドロ・サモラに電話しなけりゃいけなくなるわ。初めてうちの店に来た日は、彼に会いに行くところだったのよね。何が目当てだったの? あんたたちが殺った少年の妹が、どんな顔してるか見に来たわけ?」

ビクトルは固まってしまった。真実というものには、人が受け入れたいと思っていることよりもっと細かなニュアンスがあり、一様ではない凹凸がある。

「悪趣味な好奇心? ああそうか、きっと楽しんでたのよね、あなたたち。『おい、死んだやつの妹をナンパしに行けよ。寝ちまえ。あのことを怒ってるかどうか、知りたかったんだろ。それで一石二鳥じゃないか』なんて言ってたんじゃないの」

「そんなんじゃない。それとこれとは関係ないんだ」

「ああ、そう。じゃあ、偶然? ただあの辺を通りかかって、さて、ぼくは美容師と遊んでくるよなんて言ったわけね」

「ミリアム、もうたくさんだ!」

「黙れって言うの? そうはいかないわよ」

「少し落ち着いてくれって言ってるだけだ。全部……全部説明するよ」

「ほんとに？　じゃあ説明してよ、ちゃんと聞くから」

その言葉通り、全身を耳にしたように体をこわばらせる。瞳は怒りだけならまだしも、悲痛さをたたえていた。涙をこらえているのだ。叫び、命令し、怒りに満ちた質問をぶつけることでどうにか、崩れ落ち、泣き出しそうになる自分を抑えている。そんなミリアムを見ているとたまらない気持ちになった。

「話すつもりだったんだ」

「いつ？　四月三十日？　それともたぶん五月二日、ホテルが開業してからね？　『楽しかったよ、ミリアム、でももう行かなくちゃいけないんだ。ところで言い忘れてたんだけど、ずいぶん前にぼくは友だちと一緒にきみの兄さんを殺したんだ。もう過ぎたことだよ、また電話する、いいね？』って感じ？」

「どうして知ったんだ？」

「何を？」

「どうしてふたりだってわかったんだ？　それをしたのが、ぼくたちふたりだってことが？」

「否定するつもり？」

「まさか！　きみが落ち着いてくれたら全部話すよ。だけどその前に、お願いだ、ぼくの質問に答えてくれ。お願いだ」

「うちの父が話してくれたの。もうひとりは少年院に行き、あなたは村に送られたことも。

何があったの、ビクトル？　子どものころからあなたは、ちゃっかり者の卑劣な野郎だったというわけ？」

最悪なのは、簡単な答えなど存在しないことだ。いや、長くて複雑な説明をしても、彼女は納得しないだろうと言うべきか。手遅れだ。どこかに迷い込んでいたラブレターが、差出人が亡くなってから宛先に着いたようなものだった。

「気にしているのはそれだけ？」ミリアムが訊ねる。「お願いだから、あなたは……。ごめんなさい、普通の言葉では、あなたを言い表せられないわ。ありきたりののしり言葉なんかじゃ、役に立たない。やめて、近づかないで。触らないで……」

ミリアムがいやがるのにもかまわず、ビクトルは近づいた。彼女と同様、言葉が見つからず、表情でわかってもらおうと思ったからだ。それは間違いだった。ミリアムは一歩下がってぴんと背筋を伸ばした。コブラが鎌首をもたげて威嚇するときのような動作だ。

「すまない」ビクトルが言った。「きみの言う通りだ。ぼくのやったことは弁明できない。ぼくは下劣な臆病者、クソ野郎だ。だけど話す勇気が出なかったのは、きみがぼくにとって大切な人だからだ」

「自分を好きになってくれた人を泣かせるなんて。それがあなたのモットーなの？」

「本当に、起きたことすべてを聞きたい？」

「考え直した。答えはノーだわ。自分が寝てた男が、今まで出会った中で最低の、見下げ果てたやつだったってわかっただけで十分。でもね、いいこと教えてあげようか。あたしはこの愚かだった数ヵ月を悔やめばそれで済む。あんたはもっと大変よ。だってあんたは十四歳の子どもを殺し、その両親の人生をめちゃくちゃにしたことを思いながら、毎晩眠りにつかなきゃならない。地獄の存在を信じてたら、あんたがそこに行くのを期待するんだろうけど、あたしは信じちゃいないからね。だけどあんたのような男でも、眠れない夜には不意に罪の意識にさいなまれるってことは信じてる。今はそんなこと起こらないでしょうけど、でも絶対、いつか苦しむときが来るのよ」

「もう苦しんでるよ」ビクトルはつぶやく。

「何を言いたいの？　あたしのせいで苦しんでるって？　あんたが口説き落とした間抜けな美容師のせいで？　ねえビクトル、もうばかな真似はよして」

「二度とそんなことは言わないでくれ。ぼくのことは、何と呼んでもいい。だけどもうそれは二度と言わないで。きみは間抜けな美容師なんかじゃない。素晴らしい女性だ。きみが想像するよりずっと、ぼくはきみを愛してる。自分で思うより、ずっと。愛してる」

巷間（こうかん）言われているように、真実の力が本当にそれほど強いのなら、ミリアムがまとった猜疑心（さいぎしん）という名の鎧（よろい）を貫き、心を騒がせるはずだ。そうすればきっと、理解してもらえる。彼女の怒りが一瞬影を潜め、傷ついたような目になったのはおそらくそのせいだ。希望が出てきて、ビクトルは一歩前へ出た。恋人同士にしかありえないほどの距離に近づいても、ミリアムはもう後ずさらなかった。わかってくれたと思っただけに、ミリアムが放った言葉に急所を突かれた。ささやくような小さな声だったから、余計にビクトルは傷ついた。

「あたしも、特別な感情を抱きはじめてた。だけど今望むのは、あなたともう会わないこと。永久にね」

　さっきまでの怒りのほうが、まだ対処のしようがあった。淡々と冷たい言葉を放つ彼女の周りには黒い霧がかかったように見えて、少なくとも今のところ、追い払うすべが見つからない。彼女が背中を向け、ドアまでの短い距離をゆっくりと歩いていくのが見える。ビクトルは待ってくれとも言えず、引き留めようとさえしなかった。

「それから、うちの息子に近づかないでって、お友だちに言っておいて」ドアから出る直前にミリアムはそう付け加えた。もうささやき声ではなく、断固とした厳しい口調だ。「忠告しておいて。もし今度息子に指一本でも触れたら、あんたたちが一生、一日だって気が休まらないようにしてあげるって」

50

　緊急の電話に誰も出ない、折り返しもないことほどストレスのたまることはそうない。だからファンペは絶えず電話に注意を払いつつ、最後の任務を果たすまでの日数を指折り数えながら家に閉じこもっている。待っている電話は二件。そのうちの一件がかかってくれば、心を落ち着け、意志を強くして直近の未来に立ち向かえるだろう。だがビクトルは電話をよこさず、代わりにごく短いメッセージを送ってきた。ホテルの開業日まであと一週間足らずと差し迫り、仕事に追われているのだという。ビクトルと話したかった。仕事が彼を待っていると、もう一度じかに言ってほしかった。最後に直接話したのは、四月二十八日にメンテナンスチームのメンバーとのミーティングがあるという話を伝えてきたときだ。ミーティングの日まではあと数日しかなかった。

公園での不愉快な出来事以来、アレナとは会っていない。突然割って入ってきたあの少年を、最初は知らない相手だと思ったから、すぐに頭から追い払った。それ以前に会ったことがあると思い出したのは家に帰ってからだ。追い回されているような感覚が、焦りや孤独とないまぜになって恐怖が募る。疑問が頭の中で渦を巻き、彼を困惑させる。そこに小僧までが絡んできて、いつもの侮辱的な言葉を聞かせるものだから、気持ちが休まるどころではなかった。ほとんど眠れず、例の錠剤を飲むのも忘れた。ここ何週間か気持ちを明るくしてくれていた春の気候も、今では日々、屈辱的な思いを味わう要因となっていた。燦々と射し込む陽の光は、自分をあざ笑っているようにしか見えない。外の世界をまぶしく照らし出す一方で、おまえの居場所はこの狭い部屋だけ、おまえに注意を払う者など誰もいないと念を押されているような気がするのだ。

そしてとうとう、その日がやってきた。バレリアが四月下旬に戻ってくると知らされたのだ。ミスターが電話してきたのは四月二十三日の昼下がり、まだバラが香る通りを、人々が幸せそうに本を抱えてそぞろ歩いているさなかのことだった（四月二十三日は「本の日」と呼ばれるサン・ジョルディの祝日で、親しい人にバラを添えて本を贈る習慣がある）。ミスターは言った。「二十五日の月曜日、午後八時ごろ。あの女はライを待ってる。ライから来るのはメッセージだけで、電話一本かかってこないと怒っているから気をつけろ。それから、頼むから失敗してくれるな」

そのときは容赦なくやってくる。まるで米国の刑務所の死刑執行みたいに。ファンペはそういう断末魔の瞬間と、仮借なく進む時計の針を見つめながら廊下で死を待つ受刑者の映画をテレビで見たことがあった。なぜミスターが七時でも、もっと遅くの真夜中でもなく、八時と指示したのかわからないが、何らかの理由があるのだろうし、ファンペはそういうことを気にかける性質でもなかった。八時少し前に手袋を取りに車に戻り、また一服する。今日は吸いすぎだということには気づいている。なんだか丸一日、煙草を片手にしていたような気がする。

ダッシュボードの時計が十九時四十五分を指すのを運転席で待ちながら、あの女には人生の残りの時間を使い切らせてやろうと思い、少なくとも彼女の場合、苦しみの大部分を免れているとも思った。映画の中の死刑囚は、最後の瞬間は一気に訪れてほしいと言っていた。

実際に電気椅子に座るときのほうが、死刑の前の晩より苦しみが少ないだろうと。だが、いざ呼び出しがかかったとき、大きくて屈強なその男は砂の城のようにぱったりと倒れた。フアンペは手袋をはめ、何度となくジャケットの中を探った。もちろん紐はそこにある。

春の夕暮れには似つかわしくない手袋をした手を隠そうと、車から出るとき左右を見た。実際には、誰も彼を見ている者はいない。ある日ミスターから、ほめているような口調でこう言われたことがある。「おまえはあまりにも普通で害がなさそうだから、人目につかないんだよ。会話でもすれば顔を覚えられることもあるだろうが、他人とべらべらしゃべる男でもないし」つまり、それが利点と思われているわけだ。少なくとも今日のような日はそうかもしれない。だが、たとえ気づかれずにいられたとしても、通りで見張るのは煩わしい。今も彼の行く方向をふたりの少女がおしゃべりしながら歩いている。そして車。正面に並列駐車している黒のフォルクスワーゲン・ゴルフが見える。自分の車と同じく、あんな車はいくらでもあると思い、頭に浮かんだ考えを捨て去ろうとするが、どうしてもあれが以前、自分を追ってきたのと同じ車に思えて仕方ない。少なくとも光り具合はあの車と同じだ。

うつむき、顔を隠して歩く。その間すれ違ったのはひとりだけ。最初は服装のせいで若く見えたが、どうやら同年配の男のようだった。八時ちょうどにメモしてきた住所に着く。実はさっき通り過ぎた場所だったが、確かめてここだとわかった。深呼吸し、ベルを鳴らした。

インターフォンで誰何（すいか）されることもなく、うなるような、特徴的な金属音を立ててゆっくりと扉が開く。ファンペは狭くて急な階段を歩いて上った。やがて段が低くなり、多少は楽になったものの、数階分のぼって屋根裏部屋に着いたときには息が上がっていた。踊り場にはドアがふたつだけ。用事があるのは、半ば開いているほうのドアだ。

暗い室内が彼を迎えた。奥の部屋から唯一の光が漏れてくる。光を目がけて、ファンペはゆっくり進む。広げて床に置いてあるスーツケースにつまずかないよう注意した。バレリアのだみ声が聞こえる。かなり飲んでいるようだ。

「やせっぽち（フラコ）、入りなよ。あんたを待ってたんだ。景気づけにちょっと飲んじゃった。長旅だったからね。フライトは最低だったよ」

ドアのすぐ横には引き出し付きのナイトテーブルがある。見たところ用途のなさそうな、無意味な家具だ。中央に丸いガラスボウルが置いてあり、キャンディのようなコンドームがぎっしり入っているのが透けて見える。ボウルの横には一枚の写真。明らかに今より若いバレリアが海岸で子どもを抱いている。キャップをかぶった男の子は、カメラに向かって今にも泣きそうな顔を見せている。

「ねえ、来るの、来ないの？　前もだんまりを決め込んで、あたしをうんざりさせた……」

その口調から、酔っているのは間違いない。アルコールがつらい仕事を乗り越える手段なのか、それとも単に中毒なのか。母のロシのように。ファンペはいやでも思い出してしまう。床に落ちた服、子どもと一緒の写真、酔っ払い特有の声……、すべてが、忘れようとしてきたあの光景にあまりにも似すぎていた。あのころの再現のような光景の中で、今のおれはただ母を罰するためにだけ家に帰ってきていた粗暴な父親と同じだなとつぶやく。

「何してんのよ、ライ。さっさと入ってきたらどう？」

行けよ、ばか。紐を取り出し、中に入って殺すんだ。そのあと、全速力でずらかればいい。小僧の命令ではなく、彼自身が自分にそう言い聞かせる。だから命令に従って、まず部屋に入った。ポケットから紐を出し、熟練の手つきで結び目をつくる。といってもたいした技能は要らず、ただ何度も練習しただけだ。

部屋は安っぽい香水と閉め切った空間特有のにおい、そして何よりアルコールのにおいがした。それともそれは現実ではなく、彼の心の中に現れた部屋からにおってくるものかもしれない。母を起こそうとする自分の声が聞こえてくる。だけど母は起きない。父が帰ってきて叱りはじめる前にと、ファンペは散らばっているものを拾い集めて服をしまい、シンクに積まれていた皿を洗う。

「あんた、いったい誰さ」

バレリアは素面（しらふ）ではないかもしれないが、誰が部屋に入って来たのかわからないほどには酔っていなかった。声には怒りがにじんでいたが、すぐに瞳に怯えの色が浮かんだ。全裸で横たわっていた彼女は、上半身を手で覆った。こんなときにでも、最低限の羞恥心は残っているようだ。

「こっちで何してんの？」声はすっかり弱々しくなり、震えている。

《ここで何してるの？　遊びに行かなきゃだめよ、母さんは具合が悪いんだから。知ってるでしょ》

ファンぺはまばたきをしてその声を追い払おうとする。その声でそのあと、彼女は慈悲を乞うていた。そうせずに悲鳴を上げてしまうと、やがて声も出せない結果に終わる。叫んだらあのけだものをますます怒らせ、興奮させるだけで、その分長く殴られるのだ。

「ライがあんたをここによこしたの？　彼は来ないの？」

バレリアは紐に気づいていないのかもしれないが、見ないふりをしている可能性のほうが高い。紐の存在を認めてしまうのは、もうすぐ殺されると理解することだからだ。彼女であろうと誰であろうと、それは精神的に受け入れがたいに違いない。ファンぺはベッドのほうへ二歩進んだ。素早く殴打して抵抗できなくさせ、それから首を絞める。それが一番いいやり方だ。拳骨（げんこつ）を固く握りしめた。

「何するの？　出ていって！」

バレリアはベッドから転がり落ち、壁までの狭い空間を四つん這いになって進む。ドアの向こうの暗がりに向かってゴキブリのように這うが、ファンぺが行く手をふさいだ。裸でしゃがみ込んでいる彼女の髪をつかむ。彼女は叫び、ファンぺの脚を殴ろうとするが、空振りに終わった。普通の状態でも何もできないだろうが、酔っ払って床に倒れ、自分より大きな男が明らかな害意をもって立ちはだかっているのだからなおさらだ。逃れるすべなどない。ファンペが平手打ちすると、バレリアの頭は壁にぶつかった。そのときが来たのだ。紐の準備はできている。そして彼女の長い首は、早く仕事を終えてと誘いかけているように見えた。ほんの数分で終わるとファンペは考える。数分間押さえつければ、その代償として自由が得られる。

《ぶたないで。父さん、お願いだ。母さんをもうぶたないで》

目に涙があふれてきたのを感じる。それは意識を失い、生きているというよりはもう死んでいるように見えるバレリアを思ってのことではなかった。

《母さん、母さん、大丈夫？　返事して、お願いだ！》

一歩後ずさり、ついさっきバレリアがぶつかった壁にもたれかかる。紐が手からするりと抜け、まるで白い蛇のように、女の足の上に落ちた。

十分後、ファンペは車の中にいる。歩いてここに戻る途中、もし誰かとすれ違っていたら、きっとその人は彼に目を留めただろう。両手が震えていることに気づく。その揺れが全身に広がってきている感覚がある。脚も、顔も、瞳まで震えてはっきりと焦点を合わせることができない。少し震えが治まったとき、彼は家に帰れないとつぶやいた。山荘の鍵はグローブボックスの中にある。道はよく知っている。あとは落ち着くだけだ。少し時間をおいて、エンジンをスタートさせよう。

51

ベッドに腰掛け、アレナは二日前に贈られたサン・ジョルディの日のバラを眺めている。一本は父から。もう一本のバラは郵便受けに入っていて、茎にイアーゴと書いた紙きれが張り付いていた。ポストの切れ込みから赤い花びらがのぞいているのを見て、彼がわざわざ届けに来てくれたと知ったとき、うれしかったのは事実だ。ただそれでも、彼と話す気になれない日がずっと続いている。イアーゴはワッツアップで長文を送ってきた。ファンペがどういう人物で、どうしてアレナが彼と一緒にいるのを見て半狂乱になったのか、すべてを釈明するメッセージだった。つじつまの合った説明で、ほぼ理にかなっているといえたが、今のアレナにとってはあまり大したことだと思えなかった。彼女への攻撃が再開されて、それどころではなかったのだ。新しい爆弾が投下され、スナップチャット、プロフィール、コメント欄を駆け巡っていた。戦いに臨む力など、自分にはもうこれっぽっちも残っていないとアレナは感じている。

イアーゴにもらったバラのほうは明らかにしおれてきている。茎がくたっと折れ曲がり、落ちた花弁は机の上に浮かぶ赤い涙のよう。切り花の命の短さをまざまざと見せつけられる気分だった。今日は月曜日。学校のある日だが、一日じゅう部屋から出なかった。こんなことしたらどうなるだろうという恐怖よりもまだ、行きたくない気持ちのほうが上回った。きっとこれでよかったんだとアレナはつぶやく。ここに閉じこもり、ブラインドを下ろして、どん底に落ちれば周りも反応するだろう。だが午後から夕暮れへと向かうにつれて、いつも七時半ごろに帰る母と向き合うのが怖くなってくる。それはもう、一日で耐えられる限度を超えている。だから帰宅時間の直前、家を出ていくことにした。行く先は決めていない。どこだっていい。

エレベーターに乗ると母のリディアと出くわす恐れがあるからと、階段を下りていく途中で時計の音が聞こえた。通りに出て、どこへ行こうかとしばらくぐずぐずする。公園に行く気にはなれない。自分にとっての秘密の園が、急に禁じられた場所になってしまったからだ。一枚歩きたい。知らない人に囲まれ、自分の周りに生命を感じながら独りぼっちでいたい。一枚一枚、アレナから花弁を奪っていくこのバリオから離れたい。

そんな思いにうってつけの場所がショッピングモールだ。徒歩三十分の距離にあり、バリオから離れているうえ、いつだって人がいっぱいだ。きっと好天に誘われて午後の散歩に出かけたのだろう、スプラウの中はぎっしり人が詰まっていた。店だけでなく休憩スペースも、映画館やバル、カフェテリアへの入場待ちの人であふれている。四月下旬の月曜日にこんなに人がいるとは、はるかに予想を超えていた。

アレナは深呼吸し、周囲のものに大して興味も覚えないまま歩く。待合所がオープンスペースになっていて、肘掛け椅子が空いていたので、ちょっと座ることにした。生命がそばを通り過ぎていくが、彼女は周りの人ごみをほとんど意識していない。サライのこと、ここで喧嘩したことを考えても、すべてが奇妙に遠くにあるような気がする。まるで他人事のように……、あるいは自分のことだけど、まるで前世の出来事のように。あれからわずか三ヵ月半なのに、一世紀も経った気がした。彼女はもう以前の彼女ではない。臓器がくたびれ、内側から老いていくのを感じる。外見は変わっていないから誰もそのことに気づかないけど、心臓がしわだらけで打つスピードが遅くなり、内臓が硬くなっていく。周りが認識しないまま、少しずつ内側から動きを止めていっているのかもしれない。

時間の過ぎるのも意識せず考えつづけていたが、店舗が閉まりはじめるのを見て出ようと決めた。夕食にはひどく遅れてしまうが、そんな些細なことはあまり気にならなくなっている。エスカレーターを降り、正面入り口から出た。右側は工業団地になっており、閉まった工場と駐車中のトラックがあるだけだった。

「おっ、金髪ちゃんだ」

聞き覚えのある声がして振り向くと、そこにいたのはクリスティアンだった。そばに見知らぬ年上の少年がいて、微笑んでいる。

「久しぶりじゃん」クリスティアンが言い、アレナは答えずに足を速めた。「おい、走るなよ」

彼らが近づいてくるのを感じた。見知らぬ少年が左側に、クリスティアンが右側にいる。

「おい、いまさらカタブッぶるなよ。みんな、おまえは何が好きか知ってるんだぜ」

「ほっといて」

「なあ、もし金が目当てなら、おれの友だちは山ほど持ってるよ」

アレナは彼のほうを見ないように、足元に視線を注ぐ。今、ここでは何も起きていないと自分に言い聞かせながら歩く。するともうひとりの男が手を伸ばし、腕をつかんできた。

「触らないで」

「何だよ、こいつ」この男がしゃべるのを初めて聞いた。好きになれない声だった。「夜遊びか何かに行くのか？　すげえおしゃぶりをするって、クリスティアンが言ってたよ」

「放してよ、ばか！」

クリスティアンはアレナの前に回って行く手を阻み、今しゃべった男のほうは相変わらず彼女の腕をつかんでいた。通りに人はあまりいなかったが、この都会の真ん中で叫べば誰かが助けに来てくれるということはわかっていた。ところが次に目に入ったのは、見知らぬ男が手にしたナイフ。彼女は声が出せなくなった。

「おれのこと、ばかって言ったか？　クリスティアン、おまえのお友だちのクソ女は、おれを侮辱したのか？」

クリスティアンは答えず、笑っただけだった。

「おまえみたいなメギツネは、お仕置きしてやらなきゃな」

ビール臭い息を吐きかけられ、胃のあたりにナイフの刃が当てられるのをアレナは感じた。

クリスティアンは彼女の後ろに回り、腰を両手で押さえている。

「ちょっと一緒に来い。すげえペニスの味がどんなものか、わからせてやるぜ」

アレナは目を閉じた。もう逃げる力もわいてこない。恐怖に心をわしづかみにされ、金縛りにあったようになっていた。

「それでいい」クリスティアンの友人が耳元でささやく。「本音は、おれたちと楽しみたくってたまらないんだろ。すぐにわかるよ」

どこに連れていかれるのかもわからない。はっと気づくと、まったく誰もいない通りに来ていた。両側を工場に挟まれ、照明も暗い。次に感じたのは、汚らしい口が首筋をべちゃべちゃと舐め回していること、そしてそれを払いのけようとしたときに、さほど強くはないが、平手打ちを食らったことだった。

「リラックスしようぜ、なあ、金髪ちゃん。おれをいらいらさせるなよ、もっとひどいことになるぜ」

これ以上ひどいことなんてあるはずがないとアレナは思った。死んだほうがましだ。目を閉じ、何度も何度も読んだあの詩を思い浮かべる。気がついたらどうか死んでいますように。

どうか苔が唇にまで達し、わたしの名前を覆いますように。

52

イアーゴが子どもに返ったように泣く姿を見るなんて、考えたこともなかった。だけど今日の慰めようのないほどの泣き方には、ミリアムが初めて見る怒りが混じっていた。ふたりは警察署から帰ってきたところだ。家を訪ねてきたカタルーニャ州警察の捜査員に、ソフトだが有無を言わさぬ口調で同行を求められたときは、恐怖で体がすくんだ。イアーゴは尋問に耐え、知っている限りのすべてを語った。写真のこと、いじめのこと、公園でのこと、アレナのこと。ああ、かわいそうなアレナ……。一方捜査員は、ふたりにほんの少しの情報しか与えてくれなかった。ただ最後に、この少年は今回の事件とは何の関係もないと警察側が納得してから、やっとアレナが入院していると教えてくれた。容体は安定しているが記憶を失くしており、周囲のすべてと無縁であるかのように、何の反応も示さないという。ショック症状にあり、この状態は数日続くだろうとのことだった。彼女が何をされたのかは説明してもらえなかったが、聞かなくてもわかった。真夜中に市警察官がアレナを見つけたそうだ。両親はその前から何時間も、半狂乱になって娘を探し回っていた。夜間は無人になるその暗い地域を、救急車とパトカーのオレンジや青の光が照らし出す中での発見だった。ミリアムはその光景を想像したくもないし、今現在、息子が情緒的に危険な状態に陥るのを止める方法もわからない。ただ泣きたいだけ泣かせて、心の中の興奮や緊張、怒りを尽き果てるまで吐き出させるしかすべを持たなかった。

写真に写っていた男、アレナと一緒に公園にいるところをイアーゴが見たというその男のことを考える。身近で悲劇が起きたときに人を邪悪な行動に駆り立てる、本能的な復讐願望をミリアムは苦労して抑えなければならなかった。彼女がよく知っている罪に加えて、彼にはどうやら暴行の前科があるようだった。犯人に極刑を、死刑宣告をと望む昨今の安易な風潮に乗ってしまいそうな誘惑に駆られる。一瞬母のことを思い出し、再び罪悪感にさいなまれた。怒りに駆られているこの瞬間でさえ、ビクトルのことを思い起こしたくはない。今はイアーゴのことに集中しよう。息子は少しずつ落ち着いてきていた。

「気分はよくなった？　何か食べるものをつくろうか？」

イアーゴは首を横に振る。平静を取り戻してきたばかりで、体はこわばり、光る涙とは対照的に視線は冷たかった。イアーゴがドアのほうへ向かうのを見て、ミリアムはためらわずに遮った。

「どこへ行くの？」

「行かせて。あのブタ野郎を探しに行きたいんだ」

「だめ！　どこにも行っちゃだめよ」

ミリアムはイアーゴの瞳に危険を感じ取り、出ていかせないためなら何でもしようと決めた。必要なら、押さえつけてでも止めてみせる。

「こっちに来て」できる限り優しい声を出す。「お願い」

イアーゴは母を払いのけた。ミリアムは息子の力の強さを初めて感じた。泣いてはいるが、もう子どもじゃない。

「おい！」父の声がしたので見ると、彼はイアーゴの腕をつかんでいた。「母親に手を上げるんじゃない。叩きのめしてほしいのか」

自分を苦もなく倒せそうな少年を、老人が叩きのめすぞと脅す。この状況の滑稽さゆえか、それとも祖父の声の力強さに驚いたからか、イアーゴは目に見えておとなしくなり、言われるがままダイニングに向かった。ミリアムはドアに鍵をかけ、ポケットにしまう。これで今夜は誰も家から出ないだろう。

53

ファンペは何にでも耐えられる。不安、警官特有の言葉遣い、取り調べ、そして警察署から警察署への移送にも、留置場にも。だがそれは、逮捕されてからずっと自分をからかう小僧の声が聞こえていたり、ましてアレナの写真を見せられたりしなければの話だ。写真を見せられ、彼女について心ない言葉であざける小僧の声が聞こえてきて、ファンペは逆上した。あいつ、いいおっぱいしてるのに、拝めなかったのは残念だな、このばか。

あまりにひどいことを言うので、暴言を吐いてしまったくらいだ。何を言ったのかファンペは覚えていないが、尋問していた捜査員は誰にも、彼にさえも誤解を与えないような中立的な表現で正確に書きとっていた。ファンペが警察署に来るのは初めてではないが、以前とは事情が違う。これまでは実際に罪を犯していたから、なぜ連れてこられたのかわかっていた。そして常に、模範的な容疑者だった。強要する必要もなく自白したからだ。

だけど今は自白する気もなければ、そもそも自白することもできない。単に無実だからだが、〝事件〟が起きた月曜日にどこにいたのか言わないのは、自分にとって不利でしかないとファンペ自身でさえ気づいていた。山荘にもミスターのことにも触れず、その日はリェイダにいてそのあとリアルプに行ったことだけを明かしたかった。ほかの人間なら、言い訳や嘘を思いつくか、単に真実から目をそらさせるかすることができただろう。だけどファンペには不可能だった。ばーか。そんなことすらできないんだな。おまえのアリバイは役に立たない。逆にやつらは、立派に務めを果たした。誰がおまえの供述なんぞ信じる？　それに、おまえは勃ちもしないなんてとても言えないからな。はは！　ほかのどんなことより、それが恥ずかしいよな。黙れ！　黙らないと……。黙らないと何だ、ばか。おれの姿さえ見えないのに、おれに何をしようってんだ？

「静かにしろ」隣の房の男が言う。明け方に連れてこられた酔っ払いで、眠ろうとしているようだ。「くそっ、いつもイカれたやつにあたっちまう。マスでもかいてリラックスしたらどうだ？」

わかるか？　あんなやつでさえ気づいてるんだ。イカれてるってな。この意気地なし。ばーか。

ファンペはどのくらい留置場に入っているのかわからない。水曜の午後にリアルプを発った。奇妙に思えるかもしれないが、山荘の中にいるとほっとした。よく知った場所で、自分のマンションより広くて、広々とした野原に囲まれている。とはいえ持ち前の遠慮深さから、使うのは台所といつもの部屋だけだった。それもたいていは戸口で絶えず煙草をふかしながら、近づいてくる車がないかと、道路から目を離さなかった。ミスターから最初にメッセージが届いたのは最初の夜が明けるころだ。たった一文、《また失敗したな》とだけ書いてあった。

山荘には結局一日半いた。少なくとも三十六時間、静寂の喜びを享受できたことになる。声も聞こえなければ来訪者もない、広く空っぽの家にひとりきり。彼のほかには死んだ動物の頭部の剝製、永遠不滅の存在にされた獰猛(どうもう)な胸部があるばかりだ。自分もこんな終わりを迎えるのかもしれないと思った。ミスターに撃ち殺され、愚かな裏切り者予備軍を脅すために頭が展示されて衆目にさらされる。この業界で不誠実と無能は同義語だ。もしくは、少なくとも役立たずは裏切り者として扱われるというべきか。最初のときは両手の小指を切断された。今度は殺される。それについて疑いの余地はなかった。

実現するかと思われた彼の将来、空中に築いた美しい城は、自身のへまのせいで落下し崩れた。もうホテルでは雇ってもらえないだろう。もうビクトルとしゃべることも、公園を散歩することもないだろう。実際、彼が多くを望むこともない。子どものころからほんの少ししか手に入らないのには慣れてきた。そもそも、ほとんど期待もしなかった。だから母親が一日飲まないだけで、もうその日はお祭りだ。クロマニヨンにいじめられないで済むのは勝利を意味した。だけどいずれの場合もほんの慰め、一時的な休戦にすぎない。どんな逆境にあっても、限られたわずかな空間は与えられていて、一息つけるのと同じことだ。生き残るための空間と言い換えてもいいかもしれない。

生き残る。それはまさに、今となってはもう不可能なことだ。少なくとも逃げない限りは無理だが、それには想像力が要る。ファンペは今まで、何からも逃げたことがなかった。子どものころは家から逃げず、少年院からも逃げなかった。その後の刑務所からも逃げなかった。緑街区のマンションからも逃げられず、結局戻らざるを得なかった。不安を抱えながら孤独に過ごしていたそのとき、つかまらずに逃げおおせる可能性のある場所が浮かんだ。グラナダ県のモンテフリオだ。人生でただ一度きり、本物の夏を過ごした暖かな土地。ひとりで、所持しているわずかな金ではたどり着けない場所でもある。ビクトルなら助けてくれるかもしれない。彼と会い、真実を話して助けてくれと頼めば、きっと何とかしてくれる。だがそのためには、家に帰るという危険を冒さなければならなかった。

実現性は低いが、可能性はある。元気が出てきたファンペは、頭の中で計画を具体化させていきながら、武器保管庫を開いて一丁の猟銃を取り出した。しばらく手入れをしてから装塡し、弾薬もたっぷりとる。ビクトルの助けを得てすべて解決する前に、ミスターやその部下がマンションに現れた場合に備え、少なくとも身を守れるだけの準備はしておこう。銃を車のトランクに入れ、帰途についた。緑街区のすぐ近くに駐車して思ったのは、バリオに普段より警官の姿が多いということだ。だから少なくとも今は、猟銃をトランクに入れたままのほうがいいと判断した。ポケットに手を突っ込んでマンションまで歩いていき、建物に入ろうとしたちょうどそのとき、ふたりの州警察官がファンペに近づいた。そこから悪夢が始まったのだが、ファンペにはたったひとつの希望が残されている。弁護士を呼べる権利を利用して、ビクトルに連絡したのだ。今はただ、うまくいくのを待つだけだった。

54

弁護士資格を持っているものの、ビクトル・ヤグエが警察署や裁判所に足を運ばなくなってからもうずいぶん経つ。だがそれでも、ファンペからの電話があったときはためらわずに警察に駆け付けた。きっとそれは、たとえ数分でも考え込んでしまったら、ときには友情よりもっと強く、もっと内側から込み上げてくる、楽をしたいとかエゴイズムといった本能に支配されてしまうのがわかっているからだ。

今はクルナリャー署でファンペを待ちながら、忘れていた専門用語を使って女性警官に調書を見せるよう頼んでいるところだ。彼女にとってはそこに書かれていることなど、もちろん、よくある話のひとつにすぎない。すると突然別の警官が現れ、彼女に机に戻るよう言った。ビクトルはいらいらしながら彼らを待つ。今の伝言はファンペにかけられた婦女暴行容疑に関することに違いないという気がする。ファンペが何かしでかしたと聞かされたら、ビクトルは事実上どんなことでもありうると思うだろうが、これだけは信じられなかった。再会してからのこの数ヵ月、発言からも目つきからも、ほんの一瞬たりとも性的なものを感じ取ったことはなかったからだ。性的虐待の被害者にはそういうことがよく起きると知っているだけに、ファンペが十五歳の少女を襲うとは信じがたい。だが不利な証拠の数々（少女とよく会っていたこと、アリバイがないこと、二十五年以上前、同様の暴行で告発されたこと）は、彼が理想的な容疑者であることを物語っていた。

警官たちは驚いた様子で戻ってきた。厄介な知らせを聞いたという顔だ。

「アリバイが出てきました」女性警官が言う。「確認しなければなりませんが、大筋は容疑者の供述と合っています」

「アリバイ？」

「ええ。イスマエル・ロペスという人が事件の夜、リェイダで彼とすれ違ったというんです。逮捕を知って、今朝申し立てに来たそうです。確認が取れたら、あなたの依頼人は家に帰れます」

もちろん、確認は取れた。高速道路のカメラに、はっきりとファンペの乗った車が写っていた。警官たちが釈放の手続きをとっている間に、ビクトルは警察署から出て電話を一本かけた。

「イスマエルか？」

「やあ……」

「いいか、あまり時間がない。ぼくは今、警察署でファンペを待っている」

「ああ、それじゃきみも知ったんだね」

「そうだ。イスマエル、ありがとう」

「何でもないよ。本当のことを言っただけだ。サツには彼のあとをつけてたとは言わなかったよ。ただ偶然、あそこで彼を見ただけだと。ぼくはいわゆる〝信頼に足る証人〟ってやつだね。ものすごい皮肉だと思わないか？　こんなに長いこと経ってから……」

電話の向こうの相手に見えるはずはないのに、ビクトルはうなずいた。

「子どものときぼくは、彼を密告した。きみたちのあとをつけてたからだ。そして今、同じことをして彼を救えたなんて」

「なあ……彼はあそこで何をしていたか、知ってるのか」

「まったくわからない。車を駐めてちょっといなくなり、すぐに戻ってきた。取り乱した様子だった。それから、運転席に一時間近くも座っていた。まるでどこに行けばいいのかわからないような感じだったよ。それからエンジンをかけて出発した。バルセロナに戻る代わりに、逆の内陸方向への道路に入るのを見て、ぼくは引き返してきたんだ。でもそのときはもう十時近かったから、その時間にこのバルセロナにいて、誰かを暴行するなんて不可能だよ」

ファンペは懐疑心と無関心が入り混じった気持ちで釈放の知らせを聞いた。自由になるわけではない。それは別のことを意味すると、ファンペは思う。帰る家があり、会えるのを喜んでくれる人がいて、戻っていく生活がある。それが自由になるということだ。彼にとっての釈放、娑婆（しゃば）に戻るということは、ずっと過酷で死を招くことすらある、別の罰の始まりを意味する。留置場に閉じ込められていた間に、内心では、その罰を受けるほうがいいと思うようになっていた。あきらめて運命を受け入れ、避けようのないことと戦うのはやめたほうがいい。家に閉じこもって来るべきものを待ち、威厳ある最期をたっぷり味わって満足感を得るためだけに果敢に挑む。勝負はついた、おれはここまで来た。そして少なくとも、まったくの独りぼっちではない。友がひとり、手を差し伸べてくれたんだ。

ビクトルはそこにいて、子どものころを彷彿させる親切そうな目で彼を見ている。バリオのサンドカンと呼ばれた父親によく似たかすかな笑みを浮かべ、肩をすくめてこう言った。

「また厄介ごとに巻き込まれたのか？　ぼくがここにいて、助け船を出せたのはラッキーだったぞ」

「来てくれてありがとう……、それに、ここから出してくれて」

「言っておくが、ぼくだけがやったことじゃないんだ。今度ゆっくり話すよ。今、ここじゃなくて」

通りに出ると、ファンペは両サイドを見た。奇妙な話だが、今にして思えば、留置場は安全だった。ミスターとその部下たちは間もなく現れるだろうとわかっている。もうすでに待機しているかもしれない。いや、していないかもしれないとも思う。もしかしたら彼らには、まず誰かを殺し、誰かはひとまず生かしておくという優先順位があるのかもしれない。

「いったいリエイダなんかで何をしてたんだ？　あっちにガールフレンドでもいるのか？」

ビクトルが訊ねるが、説得力のある作り話をまだ考えついていないファンペは肩をすくめただけだった。ビクトルの平静を奪いたくない、そして彼を面倒に巻き込もうとも考えていない。

「もうどうでもいいことだ」

「もちろんそうだろうけど。でも今、時間がないんだ。ホテルは招待客でいっぱいで、片づけなきゃならないことが山のようにある……」

「それなのに来てくれたのか？」

「来なかったらどうなってた？　ぼくほど素早くここから出してあげられた人がほかにいたか？　さて、行かなくちゃ。義父のお小言から解放されるにはマジンガー軍団が必要だ。そうだ、ひとつ言っておく。少なくとも今のところは、家にいるわけにはいかないよ」

一瞬ファンペは、ビクトルがもっと何か知っているのではないかと考えて怖くなった。ファンペに科された罰のこともよく知っていて、彼を待ち受ける危険さえも察知しているのではないかと思ったのだ。幸い、ビクトルはファンペに口をはさむ隙も与えず話しつづけている。それを聞いているうち、彼は相変わらず何も知らず、先ほどの助言は別の懸念があったからだとわかってきた。

「あのかわいそうな、襲われた子は、きみと同じ建物に住んでるんだろ？　ツーフロア下の住民だっていうじゃないか？　それなら、マンションに帰るのはうまい考えじゃないと思うぞ。釈放されたとはいえ、あの子の親と出くわしてお互い気まずいことになるのは賢明とは言えない」

要は何を言いたいのか、整理するのに少しかかった。それは考えたこともなかった。ファンペにとってアレナはただの隣人でも、公園で行き会うだけの人でもないからだ。汚してはいけない存在で、アレナが妖精になった夢を見たこともあるほどだ。誰にも見られていないと思って森を駆け回る池の妖精。もちろん、害を加えるなんて考えられない。

「提案がある。ぼくはこの週末ずっとホテルにこもるから、ワンルームマンションには誰もいなくなる。あそこなら落ち着いて過ごせるよ。どうかな？ 冷蔵庫にはあまり食べ物はないけど、休めばすぐに元気になる。それに退屈もしないと思う。きみの興味を引きそうなものが置いてあるんだ。あの日何が起きたか調べると約束したね。マンションに行けば、その約束は果たされたことがわかるはずだよ」

ビクトルはタクシーを探しながらしゃべりつづけている。このあたりを流しているタクシーは少なく、なかなかつかまらずに通りの角まで歩いていくビクトルを、ファンペは黙って見ていた。逃げるべきだ。逃げて、自分のそばにいなければという責任感や、その結果被る影響から解放してあげなければ。ファンペはそんなことを考えていたが、ビクトルが最後に言った言葉ですべてが変わった。あの日何が起きたか、死ぬ前に知りたかった。これから人生が粉々に砕かれることも知らず過ごしていた、二頭のガラスの虎だったあの時代。あのころのことを細部まで思い出したかった。

55

《あの一連の出来事をすべて理解している人はいなかったが、いずれにせよ、ときが経つにつれて彼らのことは忘れ去られた。彼ら、その子どもたち、哀れなロシと乱暴者のファン・サモラ。同様に、バリオに関する多くのことも忘れられていった。忘れられたもののひとつにその名前がある。いったい何を意味しているのか、住民たちにもさっぱりわからなかったからだろう、シウダード・サテリテの名はあれから数年後に使われなくなり、やがて人々の記憶から失われた》

ファンペはビクトルのワンルームマンションのサイドテーブルに原稿を置いた。読むのに長い時間がかかった。読書は苦手だ。もし強烈に興味を掻き立てられていなかったら、これほど長い文章をこれほど長い時間をかけて読むことはなかっただろう。

満足か？　これがおまえの欲しかったものだろ？　これでおまえは静かに死ねる。

声を聞くのは取り調べのとき以来だ。風に飲み込まれたかのように、小僧はずっと気配を消していた。この原稿の作者が彼について語っている部分を声に出して読み聞かせ、もう少し謙虚になれと教えてやりたかったが、そんなことをしたところであざけるように笑うに決まっている。ときどき、生身の人間としての彼と再び会えればどれほど素晴らしいだろうと思う。ファンペはもう大人だから、以前されていたのとは逆に、こっちがあいつを殴ることができる。だけど殺しはしない、それはだめだ。ただ懲らしめてやるだけだ。だが小僧、すなわちクロマニョンは肉体のないただの声にすぎず、そんなものを相手に戦うことはできない。

奇妙な気分だ。これほど長い年月が経つと、自分たちの密告者、今となってはぼんやりと名前を思い出せるかどうかというかつての少年に対して、何の恨みの感情も起こらない。自分たちと同じくらい怯えていた少年より、匿名の誰か、名前も素性も知らない相手を憎むほうが簡単だった。結局、みんな同じだったのだ。運の悪い少年たち。もう二十四時間以上前になるが、ワンルームに彼をおいて出ていくとき、釈放に必要なアリバイを提供したのはそのイスマエルとやらだったということを、ビクトルは手短に話していった。ファンペはその理由を知らないし、さほど知りたいとも思わない。確認したかったことはすべてここに、このページの中に書き留められている。彼の過去、家族の、ビクトルの、そしてバリオの過去。あんなことをした理由を知るまでは、憎んでいた裏切り者の過去。彼はもうあの過ちの埋め合わせを済ませた。これで貸し借りなしだ、イスマエル・ロペス・アルナル。

ベランダに出て名も知らぬ通りを眺める。今ごろビクトルはパーティの真っ最中だなと思う。ホテル開業を祝う晩餐会に出席すると言っていた。彼にはそれがふさわしい。子どものころから、ずっと場の中心にいるのがふさわしかった。友人だと思えたもうひとりの人間、あのかわいそうなライにさえ、ビクトルに対して抱いたほどの愛情を感じたことはなかった。ビクトルと再会してからの数ヵ月間、口にしなかったこともある。話したくなかったからだが、ビクトルも、この原稿を読んで察知しているかもしれない。それにしても不思議なのは、ひとつ思い出すと次々に思い出がよみがえってくること、どこかでふさがっていたり薄れていたりする記憶があるかと思えば、輝かしい光を放つ思い出もあるということだ。ファンペには忘れられない人生の大切な一場面がある。「おまえはあいつの親友だ」つかまる前の晩、エミリオ・ヤグエに言われた。「おまえは勇者だ。勇者は自分に課された試練に耐えるものだ。そして、決して仲間を裏切らない。おまえもそう思うだろ、なあ」ファンペはうなずき、自分を息子のように扱ってくれたその男に抱きついて約束した。マレーシアの虎のように勇敢で、マジンガーのようにタフになると。なぜなら彼に頼まれたから。なぜならビクトルは友だちだから。そして共犯者の名前を明らかにする衝動に負けてしまいそうになりながらも、こらえてエミリオに言われた通りのことを判事の前で語った。

それに今は、きみに借りがあると、ファンペは思う。何メートルも下の車道では、アスファルトと緑のランプでできた森を車が逃げていく。街区と同じ緑。ファンペはそうつぶやいて微笑む。行くべき場所はあそこだ。予見していた通りに自分の家で椅子に腰掛け、すべてを終わらせなければならない。彼らは必ずやってくる。そのことについては、これっぽっちも疑いを抱いていない。そして彼らがやってきたときには、ビクトルから遠く離れて、ファンペはもう死んでいるだろう。ここでやってもいい、このペントハウスから虚空へと身を投げ出すこともできるとは思う。だが、それはあまりに醜悪だ。借り物の部屋で自殺はできない。

「これがきみへの、おれの最後の親切だ」ここにはいないビクトルに向け、声に出して言う。「たぶん理解してくれないだろうね、ビクトル。でもいつか話すよ、あの世で魂が行き会う話がほんとだとしたら。おれがやろうとしていることを実行すれば、きみは山ほどの問題から解放される。おれが付き合ってるのは危ないやつらだ。おれがこの世界から姿を消すのが、みんなにとって一番いいんだ。少なくとも、きみが少し悲しんでくれたらいいな。エゴに聞こえるだろうけど、誰だって、いなくなって寂しいと人に思われたいんだ。そう思わないか？　ああ、わかってるさ。村でも、そのあとのクロマニヨンとのことでもそうだったように、きみはいつもおれを助けられると思ってるだろ？　でも実は、それがだめだったんだよ。あんなクソ野郎とは戦っちゃいけないんだ。あいつに対して勝利することがあるとしたら、それは先に降参してしまうことだけだ。そう思わないか？　相手がやろうと思ったことを果たせなくしてしまうのが、これ以上ないほどの復讐方法なんだ。おれはそう思う」

あいつに対してはそんなことできないよな？　おまえが勇敢になれるのは、おれのような小僧に対してだ！

あのときはまだ、そうする価値があると信じていた。今は違う。本当のところ、おれは疲れてるんだ。ひどく、ひどく疲れている。

それで満足するのか？　そんなに簡単に降参して？　おい、どこへ行くんだよ、ばか。ここから出ないように言われてるんじゃなかったのか？

ざまあみろ、小僧。今まで考えたことがなかったが、もしおれに何かあれば、おまえも消えるんだぞ。完全に忘れ去られる。もうおまえを愛するやつはいないし、おまえを憎むおれも、ここからいなくなるからな。おまえはただ、おれが生きている間しか存在できないんだよ、ホアキン・バスケス。そしておれたちふたりに残された時間はあとわずかだ。

フアンペは外に出た。家に帰り、猟銃を取り出して自らにとどめの一撃をくれてやろうと決めていた。マンションの部屋でイノシシのように銃弾に倒れる。だが少なくとも引き金を引くのが自分であること、犠牲者であると同時に死刑執行人になること、結局、生きてきたのとまったく同じようにして死んでいくことに満足を覚えるだろう。

そうやって行くつもりか？　彼女にさよならも言わず？

必死だな、小僧。そうだよ、おれは行く。彼女におれなんか必要ない。

意気地なし……。彼女がどうしてるか、知りたいとも思わないのか？　あのかわいそうな少女……。一度くらい見舞ってやってもいいと思わないか？　ほんの一時間ばかり。なんでそんなに急いで自殺するんだ？

おまえの目論見はわかっている。おれに考えを変えさせて、生き残りたいんだろ。おれが生きつづけ、ビクトルがおれのせいで厄介ごとに巻き込まれるのを望んでる。そうだろ？おまえはおれたちふたりに復讐したいんだ。

思いたいように思うがいいさ。だがな、長年おまえが出会ってきた人間の中で唯一まともだった彼女が、今入院している。どこの病院かはわかるよな、警察署で聞いてたんだから……。

おれなんか入れてもらえないよ。足止めを食らう。

うんざりだよ！　いつもそんなに悲観的で。それなら、自分に一発撃ち込もうって考えても不思議じゃないな。勇者は降参する前に何とかしようとする。だけどおまえはそうじゃない。

ビクトルが置いていってくれたいくらかの金で、何年かぶりにタクシーに乗った。

「ベイビッジャ病院まで」ファンペは運転手に告げた。

56

二〇一六年五月二日、月曜日

午前担当の看護師はごく若い少女に見えたので、もう三十歳に近く、ふたりの女の子を持つ母だと知ってアレナは驚いた。「今日の具合はどうかしら？」病室に入ってきたその看護師に訊かれて、アレナはもうよくなったと答えたかった。ほとんど眠れなかったけど、腕も足も痛まないし動かせる、それに何より、これまで自分を半ば無意識の状態にしていた濃い靄（もや）が晴れ、周りで起こっていることは全部わかる、だけど意思表示ができないのだと、そう答えたかった。

胃の底から込み上げるような、猛烈に泣きたい気持ちに襲われ、涙が噴き出したのは昨夜九時ごろ、まだ母が病室にいた時刻だった。今にして思えば、あの涙の奔流が頭にかかっていた霧を消し去ったのだと思う。ほどなくして落ち着いてくるにつれ、脳が嵐のあとの空のように晴れ渡る感覚を取り戻していったからだ。漠然とした、だが抗えなかった痛みはもっとエネルギッシュで活性化した感情、すなわち怒りへと変わっていた。クリスティアンと、その友人への激しい憎悪。あの男の顔は、最後になってやっとはっきり見たが、やはり会ったこともないやつだった。そしてほかの者たち、ララ、サライ、オリオル、クラス全体への憎悪。全部話してしまいたかったが、ひきつけを起こしたように泣きじゃくる娘の姿に動揺した母がナースコールボタンを押したため、抵抗したにもかかわらず、ひどくせっかちな看護師に軽い鎮静剤を投与されてしまった。その抵抗は六日前、押し黙り、死人のように体をこわばらせて病院に運ばれてきて以来、アレナが初めて示した自己主張だった。意識が澄んで活発に脳が動いているこの状態を失うのが怖くて、眠りたくなかった。少し落ち着きを取り戻した母が病室を出てしまっても、全力で眠気と戦った。年齢のせいかそういう性格なのかはわからないが、非常に現実的な看護師が、カフェテリアが閉まらないうちに何か食べてきたらどうですか、娘さんのこの状態はたぶん長く続くでしょうから、ここであなたが具合を悪くしても何の得にもなりませんよとアドバイスし、母はそれに従ったのだった。

実際には、ひとりになってもアレナには影響がなかった。鎮静剤のおかげで気分が軽くなり、重く沈んだ状態を脱して、眠りの闇に墜ちることなく、まるで宇宙カプセルの中にいるようにふわふわと意識がベッドから起き上がっていたからだ。母が出ていくのを見ながら、心の中で話しかけた。戻ってきたら全部話すからね。わたしは大丈夫、ひどい出来事だったけど、前を向いて進んでいくから。何度も読んだ詩が頭に浮かんだ。《羽がついているのは希望、魂の中にとまる》今ならすべて理解できると思える。ディキンソンの詩は、脳を使って理性的に書かれたのではなく、もっと感覚的な体のほかの部分、肌、内臓、心臓から湧き出したように見えるが、実はすべての文字に意味があり、これ以上率直であからさまなものはない。そのことが今の自分にははっきり理解できる。そんなことを考えながら母が戻ってくるのをじっと待っていたとき、ドアが開いた。入ってきたのは、そこで会うとはまったく予期していない人物だった。

一夜明け、朝食どきという病院でも最もあわただしい時間帯、若い看護師に食べなさいと励まされながら、アレナは昨夜のことを考えていた。ファンペが来てから母が戻ってくるまでの間に、自分は眠ったのに違いない。だけどそれがいつだったのかはわからなかった。ファンペと話したことは覚えている。というより、話しつづける彼女をファンペは愛情こもった目で見つめ、いつものように遮ることなく聞いていた。そしてプレゼントを持ってきた東方の賢人のような優しい笑みを浮かべながらも、真剣なまなざしでこうつぶやく彼を見た気がした。「ゆっくりおやすみ。もう誰もきみを傷つけないから」

たっぷりした夕食をとると、いつもどんちゃん騒ぎのあとの二日酔いに似た状態になる。オープニングパーティの翌朝、目覚めたときにビクトルは軽い胃のむかつきを覚えた。頭はドラム・バンドが入っているのかと思うほどガンガンする。傍らでは、やすらぎのひとときを掻き乱すものなどこの世に存在しないといわんばかりに、メルセデスがぐっすり眠っている。妻を目覚めさせないようにと、ビクトルはそっとベッドから起き上がり、ナイトテーブルの時計を見る。六時五十二分。

パーティのあと、ふたりはそのまま開業したてのホテルに泊まった。多かれ少なかれ世間に名を知られた五十人の招待客も、無料で過ごせる新しいホテルでの週末を満喫していた。五月二日は月曜だが、マドリードでは祝日にあたるため、首都から来た客の多くにとっては週末がまだ続いているというわけだ。彼らは午前中、思い思いの時間に、ホテル・カルバリョ・バルセロナの快適さとスタイルに満足した表情を浮かべて去っていった。中には「素晴らしかったよ」とはっきり言って帰っていく客もいた。ビクトルは成功を嚙みしめながらも、昨夜カヴァを飲みすぎたせいで時折込み上げる酸っぱい胃液と戦っていた。胃がもたれるのは、昨夜の義父の少々恩着せがましいスピーチのせいもあるかもしれない。公の場で祝福されても、今のビクトルにはほとんど侮辱されているようにしか聞こえなかった。

泊まっている部屋にはカプセル式のコーヒー・サーバーが置いてある。長くハードになりそうな一日のとっかかりに、一杯飲んで元気を取り戻す必要があった。仕事のためというよりは、ファンペの世話をしてやるためだ。昨夜電話をかけたときには、忠実なマスティフ犬のように、ファンペはまだビクトルのワンルームにいた。そのときに今日の早い時間、おそらく九時ごろに彼を迎えに行き、自宅まで同行すると約束していた。「来週には、うちの仕事を開始してもらうことになるよ」ビクトルは軽い調子で彼に言い、こう付け加えた。「きみにはコネがある。だから二、三日、自由に過ごすといい」コーヒーを飲みながら、ビクトルは妻がいつも持ち歩いているタブレットを起動させた。Ｗｉ－Ｆｉの入り具合を確かめるというより、ニュースを見るためだ。ところが、立ち上げた途端に新聞記事のタイトルが目に飛び込んできた。ほとんどわいせつと言ってもいいような中年男性の裸体のカラー写真が載っている。その下には、「エル・パイス」紙は「セックスとドラッグの乱痴気騒ぎ」という見出しを掲げていた。「ジュゼップ・マリア・セラテル判事、その最後の夜」とうたっているのは「エル・ムンド」紙だ。もっと辛辣なデジタル・メディアはまず写真を掲げ、「自然死か？」だの「ジュゼップ・マリア・セラテルの死に疑問」といった文章をつけていた。

ビクトルは普段、三面記事にさほど興味はない。近ごろではこのように、権力を持った中年男が巻き込まれる、汚職とセックスと死が渾然となった事件は珍しくもなくなった。だがこれはその中でも異常性が傑出しているように思え、ビクトルは珍しく記事の本文を読んだ。それによれば、現場に居合わせた目撃者の女性が、自分の身にも死の危険が迫ったと感じてメディアに写真を持ち込んだのだった。その会社は昨日、デジタル版でそのニュースを伝えた。今日、月曜日になるとほとんどすべての会社が写真を入手していて、そうでない会社も詳細にその件を伝えていた。共通して書かれていた内容は、リェイダでの殺人未遂、山荘に呼ばれた娼婦たちと狩猟のこと、赤いサンタ帽、そして乱交パーティの最中に、コカインの残りが載ったナイトテーブルの上で死亡証明書にサインした医師のこと。だがもちろん、もっと明敏な記者たちの筆はそれだけではとどまらなかった。彼らはエリートの汚職が暴かれたことを嬉しそうに書きたて、遺体を掘り起こして再検証が行われる可能性を示唆していた。彼らが共通して描くのは犯罪小説の筋書きそのものの、暗く邪悪なシナリオだ。元警官の実業家が所有する山荘で、サンタクロースの衣装を着て、エクスタシーの頂点で死んだ男。山荘の持ち主である実業家の名はコンラッド・バニョスといった。

そこまで読んだビクトルは、わずか数分で服を着替えてホテルを出た。今こそ、ファンペと真剣に話さなければならないと感じていた。彼が次の一歩を踏み出す前に。だがあまりにも情報が少ない。大急ぎで自分のワンルームへ向かう前に、立ち止まって手にしているピースを整理する必要があった。ホテルに現れた男、コンラッド・バニョスは、不透明な事件に関与させる手下を大勢抱えていた。そしてファンペはリェイダに行っていた。まさに釈放のきっかけとなったそのアリバイによって、彼はまた留置場へと逆戻りすることになるかもしれない。ファンペのやつ、いったい何に巻き込まれてるんだ？　悪い予感で胃がねじれそうになりながら自分のワンルームまで走り、部屋は無人で何も変わっていないのを見て、安堵に近いものを覚えた。ファンペは電話に出ない。シウダード・サテリテに戻ったとしか考えられなかった。

再び自分にとってなくてはならない景色となった、サテリテの緑街区までタクシーで行く。きっと誰もいないだろうとほぼ確信しながらインターフォンを押すと、ジーッという音がして扉が開いた。安心してため息が出る。ここ数ヵ月の間に、いったい何度ここに来たことだろう。実際、子どものときより頻繁に来ているくらいだ。もっとも、クロマニヨンを襲う計画を立てたのはこのマンションだったし、埃にまみれた服を母に渡すと疑われるに決まっているからと、ファンペに託したのもここだった。ファンペの母が気にする可能性はなかったからだ。少し開いていた六階一号室のドアを押しながら、このマンションでは何もいいことが起こらなかったなと考え、そう考えただけで、まるで室内が井戸の底であるかのような、怪物だけが住む穴ででもあるかのような気がして、ぴたっと足が止まった。

だが用心するのが遅すぎた。背後でドアが閉まり、それと同時に誰かにこぶしで殴られた。強い力で不意に殴られたので、ビクトルはバランスを崩して後ろ向きに倒れそうになったが、床にぶつからずに済んだ。別の誰かがビクトルを受け止めたからだが、それは味方ではなかった。殴った男の共犯者で、ビクトルの体を強くつかむと耳元でこう訊ねた。「おまえのお友だちはいったいどこにいる？」

こんな状況にもかかわらず、ビクトルは笑いそうになった。ファンペがどこにいるかなんて、こっちが教えてほしいくらいだ。だからどんなひどい目に遭わされようと、恐怖に駆られてファンペの居場所を教える心配だけはなかった。

月曜日の九時十五分前、学校の女子トイレは閉店間際のディスコのロッカールームのようになる。ララはサライとその取り巻きたちに会いにトイレに入った。もし運よくサライたちが始業前に着いていたら、そこで出会えるだろう。この数日、彼女たちとすごい勢いでメッセージをやり取りしてきた。ほとんど集団ヒステリーのようなものだ。アレナが暴行を受けたことで計略がひっくり返っただけではなく、今や彼女たちは犯罪者一歩手前のところにいるのである。でもあたしは幸い、その他大勢の中のひとりだからと、ララはつぶやく。公園でのシーンを写した写真をばらまいたのは別だが、それ以外は、ほかのみんなが示してくれるお手本に従っていただけなのだから、誰にも責められるいわれはない。実際、自分の果たした役割なんて大した比重を持たないのだし。それでも、取り調べのときのあの捜査員の口調が気になっていた。同席していた母はかんかんに怒っていた。サライ・ロサーノもクリスティアン・ルイスも同じように尋問されたはずだ。しかもそのときは容疑者、アレナと公園で会っていたあの変なやつがつかまっていたというのにだ。だがあいつは、最終的に釈放されたという噂がバリオじゅうを駆け巡っていた。警察なんてそんなものだ。クソ野郎どもはいつだって最後には望みをかなえる。

サライはいなかった。いつも通り遅刻してくるようだ。だがノエリアとウェンディはいる。三人は洗面所の鏡の前で情報を交換し合った。ほんとにそいつは釈放されたの？　そんなのひどいよ！　怖いよ。これからどうなるの？　あの子、何も覚えていないんだって。そのほうがいいよ、あたしだって、そんなことになれば覚えていたくない。じゃあ犯人は、学校をさぼってた間にヤってた、ほかの誰かだろうね。サツに言った？　あいつがメギツネだってこと。言うわけないじゃん。でもワッツアップや写真が証拠になるよ。ねえあんたたち、クリスティアンのこと何か知ってる？　サライが言ってたけど、この週末ずっと会えなかったんだって。あいつにはがっかりしたって、昨日、怒り狂って言ってたよ。ふん、男なんてそんなもんだよ。つまんないよ。さあ行こ、魔女のセシリアがドアを閉めちゃうよ。外に放り出されちゃうから。今日は授業に出る気分じゃない。先週お説教食らったでしょ。今日も続くよ、きっと。まるであの女がイカれちゃったのは、あたしたちのせいみたいに言われたじゃない。まあ、かわいそうだけどね。心が痛いよ。ちょっと、あんた、あたしに何言わせたいのよ、火遊びしたやつの……。ねえララ、サライが来なかったら、あたしの隣に座るのよ、いい？　走ろ！　閉まっちゃう！

一晩じゅうマンションに帰らず、車に避難もしなかった。病院を出てから、夢遊病者のようにうろつきまわっている。十一時間も寝ずに動き回ると、歩いた距離も相当のものだ。フアンペの頭の中ではすべてが渾然となっていた。過去と現在、恐れと決意、虎と殴打、クロマニヨン、ミスター、バレリア、そしてアレナ。学校、小突かれたこと、小僧の声と自分の考え、すべてが途切れ途切れに浮かんで渦を巻き、そのおかげで目覚めてはいるが、脈は速まり、息が切れ、ときどき頭の中で思考が全速力で回転すると、外界から遮断されたような症状に陥って、カタルーニャ広場のベンチに茫然と座るその姿は、家も気力も失った浮浪者に見える。寒さを感じるのは現実の温度のせいではなく、疲れから来ているものだとわかっている。だがありがたいことに太陽が出れば体が温まる。そして今はバルが開くのをいらいらしながら待っていた。というのも、不運に追い打ちをかけるように、朝の四時ごろ煙草が切れたからだ。乾いた咳が出て、ゼーゼーと喉が鳴る。ニコチンを早く入れてくれ、かりそめの安心を得たいんだと、肺がせがんでいる。

朝が来て煙草が手に入ると、強迫的なまでに意識が明澄になり、鉄の意志と、もつれた思考を凌駕（りょうが）する欲望がわき起こってくる。だから猟銃を入れた車に戻り、だからそれを取り出し肩に担いでトランクを閉め、だからあたりを見回して、不審人物が見当たらないことに驚いた。ミスターから派遣されたやつが潜んでいて、これから彼がやろうとしていること、最後の、決定的な任務の邪魔をしても不思議はないはずだった。

気でも狂ったか？　そんなふうに武装して入れると思うのか？　きっと途中で止められるぞ。

ファンペは止められないのを知っている。はるか昔から、彼に目を留める人などいなかった。誰も彼を見ない、これっぽっちも注意を払わない。結局それが、どこを通ろうが誰にも気づかれない能力が、彼のたったひとつの長所のようだ。だが、ほとんど誰にも知られていないが、彼にはもうひとつ特性があった。今、それがつま先から脚を伝って全身に広がり、胸を膨らませているのを感じる。正義を行使するための決断力と言えばいいのか、この世の中にはクロマニヨンやボッシュ医師のように、死ぬべき人間がいるという絶対的な確信がそれだ。固く心に決めているから、動揺することもない。なぜならもう、今このとき、彼には失うものなどなかったからだ。

なんだか威厳さえ感じるじゃないか、このばか。ほとんど信じられないくらいだよ。

ああ、ビクトルはいつも、おれには隠れた才覚があるって言ってた。

ビクトル、ビクトルだな……。今はあいつのことは考えるな。任務に集中しろ。

黙れ。

汚いな、臭いぞ。おまえの母親とおんなじだ、ブタ野郎。おまえに殺せるはずないさ。

黙れってば。

もしほんとにそうしたいのなら、必要なことがある。今の時点の怒りを最後まで持続することだ。

クソ食らえ。

ははっ、おれはもうその中にいるよ。学校で、おまえに触ったときみんなが言ってたことを覚えてるか？　おれはまさにそこにいるんだよ。さあ、行ってやるべきことをとっととやっちまえ。少なくともおれもおまえも、歴史に残るよ。

校門の柵のところでふざけ合っていた初等部の子どもふたりを吹っ飛ばすような勢いでボードを走らせ、イアーゴは時間ぎりぎりに学校に着いた。ヘッドフォンをつけ、チェスター・ベニントンの歌声をフルボリュームで聞きながら、家から学校までの道のりをわずか数分で来たのだ。慣れた様子で、つま先でキュッと止めたスケートボードを縦に置いてすぐ小脇に抱え、大急ぎで校内に入っていく。廊下にララやクラスの女の子たちがいる。イアーゴよりかなり前のほう、ほとんどドアの近くだ。セシリア先生が横の廊下から出てきて、そちらに向かっている。間に合ったと思い、ちょっと足を緩めて息をつき、音楽を消したちょうどそのとき、携帯が震えているのに気づいた。教室に入ってから確認しようと思ったが、携帯を見ているのがばれたらセシリア先生に没収されるかもしれない。だから廊下を歩きながら画面を見た。アレナからのメッセージだ。イアーゴの足がぴたっと止まった。

よくなったよ。会いに来てくれない？

来てくれたら、病院抜け出したいんだ。

今すぐ来て。お願い。

イアーゴは前を見た。セシリアが彼を待っているのに気づく。女生徒たちはもう中に入り、今は彼のためにドアを開けてくれているのだ。九時の始業に間に合わせるため、ケビンが彼を押しのけるようにして走っていく。イアーゴは迷った。セシリアに姿を見られているのに、数学の授業に出なかったら厄介なことになるのはわかりきっている。だが回れ右をして、ベイビッジャ病院に行ってアレナに会いたいと、体じゅうがイアーゴの理性に訴えかけていた。

九時ちょうどに美容院のドアの前で人が待っているのは珍しいことではない。そういう客は、ミリアムが五分でも遅れたら不機嫌な顔をして、早くしてちょうだいと催促する。ところが店内でしばらく過ごすうち、これほど素敵な朝の過ごし方はないと満足の表情を浮かべるようになるのもまたこのタイプの客の特徴だ。だがクラウディアの場合はそうではない。だから待たせてまずかったと、ミリアムは苦い思いをかみしめた。

「ごめんなさい、寝坊しちゃった」

「うらやましいわね！　小っちゃいのがいると、寝坊なんて絶対できないわ」

ミリアムはほっと息をついた。月曜の朝いちでわがままを言われるほど腹立たしいこともめったにないからだ。クラウディアのことはもちろん、ずっと前からよく知っている。今も忠実に通ってきてくれる、数少ないお客さんのひとりだ。妊娠当時はせり出たおなかを競った仲だ。その後それぞれ女の子と男の子、つまりララとイアーゴを産んでから、今度は赤ん坊自慢で張り合ったのを思い出す。

「今日は、仕事はないの？」

「一日休みをとったの。あたしのお客さんの大半はマドリードの人なんだけど、あっちは祭日だから。それに女って、自分だけのために使える一日が必要でしょ。赤ちゃんは保育園、ダニエルはタクシー、ララは学校……。それはそうと、あの女の子のこと聞いた？　怖いわね」

「ぞっとするわ」仕事着の黒いチュニックを羽織りながらミリアムはうなずく。「そんなやつら、去勢すべきよ。あんまりだわ。この二十一世紀は、女の子が自分の街を安全に歩くこともできないんだから。犯人が捕まったって、わずかな期間刑務所に入れられただけで街に放り出される。ひどい話！」

「座って。今日はどうしましょ？」

「そうね。若くてきれいに見えるようにしてほしいわ」

「あなたは若くてきれいよ」

「やだ、もう……。あんたは七歳も下の男と結婚しちゃだめよ、ミリアム」

「それも悪くないわね！　そうだ、もう長いことメッシュを入れてないわね……」

「そう？　今日はほんとに時間があるのよ」

「ほら、時間のことは考えないで。すごく似合うわよ。もうすぐ夏だし、ちょっとブロンドを入れてみると、すごくいいと思う。ねえ、ララはどうしてる？　確か、あのかわいそうな子と仲がいいんじゃなかった？」

「ララは……、うーん、どうかな。ねえミリアム、あの子、すごく変な子なんでしょ？　ララはもうあの子と友だちじゃないわ。少なくとも、以前ほどは。警察がメッセージとか……そういうたぐいのことについて、ララにいろいろ訊いてたのよ。あんたとこのイアーゴも警察に行ったんじゃなかった？　女の子ふたりの代わりに、男の子をふたり産んでおけばどれほどよかったかと思うわ。母親はそのほうがずっと苦労が少ないはずよ、ほんとに」

「そんなふうに思わないで……」

「そうなのよ。ここだけの話、あのロシア人……」

「ポーランド」

「ロシアでも、ポーランドでも、どっちだっていいわよ。どっちにしたってガイジンよ。ララに聞いたんだけど、あんまり普通じゃないんだって。男といるところを見かけたって、学校じゅうの噂になってる。想像できる？　十五歳のときなんて、あたしもあんたも何も知らなかったわよね」

「でも、そのあと目覚めたじゃない」

「そうね。ねえ、この間ロベールと偶然会った話はしたっけ？　男っていいわよね。女よりずっといい年の取り方ができるもんね」

ほかに客がいないから、おしゃべりは続く。噂話もし放題だが、クラウディアがアレナの話題を持ち出したりすると、ミリアムは返事のしようがなくて黙り込む。ロシアかポーランドかどこでもいいけど、男たちはああいう女が好きなのよね、そんなことみんな知ってるわ。たとえ友だちからでも、そんな話は聞きたくない。近所の美容院の中国人の批判もそうだ。人はいかに偏見に左右されやすいものかと考えていたそのとき、最初のサイレンが聞こえてきた。人々が切迫した様子で何か叫んでいるのも聞こえる。ミリアムはメッシュをしかけたまま一瞬手を止め、ドアから顔を出した。救急車と警察車両がカタルーニャ広場の角を曲がってサンティルデフォンス大通りのほうへ走っていく。耳をつんざく鋭いクラクションの連打に混じって、通りすがりの女性が連れの女性に話す声が聞こえた。どうやら、中学校で何かあったみたいよ。そう、大通りにあるあの学校。そうなんだってば、だってあたし、すごい爆発音を聞いたんだもの。かわいそうに、うちの犬が危うく発作を起こすところだったわ。ほら、救急車があっちに向かっていくでしょ。

エピローグ

二〇一六年十二月十五日、クルナリャー・ダ・リュブラガート市サンティルデフォンス地区

墓地は諸聖人の祝日に来たときより人が少なかった。皆が死者を思い出す諸聖人の祝日は、墓地が色鮮やかな花冠で埋め尽くされ、イトスギの深緑、霊廟(れいびょう)の黄土色、石碑の石目のついた白という本来の地味な色合いは打ち消される。それに比べれば今は静かで穏やかで、ずっと落ち着いていて、このほうがいいとミリアムは思う。携えてきたスミレ色の簡素な花束をふたつ、石碑の両横の花立てにそれぞれおさめ、どちらかというと、自分は兄さんより母さんに敬意を捧げてるなと思いながら、大理石を布巾でふく。黒い文字で書かれた墓碑銘は、まだはっきりと読み取れた。ホアキン・バスケス・ゲレロ、一九六四－一九七八。

今年の十二月は寒い。午後四時の弱い陽の光はほとんど温(ぬく)もりを感じさせず、ミリアムは早々に退散することにした。実際、一通りの作業を終えてしまうと、することはもうほとん

どない。それはこの六ヵ月間、夢にも思わなかったほど頻繁に墓参りをしているせいでもあった。最初は五月。あの子どもたちの悲哀に満ちた葬儀のために墓地へやってきたとき、自分の兄の墓が汚れ、打ち捨てられているのを見て、恥ずかしくなったのがきっかけだ。そして後日、墓の表面のみならず自身の心をもきちんと整えるため、ここにやってこようと決めたのだった。五月のその日、悼むべき相手は兄ではなかった。オリオル・サリド、ケビン・フラード、ノエリア・カスターニョ、そして誰より、ララ・カリオン。襲撃事件の日、ミリアムはクラウディアとふたりで大通りを走った。何が起こったのか訊く勇気もなく、だがいてもたってもいられなくて学校まで走り、死者六名と負傷者が出ていることを知った。銃撃犯は自殺し、最初の犠牲者が数学教師だったと聞けば、残り四名が生徒であることは誰にでもわかる。イアーゴかもしれないと、ミリアムは蒼白になった。だが犠牲者の中に含まれていたのは、かわいそうに、ララだった――。

学校襲撃事件はその春を黒く染め、バリオじゅうがショックを受けて、早くも十一月がやってきたようなどんよりとした五月を過ごした。やがて生き残った者たちが記憶を語り出し、少しずつ詳細が明らかになっていった。あの月曜日の九時三十五分、授業の最中にフアン・ペドロ・サモラが教室に押し入り、残忍な虐殺を開始。最後に残った一発の弾で自分の頭を吹き飛ばした。最初の一発でセシリア・プエンテ教師の命を奪ったあと、凶悪犯は四方八方へ向けて無差別砲撃を開始したと証言する生徒が何人かいた。一方で、最初に狙ったのはノエリアだったと主張する者もいれば、何よりもまず教室の奥の少年たちに向けて発砲し、ケビン・フラードを殺したと断言する者たちもいた。その後犯人は、正気を失ったようになって所かまわず撃ちまくったのだという。だがそのころにはみんな叫びながらうずくまって、銃弾を避けようとしていた。いずれにせよ、銃撃そのものは五分と続かなかった。あとには血まみれの床とパニックが残された。

その後専門家や研究者が様々に分析を行い、調査し、事件の真相に関する説得力のある推論がいくつも出された。はっきりわかっていることがいくつかあった。犯人は舞台となった学校の元生徒で、少女への暴行事件の容疑者として逮捕されたが、のちに釈放されていた。これでまた、警察の手法に関する論争が巻き起こったが、アレナ・キベルスキーの証言によって暴行事件の犯人はクリスティアン・ルイスともうひとりの氏名不詳の男だということが明らかになり、議論は立ち消えになった。共犯者はのちに、クリスティアンのジム仲間、ホセ・ビリャだとわかった。クリスティアンはその日学校を欠席しており、悲劇に立ち会う恐怖からは免れたが、刑罰からは逃れられなかった。満十六歳になっていたため、刑法上の処罰可能年齢だったのだ。イアーゴもそのとき学校にいなかった。教室に入るぎりぎりのタイミングで、アレナに会いに病院に行こうと決めたからだ。そのことではミリアムは、いくら感謝しても足りないと思っている。ただしあの日、学校から出てくる生存者の中に息子の姿が見当たらなかったときの恐怖といったらなかった。あれ以来、家で息子の姿を見ると両手で彼に触れ、無事ここにいることを確かめずにはいられなくなる。何もかも、あの携帯メッセージとイアーゴが下した素早い決断のおかげだ。

少しずつ犠牲者たちに対するメディアの関心は薄れ、別の重要人物にスポットライトが当たった。すなわちあのサイコパス、自殺を遂げた殺人者が俄然注目を浴びはじめたのだ。過去が洗い出され、白日の下にさらされた。少年時代に罪を犯した彼は、学校でのいじめと家庭内暴力の犠牲者でもあった。成人になって再び犯罪者となり、例のコンラッド・バニョスの怪しげな事件にも関わった。つまり世間の目に、ファン・ペドロ・サモラは善良さのかけらもない男と映ったのである。下劣な怪物、システムエラーであり、彼のような問題を抱えた人間が社会復帰できるはずはないことをどこかの時点で誰かが予見すべきだったと、ミリアムでさえ思った。だから二ヵ月ほど前、ビクトルが突然電話してきて会いたいと言い出したときには驚いた。「きみに知らせなければならないことがある」彼は言った。「ファンペに関することだ」

会う気はないと、ミリアムは言えなかった。キャンセルしようかとも考えたが、彼が深刻な状態にあったことを知っていたから、言い出せなかった。バニョスの部下たちに殴打された彼は、何週間も入院しなければならないほどの大けがを負ったのだ。人に連絡できる程度に回復するとすぐ、彼はミリアムにメッセージをよこした。イアーゴが元気でいるかどうか確かめたい一心で連絡したのだという。そこには学校での襲撃事件に対する悲痛な思いが綴られていた。その後も引き続きメッセージが届くようになったが、ミリアムはほとんど返信しなかった。彼女の頭の中でビクトルとファンペは一対の共犯者だったからだ。やがてメッセージが来なくなったので、彼も理解してくれたに違いないと思っていた……。ところが十月、《けりをつけるため》の夕食に誘われた。きっと、とミリアムは考えた。きっとビクトルには、説明するチャンスをあげるべきだ。これまでのことで彼も苦しんできたのだから。

一ヵ月ほど前、ついにディナーの約束をした日が来た。半年ぶりの再会に、ミリアムはレストランのドアを開けながら深呼吸した。会いたかったという気持ちは飲み込んで、毅然とした態度をとろうと決めていた。ビクトルは先に来ていた。彼女を迎える瞳には、感謝と喜びがこもっている。それは自然な感情の発露だったが、同時に不安そうでもあった。殴られた傷は完全に癒えたようだが、顔つきがどこか違っている。「この鼻だと、ちょっと危険な雰囲気がするって言われるんだ」微笑みながら言うのを聞いて、おそらくそれは本当だろうと思った。事件後のビクトルは、ミリアムが知っている彼よりちょっと悪そうで、まるで引退したボクサーのような風貌になっていた。ビクトルが予約した個室でのディナーに、最初は戸惑いを覚えていたミリアムだったが、会話が進み、ワインで空気が温まるにつれ、今回のような用件にはこれがふさわしいと考えるようになった。話題の中心はもちろんファン・ペドロ・サモラだ。彼の狂気、虐殺、犠牲者、ありとあらゆることについて語り合いながらも、個人的な話題はうまくかわした。

「それで、最近はどう？」デザートが来たとき、ビクトルが訊ねた。

「感謝してる」ミリアムは答えた。「ほかのどんなことよりも。少なくともこれまで、あそこで被害を受けたのはイアーゴだったかもしれないと考えないときはなかったもの。彼はあたしよりもっとうまくこれを乗り切るわ。たぶん、若い人のもののとらえ方はあたしたちと違うんだと思う。それにあの子、恋してるの。すっごく」

「恋はいつだって支えになる」

「そう。特に初恋はね。そのあとはもう、目をつぶって冒険に身を投じるには多くのものを抱えすぎてしまう。それで、あなたは？　今はどうしてるの？」

何気ないふうを装って訊ねた。ワインをもう一口飲むが、すでに頭まで回ってきている。

「元気だ、と思うよ。それとも……、いや、わからないな。何もかもがハードだった。考えさせられたよ」

ビクトルはコンラッド・バニョスのことをミリアムに話した。あの男が闇で行っていた活動が、ある意味、事態を大きく変転させたといえる。

「ファンペを擁護するためにこんなことを言ってるんじゃないんだ。本当だ。だがときどき、この悲劇で罪を背負うべきなのはひとりだけじゃないという気がする。あいつはファンペを極限の緊張状態に置き、ツケを支払わせたんだとぼくは確信している。この鼻は、今となっては面白いかもしれないが、そりゃあもう痛かったよ。それでもまだ、とどめをさされなかっただけ運がよかった……。少なくとも、そのおかげであの要注意人物を刑務所送りにすることはできた。だが彼だけじゃない。この国はコンラッド・バニョスであふれてるんだ」

　断固とした口調に、復讐願望がこもっているように聞こえた。

「メルセデスも今度のことをちゃんと理解できていない。彼女には、ぼくのことを忘れて次のステージへ進んでほしいと言っている。それを自分の贖罪の方法にしようとしているのはわかってるんだけど、それでも、そうせざるを得ないんだ。知ってる？　ぼくは刑事専門弁護士に戻ったんだよ」

「じゃあ、もうホテルはやめたの？　バルセロナに来たのは、ここのホテルの様子を見に来たんだと思ってた」

「違う。きみに会いに来たんだ」

　ミリアムは彼の目を見た。その魅力に抗うには、テーブルに残ったワインだけでは足りない。

「ビクトル……」

「待って。きみはあの夜、言いたいことは全部ぼくの家で言ったよね。きみの言う通りだったよ。まあ、きみの言ったことが違っていたことなんてなかったけど。同じ出来事にも別の見方がある。別のほうから見ると、ぼくの軽率さは責められるべきかもしれないけど、でも悪意があったわけじゃない」

「同じことよ、ビクトル。もうどうでもいいわ」

「ぼくはきみの話を聞いたんだよ。少なくとも、きみも同じようにぼくの話を聞くべきだ。初めてきみの美容院へ行ったのは、純粋になつかしさからだった。あのころ、バリオの昔の姿を頭の中で再現しようとしていて、あの場所もそのピースのひとつだった。それにホアキン・バスケスの妹の顔を見たいと思っていたことは認めるよ。なぜだかわからないが、でも……」

「言わないで。そのあと恋に落ちたなんて言わないでよ。その一方で、あたしたちの恋はあらかじめ期限付きで始まってるんだと念を押すことは忘れなかったよね。そんな付き合いには、あたしはもったいないなんて言いながら」

「実際そうだった」

「嘘よ、ビクトル。あなたはいつだって予防措置を取りながら前に進んでた。あたしに真実を語らず、未来はないということを隠れ蓑にしていた。そんなのを恋愛だなんて思う人はいないわ。少なくとも、あたしは思わない」

「ぼくは人の愛し方を覚えるべきなんだろうな」

「そうね」

話が途切れた。それは言いたいことをすべて吐き出した会話の終わり、ハッピーエンドにはなりそうもない物語の結末へと続く、永遠の休止と思われた。だがそのとき、ビクトルが口を開いた。

「もうひとつ、知っておいてほしいことがある。長い間ぼくは、子どものころの出来事がまるでなかったことのようにして生きていた。もう、そんなことはできない。だからぼくはあの出来事、あの犯罪を償うべき……、わからないが、償うのがふさわしいと思う。ファンペはもう十二分に償った。そしてぼくは……。言ってみれば、別の方法でツケを払ったが、十分とは言えない。きみに渡したいものがあるんだ。告白ではないんだが、そのようなものだ。いつかこれを読んでほしい」

ビクトルはかさばった封筒を手渡し、ミリアムは冷淡ともとれる目つきでそれを見た。

「どうか持って帰ってくれ。ある人が自分のために、そしておそらくぼくとファンペのために書いたものだ。これまでに読んだのはその三人だけだが、きみも読むべき人だと思う。もちろん、そうしたければだけど。これは弁解ではなくて……何というのか、単なる記録だ。あのころとあの日々について記した、信頼のおけるレポートと言えばいいのかな」

「そんなもの読んだところで、何も変わらないっていうのがわからないの？　あなたたちが殺した少年はあたしの兄で、うつ状態に陥ったのはあたしの母、そしてあたしたち皆が、何らかの形で苦しんだということを、まだ理解してないっていうの？」

ミリアムは立ち上がり、個室を出ていく前に、ビクトルの肩に手を置いた。彼はその手を愛撫したいと思っているだろう。そうして最後に触れ合いたいと、内心では望んでいるだろうとわかっていた。

「来てくれてありがとう」ビクトルは言った。「ほんとに、持っていかないのか？　今読まなくてもいい。きみに持っていてほしいんだ」

ミリアムは肩をすくめ、封筒を受け取った。

「さよなら」

礼を言うべきことがたくさんあると、ミリアムは今にして思う。墓参を終え、家に帰って来たところだ。破れる運命だった恋愛が、今はなつかしく思える。苦しかったが、ふたりともに苦しんだが、有り余るほどの感謝が今は胸にあった。

美容院はエベリンひとりに任せてきたが、急いで戻るほどの仕事はない。それについては、あまり感謝できないなと思いながらソファに横になった。この時間はいつもそうだが、父はテレビをつけっぱなしにして眠っているようだ。だからその数分後、まどろみの中で父が叫ぶ声を聞いて驚いた。サルード、と母の名を呼びながら父は彼女の体を揺すっている。取り乱し、錯乱した目をしていた。

「おい、何か話せよ！　言いたいことを言え。おれを人殺しと呼べよ。怪物、乱暴者、何でもいいから、お願いだ、何か言ってくれ。おまえのその沈黙に、おれは殺されそうなんだ」

「父さん……」

「おれをそんなふうに見るな。おれのせいじゃなかったんだ」

「どうしたの、父さん。お願いよ、落ち着いて」

彼はミリアムの両肩をつかみ、尋常ではない力を込めて揺さぶった。

「あのガキどもがあいつを殴ったあとだったなんて、わかるはずがなかっただろう？　暗くて、ほとんど何も見えなかったんだ……」

「何の話をしてるの？」

そう訊ねたが、ミリアムにはもうわかっていた。父が何を言っているのかはっきりとわかり、両肩を揺さぶる力よりまだ強い衝撃を感じた。

「ずいぶん長く探し回ったあと、あそこであいつを見つけた。埃まみれだったよ。おまえも言ってたよな、あの子をお行儀良くさせなくちゃ、もううんざりだって。あいつがおれたちの金を盗んだからだ、覚えてるか？　おれたち、実の両親からだぞ！　金を盗んで何に使ってたのかはわからなかったが、ドラッグだとおれは考えてた。だからあそこへ、あの工事現場へ行ったんだ。麻薬中毒者のたまり場になってるって聞いてたからな」

ミリアムは強烈な悪寒に襲われ、身動きできなくなった。老人特有の呼気をかすかに感じる。父が近くにいることに急に嫌悪を覚え、思わず顔をしかめてしまった。

「そんな顔するな！　あいつを傷つけるつもりなんてなかった。ただ一発殴ろうと思っただけだ。あいつにはそういう仕置きが必要だった。ところが、そのたった一回の平手打ちであいつは後ろ向きに倒れ、穴に落ちた。だからおれは、起き上がれ、おれと一緒に帰ろうと言ったんだ。家に帰って話をつけようとな。『家で待ってるぞ』とおれは言い、背中を向けた。だがあいつは帰ってこなかった。二度と帰ってこなかった……」

声に嗚咽が混じり、手の力が緩む。ミリアムはそのすきに父の手をほどいた。さっきまで自分が寝ていたソファに父を座らせて毛布でくるみ、だんだん小さくなってきた泣き声に耳を傾ける。涙はもう見えないが、心の中に流しているのかもしれない。ひっく、ひっくとしゃくりあげていた声もやがて聞こえなくなり、父のまぶたが落ちると、疲れ切った彼女もその隣にドスンと腰を下ろした。まるで今、自分が穴に投げ入れられたかのように消耗している。

父は眠ってしまった。ミリアムはその横に腰を下ろして、あれは悪夢、邪悪な夢だったのか、それとも実際の告白を聞いたのかとしばし戸惑う。これほど長い年月が経ち、これほどいろんなことがあったあとでの、真実の吐露なのだろうか。

しばらく経って動き出したときには、心に決めていることがひとつあった。ビクトルがくれたレポートを探す。もらったその日に、引き出しにしまっておいたはずだ。取り出してきてゆっくり読んだ。はじめから、少年だったビクトルとファンペが兄を襲う予告通りの結末まで、一つひとつの言葉に吸い込まれた。どこを見ても母の顔が浮かんでくるようなその原稿を、何度も何度も読み返した。母さん、あなたはどれだけ知ってたの？　どうして黙っていたの？

冬の闇に覆われていく自分の部屋で、ファンペの、ビクトルの、両親や兄の、バリオの記憶を記したその物語を、細かいところに注意しながら読み返す。そうしながら、先ほど聞いた話と照らし合わせると、この物語のさらに悲劇的な側面が浮かび上がってきた。もし父の告白が事実ならば、皆の人生は違ったものになっていたかもしれないのだ。ビクトルの人生、モコの人生、そしておそらく彼女自身の人生、さらに学校襲撃事件で死んだ子どもたちの人生も。つまり、ミリアムの愛してやまないこの父が自分のしたことに正面から向き合う勇気を出せていれば、すべてが、何もかもが、今とまったく違った形になっていただろう。

自分以外に知る人のないこの真実の重みが両肩にかかるのを感じる。真実を明らかにしたと信じているこの真摯な報告書の筆者でさえ、このことは知らない。この重みは母が死ぬまで背負っていたのと同じものだ。その不安な思いからか、部屋が幻影で満たされているのに気づく。皆が思っているのとは違う死に方をした兄、そのツケを違う割合で支払ったふたりの子どもたち、アナベルとエミリオ、哀れなロシ、そしてサルードの幻影。憎きファン・サモラの威嚇的な幻影まで見える。幻影たちはミリアムの周りで輪を作り、非難するというより期待を込めて、彼女が決意を固めて彼らに答えを返すのを黙って待っているように見える。

あんたたちは黙ってたよねと彼女はつぶやく。特に、女たち。男たちが決め、あんたたち女はそれを、大体においておとなしく受け入れた。アナベルは息子のために口をつぐんだ。それは意見を押し付ける夫に恐れをなしてだったかもしれない。母さん、あなたも黙ってたよね。痛みが内側から自分をむしばむのにもかまわず、秘密を守った。それはおそらく、あたしのため。その愛情はきっと、今あたしが返すべきなのだろう。この真実を薄暗い地下室に葬り去り、施錠してその鍵をどこかへ捨てるべきなのだ。

家の外で声が聞こえた。いつものように、イアーゴとアレナが一緒に帰って来た。この隠れ家で、暗い礼拝堂と化した部屋で、ミリアムは外の音を聞いている。廊下の電気がぱっとつく音、それに混じったキスの音も、心ならずも聞き分けてしまう。未来の音だと、彼女はつぶやく。幸せで希望に満ち、傷ついたことはあるがそれでも前を向いて歩いていける、若い恋人たち。

あたしにも未来はあるわ、母さん。それが子どもたちの未来のように、影ひとつなく晴れ渡る空のようであってほしい。幻影たちは部屋の壁に溶け込み、今はたったひとつの影となってミリアムに懇願しているように見える。どうか消さないで、もう少しここにいさせて、真実を隠し通して。息子のため、父のため、家族のために。彼女のために。そしてこれほど長い間沈黙を守り通した勇気のために。

ごめんね、母さん。これからも、最後まで父さんの面倒を見ると約束する。だけどひとり、このことを知るべき人がいるの。あなたがどこにいようとも、このことをわかってほしい。

目をつぶって影を追い払いながら、ミリアムは手をゆっくりと滑らせて、電気のスイッチを入れた。

謝辞

この小説の執筆中、多くの方に助けていただいた。すべての方のお名前を記したいところだが、記載できていない方もあると思う。あらかじめ、お詫び申し上げておきたい。

まず学校と弱い者いじめのテーマについて、アレックス・チコ、ソニア・セルバンテスとの会話が非常に重要な示唆を与えてくれた。一九六〇年代、アンダルシア地方とエストレマドゥーラ地方から当時シウダード・サテリテと呼ばれていた地区に移住した人々の暮らしを描くにあたっては、エンパル・フェルナンデスがフリア・タルダとともに著した労作『La jornada interminable』（終わりなき労働）に大いに助けられた。グラナダの街とモンテフリオの村では、アレハンドロ・ペドレゴサに見事なガイドをしていただいた。

当時のことをぼくと一緒に思い出してくれた幼馴染たちにも感謝を伝えなければならない。もうわかってるね、きみたちだよ（マルティン、カロル……）。あらためて、ありがとう！

そして最後に、ぼくの編集者アナ・リアラスの献身と知識、ペンギン・ランダム・ハウスのチームの皆さんのいい仕事ぶりがなければ、本書はずっとひどいものになっていただろう。協力いただいたすべての方にもう一度、心からの感謝をささげたい。

解説

♪akira

事故や天災はいきなり誰かの命を奪う。残された家族や友人たちの喪失感は計りしれない。突然の悲劇と折り合いをつけ、あらたに前を向いて歩き始めるのにかかる時間は人それぞれだ。ではその悲劇が他人によって意図的に起こされたとき、あるいは自分自身がその張本人だったなら、その記憶をぬぐい去るにはどのぐらい時間が必要なのだろう。それとも人間は怒りや罪の意識から一生逃れることはできないのだろうか。

カタルーニャ州警察エクトル・サルガド警部が主人公の『死んだ人形たちの季節』でデビューし、続編の『よき自殺』(ともに宮﨑真紀訳/集英社文庫)が日本でも好評を博したスペイン人作家トニ・ヒルが二〇一八年に出したノンシリーズの本書は、一つの罪に関わった二人の男が少年だった七〇年代と四十年後の現代を舞台に、過去に埋もれた事件がまったく予期せぬ結果をもたらすことになる、とてつもなく苦いサスペンスだ。

一九七八年十二月十五日、カタルーニャ地方の大都市バルセロナの近くに位置するシウダード・サテリテ（衛星都市）と呼ばれた貧困住宅地で、十四歳の少年が死体で発見される。フランコ独裁政権時代に作られた集合住宅には、内戦による生活苦のため、やむなく生まれ故郷を捨てた人々が移り住んでいた。主人公の少年たち、〝エル・モコ（鼻水）〟と呼ばれていたファンペとビクトルもそこの住民で同じ学校のクラスメートだったが、二人の境遇はあまりにも違っていた。そしてその事実が、二人のそれからの人生を決定づける。

被害者の少年ホアキンは、その界隈ではまずまずの収入を得ていた文房具屋の息子だった。父親は当時の多くの男たちと同様に家庭を妻に任せきりにしており、母親は息子を溺愛していた。そうしてわがままに育ったホアキンは二学年留年し、同じクラスの年下の子どもたちを肉体的にも精神的にもいじめていたが、最大の標的はファンペだ。ファンペは家でも父親から暴力をふるわれ、同じく虐待されていた母親はそのせいでアルコール依存症になっている。周囲からは「かわいそうな子」と呼ばれ憐れみの目で見られていたが、誰もそれ以上深入りはしなかった。級友たちですら、いじめの対象が自分に向けられるのを恐れ目をそらしていたのだ。そんなファンペにある日思いがけない幸運が訪れる。明るい性格で正義感も強い人気者のビクトルが席替えで隣りになり、そのおかげで親友になったのだ。ファンペの寄る辺ない境遇を知ったビクトルの両親は、家族ぐるみで息子の新しい友だちを歓迎したが、周囲には生まれて初めての幸せを満喫するファンペを心から祝福できない者もいた。そしてある日ファンペがついに手にした人生最大のツキが、彼を底なしの地獄へと導くきっかけとなる。

物語は複数の視点から、ホアキン殺害事件の起きた一九七八年と、それから三十七年経った二〇一五年の現代を行き来する。事件当時本当は何があったのか、彼らが中年になった今、そのことが誰にどんな影響を及ぼしているのか。ビクトルとファンペ、そして関係のあった人々の複雑な心境と、彼らがひた隠しにしていた秘密の数々。治りかけたかさぶたをむしり取るかのように、作者はそれらを容赦なくむき出しにする。

過去のパートをより理解するため、大雑把であるが当時のスペインの社会状況を記しておこう。一九三一年に第二共和政が布かれたスペインは、一九三六年、人民戦線内閣が成立。同年にはフランシスコ・フランコ将軍率いる叛乱軍が軍事蜂起し内戦が始まる。民衆や国際義勇軍の助けを得てなお総勢五十万人を超える死者を出した戦いは、三年後の一九三九年にマドリードが陥落しフランコの勝利に終わる。その後三十年もの間続いた独裁政治は、一九七五年、フランコの死により終了した。本書はまさにその直後、大規模ストをはじめとした全国的な労働運動が盛んな時期が舞台となっている。

外では自由で公正な権利を求め声高に主張する男たちが、家に帰ると旧態依然に逆戻りし、女性や子どもたちが不自由を強いられていた時代において、ビクトルの父で労働者デモの立役者だったエミリオは、妻を尊敬し、子どもに自由と尊厳を与え自主性を尊重するという、まさに民主主義世界の理想のような人物だ。そんな模範的な家庭に長男として生まれたビクトルは、誇らしいと同時に息苦しさも感じている。ファンペにしてみれば、自分の家と比べて何もかもが天国のようだ。その思いがまさか自分の一生を左右する一因になるとは想像もしないのだが。

悲劇的な事件から四十年近く経ち、ビクトルとファンペは運命のいたずらで再会を果たす。かたや人生の成功者、かたや社会の底辺でもがくように生きる犯罪者となったかつての少年たちは、ついに二人そろって過去と向き合うことになる。ビクトルは、自分が記憶の底に押しやった過去の事件が予想以上に多くの人々に影響をもたらし、今も引き続き居座っているという事実を初めて自覚するのだが、ファンペにとっては、あの悲劇はいまだに進行中なのだ。二人がかつて関わった人々とその家族にまつわる様々な日常の出来事である貧困、人種差別、児童虐待、いじめ、家庭内暴力、ネット中傷、老人介護などの問題は世界中どこでも起きている現象だ。しかしそれらが一度に晒(さら)されてしまったとき、この物語は衝撃的な結末を迎える。

本書で重要な役割を果たす実在の作品が二つある。まず一つ目は、六話完結のＴＶドラマ『サンドカンとマレーシアの虎たち』(日本未公開)だ。英国統治下の東南アジアを舞台に繰り広げられる豪胆な海賊サンドカンの血湧き肉躍る冒険譚で、一九七六年にイタリア・ドイツ・フランス共同で制作された。この番組は欧州で放送され大人気となり、その当時の最高視聴率を稼いだという。主人公のサンドカンを演じたのはパンジャブ州生まれの俳優カビール・ベディ。インド映画はもとより、『007／オクトパシー』（一九八三／イギリス）他、欧米の映画やドラマにも多数出演し今も健在だ。彫りが深く端整な顔立ちで、いかにもリーダー然とした威厳を醸し出している。

二つ目は懐かしい方も多いであろう、永井豪原作の日本製TVアニメ『マジンガーZ』（一九七二〜七四）。主人公が自ら乗り込んで操縦するタイプの巨大ロボットもののさきがけとなった作品だ。番組そのものの人気もさることながら、超合金と呼ばれた金属製のフィギュアが爆発的な売れ行きで一世を風靡した。スペインには本書の舞台である一九七八年に上陸した途端国中で大人気となり、最高視聴率は八十パーセントを超えたという。主人公の兜甲児は日本の高校生だが、鬼才永井豪の作品はもともと無国籍な世界観が濃厚なので受け入れやすかったのかもしれない。歌詞だけ変えた軽快な主題歌も人気の一因だったのではないだろうか。なおスペインのタラゴナにある村には、八〇年代に作られて今も残っている高さ十メートルのマジンガーZ像があるそうで、いつか訪れてみたいものである。

そんなスペインでのマジンガー人気の証人として、アカデミー賞受賞監督ギレルモ・デル・トロを忘れてはいけない。彼は『パシフィック・リム』（二〇一三／アメリカ）で念願の巨大ロボット愛を炸裂させたわけだが、そのルーツが『マジンガーZ』だったことは周知の事実である。奇しくも本書のホアキンと同じ年に生まれたデル・トロは、放送時にZのおもちゃを買ってもらい狂喜したと永井本人に熱く語っていたのが微笑ましい。昨年二〇一九年は大阪と東京の美術館で〈画業50年〝突破〟記念　永井GO展〉が開かれたが、筆者が上野で鑑賞した際には海外のファンも多数来場しており、欧米人と思われる中年男性がマジンガーZの原画を愛おしそうに見つめていたのが印象に残っている。

作者ヒルはビクトルとファンペと同じ一九六六年バルセロナ生まれだが、本国のインタビューで、本書が自伝的小説なのか、語り手のひとりイスマエルは作者本人がモデルなのかという問いに対し、それらを否定している。彼はノワールの形でいじめ問題を取り上げたかったのだそうだ。彼の子ども時代にはいじめやそれに伴う暴力が直接的だったのに対し、現代のネットいじめは間接的に広がり、追いつめられた者は居場所を無くす。自宅ですら安全な場所ではなくなるのだ。昔も今も被害者は無力感におちいり、最悪の場合、自殺を考える。加害者は子どもだからと正当化されるのか？　ヒルはこの重大なテーマに真っ向から取り組んだ。

本書の登場人物たちは、その多くが加害者であり被害者でもある。それを自覚している者もいれば、無自覚な者もいる。またそうした事実に耐えきれず、嘘で記憶を塗り固めたり、恐怖や絶望を怒りに変えた者もいる。人は自らの過去と決別できない。数々の苦難にぶち当たっては雄々しく戦い、成長して虎になったと思っていた少年たちは、いつ壊れてもおかしくないガラスでできていた。それでも人は生きていく。過ちを認めれば、いつかやりなおせる。生き続けてほしい。筆者はそんなメッセージを受け取ったが、あなたはどうだろう。

最後に、本書を気に入った人には、前述のデル・トロ監督の初期の一作『デビルズ・バックボーン』（二〇〇一／スペイン）を強く勧めたい。スペイン内戦の真っ只中、親を失った少年カルロスは人里離れた孤児院に連れてこられた。与えられたベッドで眠ると、暗闇から声が聞こえたり、物が勝手に動くなどの怪現象が起きる。乱暴な年上の少年ハイメは何か隠しているようで心を開かない。やがてそのベッドが失踪した少年サンティのものだとわかり、昏く悲しい秘密が明かされたときに悲劇は起こる。不発弾が刺さったままの中庭が象徴する、戦争のおぞましい恐怖と不条理に抗おうとする少年たちの、哀しみと勇気が描かれた傑作だ。本書と同様、子どもの罪悪感と贖罪を見事にとらえている作品なので、機会があればぜひ観てほしい。

（あきら／翻訳ミステリー・映画ライター）

〈読者のみなさまへ〉

本書の一部には、「ジプシー」という言葉を用いて差別的と取られかねない表現が含まれておりますが、差別的な考えが存在する現実を隠さない、作品の舞台設定と作者の意図を尊重し、あえて原文を生かした翻訳文としました。本書が決して差別の助長や温存を意図するものでないことをご理解の上、お読みください。

――本書のプロフィール――

本書は、二〇一八年にスペインで刊行された『TIGRES DE CRISTAL』を本邦初訳したものです。

小学館文庫

ガラスの虎たち

著者　トニ・ヒル
訳者　村岡直子

二〇二〇年四月十二日　初版第一刷発行

発行人　飯田昌宏
発行所　株式会社 小学館
〒一〇一-八〇〇一
東京都千代田区一ツ橋二-三-一
電話　編集〇三-三二三〇-五七二〇
　　　販売〇三-五二八一-三五五五
印刷所 ——大日本印刷株式会社

ISBN978-4-09-406602-9